TEACHME

"Even when you cause tears, you're the one who whip then away. Maybe that's the reason I stay."

— H.E.R, "Hard Place"

Note de l'auteure

Cette histoire convient à un public avisé. Elle contient des scènes de viols explicites, des scènes de violences graphiques et des scènes à caractère sexuel détaillées. Des sujets sensibles tels que la drogue, les maladies mentales (troubles bipolaires, dépression, syndromes posttraumatiques) sont aussi abordés.

L'une des intrigues principales de ce roman est l'histoire d'amour entre un professeur et son élève. Cette histoire n'a pas pour but de valoriser ce type de relation, il faut se rendre compte qu'il s'agit ici d'une fiction et que la réalité est très souvent différente. Faites attention à vous et ne vous laissez jamais manipuler par une personne ayant une posture supérieure à la vôtre. Juliann et Ava ne sont pas des exemples à suivre.

Les personnages de ma fiction n'ont en aucun cas été créés pour correspondre à un idéal. J'ai pris le parti de les rendre le plus réel possible, alors ne vous attendez pas à ce qu'ils soient parfaits. Ils sont frustrants, têtus et n'agissent pas souvent de manière logique.

PROLOGUE

Délicieusement belle dans ta tourmente. Je n'ai jamais rien vu de plus beau que la détresse que je lis tous les jours sur ton visage depuis que nos chemins se sont croisés. Je dois l'avouer, il m'est souvent arrivé de m'introduire dans ta chambre pour te regarder crier dans tes cauchemars, demander de l'aide alors que tu revivais chaque instant passé avec moi. Chaque souffrance que je t'ai infligée. Si belle…

Les larmes que tu verses pour moi sont exquises, mais elles ne valent pas la détresse profonde qui se reflète dans tes yeux noirs. Je suis la personne que tu détestes le plus au monde, la personne qui a détruit ta vie et tu ne le sais même pas. Tu es là, à me sourire chaleureusement, à m'aimer car tu penses que je suis quelqu'un de bien. Tu aimes ma manière de te faire rire, de t'agacer, de m'immiscer dans ta vie malgré les barrières que tu as instaurées entre nous, mais tu ignores que je suis la personne qui hante ton sommeil la nuit. La personne qui va mettre fin à ta vie.

Te faire souffrir, prendre ta confiance et la briser sous tes yeux sera jouissif, mais pas plus que le fait de faire couler ton sang et de voir la vie quitter peu à peu ton regard.

Je suis un sociopathe, mon amour. Seul mon plaisir m'importe et ce qui me fait plaisir, c'est de te faire souffrir. Tu es devenue mon obsession. Je renverserai tout ce qui se mettra en travers de mon chemin et une fois que tu seras à moi, je te briserai comme il se doit.

C'est peut-être ça l'amour ? Les psychologues disent que je suis incapable d'éprouver quoi que ce soit envers qui que ce soit, mais ce que tu m'inspires est si fort que je m'interroge. Suis-je amoureux de toi, mon amour ? Je serai peut-être en mesure de répondre à cette question lorsque tu t'étendras sans vie, à mes pieds.

À très vite,
Ton ange de la mort.

Partie 1 - The Fall

Chapitre 1 | Juliann

Lycée

Lundi 28 Août

15 : 03

Elle ressemble à une psychopathe toute droit sortie de l'asile psychia-trique. C'est ce que je me dis en contemplant la photo projetée au tableau. Le visage de cette fille me paraît affreusement familier, mais je n'arrive pas à me souvenir. De toute façon, on s'en fiche, non ? J'ai encore du mal à me faire à l'idée d'être là, dans ce lycée à plus de neuf-cents kilomètres de là où est ma maison. *Était.* En l'espace de quelques semaines, j'ai tout perdu et me voilà à une réunion de pré-rentrée dans une ville que je ne connais pas, avec des profs plus vieux que mes parents. Sauf peut-être la rousse qui n'arrête pas de me regarder.

— Voilà, c'était la dernière classe. Vous en serez le professeur principal, monsieur Ronadone. La TL7 est à vous.

Je me retiens de soupirer. Bien entendu, puisque je suis professeur de philosophie, il est logique que je sois le PP d'une classe de littéraires. J'adore mon métier, mais là, je ne prends plaisir à rien.

Bien qu'en travaux, le lycée est à moitié délabré. Le principal est luisant de sueur et l'odeur âcre qui pollue la salle me donne envie de me jeter par la fenêtre.

Mon téléphone vibre dans ma poche, je sais que c'est *elle*. Ma jambe commence à trembler sous la table lorsque je lis ses messages.

> **Cara**
> Si tu persistes à m'ignorer, je n'hésiterai pas à prendre le prochain train !

> **Cara**
> Tu ne peux pas te débarrasser de moi comme ça.

> **Cara**
> Je manque à Inès, c'est cruel de l'arracher à sa mère.

Mes doigts se crispent autour de mon téléphone. Elle a le don d'utiliser les mots justes pour me mettre en rogne. *Sa mère.* Je me demande quand est-ce qu'elle s'est octroyée le droit de se considérer comme telle envers ma fille. J'ai besoin d'une clope pour calmer mes nerfs, mais malheureusement, la réunion n'est pas finie.

Je lève à nouveau les yeux sur la photo de la jeune fille projetée au tableau. Son visage est toujours rivé sur moi. Je la détaille un instant : ses cheveux mi crépus, mi bouclés sont attachés en haut de son crâne et y forment un nid d'oiseau, ses yeux sombres semblent vouloir casser l'objectif, je plains d'ailleurs la personne qui l'a prise en photo. Sa peau métisse semble étrangement pâle. *Elle fait flipper.*

— C'est Ava Kayris. Elle est dans ce lycée depuis trois ans, explique monsieur Bougneau, le principal du lycée. Elle est assez particulière, aussi je vous demanderais de ne pas trop la brusquer. C'est une élève brillante, mais elle a vécu un traumatisme qui l'a rendue muette pendant deux ans. Elle vient de retrouver la parole, mais elle bégaie encore. Elle a besoin d'aide pour les oraux du BAC

— Est-ce qu'un aménagement a été mis en place pour elle ? demandé-je, sortant de mon mutisme.

— Non, elle n'en a pas besoin. Il faudrait juste qu'elle puisse se sentir en sécurité. Elle a été agressée y a quelques années et elle a un enfant, c'est pour ça que je vous demande d'être indulgent avec elle.

Bien-sûr... Je prendrai le maximum de distance avec elle. Hors de question qu'on me foute encore dans un bourbier.

— Monsieur Ronadone, je compte sur vous pour la mettre à l'aise. Vous avez une licence de psychologie, il me semble. On aimerait que l'équipe pédagogique travaille ensemble pour l'aider à s'épanouir durant cette nouvelle année, je compte sur vous.

— Étant donné la raison pour laquelle j'ai été muté ici, il vaudrait mieux ne pas faire de vagues et me laisser prendre mes distances avec mes élèves, non ? je réponds, contrarié.

— Non. C'est un nouveau départ pour vous. Vous serez le mieux placé pour l'aider. Poussez-la à s'ouvrir et à s'intégrer.

Je retiens mon rire. Les toilettes fuient, certains murs sont moisis et je ne parle même pas de l'odeur d'égouts qui se dégage dans les couloirs. En plus, le lycée se situe à la lisière de la forêt, tout est

triste et monotone ici, je vois mal comment elle pourrait *s'épanouir.*
Dans tous les cas, c'est décidé, je ferai le strict minimum pour cette élève. Ce qui me plaisait le plus dans mon métier, c'était le fait de pouvoir venir en aide à ces jeunes. Du haut de mes vingt-sept ans, j'ai toujours réussi à avoir une proximité avec eux, assez pour qu'ils puissent se confier à moi de sorte que je puisse les aider. Mes bonnes intentions m'ont joué des tours l'année dernière et il est hors de question que ça se reproduise.

Mademoiselle Kayris, loin de moi vous demeurerez.

Chapitre 2 | Ava

Une averse réconfortante s'abat sur le toit du lycée et me donne le courage de suivre le principal à travers les couloirs aux murs délabrés du bâtiment A. Le plafond est partiellement recouvert de moisissure, la peinture autrefois rose clair, je suppose, s'écaille et laisse transparaître une couleur bleuâtre qui me brûle la rétine. Des gouttes de pluie s'écrasent sur le sol, ou dans les sceaux déposés ci et là. Je ne parle pas de l'odeur qui se dégage, on se croirait dans une bouche d'égout et les lumières clignotent frénétiquement, signe que les ampoules sont en train de rendre l'âme.

Je me demande pourquoi j'ai accepté de revenir dans ce lycée, j'aurais mieux fait de me trouver un job et de passer mon BAC en candidat libre. Malheureusement, ma grand-mère a insisté pour que je revienne après les vacances d'été et bien qu'extrêmement têtue, je *sais* que j'ai besoin de m'entraîner pour les oraux. Deux ans sans parler c'est long, ça laisse des séquelles.

Je bégaie beaucoup trop lorsque je suis submergée par les émotions et il serait dommage de rater mes examens à cause du stress. L'oral de français de l'année dernière a déjà été catastrophique…

C'est donc résignée que je laisse monsieur Bougneau me guider jusqu'à la salle A213 pour le premier cours de l'année : philosophie. Sa respiration erratique me débecte : on a monté deux étages mais le voilà déjà essoufflé. Il est gentil, alors je ne me moquerai pas d'avantage. Je lui laisse même le temps de reprendre sa respiration avant d'ouvrir la porte. Après tout, tout le monde n'a pas le privilège de se faire escorter par le principal. J'aurais juste aimé que ce traitement de faveur ne soit pas lié à… ce que j'ai vécu.

Je déteste voir la pitié dans ses yeux. C'est ma troisième année dans ce lycée et des regards comme les siens, j'en ai vu passer. Tout le monde est au courant de ce qu'il m'est arrivé, malgré le fait que ça se soit passé dans une autre ville, mais j'imagine que les histoires n'ont pas de frontières. La mienne m'a suivie jusque-là et a fait ma réputation. Je suis la fille renfermée à qui il ne faut pas parler car je mords, mais il ne faut pas non plus m'en tenir rigueur car j'ai vécu quelque chose d'horrible. Cette attitude pathétique me donne constamment envie de lever les yeux au ciel.

Une fois prêt, le principal me lance un sourire compatissant avant de frapper trois coups secs à la porte, puis d'entrer sans même attendre la permission du professeur. À quoi bon après tout ? Je n'écoute pas son speech de bienvenue, j'attends simplement le signal pour aller m'asseoir. Malheureusement pour moi, la seule place libre se trouve au premier rang, juste en face du bureau du prof. Je suppose que c'est mieux que de se retrouver à côté de quelqu'un. Monsieur Bougneau balbutie quelques paroles avant de refermer la porte.

Mon professeur principal reprend la parole sans faire attention à moi et c'est ainsi que l'heure passe. Il débite des généralités accablantes : responsabilité, autonomie, BAC, APB, règlement intérieur, bla-bla-bla. Je n'écoute pas, je me contente de sortir une feuille et ma trousse, puis je me mets à griffonner. Je me perds assez rapidement dans mes pensées. C'est assez étrange, ma vie est d'un ennui mortel ; j'ai très peu d'amis et j'ai très peu de contacts avec les gens. Mes journées se résument à une série de mouvements mécaniques qui se répètent tous les jours : se lever, aller en cours, manger seule à midi, cours, maison, manger, dormir. Alors à quoi est-ce que je pourrais bien penser ? Au dernier livre que j'ai lu ? C'est tellement pathétique, me voilà en train de penser à ce dont je pourrais bien penser. Ma vie est une vaste plaisanterie.

Alors que je me fais cette réflexion, un orage gronde et me fait sursauter. Ensuite, c'est sa silhouette qui attire mon attention. Deux jambes se placent pile en face de moi. Je grince des dents : *qu'est-ce qu'il me veut ?* Je lève lentement la tête et balaye du regard son pantalon et sa chemise noirs pour finalement m'attarder sur… deux iris orageux. Un ouragan qui me lance des éclairs et qui m'immobilise sur ma chaise. Mes doigts se referment brusquement sur mon crayon et j'ai du mal à expliquer ma réaction. Je n'arrive pas à détacher mes yeux des siens, mais ma vision périphérique me fait comprendre que tout le monde nous regarde et que monsieur Philo semble agacé. Je crois voir sa bouche bouger mais je n'entends pas tout de suite ce qu'il me dit.

— Mademoiselle Kayris ? répète-t-il.

— Oui ? finis-je par répondre.

Il fronce les sourcils et reste immobile un instant, ce qui me donne le temps de le dévisager. Il est grand et svelte, ses cheveux bouclés et en bataille sont d'une couleur indéfinissable. Ternes, quelque chose entre le brun et le châtain. Ses sourcils sont sombres et épais, ils ajoutent de l'intensité à son regard vert orageux. Ses joues sont creuses et ses lèvres sont charnues mais sèches, comme s'il ne s'était pas hydraté pendant des lustres. Ce qui happe le plus mon attention, c'est la tristesse qui émane de lui. Il a l'air de porter le poids du monde sur ses épaules, il ne dégage que du chagrin et de la colère. Il semble tourmenté. Pendant une fraction de seconde, j'ai l'impression de contempler un miroir qui me renvoie l'image de mes propres démons.

— Je vous ai posé une question, reprend-il visiblement agacé.

— Désolée, j'étais ailleurs, je parviens à articuler.

— C'est ce que je vois. Tâchez de vous concentrer s'il vous plaît.

Je me retiens de lever les yeux au ciel. Il est déjà relou. *Au moins, il ne te prend pas en pitié,* me raille ma conscience. Je baisse le regard sur la feuille noircie étendue sur la table et décide d'écouter son speech peu original d'une oreille. Je ne le regarde plus, cependant. Même lorsqu'il me reprend la fiche de description qu'il nous a demandé de remplir, je m'évertue à garder les yeux sur la table. Quand il est trop près, l'air se charge en électricité et devient à peine respirable, je ne vais pas en plus lever la tête pour me noyer dans le gris tempétueux de son regard. Manquerait plus que ça.

Chapitre 3 | Ava

Je dois aller chercher au centre cet être que je dois appeler *mon fils*, alors que je ne le vois que comme le résultat d'un traumatisme profond. Par sa simple présence quotidienne, il me rappelle sans cesse ce que j'ai vécu. Ses yeux noisette sont en fait deux écrans impitoyables qui me renvoient constamment les images de mon agression.

Drew n'est pas un enfant compliqué, loin de là. Il est *adorable*. Mon rôle déplorable de mère l'a sûrement forcé à faire preuve d'une maturité plus avancée que celle des enfants de son âge. À trois ans, même s'il ne sait pas correctement prononcer les « r » et les « j », il comprend bien plus que ce qu'il ne devrait. Je me hais de le haïr à ce point. Ce petit être n'a jamais rien demandé, mais le simple mot *maman* me révulse. Je ne supporte pas d'être dans la même pièce que lui. C'est d'ailleurs pour cette raison qu'il passe la journée au centre au lieu de rester à la maison avec moi.

— Salut. On y va ? fais-je impatiente de rentrer.

C'est ma grand-mère qui s'occupe de lui, mais elle profite des mercredis pour s'octroyer du temps libre qu'elle passe généralement avec ses amies Et pour éviter de me retrouver seule avec Drew tout l'après-midi, j'ai décidé qu'il valait mieux le laisser au centre. Ce qui me chagrine le plus, c'est que je sais pertinemment que la présence des parents et l'éducation jouent un rôle plus que primordial dans la vie d'un enfant. Ma mère est une femme horrible qui n'a pas su m'aimer. Ça a sans doute participé à ce que je suis devenue aujourd'hui. Qu'adviendra-t-il de Drew, cet innocent qui vit avec une mère qui ne l'aime pas ?

Je soupire et me lève de mon lit, enfile un pull et un jean ainsi que des baskets puis je me rends à l'école maternelle. Elle se trouve à trois minutes à pied de notre appartement. En cette fin d'été, le temps est agréable : la chaleur est retombée et une douce brise jette mes longs cheveux noirs en arrière. Il fut un temps où ils étaient beaux : les boucles étaient bien définies, ils respiraient la vitalité. Aujourd'hui, ce n'est qu'un nid d'oiseaux malmené.

J'arrive pile au moment où la sonnerie stridente retentit. Une horde d'enfants sort sous le préau pour se jeter dans les bras de leurs parents. Drew sait qu'il ne pourra jamais faire ça avec moi. J'ai honte de le dire mais la seule fois où il a tenté de me faire un câlin, je l'ai poussé si fort qu'il est tombé à terre en pleurant. Je ne pense pas que ses larmes étaient dues à sa chute mais plutôt à mon rejet. Si ma grand-mère ne lui donnait pas autant d'amour, je l'aurais fait adopter. Je ne supporte pas d'être la cause de sa souffrance, mais en même temps, je ne peux pas l'aimer correctement.

— *Bonjou'*, me salue-t-il, tête baissée.

— Euh... *Ye* voulais te demander... Est-ce que *ye* peux *youer* au *pa'c* avec Inès ? demande-t-il peu sûr de lui, voire effrayé.

— Qui est Inès ?

— Ma copine. Elle est nouvelle. S'il te plaît maman ?

Maman ? Ça fait des lustres qu'il n'a pas osé m'appeler comme ça. Avant que je ne réponde, une voix m'interpelle :

— Ava ?

Je me retourne. Mon professeur de philosophie. Qu'est-ce qu'il fait là ? Il ne porte pas sa chemise formelle de l'autre jour mais un sweat à capuche avec un jean et des baskets. Étonnant. Il fait beaucoup plus jeune mais il faut dire que pour un prof, il *est* jeune. Ses yeux gris me transpercent comme la première fois. C'est tellement étrange. Comme s'il y avait des vibrations autour de nous. Comme si l'air s'était soudainement chargé en électricité. Ça m'énerve.

— Drew est votre fils ?

Oui.

— Ma fille voudrait jouer au parc avec celui qui me semble être son nouveau meilleur ami. Vous êtes d'accord ?

— Maman, dis oui, s'il te plaît ! me supplie Drew.

— Oui s'il vous plaît madame-la-maman-de-Drew. On sera sages, promis ! renchérit la petite fille qui se tient aux côtés de monsieur Philo.

— Hum... D'accord. Mais pas longtemps.

Je me vois dans l'obligation d'accepter face à ces trois paires d'yeux qui semblent me supplier. Les deux enfants poussent des cris de joie et courent vers le parc qui se trouve juste à côté de l'école.

Inès est vraiment belle. Elle a de longs cheveux bruns et bouclés et les mêmes yeux gris-vert que son père qui est d'ailleurs en train de me fixer. Ça me met mal à l'aise, je prends soudainement conscience que je suis seule avec lui. La foule s'est dispersée sans que je ne m'en rende compte et ça n'a rien de rassurant.

— On va s'asseoir sur un banc ? demande-t-il.

— Je vous suis.

Le banc en l'occurrence se trouve à trois mètres de nous, juste en face du parc où nos deux enfants s'amusent comme des fous. Je reste de marbre face aux cris de joie de Drew.

— Ça vous dérange si je fume ?

— Non.

Pourquoi est-ce qu'il me parle ? On pourrait se contenter de rester assis en regardant dans le vide avant de se séparer et de prétendre qu'on ne s'est jamais vus et que nos enfants ne sont pas amis. Sa présence me dérange, d'autant plus qu'il n'arrête pas de me regarder. Je vais lui crever ses beaux yeux.

Attendez, qu'est-ce que je viens de dire ?

— Vous êtes *bizarre*, dit-il en sortant une cigarette de sa poche.

— Pardon ?

Je lui lance un regard noir.

Pour qui est-ce qu'il se prend ? Moi, bizarre ? De quel droit se permet-il de me juger sans me connaître ?

— Ne vous énervez pas. Ce n'est pas une critique. Juste une... constatation

Je vous les ferais bien bouffer, vos constatations. J'aimerais bien dire ça à voix haute, mais je tiens à mon année scolaire.

— Et d'où vous vient cette *constatation* ?

— Vous regardez les gens comme si vous aviez envie de les tuer. Vous ne souriez jamais, vous avez tout le temps l'air en colère mais en même temps vous ne dégagez pas grand-chose de mauvais.

— Si vous le dites.

J'ai envie de l'étrangler. Qu'il aille jouer au mentaliste ailleurs.

— Pas la peine de vous énerver, je cherche juste à discuter.

— Je n'ai pas envie de discuter avec vous.

Mon poing dans sa figure !

Il tourne la tête et regarde devant lui en fumant, l'air énervé. Qu'est-ce qui le met en colère ? C'est *moi* qui dois être fâchée ! Je le déteste. Il jette sa cigarette consumée par terre et l'écrase avec son pied, puis il s'affaisse sur le banc et croise les bras. Ses jambes ouvertes prennent toute la place. Je remarque que nous avons la même position. De loin, on a sûrement l'air de deux aigris.

— Est-ce que je peux te tutoyer ?

— Non.

Il le fait exprès ou quoi ? La limite entre les gens et moi, c'est ce qui me protège, me rassure. Cette barrière que cet homme cherche à franchir me semble défaillante, mais je compte tenir bon. Pourquoi veut-il me tutoyer ?

Je n'ai aucunement l'intention de me fier à lui. À aucun homme d'ailleurs. Jamais. Je me lève soudainement et appelle Drew. Cette comédie a assez duré, il est temps de rentrer.

— À vendredi, Ava.

— Au revoir, monsieur.

Je déteste qu'il prononce mon prénom. Et qu'il me tutoie. Je lui ai bien fait comprendre que je ne voulais pas qu'il s'intéresse à moi, pourquoi s'obstiner ? Ma froideur chasse les gens sans difficulté d'habitude. Mais lui...

Je prends Drew par la main et tourne les talons.

Je fuis.

Chapitre 4 | Juliann

Chez Juliann
Jeudi 7 Septembre
17 : 17

Je soupire en déposant le dernier carton dans le salon. J'ai le dos en compote à force de faire des allers-retours entre l'étage et le rez-de-chaussée, mais j'ai réussi à aménager la chambre de ma princesse alors c'est le plus important. D'ailleurs mon rayon de soleil court vers moi en me voyant, ses boucles brunes volant en arrière. Une fois devant moi, elle lève les bras pour que je la réceptionne. Ma fille est la seule au monde à pouvoir me faire sourire dans le chaos qu'est devenu ma vie. Je tends les bras vers elle, l'attrape et la fait virevolter. Ses éclats de rire me mettent du baume au cœur.

— Papa, je vais tomber ! dit-elle le corps secoué par un fou rire.

— Est-ce que t'es en train de dire que ton papa n'est pas assez fort pour te porter ?

— Non, c'est pas ce que je veux dire. Mais j'ai le *viritige*.

Que je l'aime.

— Vertige, ma puce, la corrigé-je en la reposant par terre.

— Oh c'est pareil !

La chipie lève les yeux au ciel et arrange ses cheveux.

— Tu as vu ta nouvelle chambre ? Elle te plaît ?

— Oui, oui, oui ! Elle est parfaite papa ! Tu crois que je pourrais inviter Drew à faire des soirées pyjama ?

Je retiens un rire nerveux. Depuis la rentrée, ma fille n'a plus que ce nom-là à la bouche, j'en suis presque jaloux. Il a l'air adorable, mais sa mère est cinglée. Non, je suis méchant parce qu'elle m'a repoussé alors que j'ai mis ma fierté de côté pour faire ce que m'a demandé le principal, mais tout de même, elle ne m'a pas l'air commode. Elle a le regard fou, ses iris noirs peuvent tuer quelqu'un, j'en suis sûr. Non, cette Ava me fait peur. Aussi, je n'ai pas le cœur à briser celui de ma fille, alors je ne lui dis pas non de suite.

— Peut-être. Où est ta tante ?

— Juste là, répond la principale intéressée. Ça y est, tu as monté tous les cartons ?

— Ouais, merci de l'avoir gardé.

Mariam, ma meilleure amie depuis toujours, me lance un clin d'œil. Très honnêtement, je ne sais pas ce que je ferais sans elle, mais j'ai aussi conscience que je vais devoir trouver une solution. C'est elle qui s'occupe d'Inès pendant que je règle les derniers détails de mon déménagement et les soirs lorsque je ne peux pas être là, mais ça ne peut pas durer éternellement. J'ai jusqu'à la semaine prochaine pour trouver une baby-sitter pour garder ma fille les mercredis après-midi et deux soirs par semaine, mais toutes les personnes que j'ai rencontrées étaient... Bizarres. Oui, c'est mon mot préféré, mais entre la gothique qui ramène ses rats partout, la maman poule qui semble n'avoir aucune discipline et la mégère stricte qui a effrayé Inès, je n'ai pas vraiment eu d'autres choix que de refuser.

— Je peux aller jouer dans ma chambre, papa ?

— Oui, vas-y ma puce.

Elle sourit de toutes ses dents, puis gravit maladroitement les marches qui mènent à l'étage.

— Je te sers quelque chose ? demandé-je à Mariam.

— Non merci, je vais te laisser, j'ai pas mal de boulot.

— Encore merci. Et désolé, je suis égoïste…

— C'est clair !

— Je te promets de trouver quelqu'un.

— Pourquoi est-ce que tu ne l'inscris pas au centre ?

— Parce que j'ai besoin de quelqu'un jusqu'à vingt-et-une heure. T'en connais, toi, des écoles qui ouvrent jusqu'à cette heure-là ?

Elle me tire la langue, alors je lui envoie un torchon à la figure.

— Comment ça va avec la sorcière ?

— Cara ? Pfff, elle me menace de réclamer la garde d'Inès.

— En quel honneur ? pouffe-t-elle. Ce n'est pas sa mère, elle n'a aucun droit. Vous n'êtes même pas mariés.

— Je sais. Je n'ai pas peur de ses menaces, c'est sa mesquinerie qui me fatigue.

— J'en reviens pas que tu aies trempé ton engin là-dedans, grimace-t-elle avec dégoût.

— Eh !

Je lui relance un torchon sans pouvoir m'empêcher de rire. Au fond elle a raison. Je serai toujours reconnaissant pour ce qu'elle a fait pour Inès et moi, mais Cara n'a été qu'un pansement. Je me suis servi d'elle pour m'alléger d'un poids et aller mieux et elle s'est servie du fait que je sois au plus bas pour me mettre le grappin dessus. Puis elle m'a quitté et je suis parti avec soulagement, seulement maintenant, elle me harcèle et menace de me prendre ma fille. Inès n'est qu'un prétexte car j'ai blessé son égo.

— Et ton nouveau bahut alors ?

— T'as le don d'aborder les sujets qui fâchent.

— Tu m'aimes pour ça non ? dit-elle en jouant des sourcils.

— Berk, dans tes rêves.

Elle me renvoie le torchon avec lequel je l'ai attaqué quelques secondes plus tôt.

— Le principal me demande de m'occuper de cette fille qui a l'air d'être complètement tarée. Une psychopathe, si tu la voyais !

— C'est celle qui a été agressée ?

Je hoche la tête avec gravité. Les mots de mon amie me sont extrêmement désagréables. Je ne sais pas exactement ce qui lui est arrivé, je n'ai pas eu de détails, mais ça a l'air de l'avoir traumatisé. Oui, elle a l'air de sortir de l'asile mais elle ne méritait pas ça. Cependant, sa froideur est un antidote à toute la compassion et à l'empathie que je pourrais éprouver pour elle.

— J'ai essayé de m'approcher d'elle, elle m'a envoyé chier.

— Qu'est-ce que tu lui as dit au juste ?

Elle me connaît si bien… Les braids de mon amie tombent sur son épaule lorsqu'elle penche la tête pour me toiser à travers ses yeux marron foncé.

— Bon ok, je lui ai dit qu'elle était bizarre, mais c'est la vérité et ce n'était pas une critique.

Elle secoue la tête et me lance un regard désapprobateur. Je sais déjà ce qu'elle va dire.

— Et toi, tu appelles ça t'approcher de quelqu'un ? Espèce d'handi-capé.

— Je t'interdis !

— Pourquoi tu ne lui proposerais pas d'être ta baby-sitter ?

Je manque de m'étrangler. Jamais de la vie !

— Tu veux mettre la vie de ma fille en péril ?

— Elle a déjà un enfant, elle est forcément responsable. Tu pourrais l'aider avec les cours ! Et en plus, tu m'as dit qu'elle avait écrit dans sa fiche de description qu'elle cherchait un travail pour économiser de l'argent et pouvoir aller étudier en Angleterre.

— Après l'année que j'ai passée et avec son passé à elle, tu ne te dis pas que c'est la pire idée du monde ?

— Non.

— Je me demande bien qui est le barge qui t'as donné ton diplôme.

— Tu veux une baffe ?

— Je suis trop épuisé pour me battre avec toi, minimoy. Sors plutôt de chez moi.

Elle me fait un doigt d'honneur et me tire la langue.

— Ça va je me casse, mais pense à ce que je t'ai dit. Ne laisse pas le passé te faire oublier ce pourquoi tu aimes ton métier. Mêler sa vie de prof à sa vie privée est risqué, mais pour le coup, vous avez besoin l'un de l'autre alors, réfléchis.

Et elle me laisse sur ces belles paroles.

Lycée
Vendredi 8 Septembre
12 : 11

Je n'ai pas peur d'elle. Vraiment, je n'ai absolument pas peur. Si mes mains tremblent autour de mon sac isotherme, c'est uniquement parce que ce que je m'apprête à faire est parfaitement ridicule. La psychopathe est installée sous un arbre près du lycée. Ses cheveux en bataille volent au gré du vent, elle est assise en tailleur et pianote sur son PC. J'ai besoin d'une baby-sitter et parce que j'ai encore recalé quelqu'un ce matin, à cet instant précis, elle est mon dernier espoir, alors j'avance vers elle d'un pas décidé. Elle lève les yeux au ciel en me voyant arriver. *Quelle impolie.*

— Bonjour, la salué-je poliment.

— Bonjour.

Elle masque à peine son agacement. Je grimace en regardant son vieux sandwich au poulet. Sérieux, qui peut avaler ça ? Même elle n'en a pas envie. Je sors de mon sac une boîte contenant mes lasagnes au saumon, ainsi que mes couverts. Cette situation est trop bizarre. Je suis assis dans l'herbe avec une élève au lieu de manger confortablement sur une chaise dans la salle des profs. Je vais encore m'attirer des ennuis, je le sens. Le vent souffle et son odeur de vanille me frappe de plein fouet. C'est sucré et agréable. Il y a au moins une chose chez cette fille qui ne soit pas amère. Je la vois lorgner mon plat de lasagnes et je souris intérieurement.

— Bon écoutez, fait-elle soudainement. Je n'ai pas besoin de votre aide ou de votre pitié. Monsieur Bougneau vous a sûrement parlé…

Je vais bien. Je vous en supplie… laissez-moi juste finir mon année sans tuteur.

— J'ai pas l'intention d'être ton tuteur et je n'ai pas du tout pitié de toi, Ava.

Ça dure une seconde mais je la vois écarquiller les yeux et déglutir lorsque je prononce son prénom.

— Vraiment ? Alors ? Qu'est-ce que vous me voulez ?

— Comment ça ?

— Vous déjeunez dehors sous un arbre avec tous vos élèves ?

— Non. Mais il fait bon. Et l'endroit m'a paru agréable, c'est tout. C'est une pure coïncidence si on se trouve au même endroit au même moment. Comme à l'école des enfants.

Quel mytho… Tant pis. Elle est comme un fauve, il vaut mieux l'approcher en douceur au risque de se faire dévorer. En parlant de corruption, peut-être que ma demande passerait mieux si je lui offrais mes lasagnes ?

— Vous en voulez ?

— Non merci.

Putain mais ça lui arrive de se détendre parfois ? Bon, je reconnais aussi que c'est déplacé. J'ai vraiment l'air d'un prédateur, là. Je veux partir en courant, c'est malaisant. Pourtant je ne peux pas, j'ai *besoin* d'elle. Et rapidement ! Alors comme un demeuré, j'insiste.

— Vous êtes sûre ? Elle est vraiment excellente. Préparée par mes soins.

— Je n'en doute pas. Et je suis sûre qu'elle n'est pas aussi bonne que celle de ma grand-mère.

— Vous ne pouvez pas savoir tant que vous n'aurez pas goûté.

— C'est vrai.

— Alors une petite bouchée ?

Elle me fusille du regard. Un instant, je crois qu'elle va m'étriper, mais non, je sens la résignation dans ses yeux. C'était facile, finalement. Je souris lorsqu'elle prend la fourchette que je lui tends en soupirant. *Fais semblant de trouver que c'est une corvée, je suis sûr que tu échangerais volontiers ton sandwich à la moisissure contre mon plat.* Elle coupe un morceau timide, puis ouvre la bouche pour goûter.

Merde alors… Il se passe quelque chose dans ses yeux noirs qui me secoue. Ses pupilles se dilatent et l'extase que je vois dans son regard m'effraie. *Arrête ça tout de suite ! Qu'est-ce que tu fais, Ava ?* C'est moi qui suis taré, elle ne fait que manger, mais merde, je n'ai jamais vu quelqu'un prendre autant de plaisir à la dégustation. Ça fait dériver mon cerveau de détraqué.

— C'est… très bon. Vraiment très bon.

Ses joues s'empourprent, c'est tellement mignon. Je dois partir d'ici et vite.

— Mais votre lasagne ne détrône pas celle de ma grand-mère, ajoute-t-elle.

— Tant que la mienne reste dans le top cinq, ça me va.

Elle lève les yeux au ciel et me rend ma fourchette. Sans réfléchir, je la plante dans mon plat et la porte à ma bouche. Échange de salive… C'est encore plus déplacé ! Bon, il est désormais temps d'en venir aux faits.

— Je n'ai pas pu m'empêcher de constater que vous cherchiez du travail.

Son regard me dit explicitement *de quoi je me mêle ?*

— En fait, je suis à la recherche d'une baby-sitter pour garder ma fille trois soirs par semaines.

— Votre femme ne peut pas la garder ?

— Je n'ai plus de femme.

— Ah.

— Bref, vous cherchez du travail, je cherche une baby-sitter... On pourrait se rendre service mutuellement, non ?

— Hum... Je ne sais pas.

— Vous pouvez y réfléchir, j'ai encore quelques jours pour trouver quelqu'un. Je paye quinze euros de l'heure. À vous de voir.

— Bien, j'y réfléchirai alors. Mais une question : vous avez proposé à tous vos élèves d'être baby-sitter pour votre fille ?

— Non.

— Pourquoi ?

— Mes autres élèves n'ont pas d'enfants, vous si. Alors je devine que vous savez vous en occuper et je pense que ça fera plaisir à ma fille que votre fils vienne avec vous. Elle ne s'est pas fait beaucoup d'amis, on vient tout juste d'emménager.

— Oh. On ne peut pas vraiment dire que... Je ne sais pas m'occuper des enfants aussi bien que vous semblez le croire. C'est ma grand-mère qui s'occupe de Drew.

— Peu importe. Je vous fais confiance. Même si vous avez un peu l'air d'une psychopathe.

Mince, j'ai parlé trop vite... J'avais pourtant réussi à la détendre et voir qu'en fait, elle n'est pas si flippante que ça. Le prof qui a peur de son élève, vraiment, c'est pitoyable. *Attendez, je n'ai* pas *peur d'elle.*

— Pardon ?

Bon, maintenant que j'ai ouvert la bouche…

— Vous ressemblez à ces adolescents tourmentés aux États-Unis qui finissent par tirer sur leurs camarades lorsqu'ils craquent. J'ai l'impression que vous souffrez beaucoup. Et que vous êtes une bombe à retardement.

— Et vous voulez me confier votre enfant ?

— Eh bien paradoxalement, je sens que vous êtes quelqu'un de bien. Je ne sais pas, vous m'intriguez.

— Mon psy disait aussi que j'étais une bombe à retardement et en quatre ans il ne s'est rien passé.

Ouais, ça ne présage rien de bon. Elle semble lire dans mes pensées car je jurerais qu'elle me dit avec ses yeux *: Eh bien trouvez-vous une autre baby-sitter, connard.* On se fusille du regard encore un instant pour s'insulter silencieusement. Pourquoi cette animosité ? J'en sais rien mais… Ça me fait sourire. Et je vois les commissures de ses jolies lèvres pulpeuses… pardon, de sa bouche, se retrousser en un sourire qu'elle peine à voiler. Je crois que je l'aime bien. Non, qu'est-ce que je raconte, je déraille complètement !

— Tu me promets d'y réfléchir ? demandé-je le regard suppliant.

— Ok, souffle-t-elle.

— Ok.

Je dois vraiment partir, parce que clairement, je suis en train de me noyer dans ses yeux. Gêné, je me lève et lui laisse mon plat malgré ses protestations.

— Au revoir, Ava.

— Au revoir, monsieur Ronadone.

Chapitre 5 | Ava

Je lâche un soupir de soulagement lorsque la sonnerie retentit. La semaine s'achève enfin et les deux heures d'histoire avec madame Cabin ont été un réel supplice. D'habitude, j'aime beaucoup cette matière, mais je sens que ça risque de changer à cause de cette sorcière aux cheveux roux. Elle m'a fusillé du regard pendant deux heures sans que je ne comprenne pourquoi. J'ai failli lui balancer ma trousse à la figure, mais je me suis rappelée que je n'avais pas le droit. *Faut vraiment que j'arrête d'être aussi agressive…*

Les cours ont à peine commencé et je ne me suis jamais autant faite remarquée. C'est étrange car j'ai toujours eu l'impression d'être inexistante, inutile. J'ai toujours eu la sensation que le monde continuerait à tourner de la même manière que je sois là ou pas. Et c'est justement parce que je me sens complètement transparente que je suis étonnée et épuisée par cet élan d'attention envers moi.

D'abord monsieur Philo. Ou Ronadone, j'ai vu son nom sur mon emploi du temps ce matin. Je ne sais pas pourquoi il me colle aux basques, sachant qu'il n'est même pas gentil avec moi. Il m'insulte de fille bizarre et de psychopathe pour ensuite me demander de m'occuper de sa fille… C'est plutôt lui le malade mental. Je le hais. Je hais sa façon de me regarder, je hais ses b… ses yeux gris-vert tout à fait banals et ses cheveux bouclés à la couleur indéfinie. Et ses lèvres, il a finalement acheté du Labello, je crois. En plus, il a mis sa bouche sur la fourchette qui venait de quitter la mienne, berk ! Je ne peux pas travailler pour lui, impossible. Mais en même temps, je ne trouve pas de job et je dois *vraiment* travailler. Je dois y réfléchir.

Ensuite il y a cette Cabin qui m'a prise en grippe et là, un énergumène me court après alors que je me dirige vers le portail pour rejoindre ma voiture garée juste devant le lycée. Qu'est-ce qu'il me veut ?

— Hey, salut ! Ava, c'est ça ?

— Salut, je réponds sèchement.

Je ne prends même pas la peine de le regarder, je veux juste rentrer chez moi.

— La prof a un sérieux problème avec toi.

Il me soule. J'avance rapidement et ne lui réponds pas dans l'espoir qu'il comprenne le message, mais il suit ma cadence et m'accompagne jusqu'à ma Jeep noire.

— Je me disais, j'organise une fête chez moi demain soir.

— Non.

Il m'agace ! Il s'arrête, sûrement étonné par ma froideur et je le laisse planté là pour rentrer dans ma voiture. Lorsque je démarre, je remarque qu'il n'est pas parti. Il reste figé un instant, l'air triste, puis se décide à continuer son chemin. Je peux être une sacrée connasse parfois.

Chez Ava
15 : 47

À une époque, il était tellement difficile de rentrer chez moi que je m'asseyais sur les marches qui menaient à la porte d'entrée de notre ancienne maison. Au début, c'était pour éviter le regard glacial et plein d'amertume de ma mère, tellement déçue que sa fille de quinze ans soit en cloque. Quand mes parents ont déménagé à Genève avec ma sœur, c'est dans la cage d'escalier de l'immeuble dans lequel vit ma grand-mère que je m'asseyais. Cette fois, c'était pour éviter Drew et ses pleurs incessants. Et aujourd'hui, j'ai moins de mal à entrer, mais il est vrai qu'il est toujours difficile de croiser le regard désapprobateur de Nana chaque fois que j'outrepasse les limites avec mon *fils*.

J'inspire un grand coup et je me décide à ouvrir la porte. Je salue ma grand-mère, puis je vais prendre une douche. J'enfile un legging et un t-shirt avant de m'enfermer dans ma chambre et de me plonger dans un livre pour m'empêcher de trop penser. C'est seulement à dix-huit heures trente que je me rends dans la cuisine pour préparer le repas. La danse était ma première passion, la cuisine est la deuxième. Mes gestes sont automatiques : je sors les ustensiles et ingrédients dont j'ai besoin et c'est seulement lorsque j'ai réuni le tout sur le plan de travail que je me rends compte que je suis en train de préparer une lasagne au saumon. Ce prof a vraiment une influence étrange sur moi…

À table, c'est silencieux, comme souvent. Il ne s'agit cependant pas d'un silence gênant, ou du moins, je ne pense pas. Je m'entends très bien avec ma grand-mère. Ma *Nana*. C'est ainsi que je la surnomme depuis que je suis enfant. Elle est la femme la plus incroyable que je n'ai jamais rencontré de ma vie : une forte personnalité, mais un cœur en or. Je pense que la gentillesse a sauté une génération dans la famille car Nana n'a absolument rien à voir avec ma mère. On a toujours été très proches. Son mari est décédé il y a maintenant dix-sept ans et elle s'est installée chez mes parents après cette tragédie. Je ne sais pas quels rapports j'entretenais avec ma mère avant son arrivée, mais ce qui est sûr, c'est que depuis mon enfance, c'est elle qui s'occupe de moi. En fait, je la considère plus comme ma mère que comme ma grand-mère. Elle m'a tout appris et a toujours été là pour moi quand ma génitrice faisait tout pour me faire comprendre qu'elle ne m'aimait pas. Je n'étais pas la fille modèle qu'elle aurait voulu avoir, contrairement à ma grande sœur qui elle, incarne la perfection à ses yeux. À côté d'elle, je ne suis qu'une… abomination. Il y a toujours eu un fossé entre nous et l'*incident* d'il y a quatre ans a définitivement eu raison de notre famille.

Comme mon histoire a fait le tour des journaux, ma famille a voulu déménager à Genève, là où mon père était souvent en déplacement professionnel, seulement Nana aimait beaucoup trop la France pour vouloir partir et moi, il était hors de question que je reste avec ma mère après ce qu'il s'était passé. Alors mon père a décidé de nous louer un appartement dans une petite ville assez reculée, là où personne ne me connaîtrait. Finalement, même ici, tout le monde est au courant de ce qu'il m'est arrivé. Les histoires n'ont pas de frontières. *La gentillesse a sauté une génération dans la famille.* Quelle ironie. Suis-je gentille, moi ? Ne suis-je pas en train de reproduire le même schéma que celui de ma mère ? Je lève les yeux pour regarder Drew. J'étais tellement perdue dans mes pensées que je n'avais pas remarqué qu'il parlait avec Nana. Un tour de magie ? Je ne comprends rien à leur conversation mais vu la manière dont Nana s'esclaffe, ça m'a l'air d'être assez drôle. Je souris en regardant les quelques rides de ma grand-mère se creuser lorsqu'elle rit. Elle a beau avoir presque soixante ans, elle est toujours aussi belle avec son magnifique teint noir, ses cheveux crépus et tressés et ses yeux qui pétillent chaque fois qu'elle passe du temps avec Drew.

Ma famille est d'origine africaine : mon père est égyptien et ma mère mauritanienne, ce qui donne comme résultat ma peau métisse et mes cheveux mi crépus, mi bouclés. Leur nature reste encore difficile à déterminer tant je les malmène. Drew a grandi dans ce mélange de culture : il apprend le français à l'école, les rares fois où il parle à son grand-père, ce dernier s'exprime en arabe et ma grand-mère à moi ne parle que le peul à la maison. Moi, j'ai réussi à assimiler toutes ces langues, mais Drew fait souvent des confusions lorsqu'il s'adresse à Nana. Il mélange tout. C'est presque mignon.

— *Ava ? Je te trouve bien silencieuse ce soir*[1], me dit ma grand-mère.

— Oui, je pensais à quelque chose.

---

[1] Les **dialogues** en italique entre Ava et sa grand-mère signalent que les personnages parlent en peul.

Sa remarque me fait rire car suite à *l'incident*, je suis restée muette pendant deux ans. Ça ne fait que quelques mois que j'ai retrouvé l'usage de la parole.

Une fois mon assiette terminée, je me lève pour débarrasser la table et remplir le lave-vaisselle. Je vais me coucher assez tôt, laissant ma grand-mère jouer le rôle de maman avec mon fils.

Chez Ava
Lundi 11 Septembre
08 : 18

J'entre dans la salle de classe en catastrophe. Je suis en retard, comme à mon habitude. Je n'ai même pas pris le temps de toquer à la porte avant d'entrer. Mes cheveux sont en bataille, mon sac à moitié sur mes épaules, tout comme ma veste et je suis luisante de sueur.

— Désolée, hum… Excusez-moi d'être en retard, ma voiture a eu un souci…

Je m'arrête net lorsque je remarque qu'il n'y a personne dans la pièce. Personne à part monsieur Ronadone. La porte se referme derrière moi. Je commence à paniquer. Qu'est-ce qu'il se passe ? Il s'approche de moi lentement. Une boule se forme dans mon ventre. Je recule jusqu'à être bloquée par la porte. Je dois sortir mais je ne peux ni bouger, ni parler. Ma gorge est sèche.

— N'aies pas peur Ava, je ne vais pas te faire de mal, bien au contraire.

Il est tout près. Je sens son haleine chaude contre mon cou. Son corps ne touche pas le mien mais il est assez proche pour que j'aie conscience de ses moindres mouvements et de la chaleur qui irradie mon corps.

— Vous êtes délicieuse Ava.

Quoi ?

On toque à la porte. De plus en plus fort.

— *Ava c'est l'heure !*

Je me réveille en sursaut. C'était encore un cauchemar. Ou la moitié d'un cauchemar ? Je deviens complètement cinglée. Je réponds d'une voix enrouée :

— *Oui Nana, j'arrive !*

Je regarde l'heure. Il est tard. Très tard ! Je me dépêche d'enfiler un jean, des chaussettes et une veste et je fonce dans la salle de bain pour me brosser les dents. Je remarque que j'ai gardé le haut avec lequel j'ai dormi et que je n'ai pas mis de soutien-gorge lorsqu'une goutte de dentifrice tombe dessus, mais tant pis, je n'ai pas le temps de me changer. Heureusement, je suis véhiculée, mais même avec un hélicoptère, je n'arriverais jamais à l'heure.

— *Je ramène Drew à l'école, à ce soir !* me crie ma grand-mère avant de claquer la porte.

Qu'est-ce que je ferais sans elle ? Je m'empresse de mettre mes chaussures et je file au lycée.

Je cours dans les couloirs et gravis les marches comme une folle sortie toute droit de l'asile jusqu'à la salle A213. Le cours a commencé depuis déjà dix minutes. J'entre dans la salle de classe en catastrophe. Je n'ai même pas pris le temps de toquer à la porte avant d'entrer. Mes cheveux sont en bataille, mon sac à moitié sur mes épaules, tout comme ma veste et je suis luisante de sueur.

— Désolée ! Excusez-moi d'être en retard, j'ai…

Quelle étrange sensation de déjà vue… Mon rêve ! Oh mon Dieu. Je me fige en croisant le regard de monsieur Ronadone. Je rougis.

— Ava ? Tout va bien ?

— Euh oui. Pardon je… J'ai eu un problème avec ma voiture.

— Ce n'est pas grave, asseyez-vous. Je vous ai laissé une place au premier rang.

Je grimace intérieurement et m'installe à la pire place qui m'a été attribuée : pile en face de son bureau, à seulement deux mètres de distance de sa chaise et juste à côté du garçon qui était venu me parler la veille. Je tente tant bien que mal de reprendre mon calme et d'écouter le cours. J'arrive presque à me détendre jusqu'à ce que je reçoive un petit mot au bout d'une demi-heure :

Tu veux déjeuner avec moi à midi ?

Je lève les yeux au ciel. Il ne me lâche pas la grappe, je n'ai pas été assez claire hier, lorsque je l'ai envoyé chier ? Je me retourne vers lui, totalement exaspérée.

— Désolée mais je préfère déjeuner seule, chuchoté-je.

— Le contraire m'aurait étonné. Tu ne risques rien avec moi, je ne mords pas. Enfin, sauf si tu me le demandes bien sûr.

Il me fait un clin d'œil en finissant sa phrase et ça me répugne. Sérieusement ? Je lui lance mon regard le plus noir. Quelle pourriture. Et dire qu'il voulait m'inviter à une soirée chez lui.

— Désolé c'était déplacé.

Trop tard, je me suis déjà renfermée, mais il continue à me parler.

— Je te demande pardon.

Silence.

— Aller s'il te plaît !

Je l'ignore. Le reste du cours se passe plus calmement, si ce n'est peut-être les regards de monsieur Ronadone qui me rappellent mon rêve étrange. À la sonnerie, alors que tout le monde s'en va, le prof me demande de rester pour me parler. Je n'ai même pas réfléchi à sa proposition. Je range lentement mes affaires le temps que tout le monde sorte de la classe. Lorsque le dernier à partir ferme la porte, je commence à angoisser, je deviens sûrement livide.

— Ava, vous allez bien ?

Être seule avec lui dans cette pièce ne me rassure pas du tout. Je serre les poings en fixant la porte fermée. Mon pouls s'accélère et mon corps se met en alerte.

— Vous voulez que j'ouvre la porte ?

Je ne réponds pas. Je l'entends à peine car mes oreilles bourdonnent. Je veux juste sortir de là. Je vois soudainement la porte s'ouvrir et je me rends compte à quel point je suis ridicule. Je prends une grande inspiration et je me décide enfin à le regarder.

— Ça va ?

— Oui. Désolée. Vous vouliez me parler ?

— Oui. As-tu réfléchi à ma proposition ? Je peux te tutoyer hein ?

— Toujours pas. Vous m'avez dit que j'avais le temps.

— Oui mais il se trouve que je ne suis pas très patient.

— Et bien non, je n'ai pas vraiment réfléchi.

— Qu'est-ce qui te retient ? Tu as peur de moi ?

— C'est ridicule, pourquoi aurais-je peur de vous ?

— Je ne sais pas, tu n'avais pas l'air trop à l'aise lorsque la porte était fermée. Quoi qu'il en soit, je te laisse encore un peu de temps. C'est juste que j'ai une baby-sitter qui attend aussi une réponse et j'aimerais bien que l'une de vous commence demain. Tiens.

Il me tend un bout de papier contenant une inscription :

Juliann → 06 XX XX XX 88

— C'est mon numéro de téléphone. Fais-moi savoir quand tu auras pris ta décision. Demain matin au plus tard serait le mieux.

— Juliann, lis-je à voix haute.

Je me rends compte que je ne connaissais même pas son prénom.

— Oui, c'est moi.

Il sourit, mais a l'air gêné. Est-ce qu'il rougit ?

— Bon, je ne te retiens pas plus longtemps, en récrée.

— Oui. Au revoir.

— Au revoir Ava.

Je prends mon sac et je sors de la salle, le bout de papier encore dans ma main, mon cœur battant la chamade. La manière dont il prononce mon prénom…

— Ava ! m'interpelle une voix derrière moi.

Oh non pas encore lui.

— Je voulais encore m'excuser pour ce que je t'ai dit. Je sais, c'était déplacé.

— Oui en effet, dis-je sans me retourner.

— S'il te plaît…

Je m'arrête net. Il manque de foncer sur moi.

— Qu'est-ce que tu me veux ? demandé-je exaspérée.

— Rien, juste apprendre à te connaître. Je suis nouveau et tu m'avais l'air sympa.

— Moi ? Sympa ? demandé-je en me retournant.

— Bon je reconnais que t'es assez flippante parfois, surtout quand tu regardes les gens comme ça. Mais j'ai envie d'apprendre à te connaître. On peut juste déjeuner ensemble ce midi et après je te laisse tranquille.

— Ok.

— Quoi ?

Quoi ? Qu'est-ce qu'il m'arrive ?

— J'accepte. On ira à la cantine, je n'ai pas eu le temps de prendre ma gamelle.

— Euh d'accord. Au fait, moi c'est Luka, je ne suis pas sûr que tu le savais.

— Non, je ne savais pas.

J'avance rapidement et le laisser planter dans le couloir pour me réfugier aux toilettes le temps de la récrée.

L'heure du déjeuner arrivé, on se rend à la cantine en silence. Je le sens nerveux et ça me rend nerveuse aussi. Qu'est-ce qu'on va bien pouvoir se dire ? Je ne sais pas faire dans le social, je n'ai absolument aucune idée de ce que peuvent bien se raconter les gens normaux. Peut-être que je devrais simplement l'écouter parler de lui et ensuite il me fichera la paix ? Pendant mon mutisme, j'ai appris à analyser les gens, leurs expressions, leurs mimiques, tout ce qui disait plus que ce que suggéraient leurs mots, alors je peux voir en faisant la queue, en composant mon plateau repas et en choisissant une place pour m'installer que Luka est nerveux, mais à la fois content d'être avec moi. Et moi, je n'ai qu'une envie : fuir. Ma solitude me manque.

— Alors, parle-moi de toi, me dit-il en entamant sa salade.

— Il n'y a pas grand-chose à dire. Je vis avec ma grand-mère depuis presque trois ans. Mes parents sont à Genève avec ma grande sœur. J'ai un enfant. De trois ans.

Je le scrute pour voir sa réaction. Autant qu'il soit au courant maintenant. Et puis s'il avait des vues sur moi, savoir que j'ai un enfant le fera reculer. Personne ne veut être papa à… dix-sept ans ? Il fronce les sourcils un instant.

— Tu as un enfant ?

— Oui, c'est ce que j'ai dit.

— Et le père ?

— Il est mort, m'empressé-je de répondre.

— Ah ?

— Oui.

— Je suis navré.

— Ne le sois pas.

Un ange passe.

— Et toi ?

— Moi, je viens d'emménager avec mon père et ma petite sœur. Je vivais à Marseille avant mais mon père a été muté ici et on n'avait plus trop les moyens de vivre dans notre ancienne maison. Ma mère est… Quelque part entre ici et le bout du monde. Elle nous a abandonné il y a sept ans.

Il hausse les épaules pour avoir l'air nonchalant même si je sais que la vérité, c'est que cet abandon l'a forcément marqué d'une manière ou d'une autre.

— Et aujourd'hui j'essaie de convaincre une fille d'être amie avec moi. Tu m'as l'air très mâture. Ça me plaît.

— D'accord.

Il rit.

— Quoi ?

— T'es une handicapée des sentiments.

— Pardon ?

— Tu agis comme un robot. C'est... très mignon. Et très marrant aussi.

Je souris. Peut-être pas si ennuyeux que ça finalement. Mais je préfère quand-même ma solitude.

— J'ai bien vu que t'avais pas l'air très emballé à l'idée d'être mon amie mais... Si un jour tu veux qu'on aille au ciné ou qu'on se mange une pizza, ça serait avec plaisir. Je ne connais pas trop la ville.

— Tu m'as l'air de t'adapter assez rapidement, je pense que tu n'auras aucun mal à trouver tes marques.

— Qu'est-ce qui te fait dire ça ?

— Et bien, tu m'as pas l'air si timide que ça et... J'ai remarqué que tu parlais déjà avec la moitié de la classe.

— C'est vrai.

— Et pourtant tu insistes pour être ami avec moi, la fille *bizarre*. C'est louche.

— Oui... Tu m'intrigues.

C'est aussi ce que m'a dit Juliann. Pardon, monsieur Ronadone. Le fait de repousser les gens c'est intrigant ?

— Je ne veux pas me mêler de ce qui ne me regarde pas mais… Je t'ai vu sous l'arbre avec le prof de philo l'autre jour. Qu'est-ce qu'il te voulait ?

— Comme tu l'as dit, ça ne te regarde pas, je réponds à la fois outrée et gênée par son indiscrétion.

— Désolé.

Il baisse les yeux vers son assiette et joue avec sa purée, si l'on peut appeler ça de la purée. J'en profite pour le dévisager. La couleur de ses yeux est la première chose qui m'a frappée la première fois que je l'ai vu ; ils sont clairs, exactement de la même couleur que ceux de Drew. Ils se marient parfaitement avec sa peau mate et ses cils noirs. Ses cheveux m'ont l'air longs, ils sont tressés et attachés à l'arrière en un chignon bas. Ses lèvres sont pleines et ses joues rondes lui donnent une apparence d'enfant qui contraste avec sa mâchoire carrée.

— T'es flippante à me regarder comme ça, Ava. Sérieux, on dirait que t'es en train de planifier de me tuer.

— Désolée, dis-je sans pouvoir m'empêcher de sourire. C'est un de mes défauts.

On finit notre repas dans une ambiance légère. J'arrive presque à me détendre et à apprécier ce moment avec Luka. Avant de rejoindre notre cours d'histoire, on échange même nos numéros de téléphone.

18 : 47

Je sors de mon dernier cours avec l'envie pressante d'aller aux toilettes. Le problème c'est que celles situées au deuxième étage sont réservées aux garçons. Je ne suis pas sûre de pouvoir me retenir plus longtemps alors je fonce dedans, tant pis ! L'odeur immonde de l'urine manque de m'assommer, mais c'est une question de vie ou de mort, alors j'entre dans une cabine, baisse mon pantalon et me maintiens en équilibre au-dessus de la cuvette. Une fois ma vessie vidée, je pousse un soupir de soulagement.

En sortant de la cabine dont la porte était pleine d'obscénités soit dit en passant, je tombe nez à nez avec Juliann. Euh, monsieur Ronadone. *Manquait plus que ça !*

— Ava ? Qu'est-ce que vous faites là ?

— Hum… Bah… J'ai fait mes besoins, dis-je rouge de honte.

— Je sais, dit-il en riant.

Je détourne le regard pour me laver les mains. Il n'y a même pas de savon.

— Je voulais dire ; qu'est-ce que vous faites dans les toilettes pour hommes ?

— Bah en fait... c'est que... Je suis hum... trans !

— Trans ? Vraiment ?

C'est ridicule, je suis morte de honte ! Le stress m'a fait bégayer et débiter des conneries. Juliann s'esclaffe après quelques secondes durant lesquelles il a tenté de se retenir. Son corps est secoué de soubresauts tellement il rit. J'ai envie de l'étrangler, mais pour une raison que j'ignore, le son qui sort de sa bouche me fait sourire.

Un point pour lui, la situation est vraiment hilarante

— Désolé c'est... Haha ! Pardon !

J'ai envie de rire aussi mais je préfère rester sérieuse. Après tout sa réaction aurait pu me vexer. Et si j'avais vraiment été trans ?

— C'est la pire excuse que l'on ne m'ait jamais sortie.

— Oui eh bien… c'est la première chose qui m'est venue à l'esprit.

Silence. Je remarque à présent que nous sommes seuls dans un espace clos et assez étroit. Juliann avance d'un pas, sûrement pour entrer dans une cabine, et je recule jusqu'à ce que mon dos heurte le mur. Comme dans mon rêve. Mon pouls s'accélère. J'ai peur. Il semble le remarquer puisqu'il recule pour me laisser passer. Je n'arrive pas à bouger. Je me sens abrutie.

— Désolé, je ne voulais pas t'embarrasser.

Il a l'air sincère.

— Non, ça va. Je vais y aller.

— Ava, m'interpelle-t-il avant que je ne m'en aille.

— Oui ?

— Tu n'oublies pas de m'envoyer un message ce soir ? Tu sais, pour le baby-sitting ?

— Ok.

Je tourne les talons et je rentre chez moi.

Chapitre 6 | Ava

L'ambiance à table est plus agréable que d'ordinaire, ce soir. La preuve : je prends part à la discussion entre Drew et Nana. Mon fils raconte sa journée avec un enthousiasme étonnant en expliquant à sa grand-mère comment il s'est disputé avec un de ses camarades de classe pour pouvoir s'asseoir à côté d'Inès. Je crois qu'il est amoureux d'elle et je trouve ça trop mignon. Ses yeux s'écarquillent lorsqu'il me voit sourire et que je lui dis que si Justin recommence, il devrait poser des punaises sur la chaise pour que l'autre n'ait plus jamais envie de s'asseoir à côté d'elle. Pire conseil, ça, c'est sûr. C'est d'ailleurs pour ça que Nana m'a lancé un regard noir, mais ils n'ont pas pu s'empêcher de rire. Ça fait du bien de ne détester personne ne serait-ce que pendant quelques heures. Peut-être que mon humeur a quelque chose à voir avec ma rencontre de tout à l'heure avec monsieur Philo ? Je souris en repensant à cette scène ridicule dans les toilettes.

— *Tu as l'air de bonne humeur aujourd'hui,* me dit ma grand-mère avant d'avaler une rondelle d'alloco.

— *Hum non… Non je pensais à un truc marrant c'est tout.*

— *C'est bien nouveau ça. C'est quelque chose ou quelqu'un qui te fait rire ?*

— Nana !

— C'est peut-*êt'e* le papa d'Inès, dit soudainement Drew.

— Ah et qui est cet homme ?

Je serre les poings. De quoi est-ce qu'il se mêle ? J'étais de bonne humeur et voilà, il a réussi à tout gâcher, comme d'habitude.

— Personne, je réponds en lui lançant un regard menaçant.

— Mais si ! Vous avez *pa'lé su'* le banc quand Inès et moi on est allé *youer* au pa'c. Peut-*êt'e* qu'elle est *amou'euse*.

— Quoi ? m'exclamé-je en même temps que ma grand-mère.

— Tu as un petit-ami ? me demande-t-elle en fronçant le peu de sourcils qui lui reste.

— Non ! protesté-je.

— Mais si. Le monsieur qui...

— Ça suffit, Drew, j'ai dit non ! Mêle-toi de tes affaires, un peu ! Toujours dans mes pâtes, t'es insupportable !

Ses yeux s'embuent instantanément. Fait chier. Je ne peux plus le regarder en face, ni ma grand-mère qui me toise sévèrement. Hors de moi et honteuse, je sors de table et claque la porte de ma chambre. Je suis totalement en tort, ce n'est qu'un enfant, mais je ne supporte pas qu'il se mêle de mes affaires. Tout ce qu'il dit ou fait me contrarie. Drew est la continuité de ce que j'ai subi. Ce qui me brise, c'est que je sais que j'ai tort, je sais que je lui fais du mal et je me déteste pour ça. Surtout que je sais que je n'aurais jamais le courage de m'excuser.

Je soupire et m'installe sur mon lit avec mon PC. En attendant qu'il s'allume, je regarde mes messages. Non pas que j'ai beaucoup d'amis, mais j'ai tendance à répondre en décaler et les SMS s'accumulent sur ma barre de notifications. Les messages d'Adèle et d'Aïna, plus précisément. Elles sont les seules amies qu'il me reste, les seules à avoir été présentes lorsque ma détresse était si forte qu'elle m'a empêchée de parler pendant deux ans. Elles entament toutes les deux leur seconde année à l'université et la distance ne nous a pas éloignées pour autant. Les filles me proposent une soirée pyjama chez moi et j'accepte en souriant.

C'est en finissant de taper mon message que je me souviens que monsieur Ronadone m'a laissé son numéro. Je saisis mon sac et m'empare du bout de papier. Comme une idiote, je fixe les lettres de son prénom comme s'il s'agissait d'un mot interdit. Ce prof me fait flipper. Il est intrusif, culotté et loin d'agir en professionnel ! Mais il est… rassurant. Je ne sais pas, j'ai l'impression de le *connaître*. Peut-être que je deviens folle ? Je tape son numéro sur mon téléphone, ainsi qu'un bref message en me convaincant que c'est uniquement parce que j'ai urgemment besoin d'argent.

> **Ava**
> Bonjour monsieur Ronadone. C'est
> Ava. J'accepte votre offre. A demain,
> bonne soirée.

C'est bien non ?

De tout manière je ne peux pas mieux faire. Un message rapide, clair et concis. C'est ce qu'il me fallait.

M Philo
Bonsoir, Ava.
Pas besoin d'être aussi formelle.

M Philo
Je suis content que tu acceptes. On peut se voir demain soir après les cours ? Je voudrais te présenter à ma fille et te poser quelques questions.

Ava
Oui, d'accord. Quelle heure ?

M Philo
Dix-huit heures chez moi ? Je peux te prendre en voiture après les cours si tu veux.

Jamais de la vie !

Ava
Merci mais ça ira, j'ai ma voiture.

M Philo
Ok.

Je suis ridicule ! Je garde mon téléphone dans la main. Certes Juliann n'est pas avec moi dans la chambre, mais j'ai comme cette impression qu'il y a un silence gênant entre nous. Je ferme les yeux une seconde et la seule chose que je vois sont ces yeux verts orageux qui semblent prêts à m'emporter dans une tornade.

Lycée
Mardi 12 Septembre
17 : 35

Je sors de mon dernier cours assez hâtivement je l'avoue. La journée a été vraiment longue. Je n'ai pas pu me distraire avec Luka, car je l'ai sciemment ignoré toute la journée. Chose stupide car j'ai vraiment envie d'en apprendre plus sur lui, mais il faut savoir être méfiant. Surtout envers les hommes. Je n'ai pas eu cours avec Juliann, donc je n'ai pas non plus pu être distraite, offusquée ou gênée par ses regards étranges. En fait, la seule et unique chose palpitante de cette journée, c'est le fait que je doive me rendre chez lui. Pour rencontrer sa fille, autrement je ne me serais jamais aventurée dans la maison d'un étranger.

J'ajuste la bandoulière de mon sac sur mon épaule et je sors mon téléphone de la poche arrière de mon jean lorsque je le sens vibrer. Je ralentis en lisant :

> **M Philo**
> Ça serait bien que tu puisses venir avec Drew.
> Inès a très envie de jouer avec lui.

J'hésite. Il va voir quelle mère abjecte je fais, il va me juger. En plus, je n'ai pas parlé à Drew depuis hier… D'un autre côté, l'emmener voir son amie serait un bon moyen d'apaiser les tensions. Je finis par accepter.

> **Ava**
> Ok. J'ai besoin de ton adresse.

Je tique en remarquant que j'ai oublié de le vouvoyer. Il a vraiment une mauvaise influence sur moi.

Je sors du lycée pour me rendre dans la Jeep noire que m'a offerte mon père lorsque j'ai eu mon permis. Si seulement ma mère avait été un peu plus comme lui… Je démarre et me rends chez moi. Lorsque je pousse la porte d'entrée, j'entends les éclats de rire de Drew provenant du salon. Il joue avec ma grand-mère. Non, il se moque d'elle car elle n'arrive pas à comprendre le tour de magie qu'il a appris à l'école. C'était donc de ça qu'il parlait la dernière fois ? Je me mets à sourire sans trop savoir pourquoi. C'est horrible ce déchirement : ne pas savoir chérir un être que l'on est supposé aimer plus que tout.

— Tiens, *bonjour toi !* me dit ma grand-mère en relevant la tête pour me regarder.

— *Salut,* je réponds timidement. Vous faites quoi ?

— *Drew m'apprend un tour de magie avec ses cartes. Est-ce que tu savais qu'il savait faire ça ?*

Je secoue la tête. Comment pourrais-je le savoir ?

— Tu n'entres pas ?

— Non, je t'ai dit que j'avais un entretien pour un baby-sitting. Je me change et je file. Hum… Drew ?

Il lève vivement la tête, l'air très surpris que je lui adresse la parole.

— Oui ?

— L'enfant que je vais peut-être garder c'est Inès, je vais chez elle. Tu veux… venir avec moi ?

— *Pou' de v'ai ?*

— Oui.

Il reste figé un moment, les yeux grands ouverts et la bouche en forme de O. Après quelques secondes, il se lève avec hâte et court dans sa chambre en criant qu'il sera prêt dans cinq secondes. Je ne peux m'empêcher de sourire. Je vois ma grand-mère sourire elle aussi.

— *A mon avis tu ferais mieux de te dépêcher de te préparer toi aussi.*

Chez Juliann
18 : 03

La maison de Juliann est grande. En tout cas, elle a l'air de l'être. Voilà deux minutes que je suis garée devant la maison mais que je ne me résous pas à sortir de la voiture. Allez *Ava ! C'est ridicule d'avoir peur, descends !*

— Maman ?

Il me fait sursauter. D'une parce que ma nervosité m'avait fait oublier sa présence et de deux parce qu'il vient de m'appeler maman pour la deuxième fois depuis des semaines.

— Oui ? je réponds en le regardant dans le rétroviseur.

— On ne descend pas ?

— S… si. Si. On y va.

Je détache ma ceinture et me décide à sortir. Je reste figée quelques secondes devant cette maison. La peur m'envahit, je n'y peux rien. Les mauvais souvenirs remontent et il est difficile de les combattre.

— Maman ! m'interrompt Drew toujours dans la voiture.

Je me dépêche d'aller le détacher de son siège auto. Une fois sorti de la voiture, mon fils me prend la main. Cette sensation me fait frissonner, mais je prends sur moi pour ne pas le repousser.

— Tu as *peu'* ? me demande-t-il.

— Un peu, avoué-je timidement.

J'avance. En tout, 44 pas nous séparent de la porte de la maison. Je me décide à sonner, encore hésitante. Quelques secondes plus tard, la porte s'ouvre sur Juliann… Torse nu. Un cri aigu meurt dans ma gorge et je me retourne immédiatement pour me tenir dos à lui. C'est déplacé, il est fou ! Je ne le vois pas, mais je sais qu'il sourit. Je le hais.

— Bonsoir ! me salue-t-il essoufflé. Désolé pour la tenue, je viens de finir mon sport, j'allais justement aller prendre ma douche, je me suis dépêché d'ouvrir. Je ne savais pas que tu arriverais si vite. Entrez.

Je ne bouge pas. Qu'il aille enfiler un t-shirt, d'abord ! Je le sens lever les yeux au ciel. C'est dingue la capacité que j'ai à capter ses gestes.

— Ava, ne faites pas l'enfant, ce n'est qu'un torse.

Drew qui tient encore ma main lève la tête et me lance un regard interrogateur. *Oui, ta mère est folle, mon grand, mais ça, tu le savais déjà.* Je soupire et me décide à me retourner en me forçant à ne pas regarder son torse. Son sourire narquois me donne envie de le gifler ! Ses cheveux bouclés sont luisants de sueur et retombent sur son front. Ses yeux gris pétillants de malice me font cra… me donnent d'autant plus envie de le frapper.

Il ouvre la porte en grand pour nous laisser passer. J'aimerais dire qu'il pue la transpiration, que son odeur corporelle est abjecte, mais absolument pas. J'ai du mal à la définir car je stoppe ma respiration dès que je comprends qu'elle a un effet sur moi. Un effet indéniable. Je me focalise sur l'aspect de la maison pour oublier sa présence. Nous pénétrons dans une petite entrée qui donne sur un salon en apparence grand mais encombré par une bonne trentaine de cartons.

— Désolé pour le désordre, je n'ai pas encore eu le temps de finir d'aménager la maison.

— Ça ne fait rien.

Je suis stressée. Pour m'occuper, je me mords la lèvre en parcourant la pièce du regard. Le salon est spacieux et à moitié meublé : les murs sont blancs, un grand canapé couleur crème me fait face mais il manque vraisemblablement un meuble TV puisque la télé est installée par terre, en face d'une grande table basse. Derrière le canapé se trouve une table à manger qui sépare la cuisine déjà équipée de la pièce à vivre. J'en déduis que Juliann aime cuisiner. Je suis tellement ailleurs que je remarque à peine que Drew et lui sont en train de discuter.

— Elle est là Inès ?

— Oui, elle t'attend dans sa chambre, tu peux aller la rejoindre.

— Mais je sais pas où elle est moi, sa *chamb'e*, répond Drew avec une moue boudeuse.

— Alors cherche-la.

L'air malicieux, Drew sourit et se met à grimper les marches qui mènent à l'étage. Me voilà seule avec *lui*.

— Très jolie haut, dit-il en regardant mon chemisier blanc.

— Merci. Je vous retourne le compliment, je réponds ironiquement.

Il rit puis s'approche de moi. J'en oublie la raison de ma présence. Je tourne la tête vers la fenêtre qui donne sur le jardin. Le soleil projette ses rayons dans toute la pièce, il fait encore très chaud pour un mois de septembre.

— Je te sers quelque chose ?

— Non merci.

— Du thé glacé ? Je savais que tu aimais ça.

Je lève les yeux au ciel tandis qu'il se dirige vers la cuisine. Il revient quelques secondes plus tard avec un verre de thé glacé. Ce mec n'a aucune limite. Je lui dis de ne pas me tutoyer, mais il le fait quand-même. Je lui dis que je ne veux rien à boire et il va quand-même me chercher quelque chose. Argh !

— Assieds-toi, je t'en prie, dit-il en me désignant le canapé.

Je m'assois et accepte son verre à contrecœur.

— Alors. Qu'est-ce que vous voulez savoir qu'on en finisse ?

Il hausse les sourcils face à mon ton cassant, mais son sourire s'élargit. Son odeur s'infiltre dans mes narines et je lutte pour ne pas fermer les yeux et humer. C'est addictif, on dirait l'odeur que dégage une forêt après une averse mélangée à une autre senteur boisée qui vient sûrement de son gel douche ou son parfum. Qui sent bon après avoir transpiré, sérieux ? Je le hais. Je le fusille du regard et il me demande silencieusement pourquoi. *Parle vite,* je me contente de lui répondre avec mes yeux.

— T'as déjà été baby-sitter ?

— Non.

— Ok. Inès n'est pas compliquée. Elle aime jouer, principalement dessiner. Elle est mignonne mais très maline alors fais attention car elle manipule facilement les gens avec ses yeux de chat pour leur faire faire tout ce qu'elle veut.

— Ok.

Tu pourrais répondre avec plus que des monosyllabes ? me dit sa mâchoire qu'il contracte. *Non.* Je m'efforce de ne pas sourire. Il souffle, l'air exaspéré par ma froideur. Oui, je suis chiante, je suis déjà au courant.

— Tu n'auras pas à cuisiner, je laisserai toujours à manger dans le frigo. Pareil pour les cartons, n'y touche pas, la priorité, c'est Inès. Elle mange à dix-neuf heures et prend son bain juste avant. Elle doit être au lit à vingt heures. Elle va sûrement inventer un stratagème pour que tu la laisses regarder la télé, ou alors elle va discuter avec toi jusqu'à ce que tu oublies de l'envoyer dormir, ne te laisse pas avoir. Elle voudra peut-être que tu lui lises une histoire.

Ses yeux brillent lorsqu'il parle d'elle, c'est mignon. Ça m'attendrit. Enfin, juste quelques secondes, car en voyant que je ne bois pas ma boisson, il me la prend des mains et vide le verre d'un trait. Je rêve, je rêve ! Il a été élevé dans la forêt ou quoi ? Fier de lui, il me sourit et se penche pour déposer son verre sur la table et prend du temps avant de se redresser. Je n'aime pas devoir lever la tête pour le regarder, ça lui confère une forme de supériorité qui me met mal à l'aise. Il semble le remarquer car il s'assoit sur la table, face à moi. Sa proximité me perturbe, il rend l'air irrespirable...

— Des questions ?

Ouais, t'as déjà pensé à consulter ?

Il me fusille du regard.

— Vous ne m'avez pas donné les horaires.

— Les mercredis après le centre et les mardis et vendredis soir. J'ai regardé ton emploi du temps, ça colle.

— Ok.

— S'il y a un problème, tu as mon numéro. Sur le frigo il y a aussi celui de mes parents, ils habitent à une heure d'ici.

— Ok.

— J'ai une autre faveur à vous demander.

— Hmm ?

— Il faut que j'aille prendre ma douche.

Je manque de m'étrangler avec ma salive. Ne me dites pas que…

— Pardon ? Vous n'allez quand-même pas me proposer de vous accompagner ?

— Quoi ? Non, jamais ! Enfin... Je suis passé du coq à l'âne. On reparlera de ma demande plus tard. Je vais me laver. Fais comme chez toi.

Il se lève rapidement et se dirige vers les escaliers, prêt à me laisser seule dans le salon. Décidée à ne pas attendre comme une idiote, je le suis dans l'idée de rejoindre les enfants.

— Qu'est-ce que tu fais ? Je t'ai dit que je ne voulais pas que tu m'accompagnes sous la douche.

— Je vais voir ce que font Drew et Inès, ne vous faites pas d'illusions.

Il s'arrête si soudainement sur la dernière marche que je manque de lui rentrer dedans. Il m'observe.

— Quoi ?

— Tu vas finir par me tutoyer un jour ?

— Vous êtes mon prof.

Il fronce les sourcils pendant cinq secondes comme si ma remarque lui avait déplu, puis sourit instantanément. Il est *bizarre* !

— Mais pas en dehors des cours.

— Je préfère vous vouvoyer.

— Comme tu veux.

J'ai envie de le tchiper. Il lève les yeux au ciel et tourne les talons pour disparaître dans le couloir, me laissant seule une nouvelle fois. Il laisse derrière lui une énergie qui, une fois encore, rend l'air difficile à respirer, dégage quelques charges qui crépitent dans l'air.

Drew rit aux éclats dans la chambre d'Inès. Ce son mélodieux propulse des effluves de bonne humeur en moi, comme si on était liés. *Normal, c'est ton fils !* raille ma conscience. N'empêche que ce son m'est très peu familier… Je l'ai plus entendu pleurer que rire, en ma présence. Je me dirige vers le bruit et espionne les deux enfants. La porte largement ouverte me permet de voir Inès en train de s'amuser à faire des grimaces à Drew. Elle aussi rit aux éclats, les yeux étincelants. Ils sont de la même couleur que ceux de son père d'ailleurs, mais au lieu d'inspirer le tourment et le culot, ils illustrent l'innocence même : pas de problème, pas de tracas, pas de souffrance. Sa chambre est parfaitement rangée contrairement au reste de la maison. Elle est décorée dans des couleurs très douces : ivoire, beige et marron clair.

— Regarde, il y a ta maman ! s'exclame Inès en rivant ses grands yeux gris-vert sur moi.

Démasquée, je m'avance pour me tenir dans l'encadrement de la porte. Drew se retourne et me tend la main pour que je les rejoigne.

— Vous jouez à quoi ?

— Inès fait des *g'imaces*. C'est *t'op d'ole*.

— Je peux jouer avec vous ? demandé-je en souriant.

Je me surprends moi-même à poser cette question. Je n'ai jamais joué avec Drew. Même quand il était bébé.

— D'accord, mais alors on change de jeu ! s'exclame Inès en se relevant.

— À quoi veux- tu jouer ?

Elle fait mine de réfléchir, les yeux dans le vague et un doigt sur les lèvres. Elle est affreusement mignonne avec son pantalon blanc et son sweat à capuche bleu. En la regardant, je lui trouve de plus en plus de points communs avec son père. Le même nez, les mêmes cheveux en moins ternes, le même regard espiègle. Je n'ai jamais vu sa mère, mais je suppose que c'est d'elle qu'elle tient ses lèvres pleines, sa fossette au menton et ses traits si féminins.

— Cache-cache ! crie-t-elle soudainement.

— Ouais ! renchérit Drew.

— Alors va pour le cache-cache.

— C'est moi qui compte, dit Drew en se dirigeant vers un coin de la chambre. Un, deux, *t'ois*, six...

— Vient, il faut se cacher ! chuchote Inès en m'entraînant à l'extérieur de la chambre.

Je la suis jusqu'au rez-de-chaussée puis jusqu'à une petite porte sous les escaliers. Je ne suis pas sûre de pouvoir entrer à l'intérieur tellement la pièce est exiguë.

— Le plafond est plus haut dedans, me chuchote-t-elle comme si elle avait lu dans mes pensées

— D'accord.

Je me recroqueville sur moi-même pour pouvoir pénétrer à l'intérieur de la petite pièce. Il fait tout noir jusqu'à ce qu'Inès allume la lumière. Effectivement, le plafond est plus haut dedans. La pièce est totalement vide mais il n'y a pas de poussière, ni de toile d'araignées comme je pensais qu'il y en aurait.

— Drew ne nous trouvera jamais ici.

Elle s'assied par terre en tailleur et je l'imite. Le silence s'installe quelques secondes, mais pas pour très longtemps.

— Est-ce que tu vas devenir ma nouvelle maman ? me demande-t-elle soudainement.

— Quoi ? Non !

— Ma deuxième maman est partie. Tu vas la remplacer ?

— Non, je ne remplacerai personne.

— Papa ne laisse jamais entrer aucune madame. La seule, c'était Cara. Et ils étaient amoureux. Maintenant ils ne sont plus ensemble et papa t'invite toi.

— Ah.

— Il m'a dit que c'est toi qui vas t'occuper de moi après l'école.

— Oui, c'est vrai.

— Il ne laisse que mamie, papi, tonton Johann, tata Jade ou Cara s'occuper de moi. Ah et tata Mariam aussi !

— Ton père a besoin de moi car il n'a trouvé personne pour s'occuper de toi après l'école. Il n'avait pas le choix.

— Mmm.

— Je ne vais pas remplacer ta maman.

Elle sort de son pull une chaîne dorée auquel pend un médaillon. Elle l'ouvre et me montre la photo qu'il referme. Je reconnais immédiatement Juliann. Il a l'air beaucoup plus jeune sur la photo : ses yeux brillent et ses cheveux ne sont pas ternes, ils sont d'un brun chocolat. Ses bras nus entourent un ventre rond. Le ventre de sa femme enceinte et souriante... Elle a les lèvres pleines comme celles d'Inès, de longs cheveux noirs d'ébène comme moi, de grands yeux verts et une fossette au menton. Elle est d'une beauté époustouflante.

— C'est ma maman.

— Elle... elle s'appelle comment ?

— Anaëlle.

— Elle est très belle.

— Oui. Elle est décédée le jour de son accouchement.

Je la regarde ébahie. Ce ne sont pas les paroles d'une petite fille de trois ans. En même temps, je suis étonnée de me sentir si à l'aise en la présence d'Inès. Parler avec elle ne représente pas un réel effort. Je me sens aussi idiote d'avoir demandé à Juliann pourquoi sa femme ne pouvait pas s'occuper de leur fille.

— Papa dit qu'elle fait un gros dodo, mais je sais qu'en vrai, elle est décédée. Ensuite Cara s'est occupée de moi et de mon papa et elle est devenue ma maman. Mais papa dit que ma seule maman restera Anaëlle.

Je ne sais que trop bien comment les mères peuvent être exécrables, je le suis moi-même. Alors les belles-mères… Je demande :

— Est-ce qu'elle est... gentille, Cara ?

— Elle est gentille avec moi mais pas avec papa.

— Ah.

— Est-ce que tu vas être l'amoureuse de papa ?

Je m'apprête à répondre que non lorsque la porte s'ouvre soudainement.

— Regarde Drew, elles sont là ! s'exclame Juliann.

Mon... *fils* entre en courant dans la pièce et me saute dessus, manquant de me faire basculer en arrière. Je me fige un instant sous cette étreinte peu familière, mais j'arrive à ne pas le repousser. J'arrive même à apprécier.

— Trouvées !

Je l'attrape et le hisse sur mes épaules en me levant, puis je sors maladroitement de la petite pièce. Inès nous rejoint, l'air contrarié.

— C'est de la triche ! Papa l'a aidé, dit-elle en boudant.

— Moi ? Non, pas du tout ! C'est vous qui trichez ! Vous êtes deux contre un.

— Eh, je vous rappelle que c'est le but d'un cache-cache. *Vous* avez triché ! m'exclamé-je.

— Non, c'est pas *v'ai* ! dit Drew en se trémoussant sur mes épaules pour que je le fasse descendre.

Une fois à terre, il court aux côtés de Juliann tandis qu'Inès se met à côté de moi.

— J'ai une idée, dit Juliann.

— Ah oui ?

— Oui, une bataille d'eau. Filles contre garçons. Le premier qui capitule a perdu.

— Si on gagne, tu payes une glace à Inès tous les jours et tu feras tout ce qu'elle te demandera de faire pendant une semaine, fais-je lorsqu'il vient titiller mon esprit de compétition.

— Si on gagne, tu promets de jouer avec Drew tous les jours et tu feras tout ce que *je* te dirai de faire.

— Et, moi aussi *ye* veux des glaces !

— Va pour les glaces, Drew.

— C'est d'accord, dis-je après réflexion.

Bien sûr il est hors de question que je sois sous les ordres de Juliann car premièrement il est impossible que je perde et deuxièmement parce qu'il est hors de question que j'obéisse à un homme. Et puis pourquoi a-t-il insisté sur le fait que je doive me rapprocher de Drew ? Est-ce que celui-ci a raconté quelque chose à Inès ou à lui ? Je poursuis dans mes réflexions tandis qu'on se dirige tous dans la cuisine pour remplir des bombes et des pistolets à eau. On se réunit ensuite dans le jardin et avant même que je ne prenne le temps de monter une stratégie avec Inès, je sens un filet d'eau froid parcourir mon dos. Juliann. Je hurle en me retournant et par instinct, je lui jette une bombe à eau. Que la guerre commence !

19 : 08

— Tu capitules ? me demande Juliann en s'avançant vers moi.

Je suis venue dans la cuisine pour un court instant, mais je n'ai pas pu résister à l'envie de regarder Drew et Inès s'arroser comme des fous en riant aux éclats.

— Non, je suis juste venue remplir mon pistolet.

Je détourne mes yeux de la fenêtre pour lui faire face.

— Et toi ? Tu capitules ?

— Oh, tu me tutoies ?

Il m'arrache un sourire. Moi qui depuis le début m'acharne comme une forcenée à instaurer une barrière entre nous, c'est raté. Je lève les yeux au ciel en hochant la tête.

— Non, je suis venu voir ce que tu faisais.

Il avance d'un pas et je me mets instantanément sur mes gardes. Il tente de faire céder mes barrières et je n'aime pas ça.

— Juliann, recule s'il te plaît.

— Je voulais juste récupérer ma montre.

Confus, il s'arrête net et passe sa main dans ses cheveux. Sa montre est effectivement posée à côté de ma main, sur l'évier. Il recule, abandonnant l'idée de la récupérer. Je me sens bête et pourtant, c'est lui qui s'excuse.

— Désolé si je t'ai mise mal à l'aise... Tu dois être fatiguée, ça fait plusieurs heures qu'on se court après. Tu peux rentrer chez toi si tu veux.

— D'accord, dis-je en me détendant. Mais attends, ça veut dire que tu capitules ?

— Non, dit-il en riant. On fait une pause. Juste une pause. On se reverra.

— Oui, dis-je dans un murmure inaudible.

Il me tend une main, sûrement pour signer notre accord, mais j'hésite à accepter. *Allez, Ava, ce n'est qu'une poignée de main !* Son sourire balaye mon hésitation, alors je glisse ma paume contre la sienne. Oh… Une vive chaleur irradie mon corps et provoque des picotements sous mon épiderme. Il a le pouvoir d'envoyer des décharges électriques ou quoi ? Mon cœur s'emballe et je tente de me soustraire de ce contact, mais il tient ma main trop fermement. Lorsque je lève les yeux, ses pupilles dilatées me percutent de plein fouet. *Est-ce que toi aussi tu as l'impression d'avoir mis les doigts dans une prise ?* Je ne sais pas combien de temps nous restons ainsi, mais il finit par se ressaisir et décréter qu'on devrait y aller. J'accepte en hochant la tête lorsqu'il libère ma main.

— Drew, on y va ! fais-je d'une voix mal assurée lorsque nous arrivons dans le jardin.

Il s'arrête de jouer et court vers moi.

— Déjà ?

— Oui, mais je te promets qu'on reviendra.

— *D'acco'd.* Mais *ye* suis tout mouillé.

— Ne t'en fais pas, Inès va te prêter des vêtements, dit Juliann.

— Mais c'est des habits de filles !

— Mais si tu ne te changes pas, tu vas tomber malade, dis-je.

— Toi aussi, me fait remarquer Juliann. Je vais te prêter un t-shirt.

— Maman met des habits de garçons et moi *ye* dois *mett'e* des habits de fille. *Yénial* ! soupire Drew en boudant.

Nous rentrons à l'intérieur pour monter à l'étage dans une grande chambre pleine de cartons. Seul un grand lit, un meuble dressing et une lampe posée à même le sol meublent la pièce. Juliann fouille dans un carton et me jette un short et un t-shirt ainsi qu'une serviette pour que je me sèche. Quelle galanterie.

— Merci. Je vais me changer dans la salle de bain.

— Non, on va sortir. Allez les enfants, on va aller chercher de quoi habiller Drew.

Ils sortent de la chambre pour me laisser mon intimité. Les vêtements de Juliann sont imprégnés de son odeur si particulière. Assez agréable d'ailleurs. Ça me fait tellement bizarre… Encore une fois, j'aurais aimé dire que ses affaires puent le renfermé, mais pas du tout. Je me place devant le miroir se trouvant près de la fenêtre et je rougis en voyant que ma chemise blanche devenue transparente à cause de l'eau a laissé apparaître mon soutien-gorge noir. Je suis sûre qu'il a fait exprès. Je retire mes vêtements et m'habille rapidement.

— Ava ? Je peux entrer ? demande Juliann à travers la porte quelques minutes plus tard.

— Oui !

Il apparaît sur le seuil de la porte avec Drew sur les épaules vêtu d'un t-shirt de foot beaucoup trop grand pour lui et avec Inès à côté.

— Il n'a pas voulu *s'habiller en fille.*

Je lève les yeux au ciel et les rejoins. Juliann insiste pour prendre mes affaires en me disant que je les récupérerai quand ils seront propres. Je refuse mais il ne lâche pas l'affaire alors j'abandonne.

— On y va ? me demande Drew.

— Oui.

Je les suis jusqu'en bas. Juliann et Inès nous accompagnent jusqu'à la voiture. Drew fait un câlin à son amie pour lui dire au revoir, geste si attendrissant que je me mets presque à la jalouser. Avant que je n'entre à mon tour, Juliann m'interpelle.

— Je voulais te dire...

— Oui ?

— C'est l'une des plus belles soirées que j'ai passées depuis la mort de la mère d'Inès.

Ça me touche. Vraiment. Son regard chaleureux fait fondre la glace qui referme mon cœur.

— Et je tenais à te remercier. Je traverse une période assez difficile en ce moment et ça m'a vraiment fait du bien.

Oh, Juliann... Ses grands yeux inondés par les rayons du soleil couchant me donnent envie de lui dire ce que je ressens, de lui avouer que c'est réciproque. Et il a l'air si sensible d'un coup... Au lieu de cela, j'ouvre juste la bouche puis la referme car les mots ne se décident pas à franchir mes lèvres. Je me contente de sourire, puis de détourner le regard. Un courant électrique s'empare une nouvelle fois de moi et me fait rougir. Qu'est-ce qu'il m'arrive ?

— Tu penses à m'envoyer un message pour me dire que vous êtes bien arrivés ?

— Ok.

— Ok, répète-t-il.

Il me sourit aussi puis recule doucement sans me quitter des yeux jusqu'à ce qu'il rentre chez lui avec sa fille et qu'il referme la porte. Je reste figée quelques instants, les genoux flageolants, puis je monte dans la voiture en tremblant.

Chez Ava
21 : 08

C'est la première fois que je borde Drew.

— Aller, dors p'tit bonhomme.

— Mmm, maman ?

— *Pou'quoi* tu m'aimes pas ?

Sa question me fait l'effet d'une gifle. Comment expliquer à un enfant de trois ans que je ne peux tout simplement *pas* l'aimer ? Qu'il m'inspire de la haine et ne m'évoque que de la souffrance ?

— Mais non... Ce n'est pas... Tu te trompes, Drew. C'est juste que j'ai du mal à jouer à la maman. Mais tu comptes beaucoup pour moi.

— Tu m'aimes *alo's* ?

— Euh... Oui. Oui.

— Et papa, tu l'aimes ?

— Euh… On en reparlera demain, d'accord ?

— *D'acco'd.*

— Bonne nuit.

— Bonne nuit maman.

Chapitre 7 | Ava

Ava
Bonne nuit, Juliann.

M Philo
C'est maintenant tu m'envoies un message ? Et en plus tout ce que tu trouves à dire c'est "Bonne nuit Juliann" ?

Ava
Que veux-tu que je te dise d'autre ?

M Philo
Ce que tu voulais me dire tout à l'heure.

> **Ava**
> Je n'avais rien à dire.

> **M Philo**
> Si. Tu voulais me dire que c'était aussi le plus bel après-midi que tu as passé depuis très longtemps.

> **Ava**
> Eh bien... à quoi bon te le dire si tu le sais déjà ?

> **M Philo**
> Drew s'est beaucoup amusé. Tu devrais te comporter comme ça avec lui plus souvent.

Comment ose-t-il me dire comment je dois élever mon fils ? Et puis, que sait-il de la manière dont je me comporte avec Drew ? J'hésite à le lui demander mais je me ravise. Il recommence à être envahissant et énervant. *Mêle-toi de tes affaires, Ronadone !*

> **Connard**
> Ava ?

Je ne réponds pas, car que dire après tout ? Je sais que je ne suis pas une bonne mère, qu'y faire ? Quelques secondes plus tard, mon téléphone se met à sonner. C'est lui. Il ne lâche jamais le morceau celui-là. Qu'est-ce que je vais bien pouvoir lui dire ? La sonnerie s'arrête puis retentit une nouvelle fois.

— Allô ? décroché-je en me redressant sur mon lit.

Je marche sur mon matelas pour chasser ma nervosité.

— Je pensais que tu ne répondrais pas.

— Tu as appelé deux fois, ta détermination méritait d'être récompensée.

— C'est vrai.

Sa voix est un murmure qui me fait frissonner. Elle est douce et rauque à la fois. Rassurante.

— Qu'est-ce que tu fais ?

— Je lisais.

— Tu lisais quoi ?

— *50 Nuances de Grey*, je réponds avec un ton moqueur.

Qu'est-ce qui me prend ? J'oublie trop facilement que c'est mon prof principal.

— Mademoiselle Kayris !

Je m'esclaffe face à son étonnement et à la manière dont il prononce mon nom.

— Si vous connaissez, c'est que vous n'êtes pas plus innocent que moi, monsieur Ronadone.

— Ava, je t'ai déjà dit de me tutoyer.

Silence.

— J'aime les romans érotiques, il n'y a pas de mal à en lire, c'est juste que ça m'étonne que ce soit ton type de lecture. Je te voyais plutôt lire un guide du genre "Comment tuer son prof de philo sans laisser de traces".

Je ris en levant les yeux au ciel. Tant mieux s'il a peur de moi.

— Tu penses me connaître, Juliann ?

— Tu vois que c'est pas si compliqué de me tutoyer.

Je rougis.

Pourquoi est-ce que c'est si facile avec lui ? Pourquoi est-ce que j'ai l'impression de le connaître ? Il m'est tellement familier. Il m'inspire un endroit paisible que j'ai dû fuir et qui m'appelle à y retourner. Ça n'a aucun sens.

— Je vais te laisser, murmure-t-il.

— D'accord.

— Tu peux commencer demain ?

— Oui.

— Ok.

— Ok.

On reste silencieux quelques secondes, chacun écoutant la respiration de l'autre comme s'il s'agissait d'une mélodie divine.

— Bonne nuit, Juliann, finis-je par murmurer.

Je peux presque deviner son sourire sur ses lèvres pleines.

— Bonne nuit, Ava. Fais de beaux rêves.

Lycée

08 : 20

Luka m'attend devant le lycée. Enfin, je suppose que c'est moi qu'il attend puisqu'il me sourit et se dirige vers moi dès que je sors de ma voiture.

— Salut ! me dit-il en s'arrêtant devant moi, les mains dans les poches.

— Hey !

— Ravi que tu ne sois pas en retard cette fois.

Je souris et ferme ma portière avant de verrouiller ma voiture. Je suis étrangement de très bonne humeur ce matin. Peut-être parce que j'ai passé une belle soirée ? Ou alors parce que je me suis rapprochée de Drew ? Ou encore parce que j'aime l'idée d'intéresser mon prof de philo ? Peu importe, j'ai le sourire aux lèvres et c'est tellement rare ! Je mets mon sac sur mon épaule et suis Luka pour aller en cours.

— Mon réveil a sonné aujourd'hui. Tu m'attendais ?

— Ouais, je me disais qu'on pourrait aller en cours ensemble.

— Pourquoi ? Tu as peur de te perdre en chemin ?

— Non mais je peux peut-être te protéger contre la prof d'histoire-géo.

— Madame Cabin ? M'en parle pas ! Je ne sais pas ce qu'elle a contre moi.

Dans les couloirs, on croise Juliann. Il est habillé en prof avec un pantalon gris qui tombe parfaitement sur ses hanches et une chemise noire. Je vire au cramoisi quand il me fait un clin d'œil. Pourquoi est-il obligé de prendre tout l'oxygène lorsqu'il passe devant moi ?

— Oh non, pas toi Ava ! s'exclame Luka.

— Quoi ?

— Ne me dis pas que toi aussi tu craques pour le prof de philo.

Comment ça *toi aussi* ? Qui d'autre craque sur lui ? Attendez, je ne craque pas pour Juliann !

— Hein ? Non !

— Tu rougis.

— Faux.

De jolies fossettes se creusent sur ses joues lorsqu'il se moque. C'est vraiment déroutant son visage enfantin qui contraste avec sa mâchoire carrée.

— On mange ensemble ce midi ?

— Euh, oui, pourquoi pas ? Mais je n'ai pas envie de manger à la cantine.

— On peut tester le kebab d'à côté alors. Et on pourrait peut-être même traîner un peu après, vu qu'on n'a pas cours cet après-midi ?

— Oui pour le kebab, mais après, je rentre, je fais du babysitting cet après-midi.

Chez Juliann
16 : 48

Drew se précipite vers la maison dès que je le détache de son réhausseur.

— Drew !

Il ne m'écoute pas, il continue à courir sans se retourner. Je verrouille la voiture et le rejoins. La porte s'ouvre sur un Juliann tout habillé cette fois. Il dit quelques mots à Drew que je n'arrive pas à entendre, puis mon fils se rue à l'intérieur de la maison. Lorsque j'arrive sur le perron, Juliann ne fait aucun mouvement pour me laisser passer. Il se contente de me regarder de haut en bas en souriant.

— Bonjour.

— Salut Ava.

— Est-ce que je dois attendre que vous m'invitiez pour pouvoir rentrer ?

— Mais non, tu n'es pas un vampire.

Il se décale pour me laisser entrer. Je passe tout près de lui et hume son parfum. Je dois arrêter de lui donner des raisons de me prendre pour une psychopathe. Je remarque que le salon est bien mieux rangé qu'hier : il ne reste que quelques cartons et la télé n'est plus posée à même le sol mais accrochée au mur.

— Tu veux quelque chose à boire ? me demande-t-il en me rejoignant.

— C'est une question rhétorique, même si je dis non vous allez quand-même m'offrir quelque chose.

— Haha, pas cette fois, je suis un peu pressé. Installe-toi, je vais chercher mon sac et ma veste et je reviens.

Comme hier, il me laisse seule dans le salon, et j'en profite pour monter à l'étage et voir ce que font les enfants.

— Ava ! s'écrit Inès en courant vers moi.

— Hey, salut ma grande, comment tu vas ?

— Ça va. Papa m'a dit que c'est toi qui allais me garder pendant son rendez-vous.

— Oui, c'est vrai.

— On va faire quoi ?

À vrai dire, je n'y avais pas du tout réfléchi.

— Hum, je ne sais pas. Qu'est-ce qui vous ferait plaisir ?

— Jouer au colin-maillard !

— Bon d'accord mais avant vous irez tous les deux prendre un bain.

— Oui, oui, oui !

La porte de la chambre de Juliann située juste en face de celle d'Inès s'ouvre. Je me retourne pour le voir habillé en prof, prêt à partir.

— J'y vais. Tu m'accompagnes en bas ? J'ai deux ou trois petites choses à te dire avant d'y aller.

— D'accord.

Je le suis dans les escaliers pour retourner dans le salon.

— Ne t'en fais pas, je ne suis pas comme tous ces parents qui sont paniquées à l'idée de laisser leurs enfants entre les mains de la nounou, je dois juste te prévenir qu'Inès est allergique aux framboises comme sa mère, alors ne lui donne surtout pas les yaourts qu'il y a dans le frigo. Je n'ai pas eu le temps de cuisiner mais tu n'es pas obligée de préparer le repas, je vais peut-être commander quelque chose en rentrant. Quoi de plus… Je serai de retour avant vingt-et-une heure alors tu n'auras pas grand-chose à faire. Ce n'est pas grave si Inès dort tard aujourd'hui, c'est ma faute, je ne me suis pas organisée. Mets-toi à l'aise et fais comme chez toi.

— Très bien. Autre chose ?

— Non, je crois que c'est tout. De toute façon j'ai ton numéro alors si j'ai oublié quelque chose je t'enverrai un message.

— D'accord.

— Eh bien, à tout à l'heure.

Il met sa montre en tremblant. Il a l'air si stressé… Je me demande bien ce qui peut l'occuper trois soirs par semaine.

— Les enfants, j'y vais ! À tout à l'heure !

— Au revoir papa ! s'écrit Inès

— Au revoir, répète Drew.

Juliann me sourit nerveusement, me fait un signe de la main puis sort. Je remarque cependant qu'il a oublié les clés de sa voiture.

Je les prends et me dirige vers la porte d'entrée pile au moment où celle-ci s'ouvre à nouveau. Il manque de foncer sur moi.

— Oh ! Désolé j'ai oublié...

— Ça ?

Je lui tends les clés de sa voiture. Il me remercie timidement puis s'en va. Son comportement est si curieux. Il en a même oublié de m'embêter aujourd'hui. Lorsque j'entends sa voiture s'éloigner, me sentant peu à ma place dans cette grande maison sans Juliann. Je décide finalement de monter à l'étage pour laver Drew et Inès. Je me rends compte que c'est la première fois que je fais prendre le bain à Drew, c'est pathétique. Mes gestes sont maladroits mais j'arrive quand-même à me débrouiller. Pour la première fois, je sens que j'endosse correctement mon rôle de mère. Je me suis organisée la veille au soir pour préparer son pyjama afin qu'il soit prêt à aller se coucher une fois rentrés. J'ai aussi préparé un sac avec des affaires de rechange et sa boîte de magicien puisqu'il semble développer un goût pour les tours de magie. Même ma voiture a remarqué un changement entre le siège auto, le doudou et le petit gilet, n'importe qui peut deviner que je suis mère. C'est tellement nouveau. Et étrange.

Une fois les enfants lavés, séchés et habillés, je les laisse jouer dans un coin du salon et décide de ranger un peu la pièce et déballer les cartons déjà ouverts. Ils contiennent les coussins pour le canapé, de la vaisselle et quelques objets de décoration que je place un peu au hasard. Cela me paraît d'ailleurs très étonnant que Juliann ait autant d'éléments de décoration. Ou alors c'est son ex qui les a choisis et elle a décidé de les lui laisser ? Peu importe, le temps passe assez rapidement car quand je finis de déballer le dernier carton de la cuisine, je vois qu'il est déjà dix-neuf heures. Les enfants abandonnent leurs jouets pour me rejoindre dans la cuisine.

— Ava ?

— Oui ma grande ?

— On a faim.

— Déjà ?

Inès hoche la tête. Ils ont tous les deux l'air boudeur. Leurs yeux de chat me font fondre, alors je souris et finis par accepter de leur préparer à manger. Je fouille dans le frigo, m'attendant à ne rencontrer que des étagères vides, mais non, il est rempli.

— Vous voulez manger quoi ? demandé-je, moi-même indécise.

— Une lasagne ! s'exclame Drew.

— C'est déjà ce qu'on a mangé hier.

— Oh…

— Est-ce que tu sais faire du pain de viande ? me demande Inès.

— Oui. Tu as envie de ça ?

— Oui ! C'est un de mes plats préférés !

— C'est quoi du pain de viande ? demande Drew.

— Tu verras. C'est cro bon !

Sacré Inès. Je sors les ingrédients, heureuse de trouver tout le nécessaire dans cette immense cuisine. On se croirait au restaurant. Je suis sûre que si je cherchais des fruits du dragon ou du gombo, j'en trouverais. Je préchauffe le four et allume une enceinte que j'ai trouvée dans un des cartons pour mettre de la musique. Rien de mieux que de lier mes deux passions. Sous le regard ébahi des enfants, je cuisine en me déhanchant sur *Lady Marmelade* de Christina Aguilera. Drew m'applaudit en riant et Inès tente d'imiter mes mouvements, ce qui me fait éclater de rire.

Il est vingt-heure lorsque je lance la préparation au four et la musique résonne encore dans la pièce, mettant tout le monde de bonne humeur. Je crois que c'est la première fois que mon fils me voit aussi détendue, moi qui suis tout le temps en colère. Je l'ai d'ailleurs fait monter sur un des tabourets de l'îlot central à sa demande pour qu'il puisse regarder notre "pestacle" à Inès et à moi. Essoufflée, je fais aussi grimper son amie sur un tabouret qui m'applaudit lorsque je me déhanche sur *Hey Ya* de Outkast. Qu'est-ce que ça me manque de danser ! Mes hanches bougent naturellement, comme si je n'avais jamais arrêté la danse et les enfants crient lorsque je fais le grand écart et quelques figures de breakdance. Je risque certainement de me casser un membre, mais mon public est vachement bon ! Ils rient aux éclats lorsque je bouge les fesses et ma main qui referme la télécommande de la télé en rythme avec la musique. *Shake it, shake, shake it !*

Au début, je crois que c'est mon mini twerk qui les met dans cet état, mais je pousse un hurlement phénoménal en voyant Juliann adossé au mur en train de me regarder sans feindre la moindre pudeur. Sans réfléchir, je lui balance la télécommande qu'il évite de justesse en riant. Je le hais, je le hais ! Et j'ai honte. Je suis toute rouge.

— Quel accueil ! crie-t-il à travers le vacarme.

— J'ai failli faire une crise cardiaque !

Il est mort de rire, cet imbécile ! Et les enfants aussi. Je prends mon téléphone sur le plan de travail et éteins la musique. Juliann a arrêté de rire, mais je sais qu'il se retient, car il se mord la lèvre. Il ramasse la télécommande, la pose sur la table basse, puis nous rejoint lentement sans me quitter des yeux. Je déglutis.

— Tu danses vraiment bien.

— Depuis quand vous êtes là ?

Il sourit de plus belle, son regard me dit *depuis une bonne dizaine de minutes*. J'ai envie de l'insulter de connard, mais ses iris orageux me disent explicitement *n'ose même pas*. Je le hais. En plus, nos conversations silencieuses m'agacent. Comment est-ce qu'il arrive si bien à lire dans mes pensées ? De la même façon que moi, j'imagine. Il regarde autour de lui, s'arrête sur le four allumé, puis sur l'espace où se trouvaient les cartons remplis avant de froncer les sourcils.

— Tu as rangé ?

— Oui.

— Et t'as cuisiné ? Fallait pas, Ava, je suis gêné.

— Ça va, les enfants étaient sages et je voulais être productive. Puis Inès et Drew avaient faim et m'ont demandé de préparer quelque chose.

— C'est quoi ?

— Du pain de viande.

Son regard s'illumine. J'imagine qu'il aime ça. Du coin de l'œil, je repère les deux gremlins en train de faire des messes basses. C'est lorsque je reporte mon attention sur monsieur Philo que je remarque qu'il s'est encore approché. Il n'est qu'à un mètre de moi. Sa proximité me trouble, je ne sais pas trop quoi dire, ni quoi faire. Il me cherche du regard alors que je tente de fuir ses yeux beaucoup trop perturbants. La tension entre nous est telle que je remarque à peine que les enfants ont réussi à descendre des tabourets avant d'aller au salon pour regarder la télé.

— Ava ?

Je lève les yeux vers lui. Il est si près que je sens son odeur inonder mes narines. Je n'arrive pas à respirer.

— Ava, répète-t-il.

— Oui, je réponds le souffle court.

— Je te remercie beaucoup.

— Je vous l'ai dit, ce n'est rien.

Je me mords la lèvre et baisse les yeux une nouvelle fois en faisant un pas en arrière. Il faut que je sorte d'ici au plus vite.

— Je ferais peut-être mieux d'y aller maintenant.

— Pardon ? C'est hors de question. Tu restes dîner avec nous, c'est la moindre des choses.

— Non…

— Tu n'as pas le choix, Ava. En plus Drew a faim. Je vais remplir le lave-vaisselle et ranger la cuisine, va t'asseoir en attendant. Tu en as assez fait pour ce soir.

— Vous dites ça comme si j'avais fait une bêtise.

— Non, rit-il. Je veux juste que tu te reposes.

Il retire sa veste qu'il pose sur le rebord de l'îlot central, puis retrousse les manches de sa chemise. Même ce simple geste m'hypnotise. Mais qu'est-ce que j'ai à fixer ses mains comme ça ?

— Ça sent très bon. Mais j'ai hâte d'entendre Inès te dire que mon pain de viande est meilleur.

— Ça, ça m'étonnerait, je réponds en souriant.

— Tu aimes cuisiner alors ?

— Oui. Je cuisine avec ma grand-mère depuis que je suis petite. Et vous aussi vous aimez ça à ce que je vois.

— Oui, moi aussi j'ai baigné dedans, dit-il en commençant à ranger les plats sales dans le lave-vaisselle. Mon père tenait un restaurant jusqu'à il y a un an et il rêvait que moi et mon frère le succédions. Échec : je suis prof et mon frère est avocat. Mais je n'ai jamais perdu le goût de la cuisine.

— Je dois avouer que vous êtes assez doué.

— Merci. Et toi, tu as des frères et sœurs ?

— Une grande sœur.

— Et vous vivez avec votre grand-mère, c'est ça ?

— Seulement moi. Ma sœur vit à Genève avec mes parents, mais vous le savez déjà puisque vous avez lu la fiche que j'ai remplie à la rentrée.

— C'est vrai.

Il me fait un clin d'œil puis nettoie le plan de travail.

— C'est toujours plus agréable d'apprendre à connaître quelqu'un en personne.

— C'est vrai.

— C'est trop personnel si je te demande pourquoi tu ne vis pas avec tes parents ?

— Euh… Oui.

— Et si je te demande pour le père de Drew…

— Trop personnel.

— Très bien.

Il me regarde et me lance ce sourire si troublant. Olala… Mon téléphone vibre sur le plan de travail à côté de sa main. Ouf, voilà une excuse pour détourner le regard sans paraître gênée. Je tente de l'attraper, mais il l'atteint avant moi. Nos mains se frôlent. Nous nous fixons pendant quelques secondes avant qu'il ne finisse par me donner mon téléphone. Comme la veille, un courant électrique me traverse. C'est tellement intense que je recule subitement. Visiblement, je ne suis pas la seule à avoir ressenti ça puisque les pupilles de Juliann se dilatent instantanément, rendant ses yeux clairs presque noirs.

— Vous avez senti ça ? demande-t-il le souffle court.

Je ne réponds pas et me contente de baisser le regard encore une fois. La température semble monter soudainement. Je n'aime pas du tout ce qu'il se passe. Pas du tout. Je veux rentrer.

— Je vais prendre une douche, je reviens, me dit-il avant de quitter la pièce.

Je souffle lorsqu'il n'est plus là. Je n'avais même pas remarqué que j'avais retenu ma respiration. Luka a raison, je suis en train de m'enticher de mon prof de philo. Je pose mes coudes sur le plan de travail et me tiens la tête entre les mains en soupirant. Ce n'est pas possible. Je pensais qu'après ce qu'il s'était passé je ne pourrais plus avoir d'attirance pour un homme mais finalement si... La température qui monte, les battements de cœur qui accélèrent, les courants électriques... Je ne suis pas novice, je connais tout ça. Bordel, je suis vraiment en train de craquer sur mon prof !

Il redescend quelques minutes plus tard, vêtu d'un pantalon en coton bleu et d'un t-shirt blanc. Ses cheveux mouillés retombent sur son front, et le fait qu'il ne porte pas de chaussures me trouble, j'ai l'impression de m'immiscer dans son intimité.

— C'est prêt ? me demande-t-il en me rejoignant.

— Oui, dis-je en feignant l'indifférence.

— Tu m'aides à mettre la table ?

— Ok.

Il me tend des assiettes que je prends pour les disposer sur la table ainsi que des couverts en faisant attention à ne pas le toucher. Hors de question que je me refasse électrocuter ou que je casse des verres ou des assiettes.

Le reste de la soirée me paraît étrange. On pourrait croire à un dîner en famille tout à fait banal : la mère, le père et les deux enfants. Sauf que la mère est dérangée et que le père est bizarre. Je reste assez silencieuse pendant le repas car je n'ai qu'une envie ; m'en aller. C'est Nana qui me sauve, d'ailleurs car elle m'appelle pile au moment où Juliann insiste pour me servir du café avant que je ne m'en aille. Il est déjà presque vingt-deux heures trente et ma grand-mère n'a pas du tout l'habitude que je sorte en semaine et surtout pas avec Drew. Je lui dis que je prends la route et je raccroche.

— Sauvée par le gong, me dit Juliann en souriant.

Oui. J'appelle Drew pour qu'on s'en aille. Inès saute dans mes bras pour me dire au revoir et me fait promettre de redanser avec elle et de lui apprendre quelques pas. Elle et son père me raccompagnent jusqu'à ma voiture. Je me sens si soulagée en quittant cette maison.

Chapitre 8 | Juliann

3 ans plus tôt

Hôpital

Mercredi 5 Mars

03 : 02

— *Mon amour je t'en supplie, réveille-toi. Par pitié. J'ai trop besoin de toi.*

Ma voix est à peine audible. J'ai tellement crié que je peine à prononcer ces mots, mais je dois continuer à la supplier. Je dois continuer à espérer qu'elle se réveille.

— *Je t'en supplie, Anaëlle.*

Il est hors de question que je sorte de cet hôpital sans elle. Hors de question que je doive expliquer à notre fille pourquoi elle ne pourra jamais connaître sa mère. Hors de question que je lui dise au revoir.

— *Anaëlle, je n'y arriverai pas sans toi.*

Mon corps est secoué par mes sanglots. J'ai pleuré encore et encore. Crié, supplié, je me suis mis à genoux mais rien n'y fait, elle refuse de se réveiller. Je voudrais pouvoir revoir ses yeux verts, j'ai envie qu'elle me sourie et me dise que tout va bien se passer. De nous deux, c'est elle *l'optimiste.*

Si on me l'enlève, comment est-ce que je vais pouvoir élever notre fille ?

— Juliann…

Mariam pose la main sur mon épaule pour me forcer à me redresser, mais je refuse de lâcher la main de ma femme. Son teint est si pâle, si pâle.

— Elle va se réveiller, je réponds sans me retourner. Elle va se réveiller.

Mariam ne me contredit pas, mais elle insiste pour que je la regarde. Ses yeux sont rouges, je sais qu'elle aussi a pleuré lorsque le médecin est venu nous annoncer la nouvelle. Ma mère et ma sœur, Jade, se sont effondrées, Anna est dans le même état que moi, et Johann et Mariam me soutiennent coûte que coûte, en dépit du fait que la seule chose dont j'aie besoin, ce soit Anaëlle. Mon monde s'est totalement effondré, ce soir. Les draps sont encore tâchés de sang, j'ai refusé de laisser les infirmières s'approcher d'elle, je ne veux pas qu'ils me la reprennent. Je ne veux pas la laisser partir. Notre fille est allongée dans son berceau. Mariam s'est chargée de lui donner un biberon, et moi, pathétique que je suis, je ne sais toujours pas à quoi elle ressemble. J'ai trop peur. Trop peur qu'elle voie quel minable je fais. Je n'ai même pas été capable de protéger sa mère.

Les cris d'Anaëlle résonnent encore et encore dans ma tête. J'aurais voulu prendre sa douleur, mais tout ce que j'ai pu faire, c'est lui tenir la main et lui mentir en lui disant que tout irait bien.

— Mon cœur, je suis tellement désolé, lui dis-je en caressant son alliance.

— Juliann.

Johann me tire subitement en arrière et me force à me redresser. Lui aussi a les yeux rouges, je crois que c'est la première fois que je le vois pleurer.

— Je sais que c'est le pire moment, petit frère mais écoute-moi, tu dois te relever.

Je secoue la tête. Pas tant qu'elle ne se sera pas réveillée.

— Juliann.

Mariam prend le bébé et s'approche de moi. Je secoue la tête, il en est hors de question, je ne suis pas prêt.

— Regarde-la, me dit-elle.

— Non.

— Elle a besoin de toi.

Je secoue la tête à nouveau. Je refuse, je refuse. Et pourtant, mon regard finit par glisser sur elle. Ses cheveux bruns, ses joues roses et ces yeux. Ce ne sont pas ceux de sa mère, mais les miens. Elle me regarde paresseusement, luttant contre ses paupières qui tentent de se refermer, mais ma fille tient bon, parce que c'est moi qu'elle veut voir. C'est moi qu'elle regarde avec émerveillement.

Je suis hypnotisée par sa beauté. Mariam avance encore et me fait signe de la prendre dans mes bras. Elle est magnifique. Magnifique. Une larme glisse à nouveau sur ma joue lorsque je regarde Anaëlle, puis notre fille. Ses yeux se ferment doucement, en même temps que sa petite main qui s'enroule autour de mon index. Je suis fou d'elle.

— Tu dois être fort pour vous deux, me dit Johann.

Et cette fois j'acquiesce. C'est ce qu'Annaëlle aurait voulu. Je donnerai tout pour que notre enfant ne manque de rien, et surtout pas de l'amour de son père.

Présent

C'est le cerveau prêt à exploser que je me gare devant chez moi. Dire que ça ne va pas serait un euphémisme. Depuis quatre ans, la vie se moque de moi, prend un malin plaisir à me malmener. Je me souviens encore de ces jours où me lever le matin n'était pas une torture, où l'air me paraissait encore respirable. Où mon cœur n'était pas totalement brisé. Une larme de rage s'écrase sur ma joue lorsque je repense à ses yeux verts, à sa manière de me sourire, de fermer les yeux lorsque je caressais ses longs cheveux noirs. L'amour de ma vie m'a été arraché du jour au lendemain. Les médecins ont appelé ça une éclampsie, j'appelle ça une putain de blague.

Je venais d'avoir mon diplôme, je venais d'être titularisé et elle devait commencer à travailler dans son cabinet de kiné quelques mois après. On avait même trouvé une crèche pour Inès et un super appartement. On allait sortir de ma petite chambre étudiante et vivre une vraie vie de jeunes mariés. Mais tout est parti en fumée lorsque je l'ai perdue.

Aujourd'hui, c'est l'anniversaire d'Anaëlle. Je suis allé la voir et j'ai chialé comme un gosse. Avec elle, tout était facile. De nous deux, c'était elle la grande rêveuse, l'optimiste. Moi, j'ai toujours eu les pieds sur terre. J'aurais tout donné pour qu'elle me dise que tout irait bien, que je n'ai pas à m'en faire. Ma vie part en fumée et la seule personne qui était encore en mesure de m'aider à m'en sortir n'est plus là…

Je sors de ma voiture en claquant la portière et me dirige vers la porte, mais je m'arrête avant de l'ouvrir. Je dois me calmer. Ma vie est tellement en bordel que mon cerveau me fait croire que je m'entiche de mon élève. Impossible, c'est sûrement le moyen qu'il a trouvé pour me consoler. Ouais, juste une consolation.

J'ouvre la porte et je me fige en la voyant en train de se déhancher sur *Wanna Be* avec ma fille qui tente de l'imiter. Merde, ce n'est pas une consolation. Ses boucles qu'elle a décidé de libérer virevoltent dans tous les sens, et son sourire... Mon Dieu, ce sourire. Je ferme les yeux et inspire profondément en avançant vers elle. Je dois la virer. Dès que possible.

— Tiens, salut ! s'exclame-t-elle en m'apercevant.

Mon regard s'attarde sur la peau de ses bras nus. Elle a retiré son pull et je ne peux que remarquer la cicatrice qu'elle a à à l'épaule. Elle prend son téléphone pour éteindre la musique, elle semble ne plus avoir honte de danser devant moi. Elle est tellement attirante. *Foutu cerveau, arrête ça.* Je prends ma fille et Drew dans mes bras lorsqu'ils me sautent dessus. Ces deux diablotins réchauffent mon cœur cassé.

— Inès a déjà mangé, pris son bain et elle est prête à se coucher.

— Elle aurait déjà dû être au lit il y a une heure. Les consignes étaient claires, c'est pas compliqué pourtant, je réponds sèchement.

Un voile de tristesse recouvre son regard un court instant. Je passe mes nerfs sur elle, c'est injuste. Je me hais, je déteste qu'elle soit triste, surtout à cause de moi. Ses yeux noirs passent de la tristesse à la colère et avant que je n'aie le temps de m'excuser, elle me lance son regard de psychopathe et reprend ses distances avec moi. *Arrête ça, Ava…*

— C'est le week-end, j'ai cru qu'elle avait la permission de rester jusqu'à vingt-et-une heures trente, mais ça ne se reproduira plus.

— Je…

— Drew on y va.

Qu'est-ce que je peux être con ! Je fais descendre Inès et Drew de mes bras et tente de la rejoindre, mais elle s'éloigne de moi. Elle se précipite sur son pull posé sur un tabouret, l'enfile brusquement, prend son sac et saisit la main de Drew pour l'entraîner vers la sortie.

— À mardi ma chérie, dit-elle à Inès.

— Ava… tenté-je de m'excuser.

— Au revoir, monsieur Ronadone.

Monsieur quoi ? Non, je préfère Juliann ! Je hais cette distance qu'elle m'inflige. Drew me dit au revoir, l'air presque désolé, puis ils s'en vont. Elle claque la porte derrière elle. Fait chier.

21 : 38

Je dépose un baiser sur le front de ma fille avant de me lever et de refermer la porte de sa chambre. Quelle journée chaotique. J'entre dans ma chambre pleine de cartons et me déshabille pour filer sous la douche en espérant que l'eau arrivera à me détendre, mais pas du tout. C'est pire lorsque j'en sors et m'aperçois que Cara m'a envoyé un énième message. Je l'efface sans le lire. Elle doit certainement être furax car je lui ai fait comprendre qu'elle ne pouvait pas refuser de rompre notre pacs, qu'elle n'aura jamais la garde de ma fille et que tout est fini entre nous.

Mes pensées dérivent sur Ava pendant que j'enfile mon pyjama. Je fouille dans mon sac et en sort un paquet de cigarettes et un briquet avant de descendre fumer dans le jardin. La nuit est calme et silencieuse. Je déteste le silence. Ça me force à penser à ma vie de merde. À penser à Anaëlle. À cette sorcière de Cara. À Ava... Je serre les poings en pensant à ce qui lui est arrivé. Ma peur de revivre un cauchemar au boulot m'a forcé à m'éloigner d'elle, à ne pas trop compatir, mais là, en la voyant danser chez moi, en voyant à quel point elle peut être lumineuse quand elle n'est pas rongée par le chagrin, ça me tue.

Ça me tue d'imaginer un enfoiré la toucher contre son gré, ça me tue de l'imaginer en train de se débattre. De pleurer, de hurler. *Mon ange...* Qu'est-ce que je raconte, putain ? Pourtant en la voyant se déhancher, c'est ce que j'ai ressenti. Quand je suis avec elle, qu'elle me lance ses regards noirs, qu'elle me sourit, j'ai l'impression que mon cœur se répare un peu plus chaque fois. Elle me sauve de mes tourments. Elle en crée d'autres, car maintenant, je pense trop souvent à elle.

Je sursaute en entendant la sonnerie retentir. Ça ne peut être que Mariam. J'éteins ma cigarette et la laisse dans mon cendrier avant de me lever pour aller lui ouvrir.

— Il est tard, marmonné-je en la faisant entrer.

— Je sais, je suis juste venue récupérer mon enceinte.

Celle qu'Ava utilise pour danser ? Va falloir que j'en achète une autre rapidement. Je fronce les sourcils. Si Mariam a fui son appartement, c'est pour une bonne raison, pas juste pour récupérer son baffle. Je croise les bras et la regarde sévèrement.

— J'étais à un date, le mec a une haleine de chacal, Ju ! S'il m'embrasse, je meurs !

— Mariam.

— Je t'en supplie, me laisse pas y retourner ! J'ai besoin de toi.

— Je…

Une idée me traverse l'esprit. Je ne peux pas me morfondre toute la nuit. Je ne peux pas aller me coucher sans lui avoir parlé. Hors de question qu'elle soit énervée contre moi tout le weekend.

— Ok, mais à condition que tu acceptes de surveiller Inès. Elle dort, mais je dois aller quelque part, j'en ai pour une heure.

— Où veux-tu aller à cette heure-ci ?

— Je dois parler à quelqu'un, supplié-je, j'en ai pas pour longtemps.

— Ok, répond-elle en soupirant. Tant que ma bouche est épargnée.

— Merci !

Je ne perds pas une seconde. Je lui fais un bisou sur le front, m'habille rapidement et sors, prêt à me réconcilier avec mon ange.

Chez Ava

22 : 00

C'est idiot, n'est-ce pas ? Je m'en rends compte lorsque je me gare devant son immeuble. Cette fois, c'est plutôt moi le psychopathe. J'ai fouillé dans l'ENT pour trouver son adresse et maintenant, me voilà. Il est trop tard pour que je fasse marche arrière, alors je lui envoie un texto.

> **Juliann**
> Mademoiselle Kayris, je suis désolé pour mon comportement déplorable de tout à l'heure. Aussi, j'aimerais me faire pardonner. Auriez-vous la gentillesse de me rejoindre sur le parking de votre immeuble ?

Un vrai taré…

> **Ava**
> Juliann, me dis pas que t'es en bas de chez moi ? Je vais te tuer !

Je souris. Trop facile. Elle débarque quelques secondes plus tard, seulement vêtue d'un short, d'un débardeur et d'une paire de claquettes. Ses cheveux sont étrangement relevés sur sa tête, l'arrière à l'air d'être lisse. Qu'est-ce que c'est ce look, mon ange ? Elle est trop mignonne. Elle cherche ma voiture et je souris de plus belle lorsqu'elle me repère et avance vers moi. Je déverrouille la portière pour qu'elle puisse s'installer côté passager.

— Mais ça va pas ? T'es complètement malade ! Je peux savoir ce que tu fais ici ?

Et voilà, oubliés le vouvoiement et la distance. Je préfère ça. Elle est belle… Ses yeux noirs sous ses longs cils me rendent fou. Les miens s'attardent sur un grain de beauté au niveau de son cou, puis sur cette cicatrice. J'ai envie de l'embrasser. Merde, ça va vraiment pas.

— Désolé, fallait que je vienne te demander pardon.

— T'aurais juste pu m'envoyer un message.

— Non, je devais te voir. Je refuse que tu te couches fâchée contre moi.

Elle déglutit, mais ne m'insulte pas, alors je continue.

— J'ai eu une sale journée et j'ai passé mes nerfs sur toi.

— Ça va, t'as juste élevé le ton, tu m'as pas non plus insultée.

— Ouais, mais ça t'a blessé.

Elle baisse la tête vers ses jambes.

— Aujourd'hui, c'était l'anniversaire d'Anaëlle.

— Oh, je suis désolée, Juliann.

Je secoue la tête. C'est moi qui lui dois des excuses. Je pose la tête sur l'appuie-tête et regarde loin devant moi.

— Ça fait trois ans et demi qu'elle est… partie, elle me manque tous les jours. Je ne sais pas si tu as déjà eu à faire ton deuil, mais… Ça fait un mal de chien de laisser partir quelqu'un qu'on aime profondément.

— Non, je ne sais pas ce que ça fait. Je suis désolée que tu l'aies perdue, je suis désolée que tu aies eu à traverser tout ça, Juliann. Mais elle serait fière de voir la manière dont tu t'occupes de votre fille.

— Je fais de mon mieux.

— Tu fais plus que de ton mieux. Vraiment. La vie n'est simple pour personne, on n'est pas dans le monde des bisounours, on traverse tous des épreuves difficiles, on manque tous de mourir de chagrin un jour ou l'autre. L'important, c'est la manière dont on gère les difficultés. Et je peux dire que vous, monsieur Ronadone, vous avez réussi votre épreuve avec brio. C'est un vingt sur vingt.

Je ris aux éclats. Comment elle fait ? Je la regarde et je fonds en la voyant sourire. Ava Kayris… Il est hors de question que je la vire, que je m'éloigne. Putain je la veux. Je veux la voir sourire comme ça tous les jours, rien que pour moi. Ses lèvres pulpeuses m'appellent, mais je ne dois pas sombrer. C'est difficile, car son regard de braise ne me décourage pas du tout.

— Et toi, comment tu gères ton épreuve ? demandé-je.

— La mienne ? Compliqué. Tu l'as remarqué, j'ai beaucoup de mal avec Drew et puis… je pense que t'es au courant de ce qu'il m'est arrivé. Je suis cassée.

— Tout se répare.

— Je sais pas… C'est monsieur Bougneau qui t'a parlé ?

— Ouais. Il t'aime bien. Il m'a chargé de veiller sur toi.

— Et… C'est pour cette raison que tu m'as demandé de travailler pour toi ?

— Non, j'avais besoin de toi et tu te débrouilles à merveille.

— Pour une personne cassée, ouais pas mal…

Son air triste me brise le cœur.

— Ne dis pas ça, mon an… euh, Ava. Promets moi d'essayer d'aller mieux.

— Ok. Mais toi aussi alors.

— Je te promets.

— Alors d'accord. Même si je ne sais pas trop comment faire.

— Je t'apprendrai.

Son sourire répare mon cœur. Face à face, nos visages se rapprochent dangereusement. Ses lèvres m'ont l'air d'être si douces, je meurs d'envie d'y goûter. Il faut qu'elle sorte de cette voiture maintenant, parce que ce n'est pas bien. Les idées qui se bousculent dans mon esprit pourraient m'emmener droit en prison. Elle a dix-neuf ans, huit ans de moins que moi. Elle est mon élève, la baby-sitter de ma fille et pourtant j'ai envie de lui montrer comment aimer. Comment apprendre à ne pas paniquer lorsqu'elle se retrouve seule face à un homme. Je veux lui apprendre à embrasser sans crainte, à ressentir du plaisir, à faire confiance. Elle mérite de connaître tout ça. Je serre la mâchoire en l'imaginant se tordre de plaisir sur ma bouche… Putain. Je me redresse sur mon siège et me râcle la gorge.

— Où est Inès ? demande-t-elle.

— Avec mon amie.

— Ah. Je… je vais y aller. Mes amies m'attendent, on fait une soirée pyjama.

— Désolé de t'avoir interrompue.

— Ce n'est rien.

— Tu n'es pas disponible demain, alors ?

— Non. Tu avais besoin de moi pour garder Inès ?

— Non, plutôt pour m'aider à vider mes cartons, j'en vois pas le bout.

— Je peux peut-être m'arranger.

— Vraiment ?

— Oui. Je peux passer tôt dans la matinée, les filles ne se réveilleront sûrement pas avant midi.

— D'accord alors. Merci.

— Je t'en prie.

— J'y vais.

— Ok.

— Ok.

Elle se mord la lèvre et retient sa respiration. *Oh, Ava, sort vite d'ici.* Elle sourit timidement, puis finit par ouvrir la portière avant de se glisser à l'extérieur en me chuchotant de faire de beaux rêves.

Des émotions contradictoires se bousculent dans mon esprit. Je suis son prof, je ne devrais pas. Je suis un vrai connard, mais j'ai l'impression que l'univers me pousse vers elle, j'ai l'impression que… que nos âmes sont connectées, d'une certaine manière.

Je suis foutu.

Chez Juliann
Samedi 16 Septembre
01 : 08

J'agrippe les draps en me cambrant lorsque sa langue caresse mon ventre. Ses boucles noires chatouillent ma peau, je n'en peux plus. Il fait tellement chaud. Le désir pulse dans mon membre érigé, je ne tiens plus.

— S'il te plait, Ava.

— Pas encore, Juliann.

Mon corps est traversé par des éclairs qui vont bientôt me faire faire une crise cardiaque. Mon cœur bat si fort qu'elle doit sûrement l'entendre.

Je lâche les draps pour tenter d'empoigner ses cheveux. Je veux la voir, je veux l'embrasser, mais ma main rencontre le vide absolu.

Je me réveille en sursaut, en sueur. Ça va pas du tout là, pas du tout ! Je vrille. Je me tourne sur le ventre et tente d'oublier ces images qui me hantent souvent la nuit, qui deviennent de moins en moins innocentes. Sérieux, j'ai besoin d'être exorcisé, un truc du genre. Faut que je dorme, faut que j'arrête de penser à elle. *Mon ange.*

Chapitre 9 | Ava

Mes deux meilleures amies sont déjà là lorsque Drew et moi arrivons à la maison. Mon fils leur saute dans les bras et sourit de toutes ses dents lorsqu'Adèle et Aïna le couvrent de baisers. Coquin va. J'espère qu'une fois adulte, il ne deviendra pas un tombeur. Il rit lorsque mon amie plante ses doigts dans ses flancs pour le chatouiller.

— Ah ! Tata Aïa *ayête* ! *Cha* chatouille !

Elle rit à son tour et laisse mon fils lui échapper avant de se redresser. Elles savent qu'il ne faut pas me faire de câlins, ni de bisous. Elles savent qu'elles n'ont pas besoin de me dire que je leur ai manqué, de toute façon je ne répondrai rien. Un regard suffit, pas besoin de mots. Je souris et elles me sourient aussi. Je passe rapidement dans le salon pour déposer un baiser sur la tempe de Nana avant d'inviter les filles à venir dans ma chambre. Drew insiste pour nous suivre. Je n'en ai pas envie, je pense que je le vois assez souvent ces derniers temps, mais il est têtu et ne lâche pas l'affaire alors je cède.

Aïna s'assoit sur mon lit et entreprend de caresser les boucles brunes de mon fils. Je suis presque jalouse de leur complicité, mais Aïna a toujours été affectueuse envers les enfants. Il faut dire qu'elle n'a jamais vraiment eu le choix : son père les a abandonnés elle et sa famille quand elle a eu huit ans et elle s'est vite vue dans l'obligation de s'occuper de ses deux petits frères et de sa petite sœur. Le fardeau de l'aînée… Je la détaille du regard : ses yeux marron clair, sa peau noire et ses braids ornées de perles traditionnelles. Je ne le lui dirais jamais, mais elle a été ma force pendant toutes ces années. Toujours de bonne humeur malgré ses galères, ambitieuse et toujours prête à trouver une solution à ses problèmes. Je suis heureuse qu'elle ait pu se prendre un logement Crous en Île-de-France pour pouvoir y faire ses études.

— J'ai super faim, qu'est-ce qu'on mange ? me demande Adèle.

— Il est tard, je me disais qu'on pourrait commander pizzas comme d'hab, je réponds en m'asseyant entre elle et Aïna.

— Non, vous allez encore me vanner parce que je mange une pizza avec des ananas dessus.

Je ne peux m'empêcher de rire. En même temps, qui fait ça ? Les yeux bleus de mon amie ne m'attendrissent même pas un peu ; ce qu'elle fait est un crime. Ses mèches blondes s'échappent de son chignon en bataille et lui donnent un air angélique. Adèle incarne la douceur et… la bêtise. Je peux passer des heures à écouter Aïna lui faire la morale sur les mecs bizarres qu'elle fréquente et sur sa lubie de jouer sur plusieurs tableaux. Aïna est la raison, Adèle la folie et moi la spectatrice. Les 3A dans toute leur splendeur. Adèle n'a pas eu d'enfance difficile comme nous : elle a des parents aimants qui lui louent un super appartement à Paris, une belle et grande maison, de l'argent à ne pas manquer. Les garçons lui courent après et les filles la jalousent. Et pourtant, j'ai rarement rencontré une personne aussi empathique et bienveillante. Elle est le sucre qui annule l'amertume du café, qui réduit l'acidité des tomates. Bon, j'arrête avec mes métaphores culinaires.

— Je te promets qu'on se moquera pas, je mens éhontément.

— Bien sûr qu'on va se moquer, réplique Aïna. Je ne cesserai jamais de te juger pour ça.

— Je vous déteste. Je propose qu'on prenne un seau de poulet alors, fait-elle la moue boudeuse.

— Tu supportes pas les épices, Adèle, on va pas encore prendre un sceau moitié wings, moitié tenders.

— Si, ça s'appelle le partage !

— C'est pas équitable, t'aurais la moitié du seau pour toi toute seule !

— C'est pas ma faute ! J'aime pas avoir la bouche en feu, j'y peux rien.

— Ouais, sauf quand tu la remplis avec une bi…

Je me dépêche de boucher les oreilles de Drew qui regarde avec émerveillement mes deux amies en train de se chamailler.

— Ça va pas ! Y a des enfants ici !

— Désolée, fait Aïna en pouffant, mais ta pote me pousse à bout.

— C'est par la fenêtre que je vais te pousser.

— Le jour où tes muscles pousseront enfin. Tu me rappelles depuis combien d'années t'es inscrite à la salle ? Cinq ?

Je me retiens fortement de rire, car si je ris à la vanne de l'une, l'autre se retournera contre moi et il n'y aura plus personne pour arbitrer l'amour vache qui nous lie.

— Drew, tu devrais aller dormir, dis-je en libérant ses oreilles. Il est tard. Va chercher une couche, j'arrive.

— On va voir Inès et Juliann demain ?

— Non, pas avant mardi.

— Oh… Ok.

Il se lève et descend du lit en boudant, yeux rivés sur ses pieds. Lorsqu'il ferme la porte, j'y lis toute sa déception. Il s'en remettra.

— C'est qui Inès et Juliann ?

— Inès est son amie et Juliann, c'est son père. Il m'a demandé de devenir la baby-sitter de sa fille et… il est aussi mon prof de philo. Allez, on commande du poulet ! dis-je précipitamment en composant le numéro sur mon téléphone.

— Ava Kayris !

Trop tard pour les questions, je suis déjà en ligne. Je me lève du lit pour rejoindre Drew dans la salle de bain en commandant un seau de wings et un petit sceau de tenders. Je raccroche puis raccompagne mon fils dans sa chambre et le borde avant de le laisser s'endormir.

Lorsque je retourne dans ma chambre, j'entends que mes deux amis sont encore en train de se chamailler. Je sais qu'à la minute où elles remarqueront ma présence, elles me poseront des questions et je ne saurais pas quoi répondre. Parler de Juliann me trouble et en plus, je suis énervée contre lui. Pour qui est-ce qu'il s'est pris pour oser passer ses nerfs sur moi comme ça ? C'était sexy quand il a haussé le ton… Qu'est-ce que je raconte ?

J'entre dans la chambre et mets en place une technique infaillible pour esquiver une conversation que je ne veux pas avoir : je demande à Aïna de me lisser les cheveux. Ça fait des mois qu'elle insiste pour me coiffer et je refuse toujours car j'ai horreur que l'on me touche les cheveux. J'ai assez pleuré lorsque j'étais enfant et que ma mère me tressait sans y mettre aucune douceur. Pour aujourd'hui, je suis prête à subir cette torture.

En attendant notre commande, je me déshabille et enfile un pyjama. Aïna m'ordonne ensuite de m'installer sur ma chaise avant de brancher mon fer que je n'ai pas utilisé depuis des années, et de séparer mes cheveux en plusieurs sections pour pouvoir les lisser progressivement. Il y en aura pour des heures vu la touffe que j'ai, je ne suis même pas sûre qu'on finira ce soir.

— C'est gentil de me laisser faire ça pour détourner mon attention, mais ça ne prend pas avec moi, fait Aïna. Alors ce prof ?

— Bah… Il n'y a rien à dire.

Je ne sais pas mentir, mes joues rougissent lorsque je pense à lui, à la fois où il m'a ouvert la porte torse nu, ou celle où nos paumes se sont pressées l'une contre l'autre et que ce contact a envoyé une tension dans mon corps… Ses beaux yeux gris-vert, sa bouche charnue qui m'a l'air si douce… il fait chaud !

— Ava, tu nous écoutes ?

— Euh oui. Non. Désolée je pensais à un truc…

— Oui, tu pensais à Juliann ! T'as vraiment cru que t'allais pouvoir éviter le sujet ?

— J'aurais essayé…

Adèle me fixe avec des yeux pétillants de curiosité. Je ne peux pas voir mon autre amie, mais j'imagine bien le regard sévère qu'elle me lance.

— Il n'y a rien à dire, c'est juste mon prof principal et il m'a proposé de garder sa fille trois fois par semaine. C'est juste histoire de me faire un peu de sous.

— Il est beau ? demande Adèle.

Je rougis de plus belle. Voilà, je suis foutue.

— Tu craques sur ton prof !

— Non ! je réponds avec un ton qui me trahit. C'est juste que... C'est super troublant. Il me regarde bizarrement.

— Comme un gros pervers ? demande Aïna.

— Non, non... Il me scrute comme s'il voulait savoir ce que je pense. Mais il est aussi super lunatique : l'autre jour il m'a fait venir chez lui pour pas grand-chose et on a fait une bataille d'eau avec les enfants, mais tout à l'heure il m'a engueulé pour rien. Je t'en supplie Aïna, ne crame pas mon crâne. Ça ne se voit pas mais je tiens à mes cheveux.

— T'as fait une bataille d'eau avec ton prof ?

— Oui.

— Moi je pense que ton prof craque sur toi Ava, dit Adèle le sourire aux lèvres.

— N'importe quoi.

— Non mais arrêtons deux secondes. Ava, c'est ton prof ! Quel âge est-ce qu'il a ?

— Je ne sais pas, je dirais entre vingt-six et trente ans.

— Ça va il n'est pas très vieux, ajoute Adèle.

— C'est son prof ! s'exclame Aïna en la fusillant certainement du regard. Ava, s'il se comporte mal avec toi tu t'éloignes direct, ok ?

— Mais justement il est super respectueux et bienveillant et sa présence ne me dérange pas du tout. Enfin si mais... Ça ne me gêne pas.

— T'es vraiment en train de craquer pour lui !

— Je veux voir à quoi il ressemble.

— Je n'ai pas de photos.

— C'est quoi son nom de famille ?

— Il habite où ?

— Il est marié ?

— Quel âge a sa fille ?

— Doucement les filles !

Cette soudaine agitation et intérêt pour ma vie privée me fait tout drôle. La blonde est surexcitée comme à chaque fois qu'on parle d'amour, mais la brune, elle, se montre craintive. C'est compréhensible. Et dire que je ne leur ai pas raconté pour le rêve et pour les palpitations quand nos peaux entrent en contact. Je ne leur ai pas non plus dit que l'idée de voir Juliann m'effraie mais que lorsque je m'en vais, je n'ai qu'une envie ; y retourner. Il y a tellement de choses que j'aimerais savoir sur lui...

— Il habite à moins de dix minutes de chez moi, sa fille a le même âge que Drew et elle s'appelle Inès. Il s'est marié une fois avec la mère d'Inès mais elle est décédée quelques jours après son accouchement et il a rompu avec son ex avant d'emménager ici. Une certaine Cara. Et il s'appelle Juliann Ronadone.

— Il a tué sa femme ?

— Aïna !

— Quoi, on sait jamais. Et pourquoi il est venu s'installer ici ? Il habitait où avant ?

— Aucune idée, on ne se raconte pas nos vies ! Peut-être qu'il apprécie l'air frais de la Bretagne. La plage est à une demi-heure d'ici.

Je sais déjà qu'elle va faire des recherches sur lui.

— Vous êtes graves, il n'y a pas à en faire tout un…

Je suis interrompue par mon téléphone qui m'indique que j'ai reçu un message. Comme il est sur le lit près d'Adèle, celle-ci ne se gêne pas pour regarder l'écran et lire le message à voix haute. J'ai envie de m'enfoncer dans ma chaise.

— Mademoiselle Kayris, je suis désolé pour mon comportement déplorable de tout à l'heure. Aussi, j'aimerais me faire pardonner. Auriez-vous la gentillesse de me rejoindre sur le parking de votre immeuble ?

Il n'a pas osé ? Non, impossible. Je sursaute lorsque Aïna touche mon crâne avec les plaques chauffantes.

— Désolée ! C'est plus que déplacé, il sait où tu vis ? C'est un pédophile, c'est sûr !

— Aïna, je sais que je suis pas la fille la plus mature du monde, mais j'ai quand-même dix-neuf ans et demi et aux dernières nouvelles, je n'ai pas le corps d'une enfant, alors pédophile, je ne crois pas.

— Pervers alors.

Je l'ignore et me lève de ma chaise pour répondre à son message. Il va m'entendre ! J'enfile rapidement mes claquettes en me disant qu'elles rebondiraient parfaitement sur son crâne d'imbécile.

— Où tu vas ?

— Le rejoindre.

Je suis persuadée qu'elles vont se précipiter à la fenêtre de la cuisine qui donne sur le parking pour nous observer, mais tant pis. Une fois arrivée dehors, je tente de repérer sa voiture grise. Il est là. Je vais le tuer ! Oser venir jusqu'à chez moi ? Le sourire qu'il me lance me donne d'autant plus envie de le trucider.

— Mais ça va pas ? T'es complètement malade, qu'est-ce que tu fais ici ? m'exclamé-je en m'asseyant sur le siège passager.

Je rêve ou il sourit en plus ?

— Désolé, fallait que je vienne te demander pardon.

— T'aurais juste pu m'envoyer un message.

— Non, je devais te voir. Je refuse que tu te couches fâchée contre moi.

Ah. La vache, c'est super mignon. Je n'ai plus le courage de lui crier dessus. Je déglutis car ça me touche qu'il soit venu jusqu'ici pour ça. À moins qu'Aïna ait raison et qu'il soit vraiment un pervers ? Non, j'arrive à lire dans son regard, il est sincèrement désolé d'avoir passé ses nerfs sur moi. Vraiment trop touchant. Je baisse le regard sur mes jambes nues et je sens ses iris brûler ma peau. J'aurais dû enfiler un jogging, je déteste montrer mon corps, permettre aux hommes de me regarder.

— Aujourd'hui, c'était l'anniversaire d'Anaëlle.

— Oh, je suis désolée, Juliann.

Mince. Il me fait vraiment de la peine. Ses yeux brillent comme s'il retenait ses larmes. Je n'aime pas le voir comme ça, je préfère quand il rit ou quand il s'amuse à m'embêter. Pendant une seconde, je me demande comment il se comportait avec sa femme. Est-ce qu'il était du genre tendre et attentionné ? Est-ce qu'il l'aimait plus qu'elle ?

Je secoue la tête pour me reconcentrer. Je l'écoute se remettre en question et mon cœur bat plus fort lorsque j'arrive à le faire rire aux éclats. Voilà, je préfère ça. Je m'étonne moi-même, je ne pensais pas être capable de pouvoir consoler quelqu'un. C'est tellement facile avec lui… Parfois j'aimerais réellement être assez forte pour avancer, faire des projets, mais chaque jour est une épreuve. Chaque regard sur mon fils est un souvenir vers les trois journées horribles que j'ai passées à subir ces horreurs. Presque toutes mes nuits sont hantées par des cauchemars, je ne compte plus le nombre de fois où j'ai voulu en finir juste pour ne plus revoir ces images.

— Ne dis pas ça, mon an… euh, Ava. Promets moi d'essayer d'aller mieux.

— Ok, fais-je peu convaincue... Mais toi aussi alors.

— Je te promets.

— D'accord. Même si je ne sais pas trop comment faire.

— Je t'apprendrai.

Je souris. Ma poitrine se serre car ses mots me touchent en plein cœur, comment il fait ? La tête posée sur l'appui-tête, je le dévisage. Ses yeux, sa bouche, ses sourcils, ses cheveux bouclés qui tombent sur son front. Est-ce qu'il a des taches de rousseur ? La luminosité est faible, mais je me promets de revérifier une autre fois. Juste pour donner plus de précision à mes rêves… Mais qu'est-ce que je raconte ? Je crois que j'ai pensé trop fort car il rougit, se râcle la gorge et se redresse sur son siège, l'air gêné. Je change rapidement de sujet.

— Où est Inès ?

— Avec mon amie.

— Ah.

Alors il a quelqu'un ? Pourquoi suis-je aussi déçue ? Peut-être que ce n'est *vraiment* qu'une amie.

— Je… je vais y aller. Mes copines m'attendent, on fait une soirée pyjama.

— Ah, désolé de t'avoir interrompue.

— Ce n'est rien.

— Tu n'es pas disponible demain, alors ?

— Non, pourquoi ? Tu avais besoin de moi pour garder Inès ?

— Non, plutôt pour m'aider à vider mes cartons, j'en vois pas le bout.

— Je peux peut-être m'arranger.

Aïna va me tuer. Je ne sais même pas ce qui me prend, je ne propose jamais mon aide en règle générale. Je devrais le laisser se débrouiller. Il a une mauvaise influence sur moi, je crois. Ou alors j'ai juste envie de passer du temps avec lui car sa présence m'apaise. Il est l'un des seuls hommes qui ne me mette pas totalement mal à l'aise, qui ne me dégoûte pas.

— Vraiment ?

— Oui. Je peux passer tôt dans la matinée, les filles ne se réveilleront sûrement pas avant midi.

— D'accord alors. Merci.

— Je t'en prie.

— J'y vais.

— Ok.

— Ok.

Sa voix caresse mes oreilles, c'est si doux. Je me mords la lèvre et retiens ma respiration. Je souris timidement pour lui dire au revoir, puis je me glisse hors de la voiture en murmurant un « fait de beaux rêves » à peine audible.

Je hais Adèle. C'est ce que je me répète en boucle lorsque je réajuste mon crop top pour la énième fois. Pourtant on n'a pas bu d'alcool, alors je ne sais pas ce qui m'a pris d'accepter de porter son haut qui fait plus brassière qu'autre chose sur moi. Je ne sais pas non plus pourquoi Aïna ne m'a pas empêchée. Mes joggings larges avec mes sweats dix fois trop grands me manquent. Impossible qu'il arrive à me regarder dans les yeux avec mes deux gros melons qui menacent de s'échapper de mon haut.

Je soupire et sors de ma voiture en essayant de calmer l'angoisse qui me gagne. C'est la première fois que je vais chez Juliann sans Drew et ça me fout les jetons. Moi, seule dans une maison avec un homme… Peut-être qu'il y aura Inès ? J'espère. J'inspire profondément puis je me décide à sonner. Il met des lustres à venir ouvrir, je me demande même s'il ne m'a pas oublié. Sa voiture est encore là, peut-être qu'il dort ? Ou alors c'est le signe que je devrais m'en aller en courant ? Pile au moment où je me décide à tourner les talons, la porte s'ouvre.

— Bonjour, Ava.

Mon. Dieu. Il est encore en pyjama. Par pyjama je veux dire torse nu avec un pantalon en coton qui descend très bas sur ses hanches. Zut, zut, zut, il le fait exprès ou quoi ? Je n'arrive pas à regarder ailleurs, son torse est si bien sculpté. Olala… Ses yeux sont encore emprunts de sommeil et ses cheveux sont en bataille.

— Bonjour. Juliann, je réponds avec difficulté.

Il se décale pour me laisser entrer en me regardant de haut en bas. Comme prévu, son regard s'attarde deux secondes de trop sur mon décolleté. J'ai le feu aux joues, j'ai envie de le frapper. Je ne devrais pas me mettre dans cet état-là pour un décolleté et de nous deux, c'est lui le moins habillé.

Lorsque je passe devant lui, son odeur m'enivre. J'ai encore cette envie irrépressible de réduire la distance entre nous. De sentir sa peau chaude contre la mienne. Qu'est-ce que je raconte ? Ça ne va pas du tout, pas du tout ! Je suis en période d'ovulation ou quoi ? Et depuis quand suis-je capable de ressentir du désir pour un homme ? Attendez, qu'est-ce que je viens de dire ? Je devrais sûrement songer à demander à ma grand-mère de me faire une *roqya*, on m'a sûrement jeté un mauvais sort.

— Désolé, je me suis réveillé il y a à peine cinq minutes. Donne-moi juste le temps de me préparer un café et je suis à toi.

— À moi ?

C'est de pire en pire ! Est-ce que je viens vraiment de dire ça à voix haute ? Il me regarde en fronçant légèrement les sourcils puis se dirige vers la cuisine.

— Tu veux du café ?

— Non merci, je n'aime pas ça.

— Un chocolat chaud alors ?

— Non merci.

Il s'arrête et me regarde par-dessus son épaule. Juliann a vraiment un sens exagéré de l'hospitalité. Je finis par accepter qu'il me prépare un cappuccino noisette et c'est avec un sourire triomphant qu'il m'invite à m'installer sur le tabouret de l'îlot central pendant qu'il nous sert. L'odeur du café me répugne, mais elle est vite remplacée par le doux parfum du cappuccino.

— Tu ne t'assoies pas ? demandé-je en le voyant boire son café debout, caché derrière le comptoir.

— Euh... Non.

On boit tous les deux notre boisson chaude en silence. C'est finalement moi qui décide de briser ce malaise.

— Inès dort encore ?

— Oui.

Donc on n'est pas que tous les deux. Ouf.

— D'accord.

— Elle était bien votre soirée ?

— Oui c'était sympa.

Il me sourit puis décide finalement de s'asseoir à côté de moi. Sa présence a quelque chose de si spécial... Mes poils se redressent instantanément. C'est comme si mon corps avait profondément conscience de sa présence. Sa jambe frôle la mienne. Ça m'électrise. On a tous les deux un mouvement de recul.

— Désolé.

— Non, c'est moi je...

Il me sourit. Qu'est-ce qu'il est beau... *Arrête Ava.* Je repose ma tasse vide et me lève pour la déposer dans l'évier avec celle de Juliann afin de les rincer. Un peu de distance ne nous ferait pas de mal.

— Je... Je vais monter pour me changer.

— D'accord. Tu veux que je commence à déballer quelques cartons ?

— Tout est déjà fait ici, les cartons restants sont dans ma chambre et dans mon bureau. Rejoins-moi dans cinq minutes.

— Très bien.

Moi seule dans la chambre avec Juliann... jamais je n'aurais accepté de venir en temps normal. Je mets nos deux tasses dans le lave-vaisselle, puis je monte en tremblant. Je toque à la porte de sa chambre en veillant à ne pas réveiller Inès.

— Entre !

J'ouvre. Il ne s'est pas vraiment changé, il a juste enfilé un t-shirt. Je remarque qu'il a déjà commencé à déballer certains cartons.

— Ici c'est un peu le bordel. Les cartons sont remplis de vêtements en vrac qu'il faut plier et ranger dans le dressing. Faut aussi en repasser quelques-uns. La bibliothèque est déjà montée, il faut juste ranger les livres, mettre les classeurs dans le bureau et accrocher des tableaux. Soit on fait tout ensemble, soit je commence par la chambre pendant que tu t'occupes du bureau, c'est toi qui vois.

— Tu n'as pas peur que je fouille dans tes classeurs pour prendre en photo le sujet du prochain devoir ?

— Je te fais confiance, dit-il en me faisant un clin d'œil. Et de toute façon, je suis tellement à la ramasse que je n'ai préparé aucune évaluation pour l'instant.

— Je vais quand-même rester avec toi.

— Très bien. Est-ce que tu pourrais fermer la porte ? Je ne voudrais pas réveiller Inès.

— Hum... D'accord.

Je ferme la porte. Il n'y a pas de raison d'avoir peur, n'est-ce pas ? Il ne va rien m'arriver. Je tente de calmer la panique qui menace de m'immobiliser. *Tout va bien.*

On commence à déballer les cartons et à trier les affaires à donner, ranger et repasser. Le silence est particulier. J'ai envie de dire quelque chose, mais je ne sais pas quoi. Juliann, lui, est concentré sur sa tâche.

— Est-ce que je peux vous poser une question ? finis-je par demander peu sûre de moi.

— Seulement si tu me tutoies.

— Tu as quel âge ?

— Tu me donnes quel âge ?

— Vingt-six.

— J'ai un an de plus, tu n'étais pas loin. Pourquoi cette question ?

— J'étais curieuse, c'est tout. Et... Tu habitais où avant ?

Il laisse tomber son carton, se redresse et me regarde en souriant. Aïna a réussi à me transmettre sa paranoïa et j'y suis allée sans subtilité aucune.

— Tu me fais passer un interrogatoire ?

— Non, c'est juste que... J'aimerais en apprendre plus sur toi.

On dirait que je lui fais du rentre-dedans. En plus, j'ai totalement arrêté de le vouvoyer, ça ne va pas du tout.

— Très bien. Mais alors j'ai le droit de te poser une question à chaque fois que tu m'en poseras une.

— Ok.

Son sourire ne quitte pas ses lèvres.

— J'habitais à Lyon. Pourquoi tu vis chez ta grand-mère ?

— Je ne m'entends pas avec ma mère, ni avec ma grande sœur.

— Pourquoi ?

— Disons que... Je n'étais pas un enfant désiré et quand je suis tombée enceinte notre relation s'est vraiment détériorée.

— J'en suis navré.

Je hausse les épaules. Vivre avec ma grand-mère était la meilleure chose à faire, autrement, je pense que j'aurais disjoncté depuis longtemps. Mon père a eu beaucoup de mal à accepter de me laisser, mais c'était une question de vie ou de mort, sans exagérer.

— Pourquoi est-ce que tu t'es séparé de ton ex ?

— C'est... Une longue histoire.

— On a des dizaines de cartons à déballer alors on a tout le temps.

Il incline la tête, l'air espiègle, mais il finit par capituler.

— Très bien. Pour te la faire courte, avec Cara, ça n'a jamais été de l'amour. Du moins, pas pour moi. Après qu'Anaëlle nous ait quitté, elle a souvent été là pour moi. Elle dormait à la maison pour m'aider avec Inès et peu à peu, elle a fini par s'installer avec nous. Et en bon connard, je l'ai laissé faire, parce que... disons que c'était plus facile. Et puis, je savais qu'elle avait des sentiments pour moi et j'en ai profité.

Je suis étonnée par son honnêteté. Est-ce que ce mec a un filtre quand il parle ?

— Au bout d'un an, on a décidé de se pacser, c'était plus pratique pour tout ce qui est impôts, administratifs etc... Elle avait du mal à joindre les deux bouts alors pour la remercier, j'ai fait ça pour elle. On a pris un crédit ensemble, il a pu être accepté facilement vu que je suis fonctionnaire. Notre relation a toujours été platonique. Fondée sur des arrangements et quelques avantages en nature. Pour ma part du moins.

Je déglutis. Avantages en nature ? Quelle relation toxique…

— Mais pas pour elle ?

— Non. L'année dernière, j'ai eu des gros problèmes dans le lycée dans lequel je travaillais, c'est pour ça que j'ai été muté ici. Pour mon bien et pour la réputation de l'établissement.

— Pour votre bien ?

— Je me suis fait harceler.

— Ah…

— Ça a été un déclic. Ça n'allait plus du tout avec Cara, c'était le moment de se séparer, de tout recommencer à zéro.

— C'était ?

— Elle me menace de demander la garde d'Inès.

— Mais elle n'a aucun droit, elle n'est pas sa mère.

— Je sais, elle veut juste se venger, toucher là où ça fait mal, elle ne supporte pas notre *séparation*.

Il grimace en prononçant ce dernier mot.

— Des fois je me dis que je le mérite parce que j'ai franchement profité de la situation. Je couchais avec elle et j'allais voir ailleurs alors que je savais ce qu'elle ressentait pour moi. Mais d'un autre côté, elle aussi en a profité et je la déteste d'utiliser ma fille pour m'atteindre. Inès l'aime beaucoup en plus, je ne peux pas l'interdire de la voir.

— C'est compliqué cette histoire… Vous avez tous les deux vos torts, mais tu as bien fait de quitter cette relation toxique. Ça aurait fini par vous détruire.

— T'as sûrement raison.

Je lève les yeux pour le regarder. Sa franchise me perturbe mais j'aime beaucoup discuter avec lui.

— Le père de Drew...

— Juliann.

Il me regarde un moment et semble comprendre qu'il ne faut pas insister.

— D'accord.

— Merci.

— Est-ce que tu te plais ici ?

— Mouais. Je suis à une heure de la maison de mes parents et de mon frère, c'est un point positif. Le lycée tombe en ruine, mais j'ai la meilleure baby-sitter du monde.

— Du monde, vraiment ? répété-je en riant. C'est gentil.

— Inès t'adore. Elle veut prendre des cours de danse maintenant.

— Ça pourrait être chouette.

Je réfléchis avant de prononcer la phrase qui me trotte dans la tête. Est-ce que ça serait déplacé ? Oui, mais je la prononce quand-même.

— Ça doit être flatteur de savoir que toutes les filles du lycée craquent sur toi.

— Quoi ?

— Tu ne vas pas me faire croire que tu n'as pas remarqué ?

Il lève un sourcil, je ne sais pas s'il fait semblant de ne pas comprendre mais j'ai envie de lui arracher son sourire car la discussion commence à aller dans son sens alors que jusque-là, j'avais réussi à faire en sorte d'en dire le moins possible sur moi.

— Toutes les filles craquent sur *Monsieur Ronadone,* dis-je en levant les yeux au ciel. Ton nom est inscrit sur toutes les portes des toilettes.

— Vraiment ?

— Oui.

— Eh bien c'est flatteur, mais les mineurs ce n'est pas mon genre.

— Ah.

— Tu fais partie de ces filles ?

— Pardon ?

— Celles qui craquent sur moi.

J'ai forcément mal entendu. Il pose son carton et s'approche de moi en me regardant dans les yeux. Mon Dieu, j'ai l'impression qu'il va me manger. Stop ! La porte est fermée et je vois bien qu'il n'y a rien d'anodin dans cette situation mais je n'ai pas peur. En fait, je me sens même assez confiante.

— Est-ce que je te plais, Ava ? demande-t-il une fois tout près de moi.

J'essaie de me contrôler au mieux pour ne rien laisser paraître mais c'est compliqué. C'est compliqué parce qu'il approche sa main de ma joue pour caler derrière mon oreille une mèche qui s'était échappée de mon chignon. C'est plus fort que moi, je ferme les yeux pour savourer cette douce caresse et le courant électrique qui parcourt mon corps entier. Comment est-ce que ça a pu dégénérer aussi vite ? Je ne dois pas lui montrer qu'il a le contrôle, il faut que j'inverse la situation.

— Ava, souffle-t-il.

— Juliann je...

Il faut que je rompe ce contact, je le sais. Sa main continue de caresser mon oreille. C'est beaucoup trop sensuel, beaucoup trop érotique. Je dois reculer, mais au lieu de ça, je demande :

— Et moi, est-ce que je te plais, Juliann ?

Il ouvre la bouche, l'air étonné, puis sourit.

— Arrête de me regarder comme ça, fais-je troublée.

— Comme quoi ?

— Comme si tu voulais me manger...

— Ok, souffle-t-il. Quand tu arrêteras de me regarder comme si tu voulais que je t'embrasse.

Merde, merde, merde... Je crois que je suis en train de prendre feu sur place.

— Ava, quand tu me lances tes regards de psychopathe et que tu m'insultes de connard avec tes yeux, je n'ai qu'une envie... *Te manger*, comme tu dis.

Mon cœur se met à battre dans une zone où il n'est pas censé se trouver. Lorsqu'il prononce cette dernière phrase, je comprends bien plus que *manger*. Je comprends : *t'attacher à un lit, te baiser jusqu'à te faire crier de bonheur, te procurer plus d'orgasmes qu'aucun homme ne pourra jamais te donner.* Je me mords la lèvre pour réprimer un gémissement. Ses pupilles sont si dilatées que ses yeux sont quasiment noirs. Nos visages se rapprochent de plus en plus.

— Ensuite, je me rappelle que t'es mon élève et je m'en veux d'avoir de telles pensées envers toi, parce que c'est mal, alors je cherche à prendre mes distances, mais avec vous, mademoiselle Kayris, c'est impossible.

— Pourquoi ? demandé-je d'une voix enrouée.

— Parce qu'à la seconde où je sens un peu de vulnérabilité chez toi, j'ai envie de te prendre dans mes bras, t'alléger de ce fardeau qui te rend la vie impossible. Faire tout ce qu'il faudra pour pouvoir te voir sourire sincèrement. Et ensuite, je m'en veux encore de penser à toi comme ça, tout le temps. Et je n'ai qu'une envie, prendre mes distances, jusqu'à...

— Jusqu'à ce que je te lance encore mon regard de psychopathe.

— Exactement. C'est un cercle vicieux. Maintenant dis-moi d'arrêter car je meurs d'envie de t'embrasser et on sait tous les deux que ça serait une terrible erreur.

Je n'arrive pas à bouger, à parler. Et ses lèvres sont à seulement quelques centimètres des miennes. Il a raison : je meurs d'envie qu'il m'embrasse. Je ferme les yeux pour me donner du courage.

— Dis-moi d'arrêter, Ava.

— Juliann, arrête.

Il retire sa main sans pour autant reculer ou arrêter de me regarder. Mes yeux descendent sur ses lèvres pleines. Elles ont l'air si douces... Je vais m'évanouir. Il se penche pour me murmurer quelque chose à l'oreille.

— Respire, mon ange

Comment est-ce qu'il m'a appelé ? Je le déteste. Je le veux. Je crois que j'ai perdu connaissance quelques secondes, car je me rends soudainement compte qu'il a repris sa place et qu'il recommence à vider les cartons comme si de rien n'était. Je suis foutue.

Chapitre 10 | Ava

Même si je n'ose pas le regarder lorsque j'entre dans la salle de classe, je *sais* que ses yeux me sondent. Depuis ce qu'il s'est passé samedi, nous avons fait comme si de rien n'était. *Il ne s'est rien passé, rien du tout.* C'est aussi ce que j'ai répété aux filles lorsqu'elles m'ont questionnées car honnêtement, je n'étais pas sûre de pouvoir affronter les remontrances d'Aïna et l'excitation d'Adèle. La scène tourne en boucle dans ma tête depuis deux jours et je n'arrive pas à m'en défaire.

Je m'installe au premier rang et Luka se glisse sur la chaise à ma droite.

— Salut princesse.

— Comment tu viens de m'appeler ?

Il écarquille les yeux et se fige face à mon ton cassant. Non mais pour qui est-ce qu'il se prend ?

— Désolé.

— Plus jamais.

— Promis. T'as passé un bon weekend ?

Je hausse les épaules.

— Je suppose que ça veut dire non.

— Non, ça veut dire que je ne veux pas parler, tu ne lâches jamais l'affaire n'est-ce pas ?

— Qui, moi ? Non.

Son sourire d'enfant me détend. J'apprécie Luka, mais il est parfois trop… envahissant.

— T'es vraiment méchante avec moi.

— Et toi t'es super collant !

— Ouais, c'est mon plus gros défaut.

Je lève les yeux au ciel quand Juliann se penche sur son bureau pour faire l'appel. Je crois le voir me lancer un coup d'œil furtif, mais je n'en suis pas sûre.

— Ça te dirait de venir à la fête foraine avec moi mercredi aprèm ?

— Je ne peux pas.

— Et samedi ?

— Luka.

— Oui, c'est moi.

— Est-ce que tu essaies de flirter avec moi ?

— Ça ferait quoi si je disais oui ?

— Tu tiens à tes yeux ?

— Ok, rit-il. Non, j'essaie juste d'être ami avec toi. Allez, s'il te plaît vient. Ça pourrait être sympa, tu pourrais même ramener ton fils.

Je m'apprête à refuser, mais Juliann nous interrompt.

— Ava et Luka, vous voulez bien vous taire ? Je n'aime pas parler dans le vent.

— Désolé, répond Luka.

Pourtant, c'est moi que Juliann regarde. Je soutiens le gris de ses yeux, il a l'air en colère. *Jaloux ?* Je penche la tête sur le côté pour le lui demander silencieusement. *Jamais de la vie*, répond-il. *Menteur*. Il se détourne et commence son cours. Je n'arrive pas à me concentrer, car tout ce à quoi je pense, c'est ce qu'il m'a dit avec ses lèvres. Avec son regard. Je repense à son torse nu, sa main contre ma joue... J'ai chaud. Juliann nous donne un texte à lire, je ne m'en rends compte que lorsque Luka me met un coup de coude pour me faire signe de baisser la tête vers ma feuille. Mon téléphone vibrant dans la poche de mon jean me fait sursauter. Je le sors discrètement et y lis un message de *lui*.

> **Juliann**
> Mademoiselle Kayris, par pitié, arrêtez de vous mordre la lèvre. Par pitié !

Mes lèvres forment un "o" et je prends un moment avant de lui répondre.

> **Ava**
> Monsieur Ronadone, veuillez vous concentrer sur votre cours svp.

> **Juliann**
> J'aimerais bien, mais quand tu mordilles tes lèvres comme ça, ça me donne envie de te manger. Alors stp, arrête ça.

Je lui lance un regard qui exprime mon choc.

Ce type... Je reprends ma respiration et le regarde avec des yeux aguicheurs, puis délibérément, je me mordille la lèvre. Il écarquille les yeux et s'assoit à son bureau, en face de moi. Mon cœur pulse à mille battements par seconde. Est-ce qu'il bande ? C'est pour ça qu'il s'est assis ? J'ai l'impression de jouer avec le feu. Je vais sûrement me brûler, mais pour l'instant, c'est juste doux. Quand est-ce que je suis devenue une aguicheuse qui provoque son prof ? En plus, mon attitude ne colle en rien avec mon look de SDF. Je dois me calmer. Je baisse le regard sur ma feuille et j'ignore Juliann qui est en train de m'insulter silencieusement et de me fusiller du regard. J'espère que Luka ne s'est pas rendu compte de notre manège.

18 : 33

— Alors c'est ok pour samedi ?

— Luka, ça devient lourd que tu insistes autant, soufflé-je en ajustant mon sac sur mon épaule.

— Bon, ok, j'arrête. Ça veut dire que tu ne veux vraiment pas être amie avec moi ?

— Pourquoi moi ? Il y a des tas de filles dans la classe.

— T'es la seule à avoir mon âge.

— Tu as dix-neuf ans ?

Il hoche la tête. Je ne m'attendais pas à tomber sur quelqu'un de mon âge. Étonnant.

— T'as redoublé ?

— Non, c'est juste que j'ai dû recommencer mes années de CP et CE1 car en arrivant en France, je ne parlais pas un seul mot français.

— Tu vivais où avant ça ?

— Au Brésil, je ne parlais que portugais.

— Attends, t'es brésilien ?

— Ouais, ma mère est originaire de là-bas et mon père est français. On est venu s'installer ici quand j'avais neuf ans.

— C'est dingue, tu n'as aucun accent.

— Je suppose que le harcèlement scolaire a aidé, on n'arrêtait pas de se moquer de mon accent. En plus, je suis métisse alors les gens en ont forcément déduis que je venais d'un pays africain et que mon accent était originaire du Congo ou je ne sais quoi.

Il hausse les épaules, l'air triste.

— Désolée que tu ais eu à vivre ça.

— Eh ouais, t'es pas la seule à avoir eu une enfance difficile.

Je m'arrête sur la dernière marche de la cage d'escalier. Qu'est-ce qu'il en sait ?

— Ta façon de rejeter tout le monde, de te forger une carapace… Je suis passé par là moi aussi, tu sais. C'est facile de se replier sur soi-même, mais prendre le risque d'attraper une main tendue, c'est ça qui est difficile. À un moment donné, faut choisir d'arrêter de se laisser aller. Mais ok, le message est passé, je ne t'embêterais plus.

Il sourit tristement, puis passe devant moi pour se diriger vers la sortie. Il a tellement raison. Je me morfonds depuis des années, je m'apitoie sur mon sort et me referme sur moi-même, mais depuis quelques jours, je réalise que j'ai envie d'aller mieux. J'ai envie de vivre et non plus survivre, alors je lui cours après.

— Luka ?

Il se retourne pour me regarder.

— C'est ok. Pour samedi. Je viendrais avec Drew.

Son visage se fend d'un large sourire.

— Génial ! On se voit demain, princesse.

Argh, encore ce surnom ! Je le déteste et il le sait, alors pourquoi est-ce que je souris ? Je sors du lycée et me dirige vers ma voiture.

Une brise fraîche se lève et transporte avec elle quelque chose qui me fait frissonner. J'ai un très mauvais pressentiment. Je regarde autour de moi, mais il n'y a personne en particulier. Les arbres de la forêt se trouvant derrière le lycée deviennent oppressants, j'ai l'impression qu'ils sont de plus en plus proches. Des groupes de lycéens fument et discutent et je perçois le bruit qu'ils font comme des bourdonnements. Puis je l'entends. Cette musique. Cette satanée musique. Je ne sais pas d'où elle sort, mais je l'entends de plus en plus fort. Dans mes oreilles, dans mon cerveau. Je vais vomir. Mes jambes ne me tiennent plus, les souvenirs se bousculent dans mon cerveau et des larmes d'effroi dévalent mes joues. J'ai l'impression que ma cage thoracique se resserre sur mon cœur qui bat à vive allure comme pour se libérer de cette pression, mais rien n'y fait, j'ai juste l'impression qu'il va exploser. Je n'arrive plus à respirer, je ne suis plus sur le parking du lycée, je suis chez lui. Chez ce monstre. Une nouvelle fois, je suis enfermée.

Quatre ans plus tôt

Chez Ava
Mercredi 8 Mai
14 : 03

Quelle plaie ! C'est ce que je me dis en mettant mes chaussures. J'y vais vraiment, vraiment à contrecœur. Je suis la fille la plus stupide du monde ! Qu'est-ce qui m'a pris de vouloir faire la gentille ? J'aurais dû laisser les autres se moquer de Théo comme d'habitude parce que personne ne voulait faire un exposé avec lui au lieu d'intervenir pour le défendre. Théo est tout ce qu'il y a de plus... Bizarre. Il ne parle jamais et il regarde tout le monde comme s'il s'apprêtait à les tuer. Il a toujours cette dégaine crasseuse qui est en totale contradiction avec son milieu : ses parents sont richissimes ; ils détiennent plusieurs immeubles et restaurants dans la ville et leur villa ressemble à celle de Will Smith. Son apparence s'est davantage dégradée depuis le suicide de sa sœur il y trois mois. Elle était son opposé, une chouette fille…

Peu importe si cette famille à l'air dérangée, si Théo est malaisant. Je n'ai pas le choix, je dois y aller car j'ai fait une promesse. Je fais un bisou à Nana avant de sortir de la maison. Le temps est très agréable en ce mois de mai : le soleil brille, quelques papillons virevoltent au loin, les fleurs colorent les trottoirs... Tout respire la vie. Je hais l'hiver et j'avais tellement hâte que le printemps arrive enfin.

137

Le mois de mai est le meilleur. Pas seulement parce que c'est le mois de mon anniversaire, mais surtout parce que c'est bientôt les vacances d'été et que je pars en colo avec mes amis. Plus particulièrement avec Ryan à qui j'ai décidé d'avouer mes sentiments. J'ai fait un pacte avec Chloé, une de mes meilleures amies : on doit faire notre déclaration à nos crush respectifs avant d'entrer au lycée. La seule ombre au tableau, c'est cet exposé que je dois faire avec Théo. Je ne sais pas pourquoi j'ai accepté d'aller chez lui, j'aurais dû lui proposer de me rejoindre à la bibliothèque, mais j'ai du mal à dire non de peur de blesser les autres.

Je mets mes écouteurs, allume mon MP3 et je prends mon vélo pour rouler jusqu'à chez lui. Je ne sais pas vraiment ce qui m'attend mais j'espère pouvoir boucler ça au plus vite pour rejoindre mes amis au cours de hiphop comme tous les mercredis. En plus, aujourd'hui, c'est mon anniversaire, alors on a prévu de se rendre au Speed Park après. J'ai une vie sociale assez remplie : déléguée de ma classe sans même m'être présentée, membre d'un très large groupe d'amis et d'un groupe de danse, j'ai de très bonnes notes et je sais déjà ce que je veux faire plus tard. En fait, mon seul et unique problème *c'est ma mère et ma sœur que je ne supporte plus. J'ai même parfois l'impression que ma mère n'est pas ma mère biologique, ce n'est pas possible. Elle agit comme si j'étais un parasite.*

Je tends à penser que certaines personnes ne devraient pas avoir d'enfants si c'est pour les traiter comme des moins que rien. Moi, jamais je ne traiterais mes enfants comme ça. J'ai longtemps pensé que c'était ma faute si elle se comportait comme une sorcière, mais non. Je ne suis pas le problème et heureusement que papa et Nana sont là pour me le rappeler tous les jours.

Vingt minutes plus tard, j'arrive en haut d'une longue pente raide. De là où je suis, je peux voir l'immense villa des parents de Théo. Ça fait presque flipper : les arbres de part et d'autre de la rue sont très hauts mais leurs feuilles forment un toit tellement opaque que j'ai l'impression qu'il fait nuit. Ok, ça s'annonce creepy. Je descends la pente à toute vitesse et manque de foncer dans le portail. Je descends de mon vélo, le souffle court et je sonne en tremblant sans trop savoir pourquoi. Je n'ai même pas pensé à demander à Théo si on serait seuls. Ce mec est du genre à capturer des chats ou des rats pour les disséquer juste pour le fun en prenant soin de garder leur queue en guise de souvenir. Ava, qu'est-ce qu'il t'a pris d'accepter d'aller chez lui ?

Au moment où je m'apprête à sonner une seconde fois, le portail s'ouvre en un terrible grincement. Je sursaute en voyant la tête de Théo. Ses cheveux délavés ne ressemblent à rien : ni courts, ni longs, ni bruns, ni blonds, ni raides, ni bouclés mais tout à la fois. Ses lèvres fines sont incroyablement sèches et ses yeux injectés de sang font ressortir ses iris marron clair. Son teint est jaunâtre et ses veines bleues ressortent sous sa fine peau. On croirait un zombie. Pourtant, contrairement à son habitude, il est bien habillé. Par bien, je veux dire qu'il ne ressemble pas à un clochard : il porte une chemise blanche à manches courtes, boutonnée jusqu'au cou, ainsi qu'un jean noir trop moulant et des mocassins marrons. Le tout le rend vraiment très ridicule mais je me retiens de rire.

— *Salut, dis-je en le dévisageant.*

— *Ava, salut, dit-il en souriant. Tu vas bien ? Viens, entre.*

Il ouvre en grand le portail pour me laisser passer en souriant de toutes ses dents. Elles sont d'une blancheur extrême d'ailleurs. Le portail se referme avec un bruit sourd qui me fait sursauter. En silence, je le suis jusqu'à la maison. Nous passons entre deux rangées de cyprès gigantesques. Le jardin est immense : deux fontaines de part et d'autre de l'allée qui mène à la porte d'entrée, une pelouse bien tondue mais aucune fleur à l'horizon, d'immenses arbres recouverts de feuilles épaisses qui, comme sur la route qui mène à la villa, semblent aspirer toute la lumière. Cet endroit ne m'inspire rien d'agréable. Je suis censée fêter mon anniversaire aujourd'hui avec mes amis, je ne suis pas censée être là. Je tente de me rassurer : on en aura pour deux heures, maximum, c'est juste pour mettre nos idées en commun.

— Tu peux poser ton vélo devant la porte.

— Merci.

Je cale mon vélo contre le mur à côté de l'immense porte, puis je suis Théo dans la maison. Tout est immense à l'intérieur : la hauteur des murs, les meubles, les chandeliers, la fenêtre... J'ai l'impression de me faire avaler par un monstre gigantesque.

— On va dans le salon ? Tu veux boire quelque chose ? me demande-t-il.

— Non merci.

Il a l'air tendu. Il tremble et semble agité comme s'il était stressé. J'ai envie de rentrer, ce mec est vraiment trop bizarre. On s'installe sur un canapé, je sors mes cahiers et commence à parler de l'exposé pour lui faire comprendre que je souhaite partir le plus tôt possible. Apparemment, il n'a pas du tout les mêmes plans que moi puisqu'il a l'air ailleurs. Il répond à peine à mes questions et ce qu'il me dit est superficiel, comme s'il n'avait rien fait de son côté. Au bout de dix minutes, il m'interrompt.

— Ava, je suis content que tu te sois proposée pour faire l'exposé avec moi. Ça me touche.

— Et bien c'est normal... Je veux dire, ce n'est pas grand-chose, c'est qu'un exposé.

— Je sais mais... Les autres me détestent. Si tu n'avais pas eu pitié de moi, je serais resté seul.

— Mais non, ils ne te détestent pas, je mens. C'est juste que tu es... différent et ils ont du mal à te cerner.

Son visage se referme instantanément. Qu'est-ce que j'ai dit de mal ? Il me fait peur.

— Euh bien sûr, ça ne veut pas dire que tu mérites ce qu'ils te font subir, ajouté-je précipitamment.

— Toi aussi tu penses que je suis bizarre ?

— Euh, non, t'es juste différent. On devrait s'y mettre, Théo, j'ai mon cours de hiphop dans une heure.

Je baisse la tête sur mon cahier en espérant qu'il comprenne le message, mais non. Il se lève et se dirige vers la chaîne Hi-Fi. Qu'est-ce qu'il fait ? Je ne me sens vraiment pas bien.

— C'est très gentil, Ava. On devrait mettre un peu de musique pour se détendre.

Mon « non » s'évanouit dans les notes de L'Hymne à l'Amour d'Édith Piaf. Le son des violons me met en alerte : ce type est dingue, je dois absolument m'en aller. Il se tourne vers moi avec un sourire effrayant.

— Tu sais, j'ai toujours eu l'espoir que tu me voies. Depuis la sixième, je te regarde de loin, je rêvais que tu me remarques enfin. Que tu comprennes qu'on est fait pour être ensemble.

J'ai du mal à respirer. Il est fou, complètement fou ! Je me lève, prête à partir.

— Je vais rentrer…

— Non, attends. Laisse-moi finir, dit-il en s'approchant. Je suis fou de toi, Ava. Je passe mon temps à te regarder et mes nuits à dessiner ton beau visage. Je t'aime. Et je sais que tu m'aimes aussi, j'ai remarqué. Et on me l'a dit.

— Quoi ? Non, Théo, je… J'ai déjà quelqu'un.

Son visage hideux se fend d'une grimace qui m'effraie. C'est bon, je me barre. Je range mes cahiers précipitamment dans mon sac.

— On fera l'exposé une autre fois.

— Pourquoi ?

— Je rentre, tu me fais peur.

— *C'est normal d'être stressée, Ava. Moi non plus je n'ai pas beaucoup d'expérience, mais je te jure que je serais doux.*

Quoi ? Une larme glisse sur ma joue. Non, non, non… C'est un cauchemar, je vais forcément me réveiller. Il s'avance vers moi malgré le fait que je recule.

— *Je t'en supplie, Théo, laisse-moi partir, dis-je en sanglotant. Je t'en prie...*

Il secoue la tête.

— *Il m'a dit que tu dirais ça. Laisse-toi aller, jolie cœur, je jure que je serai gentil.*

Non, non ! La musique qui résonne dans la pièce me donne envie de vomir. Je me précipite vers la porte d'entrée et tire sur la poignée pour l'ouvrir, mais il la referme aussitôt. Son haleine répugnante traîne dans mes cheveux.

— *Reste calme, je ne veux pas me mettre en colère.*

— *Non ! Non, vas te faire voir espèce de cinglé ! crié-je, totalement paniquée et désespérée. Je ne t'aime pas et je ne t'aimerais jamais ! Je ne veux pas que tu me touches, laisse-moi partir ! Dégage !*

— *Ne me parle pas sur ce ton !*

Il a du mal à garder son calme. Son visage se crispe, ses deux billes marrons me renvoient toute la haine qu'il ressent envers moi, mais il est hors de question que je me démonte. Je ne me laisserai pas faire.

— *Je te parle comme je veux, espèce de…*

Je n'ai même pas le temps de finir ma phrase : je reçois son poing en pleine figure. Abasourdie, je regarde mes mains pleines du sang qui s'échappe de mon nez. Je suis tellement en colère que je ne sens même pas la douleur : je me redresse et lui mets une gifle phénoménale qui laisse une marque rouge sang sur sa joue. Je vais pour lui asséner un deuxième coup mais cette fois, il saisit mon poignet et me tord le bras jusqu'à ce que j'en pleure.

— Lâche-moi espèce de cinglé ! T'es un putain de salaud tu le sais ça ? Laisse-moi partir !

— Je pensais que t'étais différente, Ava. Je pensais vraiment que t'étais pas comme les autres, murmure-t-il presque en sanglotant. Je vais devoir être brutal, mais je te jure qu'ensuite tu vas apprécier et tu seras accro.

— Va te faire foutre !

Son haleine horrible me répugne au plus haut point. J'essaie de me défaire comme je peux de son étreinte mais il est trop fort.

— Lâche-moi, commencé-je à sangloter. Théo lâche moi je t'en supplie arrête.

C'est si douloureux ! Mon bras est presque totalement retourné et son air triomphant me fait flipper. Ma terreur s'amplifie lorsqu'il lâche mon poignet et me pousse au sol. Je manque de me cogner contre le mur. Mon bras me fait affreusement mal, j'ai l'impression qu'il veut me tuer mais pourtant, j'ai cette haine profonde en moi qui me donne la force de me relever. J'ai envie de le frapper une nouvelle fois mais à l'évidence il est plus fort que moi. La meilleure solution c'est de fuir. Une fois debout, je tente à nouveau de foncer vers la porte de sortie sans même prendre le temps de récupérer mon sac tombé par terre, mais Théo est plus rapide que moi. Il me saisit violemment par la taille et me coince contre le mur. Je sens son haleine affreuse contre mon oreille.

— Toi et moi on va s'amuser, Ava.

143

Présent

Chez Ava

Lundi 18 Septembre

19 : 06

Je reprends connaissance dans ma chambre et mets du temps à me souvenir de ce qu'il s'est passé. Ça fait des mois que je n'ai pas fait de crises d'angoisse et il a fallu que j'entende une putain de musique pour sombrer. Je suis faible, tellement faible. Je me redresse sur mon lit avec difficulté et tente de calmer mes tremblements. Comment est-ce que je suis arrivée jusque-là ? Où est ma voiture ? Je me lève et marche lentement dans le couloir qui mène au salon. J'entends des voix étouffées. Celle de Nana et… Juliann ?

— C'est vraiment gentil de rester, mais j'insiste, tu devrais rentrer.

— Je veux juste m'assurer qu'elle va bien. J'ai vraiment eu peur quand je l'ai trouvée presque inconsciente près de sa voiture. J'ai voulu l'emmener à l'hôpital mais elle m'a supplié de ne pas le faire. C'est une crise de panique, n'est-ce pas ?

La honte… Je déteste qu'il soit là à parler avec ma grand-mère.

— Ça lui arrive souvent ?

— Oui, malheureusement.

— Est-ce qu'elle voit un psy ? Ça pourrait l'aider.

De quoi je me mêle ?

— Elle en a vu un mais ça n'a rien donné… J'ai vraiment peur pour elle, Juliann.

Juliann ?

Je suis dans le prolongement d'un cauchemar ou quoi ? Pourquoi sont-ils déjà aussi familiers ? Je sais que ma grand-mère a le tutoiement facile, mais quand-même ! Avec son accent, elle prononce Juliann *Zuliann*. Ça m'aurait fait rire dans un autre contexte.

— Je sais…

— Tu es son professeur principal, tu ne peux rien faire ? J'aimerais juste qu'elle aille mieux.

— En tant que prof, je ne peux pas faire grand-chose, vous savez.

— Et comme son patron ? Je ne sais pas, tu ne peux pas lui verser un pourboire si elle accepte de sourire pendant cinq minutes ?

Il rit franchement.

— Je peux essayer, mais votre petite fille est coriace.

— M'en parle pas, plus têtue tu meurs ! Mais tu sais, elle n'a pas toujours été comme ça. C'était un vrai rayon de soleil avant. Très belle. Maintenant elle se pavane avec ses vêtements de garçon. Aïe, aïe, aïe. Je ne sais plus quoi faire d'elle.

— Il faut juste lui laisser un peu de temps.

Cette conversation a assez duré. J'entre dans le salon pour les interrompre. Juliann se lève instantanément et me toise comme si j'étais un fantôme.

— Ça va ? Tu n'as rien ?

— Qu'est-ce que tu fais ici ?

— *Ava, c'est ton prof* ! s'exclame ma grand-mère en peul.

— Tu as fait un malaise alors je t'ai ramenée. De rien.

Je soupire. Je m'énerve peut-être pour rien.

— Merci.

— Je t'en prie.

— Où est ma voiture ?

— En bas. J'ai donné tes clés à ta grand-mère.

— Et comment tu vas rentrer ?

— Je vais appeler un taxi pour qu'il m'emmène jusqu'au lycée. C'est là-bas qu'est ma voiture.

— Mais non, Ava va vous ramener !

— Nana !

Elle me fait les gros yeux et je lève les yeux au ciel.

— Fais encore ça et c'est après mon coup de pied aux fesses que tu feras un malaise !

— Nana !

Juliann se retient de rire. Je suis sûre qu'elle a fait exprès de dire ça en français.

— Pas besoin de…

— Si, je vais t'accompagner.

— Ok. Inès est dans la chambre de Drew.

Je tourne les talons pour aller dans la chambre de mon fils. En ouvrant la porte, je les vois en train de se faire un câlin. C'est…mignon ? Je souris en m'appuyant contre l'encadrement de la porte.

— Coucou les enfants.

— Maman ! Ça va ? *Yé* eu *peu'* !

— Oui je vais bien, j'étais juste très fatiguée.

— *Ye* peux te faire un câlin ?

Non, pas ça… C'est hors de question qu'il me touche. Pas dans l'état dans lequel je suis actuellement. Juliann me sauve en se mettant derrière moi.

— On y va ma puce. Ava va nous ramener.

— Oh, je ne peux pas dormir ici ?

— Non, il y a école demain. Aller, va mettre tes chaussures.

— Bon, d'accord.

Elle fait un bisou à Drew pour lui dire au revoir, puis passe dans le couloir pour aller mettre ses chaussures.

— Au revoir Drew ! À demain !

— Au *revoi' Yuliann* !

Je me dirige vers la porte lorsque Juliann et Inès disent au revoir à ma grand-mère. Il m'énerve à jouer au mec parfait. Est-ce que ma grand-mère sait qu'il rêve de me sauter ? Sûrement pas, sinon elle l'aurait déjà chassé avec un balai. Juliann me tend mes clés et nous sortons de l'appartement pour nous rendre dans la voiture. Inès s'installe seule sur le réhausseur et attend que son père attache sa ceinture pendant que j'ajuste mon siège et les rétroviseurs déréglés par monsieur Philo. Une fois prêts, je démarre et roule en silence.

Je n'ai pas envie de parler, pas du tout. Mais Juliann n'est pas de cet avis.

— Dis-moi, tu penses que demain tu pourrais me rapporter un peu de ce qu'est en train de préparer Nana ? Ça sentait super bon !

— Mais quel culot, c'est *ma* grand-mère !

— C'est elle qui m'a dit de l'appeler comme ça.

— J'en reviens pas que tu sois allé chez moi.

— J'aurais dû te laisser par terre ?

— Ce n'est pas ce que j'ai dit.

— Tu t'énerves pour rien, là, Ava. Détends-toi un peu.

— Pourquoi vous vous disputez ? demande Inès.

— On ne se dispute pas, répondons Juliann et moi en chœur.

Il a raison, je ne sais même pas pourquoi je suis énervée. Une dizaine de minutes plus tard, je me gare sur le parking du lycée où seule sa voiture est présente. Je suis soulagée qu'il s'éloigne enfin.

— Merci, dit-il sèchement en descendant.

Il claque la portière et s'en va détacher Inès.

— À demain, Ava ! s'exclame-t-elle.

— À demain, ma chérie.

La portière claque à nouveau. Je les regarde s'en aller à travers le rétroviseur.

Chapitre 11 | Ava

— Tu arrives juste à temps. J'ai préparé le repas, il est dans le frigo. Tu pourras manger avec les enfants, il y en a assez pour tout le monde. Pour le coucher, on est en train de lire ensemble le livre qui est posé près de son lit. Elle voudra peut-être que tu avances dans l'histoire. Je crois que c'est tout alors j'y vais.

Il me regarde à peine. Il prend ses clés, dit au revoir aux enfants, puis s'en va sans détour, jetant un froid glacial à la pièce. Est-ce qu'il m'en veut ?

— Ava ?

— Oui ?

— Je peux te mettre du vernis ?

Du vernis ? Où est-ce que tu as trouvé du vernis ?

— C'est ma tata Jade qui me l'a offert pour mon anniversaire. Drew veut pas que j'essaie sur lui et les mains de papa sont trop grosses. J'ai fini un pot entier la dernière fois quand je lui en ai mis.

Je souris sincèrement. Cette fille est très intelligente, elle s'exprime comme un enfant de dix ans. Ça m'étonnera toujours.

— D'accord, mais d'abord vous allez prendre votre bain tous les deux. Allez, hop, hop, hop, on y va !

Ils escaladent les marches et je fais couler de l'eau dans la baignoire pendant qu'ils se déshabillent. Une fois la baignoire à moitié remplie, je fais mousser l'eau, puis je les y installe. Ils parlent beaucoup, me racontent tout un tas de choses mais j'ai la tête ailleurs, parce que Juliann a été froid avec moi. Je suis sûre qu'il m'en veut. Pourquoi est-ce que ça m'atteint autant ? Au bout de quinze minutes, je finis par faire sortir les enfants du bain. En grands autonomes qu'ils sont, je les laisse enfiler leur pyjama après leur avoir mis de la crème sur le corps.

— Vous me rejoignez en bas quand vous avez fini, ok ?

— Oui !

— Et Inès, n'oublie pas ton vernis.

— Tu veux quelle couleur ?

— Vert.

— Vert ? Okidoki !

Trois ans, vraiment ? Je lève les yeux au ciel et descends dans la cuisine pour voir ce qu'a préparé Juliann. Mon ventre gargouille en voyant le plat de tchoutchouka dans un tajine. Ça a l'air tellement bon… Je le sors et le fais chauffer à feu doux sur une plaque de cuisson. L'odeur se répand rapidement dans toute la pièce.

— Ça y est, je suis là, Ava !

— J'arrive !

Je m'installe en tailleur sur le canapé et Inès se tient debout devant moi pour appliquer le vert sur mes ongles. Drew nous regarde bizarrement, les sourcils froncés, je n'arrive pas à savoir s'il est jaloux de ma proximité avec son amie ou s'il nous juge parce qu'on fait une activité de *filles*. Le vernis est un peu pâteux, c'est un petit flacon en forme de fiole pour potion magique. Typique des jeux pour enfants. Elle en étale énormément, j'ai peur que ça ne sèche jamais, mais au moins, elle ne dépasse pas.

— Tu devrais plus étaler et mettre moins de vernis, chérie.

— Tu crois ?

— Oui.

— D'accord !

Elle s'exécute et le rendu est bien meilleur. Je remarque que Drew a complètement perdu sa bonne humeur. Il boude et il s'est même éloigné de nous. Je n'aime pas le voir comme ça.

— Drew, ça va ?

Il secoue la tête, la lèvre tremblante et s'effondre en larmes. Il pleure comme un bébé et je n'ai aucune idée de ce que je suis censée faire, je veux juste qu'il arrête de faire du bruit. Attendrie, Inès va lui faire un câlin, mais moi, je reste de marbre.

— Pourquoi tu pleures, Drew ? lui demande-t-elle.

Ses pleurs sont incessants. Il essaie d'articuler quelques mots que je peine à comprendre. Non en fait, tout est inintelligible.

— Je crois qu'il veut un câlin, me dit Inès en me regardant, l'air désolé.

J'acquiesce, un sourire crispé sur les lèvres. Je n'ai jamais été proche de lui, je ne l'ai jamais bercé, même quand il était bébé, alors je ne vois pas comment je pourrais le prendre dans mes bras. Et si je réagissais mal ? Et si ça ravivait des souvenirs et que je le bousculais trop fort ? Je déglutis et me lève pour m'agenouiller devant lui.

Lentement, je tends mes bras vers lui, puis l'attire à moi. Je me fige en sentant son petit corps contre le mien, comme si je redoutais de me prendre un coup, mais rien ne se produit. Absolument rien. Pas de peur, pas de souvenir, pas de haine. Que du soulagement, en fait. Je m'autorise à me détendre et je caresse ses cheveux jusqu'à ce que ses pleurs tarissent.

— Ça va mieux ?

— Ou… oui, hoquette-t-il.

— Pourquoi est-ce que tu as pleuré ?

— *Pa'ce* que tu joues *yamais* avec moi, maman.

Oh… Mon cœur se fissure, je me déteste.

— Je suis désolé, p'tit bonhomme. Je te promets de jouer avec toi plus souvent.

— *P'omis* ?

— Promis.

Je dépose un baiser sur son front, puis je me relève, le cœur serré car je viens de faire une promesse que je ne pense pas pouvoir tenir. Drew sort sa langue pour lécher la morve qui a coulé de son nez, alors je prends un mouchoir pour nettoyer son beau visage.

— Vous avez faim ?

— Oui ! répondent-ils en chœur.

— Vous m'aidez à mettre la table ?

Ils me suivent dans la cuisine et je leur donne des petites fourchettes et couteaux en bois qu'ils vont déposer sur la table basse pendant que je remplis leurs assiettes. Je leur apporte leurs plats et les regarde manger calmement.

— Et toi tu manges pas, maman ?

— Non, je n'ai pas faim.

C'est totalement faux. J'ai juste beaucoup trop de fierté pour manger le plat qu'a préparé Juliann. Une fois leur repas fini, je débarrasse la table et remplis le lave-vaisselle pendant qu'ils mangent leur dessert. Nous faisons ensuite une rapide partie de colin-maillard avant l'heure du coucher. Lorsque je leur mets leur couche, Inès insiste pour que Drew dorme avec elle, alors j'accepte. Mon fils suce son pouce en écoutant l'histoire que je leur lis et caresse les cheveux de son amie dont les paupières deviennent de plus en plus lourdes. Avant que je ne termine la deuxième page, leur respiration se fait régulière. Ils dorment à poings fermés. Peut-être que je ne suis pas une si mauvaise mère, finalement ? Je sors mon téléphone de ma poche et prends une photo. La première que je prends de mon fils.

21 : 00

La porte s'ouvre à vingt-et-une heure pile. Lorsqu'il entre dans le salon, je n'arrive pas à deviner son humeur. Il a l'air exténué et sûrement renfrogné comme tout à l'heure, alors je range mes cours dans mon sac et me lève, prête à partir.

— Salut, dit-il en s'appuyant contre le mur.

— Salut.

Il me regarde m'activer sans rien dire. Je ne sais pas pourquoi, mais mon cœur s'alourdit, comme si j'étais triste, soudainement.

— Euh… Inès dort. Elle a pris sa douche et a mangé. Je dépose mes affaires dans la voiture, puis je vais chercher Drew. Il dort à l'étage.

— Tu as mangé ?

— Non.

— Reste manger avec moi.

— Non.

— S'il te plaît, Ava.

Mon sac me glisse des mains et tombe par terre. Je lève les yeux et remarque son air incroyablement triste. C'est pour ça que mon cœur est soudainement devenu si lourd ? Je déglutis.

— S'il te plaît, répète-t-il.

Ses lèvres ne bougent pas, mais je jurerais l'avoir entendu ajouter « mon ange ». J'acquiesce. Je ne sais pas ce qui ne va pas, mais j'ai soudainement envie de le prendre dans mes bras. Il s'approche en souriant, puis va dans la cuisine pour nous préparer deux assiettes. Je m'installe à un tabouret et le regarde se laver les mains avant de faire glisser devant moi mon plat et un morceau de pain.

— Merci.

— Ça s'est bien passé ?

— Oui. Et pour toi ?

— On va dire ça.

Il s'assoit sur un tabouret près de moi. Sa mauvaise humeur m'irradie et le rend plus imposant. Impressionnant. Je me sens toute petite à côté de lui, alors je me lève pour aller me laver les mains et en profite pour prendre quelques inspirations. Lorsque je retourne à ma place, mon souffle est de nouveau happé par sa présence.

Je prends un morceau de pain et commence à manger. C'est tellement bon ! Je ferme les yeux pour savourer ce plat tellement exquis. Mon palais arrive à décortiquer chaque épice présente dans mon assiette. Je me suis trompée : ma deuxième passion, ce n'est pas la cuisine, c'est la dégustation. Lorsque j'ouvre les yeux, je remarque que Juliann me fixe, la mâchoire serrée. Il n'a plus l'air en colère, il a… l'air d'avoir envie de me *manger*. Je déglutis.

— Juliann, le rappelé-je à l'ordre.

— Désolé.

Il prend un morceau de pain et commence à manger en fixant le micro-ondes. C'est sexy de le voir manger à la main… Maintenant, c'est moi qui le fixe.

— Tu m'en veux encore ? De t'avoir ramené chez ta grand-mère ?

— Non, bien-sûr que non. Merci de m'avoir ramassée par terre. C'est juste que j'ai du mal à accepter l'aide des autres et encore plus la proximité des hommes.

— À cause de ce qu'il t'est arrivé ?

— Oui. C'est encore… douloureux.

C'est un euphémisme. La douleur est incrustée en moi, elle a envahi chaque fibre de mon corps, je ne pourrais jamais m'en débarrasser.

— Tu veux m'en parler ?

— Pas ce soir, dis-je en secouant la tête.

— Ok.

— Ok.

Il me sourit tristement, mais tente tout de même de me remonter le moral.

— En tout cas, la prochaine fois que tu comptes t'évanouir, essaie de ne pas t'étaler en plein milieu du trottoir, j'ai failli te marcher dessus.

— Très drôle ! D'ailleurs… Comment tu m'as emmené jusque dans ma chambre ?

— Bah, je t'ai portée.

La honte !

— T'en fais pas, personne ne nous a vu.

— Tant mieux. J'espère que tu n'en as pas profité.

— Mais pour qui tu me prends ? Je ne suis pas attiré par les mineures comme tu semblais le penser samedi dernier et je ne suis pas non plus nécrophile, Ava. Ça en devient insultant.

— Désolée, ris-je.

— Moi, je suis désolé si je t'ai mis mal à l'aise samedi.

J'inspire brusquement. Il ne m'a absolument pas mise mal à l'aise, bien au contraire. Je n'arrête pas d'y penser.

— Je me suis un peu trop laissé aller.

— Ça va, ce n'est rien.

Bien sûr que si et nous le savons tous les deux. Nous mangeons en silence, laissant flotter des non-dits entre nous. Une fois nos assiettes vides, il les débarrasse et les rince avant de les mettre dans le lave-vaisselle.

— Tu veux un dessert ?

— Qu'est-ce que tu me proposes ?

— Une verrine au citron ? J'ai déjà préparé la crème.

— Ça me va si elle n'est pas trop acide.

— Viens goûter.

Je me lève et me lave les mains tandis qu'il sort un bol du frigo et qu'il retire la cellophane qui le recouvre. Je regarde attentivement son doigt glisser sur le rebord du bol pour y récupérer de la crème qui a un peu coulé, puis le ramener à sa bouche. Je serre les cuisses en le voyant refermer ses lèvres sur son doigt. *Je suis folle…* Je m'approche, prête à faire comme lui, mais il fait à nouveau courir son doigt sur le rebord du récipient avant de m'ordonner d'ouvrir la bouche. J'écarquille les yeux, mais je ne refuse pas.

— Dis-moi honnêtement si tu n'aimes pas, ok ?

— Oui.

Il met son doigt dans ma bouche et je referme mes lèvres sur celui-ci en suçant la crème qui est d'une telle douceur que j'en ferme les yeux pour savourer. Qu'est-ce qu'il met dans ses plats, sérieux ? Je vais tomber à la renverse. Un gémissement de frustration m'échappe lorsque je me rends compte que j'ai léché toute la crème. Que je suis en train de lécher le doigt de monsieur Philo comme si je lui disais explicitement que j'avais envie de le sucer. J'ouvre les yeux et le libère en rencontrant l'expression de son visage. S'y mêlent du désir, de la surprise et… de la culpabilité ?

— Encore, soufflé-je.

Non ! Non, ce n'est pas ce que je voulais dire ! J'ai ouvert la bouche pour prononcer le mot *pardon*. Je n'arrive même plus à m'exprimer correctement.

— Ava.

— S'il te plaît.

Mon cœur bat si fort dans ma poitrine. Son moteur, c'est le désir que j'éprouve à ce moment précis et il n'est pas près de s'atténuer. Je le connais à peine, c'est mon prof, il a huit ans de plus que moi, mais je le veux. J'ai besoin de sentir sa peau contre la mienne, son doigt glisser sur ma langue. Mâchoire serrée, il trempe à nouveau son doigt dans la crème, puis se place en face de moi. Il avance jusqu'à ce que mon bas du dos heurte le plan de travail. À seulement quelques centimètres de mes lèvres, il murmure :

— Ouvre la bouche.

Je ne me fais pas prier ; il enfonce son doigt et se mord la lèvre, alors sans le quitter des yeux, je le suce franchement.

— Putain, Ava.

Ça grésille. Je ne sais plus où donner de la tête, je suis sous tension et lui aussi. Notre raison est voilée par un épais nuage de désir brut que je ne suis pas sûre de pouvoir maîtriser. Lorsque, prise d'un élan d'audace, je le mords, il émet un son presque animal avant de retirer son doigt pour agripper mes cheveux et tirer ma tête en arrière, ancrant ses iris gris-vert dans les miens. Il ne parle pas, mais son corps entier me crie qu'il brûle pour moi.

— On doit arrêter ça.

Son torse se soulève rapidement du fait de sa respiration erratique.

— Tu n'as pas idée de ce que tu me fais, tu ne sais pas à quel point je te désire, Ava. Mais c'est mal.

— Oui, fais-je en déglutissant.

— On devrait prendre nos distances.

— Totalement d'accord.

— Parce que là, tout de suite, j'ai envie de te faire l'amour dans toutes les positions imaginables. J'ai envie de t'embrasser jusqu'à laisser la marque de mes lèvres sur les tiennes.

Je hoquète face à sa franchise.

— Juliann.

— On n'a pas le choix, Ava.

— Tu vas me virer ?

— Non. On va juste arrêter de se regarder comme ça. Ok ?

— Ok.

— Ok. Maintenant, respire mon ange.

Des papillons battent des ailes dans mon ventre lorsque je m'autorise à expulser l'air de mes poumons. Juliann me lâche lentement, puis s'éloigne jusqu'à heurter l'îlot central derrière lui. Je suis choquée. Choquée par mon audace, choquée par sa franchise, choquée par le fait que je sois si à l'aise avec lui. Il me faut plusieurs secondes pour arriver à formuler une phrase cohérente.

— Je… je vais y aller. Tu gardes mon dessert pour demain.

— Très bien. Je vais aller chercher Drew, je te le dépose dans la voiture.

Je hoche la tête et retourne près du canapé pour attraper mon sac et sortir de cette maison si rare en oxygène. Juliann me rejoint rapidement, mon fils endormi dans ses bras. Il le dépose dans son siège auto, puis referme la portière avant de se mettre en face de moi.

— Merci, dis-je.

— Je vous en prie.

Ce vouvoiement… Ça me tapait sur les nerfs qu'il me tutoie sans mon accord, mais maintenant, je ne veux plus qu'il me vouvoie.

Chapitre 12 | Juliann

Chez les Ronadone

Samedi 7 Octobre

15 : 39

Je serre le volant si fort que les paumes de mes mains en deviennent blanches. C'est le seul moyen que j'ai trouvé pour me contrôler, être sûr de rouler jusqu'à chez mes parents sans risquer de nous tuer, ma fille et moi. J'ai merdé. J'ai grave merdé et je ne sais pas comment je vais pouvoir réussir à rattraper mon erreur. À travers le rétroviseur, je regarde Inès qui dort à poings fermé. Tant mieux. Je suis à seulement dix minutes de ma maison d'enfance, mais la pluie qui s'abat sur le pare-brise me renvoie encore à ce qu'il s'est passé hier soir.

Chez Juliann

Vendredi 6 Octobre

21 : 38

La tension est insupportable depuis plus de deux semaines. Je ne sais pas si elle le fait exprès, ou si c'est le sort qui se moque de moi, mais je n'arrive plus à résister. À *lui* résister.

Ma queue se dresse dès que je la vois danser dans mon salon, dès qu'elle se mordille la lèvre en me fixant pendant mes cours, dès qu'elle ferme les yeux et gémit en goûtant les plats que je prépare… Et le pire, c'est que je sais que c'est réciproque. Je l'ai remarqué lorsque je l'ai vu serrer ses cuisses en me regardant m'activer aux fourneaux, ou lorsqu'elle arrête de respirer quand je passe près d'elle et je ne parle pas de son regard de braise qui me rend fou. J'ai constamment envie de passer ma main dans ses cheveux, de humer son odeur de vanille qui la rend si délicieuse. J'ai envie de caresser chaque centimètre de sa peau, de la vénérer comme elle le mérite. De la faire crier mon nom si fort que…

— Oh non !

Mon ange interrompt le fil de mes pensées et se précipite pour ramasser le verre brisé en mille morceaux. Elle était assise sur le tabouret, comment l'a-t-elle fait tomber ? Je prends une pelle et une balayette pour l'aider à ramasser et son odeur vient une nouvelle fois chatouiller mes narines. J'ai voulu de la distance entre nous, mais il faut se rendre à l'évidence, ça n'a pas arrangé les choses. J'ai Ava dans la peau depuis qu'elle a levé les yeux sur moi. Je suis atteint.

— Je suis désolée, fait-elle en tremblant. Le verre m'a échappé.

— Est-ce que ça va ? Tu trembles.

— Oui. Non ! Non, ça ne va pas !

Elle se relève précipitamment, puis passe ses mains sur son visage, l'air contrarié. Je me lève aussi, jette les morceaux de verre dans la poubelle, puis je la rejoins. Je n'aime pas la voir comme ça.

— Ne vous approchez pas !

Son vouvoiement et le ton qu'elle utilise me font grincer des dents. Elle recule et va agripper le plan de travail pour prendre une grande inspiration. Je ne comprends pas, qu'est-ce que j'ai bien pu faire ? J'ai envie de la rejoindre, mais je me ravise.

— Qu'est-ce qu'il se passe, Ava ? Qu'est-ce que j'ai fait ?

— Rien ! s'exclame-t-elle en faisant volte-face. Rien du tout, tu n'as rien fait de mal. Ce n'est pas toi, le problème, c'est moi !

— Je ne comp…

— Je pense à toi tout le temps, Juliann.

J'ai l'impression de me prendre un coup de poing dans le ventre. Mon estomac se contracte en réaction à ses mots si francs, si inattendus.

— Mon corps fait… Tout un tas de choses *bizarres* quand t'es là. Je rêve de toi, je ne pense qu'à toi ! Je n'arrive pas à me concentrer, tout ce que je veux, c'est pouvoir sentir tes mains sur moi… Je ne sais plus quoi faire.

— Tu crois que c'est différent pour moi ?

Elle écarquille les yeux lorsque je m'approche d'elle, à la fois en colère et hors de contrôle face au feu qui m'anime.

— Tu penses que je t'ai demandé de t'éloigner pour quelle raison ?

— Parce que tu as envie de moi ? demande-t-elle d'une petite voix.

— Oui. Tout le temps. Tu me fais de l'effet à chaque fois que je te vois. Tu sais à quel point c'est dur de te résister ? Moi aussi je rêve de toi. Mais ce n'est pas bien. Pas bien du tout. Je suis ton prof. Ça serait malsain.

— Tu crois que tu as une influence sur moi parce que t'es mon prof ? Je ne te vénère pas, Juliann. Pour moi, tu es juste un être humain au même niveau que moi.

— Je n'ai aucune influence sur toi ? Alors comment expliques-tu que j'arrive à faire mouiller ta petite culotte sans même te toucher ?

Elle inspire brusquement le peu d'air qui sépare nos bouches.

— Je te déteste, souffle-t-elle.

— Est-ce que t'es frustrée parce que tu n'arrives pas à te soulager ?

J'ai peur d'aller trop loin dans mes mots, peur de la brusquer, mais elle hoche la tête en se mordant la lèvre.

— Je veux juste que ça s'arrête.

— Que quoi s'arrête ?

— Ça.

— Quoi, *ça* ? Le fait que tu aies envie de moi ? Que tu rêves que je te prenne sur le comptoir de ma cuisine ? soufflé-je près de son oreille.

— Quoi ?

Je souris face à la surprise que je lis sur son visage.

— Tu ne te soulages jamais ?

— Non… Je ne sais pas comment on fait.

Un gémissement meurt dans ma gorge lorsque je sens mon érection pousser encore et encore contre ma braguette, me suppliant de la libérer. Mon désir pulse dans mes veines et bande tous mes muscles. Doucement, je prends sa main droite et glisse dans ma bouche son majeur et son annulaire. Elle ferme les yeux lorsque ma langue caresse sa peau si douce. C'est tellement bon… Je veux plus d'Ava, mais je dois me contenir. Je libère sa main et lui ordonne de la glisser dans son jogging. Elle s'exécute sans ciller. Sa main se faufile sous son vêtement et son regard s'anime lorsqu'elle dessine des cercles sur son clito à travers sa culotte comme je le lui ordonne.

— Ça fait du bien ?

Elle hoche la tête. Mes oreilles bourdonnent, je ne suis pas sûr de pouvoir me contrôler.

— Glisse ta main dans ta culotte, Ava. Dis-moi à quel point tu es trempée.

— Juliann…

Elle ferme les yeux et se cambre en approfondissant ses caresses. Je ne rate pas une miette du plaisir qu'elle prend. Je saisis un tabouret derrière moi et le place près d'elle pour qu'elle puisse poser son pied sur le repose-pied. Jambes écartées, je la laisse explorer son intimité qu'elle découvre avec spontanéité et sans retenue. *Tu n'avais pas besoin de moi, mon ange.*

— Je veux que tu glisses un doigt en toi, tu es d'accord ?

— Oui.

— Regarde-moi.

Elle n'y arrive pas. Je saisis la seconde même où ses doigts glissent en elle car ses paupières s'alourdissent et sa bouche reste entrouverte. Ses gémissements me rendent dingue, j'aimerais qu'ils ne soient que pour moi, qu'ils soient provoqués par mon toucher.

— Bouge tes doigts comme si tu me faisais signe de venir vers toi.

Je prends sur moi pour ne pas embrasser ses lèvres qui m'appellent, pour ne pas retirer sa main et la remplacer par la mienne.

— Mon Dieu… Juliann, je…

Ses jambes commencent à trembler et pendant un instant, j'ai peur de jouir dans mon caleçon juste en la regardant.

— Jouis, mon ange.

Elle écarquille les yeux, terrassée par une vague de plaisir intense. Son cri se répercute dans tout mon corps, je vibre à la fréquence de son orgasme. Je saisis sa hanche et la serre contre moi le temps qu'elle retrouve ses esprits, car si je la regarde trop longtemps, je ne suis pas certain de pouvoir me contenter de la toucher avec mes yeux. Je suis déjà allé beaucoup trop loin et je commence à m'en vouloir.

— Ça va ?

— Oui, chuchote-t-elle. Merci.

Merci ? Elle est adorable.

— Je ne t'ai pas touché, mais crois-moi… j'en meurs d'envie, Ava. Mais il faut qu'on garde nos distances, tu comprends ? Je refuse d'avoir l'impression d'abuser de toi, je refuse d'enfreindre les règles et te mettre dans une position délicate. Ce que j'éprouve pour toi est si fort que si je baisse trop ma garde, si je me laisse aller…

— Tu ne pourras plus te maîtriser ?

— J'ai le contrôle sur mes pulsions. Seulement, je ne serais plus en mesure de faire machine arrière. Je ne serais plus en mesure de reculer. Je ne serais plus en mesure de mettre mon cœur en sourdine.

Sur ses bonnes paroles, je recule et la laisse se laver les mains.

— Je vais aller chercher Drew. T'es sûre que ça va ? Ne me mens pas.

— Je… Je ne sais pas.

Lorsqu'elle se retourne, ses yeux sont embués de larmes. Putain.

— Je suis désolé, j'ai été trop loin, je suis con.

— Non. Non, tu n'as pas été trop loin, c'est juste que… Ça fait beaucoup. Mais je ne regrette pas, je te jure. J'ai juste besoin…

— D'un peu de temps pour assimiler ?

Elle hoche la tête et me sourit, mais le mal est fait, je m'en veux. J'ai été faible et bête. Je suis allé trop loin et le pire, c'est que j'ai envie de recommencer.

Chez les Ronadone
Samedi 7 Octobre
15 : 51

La pluie continue de s'abattre sur le pare-brise lorsque je me gare devant la maison de mes parents. Cet endroit ravive instantanément des souvenirs qui me font sourire. C'est là que l'on passait nos vacances avant que mes parents en fassent leur résidence principale après avoir pris leur retraite. C'est là que j'ai fait les cent coups avec Mariam et mon frère, c'est là que j'ai demandé Anaëlle en mariage.

Toute excitée en voyant qu'on est arrivés, ma fille descend de la voiture et court vers la maison avant même que je n'aie le temps de sortir. Alertée par le bruit de la voiture, ma mère ouvre la porte suivie de très près par notre vieux chien Zou qui me saute dessus.

— Mamie ! crie Inès lorsque ma mère la prend dans ses bras.

— Ma petite chérie, comment tu vas ? Rentrons vite vous êtes déjà tout mouillés.

Ma mère, Johanna, a toujours été très protectrice envers moi et encore plus envers sa petite-fille. Mes parents sont mariés depuis trente ans et forment un couple à la fois atypique et très touchant. Ma mère et mon père Jean (il aime que l'on prononce son prénom comme le jean que l'on porte) ont décidé de donner à leurs trois enfants un prénom qui commence par la lettre J : Johann, Juliann, Jade. Johann a deux ans de plus que moi seulement et on est très proches. Du moins, on l'était car depuis quelques temps, ses problèmes conjugaux empiètent sur ses relations familiales. Il a lui aussi un enfant de sept ans qu'il a décidé d'appeler Jared pour perpétuer la tradition. Jade, elle, a cinq ans de moins que moi. Grande aventurière qu'elle est, elle a décidé de faire une année de césure en Bolivie après son master.

À l'intérieur de la maison, mon frère est en pleine discussion avec mon père à propos de je-ne-sais-quel nouveau désaccord. Ces deux-là sont constamment en train de débattre à propos de choses qui n'ont pas de réel intérêt à mon goût et malheureusement pour moi, puisque je suis prof de philo, je me vois souvent embarqué dans ces discussions interminables.

— Tiens, voilà Juliann ! s'exclame mon père. Il va pouvoir te dire que j'ai raison.

Qu'est-ce que je disais ?

Mon père, cinquante ans, est aussi vif qu'un homme qui en aurait trente. Ses cheveux bouclés poivre et sel retombent sur son front un peu comme moi mais on ne peut pas dire que l'on se ressemble pour autant. J'ai les yeux gris-vert de ma mère, sa bouche pulpeuse et ses cheveux bruns. Mon père était blond comme Johann pendant sa jeunesse et ils ont tous les deux les yeux marrons.

À peine arrivés dans le salon décoré chaleureusement, Jared et Inès se sautent dessus, prêts à rattraper les trois mois pendant lesquels ils ne se sont pas vus. Encore une conséquence des déboires conjugaux entre mon frère et sa femme. Leurs disputes ont le don de jeter un froid dans la famille, c'est insupportable.

— Salut tout le monde ! dis-je en souriant.

— Salut petit frère. Comment tu vas ?

— Je vais bien. Et toi ? Anna n'est pas là ?

— Si, malheureusement, répond-il.

Je ne relève pas. Au lieu de cela, je me contente de demander sur quel sujet porte leur débat cette fois : mon père argumente que mettre de la muscade dans la pâte à cookies est une erreur et qu'il faudrait au contraire mettre de la cannelle. Comme à mon habitude, je me moque d'eux et décide de ne pas prendre parti. Au moment où on clôt la discussion, Anna arrive dans le salon avec une assiette de cookies.

Pendant un moment, voir Anna n'a pas été évident pour moi, car elle ressemble trait pour trait à Anaëlle : la même coiffure, la même silhouette, le même style vestimentaire, la même voix. Même leur fossette au menton est identique. Elles se ressemblent plus que des vraies jumelles, il était presque impossible de les dissocier lorsqu'elles étaient côte à côte. Aujourd'hui, sa présence me rappelle mon premier amour et c'est toujours un peu douloureux, mais je ne peux pas lui en vouloir. Et puis, elle me fait beaucoup de peine. Anna a toujours eu le béguin pour mon frère et lui court après depuis la fac, mais Johann ne pensait qu'à une chose : faire la fête, toucher à tout ce qui était hallucinogène et s'envoyer en l'air avec un maximum de filles. La réalité l'a rattrapé lorsqu'Anna est tombée enceinte. Il l'a épousé à contrecœur pour le bien de l'enfant et les voilà coincés dans un mariage qui ne fonctionne pas.

Anna ne cesse de courir après lui, de faire des efforts pour attirer son attention tandis que lui s'en fiche éperdument, certainement trop occupé à explorer l'entre-jambes de sa secrétaire. Je ne vois pas en quoi ce mariage est bon pour Jared, mais je n'ai pas mon mot à dire et j'ai déjà gaspillé trop de salives en tentant de raisonner mon frère.

— Salut Juliann ! Ça fait tellement longtemps, comment tu vas ? demande-t-elle en me faisant la bise.

— Bien et toi ?

— Ça peut aller. Tu passes le week-end ici ?

— Non, je suis juste venu déposer Inès. J'ai pas mal de choses à faire ce weekend et puis elle voulait à tout prix voire son cousin.

— Et bien maintenant que vous êtes dans l'ouest vous aussi, on pourra tous se voir plus souvent.

Je souris, gêné. Même avant qu'Anaëlle ne nous quitte, je n'ai jamais été à l'aise avec Anna. Elle a une fragilité et une instabilité émotionnelle qui ne m'inspirent rien de bon. Elle agit constamment en fonction des autres, au point de devenir quelqu'un qu'elle n'est pas. Moi, je préfère les personnes entières et franches. Un peu comme Ava.

Ma mère arrive dans le salon et s'assoit à côté de mon père qui l'enlace. Mes parents sont un réel modèle pour moi. Je pensais tellement pouvoir vivre la même chose avec Anaëlle... Je soupire et me force à ne pas penser au passé. Ma mère commence par me poser tout un tas de questions sur ma nouvelle vie et mes pensées dérivent à nouveau sur Ava et je perds totalement le fil de la discussion. Elle m'obsède, je veux en savoir plus sur elle, sur son passé. Je veux voir quelle femme incroyable se cache derrière son attitude froide et ses regards noirs. C'est tellement passionnant de discuter avec elle. Je prends la moindre minute qu'elle m'accorde, car c'est vraiment bon de la voir baisser sa garde, de la voir sourire et de l'entendre rire. Elle dégage une lumière qui réchauffe mon cœur à chaque fois et elle est tellement adorable avec ma fille… J'aimerais qu'elle puisse être comme ça avec Drew.

Ava a aussi ce côté audacieux et sauvage. Elle bride ses émotions, mais je le vois. Ça pourrait être tellement bon au lit avec elle… Ça va pas du tout, faut que j'arrête d'y penser.

— Oh, Juliann ?

— Hein ?

Je sors de mes pensées pour regarder mon frère qui semble m'avoir parlé.

— T'es amoureux ou quoi ?

— Moi ? Non, pas du tout.

— Je ne t'ai pas vu comme ça depuis Anaëlle. Alors, comment elle s'appelle ?

Je n'ai jamais su mentir et puis, même si je me montrais un tant soit peu crédible, mon frère ne serait pas dupe.

— Elle s'appelle Ava, répond ma fille à ma place.

— Tu viens à peine de te séparer ! lance ma mère avec un ton plein de reproches.

— Je ne suis pas… Écoutez, il n'y a rien entre elle et moi. Absolument rien.

— Comment tu l'as rencontrée ? me demande Johann.

— Euh… C'est la baby-sitter.

— Oh, non ! Sérieusement ? s'exclame mon père. Quel cliché !

Il est hors de question que je leur dise qu'elle est mon élève. Ils savent ce qu'il s'est passé l'an dernier avec Gladys, je n'ai pas besoin de remontrances ou de mises en garde. Je suis assez en conflit avec moi-même.

— Elle a quel âge ?

Silence.

— Elle est majeure au moins ?

— Bien sûr qu'elle l'est. Pour qui tu me prends ? Il n'y a absolument rien entre nous, on s'apprécie, c'est tout.

— Humm.

Je lève les yeux au ciel et prends un cookie dans l'assiette presque vide.

— Au fait, tu sais pour Cara ? me demande Johann pour changer de sujet.

— Ouais, fais-je en soupirant. Elle m'a envoyé un SMS.

— Qu'est-ce que tu vas faire ?

— Rien. Elle a le droit de voir Inès, elle a tellement fait pour elle. Je ne veux pas rentrer dans une guerre.

Mon ex a décidé de passer à la vitesse supérieure en m'annonçant qu'elle allait venir s'installer près de chez moi soi-disant pour être plus proche d'Inès. Je ne la supporte pas, mais je n'oublierais jamais ce qu'elle a fait pour moi pendant ces trois dernières années. Elle s'est occupée d'Inès comme s'il s'agissait de sa fille, je ne peux pas l'interdire de la voir du jour au lendemain, même si je sais qu'elle a une idée sournoise derrière la tête.

— Je vais la voir quand ? demande Inès.

— Je ne sais pas encore, ma grande.

— Je ne veux pas vivre avec elle.

— Ça n'arrivera jamais, je te le promets.

Elle me lance un grand sourire. Qu'est-ce que je ne ferais pas pour elle ?

18 : 34

— Fait chier ! hurle mon frère en frappant la télé.

Jared et ma fille s'empressent de prendre le bocal posé sur le buffet pour le tendre à Johann.

— Et merde.

Il fouille dans la poche de son jean pour en sortir son porte-feuille et dépose deux euros dans le bocal à gros mots. C'est la règle chez nos parents : pour chaque grossièreté prononcée, nous devons verser un euro. À la fin de nos weekends en famille, le bocal est géné-ralement assez plein pour que les enfants aient de quoi s'acheter un gros sachet de bonbons chez le boulanger.

— À ce rythme-là, ils vont être milliardaires à dix ans, ricane Anna.

— Maman, il faut vraiment que tu penses à t'acheter un écran plat ! l'ignore mon frère.

— J'aime bien ma télé, moi.

— Le match commence dans cinq minutes.

— Ah, les jeunes d'aujourd'hui... Que des mauviettes, soupire mon père en se levant.

Il se place derrière la télé et rebranche un fil apparemment déconnecté.

173

— Oui bah je n'y connais rien aux objets préhistoriques moi ! râle Johann.

Ma famille s'installe et regarde le match silencieusement et au moment où je commence à soupirer devant ce sport dont je ne suis pas fan, mon téléphone se met à vibrer. *Ava*. Mon cœur rate un battement. Je me lève et me rends dans la cuisine pour répondre.

— Allô ? dit-elle quand je décroche.

— Salut.

— Je... je te dérange ? Tu es encore chez tes parents ?

— Oui, mais ma famille est scotchée à la télé, je suis sur le point de partir. Qu'est-ce qu'il se passe ? Tu as l'air bizarre.

— Rien. C'est juste que je...

— Où es-tu ? demandé-je en entendant le vent souffler à l'autre bout du fil.

— Je suis devant chez toi.

— Devant chez moi ? Tu me fais peur, qu'est-ce qu'il y a ?

Silence. Elle ne répond pas mais je l'entends respirer étrangement, comme si elle était en train de pleurer.

— J'ai une clé de secours sous le cactus dans l'allée, prends-là et attends-moi à l'intérieur. Je serai là dans moins d'une heure.

— D'accord.

— À tout de suite.

Je raccroche, un sourire triste sur les lèvres. Je retourne au salon et annonce que je dois m'en aller.

— Déjà ?

— Oui, maman. Il est tard et j'ai pas mal de rangement à faire. Mes cours sont en vrac.

Ma fille se lève du canapé pour me faire un câlin.

— À demain papa.

— À demain ma chérie.

Je dis au revoir à ma famille, prêt à prendre la route le plus rapidement possible, mais Anna m'interpelle avant que je ne m'en aille.

— Juliann, je peux te parler ?

— Euh, oui. Tu m'accompagnes jusqu'à ma voiture ?

— Oui.

On s'éclipse sous l'œil indiscret de mon frère. Je sais très bien de quoi veut me parler ma belle sœur. La pluie a cessé de tomber, mais les alentours sont sombres : seul un lampadaire sur deux éclaire la rue et l'un d'eux projette une lueur orangeâtes sur son visage.

— Je t'écoute, soupiré-je en croisant les bras sur ma poitrine.

— Je crois que tu te doutes de ce dont je vais te parler ?

— Oui.

Il y a quelques jours, Anna a appris que Johann la trompait avec cette fameuse secrétaire. Je suis déjà au courant car il m'a plusieurs fois demandé de le couvrir, jusqu'à ce que je refuse de continuer à être impliqué dans ses conneries. J'imagine à quel point ça doit être dur pour elle mais j'aurais aimé ne pas être au centre de tout ça. Je ne sais pas pourquoi elle vient m'en parler à moi, elle aurait pu aller se confier à ma mère.

— Écoute, je ne veux pas me mettre entre vous.

— Je veux juste que tu lui parles. Que tu essayes de savoir si je fais tous ces efforts pour rien ou pas.

Elle m'agace : bien sûr qu'elle fait tous ces efforts pour rien. Je le lui ai dit, tout comme ma mère et Cara qui est aussi son amie.

Nous lui avons plusieurs fois conseillé de partir, mais elle a toujours choisi de rester. Même Johann lui a clairement fait comprendre qu'il souhaitait la quitter, mais elle s'accroche pour une raison que j'ignore.

— Anna, on a déjà parlé de ça. C'est toi qui décides de rester, je ne comprends pas pourquoi.

— Parce que je l'aime, Juliann.

— Mais l'amour n'est pas toujours suffisant. Vous vous faites du mal et tôt ou tard, Jared s'en rendra compte et ça aura un impact sur lui. Personne ne peut t'aider à part toi-même. Et la seule et unique personne avec laquelle tu dois avoir cette discussion, c'est Johann. Fais ce qu'il y a de mieux pour vous deux. Mais ne fais rien par dépit.

— Tu as déjà trompé ta femme toi ?

— Anaëlle ? Jamais. Mais Cara, oui, avoué-je, honteux.

— Pourquoi ?

— Parce que je n'étais pas heureux avec elle. Et je ne l'aimais pas.

— Humm.

— Écoute, je dois vraiment y aller. Mais je te promets de parler à mon frère, ok ?

— D'accord, merci.

Je la prends dans mes bras pour lui donner un peu de réconfort car elle me fait vraiment beaucoup de peine.

— Je t'appelle, d'accord ?

— Oui.

Je dépose un bisou sur son front avant de rejoindre ma voiture. Cette conversation est vite mise en arrière-plan par mon cerveau. Tout ce qui me préoccupe, c'est de voir Ava.

Le reste n'est pas important.

Chapitre 13 | Juliann

Philosophie

Monsieur Ronadone

Chez Juliann

19 : 45

Je sors du garage après m'être garé, pressé de la retrouver. Le trajet m'a paru interminable, j'ai cru ne jamais arriver. Lorsque je pénètre dans le salon, je vois Ava assise sur le canapé, le menton posé sur ses genoux. Ça me brise le cœur, elle a l'air si triste. *C'est ma faute.*

— Ava.

— Salut, me répond-t-elle faiblement en se levant pour venir à ma rencontre.

— Qu'est-ce qu'il y a ?

Elle détourne le regard. Ça m'étonne tellement qu'elle soit ici, qu'elle m'ait appelé, elle qui a tellement de mal à se livrer. Et puis, après ce qu'il s'est passé, après les larmes que je lui ai fait verser hier, je m'attendais à ce qu'elle me haïsse.

— Je suis désolée de t'avoir appelé, j'espère que je ne t'ai pas dérangé.

— Non. Mais dis-moi ce qu'il y a.

— Je... je s... suis... J'ai re...reçu.

— Ava...

Elle tremble tellement que je ne résiste pas : je m'avance vers elle et prends ses mains entre les miennes afin de l'aider à se calmer. Depuis la rentrée, je ne l'ai jamais entendu bégayer, si bien que je pensais que monsieur Bougneau avait exagéré, mais non. Voilà sa fragilité. Son bégaiement apparaît lorsqu'elle est stressée, en panique.

— Respire, ok ? Ce n'est que moi, je suis là pour toi. Parle doucement.

Elle hoche la tête et se concentre pour formuler une phrase cohérente.

— C'est tellement idiot, pardon, j... J'aurais p... pas dû venir.

— Bien-sûr que si ! Tu as bien fait. À chaque fois que tu iras mal, je serai là pour toi, tu m'entends ?

Je la cherche du regard, dans l'espoir qu'elle puisse trouver du réconfort dans le mien, mais elle s'obstine à garder la tête baissée.

— Je suis sérieux Ava.

— D'accord. D'accord. Mais je ne veux pas en parler.

Pourquoi est-ce qu'elle ne me laisse pas l'aider ?

— Je veux juste que tu me changes les idées.

— Tu te sers de moi comme distraction ? C'est écrit clown sur mon visage ?

Elle lève la tête, l'air choqué, puis elle me lance un regard noir en se retenant de sourire.

— Faut bien que tu serves à quelque chose.

— Petite insolente.

Je mourrais pour son sourire. Elle lève les yeux au ciel et sourit de plus belle. Je la préfère comme ça, même si dans le fond, j'aurais aimé savoir ce qui l'a mise dans cet état. Très vite, un silence s'installe.

Nous continuons à nous regarder et cette fichue tension se met à flotter entre nous. Il faut absolument que je pense à autre chose.

— Tu as faim ? Tu veux manger quelque chose ?

— Euh, oui. Quelque chose de sucré ?

— De la glace, ça te va ?

Elle hoche la tête. Ouf. J'ouvre le congélateur et en sors trois pots de glace différents : vanille, coco et pastèque. Mon mélange préféré. Je nous sors deux bols du placard lorsqu'elle dit soudainement :

— C'est ma mère.

Je me retourne pour la regarder.

— À chaque fois qu'elle m'appelle, ça me rappelle des mauvais souvenirs. Et il y a aussi Drew. J'ai encore été exécrable avec lui et cette fois, ma grand-mère m'a crié dessus. Elle m'a dit que si je continuais, j'allais finir par reproduire les mêmes erreurs que ma mère et ça fait un mal de chien de se rendre compte qu'on est une mauvaise personne.

— Tu n'es pas une mauvaise personne.

— Peut-être pas, mais à force de me positionner en victime, j'ai fini par croire que tout m'était permis, que mon comportement était justifiable. J'en ai marre d'être comme ça, je n'aime pas celle que je suis devenue.

— Je te comprends.

— Vraiment ?

— Oui. Et c'est déjà une bonne chose que tu t'en rendes comptes, Ava. Il faut juste que tu agisses, maintenant. Sors de ta carapace, travaille sur toi et donne leur chance aux autres.

— Comme à toi ?

— Oui.

— C'est difficile.

— Je sais. Mais je serais là pour t'aider, ok ? Je t'apprendrai.

Elle hoche la tête et sourit.

Elle est tellement, tellement belle ! Je la sens se détendre et ça me fait plaisir. J'ouvre les pots de glaces et commence à nous servir, mais je sens son regard sur moi, sur mes mains. Bon sang si elle n'arrête pas de me regarder comme ça je vais vraiment finir par la prendre là, à même le sol. Elle se mord la lèvre lorsque je lève les yeux vers elle. *Arrête ça,* lui dis-je silencieusement. Mais la peste continue. *À quoi tu joues, mon ange ?* Je finis de nous servir, je range les pots de glaces, puis je vais poser nos bols sur la table basse. Elle me suit de près.

— Je vais allumer la cheminée.

— Tu as froid ?

Oh, non. Je suis même en train de bouillir intérieurement.

— Non mais si je ne l'allume pas maintenant, je vais avoir froid dans la nuit.

— D'accord.

Cela ne me prend que cinq minutes. La cheminée est située dans le coin du salon, pas très loin du canapé. Les flammes qui dansent sous mes yeux sont réconfortantes.

— Ça te dérange si je baisse la luminosité de la lumière ? demandé-je.

— Non, vas-y.

Lorsque je reviens, elle est assise en tailleur sur le tapis, devant la cheminée. Je m'installe à côté d'elle et nous commençons à déguster nos glaces en silence. Les flammes qui consument le bois reflètent parfaitement ce qui se passe à l'intérieur de moi à ce moment précis.

La tension s'accroît. Je tente d'y faire abstraction en dégustant ma glace, mais le froid fond rapidement au contact de ma langue. Je n'ose pas la regarder de peur qu'elle lise dans mes yeux.

— Juliann ?

— Oui ?

— Tu sais... Pour hier soir…

— Je suis désolé, je suis allé trop loin.

— Arrête de t'excuser, je ne regrette pas.

— Tu avais les larmes aux yeux.

— Oui, parce que j'étais chamboulée. J'ai compris après qu'en fait, j'étais heureuse.

— Heureuse ?

— Oui. Parce que tu m'as réconcilié avec une partie de mon corps que je pensais ne plus jamais pouvoir explorer. Grâce à toi, je sais maintenant que je peux avancer. Autoriser un garçon à me toucher.

Un garçon ? Je grince des dents en pensant à son camarade qui ne fait que lui lécher le cul depuis la rentrée. Je refuse qu'il la touche, c'est hors de question. Je suis peut-être un connard, mais je vais certainement faire un plan de classe dès lundi et les séparer.

— Et je veux que ce garçon, ce soit toi, Juliann.

Mon Dieu. Mon cœur rate un battement. J'ai bien entendu ?

— Ava... Ce truc entre nous c'est...

— Incontrôlable ?

— Oui. Et c'est mal aussi.

— Peut-être. Mais j'en meurs d'envie, Juliann. Quand je suis rentrée hier, j'ai recommencé en pensant à toi. En imaginant que c'est toi qui me faisais tout ça.

Seigneur. Je manque de m'étrangler avec ma glace. Elle se mord la lèvre. Ce n'est plus possible, je n'y arrive plus. Je ne peux vraiment plus me retenir, il faut qu'elle me repousse car je n'ai plus le contrôle sur moi-même. Elle ne peut pas continuer à me dire tout ça. Je pose ma cuillère dans mon bol et me penche vers ses lèvres incroyables. Je la vois retenir sa respiration et cligner des yeux plusieurs fois, mais elle ne recule pas. J'ai même l'impression qu'elle veut que je m'approche encore. *Non, ce n'est pas ce que je voulais.*

— Juliann, halète-t-elle.

— Je meurs d'envie de t'embrasser Ava, je t'en supplie dis-moi d'arrêter avant qu'il ne soit trop tard.

— Je n'y arrive pas, gémit-elle.

Mon cœur pulse si fort que ses battements résonnent dans mon corps entier. La tension est électrisante, cette femme m'envoie littéralement des éclairs.

— On ne peut pas faire ça.

— Non, susurre-t-elle.

Elle réduit encore un peu plus la distance entre nous et je ne tiens plus. Je passe ma main dans ses cheveux et je pose mes lèvres sur les siennes.

Putain. De. Merde. Je n'arrive plus à respirer, je suis comme noyé au fond de l'océan. Ses lèvres sont cent fois mieux que ce que j'avais imaginé. Nos bouches se cherchent rapidement et je sens nos deux cœurs se connecter et battre à l'unisson. Boum boum. J'ai l'impression qu'il va exploser dans ma poitrine.

C'est incroyable. Ses lèvres sont d'une douceur... Nous gémissons ensemble, parce que c'est dingue ! Je la sens se liquéfier sous ma langue. Il faut arrêter maintenant ou je vais m'évanouir… Juste au moment où je me fais cette réflexion, elle passe elle aussi sa main dans mes cheveux et réduit davantage la distance entre nous… Ma langue vient caresser la sienne encore et encore. C'est enivrant, je ne peux plus m'arrêter. Je la veux. Tout de suite. Notre baiser n'a rien de chaste, c'est comme si nos corps se connaissaient déjà. On se dévore l'un l'autre, haletants, ne sachant même plus où donner de la tête. Ava finit par grimper sur mes jambes et s'asseoir à califourchon sur moi. Avide d'elle, je passe mes mains sur ses hanches et rapproche nos corps. Je suis foutu. Si elle ne me dit pas stop, je ne m'arrêterai pas. Je la veux tellement…

Chapitre 14 | Ava

Je me noie. Littéralement. Mes poumons réclament de l'air, mais je refuse de me séparer de ses lèvres si douces. Sa langue s'enroule parfaitement autour de la mienne et j'ai l'impression de la sentir partout. Il envoie des éclairs dans chaque partie de mon corps et éveille des sensations que je pensais ne jamais connaître. C'est chaud, doux, réconfortant et tellement passionnel. J'ai l'impression d'être exactement là où je suis censée être : entre ses bras.

Je sais que je ne devrais pas, que c'est mal de sortir avec son prof, mais rien n'a d'importance quand je le vois. Ma seule priorité, c'est d'être près de lui et comment résister lorsque je *sais* que c'est réciproque ? Je me sens complète avec lui. Comblée. Je n'ai pas peur d'être la moi d'avant, la Ava qui n'a pas froid aux yeux, qui fait tout avec passion sans avoir peur de regretter, alors c'est avec cette même passion que je dévore ses lèvres et que j'ose m'asseoir à califourchon sur lui. Il détend ses jambes pour me laisser m'installer confortablement sans jamais rompre notre lien. Mon cœur va exploser, je ne l'ai jamais senti battre aussi fort. Je voudrais que ça dure une éternité. Juste lui et moi, ici, en train d'oublier sur quelle planète on vit.

Mais sa voix finit par me faire remonter à la surface et je reprends mon souffle lorsqu'il sépare nos lèvres.

— Ava...

J'ai l'impression que ma raison a quitté mon cerveau car je n'arrive pas à réfléchir. Je mets du temps à revenir à la réalité et lui aussi. Finalement, il décide de nous faire plonger à nouveau en s'emparant une nouvelle fois de mes lèvres. Ses mains agrippent mes hanches fermement pendant qu'il explore ma bouche, puis il s'écarte pour déposer une pluie de baisers dans mon cou qui laissent une sensation de brûlure sur ma peau.

— Ava, répète-t-il. Ava je t'en prie, dis-moi d'arrêter.

Ses mots sont un gémissement rauque qui me rend folle. Je ne peux pas lui dire d'arrêter car je ne le veux pas. Il compte sur moi pour stopper cette folie, mais c'est impossible. Impossible.

— Juliann, gémis-je lamentablement. Il faut que... Que...

Ses lèvres aspirent ma peau encore et encore... Parfois, sa langue vient se mêler à ce baiser indécent, j'ai envie de la sentir ailleurs cette langue. Juste un peu plus bas. Il remonte vers mon visage et s'empare à nouveau de mes lèvres avant de s'écarter pour de bon et de me regarder avec ses yeux orageux pleins de désir. Je ne sais plus où je suis. J'ai la tête qui tourne.

— Je devrais sûrement m'excuser mais pour être honnête je n'en ai aucune envie Ava. Tu me rends fou, me dit-il en se mordant la lèvre. Est-ce que ça va ?

— Oui, chuchoté-je.

— On n'a pas été trop loin ?

— Bien sûr que si.

Il sourit puis passe sa main dans ses cheveux en soupirant. La tension est encore là, mais elle fait place à de nombreuses interrogations. Et quoi maintenant ? Est-ce que l'on va continuer à s'embrasser ? Est-ce que je devrais rentrer chez moi ? Je n'en ai aucune envie.

— Qu'est-ce que tu me fais Ava ?

— Je te retourne la question.

On se regarde intensément pour sonder l'autre, y lire la moindre trace de regret, mais je n'en ai pas et lui non plus. J'ai passé une sale journée. D'abord, je n'ai pas arrêté de penser à ce que j'ai eu l'audace de faire hier soir, devant Juliann. Je me suis doigtée devant lui jusqu'à me faire jouir et j'ai adoré qu'il me regarde faire en se retenant de me toucher. J'ai au début été honteuse, puis fière de moi. Fière de retrouver un petit bout de ce que j'étais : cette fille qui n'a pas froid aux yeux, qui fonce tête baissée et qui n'écoute que son cœur et ses passions. J'ai été soulagée de savoir que Théo ne m'avait pas tout pris. Une fois chez moi, je me suis touchée à nouveau en pensant à lui, pour essayer d'évacuer toute cette tension qui s'accumule depuis des semaines. Je me suis couchée détendue, mais ça n'a pas duré bien longtemps, car je me suis réveillée en sueur au milieu de la nuit après un énième cauchemar.

J'ai ensuite eu une altercation avec Drew à cause de l'un de ses caprices. J'ai été trop loin : bien sûr qu'il fait des caprices, il a trois ans… Ma grand-mère m'a remise à ma place et m'a confronté à la réalité en me comparant à ma mère et à la manière dont elle me traite depuis que je suis petite. J'ai passé la journée dans ma chambre à bouder, car je ne sais pas faire mon mea culpa et c'est finalement un coup de fil de mon père qui m'a fait fuir l'appartement. Il annonçait que lui, sa femme et sa fille allaient sûrement revenir en France pour quelques semaines d'ici la fin de l'année. Ça a fini d'assombrir ma journée, j'ai donc décidé de sortir pour faire un tour, pour m'aérer l'esprit. J'ai marché jusque dans le quartier de Juliann et j'ai senti qu'on me suivait. J'ai paniqué, j'ai sorti ma bombe lacrymogène de mon sac, prête à me défendre, ou presque. La vérité, c'est que j'étais en panique, sur le point de m'effondrer d'une seconde à l'autre. J'avais oublié tout ce que j'avais appris pendant mes cours de self-défense et je me suis revue dans cette cave humide, complètement sans défense, incapable de me débattre.

J'ai fait une crise de panique et me suis effondrée sur le trottoir. J'ai éclaté en sanglots en m'apercevant qu'il s'agissait d'un simple homme qui faisait son jogging. Il m'a regardé bizarrement, puis s'est éloigné sans prêter plus d'attention et je me suis sentie incroyablement faible, ridicule, minable. Mon réflexe a été de l'appeler. Juliann. Et maintenant, me voilà en train de lui offrir une partie de moi que je pensais ne donner à personne. Il a réussi à effacer la colère, la culpabilité et le chagrin qui ont pesé sur moi toute la journée. Il me regarde intensément, ses pupilles dilatées semblent être en train d'aspirer mon âme. Je la lui donne volontiers.

— Mon ange, susurre-t-il en caressant ma joue.

— Je ne me suis pas sentie forcée, je réponds à sa question silencieuse. Je te promets.

Il ferme les yeux, puis déglutit. Oui, on est tous les deux dans un sacré pétrin maintenant.

— T'es au courant que je ne pourrais plus jamais me passer de tes lèvres, maintenant ? Ava, je suis du genre à ne pas me brider. J'aime faire ce dont j'ai envie et avec passion. Sans retour en arrière, sans retenue. Je ne sais pas faire dans la demi-mesure et ce que je ressens pour toi me dépasse tellement… Je ne pourrais plus te laisser, maintenant, t'es au courant ?

Je hoche la tête, peu sûre de savoir ce que ça implique.

— J'ai essayé de faire taire mon cœur avec toi, je n'y arriverai plus, il a pris le contrôle. Je ne lutterai plus contre mon attirance envers toi.

— Tu veux dire que… Tu veux qu'on soit ensemble ? Comme un couple ?

— Je dis que je veux me laisser aller, voir où ça peut nous mener. Je ne saurais pas l'expliquer, mais j'ai l'impression d'être exactement là où je devrais être lorsque je suis près de toi.

Une dizaine de papillons viennent battre des ailes dans mon ventre. On est exactement sur la même longueur d'onde. J'acquiesce encore une fois.

— Mais avant, je dois te demander si tu es sûre ? Mon ange, il est hors de question que je fasse quoi que ce soit de plus sans être certain que c'est ce que tu veux. Je ne veux pas te contraindre à faire quoi que ce soit.

— Je sais ce que je veux Juliann.

— Qu'est-ce que tu veux ?

— Toi.

Il déglutit, puis ferme les yeux une seconde comme pour assimiler ce que je viens de lui dire.

— Très bien. Alors il faut aussi qu'on sépare les cours de notre vie privée. Je refuse que tu me vouvoies en dehors du lycée et que tu m'appelles monsieur. Quand on est tous les deux, c'est juste Ava et

Juliann. Deux humains au même niveau, personne n'a le dessus sur l'autre.

— Deux âmes qui vibrent à la même fréquence ?

— Oui. Deux cœurs qui battent au même rythme.

Ses paroles me touchent en plein cœur. C'est particulièrement important pour moi qu'il s'assure que je sois totalement consentante, sûre de moi. J'aime l'idée qu'il ne me regarde pas de haut, mais qu'il me considère comme son égal. Je comprends tout à fait ce qu'il me dit. Juste Ava et Juliann. Deux âmes qui vibrent à la même fréquence. Deux cœurs qui battent au même rythme.

— C'est d'accord.

— Ok.

— Ok.

La suite de notre conversation se fait en silence. Je lui dis que ça ne sera pas simple, que oui, je peux me montrer intrépide, mais que c'est compliqué pour moi de donner mon cœur, de m'ouvrir, de me laisser approcher. Il me dit qu'il *m'apprendra*. Qu'il sera là pour moi. Et je lui réponds que je lui fais confiance. Que je me sens en sécurité avec lui, que j'accepte de le suivre dans cette aventure.

Dimanche 8 Octobre

01 : 34

— Je ne peux pas te laisser rentrer chez toi à cette heure-ci. Et certainement pas à pied.

— Juliann, je n'habite pas si loin. Et puis ta chambre d'amis ressemble à un entrepôt désaffecté. Ou une salle de sport en rénovation, je n'ai pas encore décidé.

— Tu peux très bien dormir avec moi. Il ne se passera rien, je sais me tenir.

Je lui fais confiance, c'est plus fort que moi, j'hésite. J'en meurs d'envie, mais ces deux petits mots me font peur : et si ? Et s'il tentait plus que ce que je veux ? Et s'il m'avait menti ? Et s'il se servait de moi ? Non, je dois arrêter de laisser mes démons me ronger.

— Je ne sais pas, finis-je par répondre.

— Sache que je ne ferai jamais rien pour t'embarrasser. Je ne te forcerai pas la main, ok ? Je peux dormir sur le canapé, ça ne me gêne pas.

Il est debout, devant moi, en train de me fixer intensément comme à son habitude. Je chipote mais au fond de moi je sais que je vais accepter de dormir avec lui. Je hoche la tête et il me prend la main pour m'entraîner à l'étage. Je ne suis même pas sûre que mes jambes soient capables de me porter tellement je tremble d'excitation mais aussi d'appréhension.

Une fois dans sa chambre, Juliann me laisse me changer pendant qu'il se rend dans sa salle de bain pour se brosser les dents. Je me dépêche de me déshabiller, d'enfiler le t-shirt qu'il m'a donné, puis je fonce sur le lit pour ne pas qu'il me voit car après tout, je ne porte qu'un t-shirt et une culotte. J'ai envie de fuir mais il est trop tard. Je commence à avoir peur. Qu'est-ce qu'il m'a pris ? Je peux peut-être suggérer de dormir dans le lit d'Inès même s'il est minuscule. Ou alors peut-être que je pourrais dormir sur le canapé ? *Détends-toi Ava, il ne va absolument rien se passer. Absolument rien...* Je me force à prendre une grande inspiration pour me détendre et penser à autre chose mais rien n'y fait ; je tremble comme une feuille frêle qui se fait attaquer par le souffle glacial de l'hiver.

— Tu dors ?

Je sursaute en entendant sa voix. Il sort de la salle de bain simplement vêtu d'un pantalon blanc. Il est tellement sexy ; ses cheveux décoiffés retombent sur son front et il marche comme s'il allait faire de moi son encas du soir. Le pire c'est que j'ai l'impression qu'il ne se rend pas compte de ce qu'il dégage, il agit si naturellement.

— N... Non.

Je remonte la couverture jusqu'à mon cou et m'enfonce un peu plus dans le lit.

— Tu es déshabillée ?

Pas besoin de répondre, mon visage écarlate le fait pour moi. Il éteint la lumière et vient s'allonger à côté de moi. Seule la lampe nous éclaire ; une lumière tamisée encore une fois qui dessine sur le plafond de grands cercles dorés. Je comprends à ce moment précis qu'il n'y a plus de retour en arrière. Tout ce que je peux faire, c'est fermer les yeux et attendre que le jour se lève.

Je ferme les yeux et souffle silencieusement lorsque je le sens bouger pour se mettre sur le côté. Je sais que si je me retourne, je vais me retrouver nez à nez avec ses lèvres et que l'on va encore s'embrasser. Mauvaise idée ? Je ne sais pas. Toute cette journée me paraît complètement dingue de toute façon... J'ai l'impression d'être dans un rêve. Il serait peut-être temps de se réveiller, non ? Je soupire encore une fois. Je suis en train de prendre conscience que ma vie a évolué depuis la rentrée. En un mois, je suis passée de fille bizarre, taciturne et solitaire à... Cette espèce de fille mi-intrépide, mi-trouillarde qui se fait des amis et qui embrasse son prof.

— Tu penses trop fort, mon ange. Tu es morte de trouille, je le sens d'ici.

— C'est... Tout ça. Je veux dire, ça me paraît tellement irréel, j'ai l'impression de ne rien contrôler et en même temps, de faire ce qui est bon pour moi. Ce que j'ai envie de faire…

— Je comprends. Un peu comme si tu faisais un saut dans le vide.

Je me décide enfin à me mettre sur le côté moi aussi pour le regarder. Son torse nu est tout prêt de mon corps, j'ai envie de me blottir contre lui et de me perdre entre ses lèvres encore une fois.

— Oui. C'est flippant.

— Je sais, murmure-t-il. Je sais.

Il lève la main pour me caresser la joue puis les cheveux. Humm, cette douceur dans son geste. Je remarque que le simple fait de l'avoir regardé m'a aidé à me détendre.

— Tu as dit à ta grand-mère où tu étais ?

— Je lui ai envoyé un message, oui. Je lui ai dit que j'étais chez une amie.

— D'accord.

Elle va sûrement m'arracher la tête demain mais tant pis. J'ai besoin respirer, de penser à autre chose.

— Je vais aller dormir sur le canapé, annonce-t-il après quelques secondes.

— Pourquoi ?

— Je ne suis pas dupe, tu as l'air effrayée. Je refuse de te mettre mal à l'aise ou de te mettre face à une situation qui ne te plaît pas.

— Juliann. C'est gentil mais je ne suis pas une petite fille. J'ai très envie de me blottir contre toi pour dormir. J'aimerais que ce soit très simple entre nous mais tu le sais, je ne suis pas habituée à la proximité des autres. J'ai juste besoin de prendre un peu sur moi, mais je sais ce que je veux. Je te fais confiance. Reste.

— Je ne te veux aucun mal, tu le sais ?

— Oui, je le sais.

— Si jamais je vais trop loin, tu me le dis, ok ?

Je hoche la tête.

— Tu veux vraiment pas que je dorme sur le canapé alors ?

— Non.

— Ça tombe bien car moi non plus.

Sa main passe de mes cheveux en désordre à mon cou, puis à mon épaule qu'il masse tendrement. Je ferme les yeux. Son geste n'a rien de particulièrement sensuel, mais je me sens me liquéfier. L'air crépite entre nous, nos visages se rapprochent instinctivement. Bientôt, je sens son souffle chaud contre ma joue. J'ouvre les yeux. Mon regard passe successivement de ses iris gris océan à sa bouche.

— Tu te rappelles ce que je t'ai dit à propos du fait que tu devais me stopper si j'allais trop loin ?

— Humm, acquiescé-je.

— Eh bien ne l'oublie pas.

À peine finit-il sa phrase que nos lèvres se scellent en un énième baiser. Cette fois, nos deux corps se rapprochent jusqu'à se heurter. Je sens son cœur battre fort contre ma poitrine lorsqu'il passe sa main autour de ma taille pour m'étreindre. Ça dégénère assez rapidement. Je ne saurais pas vraiment dire ce qu'il se passe à ce moment-là, mais très vite, je me retrouve allongée sur lui tandis que ses mains remontent dangereusement sous mon t-shirt et se dirigent vers ma poitrine. Je veux qu'il aille plus vite. Ses mains traînent avec une lenteur calculée sur mes hanches qui se meuvent au rythme de mes palpitations ardentes. Je sens son érection sous ma cuisse, mais avec nos lèvres qui ne se quittent plus et ses mains sur mon corps, je n'arrive pas à réfléchir. Je sens la peur me menacer, je me crispe, mais je suis incapable de m'arrêter.

— Ava... Ava stop.

— Quoi ?

Il me repousse pour me regarder. Il a envie de moi. Tout son corps me crie qu'il ne désir qu'une chose : me posséder sur le champ.

— On va trop loin.

Je ris aux éclats.

— Quoi ?

— Tu me demandes de t'avertir lorsque que tu vas trop loin, mais finalement tu t'arrêtes tout seul.

— Oui. Je t'ai sentie un peu tendue quand tu as senti mon érection. Elle est là, ta limite et même si je crève d'envie de te faire l'amour toute la nuit, on n'ira pas plus loin.

Je déglutis. Comment peut-on être aussi mignon et sexy à la fois ? Il est si attentif. Je descends et retourne m'étendre auprès de lui.

— Et si on dormait alors ? suggéré-je.

— Très bonne idee, mon ange.

Il me sourit et dépose un chaste baiser sur mes lèvres avant d'éteindre la lampe.

— Bonne nuit Ava.

— Bonne nuit Juliann.

04 : 51

J'ai chaud. J'ai tellement chaud que j'ai l'impression de brûler, qu'est-ce qu'il m'arrive ? J'ai envie de vomir, je ne comprends pas trop où je suis. Est-ce que je suis réveillée ? Un liquide chaud coule sur ma joue. Je pleure ? Oh non. Non ! Il revient ! Non je t'en prie ! Pourquoi est-ce qu'il revient encore ? Je n'en peux plus. Le son de sa voix me rend encore plus nauséeuse. J'ai envie de fuir ou de me battre mais j'en suis incapable : mon corps ne répond pas, je suis faible et morte de trouille. Cette pièce est une fournaise, j'ai l'impression d'étouffer. J'arrive à ramper mais c'est pathétique ; je n'arrive à bouger que de quelques centimètres, il me rattrape sans effort. Pas ça ! Pas ça !

Vomir, vomir !

J'ouvre les yeux brusquement et je cours instinctivement vers la salle de bain pour vomir mes tripes dans les toilettes. Je suis en sueur, j'arrive à peine à respirer et mes joues sont inondées de larmes. Pourquoi est-ce que ça doit m'arriver maintenant ?

— Ce n'est qu'un cauchemar, ce n'est qu'un cauchemar, ce n'est qu'un cauchemar, tenté-je de me rassurer.

J'essaie tant bien que mal de reprendre ma respiration mais c'est difficile. Je tremble et j'ai peur. Je revis les scènes encore et encore, comme si ça datait d'hier. Moi faible, moi qui le supplie d'arrêter, moi qui me sens sale, impuissante, abjecte. J'ai l'impression d'être un objet à jeter. Il me convainc que je mérite tout ça. Je mérite ce qu'il m'arrive.

— Ava ?

Je tourne la tête vers Juliann qui se tient dans l'embrasure de la porte.

— Qu'est-ce que tu as ?

Je suis incapable de répondre. Il s'avance vers moi pour me prendre dans ses bras, mais en voyant la panique dans mes yeux, il se ravise au dernier moment et se contente de tirer la chasse d'eau. J'en profite pour reprendre ma respiration, chasser les images, le son de sa voix. *Toi et moi, on va s'amuser, Ava. Je te promets que tu aimeras ça.*

Je sursaute lorsqu'il me prend la main et me fait asseoir sur le banc de rangement en face du lavabo. Il s'agenouille et me regarde avec inquiétude.

— Ça va un peu mieux ?

Je hoche la tête.

— Je t'en prie, dis-moi quelque chose, murmure-t-il.

— Je... c… c'était j... j… juste un cau… cauchema… mar.

— Tu veux que je t'apporte un verre d'eau ou du thé ?

— D… de l'eau.

— Ok je reviens.

Il se relève et se précipite hors de la pièce pour aller me chercher à boire. J'en profite pour me rincer la bouche et me regarder dans le miroir. Je tremble encore, alors j'agrippe le lavabo car je déteste me voir si fragile. Si tourmentée. *Je ne suis jamais sortie de cette cave.* J'ai envie de détourner les yeux, ou de casser le miroir, mais je me force à regarder de quoi j'ai l'air. Mes yeux sont rouges et mes joues sont inondées de larmes. Mon regard est vide alors qu'il y a à peine quelques heures, je ressentais tout ce qui pouvait s'opposer au néant. Pourquoi mon passé finit-il toujours par me rattraper ? Un pas en avant et le destin prend soin de me faire faire dix pas en arrière. Pourquoi la vie est-elle si injuste ?

Juliann revient et me tend un verre d'eau que j'avale en plusieurs gorgées. Il a l'air confus et paniqué.

— Ça va mieux ?

— Oui.

— Tu retournes te coucher ?

Je ne sais pas si je supporterai de me recoucher auprès de lui, mais j'acquiesce quand-même. De toute manière, je suis bien trop fatiguée pour réfléchir. Il m'aide à glisser dans les draps et me borde comme si j'étais un enfant.

— Rendors-toi. Je suis tout près si tu as besoin de moi.

— Et toi ?

— Non, je n'ai plus très sommeil. Je vais aller bosser un peu.

— À cette heure-ci ? Je suis désolée de t'avoir réveillé.

— Mais non, ne t'excuses pas. Je laisse la porte entrouverte, je serai dans mon bureau, Ok ?

— Ok.

Il me sourit faiblement puis me fait un bisou sur le front avant de s'en aller. Je me rendors quelques instants plus tard et sombre dans un sommeil sans rêve, ni cauchemar.

10 : 03

La pluie qui s'abat sur la fenêtre me sort de mon lourd sommeil. Je mets du temps à prendre conscience de l'endroit où je me trouve ; je ne reconnais ni les draps, ni les murs, ni le plafond. Qu'est-ce que je fais ici ? Les souvenirs de la veille surgissent peu à peu, me ramenant à la réalité. Ce n'était pas un rêve, j'ai bel et bien embrassé Juliann langoureusement et sans aucune pudeur. Et c'était bon... Mais très vite, ce souvenir est balayé par le terrible cauchemar qui m'a fait me lever au milieu de la nuit. C'était violent, comme d'habitude et j'ai dû le faire paniquer. Quelle idiote.

Je soupire et décide finalement de me lever pour me rendre dans la salle de bain. Je remarque un petit post-it posé sur le miroir :

Brosse à dents neuve dans le premier tiroir.

Après m'être brossée les dents, je me lave le visage comme pour effacer les mauvais souvenirs, la panique qui menace de refaire surface. Avant de descendre, je m'examine à travers le miroir : mes cheveux sont dans un état effroyable ; une touffe de nœuds qui n'a ni queue ni tête. Mes cernes violets commencent à s'estomper sous l'effet de l'eau froide et mes lèvres sont anormalement gonflées. Je remarque aussi que mes joues sont creuses, comme si je ne me nourrissais pas assez et mon teint basané est étonnement pâle, presque gris. Quelle mauvaise mine, comment Juliann peut-il être attiré par *ça* ?

— Il serait peut-être temps de faire quelque chose à tout ça, me dis-je à moi-même.

En attachant mes cheveux, je remarque une tache rougeâtre sur mon cou. Un suçon ! Ma grand-mère va me tuer, comment est-ce que je vais cacher ça ? Je soupire et décide de retourner dans la chambre en concluant que de toute manière, je ne pourrais rien faire pour sauver mon apparence aujourd'hui. J'ouvre les stores et je fais le lit avant de redescendre au salon où une odeur d'œufs brouillés cha-touille mes narines et fait gargouiller mon ventre.

— Salut toi ! me dit Juliann en me voyant arriver.

— Bonjour. Ça sent bon, je réponds timidement.

— Je ne sais pas trop ce que tu prends au petit déj donc j'ai fait ce que j'aime : des toasts aux avocats et aux œufs brouillés avec des pancakes.

— Miam ! Ça a l'air très bon.

— Tu as trouvé la brosse à dents ? me demande-t-il lorsque je m'arrête tout près de lui.

— Oui, merci.

— Tant mieux.

Tant mieux ? Juliann pose la spatule qui lui sert à retourner les pancakes et se penche pour déposer un chaste baiser sur ma bouche. Ça me surprend tellement que j'ai à peine le temps de réagir. Je rougis violemment et me mords la lèvre pour réprimer mon sourire. Il fait ça si naturellement... Moi qui pensais qu'il y aurait un malaise entre nous à cause de mon cauchemar... Lui ne réprime pas du tout son sourire, bien au contraire, il affiche toutes ses dents. J'inspire profondément et m'installe sur le tabouret que je prends à chaque fois que je le regarde cuisiner. Il me sert immédiatement une assiette de toasts et une autre assiette de pancakes qui forment une tour gigantesque.

— Euh, je ne pense pas pouvoir avaler tout ça.

— Ne t'en fais pas, je compte t'aider, répond-il en me faisant un clin d'œil.

Il s'assoie à côté de moi et commence à dévorer ses deux toasts. Je ne peux m'empêcher de rire, il mange comme si on l'avait affamé pendant trois jours.

— Tu te moques de moi ? me demande-t-il.

— Oui, t'as l'air affamé.

— Je le suis, répond-t-il en me regardant droit dans les yeux.

Est-ce qu'il parle de nourriture ? Pas sûr. Je déglutis et commence à manger en ignorant ses sous-entendus.

— Au fait, ça va mieux ? Tu m'as fait peur cette nuit.

— Oui, ce n'était qu'un mauvais rêve.

— Vraiment ? J'en ai fait des mauvais rêves, mais ils n'ont jamais été aussi violents. Et puis tu as vomi.

— Ne t'en fais pas. J'ai... Ce n'est pas la première fois que ça m'arrive.

Ça ne me rassure pas davantage. Tu sais Ava, tu peux te livrer à moi. Je suis une oreille attentive.

— Je sais. Merci.

Ses mots me touchent, mais ce n'est pas pour autant que je me sens prête à me confier à lui. La dernière fois que je me suis livrée à cœur ouvert, je n'ai reçu que des lames tranchantes qui ont fini de m'achever. Plus jamais ça. Plus jamais.

— Quand est-ce que tu vas chercher Inès ? demandé-je pour changer de sujet.

— Dans l'après-midi. Tu as quelque chose de prévu aujourd'hui ?

— Non, pourquoi ?

— Tu veux passer la journée avec moi ?

— D'accord.

— D'accord.

Il me lance un regard complice qui réchauffe mon cœur. Nous mangeons en silence, puis soudainement, il devient très sérieux. Trop sérieux. Il prend une grande inspiration, puis plonge ses iris dans les miens comme s'il allait m'annoncer quelque chose de la plus haute importance. Je m'attends déjà à l'entendre me dire : *c'était une erreur, je me suis emballé hier soir, je ne pensais pas un mot de ce que j'ai dit. Je vais me trouver une autre baby-sitter et toi, tu devrais changer de lycée.* C'était trop beau pour être vrai.

— Tu sais, quand Anaëlle est morte, mon monde entier s'est écroulé.

Oh. Je ne m'attendais pas à ça.

— Tout est devenu plus sombre, ma seule joie de vivre, c'était Inès. Et je suis devenu quelqu'un d'autre, quelqu'un d'égoïste qui faisait passer ses désirs avant les autres et qui se servait constamment de son malheur pour justifier son mauvais comportement. Je suis devenu un sacré connard, Ava. Je suis sorti avec l'une des meilleures amies de ma femme et je ne l'ai même pas traitée avec respect. Au début, je me contentais de me comporter comme si je l'aimais vraiment, je me disais qu'à force, je finirai par croire à mon propre mensonge, mais ça n'a pas marché. Avec ce mensonge, j'avais comme planter du poison dans notre couple en espérant semer des fruits, mais au lieu de ça, le poison s'est développé et ça nous a rendu amer tous les deux.

— Ça a empiré.

— Oui. Un jour, elle m'a avoué quelque chose… J'ai vrillé. Je suis vraiment devenu un mec détestable et je lui en ai fait voir de toutes les couleurs. Je profitais du fait qu'Inès soit chez ses grands-parents pendant les vacances pour sortir le soir et faire n'importe quoi. Je rentrais parfois ivre à trois heures du matin après avoir passé une partie de la nuit avec une fille dont je n'avais même pas pris la peine de retenir le nom.

Son regard est ancré dans le vide et il a l'air infiniment triste. J'ai du mal à imaginer la personne qu'il me décrit. Juliann est parfois dur, c'est vrai, mais irrespectueux ?

— Cara me faisait sans cesse des crises de jalousie et c'était normal, je me comportais comme un salaud. Je ne voulais pas l'entendre me dire que je faisais n'importe quoi, qu'Anaëlle aurait certainement eu honte de moi, alors je me contentais de l'embrasser et de la baiser pour la faire taire, de noyer la haine que j'éprouver pour elle dans le sexe et l'alcool. Et elle cédait à chaque fois, parce qu'elle était amoureuse de moi. Je le savais et j'en profitais.

Je ne m'habituerai jamais à sa franchise.

— Un jour, j'ai dépassé les bornes.

— Tu l'as frappé ?

— Quoi ? Non, jamais de la vie ! On s'est disputé et je lui ai sorti tout un tas de vacheries. Je lui ai dit que je ne l'aimais pas, qu'elle me servait juste de nounou à domicile que je pouvais baiser de temps en temps quand j'étais trop en manque.

— Juliann.

— Je sais. Mon frère était là, ce jour-là et il m'a mis un coup de poing qui m'a remis les idées en place. C'est là que j'ai compris que ça ne pouvait pas continuer. Tout ça, ce n'était pas moi, c'était la douleur qui parlait à ma place, je lui avais laissé le contrôle et elle avait fini par faire de moi un monstre. C'est à ce moment-là que je me suis dit qu'il fallait que je quitte Cara. Pour notre bien à tous les deux.

— Alors, tu es parti ?

— Non, c'est elle qui m'a flanquée à la porte le lendemain en me menaçant de monter un dossier contre moi pour avoir la garde de ma fille.

— À cause de ce que tu lui as dit ?

— Non, il y a eu autre chose, mais je ne suis pas prêt à te le raconter. Enfin, si, mais je pense que toi tu n'es pas prête à l'entendre.

Je hoche la tête. Je lui fais confiance.

— Tu ne me juges pas ? demande-t-il.

— Non. Comment pourrais-je te juger alors que moi, je me sers de ma douleur pour blesser un enfant innocent ? Je suis pire que toi, Juliann. Au moins, Inès a toujours été en sécurité avec toi. Elle est folle de son père, il n'y a qu'à voir la manière dont elle te regarde. Cara a été ton bouc émissaire, c'est vrai. Mais de ce que tu m'as raconté l'autre jour, vous vous êtes servis l'un de l'autre, finalement. La relation était toxique, elle a sûrement fait ressortir ce qu'il y a de pire chez toi comme chez elle, mais moi, je n'ai pas d'excuse. Drew ne m'a jamais rien fait.

Je serre la mâchoire pour retenir mes larmes.

— Il n'y a jamais de bonne excuse pour mal se comporter. Je te raconte tout ça parce que je veux être honnête, je ne veux pas que tu penses que je n'ai pas de défauts, car j'en ai des tas. Et je te dis aussi ça parce que tu me fais beaucoup penser à moi et j'ai l'impression qu'aujourd'hui, toi aussi tu as besoin de quelqu'un qui puisse te mettre un coup de poing pour te remettre les idées en place.

— Je croyais que tu ne battais pas les femmes !

Il sourit et pince la peau de mon bras.

— Aïe ! fais-je en riant.

— Je ne bats pas les femmes, mais toi, tu mériterais une fessée, insolente.

Je lui lance un sourire sournois. *J'aimerais bien voir ça. Ne me cherche pas,* répond-il.

— Ce que je veux dire, c'est que tu as besoin de comprendre les choses. Drew est super triste, il l'a dit à Inès. Il est persuadé que tu le détestes et que c'est à cause de quelque chose qu'il a fait. Tu dois prendre sur toi et commencer à lui accorder plus d'attention. À te comporter comme sa mère, en fait.

Mon estomac se serre. Ça fait mal. Comme un coup de poing.

— Passe plus de temps avec lui, ok ?

— Je vais essayer.

— Non, tu ne vas pas essayer, tu vas le faire. Et tu vas aussi faire autre chose, mais pour toi, cette fois.

— Quoi donc ?

Il se lève et fouille dans un tiroir du buffet près de la fenêtre. Il en revient avec un flyer. Je rêve !

— Non !

— Oh que si !

— Hors de question, Juliann, je n'irais pas m'inscrire au hiphop.

— Ava, t'as un talent de dingue. C'est ta passion !

Je sais, j'en ai fait pendant des années, j'ai même été championne régionale et avant que tout ne bascule, j'étais prête pour le concours national. Mais tout ça fait désormais partie du passé.

— De toute façon, je t'ai déjà inscrite.

— Je te demande pardon ?

— Les cours commencent mercredi.

— Mais je garde Inès les mercredis !

— Oui et c'est pour ça que je l'ai aussi inscrite aux cours pour les tout-petits. Tu iras la chercher après ton cours, vous finissez en même temps.

— Et Drew alors ? Je ne pourrais jamais aller le chercher au centre à seize heures trente !

— Ta grand-mère est d'accord pour aller le chercher à condition que tu t'occupes de lui tous les weekends.

J'hallucine ! Je le fusille du regard. Je le déteste, ce petit con a tout prévu.

— Comment as-tu osé ?

— Je te l'ai dit, tu as besoin d'un coup de poing.

— C'est toi qui vas finir par te manger un coup.

— Essaie de me toucher et je te promets que tu vas vite te retrouver sur mes jambes pour recevoir la fessée de ta vie.

Je déglutis.

— On n'est pas dans *Cinquante Nuances de Grey*.

— N'empêche que je suis sûr que tu adorerais.

Waouh. Son regard est redevenu intense. *Est-ce qu'il a déjà mis une fessée à une femme ?* Il sourit espièglement et acquiesce. Purée.

— Accepte.

— Tu ne me laisses même pas le choix, grogné-je.

— Bonne fille.

Il veut vraiment mon poing dans la figure ? Je le fusille du regard et il sourit de plus belle. Je crois qu'il aime m'énerver. Peut-être que mon insolence lui donne une excuse suffisante pour vouloir me *manger*. Il s'approche de moi et écarte mes jambes pour se loger entre elles. Je me liquéfie. Sans crier gare, il relève mon menton et m'embrasse langoureusement, aspirant tout l'air que contenait mes poumons au passage. Je gémis et ferme les yeux en faisant danser ma langue avec la sienne. Je suis étourdie, je n'arrive plus à réfléchir. Mon cœur tambourine dans ma poitrine.

— Juliann, gémis-je.

— Reste tranquille, mon ange.

Ses lèvres quittent les miennes et pour s'attaquer à mon cou, certainement pour me faire un deuxième suçon. Rester tranquille ? Impossible. Je me cambre pour venir me frotter contre son érection et il gémit.

— T'es vraiment têtue, murmure-t-il. Je t'avais dit de ne pas bouger.

— Impossible, soufflé-je.

— Ava. Je crois que je vais passer la journée à t'embrasser.

— Ça me va parfaitement.

Chez Ava

20 : 26

Il n'a pas menti. Nous avons passé la journée à nous bécoter et il a été difficile de nous séparer. Je me sens plus vivante que jamais. Étourdie. Je n'arrive pas à croire qu'on ait fait ça. Allongée sur mon lit, je me mordille la lèvre en repensant à la façon dont il les a embrassés. Les siennes sont si douces… Et son regard… Je suis atteinte !

Lorsque je suis rentrée, c'est à peine si Drew et Nana m'ont adressé la parole. Ça m'a arrangé, car au moins, elle n'a pas pu voir mes suçons. Je me suis enfermée dans ma chambre pour reprendre mes esprits et tenter d'effacer le sourire béat collé à mon visage depuis ce matin, en vain.

J'ai repensé aux paroles que m'a dites Juliann. Il ne sait pas dans quelles circonstances est né Drew, peut-être qu'il n'aurait pas autant insisté dans ce cas-là, mais de toute façon, aurait-ce été une excuse valable ?

Je me lève de mon lit et prends une grande inspiration avant de traîner des pieds jusqu' sa chambre. Mon fils est déjà au lit. Sa petite silhouette est enfouie sous sa couverture bleue. Je m'avance prudemment jusqu'à m'asseoir à côté de lui.

— Maman ? dit-il en se redressant.

— Oui, c'est moi. Ça va, p'tit bonhomme ?

Il hoche la tête, mais ce n'est pas vrai, j'en suis certaine.

— Je voulais m'excuser pour hier, Drew. Je n'aurais pas dû te parler comme ça.

— *D'acco'* maman.

Bon… Je ne sais pas quoi ajouter, alors je dépose un baiser sur son front et lui souhaite bonne nuit avant de sortir de la chambre. J'ai encore des progrès à faire, mais c'est déjà un premier pas. Mon téléphone vibre dans ma poche dès que j'arrive dans ma chambre. Luka. Je réponds en m'asseyant sur mon lit.

— Allô ?

— Salut princesse ! Comment tu vas ?

— Arrête avec ce surnom, dis-je en levant les yeux au ciel. Qu'est-ce que je peux faire pour toi ?

— Rien, c'est juste que je t'envoie des messages depuis hier mais je n'ai aucune réponse.

— Ah oui, désolée, j'ai été un peu... occupée.

— Ah oui ?

— Oui.

— Tu as un petit-ami ?

— Non ! Et ça ne te regarde pas.

Un ange passe. Je sais qu'il ne me croit pas mais tant pis. De toute façon, est-ce qu'on peut vraiment dire que j'aie quelqu'un ? On s'est plusieurs fois embrassés avec Juliann entre hier soir et le moment où je suis rentrée chez moi. Beaucoup de fois... Je souris en repensant ses lèvres sur moi, dans mon cou... Ça me donne des frissons.

Allô ? Houston ?

— Oui ?

—Tu passes me chercher demain ?

— Oui mais soit à l'heure cette fois ! T'es tout le temps en retard.

— Promis ! À demain, princesse !

Je raccroche et m'assoie devant ma coiffeuse pour démêler mes cheveux affreusement secs. Je n'y ai pas touché depuis qu'Aïna me les a lissés et ils sont à nouveau emmêlés. J'avais de belles boucles, avant, mais avec le manque d'entretien... Une fois mes cheveux démêlés, j'applique de l'huile d'olive et me fait une dizaine de tresses pour tenter de redessiner mes boucles du mieux que je peux. Lorsque je finis, je me regarde attentivement dans le miroir et c'est comme un choc.

Ça fait très longtemps que je ne prends plus soin de moi. D'ailleurs, je ne sais même pas à quand remonte la dernière fois que j'ai fait un soin. Les lumières tamisées de ma chambre dessinent des ombres sur mes joues et les rendent encore plus creuses qu'elles n'en avaient l'air ce matin. Mes cheveux sont dans un meilleur état puisqu'ils sont tressés, mais on voit bien qu'ils sont délaissés depuis un bon moment. Hormis tous ces détails un peu superficiels, l'expression de mon visage en général ne renvoie pas grand-chose de gai. Tout reflète la tristesse. Je me demande ce qui attire Juliann chez moi. Je soupire en détournant le regard. J'en ai réellement marre de me laisser ronger par ce qu'il m'est arrivé il y a quatre ans. Il serait peut-être temps d'avancer ? De grandir ? J'ai mis ma vie en standby car pour moi, elle n'avait plus aucune valeur. Je pensais être morte le jour où j'ai mis les pieds chez Théo. Ce n'est pas totalement faux, il a pris une partie de ma vie.

Quatre ans plus tôt

Chez Théo
Mercredi 8 Mai
15 : 08

Une touffe de mes cheveux dans la main, il me traîne jusqu'au salon et me jette au sol avant de se positionner au-dessus de moi. Ma tête commence à tourner. J'ai envie de vomir, j'ai besoin d'espace. Il fait tellement chaud ! L'air est lourd et j'ai l'impression de suffoquer. J'ai envie de me dégager, mais Théo a beaucoup trop de force pour moi. Je tente de crier mais malheureusement, je n'ai pas assez d'air dans mes poumons. Je réfléchis à toute vitesse, mais les idées s'enchaînent

beaucoup trop rapidement. Concentre-toi, Ava, concentre-toi ! *Je n'ai absolument aucun doute sur le fait qu'il lise à merveille l'expression de terreur qui s'est
figée sur mon visage, mais j'ai l'impression que ça l'excite d'avoir autant de pouvoir
sur moi. Il me dégoûte.*

— *Me regarde pas comme ça, dit-il.*

*Il plonge vers mon cou et le lèche lentement. Non ! Un frisson de dégoût
profond me traverse. Il n'a pas le droit de me toucher comme ça.*

— *Me touche pas espèce de connard ! crié-je hors de moi. Ne me touche pas !*

— *Chut !*

*Je tente de m'agiter comme je peux, de me dégager de cette emprise, mais
c'est impossible. J'ai envie de pleurer mais je refuse de le laisser voir à quel point il
me terrifie, à quel point j'aimerais que tout cela ne soit qu'un cauchemar. J'ai envie
de me réveiller. Je prie de toutes mes forces pour qu'il me lâche, pour que je puisse
rentrer chez moi.*

— *S'il vous plaît aidez-moi ! Je vous en supplie, commencé-je à sangloter.*

— *Calme-toi, tu vas finir par aimer, promis.*

— *Je vous en supplie…*

*Je ne sais pas si je m'adresse à Dieu ou bien si j'espère qu'il y a quelqu'un
dans cette fichue baraque. Quoi qu'il en soit, personne ne se manifeste. Personne
pour me sauver. Personne pour empêcher cette ordure de me toucher. Au bout d'un
moment, il se relève et regarde autour de lui.*

— *Tu ne m'avais pas dit qu'elle résisterait autant.*

*À qui il parle ? Je regarde autour de moi, mais il n'y a personne. Il est
complètement fou ! Peu importe, je profite de ce moment d'inattention pour chercher
une échappatoire. Peut-être que je peux passer par la fenêtre ? Ou une porte ? Je
veux juste m'éloigner. Mon Dieu, comment tout cela a-t-il pu dégénérer aussi vite*

? Mon bras me fait affreusement mal et je peine à me relever. Je l'entends rire au-dessus de moi pendant que je me retourne et que je rampe vers la sortie. Il n'essaie même pas de courir pour me rattraper, il sait que je suis bien trop faible. Lorsque je tente de me relever en m'aidant du canapé, je le sens se ruer sur moi. Il m'écrase de tout son poids si soudainement que j'en ai le souffle coupé.

— Où est-ce que tu comptes aller comme ça ? T'es à moi.

Il se met sur les genoux pour me forcer à me retourner. Je rencontre son terrible regard. Ses iris marrons reflètent sa folie, sa démence. Ce mec n'est pas normal, il me terrifie. On dirait qu'il est possédé. J'ai l'impression de voir une des apparences que prend le diable lorsqu'il se manifeste.

— Ava, ça aurait pu être si romantique. J'ai mis ma musique préférée et il y a des tas de pétales de roses sur mon lit. Tu sais depuis combien de temps je rêve de faire l'amour avec toi ? On va tous les deux perdre notre virginité aujourd'hui. Je vais devoir forcer un peu, la première fois, mais tu prendras plus de plaisir après.

— Va te faire foutre, dis-je en pleurant.

— Ce n'est pas gentil. Ne me parle pas comme ça.

Je lui crache au visage. C'est tout ce qu'il mérite. Il fronce les sourcils et recueille mon crachat sur ses deux doigts avant de les glisser entre ses lèvres sèches. Il est complètement fou.

— Très bien.

Il saisit une nouvelle fois mes cheveux pour soulever ma tête. Au début, je pense qu'il va m'embrasser mais non. Ma tête retombe lourdement sur le plancher dans un bruit sourd. La douleur est atroce. Les images s'assombrissent soudaine-ment, je ne vois presque rien. Son visage très blanc se détache de la noirceur du plafond. J'ai l'impression que les volets sont fermés tellement je n'y vois rien. Je sens une sensation bizarre sur mes jambes mais je peine à réaliser qu'il s'agit de mon jean qui est en train de glisser le long de mes cuisses. Je suis tellement sonnée que je n'arrive pas à me débattre, ni à parler de manière cohérente. Je sens un liquide chaud se répandre dans mes cheveux. Du sang.

— Théo… Je non… t'en supplie.

Je crois qu'il me répond quelque chose mais j'ai du mal à comprendre. Les ténèbres se referment sur moi sans que je puisse faire quoi que ce soit. Je prends conscience de ce qu'il va se passer, là, par terre, dans une violence dont je vais me souvenir toute ma vie.

— Théo, je… vierge… pas obligé.

— Chut.

— Non… S'il te plaît… Je ferais tout… tu veux.

— Tout ce que je veux c'est que tu restes allongée, joli cœur.

Un nœud horrible se forme dans mon estomac. Je gis entre cauchemar et réalité. Je suis à moitié consciente, j'aimerais être morte. Je sens ma culotte glisser sur mes jambes. J'entends son souffle irrégulier, sa respiration saccadée tout près de moi. Je veux vomir. Je veux mourir. Pourquoi est-ce ça doit m'arriver ? Qu'est-ce que j'ai bien pu faire pour mériter ça ? Pourquoi est-ce que personne ne me vient en aide ? Je sens ses grosses mains écarter mes jambes violemment, ensuite tout s'enchaîne très rapidement. Je persiste à garder les yeux fermés, je n'entends que sa respiration presque sifflante, sa braguette qui s'ouvre, sa ceinture qu'il détache puis son pantalon que j'entends tomber à ses pieds. Le contact de son corps froid et mou sur moi me donne encore des frissons de dégoût.

Il est répugnant. Tellement répugnant. Je tente de le repousser lorsque je sens son sexe tenter d'entrer en moi mais mes mouvements sont faibles, tellement pathétiques. Je suis condamnée. Son mouvement brusque m'arrache un cri de douleur qui me vient des entrailles. J'ai mal. J'ai mal parce que je me fais violer. J'ai mal parce je suis en train de mourir intérieurement. Et personne ne m'entend.

Chapitre 15 | Ava

Aucun cauchemar. C'est le constat que je fais en ouvrant les yeux, en me rendant compte que mes draps ne sont pas trempés de sueur, que je n'ai pas la nausée, qu'en fait, je suis même de bonne humeur. Mon alarme n'a même pas encore sonné, je n'ai jamais connu de sommeil aussi reposant.

Je sors du lit et ouvre les volets. Ça ne fait rien si je ne rencontre que l'obscurité, si le soleil ne s'est pas encore levé : je sens qu'aujourd'hui sera une bonne journée. Je sors de ma chambre et décide d'aller préparer un petit déjeuner copieux : avocats, œufs, toasts et pancakes. Je souris en constatant que c'est exactement ce que m'a préparé Juliann hier matin. Après avoir posé le tout sur la table à manger, je décide d'aller réveiller Drew en espérant qu'il n'ait plus de rancœur contre moi.

— Drew, réveille-toi, chuchoté-je en caressant ses cheveux. Il est bientôt l'heure d'aller à l'école.

— Non… *Ye* suis fatigué.

— Je sais mais tu ne peux pas manquer l'école, aller !

— S'il te plaît maman, *enco'e* cinq minutes.

— Si je te laisse dormir cinq minutes tu vas arriver en retard et Justin en profitera pour aller s'asseoir à côté d'Inès.

Ni une, ni deux, il ouvre les yeux et s'assied sur le lit. Je ne peux m'empêcher de rire. Il est amoureux d'Inès, tout comme le fameux Justin qui n'arrête pas de l'embêter.

— C'est *ho's* de question maman !

Il sort du lit et court dans le salon où Nana est déjà à table.

— *C'est très bon* ! dit-elle en mangeant son toast.

— Merci de nous avoir attendu, dis-je en m'asseyant.

— *Tu as l'air de très bonne humeur, qu'est-ce qu'il t'arrive ?*

— Rien, je réponds sans pouvoir m'empêcher de sourire. Je n'ai pas fait de cauchemar cette nuit, c'est peut-être ça.

Je me sers et mange en silence tout en écoutant ma grand-mère et son arrière-petit-fils maudire ce fameux Justin. Une fois le petit dej terminé, j'ordonne à Drew d'aller s'habiller pendant que je vais moi-même enfiler mes vêtements et défaire mes tresses. J'opte pour une jupe en jean noir que m'a offerte Adèle pour mon anniversaire. Elle est assez longue, mais la fente sur le devant ne laisse place à aucune forme d'imagination concernant l'aspect de mes cuisses. Je m'étais juré de ne jamais la porter, mais après tout pourquoi pas ?

J'enfile des collants opaques avec un col roulé pour camoufler mes suçons et je m'assoie devant ma coiffeuse pour défaire mes tresses. Au bout de la troisième natte, je remarque que ma touffe de cheveux n'est pas compatible avec la coiffure que j'avais en tête. Je ne peux pas sortir comme ça, on dirait Hagrid dans *Harry Potter*. Je soupire et décide finalement de faire une queue basse, rabattant mes cheveux abîmés, touffus et désordonnés en arrière avec du gel. Même attachés, ma touffe est proéminente, mais j'aime bien. Ça me donne des allures d'Alicia Keyes. Je mets du mascara, un peu d'anticernes sous mes yeux et du gloss, puis je rejoins Nana dans la cuisine qui est en train de faire la vaisselle.

— *Nana, fallait laisser, j'aurais pu la faire en rentrant ce soir.*

— *Tu es bien jolie dis-moi*, fait-elle en me dévisageant des pieds à la tête.

C'est vrai que ça change de mes joggings trop larges et des vieux pulls que je mettais pendant ma grossesse… Et même après.

— Merci.

— Tu as un petit-ami ?

Est-ce que j'ai un petit-ami ? Moi-même je ne le sais pas.

— Non, pourquoi tu me demandes ça ?

— Pour rien.

Elle sourit puis tourne la tête pour continuer sa vaisselle.

— Drew c'est l'heure on y va !

— Oui maman !

Je retourne à l'entrée et enfile mon manteau et mes bottines tandis que Drew met son bonnet.

— Tu es très *jolie* maman, fait-il en me regardant étrangement. Tu as un *amou'eux* ?

Je rêve !

— Non ! Aller dépêche-toi on va être en retard, je réponds sans pouvoir m'empêcher de sourire. Nana on y va !

— *D'accord mais, Ava ?*

— Oui ?

— Je ne sais pas ce qui est en train de te changer comme ça, mais je suis vraiment contente.

— Merci Nana.

Maternelle
08 : 00

Lorsqu'on arrive à l'école maternelle, Drew me fait un bisou sur la joue avant de courir pour aller rejoindre Inès parmi la horde d'enfants qui peuple la classe de M Caron, le professeur de mon fils. Je crois qu'il m'en veut encore un peu, car il n'a pas prononcé ne serait-ce qu'un mot durant tout le trajet. Mon attitude commence à laisser des séquelles. Avant, il oubliait rapidement. Il faut vraiment que je me reprenne.

En faisant demi-tour, mon regard croise celui de Juliann qui m'attend, adossé contre ma voiture. Lorsqu'il me voit, il me fixe avec des yeux tout ronds, les sourcils froncés, comme s'il ne me reconnaissait pas.

— Hey ! fais-je en m'arrêtant à quelques mètres de lui. Ça va ?

— Ava.

— Oui, c'est moi.

— T'es magnifique.

Son ton est sérieux, il ne rigole pas. Il me regarde encore avec ces yeux qui ont l'air de dire « je vais te manger toute crue » et je rougis instantanément. Je meurs d'envie de l'embrasser, mais il y a beaucoup trop de monde et la ville est petite, les rumeurs vont bon train. Mais qu'est-ce que c'est dur d'y résister… Mon ventre se remet à faire des choses bizarres et je me sens vertigineuse. C'est tellement enivrant ce qu'il me fait ressentir. Mes yeux dérivent rapidement sur ses lèvres pulpeuses que je sais à présent douces et fermes. Et sa langue...

— Ava, on ne peut pas s'embrasser ici.

— Hein ? je réponds distraitement.

— Arrête de fixer mes lèvres comme ça, ça me donne envie de…

— De ?

— Tu sais bien ce que je veux dire.

Son regard est tellement intense…

— On a un peu de temps avant le début des cours. Tu veux… Qu'on aille faire un tour en voiture ?

— Tu veux plutôt dire *aller se bécoter dans ta voiture loin des regards*, je réponds espièglement.

— À peu de choses près, oui, dit-il en riant.

— Ça aurait été avec plaisir mais je dois aller chercher Luka.

— Ah. D'accord. Tu veux passer à la maison ce soir ?

— Je ne vais pas pouvoir, je dois préparer un exposé avec Luka après les cours.

— Humm, chanceux ce Luka, répond-t-il le visage fermé.

— T'es jaloux ?

— Non.

Il croise les bras et détourne le regard. Il est jaloux !

— Juliann...

— Est-ce que tu m'évites ?

— Non, pas du tout !

— T'es sûre ? Parce que… Je ne veux pas qu'il y ait de malaise.

— Tout va bien. Si tu veux on peut se faire un film mercredi soir. On pourrait même dormir chez toi avec Drew.

— Humm, on verra, dit-il en se retenant de sourire.

— Sois pas grognon. Je dois vraiment y aller ou sinon Luka va me tuer. À tout à l'heure.

Je lui fais un clin d'œil avant de monter dans ma voiture.

La maison de Luka est assez triste. Je veux dire, elle est simple et jolie : une façade extérieure repeinte en beige, une toiture bien entretenue, de larges fenêtres qui laissent aisément passer la lumière… Mais la verdure autour paraît abandonnée, il n'y a absolument rien de personnel : pas de nom sur la boîte aux lettres, à la place il y a juste une étiquette qui dit "PAS DE PUB SVP !". Le garage est constamment fermé, il n'y a aucun pot de fleurs au bord des fenêtres, ni de rideaux, de l'extérieur, je distingue quasiment aucun meuble. C'est tout simplement comme si cette maison était inhabitée. Je ne suis jamais entrée à l'intérieur et en toute honnêteté, je n'en ressens absolument pas l'envie.

Voyant que Luka ne sort pas, je klaxonne deux fois. Ça semble l'interpeller car je le vois passer sa tête à travers une fenêtre qui, il me semble, est celle de la cuisine. Quelques secondes plus tard, il sort de chez lui et claque la porte violemment. Bon, ça n'a pas l'air d'aller. Il fait le tour de ma voiture puis s'installe à côté de moi en claquant la portière tout aussi violemment.

— Hey, doucement ! Ma voiture ne t'a rien fait.

— Désolé. Salut.

— Salut. Tu… Tu vas bien ?

— Pas trop, non.

— Ok...

Je hausse les épaules et démarre la voiture. Une amie normale est censée lui demander ce qui ne va pas, je le sais, mais moi je n'ai aucune envie de l'entendre se lamenter ou pleurnicher ou vider son sac parce que je ne sais pas réconforter les gens. Comme il le dit si bien, je suis une handicapée des sentiments. Au bout de quelques minutes de silence inconfortable, je finis tout de même par lui demander ce qui ne va pas en espérant qu'il ne se confie pas.

— Tu... Tu veux en parler ?

Faites qu'ils disent non !

— Oui.

— Ah.

— Je me suis disputé avec mon père. J'ai vraiment beaucoup de mal à le supporter en ce moment... Il rentre bourré tous les soirs avec une nouvelle pimbêche à son bras. Il n'est même pas discret. Ma petite sœur sort avec une espèce de pervers qui profite de sa vulnérabilité. Je te parle même pas de de la maison qui ressemble à un taudis.

— Il a quel âge, le petit-ami de ta sœur ?

— Dix-sept ans.

— Luka... Ta sœur a seulement deux ans de moins. Tu devrais la laisser avoir un petit-ami, je suis sûre que ça lui fait du bien.

— Ava, elle lui envoie des nudes ! Qui sait à qui il les montre ! Et mon père, lui, il ne dit rien. Depuis qu'ils sont ensemble, ma sœur a changé : elle est plus distante, constamment sur les nerfs, fuyante...

— C'est pas en l'engueulant que tu vas réussir à l'aider.

— Qu'est-ce que je dois faire alors ?

Sa colère irradie toute la voiture. Il bouge partout, il fait de grands gestes avec ses mains et ça me stresse.

— Parle avec elle, fais-lui comprendre que tu es de son côté parce que plus tu vas lui interdire de voir ce mec, plus elle va aller vers lui.

— Ouais, t'as peut-être raison. C'est épuisant, j'ai l'impression d'être le seul adulte dans cette maison.

Quelques instants plus tard, je me gare devant le lycée. Luka semble s'être calmé, mais son visage est toujours fermé. Je sors de la voiture et récupère mon sac à l'arrière. Lorsque je me dirige vers l'entrée, je remarque qu'il ne me suit pas. Je me retourne.

— Qu'est-ce qu'il y a ? demandé-je.

— Bah… T'es… T'es pas comme d'habitude aujourd'hui.

— Comment ça ?

— Tes cheveux, ta jupe…

Il me rejoint et me regarde plus en détail.

— Et tu t'es maquillée !

— Oui. Pourquoi tu me regardes comme ça ?

— Tu t'es faite belle pour monsieur Ronadone, avoue.

— N'importe quoi. J'ai juste eu envie de changer de look.

— En tout cas ça te va bien.

— Merci.

Je ne suis pas très fan des compliments. En temps normal, j'en reçois très peu et ça me va. Je n'aime pas attirer l'attention, je n'aime pas que les gens me remarquent ; je préfère me fondre dans la masse, passer inaperçu. C'est pour cette raison que je me cache derrière des vêtements basiques, amples, ternes.

Luka et moi nous dirigeons vers la salle dans laquelle nous avons cours de philo. En entrant, j'ai peur de ne pas arriver à faire comme si rien ne s'était passé entre Juliann et moi, peur de croiser son regard si explicite… Étonnamment, il me salue comme tous les élèves, il ne laisse rien transparaître. Tant mieux. Je m'assieds au premier rang, suivie par Luka et je sors mes cahiers. Au bout de dix minutes de cours, Juliann tire un paquet de feuilles de son sac, écrit quelque chose, puis nous distribue un texte. Je rougis en lisant ce qui est écrit au dos de ma copie.

Ça va être difficile de faire cours dans ces conditions, mon ange. Tu es magnifique.

Bibliothèque

17 : 30

Après les cours, je propose à Luka d'aller à la bibliothèque pour qu'on puisse préparer notre exposé. Hors de question que j'aille dans sa maison bizarre et pleine de tensions. Et puis, ça me rappellerait trop de mauvais souvenirs. Bien-sûr j'ai confiance en lui, je sais qu'il ne me ferait jamais ce que m'a fait Théo mais… On n'est jamais trop prudents. Le seul problème c'est que ni lui, ni moi n'avions pensé au fait que la bibliothèque était fermée le lundi. Nous voilà donc plantés là, comme deux idiots.

— Bon.

— Bon.

— On fait quoi maintenant ? demandé-je.

— Bah… On peut toujours aller chez toi, non ? À moins que ça te pose un problème ?

— Euh... Non. Il y aura ma grand-mère. Et Drew aussi.

— Très bien. J'ai hâte de voir ton fils.

— Ok.

C'est vrai que Luka n'a pas pu le voir : il a eu un empêchement au dernier moment le jour où on était censés aller ensemble à la fête foraine et depuis, nous n'avons pas prévu d'autre sortie. À part Aïna et Adèle, je n'ai jamais ramené personne à la maison. Je ne sais pas pourquoi je stresse un peu. Nana va penser que Luka est mon petit-ami. D'un côté, il vaut mieux qu'elle pense ça plutôt qu'elle apprenne que j'ai passé la nuit avec mon prof de philo. Lorsque l'on arrive chez moi, je demande à Luka d'attendre devant la porte le temps que je prévienne ma grand-mère de sa venue.

— Salut, Nana !

— *Hey ! Ça va ? Qu'est-ce qu'il y a ? On dirait que tu vas m'annoncer une mauvaise nouvelle. D'ailleurs, tu n'étais pas censée être à la bibliothèque ?*

— Si, justement, la bibliothèque est fermée.

— *Ah et du coup tu voudrais inviter ton camarade à la maison, c'est ça ? Et tu fais cette tête parce que c'est un garçon et qu'il est derrière la porte.*

Je ne peux m'empêcher de sourire. Très perspicace Nana.

— C'est bien résumé.

— Allez, dis-lui d'entrer.

— *Merci. Et… Où est Drew ?*

— *Dans sa chambre. Il boude depuis que je suis allée le chercher.*

— Ah.

Et s'il était encore fâché contre moi ? Je soupire et retourne dans l'immeuble pour faire entrer Luka. C'est tellement bizarre de le voir timide, lui qui d'habitude n'a aucun mal à parler avec les gens. Il retire ses chaussures et entre dans le salon.

— Bonjour madame, dit-il en serrant la main de Nana.

— Ah, tu peux m'appeler Nana. Et toi, comment tu t'appelles ?

— Luka.

— Mmh. Donc c'est toi le petit-ami de ma Ava ?

— Nana ! l'interpellé-je, outrée. Luka on va dans ma chambre. Tout de suite !

Il sourit de toutes ses dents. Nana aussi. Je les déteste.

— Je savais que tu avais un petit-ami, me chuchote Luka en me suivant dans le couloir qui mène à ma chambre.

— La ferme ! je réponds en levant les yeux au ciel.

Une fois arrivés dans ma chambre, je lui dis de préparer ses notes pendant que je vais voir ce que fait Drew. Lorsque j'ouvre la porte, je le vois assis par terre en train de jouer avec ses dinosaures. Il a l'air triste.

— Drew ? Ça va ?

Silence. Il hausse les épaules et continue de jouer.

— Tu es encore fâché contre moi ? demandé-je en me mettant à genoux en face de lui. Tu peux me parler, je suis ta maman.

— Non, t'es pas ma maman ! s'exclame-t-il.

— Bien-sûr que si, pourquoi tu dis ça ?

— Parce que les mamans sont gentilles avec les enfants. Toi tu m'aimes pas.

Finalement, c'est peut-être ça le coup de poing qui va remettre mes idées en place. Je suis incapable de répondre à cela. Ça m'attriste énormément de l'entendre me dire ces mots. Je sais que je suis une mère pitoyable, mais j'essaie de faire des efforts, ne le voit-il pas ? J'ai l'impression qu'il prend conscience que le comportement que j'avais auparavant n'était pas normal et qu'il me le fait payer. Je devrais sûrement dire quelque chose pour arranger la situation, mais j'en suis incapable : je me lève lentement et je sors de la chambre en fermant la porte. Lorsque j'arrive dans la mienne, Luka est assis à mon bureau, en train de taper frénétiquement sur son clavier.

— Hey ! dit-il en me voyant. J'ai eu pas mal d'idées, je te les montre ? Je pense qu'on va pouvoir avancer rapidement.

J'acquiesce en approchant pour lire ses notes. Bien-sûr, je fais comme si de rien était, je fais comme si les paroles de mon fils ne m'avaient pas touchées. J'ignore les larmes qui menacent de couler et j'affiche mon air impassible comme toujours.

Notre binôme est d'une efficacité étonnante, car nous arrivons à compléter nos notes rapidement. Il ne reste plus qu'à écrire au propre et faire le diaporama.

— Je meurs de faim ! Ça te dit qu'on aille se manger une pizza maintenant ? me demande Luka en refermant son ordi.

Il s'étire sur ma chaise puis se lève pour ranger ses affaires. Après deux heures passées à travailler, il est vrai que je meurs de faim, moi aussi.

— Tu veux qu'on commande ?

— En toute honnêteté je préférerais manger sur place, qu'est-ce que tu en dis ? Ensuite on pourrait aller au ciné. Il y a une séance dans une heure et demie.

— Je sais pas trop, on a cours demain, on peut peut-être y aller un autre jour ?

— Non mais ce n'était pas une question, Princesse.

Il me lance son fameux sourire contagieux qui me donne envie de l'étriper. Je suppose que je n'ai pas le choix et de toute façon je n'ai pas envie de dire non ; j'ai besoin de me changer les idées. Drew est resté enfermé dans sa chambre pendant une heure et je n'ai pu m'empêcher de me repasser en boucle ce qu'il m'a dit : *Parce que les mamans sont gentilles avec les enfants. Toi tu m'aimes pas !* Je soupire et tente de mettre ça de côté. J'ai besoin de rire, d'oublier que je suis mère pendant quelques heures au moins. À mon tour, j'enfile ma veste et je rejoins Drew et Nana dans le salon.

— Alors, vous avez fini ? me demande-t-elle.

— Oui. On va aller manger dehors, puis on va se faire un ciné. Tu veux que je vous fasse livrer des pizzas ?

— *Oui, ça fait longtemps que je n'en ai pas mangé.*

— Okay.

J'enfile mes chaussures distraitement en écoutant Luka parler avec mon fils.

— Salut toi, lui dit-il. Moi c'est Luka. Et toi ?

— Andrew ! Mais tout le monde m'appelle Drew. Tu es l'amoureux de ma maman ?

— Non, répond-t-il. Je suis juste un ami.

— Alors *ye* dois *t'*appeler tata comme tata *Aïa* et tata Adèle ?

— Oui mais sauf que pour les garçons on dit tonton.

— *D'acco'd* tonton Luka.

Tonton quoi ? Je rêve !

— Tu aimes les dinosau'es ?

— J'adore ça ! Tu es déjà allé dans un musée où ils exposent des fossiles de dinosaures ?

— Non ? C'est quoi des fossiles ?

— Je te montrerai si ta mère est d'accord.

— Ouais !

— Allez on y va ! je les interromps une fois mes chaussures enfilées.

— Tu '*eviens* quand ? demande Drew à Luka.

— Bientôt je l'espère. Au revoir Nana !

J'hallucine. Je suis agacée car tout le monde semble savoir comment parler à mon fils sauf moi.

Pizzeria

20 : 03

— Alors, tu vas enfin te décider à me parler de ton petit-ami caché ? me demande Luka avant de fourrer sa part de pizza dans la bouche.

— Je te l'ai dit, je ne vois personne, je réponds en soupirant. Pourquoi tu ne me crois pas ?

— Si c'était le cas, tu me dirais la vérité ?

— Je crois que non.

— Alors qu'est-ce qui me dit que tu n'es pas en train de me mentir maintenant ?

Bon point. Mais il est hors de question que je lui parle de Ju-liann. Et s'il le racontait aux autres ? Il risquerait de perdre son travail et de ne plus pouvoir exercer et ça, c'est hors de question ! Je soupire en me demandant ce qui a bien pu me passer par la tête. Il vaudrait peut-être mieux tout arrêter avant que ça aille trop loin ? Avant que je tombe amoureuse... Ce n'est jamais une bonne idée de sortir avec son prof, jamais !

— Au fait, tu veux voir quoi au cinéma ?

— Euh… Tout ce que tu veux sauf une comédie romantique.

— Je sens qu'on va s'entendre, me dit-il en souriant. Je pensais au film *Gone Girl*.

— Ah, j'ai lu le livre. Oui, pourquoi pas.

— C'est moi ou tu n'as pas l'air bien depuis que je suis allé chez toi ? Tu m'en veux d'avoir été trop familier avec ta grand-mère et ton fils ?

— Non, c'est juste que je…. Je…

Bien-sûr que je ne vais pas bien, mais je ne me vois absolu-ment pas raconter à Luka que je suis une mère exécrable.

— Non, rien, finis-je par répondre en prenant un air impassible.

— Ok…

Silence. Avec le temps, Luka a fini par comprendre qu'il était totalement inutile d'insister avec moi.

— Sinon, j'ai une proposition à te faire, dit-il après quelques secondes de silence pour détendre l'atmosphère.

— Ah oui ? Pourquoi est-ce que j'ai un mauvais pressentiment ?

— Non, je suis sûr que tu vas adorer. Ils vont donner des cours de hiphop en ville et il reste encore des places sur la liste d'inscription.

Comme tu faisais de la danse peut-être que tu pourrais t'y remettre ? Je compte m'y inscrire aussi.

Mais qu'est-ce qu'ils ont tous, à la fin ?

— Qu'est-ce qui te fait croire que je voudrais redanser ?

— Arrête Ava, je ne suis pas dupe. Quand tu mets de la musique en voiture, je te vois te trémousser dans tous les sens. Tu meurs d'envie de danser, je le sais. Et entre nous, la danse c'est comme le vélo : ça ne s'oublie pas.

— Si tu le dis.

— Promets-moi au moins d'y réfléchir ?

— À vrai dire, je suis déjà inscrite.

— Quoi ? Et c'est maintenant que tu me dis ça ? Je te déteste !

— Ce n'est pas…

— J'en reviens pas. En plus, tu *sais* que j'adore le hiphop, moi aussi.

— Un ami m'a inscrite sans rien me dire, je ne savais même pas qu'il y avait des cours de hiphop ici.

— Ouais, c'est ça.

— Allez, arrête de bouder, fais pas l'enfant.

Il me fait un doigt d'honneur et je ris.

— Hâte de faire une battle avec toi et de te mettre à l'amende, dit-il en souriant.

— Tu me connais très mal.

— C'est ce qu'on va voir.

Chez Ava

23 : 08

La nuit est douce. La légère brise soulève ma touffe de cheveux tirée en arrière, il fait un peu froid mais rien de glacial et la lune éclaire merveilleusement bien la rue. J'ai passé une très bonne soirée avec Luka, mais maintenant que je suis seule, j'ai décidé de garer ma voiture à cinq cents mètres de chez moi pour pouvoir marcher un peu, m'aérer l'esprit. J'ai le cœur lourd sans trop savoir pourquoi. J'ai envie de pleurer et pourtant aucune larme ne coule. Et puis pleurer pour quoi au juste ? Parce que ma vie ne ressemble à rien ? Parce que j'ai l'impression de redevenir celle que j'étais au fur et à mesure et que cela ravive trop de souvenirs ? La danse, les amis, un amoureux… J'ai l'impression de revenir quatre ans en arrière et c'est tellement douloureux. J'ai envie d'avancer mais en même temps il y a cette petite part de moi qui a peur, qui me dit de rester renfermée sur moi-même. Je sais ce qu'il s'est passé la dernière fois que j'ai décidé de lâcher prise, de croquer la vie à pleines dents, d'embrasser la personne rayonnante que j'étais. Cette fille-là était un rayon de soleil. Et Théo a réussi à tout bousiller le jour où il m'a violée.

Je soupire et décide de ne pas penser à ça. À quoi bon après-tout ? J'arrive chez moi quelques minutes plus tard. Tout le monde dort déjà ; les lumières sont éteintes, l'appartement est silencieux. Je me déshabille et file sous la douche comme si l'eau et le savon avaient le pouvoir de me laver de tous mes tourments. Lorsque je reviens dans ma chambre, je remarque que mon téléphone est allumé. Il affiche deux appels manqués de Juliann. Je le rappelle en me séchant avec mon peignoir.

— Allô ? décroché-je en ouvrant mon pot de crème pour le corps.

— Ah, enfin, répond-t-il. Où étais-tu ?

— À la douche, pourquoi ? Qu'est-ce qu'il se passe ?

— Eh bien…. Il se pourrait que…

Je le sens très hésitant. Ça ne me rassure pas du tout.

— Eh bien quoi ? Tu me fais peur.

— Tu fais quelque chose en particulier là ?

— Euh… Je sors de la douche, je ne vais pas tarder à me mettre au lit.

— Ah.

Silence. Qu'est-ce qu'il se passe ? Je finis rapidement de mettre de la crème sur mes jambes avant de remettre mon peignoir.

— Il se pourrait que je sois en bas de chez toi.

— Quoi ?

— Regarde par la fenêtre de ta chambre.

Mon cœur bat la chamade. Qu'est-ce qu'il fait en bas de chez moi ? Je m'empresse d'ouvrir la fenêtre. Effectivement, il est adossé à la rambarde de l'escalier de secours qui passe près de ma fenêtre.

— Qu'est-ce que… Pourquoi ? Qu'est-ce que tu fais ?

— Je peux monter ?

— Tu risques de te blesser Juliann !

— Mais non ! Alors tu m'invites ?

J'hésite. Si ma grand-mère apprend que j'ai fait rentrer mon prof de philo chez moi… Heureusement que sa chambre et celle de

Drew donnent sur la façade avant de l'immeuble et non pas sur l'arrière comme la mienne.

— Je t'en prie. Mais si tu tombes ne compte pas sur moi pour appeler les urgences. Et si tu dis que tu venais dans ma chambre, je ni...

Il raccroche avant que je ne termine ma phrase et se met à grimper. Je ne le vois pas clairement mais je sais qu'il sourit. À peine une minute plus tard, le voilà devant moi, l'air espiègle. Il a le sourire d'un enfant qui vient de faire une bêtise et qui est fier de lui, alors que moi, je suis gênée d'être nue sous mon peignoir. Je rougis.

— Salut toi, dit-il avant de refermer la fenêtre.

T'es un grand malade

— Je mourais d'envie de te voir, ça ne pouvait pas attendre demain.

— Et Inès ?

— Euh...Elle est avec Cara. Mon ex. D'ailleurs, elle la garde aussi demain et mercredi car ses cours de danse ne commencent qu'à partir de la semaine prochaine.

— Ah. Ça veut dire que Cara va la garder plus souvent ?

— Je ne sais pas, on n'en a pas encore parlé, mais moins de temps ma fille passera avec elle, mieux ce sera.

Je détourne le regard. Je n'avais pas besoin que son ex refasse surface.

— Ava, il n'y a plus rien entre nous.

— Oui, sais, je réponds en continuant à regarder mon lit. Je te fais confiance. Et puis de toute façon tu ne me dois rien.

— Bien-sûr que si. Je te dois le respect. Et la franchise.

Il s'empare de mon menton pour me forcer à le regarder. Instantanément, mes yeux se perdent dans ses iris verts orageux. Mon estomac se remet à se tordre tandis que ma respiration devient de plus en plus saccadée. Je ne m'habituerai jamais à l'effet que Juliann a sur moi. Ses yeux descendent sur mes lèvres. Je pense qu'il va m'embrasser mais non. Il fronce les sourcils et recule un peu.

— Si tu me fais confiance et que Cara n'est pas un problème, pourquoi est-ce que tu as cette mine ? On dirait que tu as pleuré.

— Non, non, je vais bien. Juste un petit peu fatiguée.

— Tu ne sais pas mentir, mon ange. Dis-moi ce qu'il y a.

La tristesse qui plane au-dessus de moi depuis cet après-midi menace de s'abattre sur moi comme un gros nuage qui retient la pluie depuis trop longtemps. Je refuse de me laisser submerger par les émotions. De toute manière, j'ai l'habitude, ça va passer. Juliann me caresse la joue. Ce geste tendre me donne envie de m'effondrer dans ses bras, mais je dois rester forte. Ne pas craquer.

— Je ne compte pas m'en aller avant que tu ne te sois confiée. Et je suis sérieux, j'ai toute la nuit devant moi.

Et je le crois sur parole. Il a l'air déterminé. Peut-être que si je lui en disais un peu il me laisserait tranquille ? Je soupire et me retourne pour aller m'asseoir sur mon lit.

— C'est… J'ai un peu de mal avec Drew, c'est tout. C'est plus difficile que ce que je pensais.

— C'est très difficile d'élever un enfant. Surtout quand on est jeune et qu'on n'est pas préparé à devenir parent. C'est normal de faire des erreurs, c'est humain. Je pense qu'il faut juste que tu lui parles, que tu lui fasses comprendre que tu l'aimes…

— Mais Juliann… Je ne suis même pas sûre de l'aimer, dis-je en le fixant, les larmes aux yeux. Je suis une personne horrible.

— Ne dis pas n'importe quoi. Si tu te mets dans cet état-là parce que tu sais qu'il est malheureux, c'est que tu l'aimes.

Il vient s'asseoir près de moi et me caresse les cheveux. C'est réconfortant, mais pas assez, alors je me penche pour me blottir contre lui et il me rend rapidement mon étreinte. Nous restons enlacés quelques minutes le temps que je me détende et que la sensation de son corps contre le mien m'évoque autre chose que du simple réconfort. Je m'éloigne en me rappelant soudainement que je ne porte rien sous mon peignoir.

— Ça va un peu mieux ?

— Oui, merci. Tu… tu vas dormir ici ?

— Je ne suis pas chez moi, je ne vais pas m'inviter.

— Vraiment ?

— Bon ok, je me *suis* invité, mais je ne m'imposerai pas. Tu veux que je reste dormir ?

J'en meurs d'envie, mais ma grand-mère n'est pas loin... On s'en fiche, je *veux* être avec lui. Je hoche la tête.

— Très bien, dit-il en souriant. Maintenant je peux t'embrasser.

Je souris. J'adore le fait qu'il adore m'embrasser. Il y a cette attirance entre nous que ni lui, ni moi n'arrivons à combattre. Juliann passe sa main dans mes cheveux et s'approche doucement de moi. Je ferme les yeux lorsque je sens ses douces lèvres se poser sur les miennes. C'est tellement intense… Un courant électrique anime mon corps et une boule d'énergie se forme *là*, en bas. Au bout d'un moment, je commence à avoir beaucoup trop chaud dans mon peignoir mais je ne veux pas que nos lèvres se séparent. Au contraire, j'ai envie d'être encore plus proche de lui. Embrasser Juliann, c'est comme nager dans les profondeurs de l'océan et se laisser caresser par les vagues en laissant le reste à la surface.

— Ava… Tu me rends fou.

Il s'éloigne un peu et passe son doigt sur mes lèvres.

— Pourquoi tu t'éloignes ? demandé-je haletante.

— Je vais retirer ma veste. Et en profiter pour me calmer un peu.

Je suis en ébullition. J'ai vraiment trop chaud dans ce peignoir. Juliann retire sa veste et ses chaussures sans me quitter des yeux.

— Ton peignoir te gêne ? me demande-t-il.

— Euh… Oui. Je n'ai pas eu le temps de m'habiller.

— Tu peux. Je serai sage, je ne regarderai pas.

Il me fait un clin d'œil en souriant. Je lui jette un coussin et me lève pour enfiler rapidement une culotte, un short et un débardeur en espérant qu'il n'a vraiment pas regardé. Lorsque je me retourne, je le vois en train de tripoter mes livres posés sur une de mes étagères au-dessus de mon bureau.

— Tu aimes lire à ce que je vois.

— Oui.

Hésitante, je m'approche de lui. J'ai envie de l'embrasser mais ce n'est pas quelque chose de spontané chez moi.

— Tu veux me demander quelque chose ?

Il a l'air moqueur. Je secoue la tête en rougissant, puis je me mets sur la pointe des pieds et dépose un chaste baiser sur ses lèvres, ce qui le fait éclater de rire. Je vais le tuer, il fait trop de bruit.

— Tu vas…

— Viens par ici.

Il s'empare de mon poignet pour me tirer vers lui et m'embrasse langoureusement. J'ai envie de lui. Littéralement. Ce désir qui est de plus en plus fort à chaque fois, je n'arrive pas à le gérer. Ça pique tellement fort que je peine à contrôler mon gémissement lorsque je sens son érection frotter contre moi. Sa main se glisse dans mes cheveux lorsqu'il sépare nos lèvres pour déposer une pluie de baisers dans mon cou. Je bats des cils, tentant de canaliser ma ferveur.

— Juliann…

— Je vais trop loin ? demande-t-il en me regardant.

— Non.

Je me racle la gorge puis me retourne pour me regarder dans le miroir. C'est trop intense, j'ai besoin de me calmer, moi aussi, penser à autre chose. À mes cheveux, par exemple. Il faut que je les coiffe car si je dors comme ça, je ne serais vraiment plus la seule à me trouver une ressemblance avec Hagrid.

— Tu veux que je te fasse une tresse ? me demande Juliann en posant son menton sur mon épaule et en me regardant à travers le miroir.

— Tu sais faire ?

— Bien-sûr, pour qui tu me prends ?

Il défait ma queue et commence à me coiffer. Je suis étonnée de voir qu'il s'en sort très bien, même avec mon type de cheveux. Est-ce qu'il a déjà fait ça ?

— Au fait… Comment ça se fait que ton ex ait Inès ? Tu m'avais pas dit qu'elle habitait à Lyon ?

— Si mais elle est venue s'installer ici malheureusement. Pour être plus proche d'Inès. Et aussi sûrement pour me faire chier.

— Ah. Et… Ça ne te dérange pas ?

— Je n'ai pas vraiment le choix. Et voilà, fini ! T'es magnifique, Ava.

— Merci.

Il pousse ma longue tresse sur le côté et dépose un baiser au creux de ma nuque qui m'électrise.

— Détends-toi, mon ange.

Il passe sa main sur mon ventre et approfondit son baiser dans ma nuque. Je me cambre instinctivement, les yeux mi-clos, en nous regardant à travers le miroir. Sa main sur mon ventre ne bouge pas mais le simple fait de la sentir me rend folle.

— Juliann.

— Je sais.

Il s'éloigne.

— Tu veux que je dorme dans ton lit ?

— Oui. Je ne suis pas cruelle, je ne vais pas te faire dormir par terre.

— Ok. Je me déshabille.

Il retire son jean et son pull. Le voilà maintenant en boxer. Inutile de préciser que la forme qui se dessine en dessous ne laisse aucun doute aux pensées qui le traversent. Je devrais sûrement ressentir de la peur ; je n'ai pas pour habitude de me montrer si vulnérable avec un homme et pourtant, je me sens en sécurité. Je lui fais confiance. Je me mets au lit. Il ne tarde pas à me rejoindre.

— Tu veux que j'éteigne la lampe ?

— Non, je réponds.

— Ok. Viens par là.

Je pose la tête sur son torse nu et passe mon bras autour de lui. J'entends son cœur battre très fort, au même rythme que le mien. Cette impression d'être en sécurité, c'est tout nouveau pour moi.

Lorsqu'il est là, c'est comme si ma vie n'était pas aussi misérable. On est tous les deux morts de fatigue et pourtant, on passe une grande partie de la nuit à parler de tout et de rien. Des mots doux chuchotés à l'oreille, des langues qui s'entremêlent, des mains baladeuses.

Deux amoureux inséparables.

Chapitre 16 | Ava

Le nœud qui s'est formé dans mon ventre ce matin ne m'a pas quitté. Je n'ai même pas pu manger ce midi tellement j'appréhendais ce moment. J'ai envie de tuer Juliann et ma grand-mère pour avoir comploté contre moi. J'ai perdu de ma souplesse, mon corps n'est plus aussi ferme qu'avant, j'ai au moins dix kilos de plus et ça fait des siècles que je ne danse plus devant un public. Mais qu'est-ce qui m'a pris de venir ? Il est trop tard pour reculer, mais j'ai envie de m'enterrer dans un trou.

J'arrête d'étrangler mon volant et je descends de ma voiture pour pénétrer dans l'établissement. Il y a plusieurs salles dont une pour le yoga, une autre pour le judo, la troisième est dédiée à la danse classique et il me semble que celle du fond accueille les tout-petits. C'est là-bas qu'ira Inès. Il règne dans les couloirs une odeur de transpiration mêlée à celle de la peinture fraîche. Les locaux ont été rénovés, et je dois avouer que le parquet ciré me réconforte, me rappelle de bons souvenirs. Lorsque je m'arrête devant ma salle, j'inspire un grand coup et j'hésite à y entrer.

Il n'est pas trop tard pour faire demi-tour. Je vais me ridiculiser, tomber par terre et tout le monde va se moquer.

Non, hors de question de faire machine arrière. Aller Ava, où est passée ton audace ? Décidée, j'ouvre la porte, peut-être même trop violemment puisque les deux battants font un énorme bruit lorsqu'ils viennent heurter les murs pour se rabattre sur moi presque aussitôt. Heureusement, j'ai le temps de me faufiler à l'intérieur avant qu'ils ne se referment. Bravo, quelle belle entrée en matière. Super pour ne pas se faire remarquer.

— Euh… Bonjour.

Une dizaine de paires d'yeux sont rivés sur moi. On dirait que je suis la seule retardataire, pour changer… Le groupe est composée d'une vingtaine de personnes d'à peu près mon âge. Non, à bien y regarder, quelques-uns ont la trentaine mais ça ne me dérange pas. Ils sont tous assis par terre en tailleur. La seule personne qui est debout est un homme noir d'une trentaine d'années dont les locks attirent mon regard. Il a une barbe très fournie mais bien taillée et un corps très… musclé.

— Tiens. Bonjour, Ava. Je t'en prie, va t'asseoir.

Comment est-ce qu'il me connaît ? Je souris bêtement, puis je vais m'asseoir parmi les autres qui me sourient eux aussi. Qu'est-ce qu'ils ont à me regarder ? *Tchiiip.*

— Ok, je crois qu'on est au complet ! Je m'appelle Hakim et je ne suis pas là pour vous apprendre à danser. Vous êtes dans le cours pour danseurs avancés donc en principe vous savez déjà vous débrouiller.

Je veux juste vous apprendre à vous améliorer et environ à chaque fin de trimestre, je participe à un concours durant lequel mes élèves présentent mes chorégraphies. J'aime sélectionner deux à trois personnes alors si vous voulez vous inscrire et que vous pensez avoir le niveau, venez me voir. Des questions ? Non ? Très bien, on peut commencer. J'aimerais que vous passiez chacun votre tour pour faire une brève démo afin que je puisse évaluer votre niveau et m'assurer que vous soyez bien dans le bon groupe. Ava, on commence par toi.

Oh mon dieu. Pourquoi suis-je là, déjà ? Je me lève et retire ma veste. Je porte un jogging noir et ample avec le t-shirt que j'ai volé à Juliann. Je ne me suis même pas échauffée. Je vais me ridiculiser.

— Tu veux une musique en particulier ?

— Euh… *Floetic* de Floetry.

C'est une valeur sûre, j'ai déjà préparé une chorégraphie sur cette musique. L'adrénaline monte rapidement. Je ferme les yeux lorsque la musique se met à résonner dans toute la pièce. Je fais abstraction des regards rivés sur moi et je me mets à bouger. Mon corps se meut, guidé par les basses et la voix féminine. Étonnement, mon corps se met à se mouvoir de façon très naturelle. Je n'avais pas besoin d'échauffement, danser est une seconde nature chez moi, mes pas sont une évidence, comme s'ils avaient été créés avec la musique. J'ai l'impression d'être seule au monde dans un univers que j'avais oublié. Non en fait, j'ai l'impression que chacun de mes mouvements donne un peu plus de sens à ma vie. Oh oui, la danse m'avait vraiment manquée.

À la fin du morceau, je retombe au sol, essoufflée. Je suis surprise par les applaudissements qui me tirent de ma transe. Waouh.

C'est le seul mot qui me vient à l'esprit. Parmi la petite foule, je remarque le visage souriant de Luka. Ses yeux ont une lueur de je-ne-sais-quoi. Notre échange de regard est trop bref pour que j'arrive à l'analyser.

— Ça commence fort ! s'exclame Hakim lorsque les applaudissements tarissent. Tu peux te relever, Ava, merci beaucoup.

Il me fait un clin d'œil avant d'appeler une autre personne. Je rejoins timidement Luka à l'autre bout de la salle.

— Salut, princesse.

— Hey ! Je savais pas que tu serais là.

— Eh si ! T'étais super. C'est incroyable, Ava, t'as un vrai talent.

— Arrête…

— Je suis sérieux.

Fière de moi, je tente de masquer mon sourire triomphant et de me concentrer sur la fille qui se met à danser sur *Worth It* de Fifth Harmony.

— Tu fais quelque chose après ?

Juliann est censé me rejoindre à la fin du cours, j'espère que Luka ne nous verra pas ensemble.

— Euh, oui. Je dois… Je vais voir une amie.

— Une amie, hein ? Dommage…

17 : 47

Juliann m'attend sur le parking. Je ralentis le pas et prends quelques secondes pour le dévorer du regard. Il est adossé à ma Jeep noire en une posture nonchalante. Il porte un sweat à capuche gris qui

244

fait ressortir ses yeux avec un pantalon noir et des baskets. En le voyant comme ça, jamais je ne me serais doutée qu'il est prof. Je n'ai qu'une envie : courir pour l'embrasser à pleine bouche mais je ne peux pas. Je me contente de le rejoindre et de le saluer timidement.

— Hey.

— Comment va ma danseuse préférée ?

— Je vais bien.

— T'as été époustouflante.

— Tu m'as vu ?

— Je n'aurais manqué ça pour rien au monde. Prête à partir ?

— Oui, tu es venu avec ta voiture ?

— Yep ! Je passe devant, tu me suis avec la tienne ?

Je hoche la tête distraitement en fixant sa bouche pulpeuse. Je suis insupportable, on dirait une ado de quinze ans en pleine bataille contre ses hormones. Je lutte pour ne pas l'embrasser, mais je ne peux rien faire contre les battements de mon cœur qui résonnent en diapason dans tout mon corps, contre ce courant électrique qui court dans mes veines. L'air devient lourd, ça crépite. J'ai du mal à respirer.

— Ava, arrête de te mordre la lèvre. Et arrête de me regarder comme ça, sinon…

— Sinon ?

Il attrape rapidement ma tresse qu'il enroule autour de son poing pour maintenir ma tête en arrière.

— Sinon tu vas m'embrasser, c'est ça ? osé-je rétorquer lorsque je constate qu'il est dans le même état que moi.

— Oh, Ava. Petite insolente.

Il m'embrasse à pleine bouche. C'est tellement indécent. Nos langues dansent ensemble avec frénésie sans aucune pudeur. Nos corps se collent, ne laissant aucun doute quant au désir qui nous anime. Ce n'est qu'après quelques secondes que nous nous séparons pour reprendre notre souffle.

— Putain, murmure Juliann.

Il ferme les yeux une fraction de seconde avant de replonger son regard dans le mien.

— On aurait pu nous voir, c'est pas super prudent, dis-je en reculant un peu.

— C'est vrai. Mais t'es irrésistible, mon ange.

Quelques monarques viennent battre des ailes dans mon ventre.

— En plus, tes lèvres ont un goût salé, dit-il en riant.

— Ah, t'es dégueu ! C'est parce que je sue !

— Miam !

Il rit à gorge déployée en rejoignant sa voiture garée juste à côté de la mienne. Je déverrouille ma Jeep et m'installe au volant, mais je prends le temps de consulter mon téléphone avant de démarrer. J'ai trois appels manqués et un message sur ma boîte vocale. C'est étrange car presque personne ne possède mon numéro de téléphone. Il s'agit peut-être simplement d'une erreur ? Je décide tout de même d'écouter le message vocal. Il me donne des frissons. Je n'entends rien en parti-culier, seulement une respiration d'homme qui me donne la chair de poule. Il n'y a pas d'autre bruit, mais ce souffle… Tout s'assombrit autour de moi. J'ai chaud, j'ai mal, j'ai l'impression de retourner dans cette ca…

Je sursaute lorsque Juliann klaxonne et me fait signe de démarrer. Je secoue la tête pour revenir à la réalité. Ce n'est qu'un message. J'attache ma ceinture et démarre la voiture.

Une dizaine de minutes plus tard, je me gare dans son allée. Avec Drew, nous avons prévu de passer la nuit ici. Je sais qu'il m'en veut encore un peu, alors j'espère que cette soirée nous permettra de passer à autre chose. Je récupère mes sacs à l'arrière de la voiture et rejoins Juliann devant la porte d'entrée.

— Tu vas prendre ta douche ? demande-t-il en ouvrant la porte.

— Quoi, je pue tant que ça ?

— Tu veux la vérité ? répond-il en faisant mine de plisser le nez.

— T'es vraiment cruel !

Je le frappe à l'épaule en riant et me dirige vers les marches, mais il me retient par la hanche et plaque mon dos contre son torse.

— On dirait que ma transpiration ne te dérange plus, soufflé-je.

Comme pour confirmer ce que je dis, il me presse un peu plus contre lui et dépose des baiser dans mon cou. Je suis en ébullition totale.

— Monsieur Ronadone, vingt-sept ans et vous continuez à faire des suçons comme si vous en aviez quinze.

Le rire qui lui échappe me fait vibrer. J'adore ce son. Il recule d'un pas et je me retourne immédiatement pour pouvoir associer ce son à l'image qui va avec.

— Tu mériterais vraiment une fessé, allez, file à la douche avant que je ne te couche sur mes genoux.

— Faut vraiment arrêter de se prendre pour Christian Grey. Aaaah, non !

Je pars dans un éclat de rire en courant vers les marches et en les montant à toutes vitesses. J'arrive à m'enfermer dans sa chambre pile au moment où il est sur le point de me rattraper.

— Loupé ! crié-je à travers la porte.

— Tu paies rien pour attendre !

Sourire aux lèvres, j'entre dans la salle de bain et ne tarde pas à me placer sous le jet d'eau chaude.

J'ai l'impression d'être dans une réalité alternative. Il y a quelques semaines à peine, quand je commençais mon année dans ce lycée pourri, je ne pensais qu'à une chose : ne pas attirer l'attention sur moi et valider mon année au plus vite pour partir et me voilà en train de prendre ma douche chez mon prof de philo après avoir pris des cours de danse. C'est effrayant de quitter sa misère confortable, mais j'aime ça. J'aime prendre le risque de me détacher de ma douleur, d'ouvrir mon cœur. J'ai enfin l'impression de vivre plutôt que de survivre.

C'est au moment de sortir de la douche que je me rends compte que je n'ai pas de serviette. J'appelle Juliann, mais je suis persuadée qu'il va vouloir se venger et refuser de me do…

— Oui mon ange ? dit-il à travers la porte de la salle de bain.

— J'ai pas de serviette.

— Désolé, Christian Grey n'est pas du genre à faire dans la charité et la bienveillance.

Je lève les yeux au ciel. Je le déteste.

— S'il te plaît, Juliann, fais-je d'une voix mielleuse.

La porte s'ouvre juste assez pour lui permettre de glisser une serviette à travers l'embrasure. Je n'ai pas eu à supplier longtemps.

— Merci, dis-je en passant la serviette autour de moi.

— C'est bon tu es couverte ?

— Oui.

J'ouvre la porte en grand et serre fort la serviette contre moi. Elle est assez grande pour recouvrir mon corps jusqu'en bas de mes genoux, mais je ne me sens pas à l'aise. Heureusement pour moi, Juliann ne fait rien pour m'embarrasser, ses yeux restent ancrés dans les miens.

— Cara vient de déposer Inès, il faut que tu ailles chercher Drew rapidement avant que je m'en aille.

— Oui, je sais. Je me dépêche. Promis, tu ne seras pas en retard pour ton rendez-vous hebdomadaire mystérieux.

— Ouais.

Son visage s'assombrit instantanément. Quoi, qu'est-ce que j'ai dit ? Je lui ai posé pas mal de questions à ce sujet, mais il n'a jamais daigné me répondre. Logiquement, j'ai pensé à une réunion des alcooliques anonymes mais cette hypothèse a vite été écartée lorsque je l'ai vu boire une bière une ou deux fois.

— Je te laisse t'habiller.

Il sort de la salle de bain, l'air beaucoup moins enjoué que tout à l'heure. Je me mets rapidement de la crème et m'habille en pensant à ces rendez-vous. Et s'il me cachait quelque chose d'important ? Je lui fais une totale confiance, mais est-ce que je le connais vraiment ?

Inès me saute dans les bras en me voyant arriver dans le salon. Je l'embrasse rapidement avant de sortir de la maison pour aller chercher Drew. L'aller-retour est rapide. Lorsque je reviens, Juliann est déjà prêt à partir.

— Ça va ? demandé-je en remarquant qu'il est toujours de mauvaise humeur.

— Oui. J'y vais, on se retrouve ce soir.

Je n'ai même pas le temps de répondre ; il sort rapidement et claque la porte d'entrée.

19 : 30

La soirée est vraiment très bizarre. Drew est très silencieux. Il ne parle qu'avec Inès, j'ai presque l'impression d'être de trop. Je sors le gratin du four et appelle les enfants qui jouent à l'étage.

— Drew, Inès, on mange !

À peine quelques secondes plus tard, ils accourent et s'installent maladroitement à table. Je leur sers à chacun une portion, puis m'installe sur une chaise en les regardant manger. Moi, je ne peux rien avaler. Ma bonne humeur de cet après-midi est descendue en flèche et je commence à sérieusement douter de ma relation avec Juliann. Chaque fibre de mon corps me crie que c'est un homme bon, que je peux lui faire confiance, mais mon cerveau est pollué par des doutes, des pensées qui me poussent à me méfier.

— C'est trop bon ! Tu cuisines mieux que ma deuxième maman, me dit Inès.

— Merci, c'est gentil ma chérie.

— Moi, je n'ai pas de maman !

Drew se lève subitement et court à l'étage. La violence de ses mots me frappe tellement que je reste sur ma chaise sans bouger, comme dans une sorte de léthargie pendant quelques secondes. Je sors de ma torpeur peu à peu. Je suppose que Drew est allé se réfugier dans la chambre d'Inès. En temps normal, je n'aurais pris la peine d'aller le voir. Après tout, qu'est-ce que je pourrais bien lui dire ? Comment expliquer à un enfant de trois ans qu'il est difficile pour sa mère de lui donner une chose essentielle : l'amour. Ça ne devrait jamais être aussi compliqué d'aimer son fils.

— Je reviens.

Je me lève à mon tour et monte à l'étage. Dans le couloir, j'entends ses sanglots étouffés et ça me déchire littéralement le cœur.

— Drew...

Je m'avance vers lui pour le prendre dans mes bras. Il ne me repousse même pas, il se blottit contre moi et me serre de toutes ses forces. Je dois vraiment être une personne horrible pour faire souffrir un enfant à ce point.

— Je suis tellement désolée ! Je ne voulais pas dire ce que j'ai dit la dernière fois. Je te demande pardon. Tu sais… Des fois je dis des choses méchantes que je ne pense pas forcément. Et quelquefois je ne me comporte pas vraiment comme une maman, c'est vrai. Je suis désolée, Drew.

— Tu m'aimes ?

— Je t'aime de tout mon cœur, je réponds sincèrement.

— Moi aussi *ye* t'aime maman.

Mon cœur se serre à nouveau. Ça fait tellement mal ! Et aussi tellement du bien d'admettre que j'aime Drew. Je n'ai plus quinze ans à présent, il faut que je mûrisse.

— Je ne te dirais plus jamais de choses méchantes. Je te le promets. Et je vais faire plus d'efforts.

— C'est *v'ai* ?

— Oui, je te le jure.

Je lui fais un bisou sur la joue puis le serre encore plus fort contre moi.

— Hé, tu m'touffes !

Je m'écarte en riant.

— Désolée.

Je dépose un baiser sur son nez puis je me lève.

— *D'acco'* d mais si tu me donnes une glace !

— Marché conclu !

En sortant de la chambre, on tombe nez à nez avec Juliann qui a le sourire aux lèvres. Je sursaute, il est très en avance. Je rougis en réalisant qu'il a sûrement tout entendu.

— Salut, dit-il.

— Salut.

— Drew, tu nous attends dans le salon ? Je dois parler à ta mère.

— *Voui.*

Il s'en va en courant rejoindre Inès en bas. Juliann s'avance vers moi jusqu'à ce que je me retrouve plaquée contre le mur. Il a l'air de meilleure humeur que tout à l'heure, mais il y a quelque chose de sombre dans son regard qui ne reflète pas que son désir.

— Qu'est-ce que tu fais ? demandé-je le souffle court.

— J'essaie de me contrôler, répond-il la mâchoire serrée.

L'air de mes poumons se raréfie.

— Ava, il faut qu'on parle.

— Ah. Et de quoi tu veux parler ?

— De nous. Viens.

Il me prend la main et m'entraîne dans le salon. Les enfants mangent calmement et on est assez près pour les surveiller, mais à la fois assez loin pour que notre conversation échappe à leurs petites oreilles. Juliann a l'air stressé et ça ne présage rien de bon. Il s'assoit sur le canapé et m'invite à m'installer à côté de lui.

— Je n'ai jamais eu de détail sur ce qu'il t'était arrivé mais…

— Oui ?

— Quelqu'un a abusé de toi, c'est ça ?

Oh ! Ça me fait l'effet d'un coup violent au niveau des poumons. J'en perds ma respiration. Je n'ai absolument pas envie de parler de ça avec lui. Tout se passe bien pour l'instant entre nous, pourquoi gâcher ce moment ?

— Je suis désolé, je veux pas te mettre mal à l'aise, c'est juste qu'il y a un truc qu'il faut que tu saches à propos de moi.

Silence. Je reste dans ma torpeur. C'est comme si j'avais perdu l'usage de la parole, comme autrefois.

— Je ne t'ai jamais vraiment expliqué pourquoi j'ai dû quitter Lyon… J'ai eu des problèmes avec une de mes élèves, elle m'a accusé d'avoir abusé d'elle.

— Quoi ?

— Elle mentait, je te le jure ! Elle a fini par l'avouer. Elle avait des troubles psychologiques et… J'ai vite été innocenté. Mais je pensais que c'était important de te le dire…

Je me lève et passe nerveusement ma main dans mes cheveux. Je ne m'attendais pas à ça, pas du tout. Je me suis trompée. Le mec se fait accuser de viol par une de ses élèves, puis l'année d'après il entretient une relation avec une autre élève ? C'est trop gros, ça ne peut pas être une coïncidence. Qu'est-ce que je peux être conne. À moi aussi, on m'a dit que j'avais des troubles psychologiques, que j'avais tout inventé. On a remis ma parole en doute malgré toutes les atrocités que j'ai pu vivre. Est-ce que Juliann est comme Théo ? Cette dernière pensée me donne envie de vomir. Il se lève et tente de s'approcher, mais je le repousse.

— Je t'en prie, il *faut* que tu me croies, je serais incapable de faire ça…

— Incapable de sortir avec une de tes élèves ?

— Je ne t'ai jamais forcé à faire quoi que ce soit. Je n'ai jamais profité de ta vulnérabilité.

— Les mecs comme toi sont doués pour manipuler.

Je regrette aussitôt ce que je viens de dire. La douleur se reflète dans ses yeux et je la sens instantanément. Non, Juliann ne serait pas capable de faire ça, mon cœur le *sait*, mais ce sont mes traumatismes et ma méfiance que je décide d'écouter ce soir.

— Je vais rentrer chez moi, j'ai besoin de réfléchir.

Je tourne les talons et me dirige vers les enfants qui nous regardent avec de gros yeux. Drew a fini de manger, alors je l'aide à enfiler son manteau et le laisse dire au revoir à Inès.

— On ne *do't* plus ici, maman ?

— Non, p'tit bonhomme. Une autre fois, maman a quelque chose à faire à la maison.

Je dépose un baiser sur le front d'Inès, puis j'entraîne mon fils vers l'extérieur. Je sens le regard de Juliann peser sur moi, mais il ne tente pas de me rattraper. Lorsque je démarre la voiture, je ne vois presque rien. Mes yeux sont embués de larmes.

Chapitre 17 | Juliann

Philosophie

Monsieur Ronadone

8 mois plus tôt

Lycée

Vendredi 3 Février

18 : 31

Je finis de ranger mes feuilles, puis j'éteins les lumières de la salle, prêt à partir. Prêt à aller rejoindre Tiana, ma nouvelle distraction depuis quelques semaines. Mon téléphone vibre dans la poche de mon sac lorsque je referme la porte. C'est mon frère.

— Je te manque déjà ? demandé-je en décrochant.

— La ferme, répond-il en riant. Tu fais quoi ce weekend ?

— Rien de spécial et toi ?

— J'ai prévu d'aller rendre visite à mon couillon de frère.

— Pas sûr qu'il accepte.

— Je pense pas qu'il ait le choix. Mon train arrive à onze heures demain, je compte sur toi pour venir me chercher.

— Les transports en communs, tu connais pas ?

— Si mais pourquoi se casser la tête quand on a un chauffeur attitré ?

— *Enfoiré, ris-je. Ok, ça m…*

— *Monsieur Ronadone !*

Cette voix… Je me crispe instantanément pour faire face à Gladys. Je grince des dents rien qu'en voyant son serre-tête rouge qui maintient en arrière ses cheveux blonds cendrés. Cette gosse de riche se croit absolument tout permis, je ne la supporte plus. J'ai essayé de discuter avec elle, tenté de voir s'il y avait une raison quant à son comportement exécrable, savoir pourquoi elle harcelait ses camarades, pourquoi elle pensait que je pourrais lui donner des bonnes notes juste parce qu'elle le demandait. J'ai vraiment tenté de l'aider, mais il faut se rendre à l'évidence, c'est juste une connasse qui aime faire chier le monde. Et je sais pourquoi elle siffle mon nom comme ça à travers les couloirs.

— *C'est quoi ? me demande Johann à l'autre bout du fil.*

— *Sharpey, sifflé-je entre mes dents.*

— *Ne raccroche pas.*

Sharpey, c'est comme ça que j'ai décidé de la renommer. Ce nom lui va très bien. Je décolle le téléphone de l'oreille et la regarde, l'air exaspéré.

— *Vous m'avez mis un quatre sur vingt au dernier bac blanc de philo. Encore.*

— *Oui et je ne changerai pas la note. Encore, je réponds sur le même ton.*

— *Ça a fait chuter ma moyenne générale, je peux pas me permettre d'avoir en-dessous de la moyenne en philo ce semestre-là, ou mes parents vont me tuer !*

Ah, elle change de stratégie. D'habitude, elle me menace avant de faire couler ses larmes de crocodile. Rien à foutre de ce que vont dire ses parents, ça ne m'intéresse pas, ce n'est pas mon problème.

— *Tu feras mieux au prochain devoir.*

Je tourne les talons, prêt à m'en aller, mais elle crache son venin.

— *Vous prenez mes menaces à la légère, n'est-ce pas ?*

— *Pardon ? fais-je en m'arrêtant.*

— J'ai été sympa jusque-là, mais vous allez me le payer, monsieur Ronadone. Profitez bien de votre soirée, c'est le dernier moment tranquille que vous passerez.

Son ton me fait froid dans le dos, mais je préfère l'ignorer. Je continue mon chemin et m'engouffre dans la voiture.

— T'as entendu ? demandé-je à Johann qui n'avait toujours pas raccroché.

— Ouais et j'ai même enregistré la conversation. Cette fille est complètement cinglée, fais attention à toi.

— Je suis sûr qu'elle bluff, t'en fais pas.

— Reste sur tes gardes, tu ne sais pas de quoi sont capables certaines femmes pour arriver à leurs fins.

J'arrive chez moi une heure plus tard, après avoir fait un saut chez Tiana. Je frissonne en passant le pas de la porte, je n'ai absolument pas envie de voir Cara. La couleur orange de ses cheveux m'insupporte, tout comme sa voix aiguë et les regards pleins de reproches qu'elle me lance chaque fois que je rentre avec une odeur de parfum féminin sur moi. Je ne me cache même pas. Je sais que je suis un sacré connard, mais je m'en fiche. Du moins, c'est ce que j'essaie de me dire pour garder la tête froide.

— Papa ! s'écrie ma fille en courant vers moi.

— Hey mon cœur.

Je la prends dans mes bras et la fais tournoyer. Mon cœur se serre tant je l'aime.

— Cala a fait des gaufles pour le goûter.

— On dit gaufre, mon cœur.

— Oui.

Je suis fou d'elle. Elle a toujours prononcé Cara Cala. Ça rend la rouquine folle, moi, ça me fait rire.

259

— *J'espère que tu m'en as laissé.*

— *Cala ne voulait pas mais j'ai laissé deux* gaufles *dans ma* chamble.

— *C'est pour ça que je t'aime.*

    Quelle chipie. Je la hisse sur mes épaules et l'entraîne dans le salon où Cara regarde la télé. Elle m'ignore délibérément et c'est tant mieux.

— *Papa, je peux te mettre du vernis et te coiffer ?*

    J'ai horreur de ça, mais j'acquiesce, je n'arrive pas à lui refuser quoi que ce soit.

— *D'abord papa se pose un peu, d'accord ? En attendant, va préparer ton matériel, je te rejoins dans ta chambre.*

— *Okidoki !*

    Elle disparaît dans le couloir en gambadant. Une fois hors de notre champ de vision, Cara daigne enfin me regarder. Ses yeux bleus sont plein de haine. Ça ne me fait plus rien. Elle a arrêté de m'aimer, je pense. Ou alors mon attitude de connard l'a finalement permis de me haïr plus que de m'aimer ?

— *Ton frère est là, aboie-t-elle sèchement en se levant.*

— *Qui, Johann ?*

— *T'en as d'autres ?*

    Je serre la mâchoire. Parfois, j'ai envie de la jeter par la fenêtre.

— *Il m'a dit qu'il prendrait le train et arriverait demain matin.*

— *Alors il t'a bien eu, ça fait une heure qu'il est arrivé. Il est en train de draguer la voisine du dessus. Ou de la sauter, je ne sais pas encore. Vous faites la paire tous les deux.*

    Elle sort une cigarette et un briquet de sa poche, puis l'allume. Elle crache délibérément la fumée sur mon visage.

— *Je t'ai déjà dit de ne pas fumer dans le salon, surtout quand Inès est là.*

— Je t'emmerde, tu m'entends ? Je fais ce que je veux. Tu crois que tu peux te permettre de rentrer ivre presque tous les soirs après avoir sauté une pute je-ne-sais-où, puis venir me faire des sermons quant à l'éducation de notre fille ?

— Tu sais très bien que je ne sors jamais quand Inès est là.

— Ça ne t'empêche pas d'aller chez ta pimbêche avant de rentrer.

— Et alors ? Je suis en manque et t'es nulle au pieu, faut bien que je me satisfasse quelque part.

Le bruit de la gifle qu'elle me donne résonne dans toute la pièce. Je serre les poings car vraiment, je meurs d'envie de lui faire payer.

— Touche-moi encore une fois et je te jure que tu regretteras.

— Quoi, tu vas me frapper ?

— Je suis pas aussi pitoyable que toi. Et que ce soit bien clair, Inès n'est pas ta fille. Ne redis plus jamais ça. Tu ne m'as jamais vu en colère et hors de contrôle, je te conseille de ne pas trop jouer avec moi.

— Tu me menaces ?

— Non, je te préviens. Je n'hésiterais pas une seconde à te foutre à la porte. Tu pourras aller pleurer dans les jupes de ta maman. Ah, pardon, j'ai oublié. Elle n'est pas assez bien pour toi, raison pour laquelle tu as rompu tout lien avec elle depuis la fac. Espèce d'ingrate.

Elle tente de me gifler à nouveau, mais cette fois, j'intercepte son geste. Je saisis son poignet et le serre fort.

— Tu me fais mal, sanglote-t-elle.

— Vraiment ?

Je lis à travers ses larmes la peur, le dégoût, la colère. Elle me déteste et c'est réciproque. J'ai envie de la blesser. Saisir son cou et serrer jusqu'à ce qu'elle crève. Je la hais depuis que j'ai réalisé qu'elle a tout fait pour me coincer dans cette relation. J'ai cru à ses larmes de crocodiles lorsqu'elle m'a dit qu'elle s'était fait expulser de chez elle et qu'elle avait besoin que je l'héberge. Je me suis laissé faire lorsqu'elle m'a convaincu de prendre un crédit avec elle et d'acheter cet appartement. Je me suis laissé emboîner lorsqu'elle a suggéré qu'on ferait plus d'économies en se pacsant. Toute cette mascarade a commencé seulement dix jours après le décès de ma femme. J'étais au plus bas, elle en a profité. Tout n'était que mensonge, je l'ai découvert il y a quelques mois, raison pour laquelle je ne fais désormais plus d'efforts.

Une conversation très enrichissante avec sa mère m'a révélée qui était vraiment Cara. Une manipulatrice qui est prête à tout pour obtenir ce qu'elle veut et qui laisse derrière elle ceux dont elle n'a plus besoin sans aucun scrupule, voilà qui elle est.

— Lâche-moi, Juliann.

— Écoute-moi bien. Je ne t'aime pas et je ne t'ai jamais aimé. Oui, je vais voir ailleurs et je prends mon pied. Tu me dégoûtes, Cara. Quand je te baise, c'est seulement pour que tu arrêtes de me prendre la tête, mais à chaque fois que je suis au-dessus de toi, j'imagine que tu es quelqu'un d'autre. Tu n'es qu'un objet pour moi. Une nounou à temps plein que je n'ai pas eu besoin de payer et que je pouvais baiser quand ça me chantait.

— Juliann…

Elle pleure à chaudes larmes, mais je n'en ai rien à faire. Je me souviens encore de la fois où elle s'est glissée dans mon lit toute nue en pleine nuit. Je lui ai dit que je ne voulais pas, que j'avais l'impression de trahir ma femme. Elle est partie, mais a continué à venir tous les soirs jusqu'à ce qu'un jour, je cède. Complètement ivre, je l'ai laissé s'installer à califourchon sur moi et le lendemain, elle m'a fait culpabiliser. Elle m'a laissé croire que j'avais abusé d'elle, qu'elle aussi était soule et que j'en avait profité pour lui sauter dessus. C'était totalement faux ; lors d'une dispute elle a fini par m'avouer que j'étais tellement bourré ce soir-là que j'étais incapable de ne serait-ce que me déshabiller. *Quelle pouffiasse. Elle m'écœure.*

— *Je te déteste, Cara et crois-moi, je vais faire de ta vie un enfer. Tu vas vou…*

Je ne l'ai même pas entendu rentrer. Je me rends compte de la présence de mon frère que lorsque je me sens projeté en arrière et que je me mange un coup de poing en pleine figure.

— *Ah !*

Mon nez pisse le sang. *Qu'est-ce qui lui prend ?*

— *T'es malade ou quoi ?* gronde-t-il. *C'est la dernière fois que je t'entends lui parler comme ça. Je te reconnais à peine,* crache-t-il. *Maman aurait honte de toi.*

J'ai envie de lui dire qu'il se trompe, qu'il n'est pas au courant de toute l'histoire, mais il ne m'en laisse pas l'occasion. Il prend Cara à part et l'emmène dans la cuisine pour poser une compresse froide sur son poignet. Je me précipite dans la salle de bain pour tenter de nettoyer mon sang qui continue à couler. Dans le miroir, je me reconnais à peine. Cet homme en colère, sans scrupule qui se laisse ronger par sa détresse, ce n'est pas moi. *Maman aurait honte de moi, mais Anaëlle aussi. Tout cela est allé beaucoup trop loin. Je dois mettre fin à cette situation avant que la haine que je ressens envers moi-même finisse par nous détruire ma fille et moi.*

— *Prends ta veste, on va faire un tour,* me dit sèchement mon frère quelques minutes plus tard.

— *J'arrive.*

Je sais déjà qu'il va me remonter les bretelles et si d'habitude c'est moi qui le raisonne, aujourd'hui, c'est à lui de me remettre les idées en place. Je sais ce qu'il va me dire. Ma décision est déjà prise de toute manière, je vais quitter Cara et reprendre ma vie en main.

263

Présent

Lycée
Jeudi 12 Octobre
08 : 00

Je n'ai jamais eu le temps de la quitter. Le lendemain, la police est venue tambouriner à notre porte pour m'embarquer au poste de police et me poser des questions pendant des heures et des heures. Je leur ai fourni mon alibi pour la nuit, mais j'ai quand-même dû attendre le temps qu'ils parlent à Tania et qu'ils vérifient les vidéos des caméras de surveillance du bar dans lequel m'a emmené mon frère après mon altercation avec Cara. Johann et elle ont aussi dû témoigner, ainsi que le concierge qui m'a vu sortir du lycée. Pour finir de m'innocenter, mon frère, cet avocat redoutable, leur a même fait écouter la conversation que j'ai eue avec Gladys, mais le mal était fait.

La rumeur s'est répandue rapidement et je suis très vite devenu la cible des parents qui n'ont pas cherché à comprendre pourquoi j'avais été innocenté. Tout le monde a cru Gladys malgré mon alibi. J'ai reçu des tas de lettres de menaces, je me suis mis des collègues à dos, on a vandalisé ma voiture et je ne parle pas des coups de fil en plein milieu de la nuit et des lettres anonymes. À la fin de l'année, j'ai dû être muté pour mon bien et celui du lycée, mais je suis encore impacté par cette injustice. Tout ça pour une mauvaise note…

Je claque la portière de ma voiture, puis je rentre dans le lycée en me disant qu'au moins, j'ai pu commencer à me construire une nouvelle vie, que j'ai pu rencontrer Ava, même si je crois que j'ai tout fait foirer. Mais je ne regrette pas : impossible pour moi de construire quelque chose de sain sur des mensonges et des secrets.

Je pénètre dans la salle des profs où seule Sylvie est présente. Elle craque pour moi, je le sais, mais je ne suis pas intéressé. En plus, j'ai du mal avec les rousses, maintenant.

— Tiens, salut Juliann.

— Salut.

— Tu vas bien ?

— Oui. Et toi ?

— Ça roule.

Elle m'exaspère. Je l'ignore et me connecte à un ordi pour imprimer quelques copies. Elle s'installe à un poste près du mien. Son parfum trop fort me fout la nausée, elle en a beaucoup trop mis.

— Regarde, c'est bizarre, je n'arrive pas à me connecter à l'ENT. Tu peux m'aider ?

Je me retiens de soupirer. Sylvie est plus qu'intelligente, elle n'a pas besoin de moi pour ça. Les demoiselles en détresse, ça ne me fait pas craquer, alors j'ai juste envie qu'elle arrête de se rabaisser à ça. Je la regarde du coin de l'œil et je remarque que son décolleté est très, très plongeant. Je n'y prête pas attention, je me contente de rafraîchir la page et surprise : ça fonctionne.

— Merci, t'es mon héros.

Ouais, c'est ça. Je me déconnecte et m'éloigne pour aller récupérer mes feuilles sur l'imprimante.

— J'organise une sortie à Paris avec les TL7 à la rentrée. Ça te dirait de m'accompagner ?

TL7 ? C'est la classe d'Ava. Je sais pertinemment qu'elle ne me demande pas ça sans arrière-pensée, mais j'accepte juste pour pouvoir être près de mon ange. Et m'assurer que Luka ne s'approche pas trop d'elle. Je ne le sens vraiment pas, ce mec.

— Ouais, pourquoi pas ? Tu me racontes tout en détail pendant l'heure du déjeuner ?

— Ça marche, répond-elle avec un large sourire.

Je plaque un faux sourire sur mon visage, puis sors de cette pièce.

14 : 38

Je sens sa présence avant même de la voir. Elle est dans le couloir, je le *sais*. Je sais aussi pertinemment qu'elle écoute ce que me dit mon élève. Camille est venue me trouver à la fin des cours pour s'excuser de ne pas m'avoir rendu un DM à temps et pour me demander de le rattraper afin que je lui retire son zéro. Je suis conciliant, alors j'accepte, mais pour ne pas qu'on me prenne trop pour un con, je l'ai laissé me supplier pendant cinq bonnes minutes.

— Tu as cours le lundi matin de huit à dix ?

— Euh, non.

— Ok, alors je te donne le choix : soit tu fais le devoir ce weekend et tu me l'envoies par mail avant lundi minuit. Soit, tu viens en cours lundi matin et je te donne un autre devoir que tu pourras faire sur place. Mais sache que si tu fais le DM chez toi, je te retirerai deux points par soucis d'équité car tu auras eu plus de temps que les autres.

— Deux points ? Mais je suis déjà super nulle. Déjà je suis pas sûre de pouvoir avoir plus de deux sur vingt.

— Tu n'es pas nulle. Comment tu peux dire ça, tu n'as encore eu aucune note avec moi.

— J'ai l'habitude des mauvaises notes, tous les profs me disent que j'sais pas écrire.

— J'ai remarqué que tu faisais tes lettres à l'envers des fois. Tu as déjà fait des tests ? Peut-être que tu es dyslexique ?

— Non et de toute façon ça ne changerait rien.

— Bien sûr que si ! Déjà nous, on pourra adapter nos documents pour qu'ils soient plus faciles à comprendre pour toi et tu pourras bénéficier d'un tiers-temps au bac et pendant les exams. On peut mettre quelque chose en place. Je vais prendre rendez-vous avec tes parents, ok ?

— Non mais c'est trop la honte monsieur, tout le monde va se moquer de moi s'ils découvrent que j'ai un tiers-temps.

— Y a aucune honte à avoir et s'ils se moquent de toi c'est qu'ils sont vraiment idiots. Après, ton dossier est confidentiel, donc ils ne le sauront pas à moins que tu décides de leur en parler. Pense pas aux autres, mais plutôt à toi. C'est dans ton intérêt, ça m'embêterait beaucoup de te mettre une mauvaise note que tu ne mérites pas.

— Bon… ok…

— T'as un PC ?

— Oui.

— Ok, je t'autorise à le ramener avec toi lundi, tu pourras faire le devoir dessus.

— Sérieux ?

— Oui, *sérieux*.

— Vous êtes trop cool, merci monsieur Ronadone !

— Je t'en prie. Allez, maintenant quitte ma salle, j'ai envie de rentrer chez moi.

— À lundi ! fait-elle en riant.

— Bonne journée.

Je rassemble mes affaires en attendant qu'*elle* se décide à entrer. Son odeur de vanille embaume la pièce, elle sent si bon… Je m'attends déjà à l'entendre me dire qu'elle démissionne, qu'elle ne veut plus rien avoir à faire avec moi.

— Salut, dit-elle en refermant la porte.

— Salut.

Elle est belle, tellement belle ! Ses cheveux sont coiffés en quatre grosses tresses qui dégagent son si beau visage. *Mon ange.*

— Je suis désolée d'être partie comme ça, hier, j'avais besoin de réfléchir.

Elle est désolée ? Je ne m'attendais pas à ça.

— Non…

— Mais tu ne m'as pas…

— Juliann, s'il te plait…

— Ava, ne…

— Ta réaction était normale. Je sais que tu me détestes…

— Tu vas la fermer ?

Quelle insolence ! Je la fusille du regard et elle aussi.

— J'ai une heure de perme et tu as fini ta journée. Est-ce que cette salle est libre ?

— Oui.

Elle se retourne et tourne le verrou de la porte. Qu'est-ce qu'elle fait ?

— Très bien, alors raconte-moi. Tout. Ne me mens pas.

— Ok.

Je passe nerveusement ma main dans mes cheveux et je commence mon récit. Elle me regarde attentivement, sûrement pour déceler la moindre faille dans ce que je dis et moi aussi, je scrute la moindre de ses expressions faciales. Elle *sait* que je suis sincère, je le comprends quand je vois ses épaules s'affaisser. Elle est soulagée. Quand j'ai fini, la seule chose qu'elle me dit, c'est :

— Ok.

— Ok ?

— Je te crois. Je ne devrais peut-être pas, mais je ne pense pas que tu mentes.

— Mon ange, je ne te mentirais jamais.

Elle acquiesce, puis se lève.

— Je retourne en perme, on se voit demain.

— Attends, t'es fâchée ? Ça change quelque chose entre nous ?

Elle ne répond pas. Pas besoin, son regard me dit que non. Non, en fait, il me dit bien plus que ça : *je ne peux plus me passer de toi, alors non, ça ne change rien.*

Chapitre 18 | Ava

Il n'a pas menti. Je le sais car avant de lui demander de me raconter ce qu'il s'était passé dans les détails, j'ai fait des recherches. J'ai appelé le lycée dans lequel il travaillait en me faisant passer pour un parent d'élève inquiet et la principale m'a assurée que Juliann avait été innocenté, qu'ils avaient des preuves concrètes. Elle m'a aussi dit qu'il s'était fait harceler, raison pour laquelle il a été muté. Je me suis sentie soulagée, vraiment, car mon cœur commence à ne plus pouvoir se passer de lui et j'ai peur qu'il le brise en mille morceaux. Je ne peux pas me permettre de donner ma confiance à n'importe qui.

— Les enfants se sont endormis avant même que je finisse de lire l'histoire, me dit Juliann en se déshabillant.

Une fois en boxer, il sourit et s'allonge sur le lit, près de moi. Ses yeux orageux pétillent de malice. Qu'est-ce qu'il a en tête ? Il passe sa main sur ma hanche, à la limite entre l'ourlet de mon t-shirt et l'élastique de ma culotte. Son doigt dessine des cercles sur ma peau, ce qui me déstabilise. Je sais qu'il s'en rend compte puisqu'il sourit. Moi aussi je sais me montrer espiègle. Je passe ma main sur le haut de son torse pour descendre lentement vers son nombril. Sa peau est douce et j'adore la manière dont il réagit à ma caresse. Il ferme les yeux et gémit.

— Ava.

— Oui ?

Je me mords la lèvre en redessinant la forme de ses abdos. Il est tellement sexy.

— Ava, répète-t-il.

— Je t'écoute, Juliann.

Lorsque je le regarde, le désir qui anime ses iris me frappe. Puis peu à peu, l'expression de son visage s'adoucit.

— Je suis content que tu me laisses le bénéfice du doute. Cette histoire m'a pourri la vie, j'avais peur que ça te fasse fuir.

— J'ai voulu fuir. Mais je me suis renseignée. J'ai appelé l'ancien lycée dans lequel tu travaillais.

— Comment est-ce que tu sais lequel c'était ?

— Bah, ton nom de famille n'est pas très courant, j'ai juste eu à taper *Juliann Ronadone prof de philosophie Lyon* sur internet.

— T'es pas croyable.

Il sourit, puis plante ses dents dans mon cou.

— Tu as pour projet de maltraiter mon cou jusqu'à ce qu'il devienne violet ?

— Peut-être. J'adore cette partie de ton corps. Et la façon dont tu mouilles ta petite culotte quand je fais ça.

Je ferme les yeux lorsqu'il suce ma peau, me marquant avec un nouveau suçon. J'ai envie de lui dire d'arrêter, mais il a raison, ça me rend folle. Je m'affaisse sur le lit, plongeant dans des eaux troubles. Sa langue fait frissonner tout mon corps.

— Dis-moi d'arrêter si je vais trop loin, susurre-t-il.

Il s'allonge sur moi et continue de marquer ma peau. Au début, j'ai peur de me sentir oppressée par son poids qui me cloue au lit mais non, je suis juste submergée par le flot de désir qui m'envahit. Je veux plus qu'un suçon... Instinctivement, je me cambre pour réclamer du soulagement.

— Tu es si belle, murmure-t-il en faisant descendre sa main le long de ma hanche. Tellement belle.

— Juliann.

— Tu me rends fou, tu le sais ?

Sa langue descend peu à peu et ne tarde pas à venir rencontrer le col de mon t-shirt.

— Je peux te l'enlever ?

— Oui.

Mon vêtement se retrouve rapidement à l'autre bout de la pièce. Juliann ne tarde pas à venir déposer des baisers sur ma poitrine. Son toucher m'électrise, j'en veux plus. Plus. Je me mords la lèvre et me cambre une nouvelle fois. Je ne veux pas que sa bouche se sépare de ma peau.

— T'es impatiente, Ava.

— C'est toi qui es trop lent.

Il glousse en posant son front sur ma poitrine. Ses cheveux bouclés viennent caresser mes tétons. Nouvelle ondulation.

— Oh, Ava.

Il se repositionne sur le lit et remonte sa main vers mon sein sans me quitter des yeux. Il le palpe longuement, joue avec mon téton qu'il fait rouler entre ses doigts tout en se mordant la lèvre. Je ferme les yeux et profite de sa caresse exquise. J'ai l'impression de planner. Je ne ressens que du plaisir, rien d'autre. Mon corps réagit à merveille à son toucher. J'ai le souffle court. Au bout d'un moment, sa bouche vient remplacer sa main. Sa langue joue à son tour avec mon téton, me faisant perdre la raison. Personne ne m'a jamais caressée comme ça. J'ai l'impression d'être vénérée, je ne veux pas qu'il arrête. La tension est si forte… Sa main descend lentement jusqu'à se faufiler sous ma culotte. Je me fige.

— Juliann.

— Oui ? Tu veux que j'arrête ?

— Je sais pas. Non ?

— Il va me falloir plus d'assurance que ça, mon ange. J'arrête, ou je continue ?

— Continue, je réponds après quelques secondes d'hésitation.

— Détends-toi.

Il caresse lentement mon clitoris mais trop brièvement pour que ça me fasse quoi que ce soit. Ses doigts passent rapidement sur ma fente pour tenter de se frayer un chemin en moi.

— Non, pas ça ! m'exclamé-je.

— Désolé.

Ses doigts remontent rapidement vers ma boule de nerfs alors que sa langue se remet à tournoyer autour de mon téton. Olala, me voilà replongée dans une transe incroyable. Le plaisir s'intensifie et monte de plus en plus à mesure que ses doigts me caressent. Tous mes membres se tendent, je me sens submergée par une vague de plaisir incroyable.

— Mon ange, laisse-toi aller.

Ses mouvements sont de plus en plus précis. Je vais jouir, c'est inévitable. Mon Dieu !

— Ah, Juliann !

J'explose en mille morceaux. C'est une sensation incroyable, je n'avais jamais eu d'orgasme aussi intense avant ça. Rien à voir avec mes mains inexpérimentées que j'utilise pour me soulager le soir. J'ai l'impression de planer pendant quelques secondes encore, puis de redescendre comme une plume. Lorsque j'ouvre les yeux, il est là, en train de me fixer.

— T'es la plus belle femme que je n'ai jamais vu de ma vie, dit-il très sérieusement.

— Merci, je réponds, gênée.

Et maintenant quoi ? Les gens normaux sont censés se donner du plaisir mutuellement, non ? Alors c'est à mon tour ?

— Tu veux que je… Enfin, tu vois ?

— Non.

Il me fait un clin d'œil et se lève pour se diriger vers sa salle de bain.

— Qu'est-ce que tu fais ?

— Je vais me laver les mains. Et je vais prendre une douche. Froide.

Je souris en me laissant retomber sur mon lit. J'ai encore l'impression de sentir ses doigts sur moi. J'ai coulé. Impossible de remonter à la surface, je suis noyée sous le flot de sentiments que je ressens pour lui. Je l'ai dans la peau un peu plus chaque jour.

Il me rejoint quinze minutes plus tard. Je n'ose pas imaginer ce qu'il a bien pu fabriquer sous la douche… Je suis inexpérimentée, mais pas idiote. Il grimpe sur le lit et m'embrasse langoureusement avant de s'allonger près de moi.

— Ça va ? me demande-t-il.

— Oui.

— T'es sûre ?

— Oui, Juliann, je vais bien. Et avant que tu le demandes, non, je ne regrette pas et non, je ne me suis pas sentie obligée.

Il sourit, s'empare de ma main et entrelace nos doigts. Je ne sais pas quand est-ce que je finis par m'endormir, mais nous nous blottissons l'un contre l'autre, comme pour ne faire qu'un. Le temps d'une nuit, c'est juste Ava et Juliann. Deux âmes qui vibrent à la même fréquence. Deux cœurs qui battent au même rythme.

Samedi 14 Octobre
08 : 34

On a décidé que c'est moi qui préparerai le petit déjeuner, aujourd'hui, alors je me suis levée plus tôt pour préparer ma pâte à crêpe, mais c'était sans compter sur Juliann qui s'est mis à pleurnicher comme un enfant lorsque je me suis échappée de ses bras pour sortir du lit. Bon, il n'a pas vraiment pleurniché, il m'a demandé de rester plus longtemps avec lui et je ne me suis pas faite priée. J'ai réussi à me libérer au bout de dix minutes, mais il m'a suivi dans la salle de bain pendant que je me brossais les dents, puis dans la cuisine.

Il s'assoit sur un tabouret et me regarde fouiller dans les placards à la recherche des ingrédients.

— Ton aide serait la bienvenue, soupiré-je en ouvrant un énième placard.

— Moi, t'aider ? Pas question, j'ai une vue parfaite sur ton beau cul.

— Quelle grossièreté, connard !

— Comment tu m'as appelé ?

Oups. Je me mords la lèvre devant son regard sévère. Je sais que ça le mettra encore plus dans tous ses états.

— Pardon, monsieur.

Il se lève et s'approche de moi jusqu'à ce que mon dos heurte le frigo. Il se penche pour murmurer quelque chose à mon oreille.

— T'es vraiment insolente, Ava. Je me demande si tu jouerais encore à la maline si je te faisais taire en glissant ma queue dans ta bouche.

Je déglutis. J'en meurs d'envie, en fait. Je ne sais pas comment faire des fellations, mais j'apprendrai. J'ai envie de l'entendre me supplier de le faire jouir, j'ai envie de le faire trembler comme il m'a fait trembler. Il s'éloigne et fouille dans un placard pour me donner la boîte de sucre que je cherche depuis une éternité.

— Merci.

Je la saisis violemment. Trop violemment : la boîte tombe par terre et tout le sucre se déverse sur le sol.

— T'as vraiment deux mains gauches, je te jure ! rit-il.

— Je te permets pas !

Il tourne les talons. J'en profite pour ramasser une poignée de sucre au sol et la lui jeter dessus. Ça va barder, je le sais avant même qu'il se retourne. Lentement, il fait demi-tour et me lance un regard noir. *Tu veux jouer à ça, mon ange ?* Je souris espièglement. *Oui.* Très rapidement, il saisit le pot de farine sur le plan de travail et m'en balance une poignée. Je n'ai même pas le temps de crier. Je le hais. S'ensuit une bataille féroce et je ne sais pas comment, mais j'arrive à grimper sur son dos pour renverser le reste du pot de farine dans ses cheveux pendant qu'il tente de me faire tomber.

— Ava, je te jure que tu vas finir dans la poubelle !

— Dans tes rêves ! ris-je à gorge déployée.

J'ai mal au ventre tellement je m'amuse. Juliann essaie encore de me faire tomber, mais je lâche le pot de farine et m'agrippe à lui comme un koala sur une branche.

Nous sommes soudainement interrompus par la sonnette qui retentit. On s'immobilise. Qui peut bien venir chez lui un samedi matin aussi tôt ?

— On va ouvrir.

— Quoi, dans cet état ?

— De toute façon tu es sur mon dos alors tu n'as pas le choix.

Il m'entraîne jusqu'à l'entrée sous mes protestations et ouvre la porte. Je sens ses muscles se figer instantanément lorsque son regard croise celui d'une femme d'à peu près son âge, rousse aux yeux bleus très clairs. Son rouge à lèvres écarlate lui donne un air sévère, son apparence est parfaite, comme si elle se présentait à un entretien d'embauche : chemisier ocre, jupe crayon noire, escarpins rouges et blazer noir. Son maquillage est parfait, lui aussi et ses cheveux ondulés encadrent son visage comme il faut.

— Cara.

Oh merde ! La situation est absurde. Absurde ! Juliann qui ouvre la porte à son ex avec une autre femme sur le dos. Son élève, plus exactement. La honte. Elle nous dévisage tour à tour avec dédain puis regarde Juliann dans les yeux.

— Je vois que tu as de la compagnie.

Son ton est sec et froid. Un mélange entre l'aridité du désert et le froid du pôle nord. Comment Juliann a-t-il pu être en couple avec une telle femme ? Ils n'ont rien en commun, je le constate d'ici.

— Effectivement, répond-il tout aussi froidement.

Je tente de descendre, mais il agrippe mes cuisses.

— Est-ce que je peux entrer ?

— Pour quoi faire ?

— On doit parler de la garde d'Inès.

Je le sens tendu à l'extrême. Je ne sais pas si ça va apporter quelque chose mais je lui murmure à l'oreille que tout ira bien, que je suis là. Ses muscles se détendent instantanément.

— Ok.

Il s'écarte pour la laisser entrer, mais ne me lâche toujours pas. J'ai l'impression d'être à la fois transparente et au centre de l'attention. C'est étrange.

— Très jolie maison.

— Je devine que tu n'es pas là pour une visite guidée, alors parle. Vite.

— J'aimerais te parler seul à seul. Pas avec ta pimbêche sur ton dos.

Pardon ?

Il me fait enfin descendre de son dos et me regarde dans les yeux en caressant ma joue pleine de farine. Il est si tendre, j'en ai des papillons dans le ventre. Mais je le sens aussi en colère et ça me fait de la peine.

— Je suis désolé pour tout ça, je ne savais pas qu'elle viendrait, me dit-il en ignorant complètement la rouquine qui ne nous lâche pas du regard.

— C'est rien. Je vais aller prendre une douche. Tu m'appelles si tu as besoin de moi, ok ?

— Ok.

Merci, me dit-il silencieusement. Il se penche pour déposer un baiser sur mon front, puis me laisse m'en aller. Une fois arrivée en haut des marches, je les entends s'installer tous les deux sur le canapé. Je décide d'écouter. La voix de la rousse m'horripile. Elle est trop aiguë et puis, elle m'agace. J'ai envie de l'étriper.

— De quoi veux-tu parler ? soupire Juliann.

— De nous.

— Il n'y a pas de nous.

— Notre séparation est une erreur.

— Non, je ne le regrette pas. C'était la meilleure décision de ta vie, en fait.

Elle veut le reconquérir ? Un nœud se forme dans mon estomac. Et si je n'étais qu'une transition pour Juliann ? Non, il n'a jamais aimé Cara.

— Si c'est à cause de cette histoire avec Gladys...

— Tu sais très bien que ça n'a jamais fonctionné entre nous. Je me suis mis avec toi parce que tu m'as manipulé en me faisant croire un tas de choses. Je culpabilisais et tu étais la seule personne, mise à part Inès, qui me rapprochait d'Anaëlle. Je ne t'aimais pas, pas comme il le fallait. Cette histoire avec Gladys était juste la goutte d'eau qui a fait déborder le vase.

— On sait tous les deux que ce n'est pas vrai.

— Pourquoi as-tu accepté que je déménage aussi loin si tu persistes à croire qu'il y a de l'espoir ?

— Parce que je pensais que tu reviendrais.

— Tu t'es trompée. Je suis passé à autre chose.

— Avec cette fille ? Sérieux, Juliann, tu vaux mieux que ça.

— Je t'interdis de parler d'elle comme ça, c'est clair ?

Je ne le vois pas mais sa colère est palpable, elle irradie la pièce. Ça me touche qu'il me défende ainsi, mais j'aimerais remettre cette garce à sa place moi-même.

— Pourquoi tu réagis comme ça ? Ne me dis pas que c'est vraiment sérieux entre elle et toi ?

— Ce qu'il y a entre elle et moi ne te concerne en rien. Si c'est pour ça que tu es venue, tu peux repartir.

— Je t'aime encore, Juliann.

— T'es pas croyable, Cara.

— Je…

— Je me suis mal comporté avec toi. Je m'en excuse, sincèrement parce que tu ne le méritais pas et je te remercie du fond du cœur pour ce que tu as fait pour Inès et moi malgré tout. Mais par pitié, arrête avec tes mensonges, Cara. Aies un peu de décence et reconstruit ta vie. Je ne suis plus l'homme brisé que j'étais il y a quatre ans, tu n'arriveras pas à me manipuler.

Je parie qu'il est en train de passer sa main dans ses cheveux pour les tirer et que la veine de son front gonfle à mesure qu'il essaye de se contrôler.

— Je ne mens pas !

— Si ! C'est ce que tu fais. Tout le temps !

— Tu sais très bien que je suis celle qu'il te faut. Regarde-toi, tu fais n'importe quoi ! Tu fricotes avec une espèce de… de…

— Fais très attention à ce que tu vas dire. Je n'ai jamais été aussi bien depuis que je ne suis plus avec toi.

— Ce n'est pas vrai !

Le ton commence à monter, je n'ai pas envie de les entendre se disputer davantage, je me sens déjà assez coupable de les avoir écoutés. Je cours dans la chambre et me déshabille rapidement pour aller prendre une douche. Je dois avouer que je n'imaginais pas du tout Juliann se mettre avec une femme comme elle. Elle a l'air mesquine et j'ai franchement envie de lui faire mordre la poussière au vu de la manière dont elle parle de moi sans même me connaître.

Après la douche, j'enfile une des chemises de Juliann et j'attache mes cheveux en un gros chignon. Je nage littéralement dans le vêtement, on dirait une robe. Je ne suis même pas sûre qu'elle aille à Juliann mais tant pis, le principal c'est que je sois à l'aise. Lorsque je redescends, j'entends que la dispute n'est pas terminée mais il est temps de faire sonner la fin du ring. Ils sont tous les deux debout, près de la table à manger.

— Juliann ?

Lorsque je l'interpelle, il se retourne instantanément et la colère qui s'était figée sur son visage se dissipe presque aussitôt. Il me tend la main pour que je le rejoigne. On dirait qu'il a besoin de ma présence pour se calmer. Lorsque nos doigts s'entremêlent, un courant me parcourt, comme d'habitude. Je ne m'y habituerai jamais.

— Manquait plus qu'elle... Tu ne me la présentes maintenant qu'elle est là ?

Comment peut-on être aussi désagréable ? Il est hors de question que je rentre dans son jeu. On m'a éduquée correctement.

— Ava, enchantée.

Je lui tends une main froide et distante.

— Je suis Cara, la compagne de Juliann. Mais ça tu dois le savoir, répond-elle en laissant ma main en suspens.

— Ce que je sais surtout c'est que vous êtes séparés.

— Qu'elle est mignonne, rit-elle. Tu n'es pas à ta place ici, tu vas vite dégager.

— Je ne vous permets pas de me parler sur ce ton, rétorqué-je en croisant les bras sur ma poitrine. Je suis chez Juliann, *il* m'a invité alors vous n'avez pas le droit de vous comporter comme si vous étiez la maîtresse de maison. Peut-être que vous avez du mal à accepter votre rupture, j'en suis désolée, mais je regrette d'autant plus que ça fasse de vous une femme... désagréable.

— Je vous demande pardon ?

— Je n'ai pas quinze ans, je ne me chamaillerai pas pour un homme.

Elle rougit et détourne le regard. Je ne savais pas qu'elle connaissait la honte.

— Je vais y aller, finit-elle par dire.

Elle tourne les talons pour récupérer son sac et se diriger vers la sortie sans un mot. Juliann m'attire à lui aussitôt la porte refermée.

— À chaque fois que je pense que je ne peux pas être plus raide dingue de toi, tu fais quelque chose pour me prouver le contraire.

C'est tellement réciproque.

— T'es parfaite, me susurre-t-il en posant son front contre le mien, les yeux mi-clos.

— Je suis loin d'être parfaite, Juliann.

— T'es parfaite pour moi.

Il dépose un chaste baiser sur mes lèvres, laissant une traînée de sucre, puis recule pour m'entraîner dans la cuisine.

— Je suis désolé pour tout ça.

— Tu n'as pas à l'être. Ça va. C'est Ok.

— Je vais prendre une douche, tu veux me rejoindre ?

— Tu peux toujours rêver ! dis-je en riant.

— J'aurais essayé... Je pense que c'est foutu pour les crêpes, j'irai à la boulangerie pour nous acheter des croissants.

— Ok.

Il tourne les talons et se dirige vers les marches. Au milieu de l'escalier, il s'arrête pour me regarder et il me lance :

— Au fait, très belle chemise !

Puis il disparaît à l'étage. Je range rapidement la cuisine, sourire aux lèvres. D'ailleurs, j'ai l'impression que ce sourire ne veut pas quitter mon visage, je me trouve si niaise. Lorsque je rince l'éponge, Juliann me rejoint les cheveux tout mouillés, vêtu d'un simple pantalon.

— T'aurais dû m'attendre pour ranger, me dit-il en s'asseyant sur un tabouret.

— J'avais besoin de m'occuper. Alors ?

— Alors ? répète-t-il.

— De quoi vous avez parlé avec Cara ?

— Ne fais pas l'innocente, je sais que tu as écouté.

— Oups.

— Tu n'as pas à t'inquiéter, mon cœur t'appartient, Ava. Je ne me remettrais pas avec elle. Jamais.

Son cœur m'appartient ? La vache, je crois que je suis en train de tomber amoureuse.

— Bon, je vais à la boulangerie, tu réveilles les enfants ? Ça m'étonne même qu'ils ne se soient pas réveillés avec tout ce vacarme.

— D'accord. Reviens vite.

— Promis.

Chez Ava
Samedi 21 Octobre
18 : 17

C'est les vacances et je ne vais pas voir Juliann pendant une semaine entière. Ça m'énerve de savoir qu'il va autant me manquer, qu'il m'est devenu aussi indispensable alors qu'il y a encore quelques semaines, je ne le connaissais même pas.

— Ava ! Arrête de bouger je vais finir par te cramer, râle Aïna.

— Désolée.

Je me suis laissé convaincre par mes deux amies de faire un lissage au tanin pour que mes cheveux soient plus faciles à coiffer. Ça fait déjà quatre heures qu'Aïna s'occupe de ma touffe et j'ai l'impression qu'elle ne va jamais finir.

— Prends sur toi, c'est bientôt fini, me dit-elle en lissant une nouvelle mèche.

— C'est ce que tu m'as dit il y a une heure, râlé-je.

— Je ne me rendais pas compte de la touffe de cheveux qu'il restait devant, mais cette fois promis, c'est la dernière mèche. Tu vas être canon.

— Mouais.

Je m'empare de mon téléphone pour la énième fois pour voir si Juliann m'a envoyé un message mais je n'ai toujours rien. Je n'ai pas de nouvelle depuis hier soir, alors que d'habitude, il m'envoie un SMS tous les matins. Peut-être qu'il profite de sa famille ?

— Bon Ava, qu'est-ce qu'il se passe ? soupire Aïna.

— Comment ça ?

— Tu fais la tête depuis qu'on est arrivées.

— Non.

— C'est à cause de Juliann ? demande Adèle.

— Non !

— Qu'est-ce qu'il t'a fait ?

— Il n'a rien fait de mal.

— Donc c'est bien à propos de lui ?

Elles m'ont bien eu. J'entends Aïna poser son fer à lisser. Elle se met devant moi et croise les bras en me lançant un regard sévère. Je vais me faire gronder.

— Tu vas nous raconter ce qu'il s'est passé, Ava. Ça fait des semaines que tu esquives la question. J'ai l'impression que tu nous caches quelque chose. Il s'est passé un truc avec lui ?

— Non !

— Arrête de mentir !

Je soupire. Je ne peux plus mentir. Et puis, ce sont mes amies, elles ne vont pas me juger. Je prends une grande inspiration et leur raconte tout. Absolument tout. J'ai l'impression d'assister à mon propre procès. Mes deux amies m'écoutent les yeux écarquillés sans savoir quoi répondre. Je les comprends, j'ai moi-même du mal à croire en ce que je dis et pourtant...

Une fois mon récit terminé, Adèle et Aïna restent silencieuses, sûrement le temps d'encaisser toutes ces informations.

— Dites quelque chose enfin ! finis-je par m'impatienter.

— Eh bien...

— On ne sait pas trop quoi dire...

— Vous pensez que je suis allée trop loin, c'est ça ?

— Bien sûr que oui, acquiesce Aïna. C'est ton prof ! Il t'a forcé ? Il te fait chanter ? T'étais consentante ? J'espère qu'il ne te manipule pas.

— Aïna, je t'assure... Je lui ferais confiance les yeux fermés. Il est patient, il pense à moi avant de penser à lui, il est super avec Drew. Il est juste... parfait.

— Carrément ? Ava, je me serais jamais doutée que *toi* tu puisses sortir avec un prof. Même moi qui me suis envoyée en l'air avec un tas de types, je n'ai jamais eu le cran de draguer un prof, ricane Adèle.

— Dix, ce n'est pas un tas. Et ne t'inquiète pas, tu es et tu restes la salope du groupe, rétorqué-je.

— Va te faire, rit-elle en me faisant un doigt d'honneur.

Aïna ne rit pas avec nous. Elle a toujours l'air inquiète.

— S'il est aussi exceptionnel que ça, alors pourquoi est-ce que tu fais cette tête ?

— Bah parce que… Il me manque, fais-je timidement.

— Oh c'est pas vrai, elle est amoureuse !

Je détourne le regard, car ses mots se rapprochent beaucoup trop de la vérité. Mon téléphone se met à vibrer. Je me précipite pour lire mon message, espérant que ce soit Juliann, mais ce n'est pas lui. C'est Luka. Je l'ai invité à sortir avec nous ce soir.

— C'est lui ? demande Aïna.

— Non, c'est Luka. Il me demande quand est-ce qu'on sera prêtes. On ferait mieux de se dépêcher.

La ville organise un cinéma en plein air comme chaque année. Il y aura du monde, de la nourriture et mes amis. Tout ce qu'il me faut. J'ai décidé d'emmener Drew avec nous. Le film en question, c'est *Là-haut*. Je suis sûre qu'il va adorer.

— Bon ! Adèle va te maquiller pendant que je vais essayer de faire quelque chose à ma mine affreuse. C'est la dernière fois que je te coiffe, me menace Aïna.

— Je t'avais prévenu.

— Oui et j'aurais dû t'écouter.

Mon amie se lève et sort de ma chambre pour se rendre dans la salle de bain. Me voilà à présent seule avec Adèle qui me menace avec ses pinceaux et ses palettes de maquillage.

— Je te préviens…

— Pas trop chargé, je sais ! Aller, tends-moi ton visage.

— Je vous déteste, marmonné-je en fermant les yeux.

— Je sais.

Avec sourire espiègle sur les lèvres, elle commence par m'appliquer du fond de teint. Je ne la vois pas, mais elle a l'air très concentrée sur ce qu'elle fait. Au bout de quelques minutes, lorsqu'elle applique du marron sur mes paupières, elle me dit soudainement :

— Tu sais Ava, je suis super heureuse de te voir comme ça.

— Comment ?

— Légère. Épanouie. Moins dans la tourmente. Tu souris spontané-ment, tu chantonnes, tu deviens coquette, tu reprends la danse. Et tu t'autorises même à tomber amoureuse.

Je ne sais pas quoi répondre, je me contente de rougir.

— T'es la personne qui mérite le plus d'être heureuse, je te le promets. Je ne sais pas où va te mener cette histoire de dingue avec ton prof mais... Pour l'instant il a l'air de te faire du bien et c'est l'essentiel.

Émue, je n'ai toujours pas les mots pour lui répondre. Je me contente de serrer sa main en guise de remerciement.

Cinéma en plein air
19 : 08

Il y a des lumières partout et de toutes les couleurs, des foodtrucks, de la musique et un énorme projecteur. On est tout près de la forêt et l'endroit grouille de monde. J'adore cette ambiance.

— Waouh ! fait Drew en sortant de ma voiture.

Je souris, heureuse de lui faire plaisir. Je prends sa main dans la mienne et avance vers une petite foule amassée devant un foodtruck.

— Maman ! Regarde il y a tonton Luka ! s'exclame Drew en le poin-tant du doigt.

En effet, Luka fait partie de ces gens qui, je crois, attendent de passer commande. Il sort toutes ses dents en nous voyant arriver.

— Salut !

— Hey ! Tu t'es enfin décidé à faire quelque chose de tes cheveux ? Ça fait moins épouvantail.

— Ta gu…

Je ravale ma grossièreté en me rappelant que Drew est à côté de moi.

— Je te présente mes deux amies Adèle et Aïna. J'ai oublié de te prévenir que je serai avec elle, je réponds, décidant d'ignorer sa vanne.

— Mais pas de problème, je suis content qu'on soit plusieurs. Et salut toi, comment tu vas ?

— Bien !

Mon fils saute dans ses bras, tout sourire.

— Vous avez mangé ? demande Luka.

— Non, pas encore.

— Tant mieux, le film commence dans une heure, ça nous laisse le temps de prendre quelque chose. C'est moi qui invite.

— Toi, je t'aime déjà, chantonne Aïna.

À en juger par son regard, j'ai l'impression que Luka lui a tapé dans l'œil. Et au vu de la manière dont il lui sourit, je crois que c'est même réciproque. Trop mignon. Pendant que mon fils et mes trois amis apprennent à se connaître, je jette un œil à mon téléphone. Aucun nouveau message. Je soupire et le range dans mon sac. Ce silence m'exaspère, j'ai besoin de parler avec Juliann.

Pourquoi est-il si distant ?

Une vingtaine de minutes plus tard, nous voilà tous assis à une table de pique-nique en train de manger nos frites au cheddar et nos paninis. Il y a une super ambiance, mais c'est plus fort que moi, je n'arrive pas à me concentrer, je ne pense qu'à lui.

— Ava, tu nous écoutes ? m'interpelle Luka.

— Elle est ailleurs, répond Aïna avant de mettre une frite dégoulinante de cheddar dans sa bouche.

— C'est ce que je vois.

— Soyez pas bêtes, je suis là. Je pensais juste à… À rien.

J'en ai trop dit, Luka plisse les yeux.

— À ton amoureux secret ?

— Non.

— Ça va, tu peux me le dire. Qui c'est ?

Je détourne le regard pour fuir cette conversation, mais mes yeux s'arrêtent sur une silhouette familière qui se tient devant le stand de glace.

— Juliann ? soufflé-je.

Il est en plein milieu d'une conversation qui m'a l'air intéressante. Les mains dans les poches, je le vois rire avec la rouquine. Son ex. C'est une blague ? Et quand je pense que ça ne peut pas être pire, une femme aux longs cheveux noir apparaît à ses côtés et pose une main possessive sur son épaule. J'arrête de respirer. Ce n'est pas possible, il m'a menti ? Cette femme, c'est celle qui était sur la photo qu'Inès m'a montrée. C'est la femme de Juliann qui est censée être morte depuis déjà trois ans.

Chapitre 19 | Juliann

Cinéma en plein air

Samedi 22 Octobre

19 : 20

Dire que je suis exaspéré est un euphémisme. Je sors de ma voiture en claquant la portière et en ignorant les regards curieux qui se posent sur moi. À l'heure qu'il est, je devrais être chez mes parents en train de déguster comme il se doit le homard qu'a préparé mon père. Au lieu de ça, j'ai dû me taper une heure de route pour venir chercher ma belle-sœur qui fait encore une fois une crise. Elle est bipolaire, n'a pas pris ses médicaments (encore) et est dans sa phase maniaque. Elle m'a appelée en panique il y a une heure en pleurant parce que je n'étais pas chez moi.

Elle serait venue jusqu'ici en auto-stop et je ne comprends pas pourquoi elle n'est pas allée voir ma mère qui habite à dix minutes de chez elle au lieu de venir jusqu'ici. Je ne comprends pas non plus pourquoi c'est moi qui dois venir la chercher à la place de son mari. Ah oui, c'est vrai, il est « coincé au bureau ». Je regarde autour de moi pour tenter de la repérer, mais il y a beaucoup trop de monde, on dirait que la moitié de la ville s'est réunie ici.

Anna ne m'a pas attendue devant chez moi comme je le lui ai demandé, non, elle a voulu compliquer les choses et venir se mêler à la foule. En même temps, c'est idiot d'espérer d'une personne ivre et en pleine crise qu'elle soit rationnelle. Au bout d'une dizaine de minutes, comme je ne la trouve pas, je décide de l'appeler en espérant qu'elle réponde mais je tombe sur sa messagerie.

— Évidemment !

Ce n'est pas la première fois que ma belle-sœur fait une crise de ce genre, qu'elle déraille un peu et se retrouve dans des situations pas possibles. Une fois, on a même dû aller la chercher jusqu'à Marseille, dans un casino où elle avait déjà dépensé la moitié de son compte épargne. Pendant les mois qui ont suivi, elle n'a cessé de s'excuser en promettant de ne plus jamais arrêter de prendre son traitement. Cette promesse a été rompue aujourd'hui.

Au bout d'un moment, je repère une chevelure rousse que je ne connais que trop. Cara. Manquait plus qu'elle. Néanmoins, je me détends en remarquant qu'elle est avec Anna. Bien-sûr, pourquoi n'y ai-je pas pensé avant ? Elles étaient très amies avant la mort d'Anaëlle et bien que leur relation se soit un peu détériorée après que je me sois mise avec Cara, elles ont toujours gardé contact. Peut-être qu'elle l'a appelé en ne me voyant pas arriver ?

— Enfin te voilà ! grondé-je sans prêter aucune attention à Cara.

— Oh mais c'est qu'il est énervé le Ju... Juliaaaaann.

Elle empeste l'alcool. Elle articule difficilement, on dirait que son cerveau tourne au ralenti. Elle a du mal à marcher, à se tenir droite. L'odeur d'alcool qu'elle dégage me noue le ventre. Ça sent tellement fort que j'ai l'impression qu'elle s'est baignée dans un bain de vodka.

Ça me ramène à cette époque où je passais mes nuits dans des bars, à moitié ivre avec une inconnue sur les jambes. Je frissonne de dégoût.

Plus jamais.

— Oui je suis énervé ! Allez, on s'en va, ton fils t'attend.

— Tu as ramené Jarrrred ?

— Non, il est encore chez mes parents et je t'y emmène. Allez viens.

— Nnnnoon... ton frrère va eeencoore m'engueuler.

— Anna, je n'ai pas le temps, ramène-toi !

— Juliann, s'interpose Cara.

Je finis par la regarder, elle que j'avais sciemment ignoré jusque-là.

— Quoi ?

Elle me tire par le bras pour m'emmener parler à l'écart. Anna chancelle et manque de s'étaler sur l'herbe, elle se rattrape de justesse à un poteaux près d'elle.

— Tu peux commencer par te calmer et m'écouter ?

Je garde un œil sur Anna qui fait l'idiote derrière nous. Elle a l'air d'être dans les étoiles, elle rit et parle toute seule. Les passants la regardent bizarrement. Je vais la jeter dans ma voiture, lui mettre du scotch sur la bouche et la rendre à mon frère vite fait, bien fait.

— Elle va mal. C'est pas en t'énervant sur elle que tu vas arranger les choses.

— J'ai le droit d'être agacé et puis, ce ne sont pas tes affaires Cara, alors laisse-moi gérer.

— Écoute, continue-t-elle calmement. Rentre chez toi. Anna n'est pas en état de faire une heure de route avec toi, tu vas finir par la tuer avant d'arriver et va falloir expliquer ça à son fils.

Je souris malgré moi. Elle a raison. Anna revient vers nous et pose sa main sur mon épaule. Berk.

— Je vais l'emmener à l'hôtel avec moi et je viendrais la déposer chez tes parents demain matin.

Je sais qu'elle ne fait pas ça gratuitement, qu'elle essaie de m'attendrir et de s'immiscer dans ma vie. Je ne suis pas dupe et de toute façon, une femme est déjà en train de prendre mon cœur et je ne suis pas sûr de vouloir lutter contre ça. Cependant, je la laisse faire pour aujourd'hui, car elle me retire vraiment une épine du pied.

— Ok.

Elle me sourit chaleureusement. Elle est tellement plus aimable lorsqu'elle ne fait pas la garce, tellement plus humaine. Ça fait du bien de ne pas avoir envie de l'étrangler. Je la remercie en souriant.

— Mais de rien. Et je tiens aussi à m'excuser pour l'autre jour, j'ai un peu... Pété les plombs. Je pense qu'à l'occasion ça serait bien qu'on discute un peu. Pour apaiser les tensions. Je veux que ça se passe bien, qu'on puisse garder.... De bonnes relations.

— Bien sûr. Bon, alors je vais y aller, je ne veux pas rentrer trop tard.

— Tu ne veux pas manger un truc avec nous ?

— Non merci. Je pense que tu devrais t'occuper d'elle rapidement.

— Ouais. Bon alors à demain.

— À demain.

Quatre ans plus tôt

Chez Juliann
Mardi 11 Juin
07 : 01

Dernier partiel. Du moins, je l'espère. Je m'étire dans mon lit, puis j'en-lace ma femme qui dort encore à poings fermés près de moi. Son odeur de framboise apaise le stress qui me noue l'estomac depuis deux mois. J'ai toujours trouvé ça ironique qu'Anaëlle mette du parfum aux senteurs de framboise alors qu'elle en est allergique. C'est comme si elle aimait l'idée de flirter avec le danger, porter sur elle ce qui pourrait la tuer si elle l'ingérait.

Je passe ma dernière épreuve aujourd'hui, dernière ligne droite avant d'être officiellement professeur de philosophie. J'ai révisé comme un dingue, mais je crains l'échec. Je suis déjà assez frustré de devoir passer aux rattrapages pour cette seule et unique matière à cause d'une foutue absence. J'ai tellement de projets avec ma femme : acheter une maison et quitter mon petit appartement d'étudiant, acheter une voiture, faire un enfant… Ce n'est pas le moment de tout faire capoter à cause d'un exam.

Tout le monde et surtout mon frère, nous a jugé lorsque nous avons décidé de nous marier à l'âge de vingt-et-un an. « Vous êtes beaucoup trop jeunes », di-saient-ils. L'engagement n'a pas vraiment d'âge, pourquoi attendre quand on est sûr ? Le cœur d'un jeune est-il trop immature pour aimer sincèrement et dans le respect ? Un couple de trentenaire est-il plus sérieux et solide qu'un couple de jeunes adultes ? Non, ce n'est pas du tout mon avis. D'ailleurs, ça ferait de bons sujets de dissertation, ça. Enfin, en admettant que je réussisse mon partiel. J'ai obtenu mon CAPES l'année dernière, j'ai bouclé mon mémoire et j'ai eu des bonnes notes toute l'année alors il n'y a pas de raison pour que je foire cet exam.

Je dépose un baiser sur le visage de ma femme, puis je me lève pour aller prendre une douche. Une fois lavé, je noue une serviette autour de mes hanches et me rends dans la cuisine pour me préparer un café. Je sais déjà qu'elle va me crier dessus parce que je mets de l'eau partout, mais je m'en fiche. Elle est tellement jolie lorsqu'elle se met en colère.

Elle me rejoint quelques minutes plus tard, habillée d'une petite robe légère verte pâle qui me donne envie de retourner au lit avec elle et pas pour dormir. Mais je ne peux pas, au risque d'être en retard, alors je l'embrasse tendrement, puis file dans la chambre pour m'habiller rapidement. Main dans la main, nous sortons de notre petit studio pour se rendre à la fac qui se trouve à à peine dix minutes de marche. L'université est vide en cette période de l'année ; seuls ceux qui sont en master sont encore là. Devant le bâtiment, on repère facilement Anna et Cara en train de discuter. Comme à son habitude, Anna doit être en train de se plaindre de mon frère qui l'a sûrement encore trompé pendant qu'elle s'occupait de leur fils.

Après avoir appris qu'elle était tombée enceinte, Anna a décidé d'arrêter ses études. Johann, quant à lui, ne semble pas encore réaliser qu'il est papa puisqu'il fuit constamment leur appart : le jour en se tuant au travail et la nuit en faisant la fête. Je me demande comment il a réussi à décrocher son master de droit en faisant autant n'importe quoi.

Anaëlle court vers ses deux amies, moi je préfère rester en arrière et prendre mon temps. Anna m'insupporte et sa ressemblance avec ma femme me met mal à l'aise. Je les ai convaincues de faire des tests pour voir si elles avaient un lien de parenté, si elles pouvaient même être jumelles. Ça me paraissait logique, car Anaëlle a été adoptée lorsqu'elle était petite. Mais les résultats ont révélé qu'elles n'avaient aucun lien de sang. Zéro. Ce sont juste des sosies. Je m'en suis voulu d'avoir insisté pour qu'elle fasse ces tests, car ma femme a dû rechercher ses parents biologiques et a découvert qu'ils étaient morts il y a cinq ans dans un accident de voiture, tout comme ses parents adoptifs qui sont décédés quelques mois avant notre mariage, le soir où j'étais censé les rencontrer. Cara, quant à elle, est une fille géniale, mais un peu trop bruyante, voire épuisante. Et parfois autoritaire.

À quelques mètres d'elles, je m'arrête pour prendre mon téléphone qui vibre dans ma poche. Je le sors et l'ouvre pour y lire un message de Johann surexcité à l'idée de faire la fête ce soir. Je commence à rédiger un SMS pour le taquiner, mais en avançant, je me heurte à une fille qui tombe par terre sans effort. Elle est tellement mince et légère, elle a l'air si fragile que j'ai peur de l'avoir blessée.

— Oh, je suis désolé, je ne t'avais pas vu !

Elle ne dit rien. Ses longs cheveux noirs et bouclés retombent sur son visage que je peine à voir. En revanche, une tristesse énorme se dégage d'elle. Elle a l'air brisée. Je lui tends la main pour l'aider à se relever mais elle a un mouvement de recul qui me surprend.

— Je ne te veux aucun mal...

— D... C'est...

Je ne comprends pas ce qu'elle dit, elle a l'air complètement déboussolée. Elle se relève avec difficulté et baisse les yeux comme si elle avait peur que quelqu'un la reconnaisse. C'est une gamine. Elle doit avoir seize ans, tout au plus. Qu'est-ce qu'elle fait à la fac ? Nous ne sommes pas en période de portes ouvertes alors elle n'est pas là pour visiter.

— Est-ce que tu cherches quelqu'un ?

Silence. Elle reste plantée là, les yeux rivés sur mes chaussures. Elle me fait flipper, on dirait qu'elle sort de l'asile. Elle reste immobile un moment, puis elle s'en va sans se retourner. Ok... C'est tellement bizarre. Je hausse les épaules *et continue de marcher. Ce n'est qu'après quelques secondes que je remarque que je n'ai plus mon téléphone. Elle me l'a volé !*

Bar
20 : 47

— *Au commencement d'une nouvelle vie ! s'exclame Johann joyeusement en levant sa bière.*

— *Tchin !*

  Tout le monde trinque. Ça fait tellement du bien de se détendre après une si mauvaise journée. J'ai pu me racheter un téléphone et une puce, mais j'ai perdu tous mes contacts et toutes les photos que j'avais prises avec Anaëlle. Qu'est-ce que j'ai pu être bête !

— *Allez, frangin, fait pas la tête. Ce n'était qu'un téléphone ! Pas de prise de tête ce soir, que de l'éclate ! Fini les partiels, on a la vie devant nous ! C'est important de célébrer la fin de ses années d'étudiant.*

— *Ça fait deux ans que tu as eu ton diplôme et tu continues à fêter ça on dirait, lance Cara en sirotant son cocktail.*

— *Oui et je ne compte pas m'arrêter aujourd'hui, ma belle, répond-il ironiquement.*

— *On compte sur toi pour mettre l'ambiance.*

  Je suis sûr que ces deux-là couchent ensemble. Berk. Les femmes n'ont aucune pitié entre elles. Un serveur nous apporte nos pizzas, puis s'adresse à mon frère.

— *Une fille vous attend à l'entrée, elle dit que c'est important.*

— *Ah.*

— *Tu penses que c'est Lila ?*

— J'espère pas, elle a déjà rayé ma voiture, grogne mon frère. Bon, j'arrive.

Il se lève et se dirige vers l'extérieur. Anna le suit du regard, l'air attristé.

Il ne se cache même pas, ça me fait de la peine pour elle. Anaëlle pose sa main sur ma cuisse et me fait un bisou dans le cou.

— Hey, ça va toi ?

— Ouais...

— Tu penses encore à ton téléphone ?

— Oui. Non. C'est cette gamine... Elle avait l'air perdue. J'ai l'impression qu'elle fuguait

— Si elle a volé ton téléphone, c'était sûrement pour appeler quelqu'un qui puisse lui venir en aide. Ne te tracasse pas trop avec ça. J'admire ton altruisme et ta compassion mais... Faut pas que ça te bouffe l'esprit.

— T'as raison.

— Et puis...

J'arrête de l'écouter lorsque je vois la fille avec laquelle se trouve mon frère. C'est elle ! La voleuse. Je me lève, prêt à lui demander des comptes, mais je me ravise lorsque je la vois éclater en sanglots en criant. Elle paraît encore plus fragile que tout à l'heure.

Ses yeux noirs ont l'air vides et son visage ne reflète que de la haine et de la souffrance. Il y a tellement de douleur autour d'elle. Elle a vraiment l'air anéantie. Qu'est-ce qu'une gamine comme elle a pu vivre de si terrible pour avoir l'air de porter tous les maux du monde ? Mon frère reste assez impassible devant elle. Il est de marbre. Qui c'est ?

— Ton frère drague aussi les mineurs, maintenant ? demande Cara espièglement.

— Non, je la connais... Il me semble que Johann défend une affaire de viol en ce moment et elle est membre de la partie adverse, répond Anna.

— C'est la victime ? demandé-je sans quitter la scène des yeux.

— Peut-être. Le procès se passe en huis clos vu que ça concerne des mineurs. Pauvre fille. Elle a l'air si triste.

Le mot est faible.

Chapitre 20 | Ava

Présent

Salle de danse
Vendredi 22 octobre
13 : 49

J'ai franchement hésité à aller le voir, le confronter, mais ce n'était ni l'endroit, ni le moment. Je n'allais pas faire une scène devant la moitié de la ville, déjà que mon regard sur lui a mis la puce à l'oreille de Luka. Je l'ai juste regardé retourner à sa voiture pendant que sa femme et Cara s'en allaient dans la direction opposée. J'ai ignoré ses SMS toute la semaine, car je ne peux pas faire comme si de rien n'était et en même temps, je ne peux pas non plus lui en parler : s'il a quelque chose à me dire, il le fera de lui-même. S'il ne fait pas preuve d'honnêteté, notre *relation* s'arrêtera là.

Je suis la dernière dans les vestiaires. Le cours commence dans dix minutes et tous les élèves sont déjà dans la salle pour attendre Hakim, mais moi, je préfère arriver en dernier pour ne pas avoir à parler avec eux. Et puis, ça me rassure de savoir que je suis seule dans les vestiaires pendant que je me change.

Je retire mon pull et mon soutien-gorge pour enfiler ma brassière. Je fouille dans mon sac de sport à la recherche de mon t-shirt lorsque j'entends un bruit étrange provenant des douches. C'est comme une détonation.

Je me sens soudainement observée. Je regarde autour de moi, mais il n'y a personne. Le sifflement des tuyaux me met en alerte, faisant glisser une sueur froide le long de ma nuque. J'ai la chair de poule, je ne suis clairement pas seule, ici.

Je refuse de céder à la panique, mais il faut se rendre à l'évidence. En plus du bruit que font les tuyaux j'entends à nouveau cette détonation. Ça ressemble au son que fait un téléphone quand on prend une photo, mais je balaye cette pensée. J'ai dû rêver. J'enfile rapidement mon t-shirt, jette mon sac dans un casier que je referme avec un cadenas à code, puis je sors de là. La prochaine fois, je viendrais me changer en même temps que tout le monde, au diable ma solitude.

Luka est déjà assis dans la salle, en train de discuter avec les autres. Il est tellement sociable, je ne sais pas comment il fait. Son visage s'illumine lorsqu'il me voit arriver vers lui. Je dis bonjour à tout le monde avant de le rejoindre.

— Hey, ça va ?

— Oui et toi ?

— Ouais, t'es prête pour ce weekend ?

Je fais une grimace et acquiesce. Malheureusement, oui. Luka nous a proposé d'aller camper avec Adèle et Aïna. Elles m'ont supplié, sinon j'aurais refusé.

— Ça va être génial ! Aïna sera bien là, hein ?

— Oui, fais-je en plissant les yeux. Pourquoi ?

Je le sonde du regard et il rougit. C'est *trop* mignon.

— Tu craques sur elle ? demandé-je face son à mutisme.

— S'te plaît, ne lui dit pas, Ava !

— Je rêve !

— Arrête, chut !

— Luka est…

Il met sa main sur ma bouche pour me faire taire, mais je me dégage vite fait bien fait. J'adore le voir aussi gêné. Je ne veux pas en rajouter une couche, surtout que tout le monde commence à nous regarder, alors j'arrête, mais je ne perds pas mon sourire.

— Tu… tu crois que… J'ai une chance ?

— Avec Aïna ? Va falloir t'accrocher.

— Pourquoi ?

— Elle sait ce qu'elle veut et ce qu'elle ne veut pas.

— Ouais, ça m'étonne pas… Elle est trop belle.

Je m'esclaffe. Sérieux, il est trop mignon. Il rougit comme si les mots lui avaient échappé.

— S'il te plaît, tu ne lui dis rien, ok ? Je veux gérer ça tout seul.

— Ok. Bon courage.

Hakim arrive sur ces bonnes paroles. Nous nous levons tous, prêts à débuter l'échauffement qui dure quinze minutes. Au moment de commencer la chorégraphie, Hakim m'interpelle.

— Ava, passe devant.

Fait chier. Je me retiens de lever les yeux au ciel et je m'avance au premier rang. Luka me lance un sourire compatissant à travers le miroir. J'ai envie de lui dire de ne pas s'en faire, danser devant les autres et me mettre en lumière n'est plus un problème pour moi.

— Excellent travail, me glisse Hakim avec un hochement de tête à la fin du cours.

— Merci.

Je lui souris, puis file dans les vestiaires pour me changer. Une fois prête, je sors du bâtiment pour me diriger vers ma voiture.

— Ava attend ! crie Luka en courant pour me rattraper.

— Oui ?

— Tu rentres chez toi là ?

— Ouais pourquoi ? Tu veux que je te raccompagne ?

— Non…Ça te dit d'aller prendre un chocolat chaud et une crêpe et d'aller se poser au parc pour parler ?

— Pourquoi pas ?

De quoi est-ce qu'il veut bien me parler ?

Parc
17 : 01

— Juliann.

Mon cœur fait un bond lorsque j'entends ce nom. Luka et moi sommes venus nous asseoir sur les balançoires du parc en dégustant notre goûter. Je n'ai pas voulu lui parler de Juliann pour des raisons évidentes, mais je ne sais pas mentir. Il me fait penser à Aïna ; je sais qu'il va me dire de rester sur mes gardes, me déconseiller de tomber amoureuse de lui. C'est sûrement déjà trop tard. Je m'apprête à nier, mais il me coupe la parole.

— C'est flagrant, la manière dont vous vous regardez en classe… On dirait que vous allez vous sauter dessus d'un instant à l'autre. Et l'autre jour, quand tu as dit son nom.

— Je…

— T'en fais pas princesse, je ne pense pas que les autres aient remarqué. Mais faites attention. Non, en fait, je m'en fiche de lui, *toi,* fais attention. J'espère qu'il ne t'oblige à rien ? Parce que sinon, je vais parler au princi…

— Non, ne fait pas ça ! Il n'est pas… Ce n'est pas… Y'a rien, ok ? Je suis juste la baby-sitter de sa fille et il ne s'est jamais comporté de manière déplacée envers moi, crois-moi.

Il fronce les sourcils, puis secoue la tête. Il ne me croit pas.

— Je n'approuve pas du tout ta relation avec le prof, Ava. Je ne te jugerai pas, mais je ne peux que te conseiller de rester sur tes gardes. Et si tu l'aimes et que tu es sûre qu'il est respectable envers toi… Tant mieux. Mais si je te vois verser une larme pour lui, je ferai en sorte qu'il ne puisse plus jamais exercer.

— Arrête d'être parano, Luka. Ne te fais pas de films, il ne se passe rien. Je n'ai plus envie de parler de ça.

Il a un rictus amer mais finit par acquiescer. Je ne suis pas vraiment en colère, en vérité, ça me touche qu'il s'inquiète autant pour moi. Il me fait vraiment penser à Aïna, ils vont bien ensemble.

— Merci Luka. Vraiment, fais-je doucement.

— Pourquoi ?

— Merci de prendre soin de moi.

— Mais de rien, princesse.

Il me sourit et finit de boire son chocolat chaud. Nous restons assis en silence pendant quelques minutes, dégustant nos crêpes. Des enfants jouent sur les balançoires au loin, et une petite fille nous dévisage avec colère, certainement parce qu'elle souhaite utiliser la balançoire. *Désolée chérie, va falloir jouer ailleurs.* Le vent balaye mes cheveux en arrière et caresse mes oreilles de façon agréable. En me balançant lentement, je me rends compte que je suis revenue à une vie ordinaire. Plaisante. Les ombres qui planaient autour de mois se font plus rares et ça me plaît. Je sens que ma peur n'influence plus autant ma vie et mes actes. Ça fait du bien. Notre silence apaisant est cependant interrompu par une voix féminine qui m'interpelle. Sa voix aiguë me fait grincer des dents.

— Ava ?

Je lève les yeux sur une femme rousse qui se tient à à peine dix mètres de nous. Comme la dernière fois, elle est parfaitement coiffée, mais son visage paraît plus triste.

— Cara.

— Je suis étonnée de te voir ici.

— Moi aussi.

— Est-ce que…

Elle regarde furtivement Luka, puis braque de nouveau ses yeux sur moi. Elle transpire la haine et la jalousie.

— Est-ce qu'on pourrait se parler seule à seule ?

— Je n'y tiens pas trop, non.

— S'il te plaît. C'est à propos de Juliann.

J'hésite quelques instants et me décide à la suivre à l'écart sous l'œil méfiant de Luka. Si j'avais réussi à le convaincre qu'il ne se passait rien entre lui et moi, mes efforts viennent d'être réduits à néant. Néanmoins, elle paraît beaucoup plus calme, on dirait qu'elle a rangé son masque de garce.

— Je vous écoute, dis-je en croisant les bras sous ma poitrine.

— Tu m'as l'air d'une gamine très mâture.

— Je ne suis pas une gamine. Vous voulez qu'on parle, très bien, mais ne me rabaissez pas.

— Ok.

Elle a l'air hésitante, comme si ça lui demandait un énorme effort de me parler de ce qu'elle s'apprête à me dire.

— Entre Juliann et moi, ce n'est pas fini. On fait juste une... pause. Il ne sait pas où il en est.

Il serait furieux de l'entendre parler en son nom.

— De ce que m'a dit Juliann, votre relation était toxique, il se sent mieux, maintenant. Il m'a dit que vous vous étiez servie de lui et lui de vous.

— Il ne…

— N'essayez pas de me manipuler, Cara, je *sais* que Juliann a merdé, qu'il vous a trompé et dit des choses dégueulasses.

Son visage se décompose, j'ai l'impression d'avoir contrecarré son plan. Elle voulait essayer de me faire fuir, raté.

— Si tu le dis, fait-elle en redressant le menton. Mais sache que Juliann est comme ça. Il a besoin d'une femme pour aller mieux quand il est au plus bas, il se sert de toi. Tout comme il s'est servi de moi. La seule femme qui a son cœur, c'est Anaëlle et elle est morte avec.

Elle me laisse plantée là sur cette dernière phrase. Ça pique, parce que je suis en train de tomber amoureuse de lui, mais est-ce réciproque ? Mon instinct me dit que je devrais fuir avant de souffrir.

Attendez… *Elle est morte avec* ? Alors la femme que j'ai vu l'autre fois, ce n'était pas Anaëlle ? Qui était-ce alors ? Elle lui ressemblait comme deux gouttes d'eau. Il ne m'a donc pas menti ? Je soupire tourne et les talons pour rejoindre Luka qui me dévisage avec inquiétude.

— Est-ce que ça va ?

— Oui. On y va ?

Pendant une fraction de seconde, j'ai l'impression qu'il va me questionner, mais il se contente de hocher la tête et de se diriger vers ma voiture.

— Comme tu voudras.

Forêt

Samedi 23 Octobre

18 : 03

Nos chaussures s'enfoncent dans les feuilles aux nuances orangées qui jonchent le sol. La nuit commence à tomber et les couleurs qui se reflètent dans le ciel s'accordent à merveille avec les feuilles qui crépitent sous mes pieds. L'hiver approche, mais il fait étonnamment bon pour un mois d'octobre.

— Tu peux me rappeler pourquoi j'ai accepté de venir ? me demande Adèle en évitant toutes les branches sur son passage.

— Tu rigoles ? *Je* ne voulais pas venir. Je ne sais même pas pourquoi on est là.

— Parce que je sais être convaincante, ricane Aïna derrière nous.

Les deux amoureux transis m'exaspèrent déjà. Ils passent leur temps à se dévorer des yeux. Aïna nous a avoué que depuis la dernière fois, ils ne font que s'envoyer des sms. Berk. Elle aurait dû venir seule avec lui. En plus, je ne me vois absolument pas dormir dans une tente, mon lit me manque déjà.

La forêt dégage une odeur boisée qui me fait penser à… Non, je dois arrêter de penser à lui. Aïna court pour passer devant nous et rejoindre Luka qui porte presque tout le matériel. Elle me fait rire à se dandiner dans son legging noir.

— Je suis toujours en admiration devant son boule incroyable, soupire Adèle.

— Elle sait jouer de ses atouts, ris-je.

— Je suppose qu'il n'y a que deux tentes et qu'elle dort avec lui ?

— Oui. Ça fait un moment que je ne l'avais pas vu craquer pour un mec. J'avais oublié à quel point elle était entreprenante quand elle voulait.

— C'est vrai que ça fait bizarre. J'espère qu'ils ont pensé à prendre des capotes.

— Adèle !

— Bah quoi ? Je suis bien trop jeune pour être tata une nouvelle fois.

Je lève les yeux au ciel en riant. Nous arrivons rapidement sur l'aire de camping. Bien sûr, il n'y a personne en cette période de l'année. Bon, c'est vrai qu'il faut quand-même être sacrément idiot pour aller camper dans la forêt au mois d'octobre.

— Enfin !

Aïna sort son téléphone de sa poche, un pli soucieux ridant son front.

— Il n'y a pas de réseau ici, fait Luka.

— Super…

— Ne t'inquiètes pas, tu ne vas pas t'ennuyer, dit-il en la regardant de manière espiègle.

— Ah oui ? Et tu penses à quoi, demande Aïna en lui lançant un regard aguicheur.

— Plein de choses.

— Beurk ! s'exclame Adèle. Allez faire des bébés ailleurs s'il vous plaît.

— J'ai cru que tu ne voulais pas être tata pour la seconde fois ? dis-je entre deux rires.

— Oui mais regarde-les, ils sont prêts à se sauter dessus.

Je m'esclaffe.

— Je vais installer les tentes. Pour l'instant vous pouvez sortir la nourriture et faire le feu ? nous demande Luka en ignorant nos vannes. Il y a des allumettes dans ton sac Ava.

— Bien sûr, maugréé-je.

— On se croirait dans Koh Lanta, soupire Adèle.

Les filles et moi rassemblons des branches que nous disposons dans un cercle de pierres, puis nous allumons le feu. Luka finit d'installer les tentes en très peu de temps. Il faut dire qu'elles sont assez faciles à monter, j'avais imaginé des tentes archaïques qu'il aurait fallu installer en plantant des clous dans le sol.

Lorsque je me relève, je sens mon téléphone vibrer dans la poche arrière de mon jean. Tiens, moi qui pensais qu'il n'y avait pas de réseau ici. Mon cœur fait un bon lorsque je vois le prénom qui s'affiche. Juliann. Je réponds aussitôt.

— Allô ?

Il semble dire quelque chose mais je l'entends très mal.

— Tu m'entends ? dis-je plus fort en m'éloignant un peu pour mieux capter.

— N... A.... Je ne... Ava ? T'es...

— Attends.

Je colle mon téléphone contre moi et me tourne vers mes amis.

— J'arrive, je vais voir si je capte mieux ailleurs.

— Essayes de ne pas te faire attraper par un tueur en série.

— La ferme Luka !

Je tourne les talons et avance de quelques mètres jusqu'à ce que je puisse entendre à peu près correctement.

— Tu m'entends, là ?

Sa voix rauque que je n'avais pas entendu depuis quelques jours déjà fait naître en moi des picotements. Pourquoi j'étais énervée contre lui déjà ? Je ne sais pas. Il me manque. Mon cerveau est en compote, où est passée ma fierté ?

— Oui, je t'entends.

— Ok.

— Euh… Est-ce que ça va ?

— Euh oui. Et toi ?

— Oui.

Je le sens gêné, tout comme moi. C'est si malaisant. Je ne sais pas quoi dire.

— Non, à vrai dire, ça ne va pas trop. Tu me manques Ava. Pourquoi est-ce que tu ne réponds pas à mes messages, qu'est-ce que j'ai fait ?

Je me sens ridicule, j'aurais dû lui demander directement au lieu de l'ignorer.

— Je t'ai vu l'autre jour avec Cara et une femme qui ressemblait à Anaëlle, je ne sais pas, je… J'ai cru que…

— Je t'avais menti ?

— Oui.

— Mon ange, je ne t'ai pas menti. La femme que tu as vue, c'est Anna, la femme de mon frère. Elle souffre de bipolarité, elle était en pleine crise, j'ai dû partir de chez mes parents pour aller la chercher. Cara était là parce qu'elles sont amies.

— Tu riais avec elle, maugréé-je.

— Et ça t'a rendu jalouse ? Elle m'a fait une blague pour me détendre parce j'étais hors de moi et elle m'a proposé de s'occuper d'Anna. Je te jure qu'il n'y a plus rien entre elle et moi.

— Elle cherche à te manipuler.

— Je sais et je ne compte pas retomber dans son piège. Je ne suis pas idiot !

Je soupire. Je le crois, mais cette Cara me tape vraiment sur les nerfs.

— Je l'ai croisée au parc hier.

— Qui ça ?

— Cara.

— Elle t'a manqué de respect ?

— Non, pas vraiment. Elle m'a dit que la seule femme que tu aimais vraiment, c'était Anaëlle et personne d'autre. Qu'elle est la seule femme à qui tu as donné ton cœur et qu'elle est morte avec.

Silence. Alors c'est vrai. Je ne peux même pas lui en vouloir, il ne m'a jamais rien promis, c'est juste que comme une idiote…

— Tu es chez toi ?

— Non euh… On est allés camper en forêt avec Luka et mes deux amies.

— Luka ? grince-t-il. Ok, tu seras de retour quand ? Demain ?

— Oui.

— Je viens de rentrer chez moi, je viendrais te voir demain soir, ok ?

— Ok.

— Bien. Bonne nuit.

Et il raccroche. Je ne comprends rien. Je soupire et retourne rejoindre mes amis.

— Bah enfin !

— C'était qui au téléphone ? demande Adèle espièglement.

— Personne, dis-je en rougissant. Alors, qu'est-ce que j'ai manqué ?

— Rien à part ces deux-là qui n'arrêtent pas de …

— On peut parler d'autre chose ? s'emporte Aïna.

Oui. Luka propose un Action ou Vérité et Aïna nous donne des gages tellement ridicules que je manque de m'étouffer avec mes chips. J'arrive au point où j'évacue même le coca que je buvais par le nez. Le reste de la soirée se passe vraiment bien : on mange nos sandwiches préparés à l'avance en jouant aux cartes et nous nous racontons des anecdotes assez marrantes. Je me surprends même à évoquer mon passé, chose qui n'arrive jamais. Un sentiment de bien-être m'envahit, je me sens bien entourée, à l'aise. Nous discutons jusqu'à une heure du matin et rions à nous en faire mal au ventre. J'arrive presque à oublier la rayure qu'a provoqué Juliann sur mon cœur de glace.

Dimanche 24 Octobre

03 : 02

Mes muscles sont tendus à l'extrême. Je tremble tellement que mes talons tapent frénétiquement contre le sol. Il fait tellement chaud que je sue sous mon gros pull noir et sous mon baggy de la même couleur. Ma capuche recouvre mon visage, je sens qu'on me dévisage mais je n'en ai que faire, je suis là pour une raison. J'attends que tous les passagers du train descendent avant de m'aventurer à l'extérieur. La chaleur est étouffante, écrasante, oppressante. J'ai du mal à respirer, mais ce n'est pas forcément à cause de l'air lourd ou de ma tenue. La haine que je ressens est insoutenable et je suis là pour l'évacuer.

Une fois sur le quai, je marche quelques minutes, tête baissée et regard scotché sur mes baskets pour prendre le bus qui mène à l'université. Il faut que je trouve ce connard et vite. J'ai une haine en moi qui refuse de disparaître et je dois à tout prix m'en débarrasser. Ça me ronge de l'intérieur !

Dans le bus, je me sens toute nauséeuse. À un moment, je pense que je vais même vomir sur la vieille dame qui est assise à côté de moi, mais je me force à respirer profondément pour me calmer. Je suis soulagée lorsque le bus s'arrête à mon arrêt. Il est encore tôt, mais la chaleur qui règne ici, à Lyon, est suffocante. Je fouille dans la poche de mon pantalon et en sors un plan de l'université pour trouver L'UFR de Droit. Je dois à tout prix trouver cet avocat de merde. Le seul problème, c'est que je ne connais pas son nom. Monsieur Legradin, ou quelque chose comme ça. Je soupire et range la carte à sa place une fois m'être repérée. Je sens beaucoup de regards sur moi mais peu importe, je n'ai pas envie qu'on me reconnaisse, qu'on sache que je suis ici. Pas maintenant. C'est pour ça que j'ai laissé mon téléphone chez moi.

À force de ne pas regarder devant moi, je finis par me heurter à quelqu'un. Le choc est si violent et si inattendu que je suis rapidement propulsée au sol ! La personne me parle mais je ne comprends pas. Sa voix est très bizarre, j'ai l'impression de la connaître.

— Salut, ma jolie.

Oh non ! Je lève les yeux et je tombe nez à nez avec le regard glacial de Théo qui se penche pour m'attraper par les cheveux.

— Je n'en ai pas fini avec toi.

Je me réveille en sursaut et me redresse d'un geste brusque. Il me faut un moment pour me rappeler que je suis dans une tente avec Adèle qui ronfle bruyamment à côté de moi. Mon cœur bat si fort que je le sens pulser dans mes tempes. Encore un cauchemar. Ou un souvenir ? J'ai déjà vécu cette scène il y a longtemps, sauf que l'homme que j'ai heurté n'était pas Théo. D'ailleurs, je n'ai pas du tout envie de penser à lui. Je suffoque dans la tente alors je sors pour prendre un peu d'air, laissant Adèle et ses lourds ronflements. Dehors, l'air est frais et me fait un bien fou. J'inspire profondément et m'assieds près du feu qui commence à s'éteindre. Je place quelques branches dessus pour raviver les flammes afin de me réchauffer lorsque j'entends des bruits sourds et étouffés en provenance de la tente de Luka... et Aïna. Oh non, ils sont en train de....

Ne sachant plus où me mettre, je me lève et décide de m'éloigner un peu histoire de ne plus rien entendre. La nuit est calme et paisible mais aussi inquiétante. J'ai parfois l'impression d'entendre des bruits de pas, je me sens observée, mais ça doit être mon imagination. En marchant, je n'arrête pas de penser à mon rêve. Je n'avais pas repensé à ma fugue à Lyon depuis un long moment. J'y étais allée pour confronter l'avocat qui défendait Théo et qui s'était acharner à mener des négociations pour lui éviter d'aller en prison. J'avais une haine viscérale envers lui car il avait essayé de convaincre les jurés que Théo était malade, qu'il ne contrôlait pas ce qu'il faisait et que tout était ma faute car j'avais eu un comportement aguicheur envers lui. Quel salaud ! J'avais réussi à dérober le téléphone de l'homme que j'avais heurté ce jour-là pour l'appeler, mais au final, je n'ai même pas eu à le faire. Incroyable coïncidence : en fouillant dans le téléphone, je me suis rendu compte qu'il appartenait au frère de cet avocat et je savais exactement où il serait le soir-même. Bien sûr, tout cela s'est soldé en échec ; c'est difficile de raisonner un homme sans cœur.

Le bruit d'une branche qui craque me fait sursauter. J'ai réellement l'impression d'être espionnée... Aussi, je préfère aller me coucher rapidement et tenter de dormir malgré le vacarme qui règne dans cette forêt silencieuse.

11 : 43

C'est la première et bien la dernière fois que je campe en forêt, dans une tente aussi inconfortable que celle-ci. J'ai l'impression qu'un

camion m'a roulé dessus trois fois au moins. Mes membres sont en-
doloris et mes courbatures me font un mal de chien.

— Bonjour princesse, que tu as l'air en forme aujourd'hui, se moque
Luka.

— La ferme, dis-je en m'étirant.

— Un vrai rayon de soleil.

Je l'ignore. Je ne suis pas du matin en temps normal, mais
alors aujourd'hui... Je m'assoie sur la grosse branche que l'on a disposé
près du feu la veille pour regarder ce que fait Luka. Il remue des œufs
dans une casserole posée sur un petit réchaud à gaz.

— Tu prépares le petit dej' ? demandé-je en sentant mon ventre gargouiller.

— Le déjeuner, tu veux dire. Il est presque midi je te rappelle.

— Quoi, déjà ?

— Eh ouais.

— Aïna dort encore ?

— Non, elle est allée chercher des bouteilles d'eau dans la voiture et
Adèle est partie pisser.

— Que c'est joliment dit, fais-je en baillant.

— Que c'est élégant !

— Je meurs de faim.

— Moi aussi.

Il s'empare de plusieurs assiettes en carton déjà garnies de
pain et de merguez et y ajoute une portion d'œufs.

— Ah, bah t'es enfin réveillée ! s'écrie Aïna en nous rejoignant.

— Ouaip.

Elle pose les bouteilles d'eau au sol et lance un regard gêné en direction de Luka.

— Bon, vous avez finis de vous regarder comme ça, oui ? Comme si vous n'aviez pas fait assez de bêtises hier soir, dis-je en levant les yeux au ciel.

— Quoi ? s'exclament mes deux amis en chœur.

— Je vous ai entendu.

Aïna et Luka baissent les yeux, morts de honte.

— Désolée.

— Ça va, ce n'est rien. Bon, Adèle est en train de faire caca ou quoi ?

Cette dernière arrive pile à ce moment-là. Luka nous donne nos assiettes et tout le monde mange dans la bonne humeur. Aïna et Luka se dévorent du regard tandis qu'Adèle et moi n'en ratons pas une pour les taquiner. Cette journée s'annonce bien, finalement.

Chez Ava

20 : 47

La journée a été si épuisante que je n'ai pas eu la force de manger. Après être rentrée, j'ai rapidement joué avec Drew, j'ai parlé à ma Nana, puis je suis allée prendre une douche. Une fois dans ma chambre, je balance mes chaussons à travers la pièce et je me laisse doucement glisser contre la porte fermée. Je me sens épuisée. Nous avons beaucoup marché, beaucoup ris et beaucoup crié aussi et maintenant, je ne sais même pas si j'aurais la force de me relever pour retirer mon peignoir et me mettre au lit. Assise par terre, le front posé sur mes genoux, je soupire en passant ma main dans mes cheveux qui sentent encore le produit que m'a appliqué Aïna pour mon lissage. Je reste immobile pendant quelques minutes, juste le temps de reprendre quelques forces mais je me rends compte que je commence à m'endormir. Il faut que je me lève.

En redressant la tête, mon regard croise une boîte cachée sous mon lit. Ça fait tellement longtemps que je ne l'avais pas vue que j'en avais oublié son existence. Jusque-là, je la voyais comme une boîte de Pandore. Je pensais qu'en l'ouvrant, toute la souffrance du passé referait surface, que je plongerais à nouveau, mais j'avais tort : la souffrance est déjà là. Je la fais glisser jusqu'à moi et la regarde attentivement. Elle est en bois laqué, je me rappelle que c'est ma mère qui me l'avait offerte pour mon anniversaire à mes quatorze ans. Elle contenait des bijoux de famille de valeur que j'ai décidé de lui rendre le jour où elle s'est comportée comme un monstre avec moi. Ensuite, j'ai décidé de me servir de cette boîte pour renfermer toutes mes souffrances.

Je caresse doucement les lettres de mon prénom gravées sur le couvercle, hésitant à ouvrir. Je prends une grande inspiration puis je finis par regarder le contenu. Je tombe directement sur des photos de mes anciens amis. Qu'est-ce que j'ai changé ! J'avais l'air si épanouie avant... Mon sourire était grand et sincère, pas comme aujourd'hui. Pas de peur, ni de haine sur mon visage. Je pose les photos par terre, à côté de moi et je trouve le vieux téléphone que j'avais dérobé à cet homme il y a maintenant quatre ans. Je tente de l'allumer mais bien sûr il n'y a pas de batterie. Il faudrait que je trouve un chargeur. Ça pourrait être drôle de retrouver le proprio. *Bonjour, je ne sais pas si vous*

vous souvenez de moi, je vous ai volé votre téléphone il y a quatre ans. Voilà, je vous le rends ! N'importe quoi...

Au moment où je repose le téléphone, j'entends quelqu'un frapper à ma fenêtre. Juliann ! Je range rapidement la boîte et je me lève précipitamment pour aller ouvrir en espérant de toutes mes forces que ce ne soit pas une hallucination. Ses yeux gris-vert transpercent les miens instantanément. La lueur qui y brille est si vive que je me sens obligée de reculer de trois pas alors que je veux qu'aucun millimètre ne nous sépare.

Juliann me sourit espièglement puis quitte l'obscurité de la nuit pour entrer dans ma chambre éclairée. Ça ne fait que quelques jours que l'on ne s'est pas vus et pourtant j'ai l'impression que ça fait des semaines. Il m'a tellement manqué.

Sans réfléchir, sans écouter mes craintes, je le rejoins et me blottis entre ses bras aussi fort que je le peux. C'est incroyable la manière dont mon corps réagit à sa présence. Je ne veux plus le quitter.

— Tu m'as tellement manqué, murmuré-je.

— Toi aussi, Ava. Mon dieu, toi aussi.

Il me serre plus étroitement en caressant mes cheveux. Une envie soudaine de poser mes lèvres sur les siennes me traverse. Je m'écarte un peu, me mets sur la pointe des pieds et l'embrasse passionnément. Un courant électrique familier se décharge en moi et fait fondre mon cœur. J'ai conscience de chaque parcelle de mon corps : mes poils qui se dressent, mes tétons qui pointent, mon cœur qui bat plus vite... Tout. Juliann met tous mes sens en éveil et c'est enivrant.

— Je vais te porter, Ava. Je vais devoir t'emmener sur ton lit et te caresser parce que, putain, j'en ai besoin, me dit-il suavement.

— D'accord.

J'enroule mes jambes autour de lui lorsqu'il me soulève. Il me pose délicatement sur mon lit, me caresse tendrement la joue comme lui seul sait le faire et dépose ses lèvres sur les miennes encore une fois sans me quitter des yeux. Je me noie au fond d'un océan. L'oxygène a comme quitté mon cerveau et j'ai l'impression de planer. Je pousse un soupir de frustration lorsqu'il se relève pour retirer ses chaussures. *T'es trop impatiente, mon ange,* me disent ses iris gris et son sourire narquois. Il devient soudainement sérieux et serre la mâchoire. Merde, encore ce regard. Celui qui dit *je vais te manger toute crue.* Je sens ma boule de nerfs pulser entre mes jambes.

— Laisse-moi te toucher, supplie-t-il.

— Juliann...

Je gémis lorsque ses doigts viennent caresser mes hanches à travers mon peignoir.

— Tu te sentirais prête à te déshabiller devant moi ?

— Je ne sais pas. Oui ?

— Sois sûre de toi mon ange. Je veux que tu me donnes une réponse claire.

— Oui. Oui, je me sens prête.

C'est toujours gênant de se déshabiller devant quelqu'un... Juliann défait le nœud de mon peignoir, puis ouvre les pans pour me regarder. Il cligne plusieurs fois des yeux, le regard rivé sur ma poitrine en se mordant les lèvres.

— Tu es magnifique. Je ne te mérite pas.

Je n'ai pas le temps de répondre quoi que ce soit : il se penche pour déposer des baisers sur mes hanches striées de vergetures. Je me cambre, parce que sa bouche, où qu'elle se pose sur moi, me fait vibrer comme rien d'autre. Ses lèvres remontent vers ma poitrine sensible, mais ne s'y attarde pas assez. Il plante ses dents dans mon cou et suçote ma peau. Encore un suçon. Je m'en fiche, qu'il fasse de moi ce qu'il veut. J'agrippe ma couverture en gémissant. J'ai peur que ma grand-mère entende, je sais qu'elle ne dort pas encore. En même temps, je ne peux pas me retenir. Il finit par s'allonger sur moi et caresser ma joue.

— J'ai envie de te faire jouir avec ma bouche.

J'inspire brusquement. Il est toujours très cru. Je hoche la tête, parce que l'idée me plaît beaucoup.

— J'ai aussi très envie de te doigter.

Je manque de m'étouffer avec ma salive. J'acquiesce une nouvelle fois.

— Est-ce que ta grand-mère est là ?

— Oui.

— Elle risque de nous entendre, on devrait mettre de la musique.

— Mon téléphone est sur ma coiffeuse, il est déjà connecté à mon enceinte.

Il se relève sans me quitter des yeux et s'empare de mon téléphone. Quelques secondes plus tard, j'entends *Glory Box* de Portishead résonner dans ma chambre. Le volume n'est pas trop fort, mais juste assez bien pour camoufler mes gémissements. Juliann se retourne et avance vers moi à pas de loup, le regard rivé sur moi. Je le veux. Je serre fort les cuisses à la fois pour cacher ma nudité et pour contrôler ma libido qui semble être partie en vrille. Mais il les écarte lentement

pour s'immiscer entre elles. Son érection se pose à un endroit straté-
gique. Je gémis en me frottant contre lui et il a l'air d'aimer ça.

— C'est ça, salit mon jean, mon ange. Montre-moi à quel point tu me
veux.

Je ferme les yeux et bouge de plus belle contre lui.

— Tt-tt, regarde-moi.

C'est difficile, mais je garde les yeux ouverts pendant qu'il accompagne mes mouvements, frottant son érection contre mon clito
gonflé. Mon désir coule à flot, je pourrais jouir comme ça, mais il
s'éloigne et glisse par terre pour se mettre à genoux. Il prend mes
jambes et les positionne sur ses épaules avant de saisir mes hanches et
les tirer jusqu'au bord du lit. Je suis à sa merci. Son souffle chaud caresse mes poils pubiens et je rougis.

— Juliann, je ne me suis pas épilée.

— Qu'est-ce que tu veux que ça me fasse ?

Je me redresse sur les coudes pour le regarder. Ses yeux in-
candescents sont encore rivés sur moi. Il se lèche les lèvres puis plonge
la tête entre mes cuisses pour refermer sa bouche autour de mon clitoris.

— Oh mon dieu !

La foudre s'abat sur moi. C'est violent et doux à la fois, magique, une sensation incroyable. J'ai l'impression de prendre feu, je ne
pense plus, mon cerveau est en compote. J'agrippe ses cheveux et l'invite à aller plus loin. Tout mon corps cherche la libération. Je suis
tendue à l'extrême. Juliann attrape mes cuisses et intensifie ses baisers.
Il aspire ma peau, la mordille. Me regarde avec rage et passion comme
si j'étais un mets délicieux et inaccessible. Comme s'il se maîtrisait,

qu'il voulait se jeter sur moi et me faire sienne sur le champ. Ses mouvements sont lents mais je sens tout son désir y résider.

— Juliann !

Ça fait du bien. Ça fait mal. C'est brûlant et tellement jouissif, tellement intense. La nuance gris-vert de ses yeux change, devient plus sombre encore. Qu'est-ce que c'est bon ! Je me sens couler au fond d'un océan de plaisir. Une eau trouble déchaînée qui ne fait qu'un avec un ciel gris fendu, par un éclair puissant.

— Juliann !

Un cri aigu m'échappe lorsqu'il s'insinue en moi langoureusement et que l'un de ses doigts vient titiller ma boule de nerf. Je coule…

— Je vais... Je... Oh mon... balbutié-je.

Mes pensées se bousculent, je n'arrive plus à réfléchir. Il accentue ses caresses, me ramenant au bord de la chute. La musique continue de résonner dans la pièce. Elle passe en boucle depuis des minutes, des heures, je ne sais plus. Mon corps entier est pris de convulsions, le plaisir parcourt ma colonne vertébrale jusqu'à mes reins, mon bas ventre n'est qu'un brasier qui se consume encore et encore.

— Jouis, mon ange. Lâche-toi.

Ces mots me font pousser un cri d'extase. Je lâche. Je lâche tout. Je sens quelque chose se dérouler en moi puis exploser et je me sens retomber comme une plume. Doucement, pendant que Juliann remonte en déposant une pluie de baisers le long de mon ventre.

— Ça va ? demande-t-il une fois que j'ai repris ma respiration.

— Oui.

— Comment c'était ?

— C'était... Une tentative de meurtre ?

Il rit en se redressant puis roule sur le côté en grimaçant de douleur. Une bosse au niveau de son jean me fait deviner la cause de son mal.

— Ça va, dit-il en remarquant que je le regarde.

— Je dois... ?

— Non, Ava, tu ne dois rien. Chaque chose en son temps.

C'est vrai. Il est tellement patient. Il se déshabille et j'en profite pour me positionner correctement dans mon lit et me glisser sous la couette. Il me rejoint et me fait signe de poser la tête sur son torse. Le silence est apaisant, mais il me rappelle aussi qu'on doit parler.

— Ava ?

— Oui ?

— Ne m'ignore plus comme ça. À l'avenir, si tu as un problème, tu m'en parles.

— Ok.

— Et Cara a raison. La seule femme à qui j'ai donné mon cœur, c'est Anaëlle. Sauf qu'elle n'est pas morte avec, il s'est juste brisé en mille morceaux lorsqu'elle est partie, mais toi, tu le répares. Les morceaux se recollent peu à peu chaque fois que je suis avec toi et je n'hésiterais pas une seconde à te le donner une fois qu'il sera assez présentable. Parce que je suis en train de tomber amoureux de toi, Ava Kayris.

Je ferme les yeux. Ce sont les mots les plus doux qu'on ne m'ait jamais adressé. Je voudrais lui dire que c'est réciproque, mais il est encore difficile pour moi d'exprimer mes sentiments avec des mots, alors je décide que mon langage corporel suffit et qu'il saura lire dans mes yeux. Je me blottis plus fort contre lui et j'écoute les battements chaotiques de son cœur battre au même rythme que le mien.

Chapitre 21 | Ava

Je gribouille distraitement sur mon cahier en repensant à la semaine que j'ai passé avec Juliann. Mon sourire niais ne quitte pas mes lèvres, j'ai l'impression d'avoir inhalé du gaz hilarant, mais le brouillard dans lequel je flotte s'appelle tout simplement *amour. Substance chimique hautement addictive qui provoque des sensations étranges dans l'estomac, vous donne l'impression de tomber dans le vide et vous fait développer une obsession pour une personne en particulier.* C'est *ça* la vraie définition de l'amour.

La classe est calme, le silence est seulement interrompu par le bruit des mines de stylos qui grattent le papier que nous a distribué Juliann. Un contrôle. J'ai fini depuis un moment, raison pour laquelle je m'autorise à penser à la manière dont il s'est agenouillé l'autre jour pour… Je sors de ma rêverie lorsque l'on toque à la porte.

— Entrez ! s'exclame Juliann en se levant de son bureau.

Je grimace en voyant la prof d'histoire entrer tout sourire dans la salle. Je la hais, elle ne manque pas une occasion pour me rabaisser pendant ses cours. Elle me fait penser à Cara, peut-être qu'elles ont un lien de parenté. Les deux jumelles maléfiques.

— Tiens, salut Sylvie, je peux t'aider ?

Sylvie ? Berk.

— Oui, je peux te parler une seconde ? C'est pour la sortie de lundi prochain.

— Bien sûr. Continuez votre devoir, je ne veux pas vous entendre sinon c'est zéro, ok ?

J'ai envie de lever les yeux au ciel, ses ordres me passent bien au-dessus, mais on a dit qu'on séparait le lycée et notre relation, alors je ne le fais pas. Madame Cabin, aka *Sylvie*, s'approche de Juliann et parle avec lui en le regardant avec des yeux de merlan frit. Argh, je rage intérieurement Qu'est-ce qu'elle a de si important à lui raconter ? Pourquoi elle rigole comme s'il lui avait fait la blague la plus hilarante du monde ? Et pourquoi est-ce qu'elle touche son avant-bras comme ça ? Je les fusille du regard et Juliann semble le remarquer car il me jette un coup d'œil furtif. Je fulmine Je casse mon stylo lorsqu'elle se penche pour lui chuchoter quelque chose à l'oreille. Alors là, c'est officiel, je vais la tuer.

— Ava, ça va ? me demande Luka.

Je baisse les yeux sur ce qu'il reste de mon stylo bleu cassé en deux. Les deux morceaux sont dans chacune de mes mains et quelques débris sont tombés sur ma feuille.

— Ouais, grogné-je. Pas fait exprès.

La garce s'en va juste avant que la sonnerie annonçant la récrée ne retentisse. Nous rangeons précipitamment nos affaires, prêts à partir, mais la voix de Juliann m'immobilise.

— Kayris, tu restes, il faut qu'on parle de ton dernier devoir.

Je déteste qu'il me parle comme ça. Argh, monsieur Ronadone est insupportable, rendez-moi Juliann. Je soupire et attends que
le dernier élève ferme la porte en sortant. Je croise les bras et lui aussi.

— Je n'ai pas triché.

— Je m'en fous de ton devoir Ava.

Oups, Ronadone est parti.

— C'était quoi, ça ? T'es jalouse ?

— De qui ? Madame Cabin ? Jamais de la vie.

Je prends un air désinvolte, mais il ne mord pas à l'hameçon.

— Approche.

Pourquoi est-ce que je mouille chaque fois qu'il me donne un
ordre ? Je me redresse et me mets en face de lui, soutenant son regard.

— Place tes mains à plat sur le bureau et penche-toi.

— Tu vas me donner une fessée ?

— Non.

Je soutiens son regard encore un instant avant de lui obéir. Il
défait les boutons des manches de sa chemise, puis se place derrière
moi pour murmurer des paroles obscènes à mon oreille.

— Tu penses qu'elle me plaît ?

— Je ne sais pas, tu souriais comme un imbécile.

Sa main s'écrase sur mes fesses avant même que je ne finisse
ma phrase. Ça ne fait pas mal, mais je suis surprise. Et excitée.

— Tu m'avais dit pas de fessée.

— Ouais, mais tu me provoques, mon ange.

Sa main se faufile sous ma robe noire et il arrache mes collants
d'un geste brusque. Mon cœur bat dans mes tympans.

— Qu'est-ce que tu fais ?

— Tais-toi. Regarde comme t'es mouillée.

Juste comme ça, il décale ma culotte et glisse un doigt en moi. Je me mords la lèvre pour ne pas gémir.

— Que ce soit clair, Ava, il n'y a que toi qui me plaît.

Deuxième doigt.

— Je ne vois que toi, tu m'entends ? Je t'appartiens, ne prends pas ma gentillesse pour du flirt, car la seule et unique personne que j'ai envie de baiser, c'est toi. Est-ce que c'est clair ?

Je n'arrive pas à répondre, c'est juste trop bon. Je me cambre pour venir à la rencontre de sa main.

— Je n'ai pas entendu ta réponse.

— Oui, oui.

Satisfait, il s'écarte à mon plus grand dam. Il me faut un moment pour retrouver mes esprits et me redresser.

— Bien, fait-il après avoir léché ses doigts. Tu peux t'en aller.

— Tu as déchiré mes collants.

— Personne ne verra ce qu'il y a sous ta robe, du moins, j'espère.

— Ça, je ne peux pas te le promettre.

Je lui lance un sourire narquois, récupère mon sac et ouvre la porte sous son regard noir.

— Bonne journée, monsieur Ronadone.

Bonne journée, petite peste.

Lycée

Vendredi 10 Novembre

15 : 20

Ce que m'a fait Juliann l'autre jour ne m'empêche aucunement de détester *Sylvie*. Je la sens me dévisager pendant que je copie le cours qu'elle dicte, mais j'en fais abstraction. C'est quoi son problème ?

La salle est totalement silencieuse, si ce n'est la voix haut-perchée de la rouquine, la pluie qui s'abat sur les vitres, et les quelques gouttes qui coulent du plafond et qui viennent s'écraser dans un sceau au fond de la salle. *Sylvie* est interrompue par un surveillant qui toque à la porte avant de l'ouvrir dans un grincement effroyable. Il nous distribue des enveloppes. Les photos de classe il me semble, je n'ai pas vraiment écouté, trop occupée à finir d'écrire. Je mets la mienne de côté, me disant que je l'ouvrirai à la fin du cours.

— Tu ne regardes pas ? me demande Luka.

— Non, plus tard.

— Donne, je le fais à ta place. J'ai hâte de voir ta tête.

— Non !

Il s'empare de la lettre et commence à l'ouvrir, mais je la lui arrache des mains.

— C'est bon, je l'ouvre. T'es insupportable quand tu t'y mets.

— Dit-elle.

La scène se passe au ralenti. Mon sourire se fane lorsque je sors les photos de l'enveloppe. Au début, je ne comprends pas ce que je vois et d'un seul coup… d'un seul coup, je suis projetée en arrière, dans cette cave étouffante. Mes genoux qui s'enfoncent dans le sol en bétons, mes supplications et cette voix hideuse. *Tu vas aimer, mon cœur, je te le promets. Toi et moi on est fait pour être ensemble. C'est tellement bon, Ava.* Ces mains que je n'ai pas permises de me toucher… Les pieds de ma chaise crissent sur le carrelage lorsque je la pousse en arrière pour me lever et foncer vers la corbeille pour vomir mes tripes. *J'ai honte de toi. Honte que tu sois ma fille.* Je dégurgite tout ce que j'ai sous l'œil stupéfait de la prof et des élèves, mais ça fait un moment qu'ils ne sont plus là. Il n'y a que moi et les photos que je tiens fermement dans la main. Je ne suis plus dans une salle de classe, je suis dans cette cave. *S'il te plaît arrête. Je t'en supplie Théo, laisse-moi partir.* Trois jours. Trois jours d'horreur qu'on me balance en pleine figure avec ces photos abjectes dont je ne connaissais même pas l'existence.

— Je suis désolée, désolée…

Je me lève en titubant et sors de la salle. Je me sens souillée. Ses mains sur mon corps. Je suis immobilisée au sol et il me touche sans que je ne puisse me défendre. Je suis emprisonnée, je ne peux que subir. Je sens encore son souffle sur ma nuque, sa mauvaise haleine. Je suis sale, tellement sale ! Je descends les marches en trombe et cours jusqu'à la sortie sans me retourner. Je crois entendre la voix de Juliann m'appeler, mais il est trop loin, beaucoup trop loin. Même lui est incapable de me sortir de cette cave. J'entre dans ma voiture, je démarre et je ne lâche pas la pédale d'accélérateur. J'ai besoin de laver le sperme et le sang qui coulent entre mes cuisses, j'ai besoin d'effacer les marques de ses mains. J'ai besoin de me noyer.

Quatre ans plus tôt

Chez Théo
Jeudi 9 Mai
04 : 13

Je reprends connaissance dans un endroit que je ne connais pas. Humide, très chaud et très sombre, je suffoque. C'est à peine si j'arrive à respirer correctement tellement l'air est lourd. Je ne sais pas depuis combien de temps je suis là, je crois que Théo m'a drogué, car je ne me rappelle pas grand-chose. Je me relève lentement. Mon crâne me fait atrocement mal. Je passe la main dans mes cheveux et grimace lorsque mes doigts rencontrent le sang séché qui forme une croûte sur mon crâne. Mais c'est loin d'être le pire : je n'ai plus mon jean et ma culotte est tâchée de sang. Et de sperme. Je fais un effort surhumain pour ne pas me mettre à pleurer ou crier. C'est donc comme ça que j'ai perdu ma virginité ? J'ai l'impression qu'on m'a arraché quelque chose qui ne pourra plus jamais m'être rendu. Je me sens si sale, si… Non, non, ce n'est pas le moment de céder à la panique. Je dois à tout prix sortir de cet endroit.

Mes yeux s'habituent peu à peu à l'obscurité, alors j'en profite pour regarder autour de moi, mais il n'y a rien. J'ai l'impression d'être dans une cave. La pièce est toute petite et ne comporte ni fenêtre, ni aération. En fait, seul le petit espace sous la grande porte en métal rouillé laisse entrer l'air. Je ne mourrai pas d'asphyxie, mais s'il m'a enfermé ici, c'est qu'il compte recommencer. Je n'y survivrai pas. Je n'y survivrai pas !

Je suis enfermée entre quatre murs et à mesure que je prends conscience que je n'ai aucune issue, toute mon assurance s'effondre. Je réalise que mon cauchemar est très loin d'être fini. Qu'ai-je bien pu faire pour mériter d'être traitée comme un animal que l'on enferme avant de l'envoyer à l'abattoir ? Pourquoi ? Je veux rentrer chez moi. J'ai de plus en plus de mal à respirer et je laisse échapper quelques sanglots jusqu'à ce que j'entende le bruit sourd de la porte qui s'ouvre. Il est là, devant moi. Je n'ose pas regarder son visage, je me contente de fixer son jean bleu. Il referme la porte sans un mot. Je veux mourir.

Présent

Plage
16 : 08

Je ne prends pas la peine de me garer correctement. Les vagues qui s'échouent sur le rivage m'appellent, c'est parmi elles que je me sens bien. Je cours rapidement sur le sable et retire mes chaussures et mon jean. Je frissonne lorsque l'eau glacée entre en contact avec mes pieds, mais peu importe. Le courant est fort, peut-être que je vais me noyer, peut-être que je vais mourir d'hypothermie, mais ça sera toujours mieux que de vivre dans mon propre corps. J'ai besoin de l'océan pour me laver. J'ai besoin de plonger dans l'eau et de laisser toute ma souffrance à la surface.

Je nage quelques mètres avant de me laisser flotter. Les vagues sont déchaînées, elles s'enroulent autour de mon corps dans une étreinte glacée qui m'apaise. Le ciel est gris et les nuages sont bas, comme s'il allait se remettre à pleuvoir d'une seconde à l'autre. Je ferme les yeux car ce gris me fait penser à Juliann et au fait que je ne le mérite pas. Je ne suis qu'un déchet, comme ai-je pu être assez idiote au point de penser que j'avais le droit au bonheur ? Des larmes glissent sur mes tempes et se mêlent aux vagues. Je prends une grande inspiration et me laisse couler sous l'eau.

J'imagine ne jamais remonter à la surface, mon corps inerte se décomposer au fond. Plus je plonge et plus je vois mes angoissent s'éloigner, flotter à la surface. Je pourrais rester là pour toujours. Bercée par l'océan, lavée de toutes les souillures qui pourrissent mon existence. J'ai presque envie d'ouvrir la bouche pour permettre à l'eau d'envahir mes poumons. Le silence est si apaisant, je me sens bien. Je me sens… tirée violemment. Je tente de me débattre, mais il est plus fort que moi. Je me retrouve rapidement hors de l'eau.

— Ava, qu'est-ce que tu fais ?

Juliann m'entraîne hors de l'eau et me porte jusqu'à sa voiture. J'ai conscience qu'il est avec moi, mais son visage est flou et ses mots sont étouffés, je ne comprends rien de ce qu'il me dit, car je me trouve encore entre l'océan et la cave. Je le sens vaguement retirer mes affaires mouillées et m'aider à enfiler des vêtements chauds et secs, puis il attache ma ceinture et disparaît quelques secondes. Je remarque que je suis dans sa voiture seulement lorsque j'entends le clic de ma ceinture qu'il attache. Ma respiration est erratique et je lutte pour ne pas craquer. Je lutte pour enfouir les souvenirs car je ne veux pas me rappeler.

Juliann tente de me parler, mais je ne l'entends toujours pas. Il finit par démarrer la voiture et je ne tarde pas à m'endormir.

Chez Juliann
17 : 02

Je me réveille lorsque je sens Juliann me caresser la joue. Il pleut. Une averse lourde et épaisse recouvre les vitres et pendant un moment, j'ai l'impression de me trouver dans une voiture échouée sous l'eau. Je mets du temps à me rappeler ce qu'il s'est passé, à sortir de ma léthargie.

— Salut, me dit-il quand je le regarde.

— Salut, fais-je avec un faible sourire. On est où ?

— Devant chez moi. Mais je peux te ramener chez toi si tu veux.

— Non. Non, ça va.

— Ok. On rentre ?

J'acquiesce. Je n'ai sur le dos que son manteau et une culotte. Juliann sort de la voiture en premier et fait le tour pour m'ouvrir, un parapluie à la main. Nous nous précipitons vers la porte d'entrée avant de nous engouffrer à l'intérieur. La maison est silencieuse. Tellement silencieuse qu'elle laisse trop de place à mes pensées. J'ai honte de ma réaction. Je m'inquiète que Juliann ai vu les photos et je me sens intimidée à l'idée qu'il ait pu me voir dans une telle détresse.

— Installe-toi devant le feu, je te ramène des affaires sèches, dit-il avant de monter à l'étage.

J'avance si lentement que lorsqu'il redescend, je ne suis même pas encore arrivée à la cheminée.

— Ava, tu m'as fait tellement peur, dit-il en me caressant la joue tendrement.

— Je suis désolée.

— Je t'aide à t'habiller ?

— Oui.

Il retire le manteau qui recouvre ma poitrine nue et le laisse tomber à terre. Je frissonne en sentant la morsure de l'air froid sur ma poitrine. Juliann m'aide à enfiler un pull en laine. Son visage reflète plusieurs expressions en même temps : la colère, l'inquiétude, la tendresse. Mais celle qui domine c'est la peur. Je passe la main sur sa joue et je dépose un chaste baiser sur ses lèvres.

— Ava, souffle-t-il.

Il n'en dit pas plus, nous n'avons pas besoin de mots, nos cœurs parlent à notre place. Il colle son front contre le mien et ferme les yeux en serrant la mâchoire. Nos âmes se parlent, c'est comme si j'avais accès à toutes ses pensées. *J'ai eu peur de te perdre, je me suis tellement inquiété. Ne me fais plus jamais ça, je t'en prie. Je suis là pour toi.*

Juliann finit par s'écarter pour se mettre à genoux devant moi.

— Je vais retirer ta culotte. Tu vas enfiler un de mes boxers secs. T'es d'accord ?

J'acquiesce. Il dépose un baiser sur ma cuisse puis fait lentement glisser mon sous-vêtement le long de mes jambes avant de m'aider à enfiler son boxer.

— Je t'ai pris un pantalon aussi.

— Non. Ça ira.

— T'es sûre ? Tu n'as pas froid ?

— Non.

— Non tu n'es pas sûre ou non tu n'as pas froid ?

— Je veux juste…

Je soupire et détourne le regard. J'étais dans ma bulle et Ju-liann m'en a extirpée. Maintenant, je suis à l'extérieur, en souffrance et je ne sais pas comment réagir. Pleurer ? Crier ? Parler ? Je ne peux pas me replier sur moi-même, or c'est la seule réaction que je connaisse.

— Tu veux un chocolat chaud ?

— Oui, s'il te plaît.

— Assieds-toi près du feu avec le plaid, j'arrive.

Cette fois, j'arrive à m'installer avant qu'il ne revienne. Les flammes dansent lentement sous mes yeux, je suis comme hypnotisée par le spectacle de ce feu en train d'embraser les bûches. Elles progressent lentement et dévorent tout sur leur passage, ne laissant que des cendres. Est-ce que je ne suis qu'un tas de cendres ravagé par les flammes moi aussi ?

— Voilà ton chocolat.

— Merci.

— Je peux m'installer derrière toi ?

— Oui.

Il se colle à moi et m'enlace tendrement pendant que je bois ma boisson chaude.

— Est-ce que tu veux parler ?

Silence.

— Ava, susurre-t-il.

— Pas maintenant.

— Est-ce que je peux faire quelque chose au moins ?

— Oui ?

— Quoi donc ?

— J'ai… J'ai besoin de te sentir…

Il s'empare de ma tasse pour la poser sur la table basse puis il se place en face de moi pour m'embrasser langoureusement. Je me sens ranimée. Une douce chaleur s'empare de mon corps lorsque sa langue caresse la mienne. Je me redresse en me mettant à genoux pour intensifier ce baiser et sentir son corps contre le mien. Comme à chaque fois, un courant électrique me traverse. Ça fait tellement du bien de ressentir autre chose que de la colère et de la souffrance. Je veux plus. Si je ne peux pas me noyer dans l'océan, j'aimerais au moins pouvoir me noyer dans un orgasme. Juliann semble lire dans mes pensées.

— Non, Ava, dit-il sévèrement. Tu ne vas pas bien.

— S'il te plaît. J'ai besoin que tu me touches.

— Non. Pas comme ça.

— Juliann…

— On va s'allonger et rester près du feu. On va même s'enlacer mais il ne se passera rien, ok ? Ce n'est pas sain de noyer ses émotions dans le sexe, je sais de quoi je parle. J'aimerais que tu te confies à moi. Pourquoi tu t'es mise en danger comme ça ?

Je ne réponds pas, alors il s'écarte et s'empare de deux coussins pour les poser sur le tapis, en face de la cheminée. Il s'allonge avant de me faire signe de l'imiter. Je me blottis contre lui et l'embrasse une nouvelle fois. Pourquoi ne veut-il pas me toucher ? Je *sais* qu'il en a envie.

— Je n'ai pas envie d'en parler, Juliann.

— Tu ne peux pas garder ça pour toi. S'il te plaît, mon ange, dis-moi ce qu'il t'est arrivé.

— Non…

— De quoi as-tu peur ?

De te dégoûter, que tu juges mériter mieux que l'épave que je suis. Tu aurais entièrement raison.

— Je… Je ne sais pas. Que tu me repousses, dis-je faiblement.

— Ça n'arrivera jamais. Jamais.

— J'ai tellement…

— Mon ange, rien n'est ta faute, ok ?

— Je…

— Ce n'était *pas* ta faute.

Je ferme les yeux pour empêcher mes larmes de couler. On ne m'avait jamais dit ça, avant. Jamais. Ça fait tellement du bien de l'entendre.

— Est-ce que tu veux bien répéter ?

— Ce n'était pas ta faute.

Je bois ses paroles. Il a le don de me toucher en plein cœur, de trouver les mots justes. Je me retourne pour faire face à la cheminée et je prends sa main pour la poser sur mon ventre et entrelacer nos doigts. J'inspire profondément. Et je raconte.

Il m'écoute calmement sans m'interrompre une seule fois. Sa bouche ne produit aucun son mais son langage corporel lui, en dit long. Il se crispe, ses doigts serrent fort les miens, comme s'il cherchait à se contrôler. Il arrête de respirer lorsque je lui raconte que Théo m'a violée et c'est là que j'arrête mon récit, car je ne sais pas s'il supportera d'entendre la suite qui est bien plus horrible.

— Ava, je…

      Lorsque je me retourne, je vois qu'une larme coule sur sa joue. Je l'essuie avec mon pouce, je ne veux pas qu'il pleure pour moi. Pour l'épave que je suis.

— Continue, finit-il par dire.

— Mais…

— Continue.

— Ok.

Quatre ans plus tôt

Chez Théo
Vendredi 10 Mai
00 : 07

Je suis enveloppée dans un brouillard noir et épais qui m'étouffe. J'ai mal partout et en même temps, je ne sens plus aucun membre de mon corps. Je tremble alors qu'il fait chaud, je suis nue, allongée dans une petite flaque de sang séchée et j'ai de plus en plus de mal à respirer. Pas à cause de l'odeur nauséabonde que dégage les nombreuses flaques de vomis et d'urine, cependant, mais plutôt à cause de ma souffrance qui m'étrangle. Je pense littéralement avoir pleuré toutes les larmes de mon corps car mes sanglots sont secs.

Je veux mourir. Je veux vraiment mourir. Je ne sais plus combien de fois cette ordure est venue pour me faire subir ces horreurs, je ne sais pas depuis combien de temps je suis là. Je suis totalement désorientée, parfois je me réveille dans un lit à l'étage, lui au-dessus de mon corps sans vie. Parfois je sens de l'eau couler sur moi, mais ce ne sont que des flashs, des images qui n'ont pas la moindre corrélation entre elles. Il a sûrement dû mettre de la drogue dans les bouteilles d'eau qu'il me donne, mais je n'ai pas d'autre choix que de boire.

Si au début je luttais pour me sortir de là, aujourd'hui je veux juste mourir. Je ne veux plus jamais revoir la lumière du soleil. Ni mes parents. Ni ma sœur. Ni mes amis. Je ne veux rien boire, rien manger. J'ai envie que cet enfoiré revienne avec une arme et me tire une balle dans la tête, puis qu'il m'enterre dans son jardin et que personne ne me retrouve. J'ai tellement honte de moi. Je me sens si sale. Je ne mérite pas de vivre, pas après ça. Le monde ne mérite pas de me supporter.

La sensation de sang et de sperme séché entre mes cuisses me donne envie de vomir. J'ai l'impression d'avoir été souillée. Les murs de cette pièce se referment peu à peu sur moi mais je n'ai plus l'impression de suffoquer, au contraire, je pense que ma place est ici, dans cette cave miteuse. Je ne mérite rien de mieux. Je ne veux plus en sortir, je ne veux pas que l'on me regarde, je ne veux plus avoir à parler. J'aimerais tellement mourir. La porte s'ouvre une nouvelle fois. Je m'évanouie.

Il n'y a pas eu de transition. J'ai perdu connaissance dans la cave et je me suis réveillée à l'hôpital, dans cette pièce stérile qui sent la mort et la rémission en même temps. Le bip incessant du moniteur cardiaque est la première chose qui m'a interpellée. Ensuite, ça a été la lumière aveuglante. Et puis les voix autour de moi.

Qui m'a fait sortir ? Non... Je perds connaissance à nouveau.

Vendredi 24 Mai

22 : 15

J'arrive à rester éveillée plus de dix minutes, cette fois. On me dit que j'ai été sous perfusion pendant un moment car je devais éliminer toute la drogue qu'on m'a fait ingérer. L'infirmière me dit aussi que pendant que j'étais inconsciente, ils ont dû faire des prélèvements sur mes parties génitales pour recueillir du sperme en tant que preuve et pour noter les différentes blessures. Je ne dis rien. J'écoute à peine. Je veux qu'on me laisse tranquille. On me rend parfois visite mais c'est étrange, j'ai quand-même l'impression d'être seule. J'entends à peine ce que l'on me dit, je n'arrive pas à prononcer un mot et dès que l'on essaye de me toucher je me replie sur moi-même. Je suis bloquée au fond d'un puits et je n'ai aucune envie de remonter.

Le choc ne se produit qu'au milieu de la cinquième nuit passée à l'hôpital. Je suis réveillée par un affreux cauchemar. Ou plutôt un affreux souvenir. Je hurle de toutes mes forces, mes joues inondées de larmes me brûlent et le bruit du moniteur cardiaque de plus en plus assourdissant ne fait qu'empirer les choses. Je ne sais pas pendant combien de temps je hurle. Cinq minutes ou peut-être seulement dix secondes, mais c'est suffisant pour prendre conscience de ce qu'il s'est passé. J'ai vécu un enfer sans nom, on m'a arraché mon âme et tout ce qu'il y avait de bon en moi. Maintenant, je ne suis qu'une affreuse chose qu'on a souillé puis jeté comme un vulgaire tas d'ordures. Ça fait tellement mal que lorsque je pleure, mes yeux me brûlent. Et mon cœur bat si fort dans ma tête que j'ai l'impression qu'il va faire exploser ma boîte crânienne.

Je me mets à débrancher les perfusions et je me dirige en urgence aux toilettes pour vomir. Je vomis mes tripes, j'ai l'impression que mon estomac va se décrocher et que je vais l'évacuer par la bouche avec mes intestins. Je retombe sur le sol quelques instants après, complètement vidée. C'est là le plus effrayant : je suis sortie de cette cave maudite mais ça ne change absolument rien. J'ai l'impression de toujours y être.

Je suis à l'hôpital, Théo n'est pas là et pourtant je ne ressens aucun soulagement. Rien ne peut soulager la douleur. À part peut-être la mort ?

Chapitre 22 | Juliann

Chez Juliann
Vendredi 10 Novembre
17 : 30

Des années à être égoïste, à ne penser qu'à ma douleur et me voilà en miettes face à ce que me raconte Ava avec tant de courage. Je n'ai pas envie de lui dire que je suis désolé pour ce qu'il lui est arrivé, je n'ai pas envie de lui dire que tout finira par s'arranger, tout simplement parce que je trouve ces mots stupides et bien loin de la réalité. Désolé ? J'ai littéralement envie de retrouver cette ordure et de le dépecer avant de le pendre au plafond pour le regarder crever lentement. J'ai envie d'aspirer la souffrance de mon ange, car aucun ado de quinze ans ne devrait avoir à vivre ça. Mais je ne peux pas et ça me déchire. Des larmes dévalent mes joues sans que je ne puisse les retenir et elle les essuie. *Mon ange, c'est à moi de te réconforter.* Tout prend forme. Je comprends que Drew est l'enfant de ce Théo, raison pour laquelle elle a autant de mal à l'aimer. Je m'en veux d'avoir insisté pour qu'elle fasse des efforts avec lui, si seulement j'avais su…

— T'en fais pas, Juliann, il n'y a pas de mot juste.

— T'es si forte, mon amour.

J'entrelace nos doigts et serre fort sa main dans la mienne.

— Tu n'as plus à porter ce fardeau seule, tu m'entends ? Je suis là.

Elle hoche la tête, l'air soulagée. Elle *sait*. Elle voit dans mes yeux que si elle me le demandait, je tuerais cet enfoiré sans ciller.

— J'ai l'impression d'être suivie ces derniers temps, reprend-elle la gorge nouée. Je reçois des coups de fil étranges, j'ai l'impression qu'on m'observe… L'autre soir, quand je t'ai appelé, j'étais en train de me promener et… J'aurais juré que quelqu'un était derrière moi. Et là, j'ai reçu des photos de moi… Moi nue, enfermée dans cette cave.

Je ferme les yeux pour maîtriser le flot d'émotions qui menace de me faire craquer à tout moment. J'ai *vu* ces photos. Je les ai récupérées dans sa voiture et j'ai lutté pour ne rien laisser paraître, pour réprimer la rage qui bouillonne en moi.

— C'est lui ? C'est ce Théo ?

— C'est impossible, il est enfermé dans un hôpital psychiatrique, mais… ça ne peut qu'être lui… À moins que quelqu'un ait réussi à voler ces photos ? Je ne sais pas Juliann, j… J'ai… p… p…

Elle craque. Comme le tonnerre que l'on entend gronder avant un déluge, elle fond en larmes et je me redresse pour m'asseoir et la faire basculer sur mes jambes. Je la serre fort contre moi et lui murmure des paroles réconfortantes. Je pleure avec elle, car en cet instant, c'est encore juste Ava et Juliann. Un seul et même cœur qui bat trop lentement, qui saigne, car la douleur est trop forte.

Je coupe le moteur et la regarde. Nous n'avons plus reparlé de son passé, nous nous sommes contentés de regarder la télé en silence et maintenant, je la ramène chez elle, mais je ne suis pas sûr qu'elle ait très envie de rentrer.

— Où est ma voiture ?

— Là-bas, dis-je en désignant sa Jeep noire garée plus loin.

— Comment…

— Luka est venu avec moi. Il a conduit ta voiture jusqu'ici.

— T'as laissé Luka conduire ma voiture ? Il n'a même pas le permis !

— Non, mais il sait conduire, ne t'en fais pas. Tes clés sont dans votre boîte aux lettres.

— Merci, dit-elle en hochant la tête.

Sa respiration est irrégulière, elle bloque encore l'air dans ses poumons. Pourquoi est-ce qu'elle fait ça ?

— Respire, mon ange.

Elle se détend instantanément.

— Il est déjà vingt heures, tu as raté ton rendez-vous. Et Inès et Drew…

— Inès est avec Cara et ta grand-mère est allée chercher Drew.

Mon *rendez-vous* ? Je serre la mâchoire. En effet, il est tard, j'avais complètement oublié, mais Ava était ma priorité. Je vois dans son regard qu'elle veut m'interroger, mais je la supplie de ne pas le faire, car je ne veux pas lui mentir et je ne veux pas non plus lui dire la vérité. Elle risquerait de me prendre pour un détraqué et c'est la dernière chose que je veux.

— Je vais y aller, dit-elle en souriant tristement.

— Ok.

— Ok.

Elle cligne des yeux plusieurs fois avant d'ouvrir la portière.

— Juliann ? m'interpelle-t-elle avant de quitter la voiture.

— Oui ?

— Merci.

Je souris, même si je sais que ce n'est pas ce qu'elle voulait dire. Elle ravale les trois petits mots qu'elle aurait voulu prononcer, pourtant, ses yeux le disent tout haut. Et les miens lui répondent que putain, c'est réciproque, même si j'ai essayé de réfréner ces sentiments.

— Au revoir, Juliann.

— Au revoir, Ava.

Chez Juliann
Vendredi 17 Novembre
16 : 43

Je me traîne hors du lit en entendant Cara et Anna discuter en bas. Ava a attrapé la grippe après son bain glacial de l'autre jour, il fallait s'y attendre. Elle n'est pas venue en cours de la semaine, mais j'ai quand-même réussi à me faufiler plusieurs fois dans sa chambre pour voir comment elle allait. Et maintenant, c'est moi qui suis malade comme un chien depuis mercredi soir. Je n'ai pas à me plaindre, cependant, car si j'avais l'impression d'être en train de crever il y a deux jours, je peux aujourd'hui me lever et marcher.

Je prends un comprimé avant de descendre dans la cuisine.

— T'as une sale mine, me dit Cara en me voyant.

Comme toi, j'ai envie de lui répondre, mais je m'abstiens. Elle a encore tiré avantage de la situation en me dépannant pendant que j'étais cloué au lit, malgré mes nombreuses protestations. Il faut dire qu'entre mes moments de délire causés par la fièvre et mon mal de crâne, je n'étais vraiment pas en mesure de négocier, finalement. Comme elle sait si bien le faire, elle en a profité pour rester à mon chevet, s'occuper d'Inès et me préparer des soupes absolument infectes. Elle a même changé la disposition des tableaux et objets de décoration, alors que la manière dont l'avait fait Ava m'allait très bien. Je me promets mentalement de tout remettre comme c'était.

— Tu veux du thé ? me demande Anna.

— Oui, mais je vais me le préparer seul, merci.

Ça m'agace qu'elle soit là. Elle a eu un entretien d'embauche dans les parages et en a profité pour venir me voir et s'excuser une énième fois pour son comportement de l'autre soir. Comme je compte aller chez mes parents dans moins d'une heure et que je cède trop facilement face à sa détresse, je lui ai proposé de la déposer chez elle au passage.

— Où est Inès ?

— Dans sa chambre. Je l'ai aidé à préparer ses affaires, répond Cara. Tu veux que je fasse ton sac ?

— Non, merci. Cara, tu peux rentrer chez toi, maintenant. Merci d'avoir été là, je ne veux pas exagérer.

— Oh mais ça ne me dérange…

— J'insiste. Je te remer...

Je suis stoppé net par les sanglots d'Anna. Putain, mais qu'est-ce qu'elle a encore ? Elle essuie ses larmes rapidement, mais c'est inutile car elles sont vite remplacées.

— Oh ma chérie, qu'est-ce qu'il se passe ? demande Cara.

— Désolée, désolée. Je pleure pour rien, je suis insupportable en ce moment. Je…

Elle prend une grande inspiration et s'empare maladroitement d'un mouchoir pour se moucher.

— Je suis juste à fleur de peau.

— Attends, ne me dis pas que tu es…

Par pitié, non… Anna hoche la tête pour répondre à la question de son amie. Je grince des dents, manquait plus que ça.

— Je viens de l'apprendre. Je suis enceinte de cinq semaines.

— Et tu vas le garder ?

La question sort de ma bouche sans que je ne puisse la retenir. Oups. Cependant, son air triste me prouve qu'elle ne veut pas de son enfant. Il tombe au mauvais moment, elle qui voulait retravailler… Je ne parle même pas des tensions avec mon frère.

— Oui. Je sais que ce n'est pas le moment, mais… Cet enfant n'a rien demandé.

Et elle se remet à pleurer de plus belle. Elle me fait beaucoup de peine. Oui, elle m'agace quand elle court après mon frère alors qu'il la traite comme une pute trouvée dans un bordel, mais la vérité, c'est qu'elle n'a pas vraiment le choix. Plus de famille, pas vraiment d'amis, pas de travail, rien. Elle dépend entièrement de Johann, elle doit se sentir comme en prison. Je lui fais signe d'approcher et je la prends dans mes bras pour la réconforter. Je me fige un instant, car son odeur m'est atrocement familière. Ce parfum à la framboise… c'est celui que portait Anaëlle. Pendant une seconde, j'ai l'impression que c'est *elle* qui entoure ma taille avec ses petites mains, mais non. Anaëlle n'est plus là.

La sonnerie retentit, mais je ne brise pas notre lien pour autant, car elle est encore en larmes. C'est Cara qui va ouvrir.

— Oh, Ava !

Mon ange ! Pile celle que je voulais voir.

— Cara, grogne-t-elle.

Je ressens sa frustration d'ici.

— Euh, entre, je t'en prie, lui dit Cara.

Elle m'exaspère à agir comme si elle vivait ici. J'ai hâte qu'elle s'en aille. Elles pénètrent dans le salon avec Drew et s'arrêtent près du canapé. Nos regards se rencontrent instantanément. Au début, j'ai peur qu'elle ne comprenne pas, mais elle n'a pas l'air en colère. *J'en ai pour une minute,* lui dis-je silencieusement. Elle hoche la tête.

— Inès est là ? demande Drew à Cara.

— Oui, elle est dans sa chambre.

Il court monter à l'étage, ses cheveux ondulés bougeant au rythme de ses pas. Mon attention se reporte vite sur Ava qui me regarde toujours alors que Cara lui chuchote quelque chose que je n'arrive pas à entendre. Ava lui répond et la rouquine vire au rouge cramoisi tandis que son visage se décompose. Elle recule, d'un pas, avant de dire calmement :

— Il vaudrait mieux les laisser. Ils ont besoin de parler.

Ava acquiesce et finit par rompre notre contact visuel. Elles s'assoient toutes les deux sur le canapé. J'en profite pour m'écarter d'Anna qui tremble encore.

— Merci, Juliann, dit-elle en reniflant.

— Je t'en prie. Est-ce que ça va mieux ?

— Oui.

— Écoute, je sais que ce n'est pas évident, mais un enfant ne va pas nécessairement ruiner ta vie et t'empêcher de faire ce que tu as envie de faire. Il faudra juste être un peu plus forte. Il y a des tas de mères célibataires qui se débrouillent très bien seules, je suis sûre que toi aussi tu pourras.

— Tu crois ? Je ne sais pas, j'ai peur de quitter ton frère. Je l'aime encore…

— L'amour ne suffit pas toujours, Anna. Surtout lorsqu'il ne va que dans un sens.

Elle hoquette de surprise. C'est brusque, mais je ne suis pas du genre à prendre des pincettes.

— Il est temps de penser à toi, parce que clairement, Johann n'en a rien à faire, lui.

Elle sourit tristement et hoche la tête. Je m'éloigne pour mettre fin à cette discussion et me dirige vers Ava. Anna me suit en marchent maladroitement. En nous voyant arriver, mon ange lève la tête et salue ma belle-sœur.

— Bonjour. Je suis Ava.

Elle se lève pour lui serrer la main et sourire avec bienveillance.

— Salut, répond-t-elle faiblement. Vous êtes la petite amie de Juliann, c'est ça ?

— Oui, mais vous pouvez me tutoyer.

— Bien, toi aussi.

— Anna, tu peux monter pour habiller Inès s'il te plaît ? On ne va pas tarder à partir, dis-je.

— D'accord.

— Merci.

— Je l'accompagne, dit Cara comme si elle voulait échapper à l'idée de se retrouver seule face à Ava et moi.

Une fois les deux femmes disparues à l'étage, mon regard vient se perdre dans le sien.

— Salut, toi, dis-je tendrement.

— Salut. Elle avait l'air bouleversée, c'était...

— Ma belle-sœur, oui. Mon frère a encore fait des siennes.

— Ah. Et tu vas quelque part ?

— Oui, je passe le weekend chez mes parents. J'allais justement t'appeler. Je suis resté cloué au lit toute la journée, je viens juste d'en sortir.

— Tu vas conduire dans cet état ? T'es fou !

— Tu m'as manqué.

Elle inspire brusquement, puis sourit.

— Toi aussi. J'étais venue voir si tu étais encore en vie.

— Je le suis et maintenant que je te vois, ça va beaucoup mieux.

— T'es tout pâle, permets-moi d'en douter.

Elle s'approche pour déposer un baiser sur mes lèvres qui fait monter ma fièvre. Oh, Ava.

— Tu as parlé des photos à ta grand-mère ?

— Non, je ne veux pas l'inquiéter. Je pense que je vais aller au commissariat. J'avais juste besoin d'un peu de temps pour digérer.

— Je suis fière de toi, mon ange. On ira ensemble, ok ?

— Ok. Et moi, je t'accompagne chez tes parents.

Je recule et la regarde avec surprise sans pouvoir me retenir de sourire. Ai-je bien entendu ?

— Je n'ai pas envie que tu fasses un accident ! Et je ne sortirai pas de la voiture, je te préviens.

— Je ne te laisserai pas reprendre la route en pleine nuit. Tu peux passer le weekend avec nous. Je te promets, ma famille est super sympa. À part mon frère qui est relou, mais si tu veux, je peux le bâillonner et le balancer dans la mer.

Elle rit à gorge déployée et lève les yeux au ciel. Quel joli son.

— Je ne sais pas, faut que je prévienne ma grand-mère et je n'ai pas pris d'affaires de rechange pour Drew et moi.

— On peut passer chez toi rapidement ?

— Je… Bon, ok…

— Ok ? Alors tu acceptes ? Tu passes vraiment le week-end chez mes parents ?

Elle hoche la tête et je me permets de respirer. Ava sera avec moi tout le weekend, c'est-à-dire loin de ce détraqué qui la harcèle. Je ne la quitterai pas des yeux, ça sera encore mieux que de lui envoyer un message toutes les cinq minutes comme j'avais prévu de le faire.

Chez les Ronadone

18 : 32

Le trajet est infiniment long. Jamais je n'ai mis autant de temps à arriver chez mes parents. Ava respecte absolument toutes les limitations de vitesse et alors que je mets seulement une heure pour arriver ici, elle met quarante minutes de plus. Ava se gare devant la maison et éteint le GPS, fière de son trajet. Elle a de la chance que je sois fou d'elle, une partie de moi à envie de la balancer dans l'eau. Mes jambes sont engourdies et mes courbatures dues à ma maladie n'arrangent pas les choses. Nous descendons de la voiture et allons détacher Drew et Inès de leurs réhausseurs pour qu'Anna, installée au milieu, puisse descendre à son tour. Comme à son habitude, ma mère sort de la maison pour venir à notre rencontre, suivie par le chien. Ava se crispe instantanément. Au début, je crois que c'est parce qu'elle n'est pas à l'aise, puis je comprends qu'en fait, elle a peur de Zou. Je souris malgré moi, parce que c'est vraiment trop mignon de la voir comme ça.

Ma mère me prend dans ses bras, puis dépose une pluie de baisers sur le visage de ma fille qui éclate de rire.

— Bonjour mamie ! Regarde, c'est Drew.

— Salut ! Alors c'est toi le fameux copain d'Inès ? Elle me parle tout le temps de toi.

— Oui, répond-il timidement.

— Mamie, quand je serai grande, je vais me marier avec Andrew !

Je manque de m'étrangler. Il faudra me passer sur le corps, je ne conçois pas qu'un garçon puisse s'approcher de ma fille, même si c'est Drew et Dieu sait que j'aime cet enfant. Très vite, les yeux de ma mère se portent sur Ava.

— Maman, je te présente…

— Ava ? finit ma mère. Je suis ravie de te rencontrer enfin, tu es magnifique. Moi, c'est Johanna.

— Merci, répond-elle timidement.

— Alors, vous êtes officiellement en couple ou pas encore ?

— Maman !

— Quoi ? Je dois savoir si je dois préparer la chambre d'amis ou pas.

— Pas besoin, marmonné-je.

J'ignore son grand sourire et me dirige vers la maison pendant qu'elle dit bonjour à Anna. Zou me colle aux basques, alors je serre la main d'Ava qui semble encore effrayée par le chien.

— Il est gentil, lui dis-je en retirant sa veste pour la mettre sur le porte-manteau.

— Peut-être, mais je n'ai pas confiance.

— T'as déjà été mordue ?

— J'ai carrément failli perdre un bras tu veux dire ! La cicatrice sur mon épaule ? Un pitbull qui m'a mordu !

— Ok, ris-je. On l'enfermera dans le jardin.

— Merci.

J'entrelace à nouveau nos doigts et je l'entraîne dans le salon pour la présenter à mon frère et mon père. Si j'avais réussi à la détendre, c'est raté et je ne comprends pas pourquoi elle se fige soudainement, car le chien est parti s'allonger sur son coussin, à l'autre bout de la pièce.

— Ava ?

Elle ne répond pas. Elle fixe mon frère et commence à trembler. Je suis perplexe, je n'y comprends rien. Je me mets en face d'elle pour attirer son attention et mon estomac se noue en voyant les larmes dans ses yeux. Pas des larmes de tristesse, cependant, elle a l'air apeurée et en colère.

— Ava ?

Elle met un moment à revenir à elle. Elle ne respire pas, elle est comme de glace. *Respire, mon ange.* Peut-être qu'elle m'entend, parce qu'elle finit par me regarder, mais pas assez longtemps. Ses yeux se posent à nouveau sur mon frère qui ne bouge pas non plus. Lorsque je me retourne, je remarque qu'il a viré au blanc. Ils se connaissent ?

— Mon ange ?

— J... Je…

À présent, tout le monde la regarde, ne comprenant pas ce qu'il se passe.

— Pardon je... Vous...

Elle commence à bégayer, alors je resserre ma prise sur sa main et l'entraîne dans le couloir, à l'écart de tous.

— Mon ange, qu'est-ce qu'il y a ? Qu'est-ce qu'il t'arrive ?

— C'est... c'est…

— Prends ton temps.

— Ç.…ça...v….va, balbutie-t-elle.

— Non, je vois bien que ça ne va pas.

— C... C'est... J... Je crois que...

J'ai des tas de questions. Il est évident qu'elle et mon frère se connaissent, mais comment ? Qu'est-ce qui l'a bien pu lui faire pour la mettre dans cet état. Je la serre contre moi jusqu'à ce qu'elle se calme, qu'elle respire normalement. Elle m'agrippe fermement, enfonçant ses ongles dans mes omoplates, mais je m'en fiche, je veux juste qu'elle aille bien.

— Ça va aller. Je suis là. Dis-moi ce qui ne va pas. C'est mon frère, c'est ça ?

Silence.

— C'est lui ? Tu le connais ? Il t'a fait du mal ?

Elle recule d'un pas, les yeux rivés au sol.

— Ton frère est… avocat.

— Oui. Comment tu le sais ?

— C'est lui qui défendait Théo...

J'ai forcément mal entendu. Impossible, pas lui. Et pourtant, au fond de moi, je sais qu'elle ne me mentirait jamais. Et puis, mon frère est un vrai requin, raison pour laquelle il excelle dans son métier. Je vais lui défoncer la mâchoire. Je me fiche qu'il soit mon frère, Ava m'a raconté la manière dont il a essayé de la faire passer pour une menteuse, la manière dont il l'a rabaissée devant le juge pour lui faire croire qu'elle avait mérité tout ce que cet enfoiré lui a fait.

— Juliann je t'en prie ne...

— Je vais le tuer !

— Non ! Je devrais peut-être rentrer chez moi.

— Non. Mon frère va s'en aller, je te le promets.

— Je ne me sens pas à l'aise...

— Reste au moins dîner ? Et si ça ne va pas... J'ai pas très envie que tu reprennes la route avec Drew.

— Bon, d'accord.

Je sais qu'elle accepte à contrecœur, mais je refuse de la laisser partir dans cet état, en pleine nuit. Les rues sont déjà sombres et je sais qu'elles ne sont pas beaucoup éclairées le soir, sans parler du psychopathe qui tourne autour d'elle.

— Je vais aller parler à mon frère, ok ? Ensuite, je viendrais te chercher et on passera à table.

Elle acquiesce alors je l'entraîne dans mon ancienne chambre et lui demande de se reposer. Je dépose un baiser sur son front, puis je sors de la pièce dans le but d'aller retrouver Johann. Je sais que cette histoire remonte à il y a plus de quatre ans, mais je n'y peux rien, c'est encore tout frais pour moi. Son histoire me hante et ça me fout en l'air de savoir qu'un membre de ma famille a contribué à son malheur. À cet instant précis, peu importe qu'il ait changé, peu importe qu'il n'ait fait que son job à l'époque. Je veux juste le cogner. Je le retrouve devant la maison, adossé à sa voiture.

— Juliann, commence-t-il en me voyant arriver, les poings serrés. Attends, laisse-moi te…

Mon poing vient s'écraser contre sa figure. Je crois sentir un os craquer sous mes phalanges, mais je n'en suis pas sûr.

— Je suppose que je l'ai mérité, grogne-t-il après avoir craché du sang.

— Va te faire voir !

— Juliann… C'était il y a longtemps. C'était mon tout premier procès, je n'ai fait que mon job. Je ne savais pas que tu sortais avec elle, comment j'aurais pu ? C'est une sacrée coïncidence, dit-il soupçonneux.

— Qu'est-ce que tu insinues ? dis-je en plissant les yeux. Elle ne savait pas que tu étais mon frère, elle a à peine réussi à parler en te voyant.

— Désolé, c'était con.

— Ouais, c'était con. Putain, mais Johann…

Il se redresse, une main sur le nez et me regarde comme un pauvre petit chien blessé, mais au lieu de m'attendrir, ça ne fait qu'accroître ma colère.

361

— Je vais aller lui parler.

— Surtout pas ! Tu ne t'approches pas d'elle.

Je lui lance un dernier regard plein de dédain, puis je retourne à l'intérieur. Mes parents tentent de m'interpeller, mais mes oreilles bourdonnent : la haine me rend sourd. Je me dirige directement dans la chambre où Ava est allongée sur le lit, sûrement endormie. Elle a l'air apaisée, comme si les derniers événements n'avaient jamais eu lieu. *Sacré coïncidence…* Oui, mais je ne peux pas croire qu'elle se soit rapprochée de moi en toute connaissance de cause. Dans quel but, se venger de mon frère ? Non, c'est impossible.

Je traverse la pièce pour me rendre dans la salle de bain et passer de l'eau froide sur mes phalanges rougies. Tout d'un coup, je repense à cette fille que j'ai bousculée il y a quatre ans, celle qui m'a volé mon téléphone et qui a crié sur Johann devant le bar. Alors c'était elle ? Je savais que son visage m'était familier. J'ai mal au crâne, j'ai l'impression que nos deux traumatismes sont liés. Nos vies ont été bousillées il y a quatre ans, nos enfants sont nés la même année suite à un drame et nous nous retrouvons dans le même lycée des années plus tard. L'univers nous pousse l'un vers l'autre, on dirait.

— Juliann ? m'appelle la petite voix d'Ava.

— Oui ? je réponds sans me retourner.

Je la sens s'approcher de moi. Je suis sûr qu'elle sait ce qu'il s'est passé et pourtant, je ne suis pas prêt à me retourner pour la regarder en face. Je ne veux pas qu'elle me voit comme ça.

— Juliann, répète-t-elle.

Nos regards se croisent à travers le miroir.

— Je suis désolé, soufflé-je. Je te jure que je ne savais pas.

— Je sais. Ce n'est rien. Je n'ai pas très faim, c'est malpoli si je ne descends pas ?

— Non, moi non plus je n'ai pas très envie de descendre. J'irai parler à ma mère.

— D'accord. Et les enfants ?

— Maman s'occupe d'eux, ne t'en fais pas. Viens, on va au lit, dis-je en me retournant.

— Ok.

Je prends sa main pour l'entraîner dans la chambre. Mon lit est étroit, mais assez large pour que l'on puisse y dormir à deux. Je suis soulagé de pouvoir me glisser auprès d'elle après m'être déshabillé. Sa simple présence suffit à rendre la vie bien meilleure. Elle se blottit contre moi et dépose un baiser sur mon épaule. Je suis soulagé de savoir que ça n'a rien changé entre nous.

— On devrait dormir.

— Je n'ai pas très sommeil, répond-elle en relevant la tête pour me regarder.

Ses yeux sombres sont hypnotisant, mais ce sont ses lèvres que je fixe. Si douces, si pulpeuses…

— Ne me regarde pas comme ça.

— Comment ?

— Comme si tu voulais me *manger*, dit-elle en rougissant.

— J'*ai* envie de te manger.

Elle déglutit. Ses yeux se ferment une seconde, puis elle les laisse mi-clos. Je sais qu'elle a envie de moi. *Mon Dieu, venez-moi en aide.* Il faut que je parle d'autre chose.

— J'ai remarqué que tu avais un tapis de prière dans ta chambre.

Son visage se referme instantanément. Voilà de quoi refroidir l'ambiance et satisfaire ma curiosité.

— Oui, répond-elle sèchement.

— Tu fais la prière ?

— Non.

— Pourquoi ?

Haussement d'épaules.

— Tu crois en Dieu ? insisté-je.

— Oui. Et toi ?

— Oui.

— Tu as une religion ?

— Pas vraiment, non. Tu sais, choisir une religion, ce n'est pas comme choisir un métier. Ma famille est catholique, mais je ne sais pas, je ne me sens pas en adéquation avec les préceptes de cette religion. Je me cultive sur les autres pour essayer de trouver ce qui me paraît le plus logique.

— C'est sage comme raisonnement. Je reconnais bien le prof de philo là. Alors pour l'instant tu es athée.

— T'as vraiment le don de retourner la conversation contre moi. Non, je ne suis pas athée. On ne se lève pas du jour au lendemain en décidant que Dieu n'existe pas et que les pratiques religieuses sont nulles. Je n'ai pas de preuve que Dieu n'existe pas et honnêtement, ça me paraît très peu probable. J'ai juste besoin de temps pour connaître ma voie.

— C'est bizarre, tu parles de logique en parlant de foi.

— Les deux ne sont pas indissociables, mon ange. Chaque religion a une histoire, des cohérences. D'autres non.

— Hmm.

— Tu es fâché contre ton Dieu ?

— Qu'est-ce qui te fait dire ça ?

— Je commence à te connaître. Et si tu gardes ce tapis dans ta chambre, ce n'est pas pour rien.

Eh oui, moi aussi je sais manier l'art de la conversation. Elle soupire et rompt notre étreinte pour s'asseoir sur le lit. Elle reste silencieuse pendant un moment.

— Depuis que je suis petite, on n'arrête pas de me dire que Dieu aime tout le monde, qu'Il ne fait pas le mal, mais le bien. Qu'Il nous écoute lorsque l'on prie. Depuis mes onze ans et jusqu'à mes quinze ans, j'ai prié tout le temps. Tous les jours. Je ne faisais de mal à personne et malgré tout ça... Comment Dieu a pu permettre qu'une telle chose m'arrive s'Il m'aimait vraiment ?

— Tu penses qu'Il ne t'aime pas ?

Elle hausse les épaules et baisse la tête sur ses mains jointes. Moi aussi, j'en ai voulu au monde entier lorsque j'ai perdu ma femme et que je me suis retrouvé à devoir assumer seul un bébé. C'est très difficile pour un croyant de tenter de comprendre *les plans de Dieu* lorsque tous les malheurs du monde s'abattent sur lui.

— Je te comprends tellement.

— Tu as déjà ressenti ça ?

— Oui. À la mort d'Anaëlle. D'ailleurs, je pense que tout le monde a déjà ressenti ça au moins une fois dans sa vie.

— Et ?

— Et en tant que simple humain, je ne peux pas te dire pourquoi Dieu laisse des gens souffrir autant. Tout ce que je sais, c'est que la vie n'aurait aucun sens si tout était facile. Je crois aussi au libre-arbitre : on sait tous faire la différence entre le bien et le mal et ce sont nos actions qui nous définissent comme une personne bonne ou mauvaise. Je pense que Dieu n'a pas d'influence sur ça. Il nous laisse faire nos choix et c'est comme ça qu'Il décide qui va au paradis et qui va en enfer. C'est comme ça que je vois les choses.

— Alors quoi ? Les mauvaises personnes peuvent passer leur temps à faire du mal aux autres mais ce sont les gens bien qui souffrent ? Les gens mauvais, eux, doivent attendre de mourir pour être châtier ?

— Entre nous, je ne pense pas qu'une personne qui se sente bien dans sa peau et qui ne souffre pas puisse faire du mal aux autres. Il faut une blessure profonde pour être cruel.

— Si tu le dis.

— Et je pense que les épreuves que l'on traverse doivent nous endurcir. Nous rendre meilleurs. Penses-y. Et essayes de te pardonner à toi et à Dieu.

— Humm.

Elle n'a pas l'air convaincue mais je vois qu'elle y réfléchit.

— Tu me parles de ça pour éviter de me sauter dessus ?

— Oui. Je pense que tout ça t'a épuisé.

— Et moi je pense que bander te fait mal.

— Ava. Petite insolente.

— Je peux...

— Non. Tu n'es pas obligée.

— Je sais.

Elle grimpe sur moi et m'embrasse à pleine bouche. Bien sûr, je me laisse faire. Je pourrais mourir pour sentir à jamais ses lèvres sur les miennes. J'ai juste peur qu'elle se serve du sexe pour évacuer sa frustration et sa colère. J'ai déjà fait ça, on ne se sent jamais bien après. Malgré tout, mes pensées raisonnables se brouillent peu à peu, car le manque d'oxygène me fait perdre la tête.

— Ava, non. Je veux que tu le fasses parce que tu en as envie, pas pour penser à autre chose ou évacuer ta colère.

— J'ai envie de toi, Juliann.

— Moi aussi mais...

Elle m'embrasse une nouvelle fois pour me faire taire. Petite peste. Cette fois, je ne la repousse pas. J'agrippe ses cheveux et intensifie notre baiser en faisant glisser ma main libre sur sa hanche. Mon érection me fait mal, elle a raison. Elle pousse contre mon boxer et me supplie de la laisser sortir. Je gémis. Si ça ne tenait qu'à moi, je l'aurais déjà fait basculer sur le lit pour la baiser pendant des heures et des heures, jusqu'à ce que le seul mot qu'elle puisse prononcer soit mon prénom. À mon plus grand dam, elle s'écarte, rompant notre lien.

— Guide-moi, dit-elle en déposant une pluie de baisers le long de mon torse.

— T'es sûre ?

— Oui.

Je peux lire le désir sous ses cils noirs malgré la quasi-pénombre. Sa touffe de cheveux caresse mon torse lorsqu'elle dépose des baisers jusqu'à l'élastique de mon boxer. Je lève les fesses pour l'aider à le retirer. Ses yeux s'arrêtent quelques secondes sur mon sexe érigé avant de remonter pour croiser les miens. Elle reste immobile. A-t-elle peur ?

— Tu veux arrêter ?

— Non. C'est juste que... Je ne sais pas...

— Lèche ta main, puis prends-la et serre.

Elle s'exécute, sa main se refermant lentement sur ma queue à présent très dure. Je pousse un long soupir tellement c'est bon. C'est une exquise torture, je ne sais plus où donner de la tête.

— Serre un peu. Non, pas autant. Voilà. Humm.

— Comme ça ?

— Oui. Et maintenant...

Sa main commence à monter et descendre lentement. Cette femme va me tuer, c'est sûr. Tous mes nerfs sont mis à vif.

— Plus vite.

Je gémis en me cambrant pour aller à la rencontre de sa main. Elle me regarde en se mordillant les lèvres et en caressant son sein à travers son t-shirt. Quelle vision érotique. Je la veux, je la veux tellement.

— Ava, c'est tellement bon !

Je ferme les yeux, je sens que je peux jouir très rapidement. Je manque de faire une crise cardiaque lorsque ses lèvres chaudes se referment sur mon gland. Je n'ai pas la force de prononcer une phrase qui fasse sens, mes gémissements le font pour moi. Plus vite, plus fort... Sa langue tourne autour de mon gland, ses joues se creusent pour m'aspirer et chaque va et vient me ramène un peu plus au fond de l'eau. J'agrippe ses cheveux et baise sa bouche comme dans mes fantasmes. Une larme dévale sa joue, mais elle ne ralentit pas la cadence.

— Ava !

Pas besoin de parler, elle sait. Je la lâche pour lui laisser le choix d'avaler ou non. Sa bouche libère mon sexe et laisse la place à sa main qui s'active de haut en bas. Sa poigne est ferme, juste assez pour me faire trembler. Je sens le désir s'amasser dans mes veines et courir jusqu'à cet endroit où nos peaux entrent en contact. Je me redresse pour m'asseoir et rapprocher nos visages. Elle ouvre la bouche lorsque j'agrippe ses cheveux une nouvelle fois. Son regard est fou, il reflète mon propre désir, je crois que ça l'excite de me voir à sa merci.

— Quand tu jouiras, je veux que tu prononces mon nom.

C'est comme ça qu'elle m'achève. Je répète son nom en jurant dans ma barbe. Je ne la quitte pas des yeux, je veux qu'elle voie ce qu'elle me fait, la manière dont elle arrive à me faire basculer de l'autre côté rien qu'avec sa main. Pendant une minute, mon corps n'est que plaisir, c'est comme une drogue qui s'infiltre dans vos veines et vous fait planer.

Lorsque je reviens à moi, elle sourit, puis s'éclipse dans la salle de bain. Au début je pense que c'est pour se réfugier mais non. Elle revient quelques secondes plus tard avec la main propre et du papier toilette pour nettoyer ce qui a coulé sur moi.

— Merci, mon amour.

Lorsqu'elle a fini, elle jette les mouchoirs à la poubelle, puis vient se blottir contre moi.

— Est-ce que ça va ?

— Oui. J'ai bien aimé. C'était excitant de te donner du plaisir.

Je souris. Coquine. Je dépose un baiser sur ses douces lèvres puis je ferme les yeux. Je ne dors pas, bien sûr. Je me contente d'écouter sa respiration devenir régulière.

Elle est si apaisée, j'espère qu'elle ne refera pas de cauchemar... Je l'ai vu en faire plusieurs fois, c'est tout sauf agréable, c'est comme si elle avait le diable à ses trousses et qu'il la suivait même dans son sommeil. J'aimerais pouvoir le chasser.

Chapitre 23 | Ava

Je me réveille avant que les premières lueurs du jour n'illuminent la chambre. Juliann dort paisiblement à côté de moi, comme un bébé. Je meurs d'envie de caresser les boucles qui retombent sur son front, mais je n'ose pas le réveiller alors je me contente de me lever pour aller dans la salle de bain et prendre une douche.

La chambre de Juliann est assez rustique. Le vieux parquet grince sous mes chaussettes, le revêtement en bois sur les murs rendent la pièce chaleureuse, et les rideaux bleus ainsi que le vieux tapis au seul me rappellent la décoration dans la chambre de ma grand-mère. Ça ne fait rien, car malgré tout, je me sens à l'aise. Une fois douchée, je ramasse le pull de Juliann échoué sur le sol et enfile mon legging avant de retourner dans la minuscule salle de bain pour me brosser les dents. Je me dévisage à travers le miroir. J'ai bonne mine : mes joues sont pleines, mes yeux sont vifs et grâce au lissage que m'a fait Aïna, mes cheveux tombent en de superbes boucles autour de mon visage.

Au vu des évènements de la veille, ça n'était pas gagné. Je n'en reviens pas que Johann soit le frère de Juliann, la coïncidence est… étonnante. J'ai peur d'affronter sa famille aujourd'hui, et d'ailleurs, peut-être que je ne devrais pas descendre sans Juliann, mais je me sens assez mal de ne même pas avoir pu parler au père de Juliann, je ne vais pas en plus les éviter toute la journée. Et puis, j'ai besoin de voir comment va Drew, même s'il doit sûrement dormir comme un bébé. Je sors discrètement de la chambre et me dirige à pas de loup au rez-de-chaussée. Le parquet grince encore sous mes chaussettes mais je ne pense pas avoir réveillé qui que ce soit. Le salon est impeccablement rangé. La décoration est très chaleureuse grâce aux canapés beiges et moelleux, aux tapis aux poils longs, à la cheminée dans le coin, le petit fauteuil à bascule, le mur en pierre… On s'y sent tout de suite à l'aise. De là où je me tiens, j'entends en provenance de la cuisine le bruit de la vaisselle qui s'entrechoque. Je suis descendue car je pensais être seule, qui peut être debout à cette heure-ci ? La cuisine est située derrière le salon, comme chez Juliann, mais les deux pièces sont séparées par une grande porte coulissante. La mère de Juliann me voit arriver et m'accueille avec un grand sourire.

— Bonjour, Ava. Tu es déjà levée ?

— Bonjour. Oui, je me suis endormie tôt, je réponds gênée en me rappelant ma réaction face à son aîné et aux cochonneries que j'ai fait sous son toit avec son deuxième fils.

— T'as bien dormi ?

— Oui, merci.

— Je prépare le petit déjeuner. Je ne sais pas si Juliann te l'a dit mais on tenait un restaurant avant et ça me manque de ne pas cuisiner.

Alors quand on est beaucoup, j'aime préparer un festin. Tu me donnes un coup de main ?

— Bien-sûr.

Je me lave les mains avant de la rejoindre devant le plan de travail. Moi qui ne suis jamais à l'aise en la présence d'inconnue, je me surprends à me détendre aux côtés de Johanna. J'ai peur qu'elle me parle de ce qu'il s'est passé hier, bien sûr, mais elle est d'une tendresse réconfortante alors je me dis qu'elle n'osera pas me mettre mal à l'aise en abordant le sujet. Elle me demande de préparer la pâte à pancakes et me supplie de la tutoyer et de l'appeler par son prénom. Je n'arrive pas à ignorer cette petite voix qui me dit que j'aurais bien aimé avoir une mère comme elle… Elle me parle avec une facilité déconcertante : j'apprends que le père de Juliann a été son premier amour et qu'avant d'avoir des enfants et de s'installer ensemble, ils vivaient une vie plutôt mouvementée : toujours sur la route, faisant les quatre-cents coups. Elle me parle de ses parents qui n'approuvaient pas du tout cette relation car Jean, le père de Johann, n'était pas réellement quelqu'un de fréquentable. Selon elle, c'est de lui que tient son fils aîné. Je baisse les yeux lorsqu'elle prononce son prénom.

— Désolée, je ne voulais pas te mettre mal à l'aise, dit-elle lorsqu'elle le remarque.

— Non, ce n'est rien. D'ailleurs, je suis désolée pour hier… Juliann s'est battu avec son frère, je regrette d'en être la cause.

— Voyons, ne dit pas n'importe quoi ! Ils se sont battus parce que Johann n'a pas beaucoup de cervelle. Il agit sans réfléchir aux conséquences.

Je me mords la joue pour m'empêcher de rétorquer que son fils savait très bien ce qu'il faisait. Le salaud. Tout ce qu'il voulait, c'était remporter ce procès coûte que coûte. Une question me taraude : Johann n'a pas le même nom de famille que son frère, sinon j'aurais forcément fait le rapprochement.

— Pourquoi Johann et Juliann n'ont pas le même nom de famille ?

— Ah, il a décidé de prendre mon nom de jeune fille quand il a débuté sa carrière. Il trouvait que Legrand avait plus d'allure.

Bien sûr…

— Mais bon, parlons d'autre chose !

— Par autre chose vous voulez... enfin, *tu* veux dire ma relation avec Juliann ?

Elle rit sincèrement. Je sais qu'elle meurt d'envie de me poser des tas de questions, ça fait une demi-heure qu'elle se retient. Malheureusement, je ne sais pas si je peux lui dire que je suis son élève. Ça me paraît être une très mauvaise idée.

— Alors, comment vous vous êtes rencontrés ?

— Je suis la baby-sitter d'Inès. Je sais, c'est très cliché, je réponds en rougissant.

— Tu as quel âge ?

— Dix-neuf ans.

— T'es à la fac ?

— Euh, non... À cause de ma... grossesse j'ai dû rater deux années. Je suis en terminale.

J'ai peur qu'elle me juge mais je ne lis pas de désapprobation sur son visage.

— Je comprends, ça n'a pas dû être facile. Tu es très courageuse, Ava. Vraiment. Et je suis désolée pour ce qu'il t'est arrivé.

— Merci.

Me voilà plus détendue. Pendant une bonne heure, nous continuons à discuter de tout et de rien. Moi qui suis en générale très fermée avec les personnes que je ne connais pas, je n'ai pas ce problème avec Johanna. Elle me fait énormément penser à Juliann. Il lui ressemble beaucoup et ils ont tous les deux le don de me mettre à l'aise, de faire abstraction de mon passé. De me considérer comme une personne sans histoire.

Alors que je finis de remplir le lave-vaisselle, Juliann entre dans la cuisine. Il s'appuie contre l'encadrement de la porte coulissante et nous regarde en souriant de toutes ses dents.

— Bonjour, dit-il d'une voix grave.

— Bonjour mon chéri, répond sa mère. Bien dormi ?

Il hoche la tête puis braque son regard sur moi. Il ne porte qu'un bas de pyjama et des chaussons et sa mine à moitié endormie lui donne un air si sexy que j'en oublie de respirer. Je ne comprends pas comment en un regard il peut avoir autant d'effet sur moi. Nous n'échangeons pas un mot mais nous n'arrivons pas à nous quitter des yeux. La tension est palpable. Johanna doit le remarquer puisqu'elle s'éclipse de la cuisine pour aller dans le salon. Avant de sortir, elle murmure quelque chose à Juliann que je n'arrive pas à entendre. Nous voilà seuls. Je déglutis, je ne sais pas trop quoi dire, Juliann me rend complètement folle. Il me fait sortir de ma zone de confort, me donne envie de laisser parler mon audace.

Il réduit la distance entre nous sans me quitter des yeux pour se mettre en face de moi. Il est tellement près que je sens son souffle sur ma joue. Cette électricité... Nos mains se frôlent lentement. Je ne tiens pas très longtemps : je me mets sur la pointe des pieds pour l'embrasser fougueusement. Nous nous embrassons comme si nous étions seuls dans cette maison. Juliann m'attrape même par les hanches pour me faire asseoir sur le plan de travail. Ça peut très vite dégénérer.

— Juliann...

Il ne me laisse pas parler : il agrippe mes cheveux pour intensifier notre baiser. Je sens son érection contre ma cuisse. Mon Dieu, c'est tellement indécent ! On se dévore comme ça jusqu'à ce que le besoin de reprendre notre souffle nous force à nous séparer.

— Salut, toi, dit-il en appuyant son front contre le mien.

— Salut, dis-je en riant.

— Tu m'as manqué ce matin.

Il s'écarte pour me laisser descendre mais ne me quitte pas des yeux.

— Tu dormais comme un bébé, je n'ai pas osé te réveiller.

— Tu aurais dû.

— Ta mère t'a dit quoi en sortant ?

— Qu'elle nous laissait cinq minutes. Elle ne t'a pas bombardé de question ?

— Un peu. Elle est adorable.

— Je tiens d'elle.

— Pas sûr.

Son air narquois me dit qu'il s'apprête à me faire quelque chose, mais il est interrompu par sa mère qui revient.

— Juliann, tu mets la table ?

— D'accord. Mais je n'en ai pas fini avec toi, me dit-il avant de partir.

— Laisse-la un peu tranquille, tu veux !

Johanna me fait un clin d'œil avant de suivre son fils. Du salon, j'entends la voix du père de Juliann, ainsi que celle d'Anna. Que fait-elle encore là ? Je pensais qu'elle serait rentrée avec son mari. Et s'il n'était pas parti, finalement ? Non, s'il était resté, Johanna me l'aurait dit. J'inspire profondément, puis j'attrape l'assiette de pancakes pour l'apporter au salon. Jean m'accueille chaleureusement.

— Ava ! J'espère que tu as bien dormi ?

— Oui, merci monsieur.

— Ah, pas de ça entre nous. Appelle-moi Jean.

— D'accord.

Le fait qu'il insiste pour que je prononce son prénom comme le *jean* que l'on porte me fait sourire. Je m'apprête à saluer Anna, mais elle me repousse froidement avec un faux sourire. Elle est très certainement gênée de la scène d'hier. À sa place, je l'aurais été. Je hausse les épaules et rejoins Juliann qui finit de mettre la table.

— Les enfants dorment encore ? demandé-je.

— Oui, mais je vais pas tarder à les réveiller. Ça te dit qu'on aille se balader sur la plage avec eux après ?

— Oui, pourquoi pas.

— C'est cool ça ! Je peux me joindre à vous ? lance subitement Anna, s'immisçant dans la conversation.

— Euh.... Bien-sûr, balbutié-je.

— Super !

Vraiment étrange cette fille. Elle n'a plus l'air torturé qu'elle affichait hier sur la route. À vrai dire, on dirait une tout autre personne. Je me promets mentalement de demander à Juliann de vérifier qu'elle prend encore son traitement pour ses troubles bipolaires.

Plage
12 : 05

La petite balade qui n'était censée réunir que Juliann, Inès, Jared, Drew et moi s'est finalement transformée en pique-nique avec toute la famille. Juliann et moi marchons derrière tout le monde pour essayer d'esquiver les autres. Jean et Johanna jouent quelques mètres devant nous avec les enfants. Je remarque qu'Anna traîne des pieds, certainement pour écouter notre conversation, ce qui m'exaspère au plus haut point. Son air triste m'ennuie, elle a l'air de porter le poids du monde sur ses épaules et de s'assurer que tout le monde soit au courant. Je suis culottée de penser ça alors qu'il y a encore quelques semaines, je faisais comme elle. Juliann semble remarquer mon agacement. Il entrelace nos doigts et me chuchote à l'oreille.

— Je sais que tu meurs d'envie de la noyer mais essaye d'être discrète et d'arrêter de la regarder comme ça.

Sa remarque lui vaut un rire que je peine à retenir.

— C'est faux ! C'est juste qu'elle est…

— Invasive ?

Je hoche la tête.

— Je sais. Elle est en manque d'affection, je crois qu'elle a besoin de se sentir aimée. Et puis, elle est bipolaire, ce n'est pas toujours évident pour elle, surtout lorsqu'elle ne prend pas ses médicaments. C'est encore un secret mais, elle est enceinte.

— Quoi ?

— Ouais. Donc son état risque d'être… pire.

— Super… J'espère qu'elle ne t'appellera plus dans la nuit pour que tu ailles la chercher je-ne-sais-où. C'est dingue comme elle ressemble à Anaëlle. Ça ne te fait pas bizarre ?

— Si, un peu, mais je me suis habitué. Et puis, elle son différentes. J'ai rencontré Anna au lycée et Anaëlle à la fac, ce n'est pas pour rien si je suis tombé amoureux de l'une et pas de l'autre.

Je hoche la tête. Effectivement, peut-être qu'elles avaient des personnalités totalement différentes. On aime un cœur, pas un corps après tout.

La mer est très agitée aujourd'hui à cause du vent, mais il ne fait pas si froid que ça. Le soleil qui caresse mon visage me fait vraiment du bien. L'air est pur. En fait, cet endroit est un vrai bol d'air frais. La famille de Juliann est géniale si on ne compte pas son frère. Je me sens si détendue que j'en oublie les photos glauques que j'ai reçues l'autre jour. Je me sens acceptée et aimée sans jugement. Pourquoi ma famille n'est-elle pas comme ça avec moi ? Pourquoi ma mère me déteste-t-elle tant ? Non, je n'ai pas le droit de me plaindre, j'ai une grand-mère formidable qui a toujours été là pour moi.

Trois ans plus tôt

Les cris du bébé ne veulent pas s'arrêter, c'est horrible. Non seulement cette chose affreuse est entrée dans ma vie sans qu'elle ne soit invitée, mais en plus de cela, elle doit m'empêcher de dormir ? Je m'empare d'un coussin et le pose sur ma tête pour tenter d'étouffer les bruits incessants. Certaines mères ne supportent pas d'entendre leur enfant pleurer car cela les rend triste, moi j'ai envie de faire taire ce bébé avec mon coussin. De ne plus jamais l'entendre. Mais je ne peux pas dire tout ça à voix haute, sinon on va me voir comme un monstre.

La porte de ma chambre grince, annonçant l'arrivée de Nana.

— *Ava, ma chérie...*

Je sais pourquoi elle et là, et c'est hors de question.

— *Non, Nana ! Je ne peux pas !*

— *Ava...*

Le bébé pleure sans arrêt car il refuse de boire le lait pour nourrisson et moi je refuse de lui donner le sein. Je ne peux pas, c'est au-dessus de mes forces.

— *Je ne vais pas te demander de lui donner le sein.*

Elle s'assoit sur mon lit et retire le coussin de ma tête. Elle me sourit tendrement puis me tend un engin bizarre. Une sorte de biberon avec une grosse ventouse au-dessus.

— *Qu'est-ce que c'est ?*

— *Un tire-lait.*

— *Un quoi ?*

— *Ça te fera du bien, comme au bébé. Tes seins sont énormes, Ava, tu as besoin de les vider. En plus je sais que c'est douloureux pour toi. Il te suffit de mettre ça sur ton sein, ça va tirer ton lait et je pourrai nourrir le bébé avec. Tu es d'accord ?*

— *Ça fait mal ?*

— *Un peu.*

— *Et après, est-ce qu'il va se taire ?*

— *Oui, répond-t-elle tristement.*

— *Alors ok.*

Je retire douloureusement mon t-shirt et m'assois sur mon lit. Ma grand-mère me montre comment je dois procéder. Au début, ça fait affreusement mal. Je grimace et tous mes muscles se crispent.

— *Ça va aller, murmure Nana en caressant mes cheveux. Ça ne fait mal qu'au début.*

Elle a raison. Au bout de quelques secondes, la douleur s'en va. Le biberon se remplit de moitié assez rapidement et la sensation de liberté que je ressens dans mon sein droit est incroyable. Qu'est-ce que ça soulage ! Je fais la même chose avec mon autre sein puis je tends le biberon à Nana qui me sourit tendrement.

— *Alors, ça va mieux ?*

— *Beaucoup mieux. Merci Nana.*

— *De rien. Je te laisse te reposer.*

Elle se lève puis se dirige vers la porte mais au lieu de sortir, elle s'arrête.

— *Dis-moi, je peux prendre ton t-shirt ? Pour le bébé. Il a besoin de sentir sa mère.*

Je ne suis pas sa mère, ai-je envie de lui répondre. Je lui tends silencieusement le t-shirt que je viens de retirer.

— *Tu crois que je suis une mauvaise personne ?*

— *Non, ma chérie, tu souffres et tu as besoin de penser à toi.*

— *Je n'arrive même pas à m'occuper du bébé.*

— Oh Ava, comment veux-tu t'occuper d'un enfant alors que tu es toi-même une enfant ? Je suis là pour t'aider, moi. Il faut que tu guérisses et que tu prennes soin de toi avant de vouloir prendre soin de quelqu'un d'autre. Prends ton temps.

Elle fait un clin d'œil avant de sortie de la chambre, me laissant à nouveau seule dans l'obscurité de ma chambre. Les cris du bébé cessent quelques secondes plus tard, mais ça ne me soulage pas, car dans ce silence, je n'entends que sa voix. Je te promets que tu vas aimer, mon cœur. Toi et moi, on va s'amuser, Ava.

Présent

Plage
12 : 20

Nous nous installons sur une grande nappe étendue sur le sable, près des rochers, là où le vent souffle moins fort. Je n'ai pas vraiment faim ; le petit déjeuner a été très copieux, mais par gourmandise, je ne peux m'empêcher de prendre une part de lasagne au saumon. Il faut reconnaître qu'elle est bien meilleure que la mienne. Et que celle de Juliann. Je rougis en me rappelant la fois où il m'a fait goûter la sienne sous le saule pleureur. Je crois qu'il le remarque car il se mord la lèvre pour retenir son sourire.

— Alors, Ava, qu'est-ce que tu vas faire l'an prochain ? Je suppose que le babysitting ce n'est que pour un temps, me demande Jean.

— Papa... soupire Juliann.

— Oui ce n'est que pour un temps. J'économise pour aller faire mes études à Londres.

— Bien ! Des études de quoi ?

— Marketing.

— Intéressant. Et pourquoi l'Angleterre ?

Pour partir le plus loin possible du fichu coin perdu dans lequel je vis.

— J'aime beaucoup cette ville, j'y allais souvent avec mon père quand j'étais petite.

—T'es bilingue alors ?

— Oui.

— C'est vraiment super. Tu devrais aider Juliann, son accent anglais est catastrophique. Il faudra que je te montre ses bulletins et les appréciations qu'il se prenait en anglais et en espagnol.

— Papa.

Je sens la frustration de Juliann d'ici. Pas forcément à cause de ce que dit son père pour le taquiner, mais à cause du fait que j'évoque mon départ. Bien sûr, il savait que je voulais aller en Angleterre puisque je l'avais écrit sur ma fiche de description à la rentrée, mais maintenant qu'on est ensemble, ça remet tout en question pour moi aussi. Et pour Drew. J'étais tellement égoïste que je ne l'incluais pas dans mes plans, mais il est désormais hors de question que je parte sans lui. Plusieurs paires d'yeux se rivent sur moi lorsque je ris en suppliant Jean de ne pas oublier de me montrer ces bulletins. Jean me pose encore quelques questions, et même si je n'aime pas trop parler de moi, la conversation me met à l'aise. C'est peut-être parce que pour une fois, les gens s'intéressent réellement à moi, et pas à ce que j'ai vécu.

— Je suis sûr que tu vas faire de grandes choses, mon ange, finit par dire Juliann.

Je rougis face à son aisance devant ses parents, mais je suis fière qu'il n'ait pas honte de montrer ce qu'il ressent pour moi. Des papillons battent des ailes dans mon ventre, car en dépit de sa frustration à l'idée de me voir partir, il m'encourage dans mes projets. J'ai du mal à l'imaginer toxique envers son ex, parce que son comportement avec moi est… Parfait. Je l'ai…

— Ava danse.

Connard ! Je le déteste ! Il sourit de toutes ses dents et j'ai envie de le trucider. Je sais qu'on va me demander de danser et c'est hors de question.

— Ah oui ? Mais c'est super, on peut avoir une démonstration ? lance Johanna avec enthousiasme.

— Non…

— Arrête, tu vas la gêner, dit Jean.

— En tout cas, Ava, je suis très heureuse de t'avoir rencontrée. Et je sens que tu es une bonne personne pour Juliann. Ça faisait longtemps que je ne l'avais pas vu si amoureux.

— Maman…

— Ok, j'arrête ! Quoi qu'il en soit, ta mère doit être extrêmement fière d'avoir une fille aussi gentille et aussi courageuse que toi.

Je manque de m'étouffer. Si elle savait…Ma mère me déteste. Pendant très longtemps, ça m'allait, parce que je voyais ça comme de la simple indifférence. Je n'existais pas pour elle, elle m'ignorait complètement, elle n'avait d'yeux que pour ma sœur, Hena. J'ai fini par arrêter de quémander son amour, par me convaincre que je n'en n'avais pas besoin, car mon père et Nana m'en donnaient assez. Mais alors que j'étais au plus bas, elle m'a asséné le coup fatal en me prouvant qu'elle me haïssait. Après que je sois sortie de cette cave infernale, elle m'a rejeté avec du venin que j'ai encore l'impression de sentir couler dans mes veines. Je me sentais salie, indigne de vivre et elle m'a confirmé que c'était le cas. Que tout ce qu'il m'était arrivé était *ma* faute, qu'elle avait honte de moi. J'ai tenté de me suicider à deux reprises après ça.

Juliann me prend la main, voyant sans doute les larmes embuer mes yeux. Il dit quelque chose pour détourner la conversation, ce qui fonctionne car même si je n'écoute que d'une oreille, je les entends tous rire. Drew se lève, un muffin à la main et se cale sur mes jambes.

— Ça va p'tit bonhomme ? dis-je en caressant ses cheveux.

— Oui ! Suis *trop, trop* content d'être ici maman ! Est-ce qu'on pourra revenir ?

Je souris en constatant qu'il a plus d'aisance à prononcer les « r ».

— Peut-être. Ça te dirait qu'on aille faire un château de sable avec Inès et Jared ?

— Ouais !

— Finis ton gâteau et on y va.

Il fourre le reste dans sa bouche d'un coup et ça me fait rire, même si au début j'ai peur qu'il ne s'étouffe avec. *Je ne veux pas être comme ma mère.* Peut-être que je ne l'aime pas correctement, mais je suis en train d'apprendre et j'aime ce que ça donne. Ce n'est plus une corvée de jouer avec lui, bien au contraire. Et mon cœur se gonfle de joie lorsque je le regarde dormir avec Inès. Il est tellement mignon. J'aime mon fils et ça fait un bien fou de pouvoir l'exprimer sans tenir compte du passé.

19 : 00

Le ciel est impressionnant. La plage n'est pas éclairée, alors l'obscurité nous permet de voir les étoiles qui s'étendent devant nous et qui se reflètent dans l'océan. C'est beau. J'ai l'impression d'être… Heureuse ? Oui, à cet instant précis, c'est ce que je ressens.

— À quoi tu penses ? me demande Juliann en resserrant son étreinte autour de moi.

— Je… Je ne sais pas. Je suis bien ici. Avec toi.

— Moi aussi.

— Le ciel est vraiment beau.

— C'est vrai.

Je lève la tête pour la poser sur son épaule et pouvoir le regarder. Ses yeux se détachent du ciel pour venir se perdre dans les miens. Mon estomac se serre.

— T'es plus belle que les étoiles, mon ange.

Je déglutis. Ses mots ont toujours cet effet sur moi ; ils me font me sentir mieux, me donnent envie de devenir une meilleure personne. Je me suis toujours demandé ce que j'avais bien pu faire pour mériter ce qu'il m'était arrivé, aujourd'hui je me demande ce que j'ai bien pu faire pour l'avoir *lui*. Depuis que je le connais, ma vie n'est plus la même. Je me sens légère, j'ai l'impression d'avoir de la valeur, de mériter de vivre et d'aimer. L'aimer *lui*.

— Ava.

— Juliann.

Il serre la mâchoire. Je le sais, et il le sait aussi. Nous avons juste peur qu'en disant ces trois petits mots à voix haute…

— Je t'aime, Ava Kayris.

Une simple phrase qui me coupe le souffle.

— Je t'aime comme j'ai rarement aimé. Mon cœur, je te le donne et tu en fais ce que tu veux. Tu es devenue en quelques semaines l'une des personnes les plus importantes à mes yeux. Je m'étais perdu, mais je me suis retrouvé lorsque j'ai posé les yeux sur toi.

— Juliann.

— Tu es la plus belle chose qui m'ait été donnée d'aimer.

— Moi aussi je t'aime.

Je souffle ces mots entre mes lèvres. Ils sont simples, mais je ne suis pas aussi douée que lui pour exprimer mes sentiments. Je sais cependant qu'il lit mon cœur à travers mes yeux et ça lui suffit. Il se penche pour m'embrasser tendrement, aspirer l'oxygène qu'il y a dans mes poumons, nous faire plonger tous les deux au fond de l'océan étoilé. Il n'y a plus que lui et moi, au milieu des vagues. Juste Ava et Juliann.

Il est temps pour nous de partir. Johanna insiste pour que j'emporte chez moi une tonne de cookies, des brownies et des crêpes. Elle est si adorable.

— J'espère te revoir bientôt, Ava, me dit-elle en me prenant dans ses bras.

— Moi aussi. Merci de m'avoir accueillie.

Je fais un dernier signe de la main aux Ronadone, puis je monte dans la voiture où Juliann et les enfants attendent. Cette fois, ce n'est pas moi qui conduis.

— Tu passes plus de temps à dire au revoir à ma mère que moi, dit-il en souriant une fois avoir démarré.

— J'y peux rien si elle est folle de moi.

— Je suis content que ça se soit bien passé. Enfin, sauf avec mon frère…

— Ce n'est rien.

Je jette un œil au rétroviseur pour regarder Drew.

— Ça t'a plu ce weekend, Drew ?

— Oui ! On revient quand maman ?

— Euh… je ne sais pas. Bientôt peut-être.

— Ouiiii !

— Et toi Inès ?

— Oui c'était cool. Mais Jared était un peu bizarre.

— Pourquoi bizarre ? demande Juliann.

— Il était triste que son père n'était pas là je crois.

Je regarde Juliann serrer la mâchoire. Dans un sens, je ne peux m'empêcher de me sentir coupable. Et s'ils ne se reparlaient plus jamais ? Je ne veux pas être la cause de querelles familiales. Il faudrait que je lui en parle.

Inès et Drew s'endorment rapidement, mais moi pas. Juliann roule comme un détraqué, bien au-dessus des limites de vitesse. Mon cœur s'arrête de battre lorsqu'il passe sa main sur ma cuisse pour me caresser, ou lorsqu'il quitte la route des yeux pour me regarder car j'ai peur qu'il fonce sur le bas-côté. On arrive chez moi en à peine une heure et je me promets mentalement que c'est la dernière fois que je monte en voiture avec lui. Tu m'étonnes que les hommes fassent plus d'accidents que les femmes.

— J'ai sérieusement eu peur pour nos vies, soupiré-je. Tu roules trop vite !

— Et toi comme un escargot.

— Au moins, je ne mets pas nos vies en dan…

Il me fait taire avec un baiser. Je fonds. Olala...

— Ava…

— Je n'ai pas envie de rentrer.

— Moi non plus… Mais on se voit demain, ok ?

— Ouais.

— Tu veux que je t'aide à monter tes affaires ? Drew dort, il va falloir le porter.

— Non je suis 'éveillé ! s'exclame-t-il. Je fermais les yeux pour pas vous voir faire des bisous. C'est berk !

Je ris à gorge déployée. Mon fils est si mignon.

— Allez, on y va !

Je détache ma ceinture puis je sors de la voiture pour aller récupérer mon fils et son siège auto à l'arrière. Inès dort encore à poings fermés.

— Bonne nuit, Juliann. Et encore merci.

— Bonne nuit papa d'Inès !

— Bonne nuit ! À demain.

Il ne démarre pas avant que nous ne soyons rentrés chez nous.

Nana est déjà dans sa chambre, mais nous passons quand-même lui faire un coucou. Je mets ensuite mon fils au lit avant de me rendre dans ma chambre et de consulter mes messages. J'en ai une tonne : mes amis s'inquiètent de ne pas avoir de nouvelles de moi depuis plus d'une semaine et je m'en veux de ne pas avoir envoyé de message à Luka pour le remercier d'avoir ramené ma voiture et pour le prévenir que j'étais malade. Je leur réponds rapidement et me mets au lit. Comme à chaque fois avant de fermer les yeux, mes pensées se tournent vers Juliann.

Everything goes better WORSE

Partie 2 - The Crack

Chapitre 24 | Ava

C'est avec légèreté et insouciance que j'arrive au lycée. Je suis tellement en avance que les couloirs sont vides, à l'exception de Luka qui attend déjà devant la salle A213, les mains dans les poches et la mine boudeuse.

— Hey !

Silence. Il m'ignore complètement.

— Luka...

— Je peux t'étrangler ? Ou te balancer par la fenêtre ? Non parce que sérieux Ava, j'ai envie de t'étriper, je me suis inquiété comme un malade et les filles n'avaient aucunes nouvelles de toi ! Je suis passé chez toi ce weekend mais ta grand-mère m'a dit que tu n'étais pas là.

— Je sais, je suis tombée malade et…

— Et l'autre jour, qu'est-ce qu'il t'est arrivé ?

— Rien.

Je serre les lèvres car je ne veux pas en parler. Juliann et moi allons passer au commissariat après les cours pour donner ces photos.

Je crois qu'il en a aussi parlé au principal, mais très honnêtement, je ne veux pas que ça s'ébruite et je ne veux pas gâcher ma journée avec ça. Pas après le weekend que je viens de passer. Il lève les yeux vers moi, l'air agacé. Il m'en veut vraiment et je peux le comprendre, mais je refuse d'entacher ma bonne humeur.

— Je suis vraiment désolée.

— Tu sais même pas pourquoi tu t'excuses.

— Si. Tu t'es inquiété pour moi et j'ai été égoïste en t'ignorant. Je te demande pardon. J'avais juste besoin de prendre l'air et de prendre du recul…

— Je comprends, mais tu aurais au moins pu me prévenir.

— T'as entièrement raison. Tu me pardonnes ?

Je lui fais mes yeux de chat et sa mine boudeuse n'y résiste pas : ses fossettes ne tardent pas à me sourire.

— Bon ok. En plus j'ai tellement de choses à te raconter !

— Oui, Aïna m'a dit qu'elle avait dormi chez toi ce weekend. Alors, c'était bien ?

— Bah… C'était un peu bizarre. C'était pas vraiment naturel, tu vois. Je l'ai sentie vraiment crispée.

— Elle devait être stressée.

— J'espère que ce n'était que ça. Je l'aime vraiment bien tu sais ? Je me dis… Je sais pas, je me dis qu'elle a dû voir que j'avais une famille de barges et peut-être qu'elle a pris peur.

Il est trop mignon.

— Je lui parlerai si tu veux. Tu sais, c'est difficile pour elle de faire confiance, il lui faut du temps. Et quand elle voit que ça va trop vite, elle prend ses distances par peur de souffrir. Mais je suis sûre qu'elle t'aime bien, laisse-lui juste du temps et de l'espace.

— Je rêve, c'est l'handicapée des sentiments qui me donne des conseils.

— Eh !

Je le frappe à l'épaule.

— Aïe !

— Tu l'as cherché.

— Merci, Princesse. On verra ce que ça donne avec le temps. En tout cas, je suis content de te retrouver en forme.

— Merci.

— Je peux te faire un câlin ou c'est trop demandé ?

— Ne prends pas trop la confiance non plus.

Luka rit en secouant la tête. C'est contagieux. C'est à ce moment-là que passe Juliann. Il porte un pull vert d'eau, avec un pantalon noir et un long manteau de la même couleur. Qu'est-ce qu'il est beau… Je remarque que sa barbe commence à pousser : il ne s'est pas rasé. Ça le rend… sexy.

— Arrête de baver, me murmure Luka lorsque Juliann ouvre la porte de sa salle après nous avoir salués.

— Chut.

— Ava, je peux te parler deux minutes ?

— Euh oui.

Je sais que par parler il veut dire me plaquer contre la porte et m'embrasser fougueusement avant que les autres n'arrivent. Alors oui, je veux bien *parler*. À peine la porte refermée, Juliann se jette sur moi comme je l'avais prédit. Mon Dieu, c'est tellement indécent ! Je porte une asscz longue jupe aujourd'hui avec des bottines à talons et un crop top noir. Ses mains se faufilent rapidement sous mon pull et viennent malaxer ma poitrine. Je n'avais pas prévu que ça dégénère autant. J'étouffe un gémissement dans notre baiser lorsque sa main quitte ma poitrine pour se faufiler sous ma jupe. Oh non…

— Juliann… Je… On ne devrait pas.

Son pouce s'écrase sur mon clitoris à travers ma culotte. C'en est beaucoup trop !

— Tu me fais perdre la raison, mon ange. Fallait que je fasse ça maintenant, autrement je n'aurais pas pu assurer mon cours. Tu es magnifique.

— Merci.

Il retire sa main puis dépose un baiser sur mes lèvres avant de reculer.

— Ça va bientôt sonner. Installe-toi, je vais ouvrir la porte.

Je suis complètement désorientée, mais j'arrive tout de même à gagner ma chaise, les genoux tremblants. C'est lui qui me rend folle. Lorsqu'il ouvre la porte, Luka entre et me lance un regard désapprobateur. Oups.

Chez Juliann
18 : 30

Je ne suis pas censée faire de baby-sitting aujourd'hui, mais depuis que j'ai reçu les photos, Juliann ne me lâche pas d'une semelle. Il a insisté pour que je passe la soirée chez lui après que l'on soit rentrés du commissariat. Ce fut rapide : nous avons juste donné les photos et… rien. L'officier m'a dit que j'allais être recontactée, qu'ils avaient besoin de parler aux deux policiers qui se sont chargés de l'enquête à l'époque et qu'ils iraient poser quelques questions aux surveillants du lycée. Ça a déjà été fait : Juliann et monsieur Bougneau sont même remontés jusqu'au photographe et mes photos ont été changées entre le moment où elles ont été envoyées et le moment où elles ont été reçues par le lycée. Les surveillants n'ont pas ouvert les enveloppes, alors aucun moyen de savoir qui a pu faire ça.

Les enfants jouent à l'étage pendant que je vérifie la cuisson du poulet qui rôtit dans le four. Plus que vingt minutes et c'est bon. Je mets le minuteur, puis referme le four. Juliann est sorti s'acheter des cigarettes, mais il met beaucoup plus de temps que prévu. La pièce me paraît trop vide et trop froide soudainement. Il a allumé la cheminée avant de partir il y a quinze minutes, mais la chaleur ne s'est pas encore diffusée dans toute la maison.

Je me lave les mains et me sers une tasse de cappuccino noisette que je projette de boire sur le canapé en finissant de lire *Les Faux-Monnayeurs*, foutu roman qui fait partie du programme de littérature de cette année. J'espère ne pas tomber sur ça au BAC. Quoi qu'Œdipe, ce n'est pas mieux… J'ai à peine le temps de m'asseoir que quelqu'un frappe à la porte. J'espère que ce n'est pas Cara. Je me lève en soupirant pour ouvrir, mais je ne vois rien ni personne dehors. Seulement la nuit noire et la pluie épaisse. C'est inquiétant, j'ai un très mauvais pressentiment…

Je referme la porte, la verrouille et retourne m'asseoir. On toque une deuxième fois. Est-ce que c'est une blague ? Je repose ma tasse et ouvre la porte en grand, mais toujours rien. Je mets un pied dehors pour tenter de voir si quelqu'un se cache, mais non, personne. En fait, la rue est encore plus sombre que d'habitude : la lumière censée éclairer le porche ne s'est pas allumée et seul un lampadaire sur deux fonctionne. À part le vent qui fait trembler les feuilles et les branches des arbres, je ne vois rien. C'est désert. Je commence à avoir peur, alors je retourne dans la maison et verrouille la porte. Un frisson désagréable me traverse, mais j'y fais abstraction, c'est sûrement un groupe de gamin qui fait des blagues. Peut-être que si je me le répète suffisamment, je finirais par y croire.

À peine suis-je assise qu'on se met à sonner. Fort. Je me lève d'un bon et regarde par la fenêtre. Je manque de tomber en voyant une silhouette bouger furtivement. J'ai à peine le temps de cligner des yeux qu'elle disparaît. Cette fois, je commence vraiment à paniquer. Il est là. Il connaît Juliann, il sait quand je suis chez lui. Quand je suis *seule* chez lui… J'avale difficilement ma salive et regarde attentivement la vitre pour voir si je remarque autre chose, mais rien.

Je sais que toutes les portes et toutes les fenêtres sont fermées, mais je ne me sens pas en sécurité pour autant. Il y a une différence entre harceler une personne à distance avec des coups de fils et des photos et se présenter physiquement à l'endroit où elle est… Ce taré veut que je le remarque, il veut que je sache qu'il est là, qu'il m'observe. Il veut me flanquer la trouille avant de… m'attaquer ? Je monte rapidement les marches pour m'assurer que les enfants vont bien. Je suis rassurée de les voir jouer à la dînette, mais je n'ai pas le courage de redescendre.

— Hey, maman ! T'as couru ?

— Euh… Oui, je réponds essoufflée. Je… Je voulais voir si tout allait bien.

— Oui, ça va. Tu veux jouer avec nous ?

— Bien sûr, vous faites quoi ?

— Drew prépare des hamburgers, fait Inès. Ça n'a pas l'air très bon…

— Eh ! s'exclame Drew.

— Mais c'est vrai ! T'as mis du chocolat et de la banane dedans, n'importe quoi !

— C'est pour être *orinal*.

— Original, le corrigé-je.

— Voilà !

— Et bien moi je veux quand même goûter, fais-je en m'asseyant en tailleur à côté d'Inès.

Drew me tend une assiette avec un hamburger en plastique accompagné d'une banane et d'une tablette de chocolat que je feins de manger.

— Je trouve ça… Original, dis-je.

— Ça veut dire que c'est pas bon, rit Inès.

— Maman !

— Mais si c'est bon, ne t'en fais pas.

La moue boudeuse de mon fils se dissipe instantanément. Je décide de leur proposer de faire un concours de dessin histoire de me changer les idées et de ne pas penser aux curieuses choses qui m'arrivent ces derniers temps. Inès dessine… un chien ? Les enfants de trois ans ne sont censés faire que des gribouillages, non ? Même moi je serais incapable de dessiner comme ça, je me demande si elle ne serait pas un peu surdouée.

— Ava ?

— Oui ma puce ?

— Papa et toi vous êtes amoureux ?

— Euh… Oui.

— Vous allez vous marier ?

— Non ! Enfin… Peut-être un jour. Je ne sais pas. Est-ce que… Ça ne te fait pas bizarre que je sois avec ton père alors que t'as été habituée à le voir avec Cara ?

— Hmmm… Non. Je suis contente ! s'exclame-t-elle en souriant. Je t'aime bien.

— Moi aussi ma puce, fais-je rassurée. Et… Et toi Drew ?

— Moi aussi je t'aime bien, maman.

— Je sais mon chéri, dis-je en riant. Je voulais savoir si ça ne te faisait pas bizarre de me voir avec Juliann.

— Non, moi aussi je suis content !

Mes lèvres s'étirent, mais pas pour très longtemps car on sonne de nouveau à la porte.

— Oh non.

Cette fois, la personne est beaucoup plus insistante. Elle sonne plusieurs fois et tambourine à la porte. Même les enfants prennent peur.

— Restez ici et ne faites pas de bruit, dis-je en me levant. Je reviens.

Je sors de la chambre et descends les marches rapidement. On continue de sonner à la porte et de frapper vigoureusement. *Alors là, tu ne vas pas t'en tirer comme ça !* Je m'empare d'un couteau dans la cuisine et me dirige vers la porte d'entrée. Je ne vois rien à travers le judas, il fait beaucoup trop nuit et la lumière du porche ne s'est toujours pas allumée. *Allez, Ava ! Fais pas ta trouillarde !* J'ouvre la porte brusquement en tenant mon couteau fermement. Cette fois, il y a bien quelqu'un devant la porte. Et cette personne est aussi effrayée que moi : c'est Juliann qui se met à hurler comme une petite fille. Son cri est tellement aigu et surprenant que je me mets à exploser de rire.

— T'es folle ! s'écrit-il en rentrant et en claquant la porte.

Je n'arrive pas à m'arrêter de rire. D'abord à cause de son cri incroyable, mais aussi parce que je suis vraiment soulagée et qu'il faut que j'évacue mon stress.

— Ava ! Qu'est ce qu'il t'a pris ?

Pardon… Je… J'ai eu peur.

— Je t'ai appelé au moins trois fois pour te dire que j'avais oublié mes clés. Tu faisais quoi ?

— Pardon, je… J'ai…

Je peine à parler tellement je ris. Le minuteur du four sonne et me donne une bonne raison pour tourner les talons et me calmer. Je sors le poulet sous les yeux de Juliann qui attend que je réponde à sa question.

— Je suis vraiment désolée, continué-je en déposant le plat sur le plan de travail.

— De quoi t'as eu peur ?

— Quelqu'un s'amuse à sonner à la porte depuis tout à l'heure. J'ai ouvert une fois mais il n'y avait personne. Et puis, j'ai cru voir une silhouette rôder. C'était pas toi par hasard ?

— Non, dit-il, l'air inquiet. Les enfants vont bien ?

— Oui, ils sont dans la chambre.

— Bon, tant mieux… La lumière du porche ne fonctionne plus, je vais devoir la réparer. Je vais aller faire le tour de la maison.

Il sort avant même que j'aie le temps de l'en dissuader. La personne est sûrement déjà partie en le voyant rentrer. Il revient cinq minutes plus tard, tout trempé.

— Je n'ai vu personne, mais j'ai verrouillé les portes.

— D'accord.

— Je vais prendre une douche et je reviens, je suis tout mouillé. Si ça sonne n'ouvre pas et… essaye de ne tuer personne entre temps ?

— Très drôle !

Je me détends et mets à chauffer les gnocchis au fromage prêts depuis un moment déjà pour ne plus penser à tout ça. Inès et Drew, sûrement attirés par l'odeur du repas, descendent les escaliers et m'aident à mettre la table. Drew adore disposer les assiettes et feindre que c'est lui qui a tout cuisiner. Je l'imagine bien en chef cuisto plus tard.

Juliann redescend pile au moment où je dépose les plats sur la table à manger. Il est très sexy, comme d'habitude. Il ne porte qu'un bas de pyjama blanc.

— Arrête de baver, susurre-t-il. On mange ?

20 : 56

— Je n'ai pas envie que tu rentres seule, je vais t'accompagner, me dit-il lorsque je m'apprête à partir.

— Ah oui, et comment ? Je vais pas laisser ma voiture ici. Et Inès ?

— Ouais, je sais… Je ne veux pas qu'il t'arrive quoi que ce soit.

— Je te promets que ça ira. Si tu veux on reste en ligne.

— Je ne suis pas très rassuré.

— Ça va aller. Allez, embrasse-moi.

À contrecœur, il me fait un bisou sur la bouche et nous accompagne vers la sortie. Il reste sur le pas de la porte jusqu'à ce que je démarre la voiture et il m'appelle dès que je ne sors de son champ de vision.

— Je suis toujours en vie ! fais-je après avoir décroché.

— Ce n'est pas drôle. T'as oublié ton livre ici.

— Ce n'est pas grave, je le récupérerai demain.

— Ok. Dis-moi, madame Canal n'a toujours pas reçu ton chèque pour la sortie en Angleterre.

— Oh merde, j'ai complètement oublié !

— Eh maman, on dit pas ça, gros mot ! s'exclame Drew en baillant.

— Désolé, chéri. J'avais complètement oublié, tu penses que c'est trop tard ?

— Non, mais ramène-le d'ici la fin de la semaine, ok ?

— Tu vas venir avec nous ?

— Oui.

Je souris à l'idée de pouvoir passer cinq jours en Angleterre avec Juliann avant les vacances de Noël, puis je me rappelle que c'est une sortie scolaire et que l'on va devoir se cacher. Mon sourire disparaît totalement en me souvenant aussi que madame Cabin sera là.

— Luka aussi viendra ?

— Oui.

Je ne le vois pas, mais je sais qu'il serre la mâchoire.

— Pourquoi est-ce que tu ne l'aimes pas ?

— J'ai pas dit que je ne l'aimais pas.

— T'as pas besoin de le dire, ça se voit.

— Je le sens pas. Et en plus, il te tourne autour.

— Il sort avec ma meilleure amie !

— Ça ne veut rien dire. Je suis sûr que c'est simplement parce qu'il n'a pas pu t'avoir. En tout cas, je n'ai pas intérêt à le voir rôder devant ta chambre.

— Juliann…

— Je suis sérieux.

Je lève les yeux au ciel. Quelle possessivité.

— Mademoiselle Kayris, si vous levez les yeux au ciel encore une fois, je vais devoir vous mettre une fessée.

Je jette un œil dans le rétroviseur pour m'assurer que Drew n'a rien entendu. Il dort, tant mieux. Juliann est fou de me sortir des obscénités pareilles !

— Ne faites pas des promesses que vous ne pourrez pas tenir, monsieur Ronadone. Je suis arrivée, merci pour la compagnie, ciao !

Et juste comme ça, je raccroche. Je souris. Je l'entendrais presque m'insulter de petite peste. Mon téléphone vibre lorsque je coupe le moteur :

Mon amour
Ça mérite une fessée.

Ava
Dans tes rêves oui.

Mon amour
Bonne nuit, mon ange.

Ava
Bonne nuit, Juliann.

Il s'est remis à pleuvoir, alors j'attrape mon sac, puis sors de la voiture pour détacher Drew rapidement et foncer dans l'immeuble. Il dort comme une masse. Je le mets au lit et je file prendre une douche avant de me rendre dans ma chambre. Lorsque je m'approche de la fenêtre pour fermer les volets, mon cœur rate un battement. Je plaque la main sur ma bouche pour étouffer mon cri car il n'y a aucun doute : cette silhouette, c'est la même que celle que j'ai cru voir tout à l'heure, et c'est moi qu'elle regarde. Il m'est impossible de voir son visage, mais je sens son sourire me narguer d'ici. J'en ai des sueurs froides. Je ferme rapidement les volets et me mets au lit. Est-ce que ça peut être *lui* ? Non, impossible ! J'aurais été prévenue.

Cette nuit-là, je n'arrive pas à fermer l'œil. Je n'ai pas le courage d'aller voir si la silhouette est toujours là, mais en même temps, je ne peux pas m'empêcher d'être parano et d'imaginer qu'elle puisse venir se glisser dans ma chambre si jamais je fermais les yeux.

Je tente de me persuader que ce n'est qu'un cauchemar, mais parfois, nos cauchemars deviennent réalité, et on n'a aucun moyen d'y échapper.

Chapitre 25 | Ava

Quatre ans plus tôt

Je n'arrive plus à faire la distinction entre mes cauchemars et la réalité. Je n'arrive pas non plus à distinguer le jour de la nuit, tout est flou. Je sais que l'on m'a administré plusieurs sédatifs, raison pour laquelle je suis constamment dans les vapes. Je ne sais pas quel jour on est, ni depuis combien de temps je suis sortie de cette cave. Lorsque je me redresse avec difficulté pour m'asseoir sur le lit, je peux voir qu'il fait encore jour dehors. Mon plateau-repas est posé à côté de moi, mais je n'ai pas faim. J'ai cru entendre une infirmière dire qu'on allait devoir me mettre sous perfusion. Ma vie a basculé d'un coup. Tout me semble si sombre, si triste. J'ai envie de pleurer et de crier en me remémorant ce qu'il s'est passé, mais je crois que je n'ai plus de larmes.

Quelqu'un frappe à la porte. Deux policiers entrent dans ma chambre, suivis par ma mère. Je crois que ce n'est pas la première fois qu'ils viennent, leurs visages me sont familiers. L'un est grand, âgé et costaud, à moitié chauve avec une barbe grise.

Le second est beaucoup plus jeune. Il est brun avec de longs cheveux attachés en un chignon bas. Il a vraiment l'air très jeune, je ne lui donnerais pas plus de vingt ans.

— *Bonjour mademoiselle, lance le premier policier de manière brusque.*

— *Je vois que vous êtes enfin réveillée.*

Il n'a rien de chaleureux. Il a même l'air exaspéré d'être là. Je reste silencieuse, tout comme son coéquipier et ma mère. Les deux gendarmes se placent devant la fenêtre tandis que ma mère vient s'asseoir sur le fauteuil à côté de mon lit sans me regarder. Elle a l'air très en colère. Bouleversée. Déçue ?

— *On aurait quelques questions à vous poser Eva.*

— *Ava, le corrigé-je.*

Il me lance un regard qui reflète son agacement et m'ignore.

— *Alors, tu veux bien me raconter ce qu'il s'est passé ?*

— *Euh... Je...*

Je n'arrive pas à parler. Je ne veux pas raconter ça. Je me sens si humiliée, si faible. J'ai l'impression d'être cassée. D'avoir été amputée d'une part de moi-même. Je reste silencieuse, le regard rivé sur mes mains tremblantes. Je ferme les yeux pour empêcher mes larmes de couler mais c'est inutile ; d'abord parce qu'elles se mettent à couler à flot et ensuite parce que d'affreuses images viennent me tourmenter. Je le sens encore. Son souffle sur moi, ses mains brutales me maintenir, m'étrangler quand j'essaye de me débattre, son odeur nauséabonde, son sexe... J'ai envie de vomir. Je me mets à pleurer de plus belle. Pourquoi m'a-t-il fait ça ? Qu'ai-je fait pour mériter ça ?

— *Bon, mademoiselle, on n'a pas toute la soirée.*

La grosse voix du flic me fait sursauter. J'en avais oublié sa présence. Lorsque je lève les yeux, je peux clairement voir qu'il est profondément agacé. L'autre a les yeux rivés sur ses chaussures, il semble éviter mon regard. Je vois tout de même ses poings se serrer. Je me sens si seule. Pourquoi personne ne m'aide, ni ne semble comprendre ?

— *Pourquoi es-tu allée chez monsieur Livet ?*

— *Je... On devait faire un exposé, je réponds d'une voix faible.*

— *Hmmm. C'était ton petit ami ?*

— *Non !*

— *Alors pourquoi être allée seule chez lui ?*

— *J... Je vous l'ai dit, c'était pour faire un exposé.*

Il arque un sourcil l'air, de dire que je mens, et reste silencieux quelques instants en analysant attentivement l'expression de mon visage. Qu'est-ce qu'il cherche au juste ?

— *Madame Kayris, vous pouvez nous laisser seuls un instant s'il vous plaît ?*

Sans un mot, ma mère se lève, prête à partir. Je la supplie du regard, je ne veux pas qu'elle me laisse seule avec eux, j'ai besoin d'elle. Pour une fois dans sa vie, j'aimerais qu'elle se comporte comme ma mère, mais elle se contente de me regarder avec dédain et de partir.

— *C'est bon, ta mère n'est pas là, tu peux me parler maintenant. T'es allée là-bas pour t'amuser, hein ?*

— *Pardon ?*

Je reste sans voix. Son petit sourire en coin m'écœure.

— *Écoute, on a beaucoup de plaintes et nous n'avons pas de temps à perdre avec des inventions. T'as voulu aller voir ton petit-ami, vous vous êtes amusés et ça a un peu dégénéré à la fin, tu peux me le dire, tu sais. Un innocent risque d'aller en prison à cause de toi.*

Un innocent ? Oh mon Dieu... Il s'approche pour s'asseoir sur mon lit.

— *Eva, tu peux avoir confiance en moi.*

— J'hallucine...

— Des filles comme toi, j'en ai déjà vu.

— Des filles comme moi ?

— Oui, qui aiment s'amuser quoi. Tes parents sont stricts, tu voulais te rebeller. Et puis, la famille du gamin est riche…

— Non, c'est faux !

— Chef… intervient l'autre policier.

— Ne m'interromps pas le latino ! Alors, Eva ?

Il pose sa main sur ma cheville à travers la couette. Ce mec me fout la gerbe. Je retire vivement mon pied.

— Sortez de ma chambre ! hurlé-je. Sortez !

— Comme tu veux. En tout cas tu ne t'en tireras pas comme ça.

— Dégagez !

Je suis sûre que tout l'étage peut m'entendre, mais peu importe. Je souffre le martyr, pourquoi est-ce que personne ne comprend ?

— On se reverra petite menteuse. C'est toi qu'on va mettre derrière les barreaux.

— Va te faire foutre !

— Si tu ne voulais pas te retrouver dans cette situation, il ne fallait pas l'allumer. En tout cas, continue-t-il calmement en se dirigeant vers la sortie, apparemment t'es un bon coup.

Il me fait un clin d'œil. C'en est trop : je saisis la seule chose qui soit à ma portée ; un coussin, puis je le lui balance en hurlant à pleine puissance. Mon cœur bat dans mon cerveau. Fort. J'ai l'impression qu'il va exploser, la haine que je contiens m'étouffe, m'étrangle. Je suffoque.

— Sale porc ! Sale porc !

Je continue à crier même lorsque je me retrouve seule dans la chambre. J'ai envie de me noyer. J'ai envie de plonger sous l'eau pour ne plus rien entendre, ne plus rien voir : ni les accusations, ni les mines qui ne renvoient que de la pitié, ni les paroles obscènes que me chuchotait Théo en me faisant subir ces horreurs. Des infirmières accourent et tentent de me canaliser. Je crois que l'on m'injecte des calmants, car je me sens vite faible. Quand je n'ai plus la force de crier, ma mère entre dans ma chambre et s'approche de moi. Elle penche sa tête au-dessus de mon visage et me regarde avec un dédain profond.

— Tu me déçois tellement, Ava, crache-t-elle. Tout est ta faute. Je te croyais beaucoup plus intelligente, tu aurais pu éviter ça.

Chez Ava
Lundi 10 Juin
16 : 03

J'étouffe dans cette satanée robe noire, alors dès que j'arrive dans ma chambre, je la retire et la jette au sol. Je n'arrive pas à respirer, je suffoque ! Je ne me suis jamais autant faite humiliée, jamais.

Mon père a insisté pour que l'on porte plainte, que Théo puisse payer, mais je savais que la bataille était perdue d'avance : sa famille est richissime, elle a les flics dans leur poche et puis Théo est mineur… Ils vont plaider la folie pour le placer dans un établissement psychiatrique luxueux où il pourra s'éclater jusqu'à ses dix-huit ans. Au tribunal, son avocat, monsieur Le-quelque-chose, a réussi à convaincre le juge de laisser le monstre en liberté en attendant le procès qu'il a tant voulu éviter. J'ai eu envie de vomir en revoyant Théo, en sentant son regard sur moi… Je n'ai pas osé le regarder. Lui et sa famille ont voulu passer un marché : de l'argent contre mon silence, mais mon père a bien évidemment refusé, alors que ma mère, elle… Je ne sais pas pourquoi elle me déteste autant : des années à m'ignorer et aujourd'hui, elle cherche à m'enfoncer ?

J'ai envie de sortir de mon corps et de ne plus avoir à vivre tout ça. J'ai envie que mon cœur cesse de battre, que mes poumons cessent de fonctionner. Je veux juste mourir. J'ai beau me laver plusieurs fois par jour, je le sens partout sur moi. Son odeur, son souffle, ses mains… J'ai encore l'impression d'être dans cette cave. La nuit, je ne dors plus, car dès que je ferme les yeux, mes cauchemars me hantent et je me réveille en pleine nuit.

Je suis tellement en colère ! Contre moi-même car ma mère a raison : j'ai été stupide. Je suis en colère contre ma génitrice, parce qu'elle est horrible. Contre les flics, contre mes amis qui ne me donnent plus signe de vie, ma sœur qui fait comme si je n'existais pas, contre cet avocat… Après l'audience, je l'ai entendu parler au téléphone avec son frère. Il lui disait qu'il serait de retour à Lyon demain et qu'il viendrait le chercher à la fac après son partiel, puis qu'ils iraient boire un verre tous ensemble. Je dois passer mes nerfs sur quelqu'un et ça sera lui.

Je n'arrive plus à respirer correctement, alors je fais la seule chose qui marche pour moi ces temps-ci : je fonce dans la salle de bain, remplie la baignoire à ras-bord et je plonge sous l'eau. Et d'un seul coup, c'est vide, silencieux. Plus de bruit, plus de souffrance : la douleur est restée à la surface. Je m'imagine au milieu de l'océan, loin de cette cave, loin de tout. Je m'imagine juste flotter et m'éloigner de tout ça. Je manque d'oxygène, mais ça fait du bien… J'ai envie d'ouvrir la bouche et de laisser l'eau envahir mes poumons. Un petit mouvement et ce supplice pourrait s'arrêter. Je pourrais…

Je suis tirée de l'eau par ma grand-mère. Son air inquiet et les larmes sur ses joues me fendent le cœur. Je regrette. Je regrette car dans tout ce chaos, j'ai oublié qu'il y avait un peu de lumière : elle et mon papa. Elle me prend dans ses bras et me berce lorsque je me joins à ses pleurs.

— Je t'en supplie, ne refais plus jamais ça.

Lycée
Lundi 4 Novembre
16 : 03

Je déambule dans les couloirs du lycée, comme à mon habitude. J'ai envie de tout arrêter : mon année de seconde a plus que mal commencée ; je n'ai eu aucune note au-dessus de cinq, je suis plus chez moi qu'en cours et les gens me regardent comme si j'avais la peste, surtout depuis que le verdict est tombé. Théo a gagné : il s'en est sorti avec une somme d'argent à me verser et un séjour en hôpital psychiatrique. Il n'en sera libéré que lorsque les médecins l'en jugeront apte. Apparemment, il serait schizophrène. Il a simplement fallu qu'il raconte à tout le monde que c'est quelqu'un qui lui a dit de faire tout ça et qu'ils avaient été deux à m'avoir violée pour que ça passe. Au moins, je ne le verrais plus.

Je sors du lycée, récupère mon vélo et fonce chez moi. Je me sens atrocement faible ces derniers temps : je ne fais que vomir, aucun aliment ne passe, je maigris à vue d'œil et j'ai l'impression d'être sur le point de tourner de l'œil à chaque instant. Mes pas sont lourds lorsque j'ouvre le portail de la maison. Je vois trouble, mais j'essaie de marcher. Je n'y arrive pas... Mon sac pèse une tonne, je... Je sens l'herbe sous mes mains avant même de me rendre compte que je suis tombée. Une douleur affreuse me déchire les entrailles, j'ai l'impression que mes intestins sont en train de se rompre. Je hurle de douleur jusqu'à ce que je voie la porte s'ouvrir. C'est ma mère. Elle écarquille les yeux et hurle à mon père d'appeler une ambulance. Elle se rue vers moi et m'ordonne de ne pas m'endormir, de rester avec elle. Pour quoi faire, maman ? Je n'ai pas envie de rester éveillée dans ce monde, alors je ferme les yeux, en priant pour que la mort m'emporte.

Hôpital

17 : 00

Cette impression de déjà-vu m'angoisse. Me revoilà à l'hôpital. Ma mère est assise à côté de moi et elle me tient même la main. Je rêve ? Ma grand-mère et mon père sont là, eux aussi. J'ai envie de demander ce qu'il s'est passé, mais ma gorge est nouée et ma langue pèse une tonne.

— Ava ! Tu es réveillée ! Je vais aller chercher le docteur ! s'exclame Nana.

Elle revient deux minutes plus tard avec un homme d'une cinquantaine d'années en blouse blanche. Il lit quelques feuilles coincées dans un bloc-notes en fronçant les sourcils avant de me regarder.

— Bonjour, Ava. Tu vas bien ?

Je ne réponds pas. Je ne supporte plus la proximité des hommes, à part celle de mon père.

— Je vais te poser quelques questions, d'accord ?

Je hoche la tête et serre la main de ma mère.

— Bien. Est-ce que tu as eu des symptômes tels que des nausées, maux de ventre, fatigue, perte d'appétit ces derniers temps ?

Je hoche la tête.

— Est-ce que tu as... du retard sur tes règles ?

Quoi ? Je cligne des yeux, j'ai peur d'avoir mal compris.

— Quand as-tu eu tes règles pour la dernière fois ?

Mes oreilles bourdonnent. Non, pas ça ! Pas ça.

— Où est-ce que vous voulez en venir ? gronde mon père.

— Monsieur... Votre fille est enceinte d'un peu moins de six mois.

414

— *Impossible, s'exclame ma grand-mère. Regardez son dossier médical : l'infirmière lui a donné une pilule du lendemain. Et puis son ventre n'a pas grossi.*

— *Oui, je sais, il s'agit très certainement d'un déni de grossesse. Quant à la pilule, elle n'est pas efficace à cent pour cent et puis… D'après ce que j'ai lu, votre petite fille a passé trois jours dans… Plus on attend, moins la pilule agit efficacement. Je suis désolé.*

Désolé ? Désolé ? Je voulais mourir, mais maintenant, j'ai envie de tuer ce poison qui grandit en moi. Enceinte ? Non, non… Six mois ? Impossible d'avorter. C'est un cauchemar. Juste comme ça, je m'enfonce un peu plus dans ma dépression. Je sens la main de ma mère me lâcher et je sombre.

Présent

Chez Ava
Mardi 21 Novembre
06 : 03

Je n'ai pas du tout fermé l'œil de la nuit. Je suis restée allongée sur mon lit sans oser aller regarder par la fenêtre si la silhouette était encore là. Quelqu'un me surveille et cette personne sait où j'habite. Je ne sais même pas si j'aurais le courage d'aller en cours aujourd'hui. Pourtant il le faut. Mon réveil ne va d'ailleurs pas tarder à sonner.

Ce n'est pas tant cette silhouette qui me fait peur, mais plutôt qui peut se cacher derrière. Les photos, les tambourinements à la porte de Juliann, les coups de fil étranges… Tout est lié, j'en suis certaine. Je suis effrayée par le fait que cela puisse être Théo, même si au fond je sais que c'est impossible. Il est enfermé dans un hôpital psychiatrique et n'est pas près d'en sortir. Et puis même si ça avait été le cas, j'aurais été prévenue, non ? Je dois en avoir le cœur net.

Mon réveil sonne. Je décide de sortir de ma torpeur et de me lever pour aller me préparer. L'eau froide sur mon visage ne parvient pas à dissiper mon manque de sommeil, ni mon inquiétude qui ne fait que grandir. Je sais que je ne dois pas me laisser ronger par la peur, mais le fait est que cette personne sait très bien comment m'effrayer.

— Ava ?

Je sursaute lorsque Nana m'interpelle sur le seuil de la porte de la salle de bain.

— Oui ?

— *Ça va ?*

— *Oui pourquoi ?*

— *Ça fait au moins cinq minutes que t'es bloquée devant le miroir.*

— Ah oui… Pardon, j'avais la tête ailleurs.

— Ça n'a pas l'air d'aller.

— Si, je t'assure ça va.

— Tu veux que je ramène Drew à l'école ?

— Oui, si ça ne te dérange pas. Je vais aller en cours plus tôt aujourd'hui.

— Tu vas aller chercher Luka ?

— Oui

Je mens sans scrupule, mais je tente de me convaincre que c'est pour la protéger. Avant de descendre, je regarde par la fenêtre. Évidemment la silhouette n'est pas là mais on ne sait jamais. Je fais un bisou à Nana et à mon fils, puis je dévale les escaliers rapidement pour courir jusqu'à ma voiture. Je ne compte pas aller en cours aujourd'hui. Je compte plutôt tirer toute cette histoire au clair. Ou du moins, tenter d'avoir quelques réponses. Je m'arrête rapidement dans une station essence pour faire le plein, puis je me dirige sans m'arrêter une seule seconde vers le centre de la France. À Chartres plus exactement. Dans un hôpital psychiatrique.

Chartes - Hôpital psychiatrique
12 : 19

J'ai les jambes engourdies lorsque je me gare sur le parking de l'hôpital. Je suis assez perplexe lorsque je me retrouve face à l'établissement. D'un côté, je suis surprise car j'ai toujours eu une image assez archaïque des hôpitaux psychiatriques : murs en briques sombres, pas très bien aménagés, des employés en uniformes blancs, des électro-chocs, un décor un peu terrifiant… J'ai peut-être trop regardé *American Horror Story* puisque la réalité est devant moi : un établissement qui a l'allure d'un simple hôpital avec une allée en gravier cernée par deux larges pans de fleurs. La façade est blanche et parsemée de dessins tracés à la craie. Tout m'a l'air propre, il n'y a rien qui fasse peur, mais je sais que je m'apprête à me jeter dans la gueule du loup.

Je pense être restée dans ma voiture au moins dix minutes avant d'avoir eu le courage de sortir. Je me dirige très lentement vers l'entrée où une femme d'une trentaine d'années m'accueille le sourire aux lèvres. Elle est très belle : blonde aux yeux marron avec un grain de beauté sur le nez. Elle me fait penser à Blake Lively.

— Bonjour, me salue-t-elle chaleureusement. Je peux vous aider ?

— Bonjour. Je voudrais voir un patient.

— Oui, comment s'appelle-t-il ?

— Théodore Livet.

— Vous êtes un membre de la famille ?

— Non.

— Ah. Je suis désolée mais seuls les membres de la famille sont autorisés à le voir.

Ah. Donc il est encore là ?

— Je comprends. Mais il est bien là ?

— Oui, oui. Il ne peut pas sortir sans l'autorisation de ses parents.

Donc il est sous tutelle ?

— Oui, j'avais oublié.

— C'est urgent ?

— Bah... C'est juste que je viens de loin mais... J'aurais dû appeler, je suis idiote. Désolée de vous avoir dérangée, fais-je en commençant à partir.

— Attendez euh... Il a un peu de temps avant l'heure du repas. Vous pouvez peut-être le voir cinq minutes pour parler ?

Parler avec lui ? Jamais.

— Hum, non ça ira. Est-ce que je peux juste... voir s'il est là ? Enfin je veux dire...

— Oui, pas de problème, suivez-moi.

Je la suis dans un long couloir blanc dont les murs sont décorés avec plusieurs dessins. Depuis tout ce temps, ce connard est donc là, dans ce superbe établissement ? La vision de la salle de loisir est pire que tout : grande, deux télés, des jeux de société, une grande bibliothèque… Tout le monde semble s'amuser. Deux personnes jouent à Just Dance, je pense que ce sont des trisomiques, d'autres jouent aux cartes, un autiste, il me semble, avec une fille qui parle seule. Cette image me fait sourire. C'est agréable de les voir s'épanouir dans un endroit où ils ne sont pas jugés. Ils n'ont pas à affronter la cruauté des hommes, mais mon sourire s'évanouit lorsque je *le* vois. Il est assis sur un pouf, dos à moi, et griffonne quelque chose sur une feuille en silence. Je ne vois pas son visage, heureusement, mais il a l'air très concentré.

— Il dessine tout le temps, chuchote l'hôtesse d'accueil. D'ailleurs…

Elle entre dans la pièce et fouille dans une commode pour en sortir une feuille.

— Je me disais bien que vous me rappeliez quelqu'un, dit-elle en revenant.

Je fronce les sourcils. Comment ça ? Elle me tend la feuille. Je suis stupéfaite : c'est moi. Qu'est-ce que…

— Il y en a des centaines des comme ça. Théo est très amoureux de vous, dit-elle en souriant.

— Ah.

J'ai la nausée.

— Est-ce qu'il a le droit d'envoyer des courriers ?

— Oui, mais seulement à un nombre restreint de personnes. Mais il n'envoie jamais rien.

— Humm. D'accord. Merci beaucoup.

Je lui rends le dessin mais elle me fait signe de le garder.

— Je vous en prie. Il ne remarquera même pas qu'il en manque un.

— Merci.

— Vous voulez que je lui dise que vous êtes passée ? Ava c'est ça ?

— Comment connaissez-vous mon prénom ?

— C'est écrit sur le dessin.

Putain, ce mec est vraiment taré.

— Non, ne lui dites pas que je suis venue. Merci beaucoup et bonne journée.

Je m'enfuie.

Chez Juliann
21 : 57

Le reste de la journée passé à fixer les vagues déchaînées de l'océan n'ont fait que me rappeler la couleur des yeux de Juliann. J'ai passé des heures à conduire, tout ça pour revenir sans réelles réponses, mais revoir Théo, me rendre compte qu'il était toujours autant bloqué dans le passé, qu'il était encore persuadé que je lui appartiens… Ça m'a bouleversé plus que ce que je pensais, car il a raison. Je suis emprisonnée dans le passé comme lui. Il a volé une partie de mon corps, et je n'ai rien fait pour la lui reprendre, je me suis contentée de pleurer dessus, mais ce n'est plus ce que je veux.

Plonger mon corps dans l'eau me permet de me laver de mon traumatisme, de me sentir moi-même pendant quelques minutes, et lorsque j'embrasse Juliann, j'ai l'impression d'être plongée en plein milieu de l'océan. De reprendre possession de mon corps pendant quelques secondes. Je veux que ce sentiment devienne permanant. Je ne veux plus me laisser dicter par la peur, je ne veux plus laisser Théo influencer mes choix, ma vie.

Je me gare devant la maison et me dirige d'un pas précipité vers l'entrée. La porte s'ouvre avant que je n'aie le temps de sonner. Juliann a le visage sombre, il est contrarié, inquiet, mais tellement beau.

— Mais enfin, où étais-tu ? Je t'ai envoyé plein de messages et Lu…

Je ne lui laisse pas le temps de finir sa phrase ; je l'embrasse passionnément. C'est si bon. Si doux. Son étreinte m'aide à tout oublier comme par magie. Je plonge au fond de l'eau et laisse mes problèmes à la surface. Mes poumons se vident de leur oxygène, je me noie dans ses baisers.

Il semble hésitant, au début, mais sa langue se joint rapidement à la mienne. Nos corps se collent l'un contre l'autre, nos mains se baladent, cherchent à assouvir ce désir qui devient presque incontrôlable. Je ne veux *pas* le contrôler. Je veux m'abandonner corps et âmes. Je veux me donner à lui sans retenue. Je veux lui montrer chaque cicatrice infligée à mon âme et le voir les aimer comme seul lui peut le faire. Je veux qu'il efface la souillure qui ternie ma peau depuis des années. Je ne supporte plus l'idée que mon corps associe ce qui se rapporte au sexe avec mon viol. Je ne veux plus avoir la sensation que Théo a volé une partie de moi et que cette partie lui appartient encore. Non. Je veux avancer.

Juliann ferme et verrouille la porte, puis m'entraîne à l'étage, dans sa chambre. Nos lèvres se scellent à nouveau et ne se lâchent presque plus. Ses mains parcourent chacune de mes courbes lorsqu'il enlève mes vêtements avec une tendresse bouleversante.

— Je suis prête, soufflé-je. Je suis prête, Juliann.

Il me regarde avec incrédulité, sans doute pèse-t-il la portée de mes mots. Ou alors il se demande si je suis dans mon état normal.

— Mais…

— Je suis sûre de moi. Je veux que ça soit toi et personne d'autre. Je te fais confiance Juliann. Je t'aime tellement, et tu es la seule personne à qui j'ai envie de donner cette part de moi-même.

Son regard s'attendrit, j'ai même presque l'impression que ses yeux brillent. Il acquiesce et fait un pas en avant pour m'embrasser et me caresser. Cette fois ses gestes sont plus précis, il cible les zones susceptibles de me faire jouir à tout moment. Il dégrafe mon soutien-gorge, puis passe sa main sous le dernier sous-vêtement qu'il me reste.

— Juliann, gémis-je.

Une vague de plaisir intense déferle dans mon bas ventre. Oui, j'ai tellement envie de lui. Il caresse lentement ma boule de nerfs et récolte les gémissements qui s'échappent d'entre mes lèvres. Oui, ses doigts. Tellement doux, tellement bons. Mes jambes ont du mal à me soutenir; je sens que je vais tomber s'il me lâche. Je vais jouir si ça continue, je le sais. J'ai la tête qui tourne, le simple contact de sa peau contre la mienne…

— Mon Dieu… Juliann !

Je ne tiens plus. Nos haleines se mélangent. Je me perds dans ses yeux orageux, tandis que ses doigts, eux, se perdent en moi.

— Fais-moi l'amour, soufflé-je.

— Ava...

Il me sonde, sûrement pour se laisser le temps de réfléchir, savoir si c'est une bonne idée ou non. Je retire sa main de ma culotte puis je le déshabille entièrement sous son regard inquisiteur. Il ne porte rien sous son pantalon de pyjama, alors je décide de nous mettre à égalité en retirant mon dernier vêtement. Je l'entraîne sur le lit pour qu'il s'assoit dessus et me mets à genoux devant lui. Une perle translucide brille à l'extrémité de son membre érigé, alors je le lèche lentement.

— Mon ange, siffle-t-il entre ses dents.

Je le prends entièrement dans ma bouche, sans retenue. Ses gémissements rauques m'encouragent, je veux lui faire perdre la tête comme il le fait avec moi.

— Ava. Ava, stop.

Il me relève pour amarrer nos yeux, puis il me sonde, sourcils froncés. Ses pupilles sont dilatées et je sens son cœur tambouriner contre sa cage thoracique. Je n'arrive pas à respirer tellement il est beau, tellement je suis étourdie par le désir qui m'anime. *Je te veux !* je lui crie silencieusement.

— Tu m'as dit que tu m'apprendrais. Alors apprends-moi à aimer sans avoir mal.

Je sais qu'il comprend ce que je veux dire.

— Est-ce que tu es sûre, mon ange ?

— Oui.

Il agrippe mes cheveux et s'empare de mes lèvres. Sa langue caresse mon palais avant de s'enrouler autour de la mienne. J'ai la chair de poule, l'estomac en vrille. Je ne suis que plaisir. Il s'écarte pour s'allonger sur le lit et me fait signe de me placer au-dessus de lui.

— Non, par ici.

Je rougis. Il veut que je m'assoie sur sa bouche ? J'obéis et agrippe la tête de lit lorsque sa langue vient caresser ma fente moite. Il connait mon corps par cœur, il sait que ça me rend folle quand il aspire mon clitoris, puis qu'il souffle dessus. Je tente de bouger les hanches, mais il m'en empêche en m'agrippant fermement. J'ai la tête qui tourne, les jambes qui tremblent. Un plaisir aiguë parcourt mon corps entier avant de s'intensifier *là*, à l'endroit même où se trouve sa langue. Mes yeux se révulsent et j'explose en criant son nom. Il ne s'arrête pas avant que j'aie repris ma respiration. Je suis encore étourdie lorsqu'il me fait glisser jusqu'à ses hanches. Il me regarde intensément. Il me crie à quel point il a envie de moi, et pourtant, je lis encore cette hésitation dans ses yeux. Cet orgasme, est-ce que c'était pour être sûr que j'en aurais encore envie même après ? La réponse est oui. *T'es sûre de toi, Ava ?*

— Oui, je réponds à voix haute.

Je me penche pour l'embrasser et je gémis en sentant mon goût sur sa langue. Il n'en peut plus, je le sais et pourtant, il prend son temps. Il s'empare de son érection pour la faire glisser sur ma fente, puis me regarde comme pour me demander une dernière fois.

— Oui, répété-je dans un murmure.

Et pourtant, je me fige dès qu'il exerce une petite pression sur l'entrée de mon vagin. Mon corps lutte contre cette intrusion par réflexe.

— Mon ange, ce n'est que moi. Je ne te veux aucun mal, détends-toi. Respire.

Je hoche la tête et prends de grandes inspirations pour me détendre. Il réessaye et je me concentre fort pour ne pas me crisper. De peur d'avoir mal ou de faire machine arrière, je fais basculer mes hanches pour le faire entrer en moi. Entièrement.

— Ava, siffle-t-il entre ses dents.

Il retient sa respiration, comme si c'était… trop douloureux ? Trop bon ? La sensation m'est… étrange. Je lutte pour ne pas céder à la panique, pour ne pas faire de ce moment un évènement qui risquerait d'entacher notre relation. Le visage de Juliann est déformé par l'extase, ses yeux me promettent un tas de choses plus salaces les unes que les autres et pourtant, il se retient encore. Il attend mon feu vert pour bouger.

— Respire, lui susurré-je.

— Ava, je n'ai pas…

Je ne le laisse pas finir : je l'embrasse fougueusement. Et ça me frappe, comme un éclair qui s'abattrait sur moi. Mon envie monte en flèche et menace de me consumer. Ma respiration devient erratique alors qu'aucun de nous ne faisons de mouvement. J'ai tout simplement l'impression que mon désir et le sien ne font qu'un, qu'ils ont été multipliés par deux. Je sens l'électricité parcourir tout mon corps, tout *son* corps. Nous vibrons à une fréquence humainement inatteignable. Il agrippe mes hanches et me fait doucement glisser sur lui, retirant presque son sexe du mien avant de me ramener à lui. Je gémis lorsque son gland tape au fond de mon vagin. Je prends feu.

— Juliann…

Il me lâche et pose la tête sur un oreiller, me laissant faire, mais je ne sais pas comment bouger.

— Comme si tu te déhanchais sur la chanson la plus sexy qui soit, mon ange.

Je hoquette, mais je hoche la tête. Une main posée sur son torse, je commence à onduler des hanches sur lui langoureusement, d'avant en arrière. Il ne rate pas une miette du spectacle : ses yeux se posent sur ma poitrine, nos sexes liés, mes lèvres, mes yeux. J'ai l'impression d'être vénérée et ça m'encourage à bouger plus vite, avec plus d'assurance. Je ne le quitte pas des yeux, même si mes paupières sont de plus en plus lourdes. Je suis en transe, prête à me laisser emporter par une extase interdite.

Juliann se redresse soudainement pour s'asseoir, agripper mes cheveux et me donner des coups de reins rapides et profonds. Je suis stupéfaite par l'expression de son visage, l'orage qui traverse ses yeux. Il est comme sous ecstasy, lui aussi. Et je suis sa drogue.

— Si tu savais à quel point j'avais envie de ça, mon ange… Le nombre de fois où je me suis imaginé te faire l'amour ici, dans mon lit.

Merde… Je pensais que ça ne pouvait pas être plus intense… Ses mots vont me tuer. Mes gémissements sont incontrôlables.

— C'est tellement bon d'être en toi, je veux te faire l'amour toute la nuit. Dans toutes les positions. Je veux que ton corps se rappelle du mien demain.

— Juliann !

— Je veux te faire jouir jusqu'à ce que le seul mot que tu puisses articuler soit mon nom.

J'écarquille les yeux, parce que je bascule. Je pousse un long gémissement en me contractant douloureusement autour de lui. J'ai l'impression d'atterrir sur une autre planète tellement c'est bon. Non, pas une autre planète : je viens de toucher le fond de l'océan Pacifique et je n'ai aucune envie de remonter. Juliann aussi jouit bruyamment et explose en moi. Nous sommes un. Une seule et même âme qui vibre à une fréquence divine. Il nous faut des lustres avant de remonter à la surface. Juliann m'embrasse, puis nous sépare pour que l'on puisse s'allonger sur le lit, l'un près de l'autre.

— Est-ce que ça va ?

Je hoche la tête. Je suis encore ailleurs, je somnole presque. Non en fait, je suis sur le point de m'endormir. Je suis comblée et épuisée, mais tellement fière de moi. Tellement fière d'avoir pris le contrôle de mon propre corps.

Je suis bercée par les battements de son cœur qui se font réguliers et je plonge dans un sommeil plein de rêves.

Chapitre 26 | Ava

Je suis réveillée par Juliann qui passe son bras autour de ma taille et enfouit son visage dans mes cheveux. Il dort à poings fermés. Je souris à mesure que les souvenirs de la nuit dernière me reviennent. Je ne regrette pas une seconde, bien au contraire. Je me sens… légère. C'est donc ça que ressentent les gens après une nuit d'amour ? C'est pour ça qu'ils sont de si bonne humeur le lendemain ? Je m'étire lentement, puis je me dégage le plus discrètement possible de son étreinte pour aller dans la salle de bain et prendre une douche. Je n'en reviens toujours pas d'avoir couché avec lui et d'avoir aimé au point de jouir. Je laisse presque échapper un gloussement en me rappelant ce qu'Aïna et Adèle m'ont dit : « le sexe, ça n'a rien à voir avec ce qui est décrit dans les romans. S'il sait ce que sont les prélis, t'es ultra chanceuse. S'il sait où se trouve ton clito, sort avec lui. S'il arrive à te faire jouir avec une pénétration, épouse-le. » Si je devais les écouter, il faudrait que je commence à chercher ma robe de mariée dès maintenant.

Je n'aurais pas imaginé faire ça avec quelqu'un d'autre que lui. Juliann est si attentif, il fait toujours passer mon plaisir avant le sien, c'est pour cette raison que je lui ai fait assez confiance pour lui offrir mon corps meurtri… Et il me l'a rendu guéri. Il m'a aidé à me libérer de Théo, de mes angoisses. Je ne suis plus prisonnière de cette cave.

Je me sèche rapidement, puis je le rejoins au lit. Son corps nu diffuse une douce et agréable chaleur qui me berce.

La nuit nous enveloppe dans son cocon apaisant, et je ne tarde pas à me rendormir dans ses bras.

07 : 03

— Mon ange.

Juliann me chuchote à l'oreille en caressant mon ventre.

— Humm ?

— Est-ce que ça va ?

— Oui, je réponds paresseusement. Il est quelle heure ?

— Sept heures. Je te laisse dormir encore un peu ?

— Non, c'est bon !

Je me retourne pour lui faire face. Ses cheveux sont en batailles et ne ressemblent pas à grand-chose, mais il n'en demeure pas moins sexy. Il dépose un chaste baiser sur mes lèvres puis enfouit sa tête dans mon cou. Sa respiration me chatouille.

— Tu sais que je t'aime ? me demande-t-il en déposant un baiser sur ma peau chaude.

— Oui, je le sais.

Il caresse lentement mes hanches, puis descend vers mes fesses pour ensuite saisir ma jambe et la placer sur la sienne. Je sens son érection contre mon pubis. Mon corps réagit instantanément.

— Pour hier... Tu ne regrettes pas ?

— Non. C'était vraiment bien, soufflé-je.

Il me sourit puis passe sa main dans mes cheveux pour caler une mèche rebelle derrière mon oreille.

— Tant mieux.

J'ai des papillons dans le ventre.

— Et tu veux bien me dire où tu étais...

— Non, chut. Ne gâche pas tout.

Il s'apprête à répondre, mais il se ravise. À la place, il me serre fort contre lui et me caresse le dos tendrement. Je sens son cœur battre fort contre le mien et sa chaleur irradier mon corps. Nous restons dans cette bulle d'amour jusqu'à ce que le réveil sonne.

— Non, marmonné-je.

— Eh si. J'ai des cours à donner. Tu vas au lycée aujourd'hui ?

— Oui. Mais il faudrait que tu me passes un pull, je n'ai plus d'affaires de rechange.

— D'accord. Il y a une jupe à toi ici, il me semble. Avec des collants.

— Parfait.

Il dépose un baiser sur mon front puis se lève pour se diriger vers la salle de bain. Je ne peux m'empêcher de regarder ses fesses rebondir à chacun de ses pas.

— Tu viens à la douche avec moi ?

— Non, merci, je me suis réveillée dans la nuit pour me laver.

— Je me disais bien que tu sentais le gel douche.

Son gel douche pour être exact. J'ai l'odeur de Juliann partout sur moi. Je m'étire et me lève pour regarder par la fenêtre. Toujours aucune silhouette. Cette histoire est vraiment très étrange ; si ce n'est pas Théo, qui peut bien m'en vouloir à ce point ? J'y ai réfléchi durant le chemin du retour hier, puis lorsque je suis allée à la plage pour faire le point. Peut-être que ça serait une bonne idée d'aller moi-même voir l'un des policiers qui m'avaient interrogée à l'hôpital. Juste pour avoir des informations, je suis bien consciente que ces connards ne m'aideront jamais à enquêter. Pourquoi cette affaire refait-elle surface quatre ans après ? Pile au moment où je commence à aller mieux ? J'ai l'impression que le sort s'acharne sur moi. Qu'ai-je fait pour mériter tout ça ? Ou alors cette personne restait tapie dans l'ombre et attendait le bon moment pour me faire replonger ?

Je sors de mes pensées lorsque j'entends Juliann sortir de la douche. J'allume la lampe de chevet, puis j'ouvre son placard à la recherche d'un pull qui pourrait m'aller. Je tombe sur le pull vert d'eau qu'il portait l'autre jour et qui s'accorde à merveille avec une de mes jupes oubliée ici et mes boots noirs. Au moment où je fouille dans la commode pour voler un boxer, Juliann apparaît dans l'embrasure de la porte. L'eau ruisselle sur ses cheveux et son torse, jusqu'à la petite serviette nouée autour de ses hanches. La forme de son sexe se dessine en dessous. *Oh Juliann...* Un frisson me parcoure l'échine lorsque des images de notre nuit d'hier refont surface.

— Je cherche des sous-vêtements, soupiré-je pour tenter de penser à autre chose.

Il me fait signe de me pousser et sort du second tiroir une petite culotte bleue assortie à son soutien-gorge. Des sous-vêtements que j'avais oublié ici.

— Merci.

Je les récupère et les enfile rapidement. Il sourit espièglement, puis fouille à nouveau dans le tiroir pour en sortir ma jupe et mes collants. Ma parole, c'est qu'il a libéré un espace rien que pour moi ?

— Je me disais que tu pouvais laisser plus d'affaires. Je veux dire... Comme ça quand tu dormiras ici, tu auras tout ce qu'il faut.

— D'accord.

C'est vraiment trop mignon. Je souris et dépose un baiser sur ses lèvres avant de récupérer mes affaires pour m'habiller en même temps que lui. Le pull est beaucoup trop large pour moi, mais disons que ça fait un petit style. J'aimerais pouvoir m'attacher les cheveux mais malheureusement, il m'est impossible de mettre la main sur mon élastique. Juliann rit en me voyant me débattre devant le miroir avec mes boucles.

— C'est pas drôle ! râlé-je.

— Ne bouge pas, j'arrive, dit-il en sortant de la pièce.

Il revient quelques secondes plus tard avec un petit chouchou noir et la brosse d'Inès.

— Je vais te faire une tresse, dit-il en se positionnant derrière moi.

— Inès est chez Cara ?

— Oui. Ma baby-sitter m'a planté.

— Oh zut ! Je suis désolée j'avais complètement oublié !

— Ce n'est rien, ne t'en fais pas.

— D'ailleurs euh... Je pense que je devrais démissionner. C'est vrai, avec ce qu'il se passe entre nous... Puis avec ton ex qui est revenue...

— Comment ça ?

— Bah, je veux dire... On est ensemble. On a même couché ensemble… et j'adore ta fille. Et ça me fait bizarre d'être payée quand je viens ici. Je n'ai pas l'impression de travailler, je viens surtout pour le plaisir et je ne me vois pas être payée pour ça.

— T'as peur que je te prenne pour ma prostituée ?

— Connard !

Il s'esclaffe pendant que je fronce les sourcils, mais dans le fond, il n'a pas tort. Si je viens ici trois soirs par semaine, qu'on couche ensemble et qu'il me tend ensuite une enveloppe pleine d'argent…

— Je comprends, dit-il en souriant.

— Vraiment ?

— Oui. Et de toute façon, je n'aurais plus besoin de m'absenter le soir.

Il dépose un baiser sur mon cou, puis se décale pour me sourire à travers le miroir. Je ne sais toujours pas ce qu'il fait, mais j'ai l'impression que la réponse ne me plairait pas. Et puis… Je préfère qu'il m'en parle de lui-même.

— Merci. Pour la coiffure.

— Mais de rien. Tu prends un petit dej' ? On a un peu de temps avant de devoir partir.

— Ok.

— Tu dois aller chercher Luka aujourd'hui ?

— Euh, je sais pas. Il faut que je lui envoie un message.

— Ok. Tu me rejoins dans la cuisine ?

— Oui.

— Et dernière chose, mon ange.

Il tire ma tresse en arrière et passe son autre main sur mon cou.

— Ne m'insulte plus jamais de connard, souffle-t-il sensuellement.

— Sinon tu vas me mettre une fessée ? demandé-je en arquant un sourcil.

— Peut-être bien.

Il me lâche et sort de la chambre furtivement. Je reste plantée là, devant le miroir quelques secondes de trop avant d'enfin bouger et récupérer mon téléphone sur la table de chevet. Je parcours mes messages et comme l'autre fois, j'en ai plusieurs. Je vais encore me faire tuer. Hier, je me suis seulement contentée de dire à ma grand-mère que je ne rentrerais pas le soir. Elle est très inquiète, je le sens, mais je ne veux pas la mêler à tout ça. Je veux la protéger. Bien entendu, je ne suis pas dupe, je sais pertinemment qu'elle va me demander des explications. Elle sait que ce n'est pas dans mon habitude de sortir, ni de découcher et je fais souvent les deux en ce moment. Je sais aussi qu'elle sait qu'un garçon se cache derrière tout ça, je la remercie de ne pas être stricte et de ne pas me poser de questions. Si ça avait été mon père, il m'aurait déjà enfermée dans ma chambre.

J'envoie rapidement un message à Luka pour lui demander s'il veut que je vienne le chercher, puis je m'empare de mes boots jetés au sol avant de rejoindre Juliann. Il est assis sur un tabouret, derrière le plan de travail, sa tasse de café fumante à la main.

— Des tartines au beurre, ça te va ?

— Oui c'est parfait, merci.

Ma tasse de cappuccino noisette est déjà prête. Je pourrais vraiment m'habituer à cette vie ; me lever à ses côtés tous les matins et prendre le petit déjeuner avec lui.

— Alors, tu vas chercher Luka ?

— Il n'a pas encore...

Je suis interrompue par mon téléphone qui se met à vibrer dans ma main. C'est Luka. Son message contient trois simples lettres : oui. Bon, c'est déjà une réponse.

— Oui, je vais le chercher.

Après avoir englouti mon petit déjeuner, je remonte rapidement à l'étage pour me brosser les dents, puis je redescends enfiler mon manteau.

— T'es prête ? me demande Juliann.

— Oui !

Il m'enlace et pose son front contre le mien. Chaque fois qu'il me touche ou qu'il me regarde, les souvenirs de la nuit dernière me submergent et inondent ma culotte...

— On mange ensemble ce midi ?

— Où ça ?

— On peut se faire un restaurant ? En ville ?

J'hésite. Et si on nous voyait ? Si on nous reconnaissait ? Je ne veux pas qu'il ait des problèmes à cause de moi.

— Ne t'inquiète pas, on sera discrets.

— C'est une petite ville.

— Je m'en fiche. Je veux juste manger normalement avec la femme que j'aime.

— Tu sais te montrer très convaincant. J'accepte.

— Ok.

— Ok.

On se regarde un instant ; je souris niaisement. Où est passée la fille aigrie du début de l'année ? On s'embrasse encore une fois puis on sort, chacun gagnant sa voiture.

Chez Luka

08 : 17

Je klaxonne et aussitôt, Luka sort de chez lui. Il a une mine affreuse : ses yeux rouges encerclés de sombres cernes lui donnent un air de zombie. Il a le teint extrêmement pâle et ses cheveux sont en bataille. Je crois qu'il a essayé de faire un chignon, mais il faut se rendre à l'évidence, c'est un échec total. Il devrait refaire les tresses qu'il avait en début d'année.

— Euh... Ça va ?

— Ouais. On peut y aller.

Quelle amabilité ! Je démarre, ne sachant trop comment réagir. D'habitude, Luka est toujours de bonne humeur ; c'est moi la râleuse après tout.

— Tu... Tu veux en parler ? me hasardé-je à demander.

— À quoi bon ? T'es jamais là quand j'ai besoin de toi.

— J'avais des trucs à faire hier.

— Oui, comme traîner avec ton prof.

— Arrête, t'es insultant.

Silence. Il a les yeux rivés devant lui.

— Désolé. Mon père est encore rentré saoul hier avec une fille. Bref... Parfois c'est vraiment dur de rester dans cette vie.

— Je suis désolée. Il ne reste que quelques mois avant la fin des cours, après tu seras libre de partir.

— Et laisser ma sœur ? Hors de question. Qui sait ce qu'il pourrait lui faire à elle aussi ?

À elle aussi ? Son père est si horrible que ça ? Est-ce qu'il les frappe ?

— Ton père vous bat ?

— Avant oui. Plus depuis que je suis en âge de me défendre.

— Pourquoi est-ce que tu ne vas pas voir les services sociaux ?

— Je ne veux pas être séparé de ma sœur, Ava.

— Tu as dix-neuf ans, tu peux…

— Je suis au lycée, je n'ai pas de boulot. Impossible.

— Je suis sûre que tu trouveras une solution. En tout cas, si t'as besoin d'une handicapée des sentiments pour te remonter le moral, je suis là.

Son sourire me réchauffe le cœur. Je préfère ça.

— Merci, Princesse. Aïna a raison, t'es peut-être pas si handicapée que ça finalement.

— Attention à ce que tu dis ou je t'abandonne au milieu de la route.

— Ok, rit-il. J'arrête. Tu viens à la danse tout à l'heure ?

— Yes, sir !

— On mange ensemble avant ?

— Euh non. Je… je vais rentrer chez moi…

— Tu ne sais pas mentir, rit-il. Mais ok. Et tu sais quoi princesse ?

— Humm ?

— Je sais que tu ne veux rien me dire, mais même si je n'approuve pas, j'admets que tu sembles plus heureuse. Je suis content de te voir comme ça.

— Merci.

Lycéc

10 : 35

Je grince des dents en me dirigeant vers le cours d'histoire. J'ai tout sauf envie de voir la rouquine qui tourne autour de Juliann. Elle me fait toujours énormément penser à Cara : rousse, fine, assez charismatique et toujours très bien habillée. Aujourd'hui, elle porte des talons en daim violets avec un tailleur bleu foncé sous lequel brille une chemise en satin blanc. Ses escarpins résonnent lorsqu'elle passe devant nous pour ouvrir la salle. Lorsque c'est à mon tour d'entrer, elle me regarde très étrangement. Je veux dire, plus étrangement que d'habitude. Elle s'attarde en particulier sur le pull que j'ai emprunté à Juliann.

— Très joli haut, peste-t-elle.

Oh non... Et si elle l'avait reconnu ? Je balbutie un *merci*, puis je tente d'entrer dans la salle de classe, mais elle m'en empêche.

— Je ne sais pas quel était ton cirque de l'autre jour, mais c'est la dernière fois, siffle-t-elle avec colère. Tu as beau être majeur, tu n'es pas sans savoir que tu n'as pas le droit de quitter mon cours sans permission.

En temps normal, j'aurais eu une répartie bien cinglante à lui lancer, mais là, je suis juste choquée. Je sais qu'elle a un faible pour Juliann, mais... au point de me haïr ? Et si c'était *elle* ? Elle sait sûrement où habite Juliann et elle a facilement accès à mes données personnelles tels que mon adresse ou mon numéro de téléphone. Et si

439

c'était aussi simple qu'une histoire de jalousie ? Et si c'était Juliann qu'on visait et pas moi ? Peut-être que je ne suis qu'un dommage collatéral.

Restaurant

12 : 17

Je regarde autour de moi pour être sûre de ne rencontrer personne du lycée qui soit susceptible de nous reconnaître. Je suis celle qui aurait le moins de problème si on venait à nous surprendre et pourtant, Juliann est très détendu. Il se moque même de moi.

— Tu vas finir par éveiller les soupçons à regarder partout autour de toi, dit-il en parcourant le menu des yeux. Détends-toi, il ne va rien se passer.

— Si tu le dis...

Je jette un dernier coup d'œil à la salle avant de regarder le menu à mon tour. Je sais déjà ce que je vais prendre ; sushi au saumon et au thon, californias au fromage, saumon et avocat, des nouilles sautées aux légumes et des brochettes de yakitoris. Ah et j'ai failli oublier les raviolis et les beignets de calamar. J'ai les yeux plus gros que le ventre, je le sais. Je vais sûrement vomir le contenu de mes assiettes sur le parquet de la salle de danse, mais tant pis, j'ai trop faim.

Le serveur vient prendre nos commandes puis s'enfuit rapidement au comptoir. Je sens le regard de Juliann posé sur moi, c'est pourquoi j'évite de croiser ses deux pupilles ténébreuses. Chaque fois que je le vois, je repense à la nuit dernière… *Je veux te faire l'amour toute*

la nuit. Dans toutes les positions. Je veux que ton corps se rappelle le mien demain.
La prochaine fois, je ne m'endormirai pas.

— Tu sais que tu peux me regarder, je ne vais pas te manger.

— Pas sûr, dis-je en souriant.

— Tu penses à hier soir ?

Je sens le sang affluer sous mes joues. Bien sûr que oui, mais je ne le dirai pas car son sourire narquois me donne envie de l'étrangler.

— Non.

— Tu ne sais pas mentir, mon ange. Alors maintenant, dis-moi. Où est ce que tu étais hier ?

Mon sourire se fane instantanément. Je ne veux pas y repenser, mais je n'ai pas le choix. Je sais déjà qu'il va se mettre en colère.

— Tu sais, quand je suis rentrée lundi soir ?

— Oui ?

— En regardant par la fenêtre après être sortie de la douche, j'ai remarqué que quelqu'un me regardait...

— Quoi ?

Il a parlé tellement fort que le couple assis au fond de la salle se met à nous dévisager.

— C'était qui ? T'as pu voir son visage ?

— Non, non. Il faisait beaucoup trop sombre.

— T'es sûre que c'est toi qu'il regardait ?

— J'en suis certaine.

— Pourquoi est-ce que tu ne m'as rien dit ?

Silence. Son beau visage est crispé et je remarque que ses veines se gonflent au niveau de son cou et de son front. Il est hors de lui. Ses poings sont fermés comme s'il s'apprêtait à se battre. J'attends un moment avant de reprendre.

— J'avais besoin de faire quelque chose avant. J'avais besoin de... de savoir... si c'était lui.

— Lui ?

Je hoche la tête. Pas besoin de mentionner son prénom. Son visage s'assombrit de plus belle.

— Je suis allée le voir.

— Où ?

— À l'hôpital psychiatrique. Il ne m'a pas vu ! Je voulais juste m'assurer qu'il y était encore. Que... que... Que ce n'était pas lui.

— Et ?

— Ce n'est pas lui. Il ne sort pas de là-bas, seule sa famille a le droit d'aller le voir et il n'envoie jamais de courrier.

Il détourne le regard et déglutit comme s'il était en train d'avaler une poignée de punaises.

— Alors on ne sait toujours pas qui te harcèle.

— Non. Je n'ai aucune idée de qui ça peut être, je ne sais pas qui peut m'en vouloir à ce point.

— À part moi, qui est au courant ?

— Personne. Je n'en ai même pas parlé aux filles. Je pensais faire appel à un des flics qui m'a interrogé quand... J'étais à l'hôpital.

Il inspire profondément et ferme les yeux un instant comme pour se contenir. Je ne l'ai jamais vu aussi furieux.

— Je refuse que tu fasses tout ça toute seule, Ava.

— Mais…

— Non ! T'as pas l'air de réaliser, ce dingue ne veut pas juste te faire peur, il veut te faire du mal !

— Jusque-là, il n'a jamais été agressif, fais-je moi-même peu convaincue.

— Pas encore. S'il touche une mèche de tes cheveux…

Il s'apprête à parler mais il est coupé par le serveur qui nous ramène nos soupes miso avec une carafe d'eau. Mon estomac gargouille instantanément, alors que Juliann, lui, a l'air dégoûté par son plat.

— S'il t'arrivait quoi que ce soit, je ne m'en remettrais pas.

Oh. Je comprends et ça me fend le cœur. Il a déjà perdu Anaëlle, il était totalement impuissant et n'a pas pu la sauver. Il ne veut pas prendre le risque de me perdre aussi.

— Je te promets de ne prendre aucun risque. Je vais juste aller parler à ce policier. Il s'appelle João Martins. Son collègue a pris sa retraite, mais je sais que lui travaille encore. J'ai… Je l'ai trouvé sur Facebook et je sais qu'il va à la boxe au moins tous les vendredis soir. Je veux juste lui poser quelques questions.

— Je viens avec toi.

— Non, s'il te plaît. C'est *mon* passé, j'ai besoin de régler ça seule. Tu sauras où je serai, je n'en aurais pas pour longtemps, s'il te plaît.

Il reste silencieux jusqu'à ce que le serveur revienne avec tous nos plats. Ce n'est qu'au bout de quelques minutes qu'il finit par acquiescer.

— Si tu reviens avec une égratignure…

— Je sais.

Je pose ma main sur la sienne pour caresser sa peau douce. Ça me flatte qu'il soit aussi protecteur. Nous mangeons en silence. Du moins, *je* mange, car lui se contente de picorer dans son assiette. Il a l'air plus affecté que moi et très vite, son humeur me coupe aussi l'appétit. Nous demandons au serveur de nous faire des doggy bag, réglons la note, puis nous marchons lentement dans la rue.

— J'aime pas quand tu boudes.

— Je ne boude pas, maugrée-t-il.

— Ouais, bien sûr. Tu fais quoi ce weekend ?

— Je le passe avec ma petite amie.

Oh… Encore des papillons dans le ventre. Il se détend en me voyant sourire niaisement.

— Pourquoi tu souris, je ne parlais pas de toi.

Je lui mets un coup de sac, ce qui le fait rire aux éclats.

— Connard.

— Excuse-moi, tu peux répéter ?

Oups. Il s'approche de moi et je recule jusqu'à heurter un mur en pierre. La rue est petite et déserte, je suis à sa merci.

— Je n'ai rien dit. Tu cherches juste un prétexte pour me mettre une fessée.

— Je n'ai pas besoin de prétexte, me chuchote-t-il à l'oreille.

— Ah oui ?

— Oui.

Je crois qu'il s'apprête à m'embrasser, mais on est interrompus par les voix d'un groupe de jeunes qui approche. Il recule et nous nous remettons à marcher pour regagner nos voitures respectives.

— À vendredi, mademoiselle Kayris, dit-il avant qu'on ne se sépare.

— À vendredi, monsieur Ronadone.

Salle de danse

13 : 42

Je me gare sur le parking, puis je sors de la voiture en prenant soin de la verrouiller. Après le restaurant, je me suis précipitée pour rentrer chez moi et enfiler un jogging, puis ressortir rapidement.

Je suis en avance, le cours ne commence que dans une demi-heure. Tant mieux. La salle est ouverte, alors je dépose mon sac par terre, puis connecte mon téléphone à l'enceinte pour m'échauffer un peu sur *Bang Bang* de Jessie J, Ariana Grande et Nicki Minaj. Comment ai-je pu arrêter la danse pendant quatre ans ? Je me sens tellement en confiance lorsque je me déhanche. Le miroir reflète une autre personne.

Ma playlist défile et je ne vois pas le temps passer. Je suis tellement concentrée que je ne remarque même pas que je ne suis plus seule dans la pièce. Lorsque *Like a Boy de* Ciara s'arrête, j'entends des applaudissements venir de la porte. Je me retourne et sursaute lorsque je constate que tout le monde est là, que tout le monde m'a regardé danser pendant probablement une bonne dizaine de minutes.

— Toujours aussi motivée, Ava ! s'exclame Hakim à travers la musique.

Il s'approche de moi et invite les autres à entrer.

— Viens me voir après le cours.

Il éteint ma musique puis tape des mains pour rassembler tout le monde. C'est parti !

À la fin du cours, Luka, Kieran, un des membres du groupe de danse, et moi allons voir Hakim. Me voilà seule avec trois hommes… Et je ne panique pas.

— Vous êtes tous les trois au lycée Marcel Pagnol ?

— Oui, répond Kieran.

Je fronce les sourcils, je ne l'ai jamais vu, mais il faut dire que je ne fais pas beaucoup attention aux autres… Et puis jusqu'à il y a trois semaines, je n'avais jamais vraiment regardé Kieran. Je ne savais pas qu'il avait les cheveux noirs, les yeux bleus et qu'il mettait toujours d'affreux marcels blancs.

— Je ne sais pas si vous êtes au courant, mais la ville organise un spectacle pour le jour de l'an et la maire a fait appel à moi pour que je fasse danser mes élèves. Elle nous a donné un créneau de deux heures. Elle voudrait de préférence que je prenne des lycéens et vous trois, vous êtes mes meilleurs éléments et si en plus de ça vous êtes dans la même école, ça pourrait me faciliter la tâche.

— Tu veux qu'on danse sur scène ? demande Luka.

— Ouais.

— Mais c'est dans un mois ! dis-je les yeux écarquillés. On n'aura jamais le temps de préparer des chorées.

— No stress. On va déjà danser sur les deux chorées qu'on a vu ensemble depuis le début de l'année avec les autres. Ensuite, vous danserez à trois, puis vous ferez un solo chacun. Et enfin, Ava, je voudrais que tu fasses un duo avec Luka ou Kieran, à toi de voir. Je vous laisse choisir les chansons, mais je dois les valider.

— Attends mais on n'est pas chorégraphes, Hakim…

— Je viens de te voir danser, tu sais faire de l'impro, t'as le freestyle dans le sang, Ava. T'auras aucun mal à trouver. Et puis, tu n'es pas seule, je suis là pour vous aider. Alors, c'est d'accord ?

C'est pas comme si on avait vraiment le choix. Nous acceptons. Les garçons sont fous de joie, alors que moi, j'ai la boule au ventre… Hakim nous dit au revoir, alors je récupère mon téléphone et sors dans le couloir.

— Ava !

Je reconnais immédiatement la voix d'Inès. Je me retourne et la rattrape juste à temps lorsqu'elle se jette sur moi.

Coucou ma chérie, ça va ? Ton cours est fini ?

— Oui ! C'est toi qui viens me chercher ou c'est papa ?

— Non, c'est ton papa, il n'est pas encore arrivé ?

— Non.

— Alors pourquoi tu n'es pas avec ta prof de danse ?

— Bah… Je suis partie…

— Pourquoi ?

— J'aime pas ! Elle danse pas comme toi, on fait que des *essercices* nuls et j'aime pas les musiques et Drew n'est pas avec moi… Je veux plus faire la danse. Je préfère quand c'est toi qui m'apprends à danser.

Qu'elle est mignonne !

— Bon. Si t'es sûre de toi, on peut peut-être demander à ton père de te désinscrire.

— C'est quoi désinscrire ?

— Ça veut dire que tu n'auras plus besoin de revenir.

— Quoi ? Pour de vrai ? Oh merci, merci, merci Ava, t'es ma meilleure préférée !

Elle passe les bras autour de mon cou pour m'étreindre.

— Et moi ?

C'est Juliann. Inès s'agite pour que je la fasse descendre, puis elle saute dans les bras de son père. Leurs regards s'illuminent instantanément.

— Rebonjour, mademoiselle Kayris.

— Monsieur Ronadone.

Je me mords la joue pour m'empêcher de rire face à cette comédie. Il me sourit, puis tourne les talons. Lorsqu'il s'en va, je vois que Luka nous observe. Il me lance un regard désapprobateur. J'ai envie de lui dire de se mêler de ses affaires.

Chez Ava
17 : 46

Drew se jette sur moi lorsqu'il me voit franchir le seuil de la porte. Je m'en veux d'avoir disparu comme ça hier, je suis vraiment une mère irresponsable. Je hume l'odeur de noix de coco qui se dégage de ses boucles brunes. Oh, qu'il m'a manqué. Je le serre fort contre moi. Quel déclic ! Aujourd'hui, je ne le vois plus tellement comme le fruit d'un malheur ou comme une malédiction. Au contraire, Drew est devenu la prunelle de mes yeux. J'aime sa façon d'être si curieux lorsqu'il apprend de nouvelles choses. J'aime sa façon de jouer avec Inès et de la regarder avec amour. J'aime sa façon d'être si tendre, compréhensif et protecteur avec moi malgré le fait que je l'ai longtemps rejeté.

Je l'aime, tout simplement. En même temps, je commence fortement à culpabiliser de toutes ces fois où je l'ai maltraité. Mon Dieu, j'espère qu'il finira par oublier avec le temps…

Chapitre 27 | Ava

La salle dégage une odeur de transpiration masculine nauséabonde. Je déteste les sports de combat, je me rappelle même que c'était une torture pour moi d'aller aux cours de self-défense l'année dernière. Dans cette vaste salle, je n'entends que des grognements d'hommes en sueurs, des bruits de cuirs qui s'entrechoquent avec violence et des cris d'encouragement du prof qui arbitre un match entre deux adversaires qui s'affrontent sur un ring. Autour de moi, je ne vois que des gros bras, des gros muscles bandés et des veines qui ressortent à travers la peau de ces messieurs. J'ai peur. J'ai l'impression d'être une brebis égarée au milieu d'une meute de loups affamés.

Comment le reconnaître ? J'ai bien-sûr une photo de lui trouvée sur Facebook, mais il y a pas mal de monde et on commence vraiment à me regarder de travers, car je fais tache avec mes bottines à talon. Je parcours la salle du regard, mais je ne le vois pas. Je décide donc de m'approcher du type qui m'a l'air plus calme que les autres, celui qui fait des biceps curls en se dévorant du regard à travers le miroir. S'il pouvait, je suis sûre qu'il se jetterait sur lui-même. Lorsque je lui demande, il ne dit rien, il se contente de me désigner du menton celui que je cherche.

— Merci.

Je me dirige vers une silhouette bien sculptée ; un homme grand et musclé, la peau très mate et les cheveux relevés en un chignon noir. Comment vais-je l'aborder ? Soudain, j'ai une boule au ventre. Il est en train de rassembler ses affaires, il va bientôt partir. *Vite, Ava, fais quelque chose !* Mais mon corps n'obéit plus. Ça me choque d'être replongée une nouvelle fois dans mes souvenirs les plus sombres. Et si je faisais demi-tour ? Au moment où je m'apprête à partir, il se retourne et se fige en me regardant. Il m'a reconnu. Qu'est-ce que je fais, maintenant ? Il fronce les sourcils et s'approche de moi, le regard ahuri. Ses yeux sont d'un noir profond, de la même couleur que ses cheveux d'ébène. Ses lèvres charnues sont serrées et sa mâchoire carrée est crispée. Je ne sais pas quoi dire. Je me contente de faire un pas en arrière, mais c'est une mauvaise idée puisque je trébuche sur un haltère. Je vois déjà mon corps tomber lourdement sur le sol, mais non. João a le réflexe de me rattraper et je me retrouve serrée contre son torse nu luisant de sueur. Je me dépêche de me défaire de cette étreinte. Berk.

— Merci, balbutié-je.

Qu'est-ce que je fais maintenant ? Mes yeux sont rivés sur mes chaussures.

— Ava, c'est ça ? me demande-t-il en cherchant mon regard.

— Oui, c'est ça.

— Je suis…

— João, je sais. À vrai dire, c'est vous que je cherchais.

— Je vois. Il faut que j'aille me changer, on se retrouve devant la salle dans dix minutes ?

Je hoche la tête. Bon, ce n'était pas si compliqué finalement. Je le regarde s'en aller vers les vestiaires, incapable de détourner les yeux de son dos musclé, si bien dessiné… Je me reprends rapidement et je sors de cette maudite salle de boxe. Il fait très froid dehors, mais je ne me plaindrais pas de la bourrasque qui jette mes cheveux en arrière et me rafraîchit les idées. Je fouille dans la poche de mon jean pour y prendre mon téléphone. J'ai un message de Juliann.

> **Mon amour**
> Est-ce que ça va ?

> **Ava**
> Oui, je l'ai trouvé. Je suis devant la salle, je l'attends.

> **Mon amour**
> Ok. Je ne lâche pas mon téléphone, tiens-moi au courant.

Je range mon téléphone pile au moment où João débarque. Il porte une veste en cuir noir sur un pull à col roulé gris avec un jean brut et des Puma vertes. Son visage est très sombre mais pas inquiétant pour autant.

— On va boire un verre ? me demande-t-il. Il y a un bar juste en face.

— Je vous suis.

Nous traversons la rue en silence pour nous rendre dans un bar cosy situé juste en face. Nous nous installons à une table près de la fenêtre et commandons un cappuccino noisette pour moi et un latte pour lui. Je me sens profondément mal à l'aise, au point d'en oublier la raison de ma présence. Lui, au contraire, affiche un air totalement impassible.

— Je savais qu'on allait se recroiser un jour.

— Ah bon ?

— Oui. Tu sais… Je peux te tutoyer ?

— Oui.

— Tu as été ma toute première affaire. J'étais débutant, je venais à peine de commencer et je dois avouer que je manquais cruellement d'expérience. Et puis, j'étais sous les ordres de mon chef à l'époque. Ava, je le jure, si j'avais eu ton affaire à charge, rien ne se serait passé comme ça. Et je suis désolé de la manière dont on t'a traitée. Tu ne méritais pas ça. Et ce salopard…

Il serre la mâchoire et détourne le regard. Je ne m'attendais pas à de telles excuses. C'est trop tard, mais c'est déjà ça de fait.

— Merci.

Le serveur vient avec nos boissons puis repart rapidement.

— Alors, qu'est-ce que je peux faire pour toi ? Au début, je pensais que tu voulais m'insulter, mais tu es si calme.

— Non, dis-je en riant amèrement. Je…

Je fouille dans mon sac pour en sortir l'enveloppe qui contient les photos sordides de moi. J'ai pensé à faire des copies avant de les donner à la police. Heureusement, car ils ne m'ont jamais rappelé, et comme João ne dit rien, je présume qu'ils ne l'ont pas contacté. Bande d'incapables.

Je lui tends l'enveloppe. Il l'ouvre, sourcils froncés. Il a un mouvement de recul en regardant les photos. Il devient si pâle que j'ai peur qu'il s'évanouisse.

— C… comment… comment as-tu eu ça ?

— C'est ce que j'essaie de découvrir. Je ne savais même pas qu'elles existaient.

Il reste sans réponse, son regard est totalement fermé. Il se frotte la barbe l'air de réfléchir, et je prends son silence comme une invitation à lui en dire plus, alors je lui raconte tout jusqu'à ma visite à l'hôpital psychiatrique.

— Effectivement. Je le surveille de près, ça ne peut pas être lui, dit-il.

— Ah.

Pourquoi est-ce qu'il le surveille de près ?

— Tu n'as aucune idée de qui peut t'en vouloir à ce point ?

— Non, vraiment pas. Je n'ai presque pas d'amis.

— Je vais mener mon enquête. Mais en attendant, essaie de ne pas trop te retrouver seule. On ne sait jamais ce qu'il peut se passer.

— D'accord.

Je bois une gorgée de mon cappuccino encore chaud, puis je baisse le regard vers mes mains.

— Et euh… Tu as réussi à reconstruire ta vie depuis ?

— Plus ou moins, oui.

— Ok. Ça me fait plaisir. Je sais que c'est dur de revivre après ce genre d'expérience.

— Ah oui, vous *savez* ?

— Oui, je *sais*, dit-il très sûr de lui.

Je ne relève pas. Un éclair de détermination et une douleur traversent ses yeux noirs. Cet homme a l'air d'emmagasiner beaucoup de colère, mais il ne me fait pas peur. En fait, il m'inspire confiance.

— Je devrais peut-être y aller, dis-je après avoir bu ma dernière gorgée de cappuccino.

— Attends ! fait-il lorsque je fais mine de me relever. Je te donne mon numéro.

Il fouille dans la poche intérieure de sa veste et en sort un stylo avec lequel il écrit son prénom et son numéro sur sa serviette. Il me la tend avec un sourire crispé.

— Merci.

— N'hésite pas une seconde. S'il te plaît. S'il y a du nouveau, tu me tiens au courant. Je ne veux pas qu'il t'arrive quelque chose.

Je hoche la tête. Il cherche juste à noyer sa culpabilité en faisant son job aujourd'hui. C'est trop tard. Je m'empare de la serviette, puis je me lève et le laisse seul dans ce bar.

Chez Juliann
19 : 23

— Hey ! dis-je en entrant dans la cuisine où Juliann prépare activement ses tomates farcies.

— Salut toi.

Il met le plat au four puis s'approche de moi pour m'embrasser tendrement. Ça fait du bien. C'est tellement rassurant.

— Ça va ?

— Oui.

— Tu me racontes ?

Nous nous asseyons sur les tabourets et je lui parle de ma rencontre qui ne m'a pas réellement menée à grand-chose, finalement.

— Humm. On a toujours rien quoi.

— Ça élimine définitivement une hypothèse.

— Ouais. On va finir par découvrir qui se cache derrière tout ça, je te le promets.

Je hoche la tête, peu convaincue.

— Les enfants sont en haut ?

— Oui.

— Je vais aller les embrasser.

Je monte rapidement les marches et me rends dans la chambre d'Inès. Elle et Drew sont… très silencieux. Ça sent les bêtises. Effectivement, c'est silencieux parce qu'ils sont en train de badigeonner le mur avec du dentifrice pour enfants.

— Mais qu'est-ce que c'est que ça ?

Mains sur les hanches, je me retiens de rire face à leur mine déconfite. Ils sont la définition de l'expression « être pris la main dans le sac ».

— C'est Inès !

— C'est Drew !

Ils ont parlé en même temps. Je n'arrive plus à me retenir, je ris alors que je devrais leur passer un savon. C'est donc là que s'arrête leur amour ? Les deux petits monstres se mettent face à face et se lancent des regards assassins.

— Je ne veux rien savoir, dis-je en reprenant mon sérieux. Je vais vous donner des éponges et vous allez tout nettoyer.

Bien sûr, ils vont avoir du mal à enlever toutes les tâches, l'essentiel est de leur faire comprendre que les actes ont des conséquences et que les bêtises doivent être réparées. Je vais dans la salle de bain et sors deux éponges neuves du placard pour les imbiber d'eau et les donner à mes deux taggeurs préférés. Ils frottent le mur en boudant et je suis impressionnée de voir que presque tout est parti.

— Très bien. Maintenant vous allez vous laver les mains, puis vous descendez, on ne va pas tarder à manger.

Ils acquiescent, puis sortent de la pièce en traînant des pieds. Je m'apprête à les suivre, mais je me heurte à Juliann.

— Oh, désolée, dis-je en faisant un pas en arrière.

Un éclair gronde entre nous. Cette tension… Il entre dans la pièce et me fait reculer jusqu'au mur.

— Je n'ai pas eu mon bisou, dit-il.

— Vraiment ? On devrait arranger ça alors.

Nos lèvres vont à la rencontre l'une de l'autre. *Oui…* Nos bouches se cherchent, lentement au début, mais le baiser devient rapidement fougueux, rendant ma respiration erratique. Sa langue chaude cherche la mienne, caresse mon palais, me rend folle. Il la fait aller et venir dans ma bouche, comme pour mimer le désir qui l'anime. Je crois que ma culotte vient de prendre l'eau.

— J'ai tellement envie de toi, mon ange. Tellement.

Ses baisers dans mon cou m'arrachent des soupirs d'extase. *Moi aussi, j'ai envie de toi.* Ma température corporelle ne cesse d'augmenter. Quand je repense à la sensation de sa peau contre la mienne, son sexe dans le mien… Je le veux. Tout de suite ! Malheureusement, nous sommes interrompus par Drew et Inès qui se lamentent d'avoir faim. Juliann me libère, puis recule en grimaçant, m'invitant à descendre.

Je ne suis toujours pas habituée à ces *repas de famille*. Ça semble encore irréaliste pour moi ; tout est si… normal. Inès et Drew nous racontent leur journée et se disputent comme à leur habitude et Juliann me lance des regards de braise en souriant de temps à autre. Les enfants rapportent leurs couverts à la cuisine pour nous aider à débarrasser la table, puis Juliann et moi faisons la vaisselle, comme un vieux couple. Nous nous mettons ensuite devant la télé pour regarder un film avec des pop-corn. *Toy's Story 3*. C'est nul.

Inès et Drew sont assis par terre tandis que Juliann et moi partageons un plaid sur le canapé. Il est adossé à l'accoudoir, face à moi et nos jambes sont entremêlées. Au moment où Woody fait ses adieux à ses amis pour suivre Andy à l'université, je sens la main de Juliann se poser sur mon pied nu. Surprise, je tente de me libérer de son étreinte, mais il a de bons réflexes. Je lui lance un regard interrogateur, il se contente de sourire sournoisement. Je suis très chatouilleuse, alors je me retiens de rire aux éclats. Et puis, il y a quelque chose de très sensuel dans son regard… Il caresse d'abord lentement la plante de mon pied, puis remonte vers mes chevilles en dessinant des cercles avec ses doigts. La sensation se répercute dans toute ma jambe et se transforme en une énergie puissante pour se loger *là*. Je me mords la lèvre pour ne pas gémir. Juliann, lui, reste impassible. Il continue à me regarder derrière ses longs cils, et ses pupilles dilatées. Sa main remonte vers mon mollet, puis passe derrière mon genou. Mon

Dieu… J'ai envie de lui dire d'arrêter mais ma gorge est beaucoup trop nouée et ça a l'air de l'amuser. Il en rajoute une couche en mordillant mon orteil. Un cri de surprise m'échappe et interpelle les enfants.

— Qu'est-ce qu'il y a maman ?

— Euh, c'est rien mon chéri, j'ai juste une crampe au pied.

Juliann se retient de rire. J'ai envie de le tuer. Je récupère ma jambe et la range sous mes fesses. Il faut que je retrouve mes esprits. Le film se termine quelques minutes plus tard, mais je dois avouer que je n'ai rien suivi. Mon corps est un immense brasier et je n'ai que des images obscènes en tête.

— C'était trop bien ! s'exclame Inès. Encore un film !

— Hors de question, aller on va au lit, debout, réponds Juliann.

Inès et Drew grimpent sur lui comme s'il était un arbre, et Juliann se lève pour les emmener à l'étage. J'en profite pour remettre les coussins correctement avant de monter à mon tour et d'enfiler une brassière et un short en guise de pyjama. Ce n'est que quelques minutes plus tard que Juliann me rejoint dans la salle de bain au moment où je verse du dentifrice sur ma brosse à dents. Il me sourit sournoisement à travers le miroir.

Il se penche pour prendre sa brosse à dent, lui aussi et effleure ma hanche. J'en frissonne. Je suis sûre qu'il a fait exprès. Il se place bien derrière moi, de manière à ce que je sente son érection contre mes fesses. Mon bas ventre se noue et je papillonne des yeux pour m'empêcher de les fermer et de savourer la chaleur de son corps contre moi. Je ne veux pas lui montrer que ça me rend dingue, même si je sais qu'il s'en doute. Je me penche au-dessus du lavabo pour me rincer la bouche et je colle délibérer mes fesses sur son érection. Je souris lorsqu'il gémit.

— Ava…

Il se décale pour se rincer la bouche lui aussi, puis il se replace derrière moi. Son regard me foudroie à travers le miroir. Il passe sa main sur mon ventre puis la fait doucement glisser dans mon short.

— Déjà mouillée à ce que je vois.

Il caresse mon clitoris d'une main experte, mon corps n'a plus de secrets pour lui. J'agrippe le rebord du lavabo pour ne pas tomber car mes jambes ne me portent plus.

— Regarde comme t'es belle, me dit-il à travers le miroir. Tu es incroyable.

J'ouvre les yeux pour me regarder. Je suis pantelante, ma poitrine monte et descend au rythme de ma respiration. J'ai la bouche ouverte, mes joues sont pourpres et mes cheveux collent à mon front. Ce qui me frappe le plus, ce sont mes yeux. On dirait que l'on m'a droguée, j'ai l'air d'être à des années-lumière de la planète Terre. J'ondule des hanches lorsqu'il me pénètre d'un doigt. Il s'y prend si bien… Je sais que je ne vais pas tarder à jouir. Je ne sais plus où donner de la tête mais j'ai tout de même le réflexe de sortir son sexe de son pyjama pour le caresser. Il émet un son guttural, et son visage se crispe instantanément. J'adore le voir perdre ses moyens comme ça quand je le touche. Sa respiration saccadée et de plus en plus forte vient caresser mon cou, je sais qu'on est sur la même longueur d'onde.

Au moment où je commence à trembler, Juliann retire sa main et agrippe mes cheveux.

— Je vais te prendre, siffle-t-il entre ses dents.

— Oui.

— Je ne serai pas tendre, ni doux, je vais te prendre profondément, Ava. Tu ne vas sûrement pas beaucoup dormir cette nuit.

Merde, merde, merde… Le sang pulse dans mon clitoris. Je sais qu'en réalité, s'il me dit tout ça, c'est simplement pour que je puisse lui donner mon consentement, parce qu'il a peur de me brusquer. Qu'est-ce que je l'aime.

— Oui, soufflé-je à nouveau.

— Je vais te mettre des fessées, parce que tu le mérites.

— Oui…

— Bonne fille.

Sa main s'écrase sur mes fesses en un battement de cil. Je me mords la lèvre… Ça ne fait pas mal, c'est excitant. J'ai envie de le provoquer et de lui dire « c'est tout ce que t'as ? », mais je me ravise. Je l'ai déjà insulté de connard l'autre jour et vu son regard orageux… Disons que j'aimerais être capable de m'asseoir demain matin.

Il s'écarte et baisse mon short et ma culotte d'un mouvement brusque, puis exerce une pression sur mon dos pour me pencher en avant.

— Écarte les jambes.

Je m'exécute. Je suis tellement excitée que mon intimité déborde et pourtant, lorsqu'il approche son sexe du mien, je me tends. Il le remarque alors il s'arrête et me regarde.

— Respire, mon ange. Si tu veux me laisser entrer, tu dois respirer. Je ne vais pas te forcer.

Je ferme les yeux et inspire profondément. Je me détends lorsque ses lèvres parcourent ma nuque. Oui… Je suis à présent complètement détendue… Je sens son gland glisser sur ma fente un moment, puis venir exercer une pression à l'entrée de mon vagin. *Je respire.* Il glisse en moi si facilement, emplissant chaque centimètre de mon…

— Ouvre les yeux.

J'en ouvre un, puis le deuxième.

— Tu ne respires pas, gronde-t-il.

Il a raison. Je libère l'air de mes poumons et là… Mes yeux s'écarquillent, car mon corps ne tente plus de lutter, il le réclame. Soudaincment, je le sens vraiment, *là*, en moi. Ça grésille, c'est chaud, ça me…

— Ouvre les yeux.

J'essaie, mais c'est difficile. Mes paupières sont lourdes, alors je papillonne des yeux, bouche grande ouverte pour tenter de survivre à la vague de plaisir qui tente de me noyer. Les choses ne s'arrangent pas lorsqu'il se met à bouger lentement, enfonçant ses doigts dans mes hanches. Je me laisse aller, parce que putain, je ne sais pas comment il fait, mais il arrive à me faire atteindre les étoiles juste comme ça…

— Ah !

Je crie lorsque sa main s'écrase une nouvelle fois sur mes fesses.

— C'est la dernière fois que je te le dis, ouvre les yeux, Ava. Tu auras une fessée à chaque fois que tu les fermeras.

— Mais je…

Je rien du tout… Il me fait taire en claquant à nouveau mes fesses. J'ai compris. Il agrippe mes cheveux et me donne des coups de reins puissants, mais je veux le sentir plus, alors je me cambre de plus belle et bouge les hanches pour aller à la rencontre des siennes.

— Regarde comme t'es belle. T'es parfaite. Je veux que tu te regardes jouir, que tu vois ce qui me fait autant perdre la tête.

— Juliann, gémis-je.

— Ne ferme pas les yeux.

Si… C'est plus fort que moi. Il me rappelle à l'ordre à trois reprises et au bout de la quatrième fessée, je décide de fermer les yeux complètement, parce que c'est tellement excitant d'entendre le bruit de nos corps qui s'entrechoquent, de sa main qui fouette ma peau et du son guttural qu'il émet en voyant que j'adore ça. Les picotements que laissent la marque de sa main me font presque jouir, je suis tout près, tout… Oh… Mes jambes commencent à trembler, je me noie.

— Juliann, s'il te plaît, ne t'arrête pas, je t'en supplie ne…

— Ouvre tes putain d'yeux.

Ses sourcils sont froncés, sa mâchoire crispée. Il est lui aussi sur le point d'exploser. Soudainement, c'est beaucoup trop. Pour nous deux. J'arrive à lire en lui, lui en moi avec un simple regard et ce foutu miroir reflète le désir de l'autre et le décuple. J'ouvre la bouche, prête à crier mon plaisir, mais Juliann place sa main dessus au moment où j'explose, yeux écarquillés. Je bloque l'air dans mes poumons en sentant comme une onde de choc parcourir tout mon corps, puis j'explose en mille morceaux.

— Ava.

Il se fige et je le sens se déverser en moi. C'est. Tellement. Bon. Je mets des lustres à revenir à moi et lui aussi. Il libère ma bouche, puis nous sépare pour nous débarrasser du peu de vêtements qu'il nous reste et nous entraîner sous la douche.

— Ça va ?

— Oui.

— Tu as aimé ?

— Vingt sur vingt, monsieur Ronadone. Je vous donne les félicitations.

Il rit sincèrement et ce son me réchauffe le cœur.

— Tu sais que je t'aime, toi ?

— Moi aussi.

Tu as changé ma vie. C'est ce que j'ai envie de lui dire mais je n'y arrive pas. Pourtant, je *sens* qu'il m'a... *entendu.* Il sourit niaisement, puis verse une noisette de son gel douche dans ses mains pour me savonner.

— Alors comme ça tu es fétichiste des pieds ? demandé-je espièglement. T'es vraiment un détraqué.

— Je vais te balancer par la fenêtre mon ange.

— Essaie un peu.

Il me met une petite claque sur mes fesses, ce qui me fait crier de surprise.

— T'es beaucoup trop bruyante.

Je souris et verse moi aussi du gel douche dans ma main pour le savonner. La tension remonte rapidement. Nos regards se croisent et... Je sais. Je sais que je ne vais pas beaucoup dormir. Il éteint l'eau, puis s'empare de deux serviettes pour qu'on puisse se sécher. Je lorgne son érection sans vergogne en me mordant la lèvre.

— Dans la chambre, mon ange. Tout de suite.

Je laisse tomber la serviette et je m'exécute. Je m'allonge sur le dos et il me rejoint rapidement, grimpant sur moi et écartant mes cuisses pour se nicher entre elles. Il prend un coussin et m'ordonne de me cambrer pour le placer sous mes reins. Ce n'est que lorsqu'il me pénètre à nouveau que je comprends pourquoi. Je le sens tellement, tellement loin et à chaque coup de rein, son gland vient taper contre cette zone en moi qui me fait décrocher les étoiles.

Dormir ? Je ne crois pas.

Samedi 25 Novembre
05 : 03

Je me réveille totalement épuisée. J'ai des courbatures partout, comme si j'avais dansé toute la nuit. Je m'étire lentement et je regarde l'heure. Il est beaucoup trop tôt alors je décide de me rendormir mais c'était sans compter sur Juliann qui se blottit contre moi et presse mon corps contre le sien. Il est dur. Ma parole, il est inépuisable.

— Quelle heure il est ? balbutie-t-il.

— Cinq heures.

— Hmmm. Trop tôt. Dodo.

On est d'accord. Il se rendort dans la seconde. Je ne sais même pas s'il était vraiment réveillé. Moi, je mets plus de temps à me rendormir. Je ne peux m'empêcher de penser à cette rencontre avec le flic. Il avait l'air d'être si tourmenté… Et tellement désolé pour moi.

J'espère sincèrement qu'il pourra m'aider à trouver celui qui me harcèle. Et cette madame Cabin…

— Ava, je t'entends penser d'ici.

— Désolée, c'est bon, je dors.

Je souris. Comment fait-il pour lire dans mes pensées même sans me regarder ? Je ferme les yeux et tâche de m'endormir dans les bras de Morphée.

Chapitre 28 | Juliann

Chez Juliann
Samedi 25 Novembre
08 : 00

Je suis un idiot. Un idiot doublé d'un imbécile. C'est ce que je me dis lorsque je reprends ma respiration et que je retombe sur le lit près d'Ava. Une fois c'est acceptable, mais là, c'est de l'irresponsabilité pure et dure. Nous l'avons fait quatre fois dans la nuit et une fois encore ce matin. Je suis accro à son corps. Mon cerveau court-circuite lorsqu'elle me touche, mais je suis censé être un adulte responsable et pas une seule fois je n'ai mis de préservatif.

Elle est tellement belle que mon cœur se serre. Je ne la mérite pas. Pas du tout, même. Des fois, je me mets à culpabiliser, parce que depuis qu'elle est entrée dans ma vie, j'ai peu à peu oublié Anaëlle. Ça fait des semaines que je ne suis pas allé la voir, j'espère que de là où elle est, elle ne m'en veut pas.

Je suis foutrement heureux avec Ava, mais j'ai la certitude que ça ne va pas durer. Que je vais la perdre. Il y a cette ombre qui plane au-dessus d'elle et qui s'approche de plus en plus.

J'essaie de me montrer fort, mais mon impuissance me paralyse et me met hors de moi. *Je refuse de te perdre, toi aussi.*

— Bonjour, mon amour, dit-elle en souriant jusqu'aux oreilles.

Mon cœur rate plusieurs battements. Elle m'a appelé *mon amour* ? C'est adorable. Je veux qu'elle recommence. Je l'aime. Putain, je deviens fou.

— Bonjour ? Après ce qu'on vient de faire ?

— Tu m'as sauté dessus avant que je n'aie le temps de dire quoi que ce soit.

Je souris. Très juste. Je dépose un baiser sur son front et tire lentement son bras pour qu'elle pose la tête sur mon torse. Ses magnifiques cheveux bouclés sentent la vanille. N'y résistant pas, je les caresse et masse son crâne. Elle gémit de plaisir.

— Tu crois que les enfants sont réveillés ?

Non, sinon ma chipie de fille serait déjà entrée dans la chambre en courant pour sauter sur mon lit et me jeter sa couche à la figure. C'est vraiment une peste quand elle s'y met. Je l'adore.

— Je ne pense pas, mais on ferait peut-être mieux de descendre et préparer le petit dej' ?

— Bonne idée.

Je me lève et enfile rapidement un pantalon de pyjama avant de descendre dans la cuisine et préparer le petit déjeuner. Je sais que mon ange adore commencer la journée avec un plat salé, alors comme souvent, je nous fais des toasts à l'avocat. Je n'ai plus d'œufs, alors je compense avec du saumon. J'entends son estomac gargouiller alors qu'elle arrive en bas des marches.

— Oh, un ogre à l'approche.

Elle se baisse, prend son chausson et le balance dans ma direction. Elle est folle ! Je l'évite de justesse et il s'écrase contre le frigo avant de tomber par terre.

— Appelle-moi encore comme ça et la prochaine fois c'est dans ton œil qu'il atterrira.

— C'est une menace ? dis-je en arquant un sourcil.

Je m'approche, l'air menaçant, mais ça ne prend pas avec elle : elle se moque de moi. *Petite peste.*

— J'en connais une qui aurait bien besoin d'une fessée.

— Ce qu'on a fait hier prouve bien que ça ne marche pas sur moi.

Je me mords la lèvre en repensant à ce qu'on a fait. Aux positions que je lui ai fait découvrir… Ma queue commence à durcir dans mon pantalon et m'arrache presque un cri de douleur. Si je bande encore une fois, je crois que mon sexe va tomber. Cette femme va finir par m'émasculer.

— Va manger au lieu de dire des sottises, dis-je en l'embrassant. Je vais réveiller les enfants, j'arrive.

Elle hoche la tête. Je ne pars pas. Son regard est… Comme dans le gaz. Elle a les yeux mi-clos, la bouche en cœur. Elle me crie silencieusement qu'elle m'aime. Je dois sûrement la regarder de la même façon… Elle déglutit et se mord la lèvre. Me dites pas qu'elle a encore envie ? Ça n'arrange rien à ma situation. *Merde, mon ange, arrête ça.* Elle libère sa lèvre et sourit. Je finis par m'éloigner, cette fois, et je monte à l'étage pour aller dans la chambre de ma fille. Drew est déjà réveillé, il est assis sur le lit, les yeux dans le vague.

— Drew ?

Il tourne lentement la tête vers moi. Il n'est pas encore totalement réveillé. Je le prends dans mes bras et le ramène aux toilettes pour retirer sa couche.

— Elle est où maman ? demande-t-il en remontant son pantalon.

— Dans la cuisine. Aller, viens.

Je jette la couche et le prends dans mes bras en caressant son dos. Cet enfant est adorable. Peut-être qu'il est le fruit d'un abominable traumatisme, mais tout ce que je vois en lui, c'est sa mère. Il lui ressemble trait pour trait, si ce n'est ses yeux noisette qu'il doit certainement tenir de son chien de géniteur. Il est tellement drôle aussi… Il respire la joie de vivre et j'adore l'effet qu'il a sur ma fille. J'avais peur qu'elle se sente seule en emménageant ici, mais je ne l'ai jamais vue aussi heureuse. *Je* ne me suis jamais vu aussi heureux. Je pense que Drew aussi est content de nous avoir dans sa vie et Ava… Il n'y a qu'à la regarder.

— Tu prends ton petit déjeuner ? lui demandé-je en m'asseyant avec lui sur un tabouret.

— Non, j'attends Inès.

C'est dingue, ils font tout ensemble. Boire de l'eau, faire pipi, un dessin… Toujours à deux. Ava caresse les cheveux de son fils et dépose un baiser sur ses lèvres en le regardant l'air attendri. Ça me fait plaisir qu'elle ait pu renouer avec lui.

— P'tit bonhomme, Juliann va manger, tu veux bien descendre de ses genoux ?

— Non, *ye* veux rester avec papa.

Elle se fige et moi aussi. Ça fait tout drôle. Est-ce que Drew croit que je suis son père ? Ava a l'air embarrassée, mais elle ne le corrige pas, attendant sûrement le bon moment pour avoir une conversation avec lui. Pourtant, ces mots me touchent, parce que ces deux-là font tellement partie de ma vie aujourd'hui que je pourrais considérer et élever Drew comme mon fils, si elle m'y autorisait.

— Ça va, dis-je en lui faisant un clin d'œil. Il ne me dérange pas.

— Merci, murmure-t-elle silencieusement.

Ma fille apparaît en bas des marches en se frottant les yeux et en baillant. En voyant Drew sur mes genoux, elle tire la tronche, mais sourit en voyant Ava. Elle se précipite vers elle pour avoir son câlin, elle aussi. Bien entendu, mon ange la serre contre elle et lui caresse le dos. On se regarde, le cœur rempli d'amour. *Je suis heureuse,* me dit-elle. *Moi aussi, mon ange. Et c'est grâce à vous trois.*

Je me lève lorsque j'entends le ventre de ma fille gargouiller. Je leur fais des tartines avec de la confiture et de la pâte à tartiner, du chocolat chaud et une banane coupée en morceaux. Je caresse distraitement la cuisse d'Ava en les regardant manger. Je les aime de tout mon cœur, et bien évidemment que je veux construire quelque chose avec Ava, mais un troisième enfant *maintenant…*

— À quoi tu penses ? me demande-t-elle.

— Rien.

— Un "rien" très intéressant alors.

Je soupire et passe la main dans mes cheveux.

— Tu me fais peur, dit-elle en fronçant les sourcils.

— On a fait l'amour.

— Oui…

— Plusieurs fois.

—Tu… Tu regrettes ?

— Absolument pas ! m'exclamé-je peut-être un peu trop fort. Je ne regrette pas, c'est juste que…

J'ai merdé.

— Ava, on ne s'est pas protégés. Et je sais que tu ne prends aucune contraception.

Elle arrête de mâcher et repose son toast. J'ai même l'impression qu'elle devient livide, ça y est, elle panique.

— Hey, ça va ! Ne fais pas cette tête, ce n'est pas si grave…

— Non, j'ai été bête, j'aurais dû y penser.

— Je te rappelle qu'on était deux, c'est moi qui ai été stupide.

— Alors quoi ? Je fais un test de...

Elle n'arrive même pas à finir sa phrase. Je sais que ça serait un cauchemar pour elle d'avoir un autre enfant maintenant. Ça ne serait pas non plus le bon moment pour moi, mais je dois la rassurer et ne pas céder à la panique.

— Il est encore trop tôt. Tes règles sont prévues pour quand ?

— Aujourd'hui ou demain.

— Ok, alors on attend. Mais d'ici-là, ça ne sert à rien de stresser, ok ?

Elle hoche la tête et déglutis, finissant son assiette à contre-cœur. J'ai l'impression qu'elle va vomir d'une seconde à l'autre.

— La tête que tu fais.

— Arrête, c'est pas drôle ! dit-elle en essayant de ne pas rire. Comment t'arrives à être si détendu ?

— Il n'y a aucune raison de s'inquiéter pour le moment.

— Et... pour la prochaine fois, on fait comment ? Je n'ai pas envie de prendre la pilule.

— Je ne sais pas, on pourrait...

Je suis interrompu par la sonnerie. Ça doit être Cara, j'avais complètement oublié qu'elle devait venir chercher Inès pour passer la journée avec elle.

— Ça te dérangerait de lui ouvrir pendant que je vais habiller Inès ? Je n'en aurai pas pour longtemps, son sac est déjà prêt.

— Si tu veux retrouver du sang sur ton tapis en redescendant, non bien-sûr, ça ne me dérange pas, grogne-t-elle en se levant pour aller ouvrir.

Elle retrouve son regard de psychopathe et je ne peux m'empêcher de sourire. Je prends ma fille et la hisse sur mes épaules pour la ramener dans sa chambre. J'espère que Cara ne va pas encore provoquer Ava, elle a l'air de vouloir enterrer la hache de guerre pour l'instant… Je fouille dans la commode et en sors un jean et un sweat que je tends à Inès. Elle les enfile rapidement. Je meurs à chaque fois que je constate qu'elle est de plus en plus autonome. Je pensais qu'elle aurait besoin de moi au moins jusqu'à ses cinquante ans, je peux toujours me brosser… Elle enfile ses chaussettes, puis prend ses bottes sous son lit.

— Papa, je suis obligée d'aller avec Cara ?

— Pourquoi, tu veux rester ?

— Oui. Je voulais jouer encore avec Drew…

— Je sais ma puce, mais de toute façon lui non plus ne va pas rester ici toute la journée. Il va voir ses tatas.

— Oh, suis triste.

Je dépose un baiser sur sa tempe et l'aide à enfiler ses chaussures. Elle se lève et va chercher sa petite brosse sur la commode avant de me la tendre et de se mettre dos à moi pour que je la coiffe. Comme souvent, je lui fais deux tresses.

— Tu sais, j'aime beaucoup Ava.

— Moi aussi.

— Vous allez vous marier ?

— Non !

Je manque de m'étrangler avec ma salive. J'ai assez l'impression de trahir Anaëlle comme ça, je ne *peux pas* penser au mariage. Et puis Ava a pour projet d'aller à l'étranger et je ne lui demanderai jamais de reporter ses plans pour rester avec moi dans cette ville qu'elle déteste. Notre avenir est trop incertain, malheureusement.

— Dommage. Tu as fini ?

— Oui. Allez, on y va !

J'espère qu'il n'y a pas de sang sur mon tapis… En tout cas, je n'ai pas entendu de cris, c'est déjà ça. Je grince des dents dès que je vois la rouquine assise sur mon canapé. Je ne la supporte pas, j'ai l'impression que ne m'en débarrasserai jamais. Peut-être que je devrais l'inscrire sur un site ? *À vendre, parle beaucoup mais peut se montrer obéissante. Mord parfois.* Je suis vraiment un connard… Je ravale mon poison et la salue froidement, reculant d'un pas lorsqu'elle tente de me faire la bise. Je regarde au-dessus de son épaule pour voir Ava me lancer son regard de psychopathe en terminant sa tartine. *Jalouse mon ange ?* J'ai presque envie de rire. *Si elle te touche, je me jette sur vous deux et je vous coupe les membres un par un.* Bon, elle ne me dit pas ça avec ses yeux, mais c'est à peu près ce que suggère son langage corporel. Elle est tellement possessive… J'adore.

— Tu la ramènes demain matin, dis-je froidement.

—Ok, on y va. Inès, tu dis au revoir à ton père ?

Ok ? C'était facile, je pensais qu'elle allait trouver une excuse pour s'attarder ou ressortir une vacherie à Ava. Je ne l'intéresse plus ? J'espère ! Inès nous dit au revoir, puis s'en va avec la sorcière. Pardon, avec Cara. Quand je m'éloigne trop d'Ava, je retrouve mon comportement de connard.

— Maman, je peux regarder l'ours ? demande Drew.

— Petit Ours Brun ? Oui, mais pas longtemps, ok ?

— Merci maman.

Elle nous rejoint, dépose un baiser dans les cheveux de son fils et lance son dessin animé.

— Ça va, ma moquette est restée intacte.

— T'es arrivé au bon moment, ronchonne-t-elle.

— Elle t'a encore manqué de respect ?

— Non, elle ne m'a rien dit. Je vais aller m'habiller, on ne va pas tarder à y aller.

— Déjà ?

— Oui, tu sais, je dois répéter avec Luka pour le spectacle…

Elle me l'a annoncée toute excitée il y a deux jours, puis elle s'est mise à bégayer et hyperventiler en s'imaginant qu'elle allait se planter. N'importe quoi, comme si c'était possible.

— D'ailleurs, à propos de ça…

Oh non, je n'aime pas ça. Quoi encore ?

— Avec Luka, on va danser ensemble et… ça risque d'être… sensuel. On va se toucher.

Je bombe le torse, emplissant mes poumons avec de l'air pour ne pas crier. Luka, toucher *ma* Ava ? J'ai été gentil, jusque-là, je ne les ai pas séparés en cours. Lundi, plan de classe. Je déteste qu'il tourne autour d'elle. Ava m'a assuré qu'il n'y avait rien entre eux, qu'il sortait avec son amie, mais je ne suis pas dupe, je vois bien comment il la regarde. Lui et beaucoup d'autres garçons du lycée, d'ailleurs. Surtout depuis qu'elle a abandonné ses joggings larges pour ses tenues féminines. Ava est une femme magnifique, tout le monde le voit et ça me rend jaloux. Moi aussi je suis possessif. Cependant, je ne suis pas égoïste, je sais que ce spectacle compte pour elle, je sais qu'elle a besoin de retrouver le contrôle sur son corps et je ne suis personne pour lui interdire d'en faire ce qu'elle veut. Je ne vais pas lui gâcher son moment, je veux juste qu'elle soit heureuse, alors au lieu de maudire Luka et les trente générations qui viendront après lui, je libère l'air de mes poumons et lui demande :

— Tu penses que ça va aller pour toi ?

Elle fronce les sourcils, ne s'attendant sûrement pas à ma réaction.

— Je veux dire, moi j'ai réussi à faire tomber tes barrières, mais je sais que tu n'aimes pas que les autres te touchent, surtout quand c'est un homme.

Elle sourit, les larmes aux yeux. Ça la touche. *C'est toi qui me fais me comporter comme un homme bon, mon ange.*

— Je connais Luka, je suis sûre que ça va bien se passer.

Mon cul, ouais.

— Je t'assure ! proteste-t-elle, lisant mon air perplexe.

— Mouais. Alors tout va bien.

— Tu n'es pas jaloux ?

— Bien-sûr que si ! Mais…

478

Je jette un œil au canapé. Drew est concentré sur son épisode et ne nous prête aucune attention. Je m'approche d'un pas pour lui murmurer à l'oreille :

— Tu lui accordes une danse, mais c'est moi qui ai le droit de vraiment te toucher. De te faire jouir… combien, cinq fois ? En une nuit. Il ne t'aura jamais, alors il peut espérer comme un fou, c'est à moi que tu appartiens.

— Oui, souffle-t-elle.

Bonne fille. Je souris et m'écarte.

— Je vais m'habiller, dit-elle en se retournant.

— Tu veux de l'aide ? dis-je en la suivant.

— Non, rit-elle. Je vais me débrouiller.

— T'es sûre ?

— Oui !

J'attrape son poignet et la tire vers moi pour l'embrasser.

À moi.

Chez Juliann
Lundi 27 Novembre
15 : 08

Je vais m'évanouir. Ou attacher une corde au plafond et me pendre ? Je ne vois que cette solution. Ça fait quatre heures que je corrige mes copies et les fautes d'orthographes que je vois me donnent vraiment envie de me jeter par la fenêtre. « *Parexample* »", « *otemps* », « *chaquin* » … Je ne parle même pas des élèves qui me citent du Kaaris. J'ai l'esprit ouvert, mais quel rapport avec la philo ? Ma journée avait pourtant très bien commencé avec Ava qui n'a pas arrêté de me provoquer pendant le BAC blanc de philo de ce matin.

Je suis sauvé par la sonnerie qui retentit. Je me lève de ma chaise et sors de mon bureau pour descendre et ouvrir la porte. C'est Mariam. Ça me fait plaisir de la voir, ça fait longtemps qu'elle n'est pas venue me faire chier, mais elle va certainement me…

— T'es vraiment un connard ! siffle-t-elle en me bousculant. Trois semaines. Trois semaines que tu ne me réponds pas, non mais sérieux, Ju !

— Je vais…

— M'expliquer ? T'étais dans le coma ? T'as eu un accident ? T'étais en prison ?

— Non…

— Alors t'as aucune excuse valable.

Je lève les yeux au ciel, elle et son mètre dix me tapent déjà sur les nerfs. Ça m'avait manqué. Ses talons claquent sur le sol lorsqu'elle se dirige droit vers la cuisine. Elle est peut-être en rogne, mais elle a quand même pensé à me ramener des pastels. Mon ventre gargouille déjà. Les plats de sa mère me manquent terriblement, je souris en repensant à l'époque où elle me faisait goûter les sauces qu'elle préparait en versant quelques gouttes dans le creux de ma main. Je devrais aller la voir, ça fait trop longtemps que je ne lui ai pas rendu visite.

Mariam sort des assiettes et dépose les pastels dedans avant de les faire chauffer.

— Alors, comment va ton date à l'ail ?

— Non, non, tu ne vas pas détourner la conversation, mon petit.

— Mon *petit* ? T'es sacrément culotée.

Elle me jette un torchon que j'esquive de justesse.

— Parlons plutôt de ta baby-sitter. Si tu ne me donnes pas de nouvelles, je suppose que c'est parce que tu as quelque chose à te reprocher.

— Bah…

— Je savais ! Putain, Ju !

— C'est *toi* qui m'as convaincu de l'embaucher.

— Oui, pour garder Inès, pas pour… te tenir chaud la nuit.

Je fronce les sourcils, contrarié. Ce n'est pas à ça qu'elle me sert.

— Attends une minute…

Elle plisse les yeux pour me sonder.

— T'es amoureux ?

Je ne nie pas, ça ne servirait à rien de toute façon.

— Juliann ! Alors là, j'ai besoin de tout savoir. Dans les détails. Enfin, non pas tout, mais je veux savoir comment… Putain, Ju, c'est ton élève !

— Tu crois que je ne le sais pas ? Pose ton cul, je vais tout te dire.

Elle me regarde de travers, mais m'obéit tout de même, cédant à la curiosité. Je dois la menacer à plusieurs reprises lorsqu'elle réagit à ce que je lui raconte en épargnant bien sûr les détails sur mon intimité et celle d'Ava. Je lui dis aussi pour la personne qui la menace et je crois qu'elle reste silencieuse pendant cinq bonnes minutes le temps de digérer toutes ces informations. Lorsqu'elle revient enfin à elle, c'est pour me demander :

— Et si c'était Cara ?

— Qu'est-ce que tu racontes ? Pourquoi elle ferait ça ?

— Ça paraît logique : pour te récupérer ! Quand tu t'es mis avec elle, elle a réussi à nous éloigner tous les deux.

— Mais pourquoi s'en prendre à Ava ? Elle n'a rien fait.

— Par jalousie. Cara est plus que jalouse et elle est très manipulatrice.

— Pas à ce point, crois-moi. Et comment elle se serait procuré les photos et l'adresse d'Ava ? Non, impossible, je te dis. En plus, elle a l'air d'être passée à autre chose.

Elle hausse les épaules, peu convaincue. Cara a tous les défauts du monde, elle est vicieuse, mais pas cruelle à ce point. Je refuse de croire qu'elle pourrait aller aussi loin.

— Reste quand-même sur tes gardes. Et quant à Ava… Je ne sais pas Juliann, tu retiens jamais tes leçons ? T'as déjà eu des problèmes avec une élève l'année dernière.

— Ava n'est pas comme Gladys.

— Oui, mais on n'est pas à Lyon ici, c'est une très petite ville. Qu'est-ce qui se passerait si on venait à vous voir ? Et te connaissant, je suis sûre que t'es pas discret.

— *Moi* pas discret ?

— Si ce que tu m'as décrit est vrai, je suis sûre que tu passes ton temps à la regarder avec tes yeux de merlan frit.

— Pas du tout !

— Je t'ai vu avec Anaëlle, c'était à peine si t'arrivais à regarder ailleurs quand elle était là.

Je me renfrogne parce qu'elle a raison. Mais j'ai changé et je ne suis pas stupide. Je n'ai plus dix-huit ans, Anaëlle était mon premier amour et j'étais tellement fou d'elle que je n'arrivais pas à réprimer mes sentiments. Avec Ava, c'est différent. *Je* suis différent et je n'ai aucune envie de prendre le risque de perdre mon travail ou de lui causer des ennuis.

— Et si tu me la présentais ?

— Qui ça, Ava ?

— Ouais.

— J'ai pas besoin de ton accord pour sortir avec elle.

— On n'est pas au collège, dit-elle en levant les yeux au ciel. Je me fiche de tes conquêtes, Ju, t'es un adulte, tu fais ce que tu veux. C'est juste que… je nc sais pas, l'histoire de cette fille me rappelle ce que moi aussi j'ai vécu.

Comme à son habitude, elle baisse la tête pour ne pas me montrer qu'elle souffre encore de son passé. Je pose la main sur son épaule pour la réconforter.

— T'es très beau, Juliann. Tu fais craquer beaucoup de femmes et je ne parle même pas des ados qui ne réfléchissent qu'avec leurs hormones déchaînées. Ava est jeune et donc peut-être impressionnable. Après ce qu'elle a vécu, je veux juste être sûre que…

— Que je n'abuse pas d'elle ?

— Non, t'es pas un prédateur…

— Ava sait ce qu'elle veut et je n'ai pas pour habitude d'abuser de la naïveté des femmes, dis-je en me levant, vexé. Tu me connais, Mariam, mon style ça n'a jamais été les gamines écervelées ou les petites fleurs innocentes prêtes pour la cueillette. Ava a du caractère, elle n'est pas sous mon emprise. Mais si tu veux faire la bonne samaritaine, très bien, je te la présenterai.

— Ne t'énerve pas. J'ai juste pas envie que vous souffriez, c'est tout. T'es fou amoureux, ça crève les yeux. Et je te connais, quand tu aimes, tu n'as pas de retenue et je n'ai pas envie que cette histoire finisse par te faire du mal. Je sais jusqu'où t'es prêt à aller quand ton cœur est pris.

Elle a raison. Je suis capable du meilleur. Comme du pire. Je me détends un peu et je retourne m'asseoir.

— D'ailleurs, est-ce qu'elle est au courant pour Anaëlle ?

— Non. Et je ne compte pas le lui dire. Pas maintenant. Je ne veux pas la perdre. Elle me prendrait pour un détraqué.

— Ne tarde pas trop. Les secrets, ce n'est jamais bon.

J'acquiesce. Elle a raison, mais si Ava découvrait ce que j'ai fait à ma femme…

— Qu'est-ce que tu fais ce soir ? me demande Mariam pour changer de sujet.

— Rien de spécial, pourquoi ?

— Ça te dirait qu'on se fasse un resto ?

— Ça, ça cache quelque chose.

— Bah… Il se pourrait qu'il y ait un mec là-bas que j'aimerais rendre jaloux.

— Celui qui a une haleine de chacal ?

— Non, rit-elle. C'est… David.

J'hallucine ! Elle a couru après ce chef cuisto depuis des années et au moment où il a été prêt à lui demander sa main, elle a fui parce qu'elle avait trop peur de s'engager. Et aujourd'hui, cette diablesse veut se venger car il a eu le malheur de refaire sa vie avec quelqu'un d'autre.

— Tu me fatigues, soupiré-je.

— S'te plaît ! Il vient d'ouvrir un nouveau restaurant en ville. Allez !

Je lève les yeux au ciel. Bien sûr que je vais accepter.

— C'est la dernière fois. Après, tu vas le voir pour discuter. Comme une adulte.

— Promis ! T'es le meilleur.

Restaurant

19 : 48

Je me gare devant le fameux restaurant, mais Mariam m'empêche de sortir de la voiture. Elle et ses plans tordus…

— Je vais nous chercher une table, me dit-elle. Reste ici en attendant.

— Pourquoi ?

— Je dois m'assurer qu'il est là, donc je vais jeter un œil à la cuisine et je vais ensuite trouver une table à côté.

— T'es vraiment tarée. Ce n'est pas plus simple d'aller lui parler, tout simplement ?

— Non, d'abord je dois attirer son attention. Et quoi de mieux que de le rendre jaloux avec un beau gosse ?

— Oh je rêve.

— Rejoins-moi dans dix minutes.

— Ouais c'est ça, allez, sors de ma voiture.

Elle me fait un doigt d'honneur, mais elle finit par sortir. Elle doit vraiment être éperdument amoureuse de lui : elle est retournée chez elle dans l'après-midi pour enfiler cette robe qui, je dois le reconnaître, la met en valeur. Impossible qu'il ne tombe pas sous le charme. J'espère que ça sera le cas, parce que moi aussi j'ai dû faire des efforts. Elle m'a obligé à enfiler un costume et elle a mis une tonne de produits dans mes cheveux pour redéfinir mes boucles. L'odeur est atroce et mes cheveux collent, c'est une horreur. Mariam est encore plus pénible que ma petite sœur, mais je ne peux rien lui refuser.

Au lieu d'attendre comme un débile dans ma voiture, je décide de sortir et de m'adosser à la portière. Il fait déjà nuit noire et le vent souffle fort. Les nuages sont tellement bas dans le ciel que j'ai l'impression qu'ils vont nous tomber dessus. Peut-être qu'il va neiger. Je sors mon téléphone de la poche de mon manteau pour envoyer un message à Ava, mais je m'arrête lorsque je sens l'air se charger en électricité. Elle est là. Je me retourne et je la vois devant sa voiture. Je crois qu'elle vient de sortir du restaurant car elle tient dans sa main deux sacs en papier avec l'emblème du resto imprimé dessus. Je m'approche, sourire aux lèvres, mais il se fane lorsque je me rends compte qu'elle n'est pas seule. Une femme d'à peu près son âge se tient à côté d'elle et me regarde curieusement.

— Ava ?

— Juliann.

Ses yeux passent successivement de moi à la fille. *Qui c'est ?* Lui demandé-je silencieusement. Le parking est assez éclairé pour que je puisse voir l'inconfort qui se dessine sur son visage. Elle est mal à l'aise et je ne sais pas pourquoi.

— C'est ma sœur, Hena. Hena je te présente monsieur Ronadone, je garde sa fille après les cours.

— Enchantée, dit-elle en souriant.

— De même.

Je lui rends son sourire, même si le mien n'est pas sincère. Alors ses parents sont venus ? J'ai envie de la prendre dans mes bras et lui demander si tout va bien, mais je ne peux pas. Sa sœur ne lui ressemble pas du tout. Elle a les cheveux marron clair et bouclés, et les yeux verts. Sa couleur de peau est aussi légèrement plus claire que celle d'Ava.

— Qu'est-ce que tu fais ici ? demandé-je à Ava en reportant mon attention sur elle.

— On est venu prendre à manger et toi ?

— Je dîne avec une amie.

Ce regard de psychopathe… Je ne connais pas de personne plus jalouse qu'elle et pourtant, je me croyais très possessif. Je ne lui ai jamais parlé de Mariam, alors je comprends sa réaction, j'aurais eu la même. Cependant, je ne vais pas me justifier maintenant, ça paraîtrait bizarre de le faire devant sa sœur.

— Ok. Bonne soirée, lance-t-elle froidement.

Elle dépose les sacs à l'arrière de sa voiture, puis elle passe côté conducteur pour s'installer. Sa sœur me regarde avec un air désolé.

— Euh… bonne soirée, dit-elle avant de contourner la voiture et de s'y engouffrer.

Ava démarre sans perdre une seconde.

Mon ange… Tellement sexy quand elle est en colère.

Mission accomplie. Mariam est rentrée avec son David et me voilà enfin libéré de son plan tordu. Il a mis à peine une heure pour venir s'installer à notre table et *s'imposer*. Le pauvre, s'il savait qu'il s'était fait avoir en beauté… Je suis exténué et je n'ai qu'une envie : me laver les cheveux et retirer ce foutu costume. Et appeler Ava.

Je me plains, mais je ne regrette pas cette soirée, car j'ai vu la manière dont Mariam et David se regardaient et ça crève les yeux, ils sont fous amoureux l'un de l'autre. Elle mérite de trouver l'amour.

Lorsque j'ouvre la porte d'entrée, tout me paraît… Étrange. Une odeur que je ne connais pas flotte dans l'air et j'ai comme l'impression de ne pas être seul. Je retire mon manteau et mes chaussures, puis je parcours toutes les pièces. Il ne manque rien. Rien n'a été déplacé et pourtant, je *sais* qu'il y avait quelqu'un. Je monte à l'étage et vérifie la chambre d'Inès et mon bureau. Rien. Mais dans la mienne…

Mon lit n'est pas défait, mais la couette est froissée comme si quelqu'un s'était allongé dessus. Et l'un des tiroirs de ma commode est ouvert. Plus précisément celui que j'ai laissé à Ava. Je m'approche pour en regarder le contenu. Ses affaires sont encore là : deux jeans, trois pulls avec des chaussettes. Mais en fouillant, je remarque une chose qui me fout la gerbe. Ses sous-vêtements ont disparu.

Chapitre 29 | Ava

Je rentre des répétitions, totalement exténuée. Hakim a validé les chansons sur lesquelles nous allons danser. Pour ma part, mon solo se fera sur *Every Kind of Way* de H.E.R, mon artiste préférée. Notre trio dansera sur une autre de ses chansons : *Slide, et* mon duo avec Luka sur *Trop Beau* de Lomepal. Nous avons un début de chorégraphie pour chaque danse, mais il reste encore pas mal de boulot. En revanche, j'ai encore le sourire aux lèvres en repensant à ce que m'a dit Juliann tout à l'heure, à la réaction qu'il a eue lorsque je lui ai dit que ma danse avec Luka serait sensuelle. Des fois, j'ai l'impression qu'il est trop parfait.

Je me gare sur le parking et sors de ma voiture. Je m'immobilise un moment en voyant Aïna et Adèle devant mon immeuble, j'avais complètement oublié qu'on était censées se voir. Elles sont en train de jouer avec mon fils.

— Pourquoi vous êtes dehors par un froid pareil ? Ma grand-mère vous a mis à la porte ou quoi ? dis-je en les rejoignant.

— Ah bah c'est pas trop tôt ! Ça fait dix minutes qu'on t'attend !

Aïna et sa patience légendaire… Je lève les yeux au ciel et prends mon fils dans mes bras avant d'ouvrir la porte de l'immeuble. Il fait bien meilleur dans ma chambre.

— Drew, tu veux bien aller jouer dans ta chambre et nous laisser avec ta maman ? demande Adèle d'une voix mielleuse.

— Je peux aller au salon avec Nana ?

— Oui, si tu veux.

— Okidoki !

Inès déteint sur lui. Il sort de la chambre et referme tant bien que mal la porte en se mettant sur la pointe des pieds pour atteindre la poignée.

— Tu prends le chargeur et moi les ciseaux, fait Adèle avec une voix de tueuse en série.

— Quoi ? Non, attendez !

Je place les mains devant moi pour me protéger de leur assaut, même si en réalité, j'ai envie de rire.

— On peut s'arranger !

— S'arranger ? répète Aïna en prenant des ciseaux sur mon bureau. Tu vas t'asseoir et nous raconter tout ce qu'il t'arrive et ensuite on pourra décider de ton sort.

— Je te préviens, si on doit enterrer un corps, je ne creuse pas, fait Adèle.

— Toi la ferme, rétorque mon amie.

— Bon d'accord, mais baissez vos armes. Je vais tout vous raconter, dis-je en les invitant à s'asseoir.

Je suis chanceuse d'avoir des amies protectrices comme elles. Je n'aurais jamais été la même si je ne les avais pas rencontrées quatre ans auparavant.

Quatre ans plus tôt

Lycée
Mardi 5 Novembre
07 : 48

Les mots du médecin tournent encore et encore dans ma tête. Enceinte de moins de six mois. J'ai beau me le répéter, je n'arrive toujours pas à y croire. C'est un cauchemar. Je sais que même Dieu me déteste, mais pas à ce point, pas vrai ?

Le vent glacial fouette mes cheveux et me glace les mains. Il ne fait pas encore jour et la neige tombe, rendant la cour du lycée presque totalement blanche. Je suis debout, pétrifiée sous un réverbère, la seule idiote qui stagne alors que tout le monde se hâte d'aller en cours avant que ça sonne. Moi, je n'y arrive pas. Je ne veux pas me mêler à la foule et me fondre dans le fond de la classe comme à mon habitude. J'ai fini par devenir invisible et ça fait mal, parce que je souffre le martyr et personne ne le voit, personne ne m'entend. Je suis encore enfermée dans cette cave à demander de l'aide, mais tout le monde s'en fiche.

Je me rends compte que je ne suis rien si ce n'est un grain de poussière sur cette terre. J'ai beau être dévastée, le monde continue de tourner comme si de rien n'était, alors que le mien s'est effondré. Je soupire et me redresse. Personne ne viendra me chercher sous ce réverbère, alors je ferais mieux d'aller en cours. Au moment où je m'apprête à entrer dans le bâtiment, je suis interpellée par deux filles. J'en reconnais une ; Aïna je crois. Il me semble qu'elle fait italien comme moi.

— Salut Ava ! me dit-elle à la fois gênée et enthousiaste. Je suis en italien avec toi, je ne sais pas si tu me reconnais. Euh, je te présente Adèle. C'est ma meilleure amie. Ça fait un moment qu'on a envie de venir te parler, mais on ne savait pas trop… On… on sait ce qu'il t'est arrivé et... On est vraiment désolées. On est de tout cœur avec toi.

— On ne pourra jamais se mettre à ta place, renchérit son amie, mais on tient à être là pour toi. Vraiment.

— Si tu as besoin de quoi que ce soit... N'hésite pas !

— Tu peux même manger à la cantine avec nous !

— Ça serait cool. On aime bien se moquer du prof chelou avec ses rouflaquettes.

Je reste plantée là, la bouche ouverte. Je dois vraiment paraître bizarre à force de ne rien dire, parce qu'elles se regardent, l'air perplexe, mais elles ne partent pas. Elles ne m'abandonnent pas. Elles m'ont remarquée. Je souris.

— Monsieur Cratin ? C'est mon prof de maths, je réponds timidement.

— Tu rigoles ? Il s'appelle vraiment monsieur Cratin ? Oh le pauvre ! fait Aïna en s'esclaffant.

Je les suis à l'intérieur du bâtiment. Je ne parle pas beaucoup, je me contente de marcher avec elles et de rire à leurs blagues. Un moment, elles commencent à s'insulter et j'ai peur de devoir empêcher une dispute, mais je comprends rapidement que c'est leur manière de montrer qu'elles s'aiment. Elles ont de la répartie, c'est super marrant.

Juste comme ça, ma douleur est un tout petit peu moins lourde à porter, parce que j'arrive à penser à autre chose. À rire. Je ne suis pas transparente. Avant de me quitter, les filles insistent pour que je mange avec elles à la cantine.

— *Si tu ne viens pas, on va devoir te harceler, trouver ton emploi du temps et ton adresse et te kidnapper pour que tu manges avec nous.*

— *Arrête, tu vas lui faire peur, soupire Adèle.*

— *Oh, tais-toi !*

— *J'accepte, dis-je en riant. On se rejoint devant la cantine à midi ?*

— *Ça marche, à tout à l'heure !*

Adèle tourne les talons et avant qu'Aïna ne la suive, cette dernière me lance un sourire compatissant. Pas un de ceux qui disent "je suis désolé pour ce qu'il t'est arrivé", ou ceux qui reflètent de la pitié, non. Son sourire veut simplement dire « on est là et si un jour tu as besoin de cacher le cadavre de ton agresseur dans la forêt, on sera aussi là aussi ».

Présent

Et aujourd'hui, c'est mon cadavre qu'elles ont envie d'enterrer. Adèle et Aïna ne m'ont jamais lâché, même quand elles ont su que j'étais enceinte. J'ai arrêté de parler pendant de deux ans, j'ai été déscolarisée pendant ce temps-là, mais ça n'a rien changé. Après mon déménagement avec Nana, elles ont toujours trouvé du temps pour venir me voir, même si j'étais un peu plus loin. Le fait de ne plus me retrouver dans le même lycée qu'elles n'a rien changer, et même maintenant qu'elles sont à la fac, dans une ville à des heures de routes d'ici, elles continuent à prendre soin de moi. Elles sont les sœurs que je n'ai jamais eues. Elles m'ont vu au plus bas et c'est sûrement pour cette raison qu'elles restent sans voix une fois que j'ai fini de leur raconter tout ce qu'il s'est passé entre Juliann et moi depuis la dernière fois, mais aussi toutes les choses étranges qui m'arrivent ces derniers temps.

— Dites quelque chose, ne me regardez pas comme ça !

— Mon Dieu ! souffle Aïna.

— La vache ! rétorque Adèle.

— Tu as laissé les photos au policier ?

— Oui, il a travaillé sur cette affaire, peut-être qu'il pourra trouver des indices.

— Et ils ne t'ont pas offert une protection ? Une patrouille qui peut circuler en bas de chez toi le soir ? s'emporte Aïna. T'es en danger, ils attendent quoi, que tu crèves ?

— Elle a raison, ce n'est pas normal. Tu devrais être protégée.

— La police n'en a rien à faire, soufflé-je. Et de toute façon, je n'ai pas envie d'ébruiter cette histoire. D'ailleurs, je vous en ai parlé seulement pour vous tenir au courant, je ne veux pas que vous vous inquiétiez et je ne veux pas non plus reparler de ça.

— Mais…

— Non. S'il vous plaît.

Elles lâchent prise à contrecœur.

— Ok, dit Adèle. Mais promets-nous de nous donner des nouvelles plus souvent et de répondre à nos messages.

— Promis.

— Très bien. Maintenant, parlons de Juliann.

— Il est parfait.

— Au secours, j'ai la gerbe, dit Aïna en feignant de vomir.

Je lève les yeux au ciel.

— Je vous le jure, il est hyper attentionné, il me fait toujours passer en premier, il est… super sexy. Et gentil. En plus, il sait ce que sont les préliminaires, il sait où se trouve mon clito et il arrive à me faire jouir avec la pénétration. Si je vous écoute vous, je devrais l'épouser.

— C'est ton prof, Ava !

— Je sais, mais… Il n'est pas question de ça entre nous quand on est que tous les deux. Il ne m'a jamais forcé à faire quoi que ce soit, il ne s'est jamais servi de son statut de prof pour me contraindre à faire quelque chose que je n'avais pas envie de faire. Vous me connaissez, je ne suis pas du genre à me faire manipuler. Il m'a même présenté à sa famille.

— Ouais et son frère était l'avocat de Théo.

— C'est une pure coïncidence. J'aimerais juste que vous soyez contentes pour moi, les filles. Il me fait vraiment du bien. Je lui fais entièrement confiance.

Elles se regardent, l'air peu convaincues, mais elles n'insistent pas.

— T'es amoureuse ? demande Aïna.

— Oui.

— Je n'en reviens pas, s'excite Adèle. Bon, il a intérêt à vraiment bien se comporter avec toi, sinon, on le tue.

— Promis. Aussi… J'aimerais vous poser quelques questions à propos de ça.

— Cours d'éducation sexuelle, c'est parti ! s'exclame Adèle. On t'écoute.

— Bah… On ne s'est pas protégé.

— Quoi ? s'exclament-elles en chœur.

— Je…

— Il s'est retiré au moins ?

       Silence. Nous y voilà…. Je vais me faire engueuler, je le sens.

— Ava sérieux ! C'est pas possible !

— Mais…

— Pas de mais ! Et lui alors ? Il est assez âgé pour être responsable !

— Je sais, je sais…On en a parlé ce matin. Vous pensez que je devrais faire un test de grossesse ? Je suis censée avoir mes règles aujourd'hui ou demain.

— Oui. Mais pas maintenant. Attends d'avoir tes règles, on verra après.

— Merci les filles.

— T'es sûre qu'il est clean ?

— Clean ?

— Qu'il ne va pas te refiler de MST. Mon Dieu, t'étais où pendant les cours d'éducation sexuelle ?

— Je fantasmais sur mon crush de l'époque.

— Berk.

— Je vais lui en parler. Bon et toi avec Luka, comment ça se passe ?

— Je l'ai jeté.

— Quoi ? Pourquoi ?

       Je suis étonnée que Luka ne m'en ait pas parlé.

— Je ne sais pas, je le sens pas… Sa famille me fait flipper. Je n'ai jamais vu son père et sa sœur est… super chelou. Et Luka a des sautes d'humeur qui ne me plaisent pas du tout. Un coup il est parfait, puis soudainement je vais dire quelque chose et il va se renfermer.

— Il a pas mal de problèmes avec sa famille en ce moment.

— Moi aussi et ce n'est pas pour autant que je fais chier le monde. Et puis de toute façon, il ne me plait plus. J'ai besoin d'être seule, les relations, ce n'est pas pour moi.

— Tu dis ça parce que tu n'es pas amoureuse, dit Adèle.

— Peut-être. Bon assez parlé de mecs, ça vous dit un bowling ?

— Yes ! Adèle et moi répondons en chœur.

Je souris et me lève pour filer à la douche. Les filles vont certainement encore se crêper le chignon pendant que Drew et moi allons les regarder faire en sirotant nos cocktails. Je nous y vois déjà.

Lycée
Lundi 27 Novembre
12 : 31

Assis à son bureau, j'observe Juliann en train de pianoter sur son téléphone. Nous avons encore un BAC blanc de philo aujourd'hui et tout le monde profite des quatre dernières minutes qu'il reste pour boucler son devoir. Moi j'ai déjà fini. Lorsque Juliann pose son téléphone, je sens le mien vibrer dans ma poche. J'hésite à regarder. Est-ce que j'ai le droit ? Son léger hochement de tête finit par me convaincre : je sors discrètement mon téléphone pour lire son message.

Mon amour
Reste avec moi après les cours.

Ava
Monsieur Ronadone ! Corrompre votre élève en plein devoir. C'est indécent.

Mon amour
C'est cette robe qui est indécente et elle ne va pas tarder à se retrouver par terre.

Mon amour
Et d'ailleurs, je ne t'ai pas forcée à regarder ton téléphone. Ça mériterait bien une ou dix heures de retenue, ça, non ?

Ava
La démesure, comme toujours. D'accord, je reste, mais pas longtemps, je dois aller en répétition avec Luka.

Il soupire et lève les yeux au ciel. C'est dingue d'être si jaloux, je ne le comprendrais jamais… La sonnerie retentit et tout le monde se précipite pour partir. Je fais mine de ne pas avoir terminé mon devoir pour laisser aux autres le temps de sortir. Luka passe devant moi alors que je fais semblant d'écrire.

— Laisse-moi deviner, je dois t'attendre devant ta voiture ?

Je ne réponds pas, car son ton condescendant m'agace au plus haut point. Et de toute façon, il ne m'en laisse même pas le temps, car il sort sans se retourner. Et si Juliann avait raison ? Peut-être que Luka a effectivement un faible pour moi.

— Allez Ava, je te laisse encore deux minutes fait Juliann en refermant la porte de la salle de classe.

Quel comédien ! Je me lève en souriant pour ranger mes affaires et lui donner ma copie. Ni une, ni deux, il s'empare de mes lèvres pour m'embrasser fougueusement. Je sens son érection se dresser contre ma hanche et je fonds. J'accepte son baiser si incandescent.

— Tu m'as manqué, mon amour, soufflé-je.

— J'adore quand tu m'appelles comme ça. Comment s'est passé le devoir ?

— Plutôt bien. Je crois.

— J'espère que tu t'es relu. Le dernier n'était pas top.

— Je sais, j'ai encore du mal à digérer le huit que tu m'as mis.

— Tu aurais gagné quatre points de plus si tu t'étais relue. Tu peux faire beaucoup mieux.

— Je sais. J'étais trop distraite par mon prof de philo beaucoup trop craquant.

— Ouais, défends-toi comme tu peux, rit-il. Tu passes l'après-midi avec moi ?

— Non, je ne peux pas. Je te l'ai dit, je vais répéter avec les gars, puis il faut aussi que je révise pour demain sinon madame Cabin va me tomber dessus.

— Ok, dommage. Je vais me contenter de corriger mes copies.

Il m'embrasse, plus tendrement cette fois, puis il recule.

— Tu as eu tes règles ?

— Euh, non… Mais ça ne me fait que deux jours de retard, pas de quoi s'affoler, hein ? demandé-je peu sûre de moi.

— Non, pas de quoi s'affoler. De toute façon, je suis là, ok ?

— Ok. Et d'ailleurs à propos de ça… On n'a jamais mis de capotes et je sais que tu as eu un passé assez sulfureux.

— Tu essaies d'insinuer que je suis un homme facile ?

— Gigolo si tu préfères.

J'explose de rire face à sa mine furieuse. Ça sent la fessée.

— Non, plus sérieusement…

— J'ai toujours mis des capotes. Même avec Cara. Mon dernier dépistage date d'il y a six mois et je n'ai eu personne à part toi depuis, mais si ça peut te rassurer, j'irai en faire un autre.

— Merci. Bon alors j'y vais. On se voit ce weekend ?

— Ça marche. Allez, sors de là.

— Je t'aime.

— Je t'aime aussi.

Je lui vole un dernier baiser avant de m'éclipser, désormais prête à affronter Luka et sa mauvaise humeur.

Chez Ava

17 : 57

Je rentre totalement éreintée. Les chorégraphies ont bien avancé, mais ça m'a coûté mes deux jambes et même mon épaule. Je rêve d'un bain chaud et d'une bonne sieste. Lorsque j'ouvre la porte de l'appartement, j'entends des voix qui me paraissent atrocement familières. Je sais qui c'est, je veux juste être dans le déni et me dire que peut-être Nana a invité des amis, mais non. Ce sont bien eux. Mon père, ma génitrice et ma sœur. Ils sont installés dans le salon, comme s'ils étaient chez eux. Je m'arrête dans l'encadrement de la porte et j'hésite à faire demi-tour. J'ai l'impression que tout ce que j'ai vécu de bien ces derniers mois n'a plus aucune importance, que je suis retournée au point de départ. Je réfléchis longuement ; est-ce que je devrais fuir et aller me réfugier auprès de Juliann, ou est-ce que je devrais plutôt les affronter ? Je savais qu'ils allaient venir, ils me l'avaient dit, mais franchement, cette information m'était complètement sortie de la tête. Et maintenant, me voilà devant le fait accompli. Je suis pétrifiée, c'est pire que la fois où je suis allée voir Théo. Ma mère m'a fait tellement de mal que je ne me sens pas prête à la revoir. Ça faisait deux ans que l'on ne s'était pas vu et ça m'allait très bien.

Mon cœur me hurle de faire demi-tour, mais j'ai dit que je voulais aller mieux. Et pour pouvoir aller mieux, il faut que j'affronte mes démons. C'est ce que me dirait Juliann, j'en suis sûre. J'inspire un grand coup et je me décide à entrer. Personne ne m'avait remarqué, mais au moment où je m'avance, tout le monde se tait et me fixe. J'ai envie de partir. Finalement, ce n'était peut-être pas le bon jour pour se montrer téméraire. Le malaise s'estompe lorsque mon père se lève, le sourire aux lèvres et s'approche de moi pour me prendre dans ses bras. Ça fait du bien. Je lui souris timidement et lui rends son étreinte. Je me sens protégée dans ses bras, j'avais oublié cette sensation de réconfort.

Mon père est grand et costaud. Je ne lui ressemble pas vraiment, voire pas du tout, mais on a toujours eu un lien assez fort, tous les deux. Malheureusement, lorsqu'il a déménagé à Genève avec ma mère et ma sœur, j'ai pris mes distances. Il m'a souvent reproché de ne pas l'appeler et maintenant je m'en veux. Je me suis longtemps plainte du fait que je me sentais seule, mais ce n'était pas totalement vrai : j'étais entourée, c'est juste que je rejetais constamment ceux qui voulaient m'aider. Ali, c'est son nom, a de petits yeux en amande entourés de petites rides, une bouche fine et un visage plutôt lisse pour un homme de cinquante ans. Ses cheveux poivre et sel le rendent séduisant et sa peau dorée fait ressortir ses beaux yeux verts dont j'aurais aimé hériter.

Après quelques secondes, mon père s'écarte et dépose un tendre baiser sur mon front. Il a les larmes aux yeux. Je fonds. Je culpabilise de l'avoir mis à l'écart.

— Tu m'as tellement manqué ! me dit-il. Regarde la belle jeune femme que tu es devenue !

— Papa, je réponds les larmes aux yeux, moi aussi. Arrête, tu sais bien que je serai toujours ta petite fille.

— Si seulement !

Il rit puis place son bras sur mes épaules. Mon regard croise celui de ma mère en premier. Elle a tellement changé ! Elle a incroyablement maigri et elle a l'air d'être frêle et malade. Ses cheveux crépus noirs d'ébène ont viré au gris au niveau des racines et son corps flotte dans sa robe verte et ample. Sa peau noire est marquée par quelques rides. Je remarque à quel point je lui ressemble : les mêmes traits, la même bouche, les mêmes yeux, quasiment les mêmes cheveux... C'est incroyable. Ça m'effraie. J'ai aussi hérité de sa mauvaise gestion en matière d'éducation. J'espère qu'il n'est pas trop tard pour me rattraper.

— Bonjour, la salué-je froidement.

— Ava. Tu ne viens pas embrasser ta mère ?

J'hésite quelques secondes avant de la laisser me prendre dans ses bras. Son toucher m'est étranger ; d'aussi loin que je me souvienne, elle ne m'a jamais enlacé comme ça. Elle n'a plus rien à voir avec la femme dure que j'ai connue lorsque j'étais une ado, j'ai l'impression qu'elle a perdu de sa force de caractère. Ce n'est pas forcément négatif ; elle paraît plus sensible, plus humaine qu'avant. Du moins, avec moi, car elle s'est toujours bien comportée avec les autres.

Ma sœur me lance un petit sourire. Elle est restée assise sur le canapé et je ne pense pas qu'elle veuille venir me prendre dans ses bras. Hena ressemble à mon père ; elle a eu la chance d'hériter de ses beaux yeux verts. Elle est beaucoup plus claire de peau que moi, ses cheveux n'ont rien de crépus, ils retombent en de belles boucles brunes sur ses épaules. La seule chose qu'elle a pris de ma mère, c'est sa bouche pulpeuse et sa poitrine généreuse. Hena a tout juste deux ans de plus que moi, mais nous n'avons jamais été proches. C'est comme si j'avais toujours senti qu'elle me détestait, qu'elle m'en voulait. Pourquoi ? Ça, je n'en sais rien.

Après avoir salué tout le monde, je m'éclipse du salon pour aller me laver les mains, puis je vais voir Drew dans sa chambre. Il connaît son grand-père : j'ai une photo de lui accrochée au-dessus de mon bureau, mais il ne connaît pas les autres. Pour lui, ses tantes sont Adèle et Aïna et sa grand-mère c'est Nana. Ma mère et Hena n'ont aucune place dans sa vie alors je le comprends lorsqu'il me dit que ce sont des étrangers et qu'il a peur d'aller leur parler. Je m'assieds par terre pour lui expliquer les liens qui nous unissent à ces personnes. Je lui demande de faire un effort et de se joindre à nous au salon. Il accepte à condition que je l'aide à finir son masque en papier.

Son maître a décidé d'organiser un mini-spectacle prévu avant les vacances de Noël et Drew est très enthousiaste à l'idée de montrer son costume à monsieur Caron. Il doit se déguiser en loup. Je n'ai pas encore commandé le costume, mais il faut que l'on finisse le masque avant demain. En vérité, il est déjà prêt. J'ai collé les faux poils dessus ce matin avant de partir et la colle doit déjà être sèche.

Dans le salon, Nana, mes parents et leur fille discutent. Ma grand-mère écoute le récit de ce qu'ils ont vécu à Genève durant ces deux dernières années pendant que Drew et moi nous installons sur la table à manger pour admirer notre création. Ma mère lance un sourire gêné à mon fils. Déjà qu'elle ne m'aime pas, je n'allais pas m'attendre à ce qu'elle aime Drew... Je les écoute à peine parler, je préfère me concentrer sur ma tâche. Tout ça me paraît encore trop irréel, j'ai besoin de digérer ce qu'il vient de se passer.

Nous terminons notre chef d'œuvre une heure plus tard. Il est déjà dix-neuf heures et nous n'avons pas préparé à manger alors je décide de proposer à ma famille d'aller chercher le repas dehors histoire de pouvoir fuir et prendre l'air. On opte pour de l'italien. Mon père me donne sa carte de crédit et Hena bondit sur ses deux jambes et se propose de venir avec moi. Oh non, par pitié… Mon père secoue la tête en comprenant que je m'apprête à dire non, alors je souris malgré moi.

— Oui, pourquoi pas ?

Je cache mon agacement du mieux que je peux. J'enfiler mon manteau et je sors de l'appartement suivie de près par ma sœur qui reste silencieuse. Je n'ai rien à lui dire et j'espère qu'elle comprend le message. Hena est une inconnue pour moi. Pourquoi a-t-elle voulu venir ? Lorsque j'attache ma ceinture de sécurité, elle se décide à briser la glace.

— Alors... Qu'as-tu fait pendant ces deux ans ?

— Rien de spécial. Le lycée quoi, je réponds froidement.

— Ouais, je sais ce que c'est. Ça fait drôlement longtemps qu'on a pas eu de tes nouvelles.

— Vous n'avez pas non plus cherché à en avoir.

Elle a un mouvement de recul. Elle ne s'attendait sûrement pas à ce que je sois si cache et pourtant, ça ne devrait pas l'étonner autant : je n'ai jamais eu la langue dans ma poche. Je n'ai jamais su faire semblant et nous n'avons jamais été proches, même quand je tentais tant bien que mal de me rapprocher d'elle. Elle me rejetait constamment. *Je n'ai pas ton temps, Ava, fous-moi la paix. Arrête de pleurnicher comme un bébé, tout le monde a des problèmes, c'est pas pour autant qu'on en fait un drame !* Je cligne des yeux pour chasser ces mauvais souvenirs.

— Je sais qu'on a jamais vraiment été très proches, commence-t-elle. Mais peut-être qu'on pourrait repartir sur de bonnes bases toutes les deux ?

Non. Nous n'avons jamais eu de relation fraternelle : pas de protection l'une envers l'autre, pas de confiance, pas de complicité. Lorsque l'on s'est retrouvées dans le même collège pendant deux ans, les gens ne savaient même pas qu'on était sœurs. Aujourd'hui elle veut me faire croire qu'elle veut tisser des liens avec moi ?

— Est-ce que... Est-ce que tout va bien pour toi ? demande-t-elle hésitante.

— Très bien.

— T'as pu te faire de nouveaux amis ? Peut-être un petit ami même ?

Je la regarde de travers en fronçant les sourcils. Elle pense vraiment que je vais lui parler de ma vie personnelle ?

— J'ai quelques amis, finis-je par répondre froidement.

— Ok... C'est super.

Un silence s'installe de nouveau jusqu'à ce que l'on arrive au restaurant. Un serveur nous accueille et je lui dis que c'est pour une commande à emporter, alors il nous donne le menu que je parcours rapidement des yeux et je finis par choisir des pâtes aux pesto pour Drew, des gnocchis au fromage pour Nana et des spaghettis à la truffe pour moi. Je laisse ma sœur choisir pour ses parents. Comme elle met du temps à se décider, je jette un œil derrière moi et sors mon téléphone de ma poche dans l'espoir d'y lire un message de Juliann. J'aimerais tellement qu'il soit avec moi…

Je n'ai aucune notification, alors je commence à taper un sms que je n'ai pas le temps d'envoyer, car mon regard croise soudainement celui de Luka qui vient d'entrer dans le restaurant. Il est accompagné par son père dont le visage me dit vaguement quelque chose et sa sœur. Une sortie en famille ? Peut-être que les choses s'arrangent ? Ou peut-être qu'il est voué à faire semblant le temps d'une soirée, comme moi. Il me voit, lui aussi. Il dit un mot à son père et à sa sœur qui vont s'installer à une table, puis il se dirige vers moi en souriant à moitié.

— Toi ici ? Quelle surprise, me dit-il.

— Je pourrais en dire autant. Je vois que vous êtes venus manger en famille ?

— Ouais... Quelle corvée.

— M'en parle pas.

Ma sœur est juste à côté, mais je m'en fiche.

J'ai choisi, dit-elle en levant les yeux sur moi. Papa prendra une pizza à la truffe et ça sera des pizzas quatre fromages pour maman et moi.

— Original, je ne peux m'empêcher de rétorquer.

Je me mords la joue. Il faut que j'arrête d'être si désagréable. Luka me regarde en fronçant les sourcils, puis ses yeux se dirigent vers Hena. Ah, je suis censée faire les présentations.

— Luka, c'est Hena, ma sœur. Hena, voici Luka, un ami.

— Enchanté ! répondent-ils en même temps.

Ils sourient tous les deux niaisement en se regardant avec des yeux de merlans frits. Non mais qu'est-ce qu'il se passe ? Luka va tomber sous le charme de toutes les filles que je vais lui présenter ? Je ne suis pas d'accord, hors de question qu'il passe de ma meilleure amie à ma sœur. Quelle déchéance.

— Luka, on se voit demain. Hena on y va, fais-je rapidement en attrapant son bras pour l'entraîner jusqu'au comptoir.

— Euh, à très vite ! fait Luka, déboussolé.

— Au revoir Luka, répond ma sœur. À bientôt.

À jamais tu veux dire ! Je rêve. Un serveur prend notre commande et nous invite à nous asseoir sur les tabourets du comptoir en attendant. Il y en aurait pour dix minutes, a priori.

— C'était qui ? demande ma sœur lorsque le serveur s'éloigne.

— Un ami, comme j'ai déjà dit. Il est dans ma classe et on danse ensemble.

— Il est canon. Il a ton âge ? Il a une copine ?

Sérieusement ?

— Oui, il a mon âge et oui, il a une copine, je mens.

— Dommage.

Je lève les yeux au ciel.

— Alors comme ça tu as repris la danse ? Je suis contente, je vois que tu vas mieux.

Je ne réponds pas.

— Ava... Je sais que tu m'en veux de ne pas avoir été là pour toi. Je voulais absolument être la préférée de maman et c'était plus facile de te rejeter plutôt que de te faire de la place. J'étais une petite conne immature à l'époque, mais j'ai changé. J'ai mûri. J'aimerais vraiment profiter de ces quelques semaines pour... pour me rapprocher de toi et de Drew. S'il te plait, laisse-moi une chance.

Elle a l'air d'être sincère, c'est ce qui me perturbe le plus. Je peux peut-être lui laisser une chance, oui, mais je resterai sur mes gardes, sans aucun doute. Je n'oublie pas le nombre de fois où elle m'a fait des coups en douce pour que je me fasse engueuler par mon père à sa place. Et la manière dont elle m'a ignorée quand je suis rentrée de l'hôpital. Et à ses regards méprisants. Et à la fois où elle a dit à ma mère que je ferai mieux d'arrêter de "faire la victime"... Ça fait mal, je ne peux pas l'oublier. Mais elle avait seize ans, c'était il y a quatre ans, je lui dois le bénéfice du doute. Parfois j'aimerais pouvoir être plus rancunière…

— Ok.

Elle me sourit chaleureusement. Le serveur arrive à ce moment-là, enfin ! On règle la commande, puis nous nous en allons rejoindre ma voiture garée sur le parking. Une fois arrivée devant ma Jeep noire, je m'arrête, parce que l'air est… plus dense. Juliann ? Je regarde autour de moi et je le vois. Il est beau à couper le souffle, je n'ai jamais vu ses boucles aussi bien définies. Je crois même qu'il s'est… brossé les sourcils ? Il porte un costume noir avec une chemise blanche sous son long manteau. On ne peut faire plus sexy.

— Ava ?

— Juliann.

Il est mal à l'aise et moi aussi, car ma sœur est à côté de moi, ce qui m'empêche de lui demander des comptes. Il est habillé comme s'il avait un rendez-vous galant. Le silence s'éternise, alors je finis par lui présenter ma sœur. Son regard s'assombrit lorsque je lui dis qui elle est. *Eh oui, ils ont fini par arriver…*

— Qu'est-ce que tu fais ici ? me demande-t-il.

— On est venu prendre à manger et toi ?

— Je dîne avec une amie.

Quelle amie ? Pourquoi ne m'en a-t-il pas parlé ? C'est pour elle qu'il s'est fait aussi beau ? Je suis morte de jalousie.

— Ok. Bonne soirée, rétorqué-je sèchement.

Je me dépêche de mettre les sacs dans la voiture, puis de monter à l'intérieur avant de démarrer rapidement. Une amie ?

— Étrange ta relation avec ton patron, me dit Hena en bouclant sa ceinture.

— De quoi je me mêle ?

— Pas la peine d'être aussi désagréable.

Elle me lance un regard suspicieux du coin de l'œil mais ne dit rien. Tant mieux, je n'ai pas la force d'en parler et je sens que si elle ajoute quelque chose, je vais vouloir l'insulter.

Chez Ava
22 : 24

Je pose mes fiches de révision d'histoire sur la table de nuit, puis j'éteins ma lampe. Je pense que j'ai assez révisé pour ce soir et puis si madame Cabin veut me descendre sur ma copie, qu'elle se fasse plaisir, c'est le cadet de mes soucis. Mon téléphone vibre au moment où je ferme les yeux. C'est Juliann qui m'appelle. Je réponds.

— Ah, tu ne dors pas. T'es chez toi ? Tu vas bien ?

— Comme tu peux l'entendre.

— Mon ange, ce n'était qu'une amie.

— Tu aurais dû m'en parler. Et tu t'es fait aussi beau pour une simple amie ? À d'autres !

— Ce n'était pas prévu.

— Si tu le dis.

— Tes parents sont chez toi ?

— Oui.

— Ta sœur dort dans ta chambre ?

— Non, pourquoi ?

— Je suis à ta fenêtre.

Sérieux ? Je raccroche et je vais lui ouvrir. Il est complètement fou, il fait en dessous de zéro dehors.

— Qu'est-ce que tu fais là ? murmuré-je.

— Je ne veux pas que tu te couches fâchée contre moi.

Mon cœur s'emballe, mais je ne cède pas. Pas maintenant.

— Inès est encore chez Cara ?

— Oui. Tu vas me laisser entrer oui ?

Je soupire et le laisse passer. Il fait un froid glacial dehors alors je me dépêche de refermer la fenêtre. Juliann souffle dans ses mains pour les réchauffer, puis il me regarde. Il m'énerve ! Il est si beau. Je croise les bras en attendant qu'il parle. Il se contente de me regarder de haut en bas en s'attardant sur mes jambes. Je ne porte qu'une culotte menstruelle, un short et une brassière. Mes règles ont fini par pointer le bout de leur nez.

— Eh, c'est par ici que ça se passe, dis-je en attirant son attention sur mon visage.

— Désolé, dit-il en me regardant dans les yeux. Ava...

Il soupire et va s'asseoir sur la chaise de ma coiffeuse.

— C'était qui ? demandé-je.

— Mariam. C'est une amie d'enfance, ça faisait un moment qu'on ne s'était pas vus. Elle m'a demandé de l'accompagner au resto pour rendre son crush jaloux.

— Et c'est pour elle que tu t'es fait beau comme ça ?

— Tu m'as trouvé beau ?

— Ne change pas de sujet, dis-je en m'efforçant de ne pas sourire.

— Elle m'a forcé, dit-il. Elle est plus chiante que ma petite sœur, une vraie plaie. Je t'assure qu'il n'y a rien entre elle et moi, elle aimerait même te rencontrer. Qu'est-ce que tu dirais si je l'invitais à bruncher dimanche matin ?

Je hausse les épaules. Pourquoi pas. J'espère juste que ce n'est pas une de ces amies qui sont ultra possessives avec leur meilleur ami. Il se lève et s'approche de moi en souriant. Et voilà, ma colère s'est envolée alors que je ne sais même pas si je peux vraiment le croire. Bon, si, je le crois. Ses yeux ne mentent pas. Il passe sa main dans mes cheveux puis presse son corps contre le mien avant de m'embrasser. J'ai beau faire mine de ne pas lui rendre son baiser au début, je ne résiste pas longtemps. Ses lèvres fondent contre les miennes et sa langue... Olala. Notre baiser s'accentue et Juliann attrape mes fesses pour plaquer son érection contre moi. Ça va mal finir tout ça.

— Juliann, on ne peut pas faire ça ce soir.

— Je sais, répond-il hors d'haleine. Je sais.

Il mordille mon cou, puis revient dévorer ma bouche. C'est dur ! J'ai tellement envie de lui que mon bas ventre me fait presque mal. Juliann s'écarte de lui-même et passe sa main dans ses boucles pour se calmer. Je recule moi aussi, jusqu'à me heurter à mon lit, comme si la distance allait me permettre de me calmer. Ça marche. Un peu.

— Je ne sais pas ce que tu me fais, Ava. Tu me rends complètement dingue.

Je ne réponds pas. C'est réciproque et il le sait. En le regardant attentivement, je remarque que quelque chose ne va pas, mais je n'arrive pas à mettre des mots dessus.

— Je peux dormir avec toi ce soir ? Promis, je ne ferai pas de bruit et je partirai tôt.

— Ok.

Je prends sa main et l'entraîne sur le lit. Nos corps se collent comme deux aimants. Je me sens à ma place dans ses bras.

— Tu peux ranger ça ? demandé-je en sentant son érection contre ma cuisse.

— Je ne la contrôle pas, rit-il. Petite insolente.

Il me mord l'épaule en souriant.

— Alors comme ça tes parents sont revenus ?

— Oui.

— Comment tu vas ? Ça s'est bien passé ?

— Étrangement oui. Je me sens confuse. Ma mère et ma sœur ont tellement changé. Enfin, elles en ont l'air.

— Tu ne leur fais pas confiance ?

— Non, pas vraiment.

— Je peux savoir ce qu'il s'est passé entre vous ?

Je ne lui ai jamais rien raconté dans les détails.

— Pour être brève, ma sœur et moi n'avons jamais été proches. Elle a toujours tout fait pour occuper le plus de place possible et accaparer tout l'amour de nos parents. Et elle n'a jamais été là pour moi quand... Et ma mère... J'ai l'impression qu'elle m'a toujours méprisé et encore plus après mon viol. Elle m'a même fait comprendre que c'était ma faute.

Ma voix se brise quand je prononce la dernière phrase. Ça fait si mal. Même encore aujourd'hui.

— Mon ange... Tu sais bien que ce n'était pas ta faute.

J'ai beau faire l'indifférente auprès d'elles, mais ça fait toujours un mal de chien de repenser à tout ça. Juliann me serre plus fort contre lui et une larme de tristesse m'échappe Il me rassure et me réconforte jusqu'à ce que je m'endorme. Mes problèmes restent à la surface tandis que je plonge dans des eaux réconfortantes.

Juste Ava et Juliann.

Chapitre 30 | Juliann

Chez Juliann

Samedi 28 Novembre

19 : 02

Je m'active dans ma cuisine comme un drogué en manque de sa came. C'est ce que je suis, après tout. Drogué à Ava. J'ai à peine pu la voir cette semaine à cause des BAC blancs, ses répétitions et la venue de sa famille qui a l'air de la perturber, mais aujourd'hui elle est à moi. J'ai hâte qu'elle arrive. Elle sonne à la porte pile au moment où je finis d'assaisonner mon risotto. Tout est prêt : Inès est chez ses grands-parents, Drew avec les siens et le salon ressemble à un restaurant trois étoiles. J'ai disposé des bougies un peu partout, la table est dressée, Mariam m'a même aidée à la décorer. J'ai enfilé un smoking et noué une cravate qui m'étouffe, mais peu importe, elle en vaut la peine. Je ne peux peut-être pas l'inviter au restaurant en toute sérénité, mais je peux au moins faire ça pour elle. Elle le mérite.

Je referme la casserole, m'empare du bouquet de rose que je compte lui offrir et je vais lui ouvrir. Je suis à deux doigts de tomber à la renverse. Elle. Est. Sublime. Ses boucles noires sont parfaitement dessinées et retombent sur ses épaules, elle porte une robe noire totalement indécente sous son long manteau et elle est perchée sur de hauts talons. Ses yeux sont maquillés avec du fard marron et doré et ses lèvres pulpeuses brillent, elles appellent les miennes. Sa robe est longue, mais laisse très clairement entrevoir ce qui se cache en dessous : la fente dévoile sa longue jambe, sa poitrine est mise en valeur par un bustier et ses flancs sont visibles de part et d'autre de la robe. Je déglutis.

— Bonjour, me salue-t-elle sensuellement avec un sourire satisfait. Tu me laisses entrer ?

Ma gorge est trop nouée pour que je puisse répondre. Je me contente de la laisser passer, mais elle a à peine le temps de refermer la porte derrière elle que je lui saute dessus. C'est plus fort que moi. Je bande déjà quand ma langue s'entremêle avec la sienne. Elle pousse un long gémissement et passe ses ongles dans mes cheveux.

— Je pense que le dîner va attendre, dis-je en la portant jusqu'au salon.

— Bonne idée, me répond-elle lorsque je la repose par terre.

— T'es magnifique, mon ange.

Le bouquet de roses et son sac à main tombent par terre lorsque je retire son manteau, puis je recule un peu pour la regarder. Cette robe est définitivement trop indécente. J'ai envie de la prendre là, tout de suite, à même le sol. Je n'ai pas la force d'aller jusqu'à la chambre et au vu de la manière dont elle me dévore des yeux, je suis presque sûr qu'elle pense la même chose. Sans me lâcher du regard, elle retire ma veste puis dézippe mon pantalon qui glisse sur mes jambes. Je retire mes chaussures pour m'en libérer. Elle déboutonne ensuite ma chemise, puis fait glisser mon boxer. Elle a l'air beaucoup plus avide que moi, mais ça me plaît. J'aime quand elle se lâche, quand elle n'a plus de retenue.

Elle fait mine de s'agenouiller, mais je l'en empêche. Si ses lèvres touchent ma queue, je ne suis pas sûr de pouvoir tenir longtemps. Je recule d'un pas et lui fait signe de retirer sa robe. Sourire aux lèvres, elle la dézippe et la fait tomber à ses pieds. Je manque de finir au sol, moi aussi : elle ne porte rien. Absolument rien. Sa peau nue m'appelle et je ne compte pas la faire attendre. Elle se liquéfie lorsque je mordille son cou en caressant ses fesses du bout des doigts. Je connais ses points sensibles maintenant, je sais comment la faire crier mon nom. Elle gémit en se blottissant contre moi. *Oui mon ange.* Elle ondule des hanches, je sais qu'elle veut que je la touche pour de vrai, mais je veux la faire patienter. J'ai envie de me lâcher un peu plus ce soir. Je suis souvent dans la retenue avec elle par peur de la brusquer ou de lui faire mal. Le sexe Ava est incroyable, mais ça pourrait être l'extase absolu si on se lâchait tous les deux. Si elle me faisait assez confiance pour l'attacher et la baiser. Fort. Je bande tellement que ma queue me fait mal.

— Allonge-toi par terre, dis-je dans un murmure. Ne retire pas tes talons.

Elle s'exécute sans broncher.

— Sur le ventre, mon ange.

Elle hésite, mais elle finit par obéir. J'aime être dans cette position de domination. Je m'agenouille auprès d'elle et je parcours son corps du bout des doigts. Elle tremble sous mes caresses. Elle est si réceptive. Je m'attarde sur ses fesses rebondies qui m'excitent tant. *Oh Ava... Tu n'imagines pas tout ce que j'ai envie de te faire.*

— Écarte les jambes.

Je passe la main entre ses lèvres déjà humides de désir.

— Regarde-moi ça, tu es déjà mouillée.

— Juliann, s'il te plait...

Elle se cambre désespérément. Je sais ce qu'elle veut. Je la pénètre avec mon majeur très lentement. Elle est si chaude et si mouillée... Son vagin se referme à merveille autour de ma peau. Je meurs d'envie de la sentir autour de ma queue. Ava agrippe les poils du tapis et se cambre davantage en gémissant. *Oui mon ange, je sais.* Je rentre un deuxième doigt, puis j'appuie délibérément sur son point sensible, à seulement quelques centimètres de l'entrée de son vagin. Je veux la faire jouir avant de la baiser. Son désir dégouline sur ma main tandis que ses courbes parfaites viennent épouser le mouvement de mes doigts.

— Oh mon dieu, Juliann ! dit-elle en criant presque.

— Laisse-toi aller mon ange.

Ses doigts se crispent sur le tapis et je la sens. Elle s'abandonne complètement, elle me donne tout son plaisir sans retenue. Je la sens se contracter successivement autour de mes doigts. Je retire ma main et je dépose une pluie de baisers le long de son dos en partant de sa nuque. Elle a l'air comblée, mais c'est loin d'être fini.

— J'ai envie de toi, susurré-je en mordillant ses fesses, puis en me dirigeant une nouvelle fois vers sa vulve mais avec ma bouche cette fois.

— Tu veux me tuer, soupire-t-elle. Je ne peux pas...

— Si, tu peux.

J'écarte ses lèvres, puis je plonge ma langue directement en elle. Je suis accro à son odeur, à son goût. Putain, cette femme ne vient pas de cette planète, impossible. Je m'écarte un moment pour lui ordonner de caresser son clitoris. Ma langue explore son intimité, apprivoise une fois encore cette zone qui déclenche ses orgasmes si facilement… Je soulève ses hanches, puis m'allonge sur le dos pour me placer en dessous. Elle se redresse et plaque son sexe inondé sur ma bouche.

— Oh non ! siffle-t-elle en tremblant.

Elle se tient tant bien que mal au canapé pour ne pas m'écraser de tout son poids, mais je sais qu'elle faiblit. Ma main attrape un de ses seins divin et le palpe. Mon doigt tourne autour de son téton. Le sang pulse dans mon érection et je ne vais pas tenir longtemps, moi non plus, car ses gémissements… Je la fais descendre et me redresse rapidement. Elle est pantelante, ses yeux noirs sont ivres de désir. Je l'embrasse fougueusement, parce que je veux la manger. Tout entière. Je veux son corps, je veux qu'on ne fasse qu'un. Lorsque l'on se sépare, je lui demande de se redresser sur les genoux et de poser la tête et le buste sur le canapé. Elle s'exécute sans attendre.

J'écarte doucement ses jambes, puis je m'empare de mon érection pour commencer à la pénétrer. Lentement. Bordel de… Je la remplis centimètre par centimètre, jusqu'à disparaître entièrement en elle. Un intense courant électrique me traverse et je sais qu'elle le sent aussi. On est connectés.

— Putain, sifflé-je entre les dents.

Elle est totalement silencieuse et elle retient sa respiration. Elle se referme si étroitement autour de moi…

— Ça va mon ange ?

— Oui, gémit-elle en expulsant enfin l'air de ses poumons. Je t'en supplie, Juliann, baise-moi. Fort.

Ma main s'écrase sur ses fesses. Petite insolente, elle a failli me faire jouir.

— Encore.

Et elle en redemande ? Je sors lentement ma queue, puis la repénètre d'un seul mouvement jusqu'à la garde. C'est tellement, *tellement* bon. Mon regard reste rivé à l'endroit où nos deux corps sont liés tandis que je vais et viens en elle. Je ne me lasserai jamais de cette sensation. Je glisse facilement, sans aucune résistance. Elle s'offre pleinement à moi et c'est enivrant. J'agrippe ses cheveux et la baise franchement, jusqu'à emplir la pièce de gémissements et du bruit de nos peaux qui se heurtent sans douceur aucune.

Ava crie tellement que les voisins doivent sûrement nous entendre, mais je m'en fiche, parce que je suis dans un paradis sur terre. Nous prononçons des paroles inintelligibles, mais ce n'est pas grave, car on se comprend. On est sur la même longueur d'onde. Notre désir grimpe en flèche, nos corps ont totalement pris le contrôle. J'agrippe ses cheveux un peu plus fermement, puis je tire pour la forcer à se redresser. Je vais jouir, je le sens. Et je veux qu'elle m'accompagne. Elle pose sa tête sur mon épaule, les yeux mi-clos. Elle a l'air d'être en transe. Nos genoux enfoncés dans le tapis, nous nous abandonnons à cette sensation incroyable, à cet orage qui gronde autour de nous. Je passe la main sur ses seins, ses tétons dressés, puis je la fais glisser entre ses cuisses pour caresser sa boule de nerf. Elle hurle presque. Ça n'a jamais été aussi intense entre nous.

— Ava, je vais jouir, murmuré-je entre deux gémissements. Accompagne-moi.

Elle pousse un hurlement phénoménal en se contractant autour de moi. Je ne tiens plus ; je me déverse en elle en criant son nom. Merde, c'est si bon ! L'excitation m'est tellement montée à la tête qu'elle m'a étourdie. Je la serre fort contre moi pour la sentir trembler, pour qu'elle me sente trembler, jusqu'à ce que nous reprenions peu à peu nos esprits.

Nous nous effondrons sur le tapis, l'un à côté de l'autre, haletants, incapables de prononcer le moindre mot. Ma tête continue à tourner de longues minutes après mon orgasme, je crois que c'est la meilleure partie de jambes en l'air de toute ma vie.

— Je n'ai jamais dégusté d'entrée si... chaude, me dit Ava au bout de quelques minutes.

— La plus gourmande, je réponds en souriant. Le sexe avec toi, c'est incroyable, lui chuchoté-je à l'oreille. Je n'ai pas été trop brutal ?

— Non, c'était parfait.

Elle m'embrasse, puis se lève en titubant.

— Alors, on le mange ce risotto ? demande-t-elle en remettant sa robe.

— Oui.

Je m'habille lentement pendant qu'elle s'éclipse aux toilettes. Je me lave les mains avant de m'assurer que je n'ai pas fait brûler le plat. Il reste encore quelques minutes de cuisson, c'est parfait, ça nous laissera le temps de manger l'entrée. La vraie. Je dresse rapidement nos assiettes de tomates avec de la burrata, puis je vais poser le tout sur la table. Ava revient juste à temps en souriant. Je suis encore émerveillé par sa beauté.

— Arrête de me reluquer comme ça.

— T'es vraiment magnifique.

— Merci.

Elle rougit et détourne le regard. *Oui, Ava, tu es belle.* Je sais qu'elle a encore du mal à accepter les compliments.

— Je vois que tu m'as sorti le grand jeu, toi aussi, dit-elle en regardant les fleurs et les bougies disposées sur la table. Tu n'essaierais pas de me séduire par hasard ?

— Je crois que c'est déjà fait mon ange, dis-je en lui faisant un clin d'œil. Allez, on mange !

Je me redresse pour nous servir. Je voulais sortir une bouteille de vin, mais comme Ava ne boit pas, je me suis contenté de nous préparer des cocktails de fruits. Une piña colada sans alcool pour elle et un mojito aux fruits rouges pour moi. Une fois servis, nous commençons à manger en silence. Un silence apaisant. On se lance des œillades et on sourit comme deux imbéciles, mais je m'en fiche, je suis heureux. Une fois nos assiettes terminées, je nous sers le risotto au poulet.

— Humm, mon Dieu, gémit Ava. C'est incroyable, je veux ta recette.

— Tt-tt, c'est un secret ! je réponds satisfait.

— Ça sera facile de te soutirer les informations dont j'ai besoin.

— Si tu le dis. Bon et sinon, comment tu vas ? Comment ça se passe avec tes parents ?

— Bien. Vraiment.

— T'es sûre ? Tu sais que tu peux tout me dire ?

Elle boit une gorgée de son cocktail, puis me regarde. Elle n'a pas l'air de mentir.

— Non, vraiment ça va. Je m'entends vraiment bien avec mon père, dit-elle en souriant. Et ma sœur... Je sais pas, elle a quand même l'air d'avoir changé. Je reste sur mes gardes mais elle a l'air d'avoir mûri, alors ça mérite que je fasse des efforts moi aussi.

— Et... ta mère ?

— Elle aussi a l'air d'avoir changé mais...

— Les blessures sont encore là ?

Elle hoche la tête. Je hais cette maudite femme, je n'ai jamais eu de détails, Ava n'aime pas parler d'elle, mais je ne conçois pas qu'on puisse faire subir ça à sa fille.

— Tu n'as jamais pensé à discuter avec elle ? À lui demander des explications ?

— Non, je ne suis vraiment pas sûre de vouloir savoir, répond-elle en secouant la tête. On verra avec le temps. Ah, j'allais oublier !

Elle se lève avec un grand sourire. Qu'est-ce qu'elle manigance ? Elle récupère son sac tombé par terre, et revient s'asseoir avec. Je la regarde avec curiosité fouiller dedans et en sortir un petit objet que je mets du temps à reconnaître. C'est pas vrai ! Je me retrouve projeté quatre ans en arrière. Je n'en reviens pas qu'elle l'ait gardé.

— Je me doutais que ça ne pouvait pas être une coïncidence, dit-elle en souriant.

C'est mon ancien téléphone. Celui qu'elle m'a volé quatre ans auparavant. Je me suis douté que c'était elle, mais on en a jamais parlé. Je n'en reviens pas qu'elle l'ait gardé pendant tout ce temps.

— Tu l'as encore ?

Elle hoche la tête.

— Pctite voleuse, fais-je sournoisement.

— Je suis désolée, il me fallait un moyen de contacter ton frère sans utiliser mon téléphone.

— Tu savais qui j'étais ?

— Pas du tout, c'était une pure coïncidence. J'avais complètement oublié ce téléphone jusqu'à il y a quelques semaines. Avec Hena, on a réussi à trouver un chargeur et c'est là que ça m'est revenu. Juliann, le frère de Johann. Ça ne pouvait être que toi. Et j'ai vu les photos qu'il y a un l'intérieur.

À l'époque, j'avais harcelé le service client de la marque pour leur demander de trouver un moyen de récupérer son contenu, mais je n'ai jamais pu retrouver les précieuses photos qu'il y avait dedans : celles de moi et d'Anaëlle. Ni les messages que l'on s'envoyait. J'étais tellement fou de rage le jour où elle est décédée et que j'ai réalisé que je ne pourrais plus jamais retrouver nos souvenirs.

— Je n'ai rien effacé, tout est dedans, dit-elle en me fixant. Ça va ?

— Oui, oui. Oui, c'est juste que... ça me fait tout drôle.

— Tiens, il est à toi.

Je le prends et l'allume. Mon doigt navigue directement vers la galerie. Elle a raison, toutes nos photos y sont. Mon cœur se serre et pas parce qu'Anaëlle me manque, mais parce que j'ai l'impression que tout ça était une autre vie. Elle n'est plus là, et moi je ne suis plus le même. Je suis... Un connard, car je suis là, à dîner avec une femme incroyable et que je lui mens. Je ne lui ai rien dit à propos d'Anaëlle et je ne lui ai pas non plus raconté pour les lettres, les photos, les vidéos, les sous-vêtements disparus... Les secrets commencent à s'accumuler et c'est pesant. Je balaye ces idées en me convainquant que je fais ça pour son bien. Et pour le mien. Je ne veux pas qu'elle me regarde différemment.

Les images défilent sous mes yeux : Anaëlle et moi à Paris, nous deux en train de s'embrasser, mais surtout elle. Elle, prise sous tous les angles. Je regrette qu'Inès n'ait aucun souvenir de sa mère. J'ai passé tellement, tellement de temps à son chevet, à la regarder comme si elle dormait alors qu'elle était plongée dans un coma sans fin. J'ai tellement espéré qu'elle se réveille, mais ce n'est jamais arrivé. Et aujourd'hui, en regardant ces photos, je ne peux que constater que tout ça est du passé. Que finalement, je suis prêt à tourner la page. Que je suis prêt à faire mon deuil, à la laisser partir.

— Oh, Juliann, je suis désolée ! dit Ava en se levant. Je... Je pensais que ça te ferait plaisir.

Je la regarde, ne comprenant pas. C'est là que je remarque que je ne souris pas comme elle l'espérait ; mon visage est crispé. Elle me prend dans ses bras et enfouit ma tête dans sa poitrine pour me consoler.

— Non, mon ange, je ne suis pas triste. Ça me fait plaisir de revoir ces photos, crois-moi. Merci. Sincèrement.

Je m'écarte d'elle et caresse sa joue avant de l'embrasser tendrement. J'aime sa sensibilité et le fait qu'elle soit si mâture pour son âge. À dix-neuf ans, j'avais à peine la moitié de sa sagesse. Ava fond sous mes lèvres et laisse échapper un gémissement.

— Désolée !

J'adore la manière dont elle réagit au contact de mon corps. Je me moque d'elle en voyant qu'elle a déjà envie de recommencer. *Je ne suis pas prêt pour un second round, mon ange.*

— Ma libido part en vrille.

— Ne t'excuse pas. Finissons de manger, ensuite je me chargerai de cette libido incontrôlable.

Je lui fais signe de s'asseoir, mais à côté de moi, cette fois. Je fais glisser son assiette et son verre en face d'elle pour qu'elle puisse finir de manger. Moi, je ne fais que la regarder. J'ai l'impression d'être un gamin de quinze ans qui tombe amoureux pour la première fois.

Le reste du repas se fait dans une humeur très légère. Je suis impressionné de la voir s'ouvrir autant en ma présence. Il y a quelques semaines, je ne l'aurais jamais imaginé me donner une bouchée de son plat avec sa fourchette ou me raconter une anecdote sur son enfance. Je la trouve même très drôle dans sa manière de me raconter la fois où elle a mis des vers de terre sous l'oreiller de sa sœur pour se venger d'elle lorsqu'elle avait six ans.

— Rappelle-moi de ne jamais te mettre en colère, dis-je en riant. T'étais vraiment dingue.

— C'est vrai. Qu'est-ce que j'ai pu en faire des bêtises ! Heureusement que Drew n'est pas comme ça !

Je dépose un baiser sur son épaule puis je me lève pour débarrasser la table. Elle m'aide malgré le fait que je lui demande de rester assise. C'est dingue d'être aussi peu obéissante. Dans la cuisine, la tension entre nous grimpe rapidement. On se frôle délibérément en rangeant les couverts dans le lave-vaisselle, je colle délibérément mon érection contre sa hanche lorsque je passe derrière elle et elle n'hésite pas à me lancer des regards très explicites en se mordant la lèvre. *Oh, Ava.* Elle sourit de toutes ses dents, visiblement consciente de mon degré d'excitation et de l'effet qu'elle a sur moi. C'en est trop lorsqu'elle se penche en avant pour déposer un baiser langoureux dans mon cou. Sa langue parcourt ma veine, puis sa bouche s'attarde juste au-dessus de ma clavicule. La sensation se répercute jusque dans mon bas ventre. Je la plaque contre l'îlot central, puis j'agrippe ses cheveux en savourant son baiser si ardent.

— Ava.

Pour toute réponse, elle se contente de faire glisser sa main le long de mon torse, s'attarde sur mes tétons qu'elle pince doucement par-dessus ma chemise, puis descend plus au sud, vers mon érection. J'ai envie d'arracher nos vêtements et de la prendre là, tout de suite. Sa main ouvre ma braguette et mon bouton habilement, puis se faufile sous mon boxer. Elle s'empare de mon sexe qu'elle serre lentement.

— Putain, sifflé-je entre mes dents.

Je ferme les yeux lorsqu'elle se baisse pour se mettre à genoux. Je sens rapidement ses douces lèvres se refermer autour de moi, mais pas assez longtemps à mon goût : elle lèche la base de ma verge, puis parcourt mes veines jusqu'à mon gland avant de faire tourner sa langue tout autour et de le lécher lentement. Je dois agripper le plan de travail pour ne pas tomber. Lorsque je baisse les yeux, je me rends compte que les siens sont rivés sur moi. Elle a l'air d'aimer me voir prendre mon pied et perdre le contrôle face à elle. J'agrippe ses cheveux pour l'inciter à aller plus loin. J'ai envie de baiser sa magnifique bouche. Je ne la quitte pas des yeux. Je sors de ma torpeur et bouge les hanches pour glisser jusqu'au fond de sa gorge. Oui… Des larmes glissent sur ses joues, mais elle soutient mon regard. C'est elle qui est à genoux, mais c'est moi qui suis sous son emprise.

J'ai l'impression d'être en apesanteur, la sensation m'électrise. Si elle continue, je vais jouir. Pourtant, je n'arrive pas à lui dire d'arrêter. Mes gémissements deviennent incontrôlables et je commence à trembler. Elle doit le sentir, puisqu'elle s'arrête subitement et se relève sous mon regard désapprobateur.

— Pas si vite, monsieur Ronadone.

— Quelle audace, mademoiselle Kayris, je réponds en la plaquant contre le plan de travail.

Je lui retire sa robe avec hâte et j'arrache littéralement ma chemise avant de retirer mon pantalon et mon boxer. Au début, ça m'ennuyait qu'elle m'appelle monsieur en dehors des cours, mais maintenant je trouve ça… sexy. J'attrape ses cuisses pour la soulever et la faire asseoir sur le plan de travail. *Je vais te donner ce que tu veux, mon ange.*

— Sur le dos, lui ordonné-je.

Elle s'exécute sans broncher en se mordant la lèvre. J'ai l'impression que ça l'excite de me voir autoritaire. Je m'empare de ses jambes que je fais glisser sur le plan de travail de manière à ce qu'elle soit entièrement allongée dessus. Je grimpe à mon tour et me positionne au-dessus d'elle. Oui, je vais la prendre ici, sur l'îlot central, en plein milieu de la pièce. Son regard transperce le mien. Sa respiration est irrégulière et pourtant, je la touche à peine.

— Je vais te prendre dans cette position, Ava.

Elle hoche la tête.

— J'ai envie de te baiser. Fort, ajouté-je.

— S'il te plait, dit-elle en se cambrant.

— Je ne serai pas tendre.

— Oui ! Aller, Juliann !

— Quelle impatience.

Je m'empare de sa jambe droite que je soulève pour pouvoir placer mon sexe à l'entrée du sien.

— Je t'interdis de jouir avant que je t'y autorise, ajouté-je sèchement.

Elle s'apprête à parler, sûrement à protester puisque ses yeux s'écarquillent, mais je ne lui laisse pas le temps de réagir car je la pénètre d'un coup de reins puissant.

— Ah ! gémit-elle.

Elle agrippe mes cheveux, puis mon dos, plantant ses ongles dans ma chair à mesure que mon sexe va et vient en elle de plus en plus profondément. Nous ne nous quittons pas des yeux. C'est intense et on ressent la même chose. Ses hauts talons s'enfoncent dans l'arrière de mes cuisses, mais je m'en fous. Ses ongles laisseront sûrement des marques mais peu importe, c'est tellement bon ! Nos corps se heurtent avec frénésie, on en veut plus. Plus. Le désir nous consume tellement que c'est presque insoutenable. Ava étire les bras pour plaquer ses mains sur mes fesses et me pousser plus profondément encore en elle.

— J... Juliann...

— Non, ne jouis pas tout de suite, sifflé-je.

— J... Je peux pas... Je...

Elle alterne entre des cris et des inspirations profondes pour canaliser l'orgasme qui semble vouloir l'emporter.

— Je t'en supplie, dit-elle les larmes aux yeux.

— Non. Compte jusqu'à cinq.

Elle agrippe fermement mes cheveux en se mordant la lèvre. Elle a l'air de faire un effort surhumain. *J'y suis presque, mon ange.*

— Un.

Son regard ne quitte pas le mien, il est tellement bestial qu'il me donne des frissons.

— Deux.

Sa main glisse vers mon cou qu'elle serre lentement.

— Je ne t'entends pas mon ange, susurré-je au bord du précipice.

— Trois ! crie-t-elle. Trois, je t'en supplie.

J'attrape ses mains et je les plaque au-dessus d'elle. Mes coups de reins sont forts. Profonds. Elle mouille tellement autour de ma queue... C'est si bon...

— Quatre !

Oui ! Je sens l'orgasme monter. Je ne tiens plus.

— Cinq !

Nous crions en même temps et nous perdons l'un dans l'autre, complètement étourdis. Je me déverse en elle tandis qu'elle se crispe autour de moi. Putain. Ma tête tourne et mon sang est bouillant. Je ne sais pas combien de temps ça dure mais lorsque je m'écroule sur elle, j'ai l'impression d'avoir voyagé sur la lune. Nous restons ainsi jusqu'à ce que nos respirations reviennent à la normale, puis nous descendons pour revenir sur terre.

Nous ne disons rien. Pas besoin. Je sais qu'elle va bien, je sais qu'elle a pris beaucoup de plaisir. En un regard, on se dit tout. Je dépose un baiser sur son front, puis je prends sa main pour l'entraîner à l'étage, dans la chambre. Nous prenons notre douche ensemble, en nous caressant tendrement.

J'aime tellement cette femme. J'aime tellement la voir heureuse. *Je m'en veux de te mentir.* Elle fronce les sourcils, ne comprenant sûrement pas ce que lui dit mon regard. Je me ressaisis et je souris.

— Je t'aime.

Chapitre 31 | Ava

— Bonjour mon ange, murmure Juliann dans mon cou.

— Bonjour mon amour. Bien dormi ?

— Comme un bébé. En plus j'ai rêvé de toi.

— Ah oui ?

— Ouais. On était dans mon lit.

— Hm mais encore ? je réponds en souriant.

— On venait de se réveiller, c'était en plein milieu de la nuit. Et je me suis mis sur toi, puis on a fait l'amour très lentement.

— Je crois que c'était pas un rêve.

— Ah oui ?

— Oui.

Il m'embrasse tendrement sur la bouche puis plonge son regard dans le mien. Mon cœur s'arrête de battre un instant. Il est si beau. Ses cheveux sont en bataille et il a encore l'air endormi. Ses yeux ont quelque chose d'innocent, rien à voir avec les regards de braise qu'il me lançait hier. Sa bouche est plus pulpeuse que d'habitude aussi.

Si on avait pas autant fait l'amour, je pense que j'aurais pu lui sauter dessus.

— Tu sais que je t'aime ? dit-il soudain l'air sérieux. Vraiment. Ça faisait longtemps que je n'avais pas ressenti ça.

— Je sais. Et c'est réciproque, je n'ai jamais ressenti ça pour personne.

Il prend ma main et entrelace nos doigts.

— Tu...

Il est interrompu par la sonnette qui retentit. Nous écarquillons les yeux tous les deux.

— Il est quelle heure ? me demande-t-il.

— Je ne sais pas, je réponds en prenant mon téléphone. Oh merde, il est midi !

Juliann bondit hors du lit et s'empresse de mettre un short.

— Ça doit être Mariam ! Comment on a pu dormir autant ?

— J'en sais rien...

Je me lève à mon tour pour enfiler un short et un débardeur. On était censé bruncher avec elle à onze heures, mais on est à la bourre et maintenant je vais me présenter devant elle à moitié nue. Je repense à nos vêtements éparpillés sur le sol de la cuisine, nous n'avons même pas pris la peine de les ramasser. Et le plan de travail... Oh mon Dieu. Pas difficile de deviner à quoi nous avons passé la soirée. Juliann descend en premier, mais je le suis de très près. Lorsqu'on arrive dans le salon, on se fige tous les deux. Mariam est déjà là, debout en train de scruter la pièce. J'ai envie de me cacher dans un petit trou.

Elle est vraiment très belle, j'en suis jalouse : elle a un superbe afro qui me fait regretter mon lissage au tanin, sont teint foncé est parfaitement lisse, ses lèvres pulpeuses sont colorées en pourpre et son grain de beauté sur le nez ne fait qu'ajouter à son charme. Lorsqu'elle nous voit, elle sourit de toutes ses dents. Ou alors elle se moque ?

— Ah, voilà les fêtards ! Vous m'avez oublié ou quoi ?

— Un peu, ouais, avoue Juliann en lui faisant une bise sur la joue. Je savais pas qu'il était si tard, désolé. Euh, je te présente...

— Ava, le coupe-t-elle. À force de t'entendre parler d'elle, j'ai fini par retenir son prénom.

— Salut. Je suppose que toi t'es Mariam, je réponds en virant au cramoisi.

— Tout à fait. Ravie d'enfin te rencontrer.

Je souris, gênée. Je lance un regard à Juliann qui s'est précipité pour aller ramasser nos vêtements et nettoyer le plan de travail, mais Mariam l'a vu. Elle nous détaille tous les deux, les sourcils levés. C'est là que je vois les marques de griffures que j'ai laissées dans le dos de Juliann, ainsi que son suçon dans le cou. Oh non... Je la vois essayer de réprimer son rire, mais il finit par lui échapper.

— Sérieux, Juliann ? fait-elle morte de rire.

— Ne dit pas un mot ! rétorque-t-il avant de balancer nos vêtements dans la buanderie.

— Je vois que vous avez passé une très bonne soirée.

— La honte, couiné-je en cachant mon visage derrière mes mains.

— Y a pas à avoir honte, Ava, t'inquiète. Tant mieux si vous vous amusez !

Juliann revient vers nous et passe les bras autour de ma taille.

— Je n'ai même pas eu le temps de préparer à manger.

— Oh, c'est rien, je nous ai déjà commandé japonais ! J'ai vraiment la dalle.

— Tu veux que je te serve quelque chose ? demandé-je pour pouvoir m'échapper.

— Non, t'inquiète.

— Mais si, je te ramène de l'eau !

Je m'éclipse dans la cuisine et je laisse Juliann et son amie discuter. Je prends tout mon temps pour remplir le verre. J'ai besoin d'air, besoin de souffler. La honte, la honte. Elle a l'air adorable et nous on l'accueille à moitié nus dans un bordel sans nom. J'ai presque l'impression de ne pas être à ma place. Peut-être que je devrais aller prendre une douche histoire de m'écarter plus longtemps. Mais ça serait peut-être mal vu ? Oh, pourquoi est-ce que je me prends autant la tête ? Je repars dans le salon pour donner à Mariam son verre.

— Merci.

— Je t'en prie.

— Ava, je te laisse avec Mariam, il faut que j'aille faire une course rapide en ville.

— Quoi, un dimanche ? Qu'est-ce que tu vas acheter ?

— Quelques trucs à manger pour ce soir, je fais vite.

— Et tu pars comme ça ? m'exclamé-je en le voyant se diriger vers l'entrée seulement vêtu de son pantalon de pyjama.

— Euh oui. Je vais mettre mon manteau par-dessus et mes baskets. Ni vu, ni connu ! À tout de suite.

J'entends la porte claquer quelques secondes plus tard. Il est fou. Et maintenant je me retrouve avec Mariam.

— Ne sois pas si nerveuse, je ne vais pas te manger !

— Désolée.

— Ne le sois pas. Allez viens, on va s'asseoir sur le canapé pour discuter.

Je la suis. Ses hauts talons résonnent sur le sol jusqu'à ce qu'elle s'assoie sur le canapé, une jambe sous l'autre, le buste tourné vers moi. J'ai comme l'impression que je vais devoir passer un interrogatoire.

— Alors dis-moi. Comment tu as rencontré Juliann ?

— Euh... Il ne te l'a pas dit ?

— Si. Mais je veux ta version.

Ma version ? Mais on se connaît à peine.

— Eh bien... Je suis son élève. Et euh... Il m'a proposé d'être la baby-sitter d'Inès et comme je cherchais du boulot, j'ai accepté.

— Et au début il ne te plaisait pas ?

— Non, je le trouvais arrogant. Et forceur, on aurait dit un prédateur, je réponds sans réfléchir.

Mariam rit, visiblement surprise par ma franchise.

— Enfin, je veux dire... Juliann est beau, n'importe qui tomberait sous son charme, c'est juste que je suis du genre très solitaire, mais lui…

— Je comprends. Juliann est assez entreprenant avec les femmes.

— Alors là tu m'intéresses.

Les femmes ? Juliann m'a seulement parlé de sa défunte femme et de Cara et naïvement, j'ai pensé qu'il n'avait eu que deux ex et trois ou autres coups d'un soir. Apparemment non.

— J'en ai peut-être trop dit.

— Je dirais plutôt pas assez. Juliann a eu beaucoup d'ex auparavant ?

— Non, pas du tout ! Ce que je veux dire c'est que quand il veut une femme, il fait tout pour l'avoir. Il n'a pas de limite en amour.

— Hmm.

— Mais il n'y a rien de mal à être un peu séducteur. Au contraire. Et puis, laisse-moi te dire une chose : s'il a vraiment fait des efforts pour te séduire, s'il a succombé alors que tu es son élève, c'est qu'il doit vraiment, vraiment t'aimer. Avec Cara par exemple, il n'a pas fait grand-chose. C'est plutôt elle qui lui a mis le grappin dessus quand il était dans un état instable.

— Toi non plus tu ne l'aimes pas ?

— Non, elle me déteste d'ailleurs. Elle n'a jamais supporté mon amitié avec Juliann, elle était persuadée qu'il se passait quelque chose entre nous. Berk !

— Mais du coup, tu ne traînais pas avec Juliann, son frère, Anaëlle, Anna et Cara à la fac ?

— Non.

— Pourquoi ?

— Je hais son frère. Je hais Cara. Anna est un peu...

— Bizarre ?

— Ouais... Trop à fleur de peau.

— Et Anaëlle ?

— Anaëlle… Elle… Mais dis-moi, c'est *moi* qui suis censée poser les questions ! dit-elle.

— J'ai touché un point sensible ?

Elle baisse les yeux et pose son verre sur la table basse. J'ai l'impression qu'elle veut me confier un truc top secret mais qu'elle ne sait pas encore si elle peut se fier à moi.

— Disons que nos rapports étaient cordiaux, dit-elle.

— T'étais jalouse d'elle parce que t'étais amoureuse de Juliann, lancé-je, presque sûre d'avoir raison.

Mariam écarquille les yeux. C'est mon problème, j'ai du mal à tenir ma langue. Je regrette aussitôt ma question mais, elle est posée et puis, je veux des réponses.

— Jamais de la vie ! Juliann est comme un frère pour moi, on a grandi ensemble, c'est impossible qu'il se passe quoi que ce soit entre nous. Mais je n'ai jamais vraiment senti Anaëlle. Elle était très possessive, très jalouse, elle accaparait entièrement l'attention Juliann et c'était parfois agaçant. Elle m'a volé mon meilleur ami en quelques sortes et ça nous a éloignés. Juliann était vraiment, vraiment fou d'elle. Elle l'a beaucoup fait poireauter et lui se démenait comme un malade pour ne serait-ce qu'obtenir un rendez-vous avec elle. Presque tout l'argent qu'il gagnait grâce à son job étudiant était dépensé dans des restaurants hors de prix pour elle ou pour ses caprices de princesse.

Vraiment ? Je n'imaginais pas du tout Anaëlle comme ça.

— Je vois. Désolée, je suis indiscrète.

— T'inquiète. Juliann a raison, t'es pas du genre à te laisser impressionner. J'avais peur que… Tu sais, vu que c'est ton prof et que t'es jeune…

— Je sais. Mais je ne suis pas influençable.

— Tant mieux. Je sais ce que c'est d'être sous l'emprise d'une personne d'autorité, je voulais être sûre que ce n'était pas ton cas.

— Ça ne l'est pas.

Elle sourit, l'air soulagé. Plus la conversation avance et plus j'apprécie cette fille. Au début, elle me donnait l'impression d'être là pour rcmettre en question ma relation avec Juliann comme ces meilleures amies intrusives et possessives qui pensent qu'elles peuvent décider pour les autres. Finalement, je comprends qu'elle est seulement bienveillante. Elle sait ce qu'elle veut et n'a pas peur de dire ce qu'elle pense et ça me plaît. J'ai l'impression qu'on se comprend, que nos caractères sont un peu identiques.

— Mon père a abusé de moi pendant des années quand j'étais petite et juste parce qu'il avait autorité sur moi, je pensais que… Je n'avais pas le droit de dire non, de me plaindre. J'ai mis du temps à me construire. Quand ma mère l'a chassé de la maison et que je suis devenue adulte, je me suis embarquée dans des relations malsaines avec des types peu fréquentables. J'étais trop impressionnable, ils avaient du charisme et profitaient de ma fragilité. Mais tu es plus forte que moi. Je sais ce qu'il t'est arrivé et j'admire vraiment la force avec laquelle tu t'es relevée.

Je déglutis. Ça fait chaud au cœur.

— Merci, Mariam.

— Juliann m'a dit que t'avais un fils ?

— Oui. Il a trois ans. C'est pas évident.

— J'imagine. T'es courageuse.

— Merci.

— Et tu es vraiment amoureuse de Juliann alors ?

— Oui. Vraiment.

Je me mords la lèvre pour m'empêcher de sourire. Le simple fait d'évoquer son prénom fait accélérer les battements de mon cœur.

— Je suis contente. Vraiment. Sa relation avec Cara était catastrophique. Ju, c'est vraiment un mec bien, il mérite d'être heureux. Et toi tu m'as l'air d'être superbe. Je suis heureuse que vous vous soyez trouvés.

— Merci. Et toi, un petit ami ?

— Euh… c'est compliqué. J'essaie de récupérer mon crush, le seul homme qui se soit bien comporté avec moi mais que j'ai fait fuir à cause de mes traumas.

— Je suis sûre que ça va…

Nous sommes interrompus par Juliann qui arrive. Je suis presque déçue, notre conversation était si intéressante ! Il a dans les mains des sacs qui viennent du restaurant japonais ? Il a dû croiser le livreur devant la maison. Il les dépose sur le plan de travail, puis se retourne pour nous regarder, l'air perplexe.

— Waouh, vous avez l'air super contentes de me voir ! dit-il en se lavant les mains.

— On était en train de discuter de plein de choses très intéressantes, fait Mariam. T'aurais pu prendre plus de temps.

— Pardon, moi qui pensais que tu étais affamée ! Ava, tu peux venir me voir s'il te plaît ?

— Ok.

Je me lève et je le rejoins dans la cuisine. Il a l'air inquiet.

— Qu'est-ce qu'il se passe ?

Il sort d'un des sacs une boîte de médicaments. Norlevo. Je fronce les sourcils. Je ne comprends pas.

— C'est une pilule du lendemain, dit-il tout bas. Si mon calcul est bon, tu entres bientôt dans ta période d'ovulation et… on ne s'est pas protégés. Bien-sûr t'es pas obligée de la prendre, c'est ton corps, tu fais ce que tu veux.

Silence. Je ne sais pas trop quoi dire. Ça me fait toujours flipper lorsqu'il me parle de risque de grossesse.

— Je t'en prie, dis quelque chose.

— Je vais la prendre. Merci.

— Ça va ?

— Oui.

— J'ai le droit à un baiser ?

Je souris et me mets sur la pointe des pieds pour l'embrasser. Ses lèvres sont si douces.

— Eh ! s'exclame Mariam. Je suis encore là !

Nous rions, puis la rejoignons dans le salon avec les plats. Mariam en a vraiment commandé une tonne ! Il y a de tout.

— Humm. Qu'est-ce que j'avais faim, gémit-elle en engloutissant ses nouilles.

— Pareil, ajoute Juliann.

— Comment vous vous êtes rencontrés tous les deux ? demandé-je en attrapant un maki avec mes baguettes.

— Mariam avait le béguin pour moi en maternelle, répond Juliann en riant.

— C'est faux ! C'est *toi* qui craquais pour moi ! D'ailleurs, tous les garçons craquaient pour moi.

— C'est pas faux. Elle embrassait un nouveau garçon tous les jours.

— Ah je vois. Elle t'a brisé le cœur ?

— En quelque sorte, oui. Elle n'a jamais accepté mes avances. Ensuite on est devenus des amis inséparables. Elle est comme ma grande sœur, malgré sa taille.

Ils échangent un regard complice.

— Et qu'est-ce que tu fais dans la vie ? demandé-je à Mariam.

— Tu ne m'avais pas dit qu'elle posait autant de questions.

— Et encore t'as rien vu.

— Eh !

— Je suis manager. Je m'occupe de plusieurs célébrités, je les aide à entretenir leur image et à prospérer. Si un jour tu perces dans la danse, pense à moi.

Elle me fait un clin d'œil en souriant. Nous passons une bonne partie de l'après-midi à rire et à discuter. J'apprends énormément d'anecdotes sur Juliann, qui me font vraiment rire. J'ai une bonne dizaine de dossiers sur lui que je n'hésiterai pas à sortir chaque fois qu'il m'énervera. C'est seulement vers seize heures que Mariam annonce son départ suite à un coup de fil urgent.

— C'était super sympa, mais le devoir m'appelle !

— On est dimanche, c'est abusé quand-même.

— Désolée ! On se revoit vite, ok ? Ava je suis ravie de t'avoir rencontrée. On devrait se faire une virée shopping rien que toutes les deux, un de ces quatre.

— Avec plaisir.

Elle ramasse ses talons abandonnés sur le sol, reboutonne son jean qu'elle avait déboutonné en mangeant, puis elle nous lance un clin d'œil avant de s'en aller.

Je m'étire et m'allonge sur le canapé, la tête posée sur les cuisses de Juliann.

— Alors comment tu la trouves ?

— Je l'aime beaucoup. Elle est super drôle.

— Alors ça y est, tu n'es plus jalouse ?

543

— Je ne l'étais pas.

— Mais quelle menteuse !

— Je ne mens pas.

— Je te conseille de dire la vérité.

— Sinon tu vas me mettre une fessée ?

Il sourit et secoue lentement la tête. Il doit sûrement se dire qu'il a fait de moi une droguée ? Peut-être, mais je ne me lasserai jamais de ses regards de braise et de ses airs menaçants. Il me fait signe de me lever, puis il m'attire sur ses jambes pour que je m'installe à califourchon sur lui. Il me détaille un instant du regard, l'air triste. Ça sent mauvais.

— Qu'est-ce qu'il y a ?

— Je… Je ne serai pas là pendant les vacances de Noël.

— Tu vas chez tes parents ?

— Non, Enfin, oui, j'y vais deux ou trois jours, mais ensuite je vais à Madagascar avec Inès.

— Madagascar ?

— Ouais, j'y allais tout le temps avec la famille de Mariam pendant les vacances d'été et j'aimerais bien y retourner avec ma fille. J'ai eu un coup de cœur pour ce pays, je suis sûre qu'elle adorerait.

— Et tu boudes parce qu'on ne va pas se voir ?

Il soupire et détourne le regard.

— Et parce que tu as peur de ce qui pourrait m'arriver si tu n'es pas là ? je conclus.

— Je vais annuler mes billets.

— Non !

— Ma décision est déjà prise depuis un moment, mon ange.

— Non, ne fais pas ça. S'il te plaît, Juliann, ne laisse pas cet enfoiré nous gâcher la vie. Ça vous fera du bien de partir.

— Mais…

— Si tu restes… je m'en vais.

— Je te demande pardon ?

— Si tu annules tes billets, j'irai en Angleterre pendant toutes les vacances.

— Tu crois que je ne te suivrai pas ? Je te ramènerai par la peau des fesses.

Il me fusille du regard et ça me fait rire à gorge déployée.

— Ok, je pars, mais seulement pendant une semaine, finit-il par capituler. Bon compromis, non ?

— D'accord, j'achète.

Je passe mes mains dans ses cheveux et me penche pour l'embrasser, mais je suis interrompue par mon téléphone qui vibre sur la table. Juliann tend la main pour le récupérer et fronce les sourcils en regardant l'écran.

— C'est qui ?

Il me donne mon téléphone pour que je regarde. C'est un numéro que je ne connais pas. J'hésite à répondre, c'est peut-être la personne qui me harcèle ? Ou alors quelqu'un qui veut me convaincre de changer d'opérateur ou de « faire des économies sur mes factures de gaz » ? Il faut que je sache.

— Allô ?

— Bonjour. Ava ? C'est João.

Je me redresse instantanément. Ça fait des jours que je n'ai pas de nouvelles je pensais qu'il m'avait oubliée.

— J'espère que tu vas bien. J'ai un peu mené mon enquête et j'ai trouvé pas mal de trucs intéressants.

— Ah oui ? C'est une bonne nouvelle.

— Humm, oui et non. Je ne sais toujours pas qui te harcèle mais j'ai quelques pistes.

— Je peux savoir ?

— J'aimerais plutôt qu'on se voit.

— Euh, bien-sûr. Demain soir ? Au même café que la dernière fois ?

— Ouais, ça me va.

— Ok. Eh bien, à demain. Et merci.

— À demain.

Lorsque je raccroche, Juliann me regarde, l'air perplexe.

— Avec qui as-tu rendez-vous demain ?

— João.

— Il a du nouveau ?

— Oui. Il veut me parler de vive voix.

— Au téléphone c'est aussi très bien.

— T'es jaloux ?

— Oui. Je viens avec toi.

— Juliann.

— Ne discute pas.

Je meurs d'envie de soupirer et de lever les yeux au ciel, parce qu'il m'exaspère, mais je me retiens. Loin de moi l'idée de lui donner une excuse pour faire rougir mes fesses encore plus qu'elles ne le sont déjà.

— Ok.

Chapitre 32 | Ava

— Il est tard, Ava. Inès m'attend à la maison, je ne peux pas rester plus longtemps.

— Je sais mais... Il va peut-être finir par arriver. Je le rappelle.

Pour la cinquième fois au moins, le téléphone de João sonne dans le vide. Pourtant, en début de journée, il m'avait bien confirmé qu'il fallait qu'on se rejoigne à dix-huit heures, mais il n'est toujours pas là et il ne répond ni à mes appels, ni à mes messages. Qu'est-ce que ça veut dire ?

— Bon ok, on y va, soupiré-je.

Nous nous levons pour aller payer nos boissons, puis nous sortons du bar. Juliann a l'air d'être contrarié par la situation et je le comprends. Ça ne fait plaisir à personne de poireauter pendant plus d'une heure, de se faire poser un lapin, mais c'est encore pire quand l'enjeu est important. J'ai besoin de savoir qui me harcèle. Ok, ça fait quelque temps que je ne reçois plus de coups de fil, mais je pense que ce calme ne présage rien de bon.

Nous gagnons ma voiture en silence, puis je démarre, pensive.

— Il t'enverra sûrement un message dans la soirée, dit Juliann.

— Mouais, peut-être.

Il me prend la main et sourit pour me rassurer, mais je peux quand même lire l'inquiétude et la frustration sur son visage.

Lorsque je me gare devant sa maison, je peux apercevoir Cara et Inès à travers la fenêtre du salon. Je suis étonnée en remarquant que de la rue, on voit absolument tout ce qu'il se passe, dans le salon. Les rideaux étaient-ils fermés samedi quand Juliann et moi avons fait l'amour à même le sol ?

— Tu m'envoies un message quand tu es arrivée, ok ?

— Promis.

Il continue à me regarder, sans descendre de la voiture.

— Qu'est-ce qu'il y a ?

— J'ai peur pour toi. J'ai l'impression d'être dans un mauvais thriller, là. J'ai peur de te laisser partir et d'apprendre le lendemain que tu n'es jamais arrivé chez toi parce qu'un dingue t'a attaqué sur la route.

— Je sais me défendre, ne t'en fais pas. Et puis, je ne suis qu'à quelques minutes de chez moi.

— Il peut se passer beaucoup de choses en quelques minutes.

— Juliann, je viens juste de reprendre goût à la vie et je refuse de vivre dans la peur. Ce type ne m'effraie pas le moins du monde. Et puis, j'ai fait du krav maga pendant deux ans alors ne t'en fais pas. Je me ferai un plaisir de lui mettre une raclée.

Il sourit à moitié puis se penche pour m'embrasser. La vérité c'est que moi non plus, je ne suis pas sereine. Mais je ne laisserai pas la peur prendre le contrôle sur moi. Je ferme les yeux lorsque sa langue s'enroule autour de la mienne. Je pourrais passer ma vie à l'embrasser... Je proteste presque lorsqu'il nous sépare et me souffle un « bonne nuit » avant de descendre de la voiture et de rentrer chez lui.

Quelques minutes plus tard, je me gare devant chez moi et me dépêche de m'engouffrer dans mon appartement. Ma famille est déjà à table et mon père m'invite à les rejoindre. Je ne me fais toujours pas à leur présence. En plus de cela, ils me regardent d'une drôle de manière, comme si j'avais fait quelque chose de mal.

Je me lave les mains, puis je les rejoins. Drew me tend ses lèvres pour un bisou comme à chaque fois que je rentre.

— Ça va maman ?

— Oui et toi p'tit bonhomme ?

— Oui, ça va.

— Ça tombe bien que tu sois là, lance ma mère. On a quelque chose à t'annoncer.

Ça ne présage rien de bon. Qu'a-t-elle à me dire ? Qu'ils restent plus longtemps que prévu finalement ? Qu'elle souhaite que je vienne m'installer à Genève avec eux ? Hors de question.

— Ton père va prendre sa retraite.

— Ah bon, déjà ?

— Oui. Tu sais, j'ai commencé à travailler très jeune et j'ai vraiment besoin de repos. Mon corps n'arrive plus à me suivre avec tous ces rendez-vous et tous ces voyages. Je pense que je ferais mieux d'arrêter et de gérer mon entreprise à distance.

— Tu as quelqu'un pour s'en occuper ?

— Oui, mon plus fidèle collaborateur. Je lui fais confiance. Après peut-être que l'une de vous pourra prendre la tête de l'entreprise une fois vos études finies.

Mouais… Mon père gagne vraiment beaucoup d'argent, mais ma grand-mère n'en a jamais profité. Elle a toujours insisté pour que l'on vive dans la modestie et elle m'a transmis ces valeurs. C'est pour ça que je préfère travailler pour financer mon voyage à l'étranger plutôt que demander à mon père de tout payer pour moi. Ou d'utiliser la somme qui m'a été versée en guise de *réparation* pour ce que m'a fait Théo.

— Eh bien, c'est super papa ! Tu comptes quitter Genève du coup ?

— Oui et d'ailleurs… J'ai décidé qu'on allait s'installer ici.

Silence. Je ne sais pas quoi répondre. Comment ça *ici* ? Chez ma grand-mère ou dans une autre maison ? Et est-ce que ça implique que je doive m'installer avec eux ? Vivre sous le même toit que ma mère et ma sœur ?

— Ici ? finis-je par articuler.

— Oui. Je viens de nous acheter une maison à quelques minutes d'ici seulement ! C'est super, non ?

Non. Je me force à sourire même si j'ai plutôt envie de laisser mon visage se décomposer et sortir de table. Il *nous* a acheté une maison ? Alors je dois vivre avec eux ?

— Oui, c'est cool. C'est… c'est où ?

— C'est dans un quartier assez calme à moins de dix minutes. Et je pensais que tu pourrais venir vivre avec nous.

— Et Nana ?

— Ah non, non, non, moi je garde mon appartement !

— Je ne vais pas aller vivre ailleurs sans Nana.

— Ce n'est pas ta mère, lance ma génitrice en fronçant les sourcils.

— Oui mais c'est tout comme.

Un silence inconfortable s'installe. Je bouillonne intérieurement. La femme qui m'a mise au monde n'a jamais joué son rôle de mère avec moi alors elle n'a aucun droit de m'imposer de vivre sous son toit. Je rêve !

— Tu n'es pas obligée de venir vivre avec nous, Ava, reprend mon père pour apaiser les tensions. Mais sache que tu as ta chambre et j'aimerais que tu passes quand-même dormir à la maison de temps en temps. Parce qu'après tout c'est aussi la tienne.

— Je comprends. Et ça me va.

— Et moi aussi j'ai une chambre ? demande Drew.

— Bien-sûr que tu en as une mon grand, répond ma mère. Si tu veux, on pourra aller la voir mercredi.

Je n'aime pas la voir se comporter avec mon fils comme si elle l'aimait alors qu'elle le détestait lorsqu'il était dans mon ventre. La haine que j'éprouve pour elle est pesante, mais je la mets de côté et me sers une assiette de poulet yassa pour manger en silence.

Plus tard dans la soirée, Hena vient me voir dans ma chambre pendant que je révise sur mon bureau.

— Salut, toi, dit-elle en souriant. Je peux te parler ?

— Qu'est-ce qu'il y a ? je réponds sans me retourner.

— Tu n'as pas l'air bien, est-ce que tu veux en parler ?

— Non.

— On peut pas dire que cette idée d'emménager avec nous t'enchante vraiment.

— C'est le moins qu'on puisse dire.

— C'est à cause de moi ?

— Non, c'est à cause de ta mère. Et tu peux bien lui répéter, je m'en fiche.

— Ne sois pas autant sur la défensive. Je ne sais pas pourquoi il y a encore autant d'animosité entre vous.

— Tu rigoles ? m'exclamé-je en me retournant pour la regarder. Tu veux que je te rappelle comment elle m'a traité comme une moins que rien alors que je venais de vivre l'expérience la plus traumatisante de ma vie ?

— Non mais...

— Et puis même avant ça, elle ne m'a jamais aimée ! Elle m'a toujours bien fait comprendre qu'elle ne m'avait jamais désirée.

— Ne dis pas ça...

— Ose me dire le contraire.

Elle se tait et baisse les yeux. Nous savons toutes les deux que j'ai raison mais seulement, ma sœur semble en savoir plus que moi.

— Quoi ? Qu'est-ce que tu ne me dis pas ?

— Tu... tu devrais parler avec maman. Elle te dira tout.

— Me dire quoi ?

— La raison pour laquelle elle a toujours agi comme ça avec toi.

Je fronce les sourcils. Quoi, elle a beaucoup trop souffert pendant son accouchement et n'a jamais guéri de son baby blues ? Je pleurais constamment quand j'étais bébé et ça la rendait dingue ? J'aurais besoin de meilleures explications.

— Enfin bref, je ne suis pas là pour parler de ça, mais plutôt pour parler du gars qu'on a croisé l'autre jour au restaurant.

— Qui, Luka ?

— Ouais, Luka, répète-t-elle en se mordant la lèvre.

— Tu craques sur lui ?

— Ouais...

— Il sort avec Aïna, désolée.

— Vraiment ? Dommage.

— Ouais.

— Et toi, t'as un petit ami ?

Elle pense vraiment que je vais le lui dire ?

— Non.

— Menteuse !

— Quoi, c'est vrai ! m'exclamé-je en essayant de ne pas sourire.

— Tu ne sais pas mentir, Ava. Il s'appelle comment ?

J'hésite à répondre. Je ne sais toujours pas si je peux lui faire confiance mais en même temps elle a raison : je ne sais pas mentir. Et en toute honnêteté, même si ça me tue de l'admettre, je ne cesserai jamais de vouloir faire partie de la famille. De vouloir me sentir considérée et acceptée par ma sœur et par ma mère. Ça me fait quelque chose qu'elle s'intéresse enfin à moi.

— Je ne peux pas te le dire, finis-je par répondre.

— C'est une sorte d'idylle secrète, c'est ça ?

— Oui, voilà.

— Est-ce que vous vous protégez au moins ?

— Hena !

— Quoi ? Je suis ta grande sœur, c'est à moi de te dire ces choses-là. À moins que tu préfères que papa te donne un cours d'éducation sexuelle ?

— Oh, je t'en supplie, ne prononce plus jamais les mots "papa" et "sexe" dans la même phrase s'il te plait.

Elle s'esclaffe et vient s'adosser au mur, près de moi.

— Non, plus sérieusement. Je sais que je dois gagner ta confiance mais tu peux me parler de ça. C'est important. Moi, j'aurais bien aimé qu'on me prévienne avant.

Ma sœur n'est pas vierge ? J'ai toujours pensé que ma mère la préférait car elle incarnait la fille modèle. Surtout après mon viol. J'ai eu l'impression qu'elle me haïssait parce que j'avais *perdu* ma virginité. Peut-être n'est-elle pas au courant de la vie sexuelle de sa fille préférée.

— Ah oui ?

— Oui. J'ai fait une fausse couche il y a quelques mois. Je ne savais même pas que j'étais enceinte.

— Oh, suis désolée Hena ! Les parents sont au courant ?

— Oui. Maman a été là pour moi.

Alors elle savait. Et malgré tout, elle l'a épaulée. Bordel, mais qu'est-ce que j'ai bien pu lui faire pour qu'elle me haïsse autant ?

— C'est bien. Et le père ? Vous êtes encore ensemble ?

— Non, on a rompu. Il m'a trompé.

— Quel connard !

— Je te le fais pas dire ! Enfin bref, tout ça pour te dire que c'est important que tu te protèges. Je veux pas que tu te retrouves dans la même situation que moi.

— Ok. En fait…

Elle a réussi à me mettre en confiance. J'ai envie de lui parler. Surtout que je ne sais pas quelle contraception utiliser. Je n'aime pas les traitements hormonaux.

— On ne se protège pas...

— Ava !

— Bah oui mais c'est arrivé comme ça, on n'a rien planifié !

Menteuse. Je rougis en repensant à la manière dont Juliann m'a dévoré des yeux l'autre soir lorsqu'il s'est rendu compte que je ne portais rien sous ma robe.

— Vous ne mettez pas dc capotes ?

— Non.

Qu'est-ce qu'elle ne comprend pas dans *on ne se protège pas* ? Ce n'est pas compliqué quand-même.

— Tu ne veux pas prendre la pilule ?

— Non, je ne veux rien d'hormonal.

— Tu peux mettre un stérilet en cuivre ?

— C'est quoi ce truc ?

— C'est un petit objet en cuivre qu'on te met dans l'utérus et qui empêche les spermatozoïdes de venir féconder ton ovule. Et ça se change tous les cinq ans.

— Faut aller voir un gynéco ?

— Oui, tu n'en as pas ?

— Non, plus maintenant. Elle a pris sa retraite.

— Alors on en cherchera une demain, ok ? Je peux même t'accompagner si tu veux.

— Ouais…

— Ok. Bon, je te laisse réviser. Bonne nuit.

— Merci.

Elle me fait un clin d'œil, puis elle sort de ma chambre. Si on m'avait dit quelques semaines plus tôt que j'aurais une telle conversation avec ma sœur, je ne l'aurais pas cru ! Je souris inconsciemment parce que ça fait du bien. Les amis c'est bien, mais il n'y a rien de mieux que de se sentir aimée par sa famille.

Lycée

Lundi 7 Décembre

09 : 13

Mon talon tape frénétiquement sur le sol car je tente de calmer mes nerfs. Calmer les images qui se bousculent dans ma tête depuis la nuit dernière. Période d'ovulation ? Peut-être. J'ai simplement l'impression d'être une boule de nerfs prête à exploser. Ma respiration est irrégulière et je me mordille tellement la lèvre que je finis par me faire saigner. Mais c'est tellement difficile de regarder Juliann animer son cours alors que les seules images que j'ai en tête sont…

— Ava ?

J'écarquille les yeux lorsque je remarque qu'il m'a parlé. Il a l'air en colère. Je serre fort les cuisses pour tenter de me canaliser et je le regarde l'air interrogateur. Quand je repense à la manière dont il m'a prise sur le plan de travail de sa cuisine…

— T'as écouté ce que je viens de dire ?

Non, parce que je ne pensais qu'à la sensation de ta queue en moi. Ses pupilles se dilatent et il me lance un regard noir. *Arrête ça, mon ange.*

— Désolée.

— Tes notes ne sont pas extraordinaires, je ne pense pas que tu puisses te permettre d'être aussi distraite pendant mon cours.

Connard ! Je le déteste. Je le fusille du regard, j'ai envie d'enfoncer son marqueur dans son œil. Non, ils sont beaucoup trop beaux pour ça... Je me mords encore la lèvre. Juliann a décidé de faire un plan de classe et je me retrouve seule au premier rang juste devant son bureau tandis que Luka a été expédié au fond de la salle. Je suis sûre que ce n'est pas pour rien. Juliann reprend son cours, mais je n'arrive toujours pas à écouter. Il faut que je pense à autre chose.

Mon rendez-vous chez le gynécologue ? Ma sœur m'y a accompagnée pour parler du fameux stérilet et je suis censée me le faire poser dans quelques jours, lorsque mes règles pointeront le bout de leur nez.

Mes parents m'ont fait visiter la nouvelle maison qui est assez incroyable, je dois l'admettre, mais j'ai été estomaquée de voir qu'elle se situait juste en face de celle de Juliann. C'était improbable et pourtant ! Dans tous les cas, cette coïncidence impromptue m'a permis de me rapprocher de Juliann, mais aussi d'Hena. J'ai l'impression qu'elle a vraiment changé. Mûri. C'est fatigant de haïr une personne de sa famille et l'apprécier me fait me sentir un peu mieux.

Drew est quant à lui vraiment heureux d'habiter en face de chez Inès et il adore sa nouvelle chambre remplie de figurines de dinosaures. Quand je le regarde, désormais, je ne ressens plus que du bonheur.

Et il y a aussi cette fameuse sortie en Angleterre prévue pour samedi, juste avant les vacances de Noël. En bref, tout se passe super bien. Si bien que Juliann et moi sommes devenus incapables de dissimuler -notre attirance réciproque. Nous nous envoyons des regards peu discrets en classe et j'ai honte de l'avouer mais nous nous sommes plusieurs fois pelotés dans l'enceinte du lycée, flirtant avec le danger. Je recommence à divaguer… Madame Cabin nous a plusieurs fois surpris en train de discuter seuls dans sa salle et je suppose qu'elle a des soupçons. Il faudrait être aveugle pour ne pas le voir, alors Juliann et moi avons décidé de ne plus se parler au lycée.

Lorsque la sonnerie retentit, je range rapidement mes affaires et sors de la salle. Je sais qu'il ne me regarde pas, mais je sais aussi que j'ai retenu toute son attention. Je reste dans le couloir pour attendre Luka qui range ses affaires à vitesse d'escargot. Il est agaçant ! Je prends mon téléphone dans mon sac et souris en voyant un message de Juliann.

Mon amour
Plus jamais, j'ai cru que mon érection allait faire exploser la braguette de mon pantalon !

Ava
Toujours dans l'excès !
Ta queue n'est pas aussi grosse.

Je souris malgré moi, parce que c'est vrai. Le sexe de Juliann est loin d'être petit et j'en ai encore plus conscience lorsque qu'il force le passage dans ma gorge. Je préfère changer de sujet.

Nos chorégraphies sont quasiment au point et Hakim nous a demandé de venir répéter dans la salle de spectacle de la ville devant quelques professeurs de notre lycée pour faire des tests et voir le rendu. Je suis surexcitée à l'idée de danser devant Juliann.

Chapitre 33 | Juliann

Salle de spectacle

Lundi 7 Décembre

19 : 09

Je ne le pensais pas, mais plus de la moitié de mes collègues est venue assister à la répétition. Peut-être qu'ils veulent savoir à quoi s'attendre ? Moi, je le sais déjà. Ava va être époustouflante et j'ai hâte de voir leur bouche s'ouvrir en grand lorsqu'ils verront l'élève timide se transformer en une femme sublime et bourrée de talents sous leurs yeux. Ne vous y méprenez pas, je vais bien évidemment m'assurer que personne ne la dévore du regard. Je suis le seul connard à pouvoir la mater.

— Juliann ! Comment tu vas ?

Je me retourne pour faire face au principal du lycée. Il porte son éternel costume gris anthracite et est accompagné de sa femme. J'ai eu l'habitude de toujours le voir en train de transpirer, mais l'hiver semble lui rendre service. Je suis content de pouvoir lui serrer la main sans avoir à la nettoyer juste après.

— Monsieur et madame Bougneau. Je vais bien et vous ?

— Oh je vous en prie, appelez-moi Valérie.

Je souris, gênée. Valérie me fait…peur ? Je devrais peut-être demander à la copine d'Ava de lui faire un relooking : ses cheveux sont teints en noir, mais ses racines grisent pointent le bout de leur nez. Je ne parle pas de son crâne apparent ; il semble qu'elle ait perdu beaucoup de cheveux en cours de route. Son rouge à lèvres rouge est mal appliqué, elle en a même sur les dents et son fard noir, bien qu'il fasse ressortir ses yeux bleus, lui donne un air de sorcière. Malgré tout, elle a l'air aussi adorable que son mari.

— … nos petits-enfants, mais je suis sûre qu'ils seraient ravis.

Quoi ? Je n'ai pas écouté ce qu'elle a dit. Bon sang, je veux juste m'en aller. Je souris et j'acquiesce bêtement.

— Quel âge ont-ils ? demandé-je pour faire mine de m'intéresser à ce qu'elle dit.

— Entre dix et quinze ans. Nos enfants nous ont gâtés, hein mon chou ?

— Certainement, ma chérie, répond monsieur Bougneau en rougissant. Euh Juliann, je peux te parler en privé ?

— Bien sûr.

Ça pue. Je suis le principal jusqu'à un coin reculé de la salle, prêt à entendre ce qu'il a à me dire. Est-ce que lui aussi a des soupçons sur Ava et moi ? J'ai entendu plusieurs élèves parler du fait que je faisais du favoritisme, que j'avais le béguin pour elle. C'est totalement vrai, mais ça, il ne doit pas se savoir.

— Comment ça va avec mademoiselle Kayris ?

— Bien. Très bien, même !

— Elle m'a dit que c'est toi qui l'avais poussée à reprendre la danse, je suis vraiment content que tu l'aies aidé. C'est une brave fille.

— C'est certain.

— Euh… Cependant, il y a encore cette histoire de photos qui me gêne. Impossible de savoir qui les a glissées dans cette enveloppe et la police n'a rien trouvé.

Je serre la mâchoire. Si seulement il n'y avait eu que les photos… Ava n'a aucune idée du danger qu'elle court et c'est très bien comme ça. Ça me laisse le temps d'agir avant qu'elle ne se rende compte de quoique ce soit.

— Je pense que c'était sûrement la mauvaise blague d'un élève, je mens éhontément. Elle n'a rien reçu d'autre, prions pour que ça dure.

— Oui, vous avez sûrement raison. S'il y a quoi que ce soit, vous venez m'en parler, d'accord ?

— D'accord.

Il sourit, puis retourne voir sa sorcière. Pardon, sa femme. Faut vraiment que j'arrête d'être aussi désagréable. Les lumières s'éteignent soudainement et un homme entre sur scène. C'est le prof de danse. Je m'assieds sur un siège près de la scène et l'écoute déblatérer son speech peu intéressant. Je m'en fiche, je veux juste voir Ava. Et c'est la première à passer. Il me semble qu'elle danse son solo sur *Every Kind of Way* de H.E.R. La musique est très sensuelle, je l'ai écoutée dès qu'elle m'en a parlé, et j'ai aussi cherché la traduction des paroles. J'espère que la tenue ne suit pas, autrement je vais devoir monter sur scène et tirer les rideaux, ça serait un moment embarrassant pour tout le monde.

Mon cœur s'arrête de battre quand les lumières s'éteignent à nouveau, puis qu'un projecteur s'allume pour n'éclairer qu'elle. *Elle.* Je crois que j'ai oublié comment respirer. Une répétition ? Non, *c'est* le putain de spectacle. J'espère, parce si ça c'est un essai, qu'est-ce que ça va être le jour-même ? Ava ressemble à… Je ne sais même pas à quoi la comparer, elle est unique. Ses paupières sont maquillées avec du noir, rendant ses iris d'autant plus sombres, j'ai l'impression d'être aspiré par un vortex. Ses lèvres brillent, tout comme sa peau métisse. Sa peau si douce, si parfaite. Ses cheveux bouclés encadrent parfaitement son visage et sa tenue… Elle porte un crop top moulant à moitié transparent et un jogging ample qui descend beaucoup trop bas sur ses hanches à mon goût. Je vais me lever et la faire descendre de là !

Je suis à moitié debout lorsqu'elle me regarde, comprenant certainement ce que j'allais faire. Je me rassois. Elle n'a absolument pas l'air stressée, au contraire, elle est dans son élément. Confiante, sûre d'elle. Ça, c'est ma femme. Les lumières s'éteignent à nouveau et la musique commence à résonner. *Baby the sound of you, better than a harmony.* Elle est éclairée par un projecteur qui projette une lumière dorée sur elle. La voilà en train de se déhancher, de danser avec une aisance et une grâce à couper le souffle. Le mouvement de ses hanches… hypnotisant. Je pourrais littéralement me mettre à genoux et la regarder pendant des heures. Ses jambes puissantes bougent en rythme sans difficulté, ses gestes épousent les notes de la musique comme si les pas avaient été créés avec la mélodie. Et son regard… Je l'aime comme un fou. Je l'aime comme je n'ai jamais aimé personne. Mon regard reste scotché à elle pendant les deux minutes que durent la danse.

Je suis vraiment à deux doigts de tomber à genoux lorsqu'elle me regarde dans les yeux. Moi. C'est à *moi* qu'elle pense en dansant. *I wanna love you in every kind of way. I wanna please you, no matter how long it takes. If the world should end tomorrow and we only have today, I'm gonna love you in every kind of way.* Oh mon ange…

Lorsque la musique s'arrête et que les applaudissements retentissent, je reviens à la réalité. Putain. Ava salue le public timidement. Elle n'a pas de raison d'être timide. Dès qu'elle quitte la scène, je la suis pour la rejoindre dans les coulisses. On remarque à peine ma présence au milieu des danseurs qui chahutent et tentent de trouver leurs tenues pour la prochaine danse. Un vrai vacarme, mais je la vois. Elle est au loin en train de se faire enlacer par son prof de danse qui la félicite. Qu'il la lâche et vite ! Du coin de l'œil, je remarque Luka qui est prêt à monter sur scène pour son solo. Il me fusille du regard, en remarquant que je me dirige vers Ava et je fais de même. Je rêve d'exploser son crâne contre le mur. Il ne cache plus son animosité envers moi depuis qu'on est allés chercher Ava à la plage et encore plus après que je l'ai changé de place. Je ne le sens pas. Je *sais* qu'il est amoureux d'elle et je déteste qu'ils soient amis.

Le prof d'Ava s'en va pile au moment où j'arrive derrière elle. Je la saisis par le bras et l'attire à l'écart.

— Juliann.

Je la fais taire en écrasant mes lèvres contre les siennes. Si douces, si… Putain ! Je recule d'un pas et la retourne, agrippant ses hanches pour qu'elle se cambre. Je la veux et maintenant. Son cœur bat fort sous ma paume lorsque je passe la main sur la peau délicate de son cou. Instinctivement, son corps va à la rencontre du mien. Ava presse son cul parfait contre mon érection.

— T'as été époustouflante, je suis fière de toi mon ange.

J'ai le droit à un long gémissement sexy comme réponse.

— Je t'aime de toutes les manières possibles et imaginables, mon ange. Et je ferais tout, absolument tout pour toi, dis-je en me référant à la musique.

Je baisse son jogging rapidement. Je la veux. Maintenant. Urgemment.

— Juliann…

— Je vais te baiser contre ce mur car j'ai vraiment, vraiment besoin de m'enfoncer en toi.

Elle hoche la tête et se cambre d'autant plus. Elle est tellement mouillée… Je ne perds pas une seconde : je dézippe mon jeans et sors ma queue. Je décale son string et m'enfonce en elle profondément d'un seul mouvement de hanches. Incroyable. Son vagin se referme autour de moi et étreint ma queue si étroitement. C'est tellement bon.

Nos mouvements deviennent rapidement sauvages, passionnés. Nous sommes loin d'être seuls et n'importe qui pourrait nous surprendre, mais honnêtement, c'est le cadet de mes soucis, pourvu que je puisse me perdre en elle. Ava lutte pour rester silencieuse et moi aussi. Merde, je vais jouir trop rapidement. Je me retire et la débarrasse définitivement de son jogging avant de la plaquer contre le mur et de la soulever pour qu'elle puisse nouer ses magnifiques jambes autour de moi. Je veux la voir jouir, je veux la voir se noyer avec moi. Je l'aime tellement que ça fait mal. Ses yeux se révulsent, elle est tout près.

— Je te donne mon corps, mon cœur et mon âme, mon ange. Je te donne tout.

— Juliann…

Une vague violente nous emporte tous les deux. Je ne sais pas si je vais pouvoir remonter à la surface. Je ne le veux pas d'ailleurs, car je ne vois pas de meilleure façon de mourir. Nous jouissons en même temps, faisant de notre mieux pour rester silencieux, même si c'est presque Impossible.

Mon cœur se serre, je pourrais crever pour cette femme. Je suis fou amoureux d'elle. Obsédé. Ça me tue, parce que je *sais* qu'elle est sur le point de m'échapper.

Chapitre 34 | Ava

Je proteste bruyamment en entendant mon réveil sonner. Évidemment, j'ai hâte d'aller en Angleterre, mais je sais aussi que le vent a soufflé contre la vitre toute la nuit, qu'il fait -3°C dehors et que d'interminables heures de transports nous attendent. Alors au lieu de me lever, je m'enfonce dans mon lit et décide d'attendre la seconde sonnerie qui, à mon plus grand regret, retentit cinq minutes plus tard.

Je me lève paresseusement et avance à l'aveugle dans cette pièce qui m'est encore étrangère. Mes parents ont emménagé dans leur nouvelle maison, et pour leur faire plaisir, j'ai accepté de passer mes weekends ici. Ce n'est pas sans arrière-pensée bien-sûr : la maison se situe juste en face de celle de Juliann, alors je n'hésite pas à faire le mur la nuit pour aller le rejoindre. Drew, lui, est aussi très heureux de pouvoir voir Inès plus souvent.

Je baille bruyamment en allumant la lumière, puis en ouvrant la porte de la salle de bain que je partage avec ma sœur dont la chambre se situe à côté de la mienne. Je prends une douche rapide, me brosse les dents, puis je m'habille avant de sortir de la chambre pour aller dans celle de Drew. Il dort paisiblement dans son lit, et je fonds en voyant son beau visage éclairé par sa veilleuse qui projette des images de dinosaures un peu partout. Je caresse ses boucles brunes, puis je dépose un baiser sur son front.

— Tu vas me manquer, p'tit bonhomme, chuchoté-je en lui caressant la joue.

— Maman ? articule-t-il à moitié endormie.

— Oui ?

— Tu pars ?

— Oui, mon chéri. Je voulais juste te dire au revoir. Rendors-toi.

— D'accord, maman. Câlin ?

Je ne résiste pas, je le prends dans mes bras et je le serre fort contre ma poitrine. Parfois, j'aimerais revenir en arrière et lui donner l'amour que je lui ai refusé lorsqu'il était bébé.

— Tu vas me manquer.

— Toi aussi, maman.

Un dernier bisou sur le front et je le laisse se rendormir. Je sors discrètement de la chambre et je me glisse dans les escaliers pour aller dans la cuisine où je me sers une affreuse tasse de café noir pour me réveiller. Le goût amer me fait grimacer, et je suis d'autant plus frustrée par le fait que ça n'a pas l'effet escompté : j'ai toujours autant envie de dormir. Je range le verre dans le lave-vaisselle avant de me diriger vers l'entrée où mon sac et ma valise m'attendent. Je suis cependant surprise de trouver un pique-nique digne d'un festin dans mon sac en l'ouvrant pour y mettre mon chargeur et mon téléphone. Des cookies faits maison aux trois pépites de chocolat, deux Candy Up à la fraise, une bouteille d'eau, une bouteille de IceTea, un sandwich qui m'a l'air d'être au saumon et au fromage de chèvre et des chips aux cacahuètes. Qui a pu me préparer un tel casse-croûte ? La nourriture est accompagnée d'un petit mot. Avant même de le lire, je suis persuadée qu'il vient de Hena :

Fait un bon voyage, j'espère que tu aimes encore tout ce que je t'ai préparé. Pense à m'envoyer des photos et amuse-toi.

Je t'aime, Maman.

Je suis estomaquée. Ça ne ressemble tellement pas à ma mère d'avoir de telles attentions envers moi. Et le « je t'aime » … Je crois ne l'avoir jamais entendu prononcer ces paroles. C'est vrai qu'elle fait pas mal d'efforts ces derniers-temps, mais je ne m'attendais pas à un tel revirement de situation.

Je referme mon sac lorsque je vois les phares de la voiture de Juliann s'allumer à travers la fenêtre. Je sors pour le rejoindre. Le froid glacial me frigorifie en un instant, alors je me dépêche de ranger mes bagages dans le coffre et de monter dans la voiture.

— Je t'en supplie, respecte les limitations de vitesse !

— Bonjour à toi aussi, répond-il exaspéré.

— Qu'est-ce qu'il y a ?

— Rien.

Il garde les yeux rivés devant lui et démarre sans un mot. Je ne comprends pas, lorsque l'on s'est quitté hier soir, tout allait bien, et là, il est dans une humeur infernale.

— Je vois bien qu'il y a un truc qui ne va pas, insisté-je. Qu'est-ce qu'il t'arrive ?

J'hallucine complètement. Il ne me répond pas, il se contente de conduire en silence jusqu'à la gare située à quelques minutes seulement. D'ordinaire, Juliann est mâture, nous n'avons jamais eu de problèmes de communication. Pourquoi est-ce qu'il me met à l'écart aussi soudainement ? C'est facile de se mettre en colère et de se muer dans le silence, je suis bien placée pour le savoir. Seulement, je le croyais différent. Exaspérée, je fais mine de sortir de la voiture lorsqu'il se gare, mais il m'interpelle.

— Je suis désolé. J'ai passé une mauvaise nuit. Ce n'est pas une raison pour m'en prendre à toi.

Je le dévisage, il est clairement en train de me mentir. Quelque chose le tracasse, mais il refuse de m'en parler. Ça a un rapport avec moi ? Est-ce qu'il veut mettre fin à notre relation ? Mon estomac se noue rien qu'à cette idée, mais je refuse de laisser la peur prendre le dessus et de le supplier. Manquerait plus que ça.

— J'accepterai tes excuses quand tu arrêteras de me mentir et que tu auras enfin le courage de me dire ce qui ne va pas.

Il ne tente même pas de se justifier. Il me laisser sortir de la voiture et rejoindre Luka et les autres qui attendent déjà devant la gare. Je sens son regard braqué sur moi lorsque je m'installe à côté de mon ami dans le train. Peut-être qu'il cherche à attirer mon attention, mais je m'en fiche. Je suis déçue et agacée, d'autant plus que cette pimbêche de Sylvie ne loupe pas l'occasion pour se mettre à côté de lui et rire comme une bécasse. Ce voyage commence bien.

Paris

10 : 46

— Ava, réveille-toi, on est arrivés, me chuchote Luka.

— Déjà ?

Lorsque j'ouvre les yeux, il fait déjà jour et le train est en train de s'arrêter. Je me suis endormie si soudainement et si profondément que je suis désorientée pendant quelques secondes avant de prendre conscience qu'étrangement, ma tête est posée sur l'épaule de Luka et que celui-ci est en train de me caresser les cheveux. Je me redresse rapidement. Comment ai-je pu me retrouver dans cette position ?

— Ça va ? me demande-t-il.

— Oui.

En remettant mon manteau, mon regard croise celui de Juliann qui a le visage encore plus fermé que tout à l'heure. Il a même l'air furieux. Je lui rends son regard noir décidé de ne plus lui accorder la moindre attention avant qu'il ne daigne se comporter en adulte.

Je prends soin de l'ignorer jusqu'à ce que nous arrivions dans l'Eurostar. Luka et moi nous installons en face d'un couple que je vois souvent traîner ensemble au lycée. Le genre d'amoureux qui passent leur récrée la langue fourrée dans la bouche de l'autre, et leurs heures de perme à se faire des câlins comme si l'autre allait disparaître d'un instant à l'autre. Luka leur propose de faire une partie de cartes, ce qu'ils acceptent avec une nonchalance qui me fait me demander s'ils n'acceptent pas à contrecœur.

Je pose mes cartes sur la table qui nous sépare en ruminant, en pestant contre monsieur Philo et son attitude de bébé ! Arhg, mais je le déteste ! Et cette Sylvie… Je grimace en sentant une douleur au niveau de mon bas-ventre. J'ai fait poser mon stérilet en cuivre il y a deux jours, mais je me demande si la souffrance que ça m'inflige en vaut la peine. Je vais le retirer, Juliann n'aura qu'à mettre des capotes, je me fiche qu'il soit allergique au latex. Non j'ai mieux, je vais totalement arrêter d'avoir des rapports avec lui.

— J'aimerais bien savoir ce qui te mets dans un état pareil, dit la fille en face de moi en souriant.

Je lève les yeux vers elle et hausse les épaules. Nia — c'est son nom — est très gentille. Le couple qu'elle forme avec Joshua est assez clichés, mais ils n'en demeurent pas moins intéressants. Nia a un style particulier : sa peau pale contraste avec son carré noir aux reflets bleus recouverts d'un bonnet, son épais trait d'eye-liner noir souligne à merveille ses yeux clairs, et son rouge à lèvres pourpre lui donne presque un air sévère. Joshua, lui, a des locks attachés en un chignon, une grosse doudoune jaune et plusieurs bagues dont les reflets scintillent sur sa peau noire.

— C'est son petit ami, répond Luka pour moi.

— Luka, je vais finir par t'encastrer dans un mur.

Il rit et pose une carte qui manque de me faire perdre. Je vais tous les noyer un à un… Il faut que je me calme.

— Ça te dit de partager ta chambre avec moi ? me demande Nia. Je ne suis pas très sociable, mais je sais que toi au moins, tu ne risques pas de m'interrompre toutes les trente secondes pour me raconter les exploits de ton chat.

— C'est trop précis pour n'être qu'un exemple, dis-je en souriant.

— Elle parle de Claire, tu sais, la fille qui mets des pulls à l'effigie de ses chats tous les jours.

Cette Claire qui se trouve juste derrière nous et qui a probablement tout entendu.

— C'est d'accord, on partage notre chambre.

Elle et Joshua se lancent un regard complice, et je comprends rapidement que j'ai peut-être commis une erreur. À tous les coups, Nia va me demander de céder ma place à son mec et m'envoyer dormir avec Luka pour qu'ils puissent faire je-ne-sais-quoi dans la chambre. Il y a au moins un couple qui profitera de ce voyage.

Hôtel, Croydon, UK

16 : 33

Notre chambre d'hôtel est minuscule : les lits sont séparés par une petite table de nuit, la fenêtre est ridiculement grande par rapport au mur, nous avons un petit coin où ranger nos bagages et la salle de bain est propre.

L'étage dans lequel se situe notre chambre semble avoir été réservé pour notre séjour car je ne vois que des personnes du groupe. Luka et Joshua choisissent de prendre une chambre qui se situe juste en face de la nôtre, ce qui me confirme que lui et Nia vont bien tenter de dormir ensemble. J'ai pour projet de refuser car il est hors de question que Juliann m'étrangle dans mon sommeil en apprenant que Luka a dormi avec moi. Quoi que si ça peut enfin lui délier la langue…

Il est déjà presque dix-sept heures lorsque les profs nous annoncent que nous avons quartier libre jusqu'à l'heure du dîner. Je m'apprête à aller faire un tour dans les environs, mais je reçois un message de monsieur Philo.

> **Mon amour**
> On peut se rejoindre dehors dans un quart d'heure ?

J'ai envie de l'envoyer balader, mais je tape une réponse brève pour lui dire que j'accepte. Je prends une douche rapide, puis je rassemble mes cheveux mouillés en une queue haute que je finis par tresser. Mon gros pull rouge bordeaux, mon jean noir et mes grosses bottes noirs enfilés, je me décide à descendre. Juliann est dans un coin du hall d'entrée, il me fait signe de le rejoindre. Il a toujours la mâchoire serrée et le regard noir, alors je comprends qu'il ne va pas s'excuser.

— Je peux savoir ce qu'il t'arrive ? demandé-je une fois qu'on se retrouve seuls.

— C'est quoi ce cirque avec Luka ?

— Pardon ?

C'est tout ce qu'il a me dire ?

— Je te croyais plus mature que ça. On est en froid et tu fais exprès de me provoquer en t'approchant de *lui* ? Non mais t'as quel âge ?

Je le regarde, ébahi. J'hallucine totalement de la façon dont il ose me parler.

— Mais pour qui est-ce que tu te prends ? Tu agis bizarrement depuis ce matin, tu refuses de me dire pourquoi et tu oses me parler de maturité ? Il n'y a aucun cirque avec Luka, je n'ai pas que ça à faire de te rendre jaloux, Juliann. Je ne sais pas ce qu'il t'arrive, mais le visage que tu me montres aujourd'hui…

Je secoue la tête et m'éloigne. Son regard s'adoucit, je pense même y lire de la tristesse, mais c'est trop tard.

— Je te l'ai dit, j'avais mal dormi, je voulais juste un peu d'espace.

— Et en plus t'as l'affront de continuer à me mentir.

— Je suis désolé. Je suis désolé, je ne peux pas…

Il passe nerveusement sa main dans ses cheveux comme pour s'il luttait contre lui-même, c'est incompréhensible.

— Tu ne peux pas quoi ? Continuer d'être avec moi ?

— Non ! Pas du tout, je *veux* être avec toi.

— Alors quoi ?

— Alors rien…

— Écoute, Juliann. Je compte bien passer une très bonne semaine. Vraiment. Je n'ai absolument pas envie de me disputer dans le vent comme ça. Après tout ce temps, tu devrais avoir confiance en moi. Si ce n'est pas le cas, tant pis, mais je ne vais pas te laisser gâcher ce voyage. Alors soit tu fais un effort, soit on s'évite jusqu'à notre retour.

Sur ces bonnes paroles, je tourne les talons en espérant qu'il me rattrape. Mais il ne dit rien.

Wahina Brown

Nia me regarde avec comme une étincelle dans les yeux. Au début, je pense que c'est le fameux moment où elle va me demander de lui laisser la chambre, mais non. Elle a une autre idée en tête.

— Pourquoi j'ai l'impression que tu vas m'apporter des ennuis ? lui demandé-je en croisant son sourire narquois.

— Parce que c'est peut-être le cas.

— Je suis tout ouïe.

— La bouffe de l'hôtel est dégueulasse.

— Mais encore ?

— Joshua et moi on va aller se manger un kebab, puis on va finir la soirée dans une boîte de nuit.

— Oh non, non, non, non, non !

— Luka est déjà d'accord.

— Dites-moi que je rêve, dis-je en levant les yeux au ciel.

— Le Uber arrive dans dix minutes alors décide-toi rapidement !

J'hallucine. Je pense que l'on pourrait se faire renvoyer du lycée si jamais on venait à nous surprendre. *Sylvie* se ferait un malin plaisir de me détruire pendant mon conseil de discipline, mais est-ce que j'ai envie de rester là, seule dans ma chambre à ruminer contre le comportement immature de Juliann ? Non.

— Oui. Ok, c'est d'accord, je viens ! Mais je n'ai rien à me mettre.

— J'ai un haut ultra canon qui devrait bien faire ressortir tes superbes nichons !

J'ai l'impression d'entendre Adèle. À peine quelques secondes plus tard, Nia me lance un haut argenté très décolleté. Un *haut*... c'est relatif. Je dirais plutôt qu'il s'agit d'un morceau de tissu qui ne couvre que mes seins. Mon dos et la moitié de mon ventre sont à l'air, mais je reconnais qu'il me va bien. J'enfile rapidement un jean noir taille haute avec des baskets et ma doudoune. En un temps record, Nia me fait un trait d'eye-liner, m'applique du mascara, un rouge à lèvre rouge et du blush.

— Parfait ! Aller on bouge, les mecs nous attendent !

Elle éteint toutes les lumières, puis ouvre discrètement la porte. J'adore flirter avec l'interdit. Nous nous faufilons dans le couloir, puis nous descendons rapidement les marches pour rejoindre les garçons qui nous attendent devant l'hôtel.

— Enfin ! Aller, le Uber est déjà là !

— *Let's go* !

Boite de nuit

Dimanche 13 Décembre

00 : 02

Le son de l'afro beats me donne d'emblée envie de me déhancher sur le dancefloor. Il y a quelques mois, je n'aurais jamais accepté d'aller en boîte sachant que des tas de prédateurs y chassent leurs proies potentielles. Aujourd'hui, je me sens en sécurité : je ne suis pas seule. L'ambiance est tellement incroyable que j'ai l'impression que chaque parcelle de mon corps vibre au rythme de la musique.

Même le taco que je viens de manger semble twerker dans mon estomac. Je dis n'importe quoi…

— On ne se sépare pas, ok ? lance Luka à travers la musique.

— Oui, on reste ensemble.

— *Come on guys, let's go* ! crie Nia en courant vers la piste de danse avec Joshua.

Nous nous retrouvons rapidement à danser tous les quatre parmi la foule. Ça faisait vraiment une éternité que je ne m'étais pas autant amusée et lâchée. J'en viens même à danser collés serrés avec Nia et Luka qui en profite pour avoir les mains un peu trop baladeuses à mon goût, mais je mets ça sur le compte des deux verres de mojitos et de la piña colada qu'il a bue. Je retire ses mains, et il ne recommence pas. Juliann pèterait un câble s'il me voyait… Pourquoi est-ce que je pense à lui ? Je m'écarte et danse exclusivement avec Nia, même si je ne suis pas sûre que ce soit vraiment mieux. Nous dansons langoureusement sur *Be Honest* de Jorja Smith et je pense que l'on a sûrement dû attirer l'attention de la moitié de la boîte de nuit, mais peu importe. Ce soir, je compte bien en profiter.

Lorsque nous rentrons à l'hôtel, il est déjà presque cinq heures du matin et mes jambes menacent de me lâcher. Nous sommes censés être prêts à huit heures pour aller au musée et je sens que je vais avoir du mal à me réveiller.

— Eh, princesse ? m'interpelle Luka en attrapant mon poignet avant que je n'entre dans ma chambre.

— Humm ?

— Ça va ? Tu tiens debout ?

— Mais oui, je n'ai même pas bu d'alcool. Toi en revanche…

— Je suis super en f…

Je plaque ma main sur sa bouche pour l'empêcher de crier.

— T'es fou ou quoi ? Tu vas réveiller tout l'étage !

— Désolé, tente-t-il s'articuler en riant.

Il n'est pas en forme, il est pompette et je trouve ça presque mignon. Je réprime un rire et recule d'un pas, prête à m'affaler sur mon lit, mais Luka reste debout dans le couloir, les mains dans les poches comme s'il avait un truc à me demander. Nia et Joshua, eux, s'embrassent sans aucune pudeur à quelques mètres de nous.

— Oui ? demandé-je pour l'encourager.

— Joshua veut que je lui laisse notre chambre, du coup… Est-ce que je peux dormir avec toi ?

— Luka…

— Je sais, promis on recule les lits, tu peux me faire confiance, je ne ferai rien ! clame-t-il en levant les mains en gage de bonne foi.

— Euh…

Je jette un coup d'œil vers le couple qui est vraiment à deux doigts de se sauter dessus, et je pense à Juliann. Ça ne lui plairait pas, mais je *sais* qu'il ne se passera rien.

— Bon, d'accord. Mais t'as pas intérêt à te faire griller.

Il sourit, puis se dirige vers le couple pour dire quelque chose à Joshua. Celui-ci l'enlace amicalement, puis lance un regard plus qu'explicite à Nia. Berk… J'entre dans ma chambre, suivie de Luka. Je me démaquille rapidement dans la salle de bain et enfile mon pyjama. En revenant dans la chambre, je vide la moitié de ma bouteille d'eau pour soulager ma gorge sèche. Luka passe après moi pour prendre sa douche. Lorsqu'il revient, je suis à moitié endormie. Je l'entends à peine chuchoter « fais de beaux rêves, princesse ».

06 : 57

J'ai entendu le réveil sonner. Plusieurs fois même, mais j'ai délibérément ignoré la sonnerie stridente de mon téléphone pour gratter quelques minutes de sommeil. Je n'ai pas bu d'alcool et pourtant, mon état est vraiment pitoyable. Je me sens nauséeuse, j'ai la tête qui tourne et j'ai l'impression que mon corps pèse une tonne. Je ne parle même pas de mon utérus qui a l'air d'être en feu. Je pensais m'être débarrassée des douleurs liées à la pose de mon stérilet, il faut croire que non.

— Eh, Ava, faut te réveiller, me chuchote Luka en me secouant doucement.

— Non, marmonné-je. Fatiguée.

— On n'a pas le choix, princesse. Désolé. Allez, viens.

Je me lève avec difficulté. Pourquoi y a-t-il autant de lumière dans la chambre ?

— Tu te sens bien ?

— Pas vraiment.

Il touche mon front, l'air inquiet.

— T'es brûlante !

— J'ai une migraine et j'ai très envie de vomir.

— J'ai des Nurofen dans mon sac. Prends-en un et recouche-toi, je te réveille dans trente minutes.

Je me laisse retomber sur mon lit pendant qu'il fouille dans son sac. Il revient un comprimé et une bouteille d'eau que j'avale rapidement en grimaçant.

— Je vais dans ma chambre, je reviens plus tard. Je te laisse ma boite de médocs, tu la mettras dans ton sac mais n'en reprend pas avant le déjeuner, ok ?

— Oui.

Je m'assoupie avant même qu'il ne sorte de la pièce et sombre dans un sommeil brumeux.

Lorsque Nia vient me réveiller, je me sens assez bien pour me lever et lutter contre mes nausées et mes étourdissements.

— T'es sûre que ça va aller ? me demande Nia en me regardant enfiler mon jean et un gros pull.

— Oui, j'ai connu pire.

— On descend ? On va être en retard sinon.

— Oui, laisse-moi juste le temps de me rincer le visage et de me brosser les dents.

Cinq minutes dans la salle de bain me suffisent. J'ai une mine affreuse et mes cheveux ne ressemblent à rien, mais tant pis, c'est tout ce que je peux donner de moi-même aujourd'hui. Je ressors rapidement, je récupère mon sac et mon manteau avant de rejoindre le hall où tout le monde nous attend déjà.

— Ok, on est au complet, on peut y aller ! jappe *Sylvie*.

Un car nous attend à quelques mètres de l'hôtel. Je me sens mieux, certes. Mais la journée risque d'être vraiment longue.

The British Museum

11 : 49

Je ne me sens pas bien du tout. Au début, je pense que c'est juste la fatigue qui s'accumule, mais non, quelque chose ne va vraiment pas. Ça a commencé par des bouffées de chaleur intenses. Je suis toute rouge et je sue alors qu'il fait à peine trois degrés dehors. J'ai encore le vertige et j'ai de plus en plus l'impression que le monde tourne au ralenti.

— Ava ? Ça va ?

Je suis tellement mal que je ne sais même pas qui est en train de me parler. Je me sens tomber lourdement sur le sol. Je lutte quelques secondes pour que mes yeux restent ouverts mais je n'y arrive pas. Je perds connaissance.

Urgences

12 : 33

Il fait trop chaud. Beaucoup, beaucoup trop chaud. J'ai avalé la bouteille d'eau d'une traite, et me voilà allongé au sol, incapable de bouger. La pièce tangue autour de moi, et j'ai encore cette impression d'être emprisonnée dans mon propre corps. Je veux sortir. Je veux...

— Chuuut. Je te promets que j'irais doucement, cette fois.

C'est une voix que je ne reconnais pas. Des mains que je ne veux pas. Je me tends et sanglote lorsqu'il glisse sa main hideuse dans mon sous-vêtement.

— N... non... S'il te... s'il te plaît.

Je ne veux pas, je ne veux pas. Juliann ! Pourquoi est-ce qu'il ne m'entend pas. Juliann !

— Juliann !

Je me réveille en sursaut et manque de tomber du lit. Juliann me retrappe de justesse et m'aide à me rallonger.

— Tout va bien, mon ange, je suis là.

Je regarde autour de moi, complètement affolée. Je mets de longues secondes à me rendre compte que je suis aux urgences. Juliann est assis près de moi, le regard ahuri et l'air paniqué.

— Ça va ?

Je hoche la tête et me redresse à nouveau pour m'asseoir au bord du lit. Nous ne sommes pas à proprement parlé dans une chambre d'hôpital : le lit est situé dans un petit espace carré entouré de rideaux bleus.

— Qu'est-ce qu'il s'est passé ? demandé-je.

— Tu as fait un malaise. J'ai eu tellement peur… Tu te sens bien ?

Il descend du lit pour s'agenouiller en face de moi et évaluer mon état.

— Oui, ça va. Juste un peu étourdie.

— Les médecins ont dit que ce n'était probablement pas grand-chose et que tu pourrais sortir une fois réveillée.

—Merci de t'être occupé de moi.

— Tu rigoles, c'est normal.

Il s'approche de moi, se cale entre mes cuisses et pose son front dessus. Je caresse lentement ses boucles.

— Je suis désolé, mon ange, je suis vraiment un imbécile.

Il a l'air bouleversé. Ce n'était qu'un malaise anodin, mais ça a sûrement dû raviver des souvenirs douloureux.

— Eh, je vais bien ! dis-je en prenant sa tête entre mes mains. Vraiment. Ça doit être la fatigue, c'est tout ! Et aussi le fait que je n'ai pas mangé ce matin.

Ses yeux sont embués. Oh non…

— Te voir là, étalée sur le sol, inconsciente...

— N'y pense plus. Embrasse-moi.

Il se redresse et m'embrasse tendrement. Mon corps réagit instantanément, je me sens déjà avoir plus d'énergie lorsqu'il est avec moi.

— Je suis désolé de m'être comporté comme un idiot, dit-il. J'ai appris une mauvaise nouvelle dont je n'ai pas envie de parler… Ça a un rapport avec Anaëlle… Je sais que je peux tout te dire, c'est juste que parfois, j'ai l'impression de la trahir en étant avec toi. Mais c'est à *moi* de régler ça, je ne voulais pas que tu portes ce fardeau. Et quand j'ai vu Luka te caresser les cheveux… Je ne lui fais pas confiance.

— Je suis contente que tu m'en parles. Je te laisserais l'espace dont tu as besoin, Juliann, mais n'oublie pas qu'on forme une équipe. Si tu me mets à l'écart, on ne peut pas gagner. Quant à Luka, on s'en fiche. L'important c'est que tu aies confiance en *moi*. Il n'y a que toi que j'aime, ok ?

— Ok. Mais la prochaine fois, je lui casse quand-même le bras.

— D'accord, fais-je en riant. Si tu me permets de faire la même chose pour Sylvie.

— Marché conclu, mon ange. Je vais signer les papiers et on s'en va ?

— Oui.

Il dépose un dernier baiser sur mes lèvres avant de s'en aller.

Une demi-heure plus tard, nous descendons du taxi qui nous dépose au London Eye. L'endroit est magnifique : le marché de Noël, les illuminations, sans oublier l'attraction, bien-sûr. Je me demande si j'aurais le temps de faire un tour sur cette grande roue.

— Je te laisse, me chuchote Juliann lorsque l'on approche du groupe.

— Encore merci.

— Mais je t'en prie, mon ange. On se donne rendez-vous ce soir après le couvre-feu ?

— Monsieur, êtes-vous en train de corrompre une élève ? *Shame on you.*

Il me fait un clin d'œil, puis s'en va rejoindre ses collègues, sûrement pour leur faire un débrief. Apparemment, j'ai fait peur à tout le monde. Sauf peut-être à *Sylvie* qui me lace un regard noir. Je ne sais vraiment pas quel est son problème.

Je cherche du regard Luka, Nia et Joshua que je retrouve à un stand en train de commander du vin chaud. Je rêve, ils ne s'arrêtent donc jamais de boire ?

— La fête continue sans moi à ce que je vois.

— Hey, t'es là ! Tu nous as fait vachement peur, ça va ?

— Oui, beaucoup mieux, merci.

— On buvait à ta santé, dit Luka.

— Ouais, bien sûr.

— Je te commande un verre ?

— Sûrement pas !

Luka rit et passe son bras autour de mes épaules tandis que nous déambulons lentement entre les stands. Juliann n'est pas dans les parages, mais je décide tout de même de me décaler. Je suis très jalouse, j'ai envie de tuer Cara et Sylvie dès qu'elles s'approchent de Juliann, alors je ne peux pas le blâmer d'être furieux que Luka soit tactile avec moi.

Je m'arrête à un stand de jouets et décide d'acheter un dragon pour Drew. Il fonctionne avec des piles et marche en faisant des bruits qui risquent d'énerver ma grand-mère. Parfait.

— C'est pour Drew ? me demande Luka.

— Oui.

— Il adorerait, j'en suis sûr.

Je sors mon portefeuille pour payer. Pendant que j'attends la monnaie, mon téléphone vibre dans ma main. Je suis surprise de voir le nom qui s'affiche : João.

João
Salut, Ava, désolé de t'avoir posé un lapin, j....

— C'est qui ce João ? me demande Luka.

— Ce n'est personne, je réponds en rangeant mon téléphone dans ma poche.

Je récupère mon jouet et dit au revoir à la vendeuse. Je n'ai pas eu le temps de lire son message, mais j'espère qu'il a une très bonne raison de ne pas être venu la dernière fois. Et j'espère qu'il y a du nouveau dans son enquête.

Nous faisons le tour du marché qui est assez grand, puis nous arrivons à monter dans le London Eye avant de rentrer à l'hôtel pour manger. La nourriture laisse à désirer, mais les gaufres et les crêpes que nous avons mangées au goûter m'ont rassasié de toute manière. Ce n'est qu'une fois dans la chambre d'hôtel avec Nia que j'arrive à lire le message de João en entier.

> **João**
> Salut, Ava, dsl de t'avoir posé un lapin, j'ai dû faire quelque chose d'important à la dernière minute... j'ai plein d'informations capitales à te livrer mais il faut qu'on se voie. J'ai appris que tu étais en Angleterre, reste sur tes gardes.
> Prends soin de toi, on se voit quand tu rentres. Les choses sont beaucoup plus graves que ce qu'on pensait.

Je ne sais pas quoi répondre, son message est vraiment inquiétant, mon rythme cardiaque accélère. Ça fait des semaines que mon harceleur me laisse tranquille alors je pensais que j'étais en sécurité, que ça ne l'amusait plus de me faire peur. Et si ce silence soudain n'était en fait pour lui qu'un moyen de revenir en force en frappant un grand coup ?

— Tout va bien ? me demande Nia. Tu fais une tête bizarre.

— Oui, je vais aller prendre l'air.

Je fais une capture d'écran du message et je l'envoie à Juliann en lui demandant de me rejoindre en bas immédiatement. Je ne prends même pas la peine de prendre l'ascenseur, je dévale les escaliers le plus vite possible. Il me faut de l'air frais. Et heureusement pour moi, le vent est glacial. Juliann me rejoint à peine quelques secondes plus tard.

Il m'entraine dans un coin de la rue et retire son manteau pour le passer sur mes épaules, mais j'en suis à peine consciente. Qu'est-ce que ça veut dire « Les choses sont beaucoup plus graves que ce qu'on pensait » ? Que mon harceleur va tenter de me faire la même chose que Théo ? Que je vais devoir revivre ça ? Ma respiration est irrégulière, je crois que je suis en train de paniquer. Je ne peux pas revivre ça.

— Mon ange, calme-toi.

— T... tu as lu ?

— Oui.

Il prend mon visage en coupe pour me forcer à le regarder, à trouver mon point d'ancrage sur la réalité.

— Ce message est très inquiétant, c'est vrai. Mais on ne sait pas encore de quoi il s'agit. Je suis avec toi, alors tu es en sécurité. Il ne t'arrivera rien. Dès qu'on rentre, je te ramène chez tes parents et on ira voir João ensemble. Quand on en saura plus, on pourra agir en conséquence. Ne laisse pas ce salopard gâcher ton voyage alors qu'il n'est même pas là, ok ? Ne le laisse pas entrer dans ta tête.

— Mais il... Il m'a dit que c'était grave.

— Oui. Peut-être...

Un éclair passe dans ses yeux mais il ne continue pas sa phrase. Peut-être que quoi ?

— Qu'est-ce qu'il y a ?

— Rien.

— Non, dis-moi.

Il passe nerveusement sa main dans ses cheveux avant de continuer.

— Ava, je pense que tu connais ton harceleur. Je pense même qu'il ou elle est proche de toi.

— *Elle* ?

— Oui. Ça pourrait très bien être une fille.

Il a raison, ça pourrait être Cara ou *Sylvie*. Pourquoi est-ce qu'on ne me fiche pas juste la paix ?

— Écoute, je sais que c'est difficile mais essaye de ne pas en faire une obsession pour le moment. Essaie de profiter du séjour, ok ?

Je hoche la tête.

— Est-ce que tu veux qu'on aille quelque part ? Pour te changer les idées ? On peut peut-être faire un tour ?

— On peut aller dans ta chambre ?

— Je ne sais pas, c'est un peu imprudent... Je vais plutôt demander une autre chambre pour la nuit à un autre étage et tu pourras m'y rejoindre. On fait ça ?

— Oui. Merci mon amour.

Il m'embrasse langoureusement en caressant mes cheveux.

— Je ne laisserai jamais rien t'arriver, tu m'entends ? Je tuerai ce connard de mes propres mains s'il le fallait.

Ça ressemble à des mots banals que l'on entend souvent, mais je ne sais pas pourquoi, ça sonne en moi comme une promesse. La situation va se dégrader considérablement, c'est indéniable.

Chez les Kayris
Samedi 19 Décembre
02 : 33

J'entre dans ma chambre, totalement épuisée. Tout le monde dort déjà, bien sûr. Moi, j'ai juste hâte de prendre ma douche et de me mettre au lit. J'ouvre la fenêtre pour aérer ma chambre, puis je file dans la salle de bain. Le séjour est passé vite malgré la menace qui plane au-dessus de ma tête. J'ai réussi à en faire abstraction, notamment grâce aux sorties clandestines qu'organisaient Joshua et Nia tous les soirs. Plus de sortie nocturne en boite, mais on s'est quand même baladés dans les rues de Londres. Nous avons même fait des battles avec un groupe de danseurs dans la rue. Faire abstraction, c'est facile lorsque l'on est séparé de nos problèmes par une mer et des centaines de kilomètres, mais maintenant, me revoilà et je sens que mon passé va finir par me rattraper.

Lorsque je sors de la salle de bain, en serviette, je m'immobilise net. Est-ce que je dois crier ? La lumière est éteinte, mais je distingue très clairement une ombre près de la fenêtre qui me regarde. Mon Dieu. Au moment où j'ouvre la bouche pour hurler, l'individu allume la lumière. Je cligne plusieurs fois des yeux pour être sûre que ce n'est pas une hallucination.

— João ? Mais t'es malade ! Qu'est-ce que tu fous ici ? chuchoté-je hors de moi.

— Désolé, désolé. Il fallait que je te parle.

— Dans ma chambre ? Vraiment ?

— On ne doit pas nous voir ensemble. Et je t'ai laissé un message.

Il a l'air aussi paniqué que moi, si ce n'est plus. Il porte un jean et une veste en cuir noir avec un t-shirt et des baskets blancs. Ses longs cheveux noirs et bouclés retombent sur ses épaules. Pendant que je détaille sa tenue, lui fait de même. Le problème c'est que moi je suis nue sous ma serviette courte.

— Pardon.

Il se retourne rapidement.

— Tu parles d'un policier, marmonné-je. Entrer par effraction chez les gens, non mais !

Qu'est-ce que les garçons ont à grimper à la fenêtre de ma chambre ? Ils me prennent pour Raiponce ou quoi ? Je prends dans mon armoire un short et un t-shirt, puis je repars dans la salle de bain pour m'habiller. Il a de la chance que ce qu'il a à me dire soit important, parce qu'autrement, je l'aurais poussé par la fenêtre. Je ressors de la salle de bain, hors de moi.

— J'écoute, dis-je sèchement, bras croisés sous ma poitrine.

— Tu ferais mieux de t'asseoir.

Il a l'air grave. Qu'est-ce qu'il a à me dire ?

— Je ne préfère pas.

— Tu sais pourquoi Théo n'est pas allé en prison ?

— Pourquoi est-ce que tu me parles de lui ?

— Je ne sais pas si tu te souviens, mais Théo a dit qu'il ne t'avait agressé que quelques fois. Et que ce n'est pas lui qui a eu l'idée de t'enfermer au sous-sol. Et à l'époque, nous n'avons pas fait de tests ADN ou d'analyses toxicologiques. Les jurés ont alors pensé que Théo était vraiment fou, voire schizophrène ou qu'il avait des troubles de la personnalité puisqu'il a toujours parlé d'une autre personne.

— Il voulait surtout plaider la folie à tout prix.

— Oui mais, finalement, je pense qu'il ne mentait pas, Ava.

— Comment ça ?

— Comme je te l'ai dit, il n'y a pas eu d'analyse ADN.

— Et alors, à quoi ça nous aurait servi ?

— T'es sûre que tu ne veux pas t'asseoir ?

Je hoche la tête lentement. Je veux juste qu'il en vienne aux faits.

— S'il y avait eu des tests, nous aurions pu distinguer deux ADN différents sur toi. J'ai épluché tous les dossiers. Tu es du groupe sanguin B+. Drew est A+, or Théo est du groupe sanguin O+.

— Et alors ? dis-je, en feignant de ne pas comprendre.

— Et alors... Ava, Théo n'est pas le père de Drew. Il y avait bien une deuxième personne avec lui. Tu as été agressée par deux hommes et je pense que c'est cette personne qui te harcèle. Il ne s'agit plus seulement de quelqu'un qui essaie de te faire peur, ton harceleur t'as *déjà* fait du mal et je pense qu'il va recommencer. Tu es *vraiment* en danger.

Chapitre 35 | Ava

Je ne le crois pas. Je ne le crois pas du tout. J'ai envie de lui hurler dessus, pourquoi est-ce qu'il raconte des mensonges aussi énormes ? Mais j'ai beau avoir envie de crier, je ne trouve aucun argument logique pour le contredire. Théo m'a violée dans le salon, c'est vrai, mais une fois dans la cave, je ne l'ai pas vu. J'ai supposé que c'était lui à chaque fois, mais je n'ai jamais vu son visage. J'étais tellement dans les vapes que j'arrivais à peine à ouvrir les yeux. Pendant mes rares moments de lucidité, je me contentais d'essayer de fuir, de crier ou de rester allongée en attendant de mourir. Je gardais les yeux fermés, refusant de voir les horreurs que je subissais. Je n'ai pas de réels souvenirs et c'est sûrement mieux ainsi. Le plus grand service que ce salopard m'a rendu, c'est de m'avoir droguée. Grâce à lui, ma mémoire est brouillée et je n'ai aucune envie de la retrouver. João n'est pas de cet avis.

— Ava ?

— Non. Non, Joao. Tu... Tu mens.

— Je suis vraiment désolé.

— Non. Non ! Tu ne comprends pas je... j'ai tiré un trait sur tout ça ! Tu ne peux pas venir dans ma chambre et tout remettre en question comme ça.

— Je t'assure, si je n'étais pas sûr de moi, je ne t'en aurais pas parlé.

Mon cœur bat si vite dans ma poitrine que j'ai l'impression qu'il va en sortir. J'ai de plus en plus de mal à respirer, comme si cette information était en train de m'étrangler. Je suis en train de faire une crise de panique. J'ai appris à les gérer mais là, c'est trop. Je n'ai pas d'échappatoire, rien pour distraire mon esprit tourmenté. Je m'assieds sur mon lit avant de perdre le contrôle de mes jambes

— Ava, Ava, chut, respire, chuchote João en s'agenouillant près de moi. Respire.

— J…. j'ai...

— N'essaye pas de parler. Ne pense qu'à ma voix.

Ça ne fonctionne pas. Mon pire cauchemar est en train de se réaliser. Je risque de me faire agresser une nouvelle fois. Quelqu'un essaye de ruiner ma vie alors que je viens tout juste de commencer à me reconstruire. Lorsque Théo a réussi à me maîtriser dans son salon, un épais voile gris à recouvert mon univers, le rendant terne, sans saveur et incroyablement triste. Ce voile s'est dissipé peu à peu, il a même presque disparu. Du moins jusqu'à aujourd'hui, car là, je le vois réapparaître sous mes yeux. Menaçant. Je ne survivrai pas à une deuxième agression. Et s'il s'en prenait à mon fils ? Je suis paralysée par la peur.

— Ava. Pense... pense à Juliann.

Je fronce les sourcils. Comment est-ce qu'il connaît Juliann ? Pas le temps de se poser la question, je ferme les yeux et j'inspire profondément en pensant à sa main qui caresse ma joue. À la manière dont il replace mes mèches rebelles derrière mon oreille, à sa manière de murmurer *mon ange*... J'arrive à me détendre peu à peu. Je n'ai qu'une seule envie : aller me blottir dans ses bras, mais je ne peux pas. Je ne peux pas débarquer chez lui à cette heure-ci, pas vrai ? Peut-être qu'il ne dort pas encore ? Il doit s'envoler pour Madagascar dans trois jours et honnêtement, je ne sais pas comment je vais faire sans lui. Et si je lui demandais de rester ? Non, ça serait trop égoïste.

— Ça va mieux ?

— Comment est-ce que tu connais Juliann ?

— Je te l'ai dit, j'ai enquêté.

Alors il sait que c'est mon prof. Il n'a pas l'air de me juger pour autant.

— Tu as enquêté sur lui aussi ?

— Oui.

Je me mords la joue. Une petite pensée intrusive me fait paniquer, peut-être que Juliann a des secrets ? Non, sinon João m'en aurait forcément parlé. Je n'ai aucune raison de douter de lui ou de son amour pour moi. Il ne m'a jamais menti jusque-là, pas vrai ?

— Écoute, je pense que tu as besoin de te reposer. Je vais te laisser dormir et on reparlera de tout ça demain, ok ?

— Ouais.

— Juliann s'envole pour Madagascar mardi, c'est ça ?

— Oui.

— Ne l'empêche pas de partir.

Je me fige. Il a lu dans mes pensées ou quoi ?

— Pourquoi ?

— C'est plus prudent pour lui. Et pour toi.

— Comment ça ?

— Si celui qui te harcèle est ton violeur, je pense qu'il voudra écarter Juliann de toi. Pour t'avoir rien que pour lui. Et ça voudrait dire lui faire du mal, ou s'en prendre à sa fille, alors il vaudrait mieux pour lui et pour Inès qu'ils s'éloignent un peu.

Je détourne le regard. Je ne comprends pas. Si je laisse Juliann partir, mon harceleur aura eu ce qu'il voulait, il aura le champ libre pour m'atteindre.

— S'il part...

— Je serai là. Je monterai la garde devant chez toi tous les soirs s'il le faut. Je te le promets, il ne t'arrivera rien. J'ai merdé la première fois, mais je te promets que cette fois, ce fils de pute ne s'en sortira pas. Si Juliann n'est pas là, il essaiera sûrement de t'atteindre, il baissera sa garde et je pourrais enfin le coffrer. Je vais continuer à mener mon enquête mais tout ça doit rester entre nous, il ne faut pas éveiller les soupçons.

Je hoche la tête, peu convaincue. Il sourit tristement, puis baisse le regard vers sa veste en entendant son téléphone vibrer à l'intérieur. Il le prend et lit un message qui le fait grimacer.

— Bon. Je vais te laisser. Essaie de dormir un peu, ok ?

— Ouais.

— Je viendrai te voir demain soir. Ferme bien la fenêtre quand je pars, je vérifierai que tout est bien verrouillé avant de rentrer chez moi.

Il se redresse, puis passe par ma fenêtre et descend avec une agilité que j'aurais trouvé impressionnante si je n'avais pas été si secouée. Je ferme la fenêtre et les rideaux, puis je retourne au lit.

Chez Juliann
06 : 08

Bien sûr, je n'ai absolument pas fermé l'œil de la nuit, mais j'ai quand-même attendu une heure plus ou moins raisonnable pour aller toquer chez Juliann. Je dois insister pour qu'il m'ouvre enfin la porte, torse nu, à moitié endormi.

— Ava ? Tout va bien ? me demande-t-il en me laissant passer pour que j'entre.

— Oui. Non. Je voulais juste...

Je n'arrive pas à finir ma phrase. Je me contente de me blottir contre lui et j'ai l'impression de respirer à nouveau. Je me sens en sécurité dans ses bras. J'ai envie de tout lui raconter, mais je ne peux pas. João a raison, il faut qu'il parte, je ne dois pas le faire rester.

— Mon ange, qu'est-ce qu'il se passe ? Tu as parlé à João ? Il t'a dit quelque chose ?

— Non, je mens la tête enfouie dans son cou. Je... J'ai juste... J'ai fait une crise d'angoisse tout à l'heure et j'avais envie que tu sois près de moi.

— Tu aurais pu venir me voir, tu sais. Je n'ai pas réussi à dormir avant quatre heures du matin. Tu veux qu'on aille se mettre au lit ?

— Oui.

Je le suis dans l'escalier, jusque dans sa chambre. Je me déshabille rapidement, puis je me glisse sous la couette où Juliann me rejoint en me serrant contre lui.

— T'es sûr que ça va ? me demande-t-il en caressant le bas de mon dos.

— Maintenant oui.

Il caresse ma joue tendrement, puis m'embrasse langoureusement. Oui, j'avais vraiment besoin de ça. Et dire qu'il va partir pour une semaine...

— Juliann, susurré-je.

— Oui ?

Je n'ai pas besoin de parler, je pense que mon regard le fait à ma place. C'est le même que celui que j'avais après avoir rendu visite à Théo dans son hôpital psychiatrique. Ce jour-là, je voulais que Juliann m'aide à retrouver mon corps. D'une certaine manière, j'avais besoin de me prouver que je n'étais plus hantée par ces foutus cauchemars. Aujourd'hui, c'est la même chose. J'ai besoin de sentir que mon harceleur ne contrôle pas mon esprit. J'ai besoin de me prouver que je ne suis pas totalement pétrifiée par l'horreur de la situation.

Juliann s'empare une nouvelle fois de mes lèvres, de façon très tendre, puis il caresse lentement mes cheveux, puis mon cou, mon épaule. Une chaleur familière monte rapidement en moi, mon cœur explose d'amour et de désir. Il arrive à me faire sentir comme si j'étais plus précieuse que tout. Un intense courant électrique traverse mon corps lorsqu'il caresse du bout des doigts mon téton, sans cesser de m'embrasser. Ses mouvements sont d'une lenteur bouleversante.

Si d'habitude nous aimons laisser la passion parler à notre place, ce n'est aujourd'hui pas le cas. Juliann me fait l'amour tendrement, sans me quitter des yeux, comme s'il avait peur que je disparaisse. Il embrasse chaque parcelle de ma peau comme s'il avait peur de ne plus jamais pouvoir y goûter. Il me fait jouir comme pour me faire oublier que notre monde va bientôt s'effondrer.

Une fois remis de notre ivresse, nous nous effondrons. Juliann me regarde, sourcils froncés. Faire l'amour n'efface pas tous les problèmes, car le revoilà inquiet, je ne vais jamais réussir à lui rementir droit dans les yeux...

— Je sais que quelque chose ne va pas. Et je ne sais pas pourquoi tu ne veux pas m'en parler, je suis juste inquiet. Tu ne me fais pas confiance ?

— Si ! C'est juste que... Parfois, ne rien dire, c'est mieux que parler.

Il grimace, peu convaincu, mais il n'insiste pas.

— Bizarre, finit-il par me dire, le regard dans le vide.

— Quoi ?

— Je pars dans quelques jours et... Je ne sais pas, ça m'angoisse de te laisser. Ava, si tu as un problème ou que tu te sens en danger, je veux que tu me fasses signe immédiatement. Même si je ne suis pas là.

— Et tu veux que *bizarre* soit une sorte de mot de passe ?

— Oui. C'est facile à placer dans une phrase de manière anodine.

— Ok.

— Je ne supporterai pas qu'il t'arrive quoi que ce soit, mon ange. Inès, Drew et toi êtes ce que j'ai de plus cher au monde. J'ai tellement peur que quelqu'un vienne tout gâcher. J'ai peur de te perdre.

— Juliann…

— Je tuerai pour toi, s'il le fallait. Je te le jure.

J'ai envie de le rassurer, de lui dire qu'il ne m'arrivera rien, mais je n'y arrive pas. La vérité, c'est que je n'en suis pas sûre. Mon avenir est incertain.

Wahina Brown

Chez les Kayris

22 : 07

Hena et Drew refusent de sortir de ma chambre depuis que nous sommes montés. J'ai beau essayer de les convaincre que j'ai besoin d'être seule car je suis fatiguée, mais ils ne m'écoutent pas. Je ne pensais pas que je leur manquerais autant. J'ai dû raconter mon séjour en Angleterre dans les moindres détails en leur montrant des photos.

— C'est trop bien, maman ! fait Drew les yeux écarquillés. Nous aussi on pourra aller là-bas un jour ?

— Oui. Peut-être pendant les prochaines vacances ?

Si je suis encore en vie d'ici là. En regardant mon fils, je ne peux m'empêcher de penser au fait que je ne connais pas l'identité de son père. Cette situation est tellement désastreuse. Comment vais-je bien pouvoir lui expliquer tout ça lorsqu'il sera plus grand ? Mon corps est très tendu depuis que je suis rentrée de chez Juliann. Mes muscles se contractent contre ma volonté, comme si cette nouvelle m'avait littéralement tétanisée.

— Eh oh ! fait Hena qui a l'air de m'avoir parlé.

— Humm ?

— Oula, t'es vraiment fatiguée à ce que je vois ! Bon, on va te laisser dormir. Drew, tu dis bonne nuit à maman ?

— Oui tata !

Mon fils dépose un bisou baveux sur ma joue, puis descend de mon lit en suivant sa tante.

— À demain p'tit bonhomme, fais-je en souriant faiblement.

— À demain, maman !

Ma sœur éteint la lumière, puis referme la porte derrière elle. J'attends dix bonnes minutes avant d'ouvrir la fenêtre de ma chambre. João grimpe aussitôt.

— Salut, dit-il en tremblant. Ça va ?

Je referme la fenêtre sans lui répondre, puis je retourne m'asseoir sur mon lit. João a l'air très mal à l'aise, mais je m'en fiche. Je sais qu'il n'y est pour rien dans toute cette histoire, qu'il veut seulement m'aider, mais... J'aurais peut-être préféré ne pas savoir.

— Est-ce que tu as pu te reposer ?

— Pas vraiment.

Il soupire, puis s'assoit sur la chaise de mon bureau.

— Je sais ce que tu traverses, mais... On va le coincer, Ava. Tout ira bien après, je te le promets.

— Qu'as-tu découvert sur Juliann ? demandé-je de but en blanc.

— Juliann ?

Il passe sa main sur sa barbe sombre, l'air hésitant. Je sais qu'il a enquêté sur lui et j'ai confiance en Juliann, mais... Cette petite voix...

— Qu'est-ce que tu veux savoir ?

— Tout.

— Eh bien, Juliann est né le 8 Août...

— Non, je sais tout ça. Je veux savoir ce que tu as découvert de dérangeant.

— L'année dernière, une fille l'a accusé d'agression sexuelle. Elle s'appelait Gladys ou quelque chose comme ça. Mais elle a fini par avouer que c'était faux.

— Ouais, je sais… C'est tout ?

— Oui. Tu t'attendais à autre chose ?

Je soupire, soulagée. Je dois arrêter de me faire des films. Si je dois avoir confiance en quelqu'un c'est bien en Juliann, même si je sens qu'il y a quelque chose qu'il ne me dit pas.

— Et... et sa femme ?

— Sa femme ? Morte quelques jours après son accouchement. Elle a à peine pu voir sa fille.

— Ok.

Je me sens horrible de fouiller comme ça dans sa vie.

— Autre chose ?

— Tu as enquêté sur Luka ?

— Je suis en train. Tout ce que je sais pour l'instant, c'est qu'il vit avec son père et sa petite sœur. Son père s'est fait viré il y a quelques mois et là il travaille comme homme de ménage au lycée et le reste du temps, il se saoule dans un bar.

— Dans *mon* lycée ?

— Oui. Sa sœur... Eh bien, je ne suis pas sûr mais j'ai l'impression qu'elle se prostitue.

J'ouvre la bouche, choquée. Je ne pensais pas que Luka avait autant de problèmes avec sa famille, le pauvre. J'ai été tellement égoïste.

— C'est triste mais il y a énormément de cas de prostitution de mineurs dans le coin. Et c'est dur de trouver des preuves... Le pire, c'est que je crois que son proxénète, c'est son petit-ami. Il la manipule.

La culpabilité me ronge lorsque je me souviens de ce que j'ai dit à Luka la fois où il m'en a parlé. J'ai balayé son problème du revers de la main en lui disant que ça passerait, que c'était l'âge, que le mec en question n'était pas trop âgé. Quelle conne !

— Je n'ai rien trouvé d'inquiétant sur Adèle et Aïna.

— Et sur ma famille ?

— Ta famille ?

João me regarde, très étonné. Oui, ma famille. Ma mère surtout. On dirait que tout le monde est au courant de quelque chose que je ne sais pas. Une chose qui me permettrait de comprendre pourquoi ma mère me déteste autant.

— Je n'ai pas cherché. Mais ça va être compliqué, seules ta sœur et toi êtes nées en France et je n'ai pas assez de ressources pour mener mon enquête en Mauritanie.

— Oui, c'est vrai. Tant pis, ce n'est pas grave.

Au moins, les nouvelles ne sont pas aussi mauvaises qu'hier.

— Je suis désolé de te dire ça, mais... On va devoir passer en revue tous ceux qui ont pu s'approcher de près ou de loin de toi lorsque tu étais en troisième.

— J'avais beaucoup d'amis.

— Oui mais il devait bien y avoir quelqu'un qui te tournait souvent autour. Quelqu'un qui avait l'air trop insistant.

Ça remonte à si loin tout ça... Après que je sois sortie de l'hôpital, tout le monde m'a tourné le dos, à part Adèle et Aïna. Avant ça, je n'avais aucun ennemi. Peut-être que quelqu'un était jaloux de moi ? Mais au point de me violer ?

— Tu n'avais pas de crush ? De petit ami ? Quelqu'un qui te tournait autour ?

Réfléchis, Ava, réfléchis... Le nom sort de mon esprit comme par magie.

— Adam ! Adam ! Il n'arrêtait pas de me tourner autour de manière un peu lourde, en me disant qu'on était faits pour être ensemble parce qu'il s'appelle Adam et que je m'appelle Ava. Il y avait aussi eu cette rumeur selon laquelle il observait les filles pendant qu'elles se changeaient dans les vestiaires ou dans les cabines de la piscine. Un jour, il s'est énervé contre moi car il avait découvert que j'avais un crush sur un autre garçon.

— Tu sais ce qu'il est devenu ? Tu connais son nom de famille ?

— Non, mais je crois que c'était Adam... Adam Khoo- quelque chose, je ne me rappelle pas. Il était dans ma classe en troisième alors tu devrais pouvoir le retrouver facilement.

— Ok. J'irai lui parler.

— J'irai avec toi.

— Hors de question.

— Je suis concernée, je ne vais certainement pas rester passive.

— Ava...

— Je suis têtue, n'essaie pas de m'en dissuader.

Il ouvre la bouche, puis la referme en acquiesçant.

— Ok.

João se lève, prêt à partir.

— Je vais y aller. Je t'appelle demain matin. S'il n'est pas loin, on pourra aller voir cet Adam lundi.

— D'accord. Et, João ?

— Oui ?

— Merci, dis-je sincèrement. Merci beaucoup.

Une étincelle passe dans ses yeux mais s'éteint aussitôt.

— Je t'en prie.

— Tu... Tu vérifies tout en partant ?

— Oui. Et Ava, je te promets qu'on va coincer ce salopard. Quoi qu'il en coûte...

Chapitre 36 | Ava

C'est la première fois que je mens à Juliann. Non, la deuxième fois en fait... Je suis censée le ramener chez ses parents ce soir pour qu'on y passe la nuit, puis à l'aéroport demain après-midi afin que lui et Inès puissent prendre leur vol vers Paris, puis vers Madagascar. Il voulait qu'on prenne la route ce matin, mais je lui ai menti en lui disant que je devais d'abord aller à la salle de danse pour faire un récap avec Luka et Hakim. La vérité, c'est que João a trouvé le fameux Adam et que celui-ci étudie et vit sur un campus à moins d'une heure de chez moi. J'envoie un message à Juliann, peut-être pour faire taire ma culpabilité.

> **Ava**
> Je t'aime.

> **Mon amour**
> Wah, Hakim est aussi méchant que ça
> avec toi ? J'ai besoin d'acheter une pelle
> et des bâches pour enterrer un cadavre ?

Je me mords la joue pour m'empêcher de rire et je range mon téléphone dans ma poche en suivant João qui marche rapidement devant moi. Je déteste cette situation. J'ai hâte de pouvoir tout raconter à Juliann.

— C'est ici, me dit João en pointant du doigt un immeuble de la résidence du Crous.

— Je te suis.

Nous rentrons, puis montons les marches rapidement jusqu'au troisième étage. Je ne sais même pas s'il sera là. En fait, je ne sais pas pourquoi *on* est là. Je ne pense pas du tout qu'Adam soit mon violeur ou mon harceleur mais ne sait-on jamais... Nous toquons à la porte mais personne ne répond. Nous n'allons pas juste rentrer bredouille ? João fouille dans sa poche et en sort une épingle.

— Attends, tu vas pas crocheter la serrure quand-même ?

— Bah si.

— T'es sûr que t'es vraiment de la police toi ?

— Très drôle.

Aujourd'hui, il est habillé tout en noir et porte un chignon haut qui dégage son visage assombri par sa barbe noire. Je ne sais pas pourquoi João m'inspire confiance alors qu'il passe son temps à rentrer chez les gens par effraction. Après quelques manips, la porte s'ouvre en un grincement qui fait bondir mon cœur. Je m'attends à trouver un studio sale, des cartons de pizza à moitié vides par terre, des bouteilles de bière, des affaires éparpillées sur le sol, une odeur épouvantable, mais pas du tout. Tout est nickel. Je me demande même si on est au bon endroit.

— Allez, on se dépêche ! me dit João en me poussant à l'intérieur.

Il referme la porte doucement, puis regarde autour de lui. Eh non, pas de photos de moi qui tapissent le mur, pas de cagoule dans le placard... Même pas une photo de moi sur son ordinateur. Je savais qu'on ferait chou blanc.

— Bon, dis-je en passant la main dans mes cheveux détachés.

— On devrait peut-être...

João et moi nous figeons et écarquillons les yeux lorsqu'on entend quelqu'un insérer sa clé dans la serrure. On risque de gros ennuis si on se fait prendre. Nous n'avons que quelques secondes pour réfléchir, mais moi je suis pétrifiée. João me tire par le bras et m'entraîne dans le placard qu'il referme sur nous pile au moment où Adam ouvre la porte. Mon cœur bat à cent à l'heure.

— Je suis explosé ! dit Adam en retirant ses chaussures.

— Pareil, fait une voix masculine. On va à la douche ?

— Ouais.

À travers la fente, je peux voir les deux hommes. Ils sont tous les deux en tenue de sport, je pense qu'ils viennent de faire un jogging. Adam a gardé la même coiffure qu'au collège : un dégradé qui met en valeur ses boucles blondes au sommet de son crâne. Ses yeux marrons sont toujours les mêmes. En fait, à part sa taille, sa silhouette et sa voix, rien n'a changé chez lui. Adam s'avance pour embrasser son petit-ami très langoureusement et je détourne immédiatement le regard. Dans quel pétrin s'est-on encore fourré ? Et s'ils venaient à…. coucher ensemble ? Là, devant nous ? Oh non... Manquerait plus que ça ! On est très clairement en train de violer leur intimité.

— Eh merde ! souffle João.

Gênés, nous nous contentons de nous regarder dans le blanc des yeux en entendant les deux hommes pousser des gémissements rauques. João et moi sommes à quelques centimètres l'un de l'autre, je peux sentir son souffle irrégulier sur moi. L'ambiance est très particulière : je suis gênée par Adam et son amoureux sur le point de se sauter dessus, en même temps mon cœur bat vite face au danger et il y a João qui me regarde... étrangement. En général, j'arrive bien à cerner les gens mais lui... Est-ce qu'il me regarde comme ça parce qu'il a peur ? Parce qu'il est gêné ? Parce que je lui plais ?

— Ça va ? chuchoté-je tout bas.

— Ouais... Juste... un peu claustrophobe.

— Ça va aller.

Ça ne me ressemble pas mais lorsque je le vois fermer les yeux pour tenter de gérer sa respiration qui se fait rare, je lui prends la main et tente de le réconforter. La situation pourrait presque être hilarante si João n'était pas si mal en point. Adam et son ami continuent de s'embrasser, puis se déshabiller, se dire des choses très salaces pour finalement faire l'amour pendant une vingtaine de minutes. On ne m'y reprendra plus à rentrer chez les gens par effraction.

Finalement, nous arrivons à sortir de là une demi-heure plus tard lorsque les deux tourtereaux vont dans la salle de bain pour prendre une douche. Nous fonçons à l'extérieur où nous prenons une grande inspiration. Après quelques secondes, j'explose de rire. Sérieux, c'était quoi cette scène ? João me regarde, l'air perplexe.

— Qu'est-ce qu'il t'arrive ? me demande-t-il en s'efforçant de ne pas sourire.

— Cette situation... C'était improbable, dis-je entre deux éclats de rire.

— Ava, t'es pas possible, fait-il en riant aussi. Depuis que t'es venu me voir à la salle de sport, je n'arrête pas d'être dans l'illégalité.

— Comme si tu m'avais attendu pour rentrer chez les gens par effraction. Ça se voit que tu fais ça depuis toujours.

— Aller on y va, m'ignore-t-il.

Il me suit jusqu'à ma voiture garée un peu plus loin.

— Tu veux manger quelque chose ? J'ai bien envie d'un burger.

— Ouais, pourquoi pas, je réponds. Mais il faut que je sois rentrée pour seize heures.

— Pas de problème !

— Alors comme ça, tu fais pas mal de choses illégales ?

— Oui.

— Comme quoi ?

— Entrer par effraction chez quelqu'un et être forcé de regarder deux personnes baiser.

Son franc parlé me désarçonne, ça fait tout drôle de l'entendre utiliser des mots si vulgaires.

— Fouiller dans la vie des gens alors qu'aucune enquête officielle n'a été ouverte.

— Entrer par effraction dans *ma* chambre, ajouté-je.

— Oui, il y a ça aussi, fait-il en souriant. D'ailleurs j'espère que je ne t'ai pas fait trop peur.

— Si.

— Désolé.

Nous nous garons devant un fast-food dont les néons commencent à rendre l'âme. L'intérieur est décoré dans un style américain avec des banquettes rouges, des tables en métal et un carrelage noir et blanc recouvert d'une substance grasse à certains endroits. Ce n'est pas chic, mais l'odeur de steak grillé me met déjà l'eau à la bouche, et puis João a juré qu'ils servaient des hamburgers à tomber à la renverse. Je le laisse donc commander pour moi. Lorsque nous nous installons à table, je ne peux m'empêcher de le questionner, de tenter d'en apprendre un peu plus sur lui. Il n'y a pas de raison qu'il enquête sur ma vie alors que je ne sais rien sur la sienne.

— Il n'y a pas grand-chose à dire. J'ai toujours voulu être policier alors dès que j'ai eu dix-huit ans, j'ai passé le concours. Je l'ai eu du premier coup.

— C'est impressionnant. Je sais que ce n'est pas facile.

— Oui mais j'ai eu un bon mentor.

Il baisse les yeux, l'air triste.

— Et depuis, mon boulot, c'est toute ma vie.

— C'est honorable. Et... Tes parents ?

— Je n'ai plus aucun lien avec ma mère. Mon père est mort lorsque j'avais quatre ans.

— Je suis désolée.

Je meurs d'envie de lui demander pourquoi il ne parle plus à sa mère, mais notre bipper sonne, nous annonçant que notre commande est prête.

— Je reviens.

João se lève pour aller chercher nos plateaux et il revient quelques minutes plus tard. Mon estomac gargouille en voyant le fromage fondu couler hors du hamburger. Miam ! Il énorme, je doute de pouvoir le terminer, mais rien ne m'empêchera d'essayer. Mes frites sont recouvertes d'une sauce au cheddar. J'en ai l'eau à la bouche.

— Bon appétit ! dit-il en fourrant une frite dans sa bouche.

— Merci.

Il prend une énorme bouchée de son hamburger et mâche sans me quitter des yeux. C'est intimidant. Il y a encore cette atmosphère gênante entre nous. Et sa façon de me toiser à travers ses cils épais… Je crois que je lui plais. Au secours, qu'est-ce que je fais là déjà ? Je veux voir Juliann. Je prends mon hamburger et commence à le manger pour détourner le regard, évitant tout malentendu. Manquerait plus qu'il croie que je flirte avec lui.

Je ferme les yeux en savourant mon sandwich. Que c'est bon. Presque autant que ceux que me prépare Juliann.

— Humm !

João rougit et se mord la joue, ce qui me fait rougir aussi. Oups. Faut que je change de sujet et vite.

— Tu as toujours habité ici ?

— Non. Avant j'habitais dans une petite maison en Picardie jusqu'à mes quatorze ans. Ensuite j'ai été placé dans un foyer près d'ici. C'est peut-être surprenant mais j'y ai passé mes meilleures années. Depuis, je n'ai pas bougé.

— Oh, je vois. Tu as eu une enfance difficile.

— Oui.

— Je peux te demander pourquoi ?

— Ma mère était une droguée qui se prostituait pour pouvoir s'acheter sa cam. Elle préférait être stone tout le temps plutôt que de s'occuper de moi. Quand j'ai eu 8 ans, les choses se sont encore compliquées. Ma mère a commencé à sortir avec plein de gars dont son proxénète et... L'un d'eux abusait de moi.

— Oh, soufflé-je. Je suis désolée, João...

Et moi qui pensais que ma mère me haïssait...

— Ouais... C'était il y a longtemps, fait-il en balayant de la main la douleur qui semble refaire surface. On m'a aidé à me reconstruire depuis.

— Et tu t'en es très bien sorti. Tu peux être fière de toi.

— Merci.

Il sourit, gêné, puis trempe une de ses frites dans sa sauce barbecue.

— Tu as enquêté sur moi ?

— Oui. Je sais absolument tout sur toi.

— Ça, ça m'étonnerait, fais-je grimaçant.

— Tu sais, on peut déduire beaucoup de choses sur la personnalité de quelqu'un à partir de simples informations.

— Ah oui ? Et qu'est-ce que tu as déduit de moi ?

— Eh bien, ça ne se voit peut-être pas de suite mais tu es une personne très lumineuse qui a tendance à attirer les gens. Tu les mets à l'aise, tu les fais se sentir... Valorisés. Tu es très curieuse, aussi. Et je pense que tu as beaucoup de mal à ne pas dire ce que tu penses.

On dirait qu'il est en train de me lire mon horoscope, mais je dois avouer qu'il n'a pas tort. Seulement, pas mal de mes traits de caractères "lumineux" ont fini par ternir.

— Et je pense aussi que t'es comme une étoile, Ava. Tu brilles de toi-même et tu éclaires les autres. Et à mesure que tu grandis, ta lumière et ta chaleur profitent à de plus en plus de corps célestes. Mais cette lumière a fini par avoir raison de toi, car tu as fini par exploser et te briser en morceaux.

— C'est poétique, fais-je sincèrement touchée par sa métaphore. Mais c'est un peu triste.

— Pas forcément. Les supernovas, comme toi, ne meurent pas vraiment. Elles se transforment en étoiles à neutron, ajoute-t-il en me faisant un clin d'œil. Tu es en train de devenir une magnifique étoile qui renait de ses cendres.

Cette fois, je rougis. J'ai très peu d'expérience avec les hommes, mais il est clair que je ne rends pas João indifférent. Sa sensibilité me touche, mais comment dire ? Mon cœur est déjà pris.

— On y va ?

Je hoche la tête et le suis jusqu'à la voiture. J'ai hâte de retrouver mon amoureux, car j'ai vraiment l'impression de faire quelque chose de mal et je déteste ça.

Chez les Kayris

15 : 47

Je reste figée dans le salon lorsque je vois Juliann. Juliann ! Chez moi. En train de boire le thé et manger des gâteaux à table avec mes parents, Drew, Inès et ma sœur. Je suis dans un monde parallèle, qu'est-ce qu'il fait ici ?

— Euh, bonjour, dis-je pour masquer mon choc.

— Ah, salut ma chérie, me fait mon père. Tu te joins à nous ? Nous avons invité ton professeur pour le goûter.

— Je vois ça. Non merci, je me suis pris quelque chose à manger sur le chemin.

Invité ? C'est une blague ? Pourquoi n'a-t-il pas refusé ?

— Bonjour, Ava, fait-il en me regardant. Ça va ?

Je me contente de hocher la tête.

— Tu viens au moins prendre un cookie ? me demande ma mère.

— D'accord.

Je suis toujours trop faible devant ses cookies. Je me lave rapidement les mains, puis je m'installe sur le canapé à côté de ma sœur et prends un gâteau dans l'assiette posée sur la table basse. J'ai l'impression d'être dans un rêve. Juliann est très à l'aise et mes parents le vénèrent comme s'il était un prince. J'hallucine.

— Je suis allé demander à Juliann s'il avait une visseuse à me prêter et j'ai pensé que je pouvais l'inviter à manger pour le remercier, me dit mon père en me servant une tasse de thé.

— Ah. Merci, papa.

— Je ne lui ai laissé aucune chance de refuser.

— Je n'en doute pas, vu le négociateur que tu fais, je réponds en lui faisant un clin d'œil.

Je ne peux m'empêcher de regarder Juliann. Lui aussi me fixe, le sourire aux lèvres. Il m'agace ! Il m'agace parce que j'ai envie d'être en colère contre lui, mais il est si beau. Je meurs d'envie de poser mes lèvres sur les siennes. Il lit certainement dans mes pensées, car son regard s'assombrit.

— Est-ce que je peux emprunter vos toilettes ? demande Juliann après que ma mère a fini de lui poser un tas de questions sur mes résultats scolaires.

— Bien-sûr. Ava, tu lui montres ?

Je hoche la tête et je le conduis à l'étage. C'est déjà dur de garder ses distances avec lui au lycée, mais alors chez moi... Je lutte pour ne pas me jeter sur lui lorsque sa main frôle la mienne dans les escaliers. Une fois arrivés devant les toilettes, Juliann me plaque contre le mur et m'embrasse fougueusement. Je fonds instantanément. Pourquoi a-t-il autant d'effet sur moi ? Je passe ma main dans ses cheveux bouclés et plaque mon bassin contre son érection. C'est de la folie, on ne peut pas faire ici.

— Qu'est-ce que tu me fais, Ava ? souffle-t-il en posant son front contre le mien.

— Je te retourne la question.

Il dépose un chaste baiser sur mes lèvres, puis recule d'un pas, les yeux étincelants.

— De quoi as-tu parlé avec mes parents ?

— Eh bien, surtout de tes résultats scolaires. Ils sont fiers de toi. Tous les deux.

— Si tu le dis, fais-je en baissant les yeux. Ça tient toujours pour tout à l'heure ?

— Oui, nos valises sont prêtes, on attend plus que toi. Tes parents pensent que…

— Que je passe le weekend à Paris avec Adèle et Aïna.

Je suis devenue une véritable petite menteuse.

— Je passe vous prendre dans une heure, ok ?

— C'est parfait, mon ange. Et alors ta répétition, ça s'est bien passé ?

— Oui, comme d'hab. On redescend ? Mes parents risquent de se douter de quelque chose.

— Pas si vite.

Il attrape mon poignet, puis passe sa main autour de mon cou avant de poser à nouveau ses lèvres sur moi. Plus tendrement cette fois. Oh, qu'est-ce que je m'en veux de lui mentir !

— Maintenant on peut redescendre.

Il me prend la main et m'entraîne vers les marches. Hena est en train de débarrasser la table tandis que mes parents discutent sur le canapé et que les enfants jouent.

— Je vais leur dire que je m'en vais, me chuchote-t-il lorsque nous arrivons au salon.

— Ok.

Je détache ma main de la sienne pile au moment où ma sœur se tourne vers nous. Elle fronce les sourcils une fraction de seconde avant de sourire. Est-ce qu'elle nous a vu ?

— Je vous remercie de m'avoir invité, annonce Juliann. C'était vraiment délicieux, mais je dois y aller.

— Déjà ? fait mon père.

— Oui, je dois aller chez ma mère dans pas très longtemps.

— Ah, je comprends. Eh bien, revenez quand vous voulez, Juliann.

— Vous m'avez l'air d'être quelqu'un de bien, fait ma mère. Je suis heureuse qu'elle ait un professeur qui prenne aussi bien soin d'elle.

Je rougis. Oh, maman, si tu savais à quel point il prend soin de moi... En levrette, en missionnaire... Oh mon Dieu, il faut que je me calme. Juliann et Inès disent au revoir à ma sœur puis se dirigent vers la sortie.

— À très vite, Ava, me dit-il avant de disparaître dans le couloir de l'entrée, accompagné par mes parents.

Je me contente de rougir une nouvelle fois, puis je me tourne vers ma sœur qui me regarde avec un air désapprobateur, les poings sur les hanches.

— Quoi ?

— Mignon, ce Juliann.

— Si tu le dis, je réponds en haussant les épaules.

— Par le plus grand des hasards, il ne se passerait pas quelque chose entre vous ?

— Pas du tout !

— Humm.

Je me mords la joue et me précipite à l'étage. Je n'aime pas mentir et ça fait beaucoup de choses à cacher d'un seul coup.

Chez les Ronadone

19 : 30

Johanna nous accueille chaleureusement, comme la dernière fois.

— Ava ! Ça me fait plaisir de te revoir, comment tu vas ?

— Je vais très bien et vous ? demandé-je encore surprise par sa gentillesse.

— Je t'ai déjà dit de me tutoyer ! Je vais très bien. Laisse-moi prendre ton manteau.

— Merci.

Elle prend mon sac et mon manteau, puis les range dans le placard de l'entrée. Johanna est très chaleureuse mais aujourd'hui, il y a un brin de tristesse dans ses yeux qu'elle s'efforce de dissimuler. J'ai envie de lui demander si elle est sûre que ça va, mais c'est à ce moment-là qu'apparaît Juliann derrière moi avec Inès endormie dans ses bras. Johanna embrasse son fils, puis prend sa petite-fille et dépose un baiser sur son front.

— Je vais la mettre au lit, chuchote-t-elle avant de disparaître à l'étage.

— Merci, maman.

Juliann m'invite à entrer dans le salon vide.

— Ton père n'est pas là ?

— Euh, non. Il est chez mon frère.

— Ah.

Lui aussi a l'air bizarre. Qu'est-ce qu'il se passe ?

— Il y a un problème ?

— Non, pourquoi ?

— Ta mère a l'air triste et... toi aussi.

— Ouais. En général, quand on se retrouve ici pendant les vacances, mon père, mon frère et moi faisons une soirée poker. Mais cette année, j'ai refusé d'y participer.

— À cause de moi ?

— Non, je ne veux pas que mon frère refasse remonter toute ta douleur.

— Juliann. Ton frère te manque ?

Silence.

— Vous vous êtes parlé depuis l'autre fois ?

— Non.

— Mon amour, soupiré-je en posant mes mains sur ses épaules. C'est ton frère, vous n'allez pas rester comme ça indéfiniment. Je ne veux pas être la cause d'une dispute au sein de ta famille. Je t'aime et tu comptes pour moi. Et ce n'est pas facile mais je dois aussi apprendre à aimer ta famille. Je ne serai jamais amie avec Johann, mais je peux tolérer qu'il soit dans la même pièce que moi.

— T'es sûre ?

— Oui. Et de toute façon, il est ici chez lui. Il habite loin ?

— Non, à dix minutes.

— Alors appelle ton père et dit lui que vous ferez la soirée poker ici.

— Vraiment ?

— Vraiment.

Il m'embrasse tendrement, l'air soulagé. Grâce à lui, je suis plus forte, alors même si la face de rat qu'est son frère me fout la gerbe, je suis assez confiante pour supporter qu'il soit à quelques mètres de moi.

— Si tu savais comme je t'aime, souffle-t-il. J'ai tellement de chance de t'avoir.

— C'est moi qui ai de la chance.

Johanna redescend pile à ce moment-là.

— Elle dort à poings fermés !

— Elle est épuisée, je ne pense pas qu'elle se réveillera dans la nuit. Maman, tu sais si la pizzeria d'à côté est ouverte ? J'ai entendu dire qu'elle était en rénovation il y a quelques semaines.

— Oui, ils ont rouvert il y a quelques jours.

— Ça marche, je vais aller en chercher alors. Je reviens.

Il dépose un chaste baiser sur mes lèvres, puis sort en coup de vent. Johanna me chuchote un merci avant de sortir les cartes et les jetons de poker.

Juliann, Jean et Johann arrivent en même temps. Jean me prend dans ses bras et Johann me salue timidement, évitant systématiquement mon regard. C'est sûrement mieux comme ça. À ma grande surprise, Anna débarque elle aussi, le ventre légèrement arrondi.

— Hey, salue Ava, me salue-t-elle avec enthousiasme. Ça me fait plaisir de te revoir.

— À moi aussi. Et félicitation, dis-je en désignant son ventre.

Je ne sais pas si c'est une nouvelle qui mérite que je me réjouisse pour elle, mais ça me semble être la meilleure réaction à avoir.

— Merci, répond-elle en caressant son ventre.

— Vous venez les filles ? On va manger dans la cuisine. Si on reste ici à écouter les garçons parler, je pense que des couples vont se briser, dit Johanna.

Vraiment ? J'acquiesce et lance un regard menaçant à Juliann qui se contente de me faire un clin d'œil.

Dans la cuisine, Johanna monopolise rapidement la parole, mais je décide que je veux en savoir plus sur Anna. Elle m'intrigue vraiment beaucoup, et cette ressemblance avec Anaëlle…

— Mes parents vivaient à Lille, c'est là-bas que j'ai grandi jusqu'à mes quatorze ans, dit-elle en mangeant sa septième part de pizza. Ensuite on est venus s'installer ici. D'ailleurs c'est là que j'ai rencontré Juliann, on fréquentait le même lycée, mais on a commencé à se parler à la fac, quand je suis sortie avec son frère. Je suis tombé amoureuse de Johann la première fois que je l'ai vu. Il a été un réel soutien quand mes parents sont morts.

Elle hausse les épaules pour se donner un air nonchalant, mais en fait, je crois que replonger dans ces souvenirs lui fait du mal.

— Et puis je suis tombée enceinte et tu connais la suite. Je sais que je peux te paraître bizarre. Juliann a sûrement dû te le dire ; je suis bipolaire, et depuis ma grossesse, c'est assez compliqué. J'ai des sautes d'humeur en permanence. Si je deviens soudainement agressive, ne le prends pas personnellement, je peux vraiment être insupportable parfois. Pas étonnant que Johann ne veuille plus de moi.

Elle me brise le cœur. Elle n'a pas confiance en elle, et la manière dont la traite ce qui lui sert de mari n'arrange rien à son manque d'estime de soi. C'est vraiment triste, elle mérite mieux. Je m'en veux de l'avoir jugé trop rapidement.

— Des fois je me dis que je suis tombée amoureuse du mauvais frère. Sans vouloir t'offenser.

— Je *suis* offensée ! m'exclamé-je. Mais je vois ce que tu veux dire. On ne choisit pas de qui on tombe amoureux. Tu étais proche d'Anaëlle ?

— Oui, elle est... Était comme une sœur pour moi. Notre ressemblance est très troublante, et j'avoue qu'on en a bien profité à la fac.

— Vous vous faisiez passer pour l'autre ? demande Johanna.

— Oui, pour les partiels.

— J'aurais aimé avoir une jumelle rien que pour ça, dis-je en souriant.

— Il suffit de trouver ton sosie.

Pas faux. Je crois que je commence à apprécier Anna, finalement. Elle et ses humeurs plus que nuancées.

Lorsque nous retournons dans le salon, quelques heures plus tard, les garçons ne sont déjà plus là.

— Il est déjà minuit, je pense qu'ils sont allés se coucher, fait Anna.

— Sûrement. Bon, eh bien, bonne nuit, fais-je en baillant.

— Bonne nuit, répond Anna en montant les marches rapidement.

— Ava, je suis vraiment heureuse que tu sois avec mon fils, me dit Johanna. Tu es quelqu'un de bien.

— Non...

— Si, si. Je suis sûre que ça va durer entre vous.

— Merci.

Elle me prend dans ses bras, me souhaite bonne nuit et se dirige vers sa chambre. Je monte les escaliers en souriant, sans me douter une seconde que c'est la dernière nuit que je passe avec Juliann…

Il est allongé sur le lit, sur le dos, le regard perdu dans le vide. Il a l'air pensif mais détendu.

— Salut, chuchoté-je en refermant la porte.

— Hey. Alors, tu as passé une bonne soirée ?

— Oui. Anna n'est pas aussi supportable que je le pensais.

Je me déshabille pour ne garder que ma culotte, puis je me glisse sous la couette, Juliann me prend immédiatement dans ses bras.

— À quoi tu pensais ? demandé-je en regardant le gris profond de ses yeux.

— À toi. Ou du moins, à ce que tu me caches.

Mon cœur rate un battement. Je n'essaie même pas de nier, je me contente de baisser les yeux.

— C'est pour ton bien, Juliann.

— Ça a un rapport avec ce que t'a dit João ?

— Comment tu sais que j'ai parlé avec lui ?

— Ça me parait évident. Il avait quelque chose d'important à t'annoncer.

— C'est vrai. Mais je ne peux pas t'en parler. Pour ton bien. Et celui d'Inès.

— Je n'aime pas que tu me caches des choses.

— Je te demande juste de me faire confiance. Je te dirai tout quand tu rentreras de Madagascar.

Il reste silencieux quelques secondes avant de répondre.

— Ok.

— Et toi tu ne me caches rien ?

— Si, dit-il franchement. Mais c'est pour ton bien.

— Ok.

Il caresse lentement ma joue, l'air triste. Son toucher me rend si forte... J'ai l'impression qu'on a tous les deux étés créés de manière à être totalement complémentaires.

— Le plus important, c'est qu'on s'aime. Je te promets que ça ira mieux quand on aura coincé ce salopard, souffle-t-il.

— Oui.

— Maintenant embrasse-moi.

Je passe la main dans ses cheveux et je scelle nos lèvres. Pour me rassurer. Pour le rassurer. Pour empêcher ces secrets qui se sont infiltrés entre nous de gagner trop de terrain. Alors nous nous enlaçons, nous nous caressons, car à cet instant précis, c'est la seule chose capable de nous aider à tenir bon.

— Je vais me chercher à boire, dis-je quelques minutes plus tard en me levant.

— Fais vite.

Je passe rapidement aux toilettes avant d'enfiler un long t-shirt et de me glisser hors de la chambre. La maison est totalement silencieuse, seuls mes pieds font grincer le plancher et troublent la tranquillité. Du moins, c'est ce que je pense jusqu'à ce que je remarque que la lumière de la cuisine est allumée. Je reconnais immédiatement la voix de Johann.

— Je sais, mais je suis coincé, je te jure. Cette garce... Oui bébé... Tu sais que je t'aime... Non... Elle me tient, je te dis. Crois-moi, c'est impossible que cet enfant soit de moi, tu dois me croire ! Elle me mène en bateau.

J'ai l'air de tomber au mauvais moment, mais je ne m'empêche pas d'écouter. Est-ce qu'il parle d'Anna ? Ce couple est vraiment bizarre.

— Je ferai le nécessaire pour arranger la situation. Écoute, je ne sais pas ce qui lui prend. Anna a toujours été instable, mais ces derniers temps, c'est pire que tout. Elle disparaît pendant des jours et se pointe à la maison à l'improviste de temps en temps. Je ne la reconnais pas. Je te promets que j'aurais le fin mot de cette histoire.

Il reste silencieux quelques minutes avant de répondre :

— Je t'aime aussi, Cara. Bisous.

Et il raccroche. Je reste bouche-bée. Cara ? L'ex de Juliann ? Impossible. Peut-être que sa secrétaire s'appelle aussi Cara... Et Anna, était-elle vraiment enceinte de lui ? Peut-être qu'elle a eu une aventure, elle aussi, et qu'elle ne veut pas assumer. Ou alors Johann use de ses talents de baratineur pour mener en bateau cette Cara.

J'attends quelques secondes avant de me rendre dans la cuisine. Johann sursaute en me voyant arriver. Il sourit faiblement.

— Salut.

— Salut, je réponds froidement.

— Insomnie ?

— Non, j'ai juste soif.

Je prends un verre d'eau que je remplis et bois en silence.

— Écoute Ava, je suis... Je suis vraiment désolé pour...

— Non, je ne veux pas parler de ça, le coupé-je, exaspérée.

— Non, s'il te plaît ! Je le reconnais, j'étais un sacré connard. Je n'ose même pas imaginer ce que je ferai à une personne qui aurait dit toutes ces choses sur ma sœur... J'étais jeune à l'époque, j'étais un con, je voulais impressionner tout le monde. Je n'ai pas pris en compte ta souffrance, je pensais juste à ma carrière. Crois-moi, je suis vraiment désolé. Tu sais, j'en ai fait pas mal de conneries dans ma vie et j'essaie de les réparer.

Je le crois. Je le crois sincèrement. Je ne suis pas rancunière, alors j'ai du mal à rester en colère contre lui.

— Ok, je réponds simplement.

— Ok ? Alors tu ne me hais plus ?

— Un peu moins. Dis-moi... À l'époque, Théo n'arrêtait pas de dire qu'il n'était pas seul...

— Oui, il prétendait qu'une autre personne l'avait convaincu que tu étais amoureux de lui. Il a passé un accord avec cet ami imaginaire : Théo aurait le droit de faire sa première fois avec toi s'il promettait de te laisser à son ami après. Vraiment taré.

— J'en ai la gerbe.

— Ouais, c'est un sacré enfoiré. Je suis content qu'il soit enfermé. En tout cas, si jamais tu tues quelqu'un et que t'as besoin d'effacer les preuves, je serai ravi de t'aider. Ça me rachètera une conscience.

Je souris et lui aussi, mais je peux lire la frustration et la tourmente sur son visage. Comme Juliann lorsqu'il est contrarié, Johann soupire et passe sa main dans ses cheveux blonds.

— Tu veux en parler ? demandé-je.

— Hein ?

— C'est Anna qui te met dans cet état ?

— Euh. Oui. C'est assez compliqué.

— Si tu en aimes une autre, pourquoi est-ce que tu ne la quittes pas ?

— Anna est très forte pour obtenir ce qu'elle veut, fait-il tristement. Enfin bon, je n'ai pas forcément envie de t'embêter avec mes histoires. Merci de m'avoir écouté, Ava. Bonne nuit.

— Bonne nuit.

Il tourne les talons et disparaît à l'étage. Moi, je me ressers un verre d'eau avant de regagner la chambre de Juliann.

— T'en as mis du temps, fait-il lorsque j'ouvre la porte.

— Oui, j'ai croisé ton frère.

— Ah ?

— Il s'est excusé, ajouté-je pour le rassurer.

— Vraiment ?

— Oui.

Je me remets au lit, près de lui.

— Tu sais que tu vas me manquer ?

— Je te promets de te donner des nouvelles tous les jours.

— Tu me le jures ?

— Oui, mon ange. Et moi, ce que je veux, c'est que tu m'envoies des vidéos de ton spectacle, ok ? Tu vas cartonner, j'en suis sûr ! La répétition était déjà dingue.

— Merci.

— Allez, dodo maintenant, fait-il en déposant un baiser sur mon front.

— Tu sais qu'on va être séparés pendant une très, très, très longue semaine ?

— Oui.

— Et tu veux pas qu'on profite de nos dernières heures ensemble ? demandé-je sournoisement.

— Mademoiselle Kayris, vous êtes insatiable.

— Je sais.

Nous passons la majeure partie de la nuit à faire l'amour, tentant de faire le moins de bruit possible. Ça va me manquer. *Il* va me manquer. Je ne veux pas lui dire au revoir et pourtant, je n'ai pas le choix. Je dors dans ses bras et il m'enlace fort, comme souvent ces derniers temps. Il a *vraiment* peur de me perdre, je ne sais pas pourquoi. Ça me fait peur. Je ne vais pas le perdre, pas vrai ?

Chapitre 37 | Ava

Si.

Ça fait exactement une semaine que je n'ai plus de nouvelles. Une semaine que je ne respire plus correctement. Si seulement je pouvais avoir des réponses…Tout ce que je sais, c'est que Juliann et Inès ont bien atterri à Antananarivo, João me l'a confirmé. Peut-être que son téléphone est cassé et que c'est pour cette raison qu'il n'arrive pas à me joindre ? Peut-être qu'on le lui a volé ? Je n'y crois pas une seconde, j'ai un très mauvais pressentiment. Ils sont censés être rentrés, mais je ne vois pas sa voiture dans l'allée et toutes les lumières sont éteintes. C'est horrible de ne pas savoir, j'ai l'impression que mon cœur ne bat qu'une fois sur deux, que mon âme ne vibre pas à la bonne fréquence. Sans lui, je ne suis que la moitié de moi-même.

Le vent glacial souffle fort, je pense même qu'il va neiger, mais je remarque à peine que mes mains sont frigorifiées. Je ne sais pas depuis combien de temps je suis debout dans la rue. Peut-être un quart d'heure ?

Je ne suis qu'une ombre pleine de chagrin qui se fond bien dans cette nuit noire.

— Ava ?

Je sursaute en me tournant vers João. Je ne l'avais pas entendu venir. Depuis le départ de Juliann, il n'a pas cessé de grimper à ma fenêtre pour s'assurer que je vais bien. Ce n'est pas le cas. Je ne réponds pas, je tourne à nouveau la tête vers la maison de Juliann, comme s'il allait apparaître à tout moment.

— Tu n'as toujours pas de nouvelles, c'est ça ?

Je secoue la tête.

— Il a sûrement cassé son téléphone, tente-t-il de me rassurer.

Il ne croit pas à ce qu'il dit et je me serais volontiers passée de sa tentative déplorable de me réconforter.

— Bon. Je veux bien faire un dernier truc illégal pour toi, si tu veux.

— Quoi ?

Je tourne la tête vers lui. Est-ce qu'il pense à…

— Rentrer par effraction chez Juliann ?

Il acquiesce. Je ne pense pas qu'on trouvera grand-chose, mais c'est peut-être mieux qu'un silence ? Mon corps se met en mouvement avant même que mon cerveau y consente. Juliann n'a pas d'alarme chez lui alors il est très facile d'entrer, surtout lorsque je sais où il cachait sa clé. Le salon est silencieux, tout comme les chambres. Il est évident qu'il n'y a personne. João me propose d'aller fouiller son bureau, mais je lui assure qu'il n'y a rien de spécial car je l'ai aidé à le ranger avant qu'il ne parte. Nous redescendons, et je pense même à fouiller cette petite pièce sous les marches dans laquelle Inès et moi nous sommes cachées le jour où j'ai mis les pieds ici pour la première fois, mais il n'y a rien. Rien à part une odeur sucrée qui flotte dans l'air.

C'est en revenant dans le salon que j'ai l'idée de fouiller la cave. J'ai déjà vu Juliann en revenir quelques fois avec un étrange regard, mais je n'y ai jamais prêté attention. De toute façon, je ne voulais pas savoir : je n'aime pas les caves pour des raisons évidentes. Jamais rien de bien ne s'y produit. On y enterre des cadavres, on y prépare des bombes, on y viole des filles...

João passe devant moi, alors lorsqu'il allume la lumière, je ne vois pas ce qu'il y trouve. En tout cas, c'est assez pour qu'il se fige sur l'avant-dernière marche.

— Ava. Tu devrais sortir.

— Non, je veux voir !

Il tente de me retenir mais j'arrive à me faufiler entre le mur et ses gros bras pour voir. C'est un cauchemar. Mes jambes tremblent et je manque de m'effondrer lorsque je comprends ce qui est affiché là, sous mes yeux. Des dizaines, des centaines de photos de moi. Habillée ou nue. Seule ou en compagnie. Des articles sur ce qu'il s'est passé il y a quatre ans et un écran d'ordinateur noir. Effrayée, je m'approche. Lorsque l'écran s'allume, je m'effondre pour de bon : des dizaines de vidéos de Juliann et moi en train de faire l'amour.

Putain. De. Merde.

Chapitre 38 | Ava

Je tombe à genoux. Mes os craquent sur le béton froid, mais je sens à peine la douleur. Je sombre, littéralement. C'est comme si on m'avait poussé dans un puits et que je voyais ma mort se produire avant même d'avoir touché le fond. Je ne respire pas, car l'air de mes poumons a été remplacé par de la douleur qui me consume encore et encore. Ma vision s'assombrit, je n'entends plus rien. Que des bourdonnements. João me parle, mais je suis déjà trop loin. Ma tête tourne, je sens que je vais encore faire un malaise. Je sens que je… pars.

Lorsque je me réveille, je suis dans mon lit. Mes yeux restent fixés au plafond, le temps que je me rappelle ce qu'il s'est passé. J'espère que c'était un cauchemar mais je sais que ça n'en était pas un. Juliann serait mon harceleur. Je n'y crois pas, ça n'a aucun sens. Pourquoi me faire tomber amoureuse de lui ? Pourquoi me redonner confiance en moi, me soutenir et me protéger pour finalement me

faire du mal ? Physiquement, je vais bien, mais psychologiquement...
J'ai l'impression que mon âme a été renversée par un camion. Brisée
en mille morceaux.

— Ava ?

C'est ma sœur. Elle est assise près de moi et a l'air très
inquiète. Je me redresse pour m'asseoir. Où est passé João ?

— Ça va ? Tu t'es évanouie.

— Oui. Comment est-ce que je suis arrivée ici ?

— C'est ce flic, João, qui t'a ramené.

— Les parents...

— T'inquiète, ils ne sont pas là. Qu'est-ce qu'il s'est passé ?

— Rien... Je me suis juste sentie mal.

— Vraiment ?

— Oui. J'ai eu la même chose à Londres.

— Je sais, ton prof avait appelé papa pour l'informer. D'ailleurs t'étais
censée aller voir un médecin. Ce n'est pas normal.

J'acquiesce silencieusement, écoutant à peine ce qu'elle me
dit. Un médecin ? C'est Juliann que je veux voir. Au plus vite. João
arrive au moment où je me lève de mon lit.

— Oh, où est-ce que tu vas ? fait-il en me repoussant doucement pour
que je me rassoie.

— Je vais bien. T'étais où ?

— J'étais... parti. Vérifier que tu n'avais rien fait tomber par terre.

Il ment, je le sais, mais je n'insiste pas car je ne veux pas parler
devant ma sœur. Je me contente de lui demander si elle peut nous
laisser seuls. Elle nous dévisage un instant avant de sortir de ma
chambre et de refermer la porte derrière elle.

— Dis-moi que ce n'est pas vrai, fais-je immédiatement.

— Désolé.

— Ce n'est pas possible. João, ce n'est pas vrai ! Ça ne peut pas être lui.

Je repense aux derniers jours passés avec Juliann. À tout ce qu'il m'a dit, ses je t'aime, sa façon de s'inquiéter pour moi... Mon cœur n'est pas en verre mais il se fissure un peu plus à mesure que je réalise ce que je viens de découvrir. Est-ce qu'il s'est servi de moi pendant tout ce temps ? C'était ça son plan ? Me mettre dans son lit puis me briser le cœur ?

— Où est-ce qu'il est ?

— Chez ses parents. Il va sûrement rentrer ce week-end.

Le pire, c'est de ne pas comprendre... Pourquoi prendre le risque de coucher avec *moi*, son élève ? Pourquoi se mettre en danger comme ça ? Il me suffirait de tout avouer au principal pour qu'il ait de gros problèmes. Pourquoi autant jouer avec le feu ? Pourquoi s'être si bien occupé de mon fils ? Pourquoi m'avoir présenté à sa famille ?

— Ava, tu m'écoutes ?

Je lève les yeux. Je n'ai rien écouté de ce qu'il m'a dit.

— Je ne peux rien faire pour l'instant. Je ne peux pas l'inculper ; on est rentré chez lui illégalement... Je dois attendre son retour pour pouvoir l'arrêter.

L'arrêter ? Non ! Je peux paraître idiote, mais je refuse de croire qu'il ait pu me faire autant de mal. Ça n'a aucun sens. Aucun. Et que deviendrait Inès ? Elle resterait avec cette folle de Cara ? Et puis si ça se trouve, c'est Cara qui lui a tendu un piège... Mais comment aurait-elle pu savoir que je m'introduirai chez Juliann, que je me rendrais dans sa cave et que je tomberai sur son mur ? Si ça se trouve c'est João ? J'accuse tout le monde, mais je refuse de croire à ce que j'ai vu de mes propres yeux. Juliann n'est pas comme ça. Il m'aime. Je le sais.

— Tu veux que je reste ici ce soir ? Je peux dormir par terre.

— Non, je réponds sèchement. J'ai besoin d'être seule.

Il acquiesce et sort de ma chambre.

Ça faisait des lustres que je ne m'étais pas sentie aussi mal. Je n'arrive pas à fermer l'œil de la nuit. Je repense à tout. La manière dont Juliann insistait pour me parler ou passer du temps avec moi, sa manière intrusive d'envahir mon espace personnel... Jusqu'à ce que je le connaisse assez et que je me fasse à sa franchise déconcertante. Et que je tombe amoureuse de lui. Soudain, je suis effrayée. S'il s'est vraiment servi de moi, je ne survivrais pas. J'ai donné mon âme, mon cœur et mon corps à cet homme. Comment ai-je pu me faire avoir à ce point ? Est-ce que tout était prémédité ? Notre rencontre d'il y a quatre ans était-elle réellement hasardeuse ? Est-ce qu'il est de mèche avec son frère, Johann et peut-être même avec Théo ?

Mon cœur s'emballe. Théo... On s'obstine à chercher qui est le père de mon fils, mais pourquoi n'a-t-on pas simplement pensé à le lui demander ? Il est temps de connaître la vérité.

Salle de spectacle
Vendredi 1er Janvier
00 : 10

Les journées se sont écoulées si longuement et avec une telle monotonie que j'ai eu l'impression que jamais je ne verrais la nouvelle année commencer. Hélas, je l'ai compris il y a longtemps : même si on est littéralement en train de crever sur un trottoir, le monde continue à tourner. Alors je m'efforce de garder le rythme, de ne pas m'effondrer. Bien sûr, je n'ai toujours aucune nouvelle de Juliann et ni les dernières répétitions pour le spectacle, ni le soutien sans faille de mes amis n'ont réussi à faire passer le temps plus vite. Il est censé rentrer bientôt. Je l'attendrai de pied ferme. Je suis encore tiraillée entre la haine et l'incompréhension. J'ai besoin de lui parler.

Malgré mon humeur exécrable, le spectacle a été incroyable. J'ai même reçu des propositions pour d'autres shows. Ma famille est venue me soutenir, Adèle et Aïna sont là aussi. Même João. Je n'ai jamais été si bien entourée et pourtant je me sens si seule. Si seule sans Juliann. J'aurais aimé sauter dans ses bras après le spectacle et l'entendre me dire à quel point il est fier de moi.

On a officiellement entamé une nouvelle année, tout le monde rit et danse autour de moi et pourtant, je me sens éteinte. Je reviens à moi lorsque João m'entraîne à l'écart de la foule réunie sur la piste de danse. Après le spectacle, la maire a autorisé l'accès à la salle de balle pour qu'on puisse y organiser une soirée. Dehors, la neige et le vent glacial me fouettent le visage. Lorsque la porte se referme, le bruit assourdissant de la musique se transforme en brouhaha.

— Je n'aime pas te voir comme ça, fait João.

— Je ne veux pas en parler.

— Attends, je pense qu'on devrait aller voir Théo.

— Je sais. Mais j'ai déjà essayé, seule sa famille a le droit de lui rendre visite.

— Je suis flic.

— Et tu n'as pas l'autorisation d'entrer pour lui parler.

— Tu me fais confiance ?

Je m'apprête à répondre que non jusqu'à ce que je croise son regard déterminé.

— Pourquoi est-ce que tu es autant impliqué ? Je ne t'ai pas demandé d'enquêter.

— Je veux juste t'aider.

— M'aider ? À part me faire ressasser mon passé, je vois pas en quoi tu m'as aidé. Tu... Ce n'est pas parce que t'as merdé avec mon affaire il y a quatre ans que tu vas pouvoir te racheter en faisant tout ça. Je ne suis pas une bonne action à accomplir. Si tu as besoin de soulager ta conscience, trouve un autre moyen.

— T'es injuste, répond-il en reculant comme si je l'avais giflé.

— À cause de toi, tout est remis en question. Je ne sais pas qui est le père de mon fils. Je ne sais plus qui est Juliann. Je ne sais même plus qui je suis.

— Ce n'est pas ma faute.

— Ah oui ? Qu'est-ce qui me dit que je peux te faire confiance, hein ? Si ça se trouve, c'est *toi* qui as mis toutes ces photos chez Juliann pour le faire accuser. Je ne te connais même pas en fait.

Je retombe dans mes travers : je fais payer les autres pour ma souffrance alors qu'ils n'y sont pour rien. Je le regrette immédiatement. Je n'en pense pas un mot, mais je n'arrive plus à gérer la colère qui ne fait que grandir en moi depuis mardi soir. Bien sûr que ce n'est pas sa faute. Bien sûr qu'il n'a rien à voir là-dedans...

— J'espère vraiment que tu dis ça parce que tu es déboussolée, Ava. Le seul responsable de cette situation, c'est ton harceleur. Personne d'autre. Et plus vite tu mettras ton énergie à l'arrêter, plus vite tu iras mieux.

Furieux, il rentre dans la salle, me laissant seule dans le froid.

Chez Juliann
02 : 05

Lorsque j'arrive dans ma rue, mon cœur fait un bon en voyant la voiture de Juliann garée devant chez lui. La lumière du salon est allumée. Je manque de foncer dans un poteau en garant ma voiture n'importe comment sur le bord du trottoir. Est-ce que je suis en train de rêver ? Sans réfléchir, je me rue hors de ma voiture pour aller le voir. À travers la vitre, je le vois assis par terre, la tête dans la main, en train de regarder une photo. Je ne prends pas la peine de toquer ou de sonner, j'entre directement. Lorsqu'il me voit, il se relève rapidement. Je suis stupéfaite par son apparence. Il est d'une pâleur extrême, ses yeux sont injectés de sang et assombris par des cernes, sa lèvre est fendue et il a l'air d'être enragé. Sur le coup, il me fait tellement peur que je recule d'un pas en déglutissant.

— Qu'est-ce que tu fais ici ? gronde-t-il.

— Je...

Impossible de parler. J'ai la gorge sèche. Lui, c'est n'importe qui sauf Juliann. Ce n'est pas l'homme que j'aime. Impossible. Je ne me sens pas en sécurité comme avant, je me sens en danger. Je ne vois pas d'amour dans son regard, que de la haine.

— Qu'est-ce que tu fous ici ? Réponds-moi !

Je suis tellement effrayée et choquée que je me mets à trembler. Je ne l'ai jamais vu dans cet état-là. Les poings serrés, prêt à se jeter sur moi.

— Je... je t'... t'ai envoyé des messages... Tu n'as pas ré... rép... répondu.

— Alors quoi ? T'es venu jusqu'ici ? Si je n'ai pas répondu, c'est que je ne voulais pas te parler. Alors maintenant dégage. Dehors !

J'ai l'impression que mon sang quitte mon corps. Le choc me cloue sur place, je n'arrive même plus à penser. Je suis comme transformée en statue. Je sais que je devrais fuir, mais je n'y arrive pas. Au lieu de cela, je cherche encore à comprendre, les larmes aux yeux.

— Mais... Mais pourquoi ? Tu... On s'aime. On...

Je balbutie dans un sanglot incontrôlé. Ça n'a pas du tout l'air de l'affecter, bien au contraire. Ça l'énerve plus encore.

— Pourquoi est-ce que tu fais ça ?

— Parce que, c'est tout !

— Non. Non, je ne te crois pas. Juliann je me suis donnée à toi ! Je t'ai confié tous mes secrets, je te faisais confiance. Je t'ai laissé entrer dans ma vie et je t'ai donné tout mon amour. Tu m'aimes, tu me l'as dit. J'ai rencontré tes parents, Inès m'adore... Ça n'a pas de sens, je t'en supplie explique moi.

Je suis si désespérée que je suis prête à me jeter à ses pieds rien que pour qu'il me dise que tout ça est faux, qu'il m'aime et qu'il ne me ferait jamais de mal. Il ferme les yeux et détourne le regard comme si je l'avais giflé. Mes mots le touchent, je le sais. Du moins, c'est ce que je crois avant qu'il prenne la parole.

— Je t'ai menti. J'ai eu ce que je voulais, maintenant tu ne m'intéresses plus, Ava.

J'ai l'impression de recevoir un coup de poing dans le ventre. Ce qu'il voulait ? Qu'est-ce qu'il a eu ? Mon corps ? Mon âme ? Il m'a eu, moi, tout entière. Comme une idiote, je me suis laissé aller.

— Ava, je ne t'aime pas. Je ne t'ai jamais aimé, dit-il froidement.

— Non...

— Je t'ai manipulé. C'est fini. Sors de chez moi.

— Mais... Non. Non, tu mens. Dis-moi la vérité !

Qu'est-ce que je peux être pathétique...

— La vérité ? T'es une fille bizarre, Ava. Tu es bandante, ouais, j'ai voulu te sauter et j'ai réussi. J'ai voulu jouer les protecteurs avec toi mais ça ne m'amuse plus. Maintenant tu dégages ou c'est moi qui te fais sortir !

— C'était *toi* ? Les photos, les coups de fils, la silhouette.

— Fallait bien que je joue au protecteur. T'étais tellement en manque d'attention que t'as sauté les deux pieds dedans, répond-il avec un sourire amer.

Il ne m'en faut pas plus. Je regarde avec mépris et dégoût l'homme qui se tient dans le salon, devant ce canapé où l'on s'est embrassé pour la première fois. Il m'écœure.

— Tu me fais pitié, Ava. Maintenant sors d'ici.

— Va te faire foutre, Juliann ! Je te déteste ! Tu vas me le payer ! crié-je hors de moi.

Mon désarroi est remplacé par une fureur incontrôlable. J'ai envie de l'étrangler, de le tuer. Il n'a pas le droit de me faire autant de mal !

— Je te jure que tu vas le regretter ! craché-je avant de sortir de chez lui en courant.

Je ne rentre pas chez moi. Je continue à courir dans le noir et dans le froid, en pleurant toutes les larmes de mon corps. J'erre sans but, m'enfonçant dans l'obscurité, jusqu'à ce qu'encore une fois, tout tourne. Je suis prise d'un affreux vertige. Je m'écroule sur le trottoir recouvert de neige. J'espère ne pas me réveiller.

Hôpital
03 : 02

Je suis à l'hôpital. Je me rappelle avoir été transportée dans un camion, je me rappelle que l'on m'a posé quelques questions, mais impossible de répondre. L'hôpital est silencieux, je n'entends que les bips de la machine à côté de moi. Je me redresse en grimaçant, mon crâne me fait affreusement souffrir. J'ai dû me faire mal en tombant. Il n'y a pas beaucoup de lumière et... je suis épuisée. J'ai dépensé beaucoup d'énergie, j'ai beaucoup pleuré, mon corps ne tient plus. Je me laisse retomber sur le lit et referme les yeux en essayant d'oublier.

— Madame ? Madame, il faut vous réveiller.

J'ouvre les yeux, sans trop comprendre. Une femme se tient devant mon lit et touche mon bras pour me réveiller. Je mets du temps à me rappeler ce qu'il s'est passé.

— Oui, articulé-je avec difficulté.

— Bonjour, je suis Aïssatou, vote docteur. On vous a ramené ici dans la nuit, vous vous souvenez de ce qu'il s'est passé ?

J'aurais tellement voulu oublier... Je hoche la tête.

— Je me suis évanouie. Et je crois que je me suis cogné la tête.

— Exactement. Un homme a appelé anonymement. On a fait quelques examens, nous n'avons rien trouvé d'anormal pour le moment. Nous attendons encore le résultat de certaines analyses. En attendant, pouvez-vous me donner votre nom, prénom, âge et date de naissance s'il vous plaît ? Nous n'avons trouvé aucun papier sur vous alors...

— Oui. Ava Kayris, née le 8 mai 1997. J'ai dix-neuf ans.

— Ok, Ava. Et votre adresse ?

— 88 rue Daniel Keyes.

— Vous habitez cette ville ?

— Oui.

— Nous n'avons pas trouvé de téléphone sur vous, avez-vous besoin que quelqu'un vienne ?

Juliann...

— Oui. João.

Elle écrit le numéro que je lui épelle, puis continue avec sa série de questions.

— Très bien, merci Ava. Vous n'avez pas l'air d'avoir été droguée. Nous attendons les résultats de la prise de sang qu'on vous a faite, mais peut-être que d'ici là vous pourrez nous éclairer. Qu'est-ce qu'il s'est passé ?

Est-ce qu'ils sont sûrs de ne rien avoir décelé dans mon organisme ? Car je suis certaine qu'en y regardant de plus près, ils pourraient voir que mon cœur est en miettes.

— Je me suis simplement évanouie.

— Ça vous arrive souvent ?

— C'est la troisième fois en trois semaines.

— Vous vous nourrissez correctement ?

— Oui.

— Est-ce que vous avez des nausées, maux de ventre…

— Des maux de ventre parfois mais rien de très douloureux.

— Plutôt vers l'estomac, les intestins... ?

— Non, plus bas. Un peu comme si j'avais mes règles.

— Je vois.

Elle griffonne quelque chose avant de continuer.

— Pouvez-vous me décrire vos malaises ?

— J'ai la tête qui tourne, des maux de tête et puis je perds connaissance pendant quelques minutes.

— Est-ce que... Ava, est-il possible que vous soyez enceinte ?

— Non ! m'exclamé-je vivement. Non, j'ai mis un stérilet en cuivre il y a quelques semaines.

— À quand remontent vos dernières règles ?

— Elles se sont finies avant-hier.

— Ok. Vos malaises sont peut-être dus à une mauvaise réaction au stérilet, mais on va quand-même faire une échographie. Je reviens dans quelques minutes. Une infirmière va appeler votre ami en attendant.

Je reste bouche-bée. Une échographie ? Quel cauchemar. Manquerait plus que je sois enceinte de Juliann ! Comment est-ce possible ? Le stérilet en cuivre est fiable à 99% ! Je ne veux pas y croire.

Je n'ai pas tellement le temps de réfléchir, Aïssatou revient rapidement avec une machine bizarre qu'elle fait rouler jusqu'à moi avant de l'installer. Elle soulève mon pull et me demande de me détendre lorsqu'elle applique une espèce de gel gluant sur mon ventre. J'ai un flash. Moi, chez le gynécologue, en train d'apprendre que je suis enceinte de presque six mois... J'entends encore les battements de cœur de Drew lorsqu'il était dans mon ventre. Égoïstement, j'ai prié pour que cette chose cesse de vivre et que son cœur s'arrête. Aujourd'hui, c'est un peu la même chose. Je prie pour qu'il n'y ait rien dans mon ventre.

— Nous y voilà, dit-elle en regardant l'écran. Ne soyez pas nerveuse, ça va bien se passer. Il n'y a quasiment pas de chance pour que vous soyez enceinte, c'est juste pour être sûr.

Une éternité s'écoule avant qu'elle ne reprenne la parole.

— Rien !

— Rien ?

— Nada ! Vous n'êtes pas enceinte. Je pense que vos malaises sont causés par le stérilet.

— Ah.

Je suis tellement soulagée !

— Est-ce qu'il y a un remède ?

— Je peux vous prescrire quelque chose pour éviter les malaises vagaux. La pose est récente alors votre corps a besoin de s'adapter. Néanmoins, je peux le retirer si vous le souhaitez, mais il faudra consulter votre gynécologue pour avoir une autre contraception. C'est à vous de voir.

— Je veux le retirer.

À quoi est-ce qu'il me servirait de toute manière ? Je vous épargne la procédure mais le retrait du stérilet se fait assez rapidement et sans trop de douleur. Aissatou sort ensuite de la pièce, me disant que je pourrais bientôt rentrer chez moi.

João apparaît quelques minutes plus tard. Il a les cheveux en bataille et l'air affolé.

— Qu'est-ce qu'il s'est passé ?

— J'ai refait un malaise, mais je vais bien, dis-je en souriant faiblement. Je suis contente que tu sois là.

— J'ai eu peur.

Il soupire puis s'approche de moi. Ça y est, j'ai envie de pleurer.

— Oh, non, Ava.

— Ça va. Ça va. Je... Je vais bien.

Je ravale mes larmes et me lève pour enfiler mes chaussures et mon manteau. Je pleurerai un autre jour.

— On y va ?

— Ok. Il faut juste que j'aille signer un truc à l'accueil je crois. Je reviens.

Je hoche la tête et décide quand-même de sortir de la chambre. Je ne suis pas dans le bon couloir, tout est trop silencieux. Tout est… Non, je ne suis pas dans le service des urgences, je suis en réa. Pourquoi est-ce qu'on m'a emmenée ici ? Les couloirs sont totalement vides, j'ai l'impression d'être dans un film d'horreur. Les lumières clignotent au plafond et seul le bruit des machines rompt le silence de mort. Je ne vois plus João, je ne vois pas non plus d'infirmière.

Au bout du couloir, je remarque que la porte d'une des chambres est ouverte. Ce n'est pas possible, c'est un coup monté ?

Je m'avance vers la chambre en prenant garde à ne pas faire de bruit. Le cœur de quelqu'un bat à l'intérieur, je l'entends. Le mien commence à battre un peu plus fort. J'ouvre la porte en grand et m'avance dans la chambre. Il fait assez sombre. Des fleurs et des ballons décorent les meubles blancs et une petite silhouette se dessine sur le lit. Je mets du temps à la reconnaître, mais j'y arrive. Son teint est pâle, mais ses cheveux sont impeccablement brossés. On dirait Blanche-Neige. Ses ongles sont colorés en rouge, elle est magnifique, mais ce n'est pas sa beauté qui coupe ma respiration. Je ferme les yeux et les rouvre. Je dois rêver, ce n'est pas possible. Pourtant si, elle est là, devant moi.

Peut-être qu'Anna a eu un accident grave ?

Non. À qui est-ce que j'essaie de faire avaler ça ? Personne. Inutile de chercher une excuse, son nom est écrit noir sur blanc sur son bracelet d'hôpital : Anaëlle Ronadone.

Sa femme n'est pas morte, elle est là, sous mes yeux.

Avec quel genre de mec est-ce que je suis sortie au juste ?

À SUIVRE…

REMERCIEMENTS

Liste de chose à faire avant de mourir :

1. Publier un livre.
2. Faire du saut en parachute.
3. Aller en Australie.

Ma vie serait fortement mise en danger en réalisant les objectifs numéro deux et trois, raison pour laquelle publier un livre figure en numéro un, et aujourd'hui, c'est grâce à vous que je peux barrer cet objectif de ma liste.

J'ai écrit TEACHME pour la première fois à un âge où j'étais simplement supposée baver devant Damon Salvatore et Nathan Scott, espérer avoir une relation comme celle de Blair et Chuck et collectionner des stylos quatre couleurs. Bon, j'ai vraiment fait tout ça, mais en parallèle, j'ai aussi voulu coucher une partie de moi-même sur du papier. J'avais besoin de m'évader, de m'exprimer à travers quelque chose, et l'écriture était là pour ça. Ce qui au départ n'était qu'un moyen de m'exprimer est très devenue une passion, et ça a touché certains d'entre vous. Des personnes qui ont réussi à donner de l'importance à ce que j'écrivais. Des messages, des j'aime, des commentaires sur mes publications Wattpad… Autant de mots pour me dire que ce que j'écrivais avaient de l'importance, vous touchait.

C'est pour ça que je tiens à vous remercier vous qui êtes là depuis le début. Vous qui avez connu les premières versions d'Ava et Juliann, qui les ont vu évoluer, qui *m'ont* vu évoluer à travers mes mots. Merci d'avoir fait de ma passion quelque chose d'important, merci de m'avoir encouragé, de m'avoir fait sentir que ce que j'avais à dire méritait d'être lu et compris.

Je tiens aussi à remercier ma meilleure amie. Ma première lectrice, celle qui a toujours été là pour me pousser vers le haut. Mia, tu sais que je ne fais pas dans les sentiments, que je préfère cacher mes émotions à travers des personnages fictifs, alors je m'exprimerai avec de simples mots : merci mille fois. Merci d'avoir été là, merci de continuer à me supporter en dépit du fait que je sois une amie déplorable. Merci d'être toi.

TEACHME ne serait pas TEACHME sans toi, mon érotomane préférée. Un de mes effets papillons, je suis tellement reconnaissante de t'avoir comme fidèle lectrice Miss. Merci de partager me folie, de t'être tant investie dans ce projet alors que rien ne t'y obligeait. Merci de me faire rire et de me supporter dans mes moments de doute.

Et enfin, merci à *toi*. Évidemment je ne citerai pas ton nom, je sais que tu te reconnaitras. Merci de m'avoir acceptée, de m'avoir fait grandir, de m'avoir aidé à devenir celle que je suis maintenant.

L'histoire d'Ava vous a peut-être plus, peut-être pas, mais je suis reconnaissante de lui avoir accordé du temps. J'espère vous surprendre, peut-être vous contrarier et vous faire pleurer avec la suite.

À très vite,
Wahina.

PS : Si vous me détestez parce que vous avez hâââââââââte de lire la suite, vous pouvez déjà retrouver les premiers chapitres sur Wattpad (**@wahinabrown_**).

N'hésitez pas non plus à me suivre sur mon compte Instagram : (**@wahinabrown_**) pour plus d'infos.

♡ ♡ ♡ ♡

Printed in France by Amazon
Brétigny-sur-Orge, FR

20988057R00376